莎士比亚研究丛书

中国莎士比亚诗歌及翻译研究

杨林贵 罗益民 主编

图书在版编目（CIP）数据

中国莎士比亚诗歌及翻译研究 / 杨林贵, 罗益民主编. — 北京：商务印书馆, 2025. — （莎士比亚研究丛书）. — ISBN 978-7-100-25008-5

Ⅰ. I561.072

中国国家版本馆 CIP 数据核字第 2025Q7Z341 号

权利保留，侵权必究。

中国莎士比亚诗歌及翻译研究

杨林贵　罗益民　主编

商务印书馆出版
（北京王府井大街36号　邮政编码 100710）
商务印书馆发行
山东临沂新华印刷物流
集团有限责任公司印刷
ISBN 978-7-100-25008-5

2025年4月第1版　　　开本 640×960　1/16
2025年4月第1次印刷　印张 40½

定价：158.00元

"莎士比亚研究丛书"为

"东华大学莎士比亚研究所特色建设项目(2020—2022)"

莎士比亚研究丛书

编委会顾问

辜正坤

曹树钧

彭镜禧

斯蒂芬·格林布拉特

彼得·霍尔布鲁克

总主编

杨林贵

·总主编前言·

世界莎学　中国叙事
——"莎士比亚研究丛书"

2016年，为了纪念400年前逝世的东西方两位戏剧家——汤显祖和莎士比亚——世界各地举办了重要的学术和文化活动，包括引起国际莎学界高度关注的、同年秋季举办的"上海国际莎学论坛"。时任国际莎士比亚学会主席霍尔布鲁克（Peter Holbrook）代表学会给论坛发来的贺信中写道："这次论坛的召开对中国莎士比亚研究来说确实是个好兆头。谁知道呢？也许在未来几十年里，随着中国经济实力的增长以及文化实力的增强，将会出现一场真正的研究迁移，一场学问和学术从西方向中国的迁移。"（此信已收入本辑《云中锦笺：中国莎学书信》）国际同行已经看到了中国学术发展的优势和有利形势。的确，我们应该在文化学术奥林匹克中力争与我国的经济、文化实力相匹配的有利地位。要完成时代赋予我们的重要使命，仍需要我们沿着中国莎学前辈的足迹，为讲好中国莎学故事不懈地做出踏实的努力。

霍尔布鲁克关于学术向中国迁移的预言是有感而发的，因为在同年早些时候，他应邀为我们组织的"莎士比亚研究丛书"系列撰写了序言。[1]为了总结中国莎学的发展历程并探索未来发展方向，我们筹备了丛书的编辑出版工作。他通过系列目录了解了丛书的内容：选文涵盖了最近几十年中外莎学领域的重要成果，强调中外莎学相互借鉴的重要性。在序

1　霍尔布鲁克：《写在"莎士比亚研究丛书"之前（译文）》，《世界莎士比亚研究选编》（杨林贵、乔雪瑛主编，商务印书馆，2020年），第3—9页。

言中,他提到希望西方莎学界从中国同行的研究中学到一些东西,其中最重要的启发就是把莎士比亚放入到世界文学中,而不是孤立的英语文学中去考察,研究莎士比亚作为世界文学的一部分如何与非英语的文学艺术传统相关联。这涉及中国莎学成就的两个基本特征:一是肯定经典作品的正面的、积极的价值,同时承认其局限性;二是对莎士比亚的作品做跨文化的阐发,力图开拓更广阔的中西文学文化互文互渐的渠道。编者认为,除此之外,我们还需要清醒地意识到各自在批评研究上的问题和缺陷。应当承认,在百年来的东智西进和西学东渐过程中曾经存在着非此即彼的、全盘接受或者彻底否定的偏执做法。国际同行对我们的乐观预测和期待不是我们可以沾沾自喜的资本,但可以激励我们做出踏踏实实的努力。要实现学术研究的东移,让中国成为学术研究的中心,我们仍然需要在强调自身特色的同时,保持高度开放包容的文化心态。因此,中国特色和兼容并包是我们的研究丛书编辑出版的重要原则,目的在于构筑世界莎学的中国叙事。研究丛书以系列形式于2020年在商务印书馆正式出版了5部:《莎士比亚与外国文学研究》《中国莎士比亚演出及改编研究》《中国莎士比亚喜剧研究》《中国莎士比亚悲剧研究》《世界莎士比亚研究选编》。

该系列出版以来引起国内外同行的高度关注。国际莎学权威人士肯定了这套书的重要价值;国内高校同行来信表示丛书中的选文对其教学助益良多,该系列丛书已经被选为研究生课程的参考教材。同时,莎学同仁在国内外学术期刊发表书评,给予丛书积极的评价和中肯的建议。比如,有外国文学专家认为丛书"在中国莎学史上具有里程碑意义",因为丛书"选录了从民国以来至今百年中国莎士比亚研究的重要研究成果,也介绍了当今国外的莎学流派。丛书博大精深,理念新颖,体现了中国品位和中国思维模式,为世界莎学做出了贡献"(张薇)[1]。还有学者概括

---

1 张薇:《中国莎士比亚研究的扛鼎之作——评"莎士比亚研究丛书"》,《中世纪与文艺复兴研究(四)》,第199—205页。

了丛书的特征:"编者以主题文类分类为经,以时间为纬,展开细查,不但为读者提供了丰富的资料,也可从整体上把握20世纪中国莎士比亚研究的脉络,同时也通过中西交融互证,显示了很高的学术价值和收藏价值。"(胡鹏)[1]另有国外期刊发表英文书评,认为丛书将过去百年中国莎学以及当代西方重要莎学成果并行编录似乎注重比较方法,但同时在理论和主题方面的考量超越了任何一种方法论。选文显示了独特的中国视角,有充分的证据表明中国学者以参考世界莎学研究成果等方式与其他国家莎学界进行交流。[2]另外,丛书中的个别书目,比如《世界莎士比亚研究选编》还引起了特别关注。[3]对于丛书的其他赞誉或者鼓励,这里不一一转述。

同时,热心的同行专家和学人以不同方式表达了对于续编丛书的期待,并提出建设性的参考建议。我们也意识到一些需要改进的地方。比如,需要进一步加强中国莎学的综合梳理以及理论建构,拓宽莎士比亚作品的涵盖面,拓展世界莎学选编应该拓展的范围,等等。确实,我们需要在总结中国莎学成就,深度描绘中国莎学特色的基础上,发现不足和探索未来发展方向。因此,本系列论丛致力于放眼更广阔的世界莎学,进一步完善中国莎学叙事。我们规划的新系列除了按照传统的创作类型补编莎士比亚历史剧和传奇剧以及诗歌方面的代表性研究成果的选编,还包括如下几个特色选题:中国莎学书信、世界莎学选编续编、莎士比亚与现代文化的唯物主义考辨。这些选题从不同方面突出中国莎学研究的主要特征,加强理论探讨,扩展世界莎学的视野。

首先,在"莎士比亚研究丛书"第二系列中,我们创新出版了汇集

---

1 胡鹏:《中华莎学一座新的里程碑》,《文学跨学科研究》2020年第4卷第3期,第170—180页。
2 Qian Jiang: "Series of Shakespeare Studies." *Multicultural Shakespeare* Vol. 22 (2020): 197–201. https://doi.org/10.18778/2083-8530.22.11.(引文为笔者译)
3 张薇:《放眼世界,多种"主义"莎评交辉——评〈世界莎士比亚研究选编〉》,《中国比较文学》2021年第2期(总第123期),第202—206页。

中国莎士比亚学者近百年来研究莎士比亚的往还书信。这些书信必将成为组成中华莎学的一部重要的而且不可缺少的基本文献。这些云中锦笺将这些思想火花闪现，凝聚了中国莎学家集体思想、情感、友谊和记忆，史料集中出版公之于众，其意义已经超越了莎学本身，见证中外文化、文学、戏剧的交流，而且随着时间的淘洗，其学术价值和文献价值将愈加珍贵和显赫。《云中锦笺：中国莎学书信》，不但从东西文化互渐的角度展现在新文化运动和五四精神的影响下，莎学进入中国、不断前行的足迹，而且连接起了中国莎学昨天的开拓与曲折，今天的发展与繁荣，明天的奋斗与辉煌。我们相信本书的出版不但是莎学界的创举，而且对中国的外国语言文学研究也具有启示和推动作用。我们拣选了400余封与莎学有关的书信以及几十帧名家手迹和重要的莎学活动图片。书信作者包括曹禺等戏剧家，朱生豪、方平、屠岸等翻译家，卞之琳、孙大雨等诗人兼翻译家，冯雪峰、王元化等文艺理论家，黄佐临、张君川、孙家琇等导演、编剧、戏剧理论家和教育家，李赋宁、杨周翰、王佐良、陆谷孙等外国文学的大家，还有张泗洋、孟宪强、阮珅、曹树钧、孙福良等莎学专家和活动家。这些书信见证了中国莎学的历史，反映了中国莎学的成就。书信前面的几篇序言从不同层面、不同角度概括了几代学人为建设"中国特色莎学"体系的奋斗历程。我们看到，从曹禺先生开始，强调从中国视角认识莎士比亚的文学经典，到孟宪强先生提倡建立有中国特色的莎学，这既是对世界文化学术的贡献，又是传播中国学术和中国智慧的重要渠道。莎学书信也证明，我们借由莎学研究所进行的文化交流就是一个互相借鉴的过程，我们在借鉴他人、丰富自己的同时，阐发自己独特的文化学术内涵。总之，本书汇聚了中国莎学故事的精彩篇章，部分地勾勒出了中国莎学历史、人物群像、心路历程以及莎士比亚与中国现代文学戏剧关系的发展轨迹。

同时，莎学不是孤立的研究，中华学术话语体系的建设不仅需要中国眼光，而且需要国际视野。我们要在与世界莎学的交互审视中拓展中国莎学研究。

中国莎学需要面向世界，更需要了解世界，我们需要从异常丰赡的世界经典莎学的发展中不断汲取营养，以不断丰富、不断发展我们自己的莎学，唯有如此，才能最终显示出"世界莎学的中国叙事"的学术价值。因此，本丛书的创举还体现在《世界莎士比亚研究选编》（二）中，这是2020年出版的《世界莎士比亚研究选编》的续作。2020年版选编的选文在综合考虑西方文学批评总体发展的基础上，特别关注了20世纪中后期以来文艺批评的政治转向，具体表现在欧美莎学对于文本内外的历史和文化构成元素的考察。西方莎学是某些理论方法（比如新历史主义和文化唯物主义）的发源地和试验田。部分地受到西方新左派思潮的积极影响，更受到各种植根于虚无史观的哲学思想的消极影响，否定经典、打倒经典的"幻灭的批评模式"（霍尔布鲁克）似乎成为西方莎学批评的主流。但是，实际情况比这要复杂得多。我们在借鉴西方研究方法的同时，需要避免西方认识论上的迷乱。我们要有批判地借鉴西方的莎学成就，完善中国莎学体系建设。因此，续编的选文继续跟踪西方代表性研究，既重视文学理论和批评方法的衍变，也关注如何利用批评实践（不论传统的还是激进的）丰富我们对于莎士比亚作品的认识。更重要的是，选文特别关注对于欧美之外的莎学历史与发展动态的考察，收录了关于非洲、拉丁美洲、亚洲等地区莎学发展的综述，以及曾经影响过中国莎学的苏联马克思主义莎评的代表性成果，以便我们从中汲取经验和教训。当然最重要的，我们要探讨如何从世界莎学角度认识中国莎学发展的成就，因此收录了关于中国莎学的概论及其最新发展特征的论述。总之，续编选文重视莎学研究的国际性、世界性，更凸显了其国家性、民族性。最终目的在于有批判地借鉴国外的批评方法，探索如何完善我们自己的研究体系，建构人类命运共同体文化生态中的经典解读模式。

我们不能离开认识论而空谈研究方法，因此中外莎学也都离不开理论探讨。自20世纪中期开始，文艺理论出现了繁荣景象，其背后的动因是认识论的转向，批评的历史、政治转向，这很大程度上受到了马克思主义唯物论的影响；马克思主义唯物主义认识论在文学理论以及批评实践中发挥了重要的作用。本系列中的《莎士比亚与现代文化的唯物主义考辨》分析莎士比亚研究中的马克思唯物主义的表现形式，考察唯物论在当代发展的不同路径，在此基础上比较分析中西文论中对于唯物论核心论点的不同阐释和在莎士比亚研究中的应用。本书不仅从马克思主义唯物主义视角深入审视莎士比亚作品在不同历史时期的内涵，而且梳理和考辨莎士比亚经典作品与现代文化的关系。唯物主义认识论和历史观对于莎学研究具有建设性的意义，在今天仍然具有极为重要的指导价值，当然也需要我们根据具体的文学批评实践进行丰富和完善。该书包括如下主要章节：莎士比亚研究中的唯物主义认识论和方法论；莎士比亚的历史及政治批评；莎士比亚与现代文化关系的唯物考辨；莎士比亚经典与流行文化的悖论及其辩证认知；莎士比亚戏剧的唯物论及其他视角的解读。主要观点中包含了对于西方唯物论走向虚无主义、极端的怀疑主义和颓废主义的批判，也概括了马克思主义美学对于人类文明成果和文学经典价值的肯定，以及对于文学艺术作用的建设性认识。比如，鼓励人类向上的动能，主张客观地认识人文成果，反对虚无主义、享乐主义和悲情主义；基于对人性与人类的阶级属性的认识，反对盲目自信和自私自利主义，反对拜金主义和腐败的生活习性；基于对人类进步的诉求，指引人类精神文明的光明出路；等等。本书在理论方面的探讨目的在于抛砖引玉，翘首以待这方面的更多讨论，这将有助于更加全面、更加深入地研讨莎士比亚创作包罗万象的气韵。

莎士比亚的历史剧、传奇剧与悲剧、喜剧一样，构成了其戏剧创作的重要内容。莎士比亚以《亨利六世》历史剧为开端，撰写了一系列著名的历史剧，并对整个欧洲的历史剧创作产生了深远而持久的影响。在莎士比亚天才的创作生涯中，为我们留下10部历史剧。他的历史剧采用虚实结合的戏剧叙事，展现了宏大的历史、社会和政治、伦理题材，把战争、王权、领袖品质、爱国主义等文学主题演绎得惟妙惟肖和淋漓尽致。在莎士比亚时代，传奇剧尚未成为独立的体裁，大多被纳入喜剧的范畴。但是莎士比亚的5部传奇剧以其对虚幻世界的想象构筑和离奇现象的生动描写，把自然和超自然因素戏剧化，不仅让后世欣赏到了别开生面、独具一格的戏剧艺术，而且给我们展现了"精彩的新世界"的美学精神。20世纪以来，莎士比亚的传奇剧一直是学术界研究的重要课题。国内外关于莎士比亚历史剧和传奇剧的研究可谓汗牛充栋。我国学者自20世纪50年代以来，对莎士比亚历史剧研究已经相当成熟，李赋宁、方重、陈嘉等学人发表了重要论文，以马克思主义认识论和方法论探讨莎士比亚历史剧的思想和艺术特点。改革开放以来，莎士比亚历史剧和传奇剧研究日臻丰赡，许多论著采用不同的理论视角和文学研究方法探幽索微，涌现出一大批研究佳作，有的论著已经被摘要收入国际著名刊物《世界莎学文献》之中，引起了国际莎学同行的瞩目。《中国莎士比亚历史剧及传奇剧研究》精选这些佳作中最有代表性的20余篇研究成果，分编为四组：历史剧第一四部曲、历史剧第二四部曲、宪政确立及宗教改革历史剧、传奇剧，以期全面检视中国在莎士比亚历史剧和传奇剧研究中所取得的重要成就。

且不论莎士比亚戏剧的诗化特征以及其中的诗歌和歌谣成分，莎士比亚专门的诗歌创作同样丰富多彩和引人入胜。[1]可以说，莎士比亚仅凭他的诗歌创作，也足以在欧洲文艺复兴时代文学中占据一席之地。莎士比亚的诗歌包括154首十四行诗、两首长诗及其他杂诗，诗中彰显欧洲大陆以及英国本土的诗歌传统的精华，而且独树一帜，凭借其高超的语言技巧和深邃的思想内涵世代流传。莎士比亚诗歌的翻译、欣赏和研究是中国莎士比亚研究的重要方面。与诗歌翻译并举的，是莎士比亚戏剧的

---

[1] 莎士比亚创作的近40部戏剧作品大多以诗剧形式呈现，即台词的语言以五音步的无韵体诗为主，令他的戏剧叙述带上了浓郁的诗歌意蕴。

翻译研究，朱生豪、方平、梁实秋等翻译的莎士比亚全集既为广大读者提供了不同的译本，也是翻译研究的重要素材。《中国莎士比亚诗歌及翻译研究》荟萃自20世纪60年代以来不同历史时期莎士比亚诗歌研究以及翻译研究的代表成果，我们从研究精品中挑选出的30余篇，其作者包括诗人、翻译家梁宗岱、屠岸等，英语文学名家杨周翰、王佐良等，以及新生代英语文学学者。他们的研究涵盖了莎士比亚诗歌的主要作品，使用了不同的研究方法，既有益于推进莎士比亚诗歌及其翻译的研究，也有助于普通读者对于莎士比亚诗歌的欣赏。《中国莎士比亚诗歌及翻译研究》分五个部分介绍这些重要研究成果：莎士比亚诗歌研究总论、莎士比亚十四行诗研究、莎士比亚长诗及杂诗研究、莎士比亚诗歌翻译研究、莎士比亚戏剧翻译研究。

  总之，本系列主要关注如何放眼世界，讲好中国莎学故事。在总结梳理中国莎学发展历程的基础上，于探讨莎士比亚与中国文化关系的问题中凸显中国视角，从盲目的莎翁崇拜中走出来，拒绝盲目借鉴西方理论方法，强调互文互渐关系，同时探索以中国思维和中国文化视角，从比较异同到互通互鉴。首先，中国莎学几代学人努力奋斗的历程值得总结。中国莎学前辈已经探索了"中国莎学特色"的问题，从"中国人眼光看莎士比亚"到"中国特色莎学"再到"中华莎学走向世界"。我们在新时期需要总结过去几代人奋斗的历程，在百年中国莎学史基础上，做好世界莎学的中国叙事，建构中国莎学话语体系。从世界文学的经典中汲取精华，同时有批判地扬弃。这些努力都强调在国际"文化学术奥林匹克"——莎士比亚研究——为中华民族争得应有的荣光，同时宣传中国建设成就和学术成果，在人类命运共同体的文化环境里唱响中国声音，传播中国智慧、互通互融。中国莎学在这方面还有很多工作可做。

  假如我们认同国际友人关于世界文化学术中心向中国"迁移"的预言，那么我们更需要站在更高的角度看待中国莎学研究体系的构成问题；站在世界莎学的高度，从全球化时代构建世界文化格局的视角思考中国莎学。因此，世界莎学的中国叙事应该具有如下特征：第一，走出欧美主导的比较研究模式，这不等同于闭门造车，我们还要参考人家都做了什么，还在做什么，关键是在参考中我们要形成自己独特的观察和主张。学术观点不能人云亦云，学习研究方法不能亦步亦趋，不能照搬照抄、简单模仿，更不能简单地为某个外国理论或者方法作注脚，不要盲目赶学术时髦，追捧新方法、新观点、新术语，为新而新，不仅要抓住"时髦"理论观点的本质，更要关注其漏洞和缺陷，并在此基础上有效地建构自己的理论。第二，我们需要寻找自身独特观察视角与经典的契合点，并质询、丰富、参与其内涵构建，可能突破口就是发现某个理念、定义的暂时性和局限性。第三，注重中国文化元素和中国智慧的对外传播。中国文艺作品的"借船出海"与外国经典的本土化移植并行不悖。

2022年3月21日

（杨林贵：东华大学教授、莎士比亚研究所所长）

·顾问序言·

——《中国莎士比亚诗歌及翻译研究》序言——

人活了一把岁数时,就会浪得一些虚名,比如你的几本拙译因得益于"非专有合同"这个不得已而广泛采用的招数,几年间出了几个版本,又因一个版本需要一些广告词,就把你由"知名翻译家"一个跟头翻到"著名翻译家";更为夸张的是,拙译《月亮与六便士》五六年间竟然出了十几个版本,到了一定广而告之的阶段,"著名翻译家"和"资深著名翻译家"这些词儿都嫌不给力,就在译本和印数上翻新,"精准直译权威版本""五星级中译本""印数超百万译本"之类的大词非把你吹得晕头转向不可,然而你千万别以为你只需一本书抽取一块钱版税就是百万富翁了,其实层层利益剥蚀之后,你和这种夸张的广告词之间只有一千字七八十块钱的翻译费的关系而已。这时候就需要听老人言了:我的老同事诗人、翻译家绿原先生可能早领教过这样的虚拟,因此总跟我唠叨:咳,其实,我就是个出版工作者,至多加个业余翻译工作者!这不只是经验之谈,更是智慧,还十分受用,尤其"出版工作者"这个头衔。我刚做编辑工作时,约四十年前的样子,最先上手的两本书都是文集,一本是范存忠先生的《英国文学论集》,另一本是王佐良的《英国文学论文集》,对我尽快进入英美文学这个领域得益匪浅,因为要是我去收集这些文章来看,不知猴年马月呢。如果不是作者本人有心,即便亲人和朋友,要把他们散在各处的文章收集出版,也是有相当难度的,不只是热心,还需要高度韧性。也许是出于这样的职业视角,我对"集子"这类书格外珍惜，比如孟宪强先生的《中国莎学简史》，自从得之后，我翻阅了数遍，不仅让我把近百年间中国学人译介莎士比亚的来龙去脉理顺了，而且看到了他们的坚持和努力，让我写作《朱莎合璧》一书时借了力。在我和罗益民教授念叨这些前辈的好处时，一次他提醒说：我们认识的杨林贵老师是孟宪强先生的乘龙快婿呢。

　　我只有感叹莎士比亚的魔力了。在莎士比亚仙逝四百年之际，罗益民教授在他的地盘上主持周年大会，我在会上认识了杨林贵老师：不仅百分之百地像个老师，举手投足颇有绅士派头，开口说话言必有据，在我知道杨老师是在美国读的博士后，就更有了几分由衷的尊敬，因为我接触过的海归博士，几乎个个膨胀，开口闭口多是《围城》里的海归人士的口气。这无可厚非，海外求学不是谁都可以的，只是从他们的实绩上看，除了开始多是从外文资料里捡些名词攒成的文章，然后再难放下身段，做出一些集腋成裘的接地气的成果；还在上班时，倒是收到过几个"人才"的集子，勉强编辑出版过一本，还是资助的。就研究成果的质量而言，和老一辈学者如范存忠和王佐良相比，差得不只一星半点儿，由不得纳闷我们当今的学人怎么式微得这么厉害；其实我们谁都清楚，就是大家做事都不踏实了，名利驱动下忙着"人挪活树挪死"，真正的学问就荒废了。

　　什么是真正的学问呢？杨林贵老师和罗益民教授主持的《中国莎士比亚诗歌及翻译研究》是也。如同孟宪强先生的《中国莎学简史》与杨林贵、李伟民老师的《云中锦笺：中国莎学书信》，把散在各处的中国莎士比亚诗歌及其翻译研究成果收集成册，不只因其是最接地气的活儿而繁琐，还需要多方面的角度：收集谁的、为什么收集、散在什么地方、怎么收集、价值何在等等，都需要下一番功夫。这是杨、罗二位老师多年跟踪中国莎学研究的收获，而跟踪谁、谁的研究和成果更有价值，就是一个学者的眼光问题了。从集子的目录和内容看，时间跨度不仅向前延伸到了近百年，而且向后接触到了八零后、九零后莎学学者的研究，其参考价值不言而喻，成书后无疑是图书馆里的支柱信息源。诚如杨林贵老师在其《云中锦笺：中国莎学书信》前言里写给青年学者的话："不是所有有价值的研究都能及时得到认可，青年学者需要不懈努力并坚持自己真正喜欢的研究才行。""期待大家在前辈学者的治学精神感召下，做踏实的研究，成为学贯中西的学者，为中国莎学做出更大贡献。"

　　写下这些话，是有感于杨林贵和罗益民两位教授所做的事与所说的话，真要为《中国莎士比亚诗歌及翻译研究》多写些什么，其实我因为不擅长而很少做，掐指算来也只为罗益民教授的莎学成果写过点东西，如《天鹅最美一支歌》的序言以及他主编的广受欢迎的多集读物《给孩子们讲故事》的介绍文字，但是当我读到杨林贵老师关于朱生豪译文的评论时我被触动了，由不得再说几句——

　　　　后来，开始比较译文与原文，自以为发现了译文与原文上的出入，但是无论如何也找不出比朱生豪译文更好的处理办法。

　　因为一辈子做"出版工作者"，一直跟踪和完善朱生豪的译文，也算见识了不少关于朱生豪译文的评价和说法，而杨林贵教授的这四十九个字，是我见过的最有角度因此最中肯的，尤其他的结论是朱生豪的译文把握住了莎士比亚的作品的神韵，和我在专著《朱莎合璧》里所论述的基调是一致的；有点不同的是我用了上千个朱译的例子归纳出其译文的秘籍：展—转—腾—挪；的确，评论译文是一件非常需要功夫的事情，用鲁迅的话说——

　　　　批评翻译却比批评创作难，不但看原文须有译者以上的工力，对作品也须有译者以上的理解。

一些学外文的，尤其海归学人，似乎就可以高高在上，不屑提高和修炼汉语了，因此评论朱译往往"文不对题"；更有些东扒西抓地翻译莎剧者，为了鼓吹自己的译文高明而对朱译"乱话三千"，就更让人无语了。

虽然是在为《中国莎士比亚诗歌及翻译研究》写序，但因我已在拙译《莎士比亚诗歌全集》的两万多字的前言里，基本把中国莎士比亚诗歌的翻译的得失和长短，理出了头绪，肯定和不肯定的话说了不少，这里没有更多的话可说。再者，主持这本书的罗益民教授和杨林贵教授，都是一线硕果累累的学者，所选所收都有他们的眼光和角度，我祝贺就是了，再啰唆就纯属多余了。

最后要特别为商务印书馆能出版这样的研究成果说几句：不只因我的无利可图的小书《编译曲直》曾经得以出版，更是因为在出版界追逐利益成风的当下，出版这样几乎没有利润的书籍，编辑不仅需要专业眼光，还得牺牲自己的利益，没有十二分的勇气是不行的。

二〇二一年十二月中旬

于副中心太玉园

（苏福忠）

·编者引论一·

莎翁经典文本的构造与其中国化

——中国莎士比亚翻译研究简论

　　莎士比亚这位西方文化偶像自晚清时期被引介到东土以来,其作品在中国的跨文化传播、改编演出、接受欣赏和学术研究,很大程度上是依赖翻译进行的。中国现代语言和文化的形成和变革过程中,外国人文和科技成果,特别是西方经典作品的翻译起到了非常重要的作用。作为世界文学经典作家的莎士比亚是第一个在中国享有全集翻译的外国作家。虽然莎士比亚是英国文艺复兴时期的作家,但在20世纪莎士比亚全集被翻译到中国的特定历史条件下,他从一开始就戴着"现代"的标签。莎士比亚在西方成为经典经历了一个相对漫长的过程,而且莎士比亚的经典文本的构造成书或者全集的发展历程也随着人文思想主导观念的变革经历了革命性的衍变,从现代早期、现代再到后现代,他从未缺席,进入新世纪以来莎士比亚经典的传播更是从传统的纸媒进入了电子媒体时代。本文在梳理莎翁经典的形成和变化过程基础上,探讨莎士比亚在中国的翻译和翻译研究问题,必然涉及原文文本的变迁、翻译策略的选择、对比语言和文化差异等等具体问题,很多这样的问题也是翻译研究探讨的核心问题。除此之外,我们还要考虑这样一些问题:莎士比亚在西方为什么和如何成为经典?典籍如何演变?莎士比亚作品经历了怎样的中文典籍化过程?莎士比亚作品经典化的过程本身即为一种文化现象,莎士比亚作品中国化的问题不仅仅是翻译的问题,更是涉及不同时期文化策略的跨文化现象。因此,本文把莎士比亚经典的中国化翻译同样作为文化现象来考察，并从此视角评述本文集选录的莎士比亚翻译研究成果。本文从如下三方面展开论述：莎士比亚经典化及权威经典文本的构建、莎士比亚翻译与其中国典籍、中国莎士比亚翻译研究综述。

一、莎士比亚经典化及权威经典文本的构建

当今时代，从纸媒过渡到数字媒体之前，文学经典都是以书的形式呈现给读者，特别是大作家的作品往往以大部头的全集形式出现，而全集则是把单个文本汇集编撰而成书。就莎士比亚全集版本而言，大家耳熟能详的当代版本各有千秋：牛津版（Oxford）、剑桥版（Cambridge）、诺顿版（Norton）、河畔版（Riverside）、阿登版（Arden）等。[1] 这些全集版

---

[1] 旧牛津版最早出版于1904年（克莱格［William Craig］编辑的版本），1914年起重印多次，是朱生豪翻译莎剧参考的主要版本，新牛津版由威尔斯爵士（Sir Stanley Wells）、泰勒（Gary Taylor）等多位当代莎学家和版本学家编辑，1986年和2005年出版两版，是目前影响最大的版本，不含注释，新版收录了几部曾被认为与他人合作或者属于伪作的莎剧，比如《爱德华三世》，牛津本网络版包含学术版、原拼版等多个系列。1921年剑桥大学出版社开始出版"新莎士比亚"（3卷），1984年出版新剑桥版莎士比亚全集。相对保守的学生读本是河畔版（1973年首版，1997年二版），除了引论还包含辅助阅读的文本注释，在20世纪90年代前在美国各大学很受欢迎，但其地位被诺顿版取代。1997年出版的诺顿版是基于牛津版的大学读本，由格林布拉特（Stephen Greenblatt）总编，多位著名学者参编，既有牛津版的冒险精神又有格林布拉特等莎学专家写的批评引论，内容包含关于莎士比亚生平和创作、他那个时代的英国生活、伦敦演剧行业、莎剧版本问题等方面的总论，还包含大量的注释和生僻词汇的列表和注解，很快成为英美大学的新的时髦版本。阿登版1899年开始从单本做起（第一个单本是道顿［Edward Dowden］编辑的 *Hamlet*，卞之琳先生翻译本剧参考了这个版本），先由克莱格主编，后来凯斯（R. H. Case）接手，迟迟没有出版全集，是最早采用原始拼写的版本，不包含文本注释，但修订版的阿登版增加了专家注释，以及亲近学生学者的批评研究和导读，1951—1982年出版了第二系列，1995年出版第三系列，除了37部公认莎作之外还收录了《双重错误》（*Double Falsehood*）、《摩尔爵士》（*Sir Thomas More*）和《爱德华三世》（*King Edward III*）。阿登版和剑桥版的新莎士比亚深深影响了后来的其他多人合编的一些现代拼写版本，例如塘鹅版（Pelican）、印章版（Signet）、新企鹅版（New Penguin）等。1992年福尔杰图书馆（Folger Library）出版的莎士比亚全集提供现代拼写和标点，每部作品前都有一个简短的关于莎剧语言、

（转下页）

本所反映的莎士比亚经典传播史的整个过程值得研究。这些版本是编者考虑了单个作品的手稿状况、早期的版本（对开本和四开本）、语言差异、剧场条件等因素并遵循某种编辑理念而产生的。但是，莎士比亚手稿的缺失，不仅给莎士比亚文本的考据带来挑战，而且引起现代学界关于莎士比亚著作权以及不同版本的权威性方面的争议，催生了现代文本学的分化。这里涉及两个重要方面的问题。首先，经典文本经历了从手稿到书本的过程，让作家的作品拥有了物理存在，这个物理存在传播的过程中给作品赋予了很多作品文本之内不曾包含的衍生的和附带的存在。因此，与经典有关的文本生成和衍生文本都是值得研究的文化现象。再者，在纸媒时代书籍出版和作家名气自然有相互提升的关系，但提高作家名声的根源不仅仅在于作品本身和作品的名气，还在于时代文化风尚的推动；在特定历史时期，特定文化势力的推介，也起到了非常重要的作用。可以讲，莎士比亚作品之所以成为经典以及典籍的构成反映了几个世纪的编辑和批判的理论和实践方面的演进。本文这个部分讨论莎作在西方的经典化和典籍发展历程。从版本变革的角度我们可以将经典化过程划分为五个阶段：（1）从Jonson（琼生）到Johnson（约翰逊）或从戏剧集到全集：古典原则下的典籍标准的确立；（2）浪漫主义"世界文学"中的莎士比亚与莎翁崇拜视角下的经典翻译；（3）文学学术职业化中的莎翁典籍和文本学纷争；（4）走下神坛的莎翁与典籍的多元化构成；（5）经典

（接上页注）

剧场、印刷文本的导论，不仅包含注释和插图（图书馆保存的珍本书种的莎士比亚时代的物件、服饰以及神话人物的图片），而且提供每一场的故事概要，剧本后面还附有一篇专家从现代视角对剧本的解读以及涵盖各个方面的扩展研究目录和摘要。大多版本为专家合力完成的版本。除了这些合编的版本，还有贝文顿（David Bevington）独立完成的全集（自1980年至2013年发行了7版）和易于携带的袖珍本全集（The Alexander Text）。网络版全集除了新版牛津版，比较有影响的还有麻省理工版、福尔杰图书馆版等。最近英国皇家莎士比亚版全集戏剧文本完全遵从1623年对开本的权威，但在此基础上增加了十四行诗和叙事诗。关于20世纪莎剧版本的详尽论述参见John Jowett, "Editing Shakespeare's Plays in the Twentieth Century", *Shakespeare Survey*, Vol. 59 (2006), pp. 1–11。

的"精彩新世界":数字人文时代的莎士比亚。本文重点讨论前四个阶段。

第一阶段:从Jonson到Johnson或从戏剧集到全集:古典原则下的典籍标准的确立。四百余年前莎士比亚大概没有想到他的作品会被作为人文时代的经典来看待,他把为当时的舞台编写创作的剧本稿子交给剧团就完成了任务。实际上,他没有给任何人授权来出版他的手稿,或许他并没有流传后世的期待,因为当时印刷技术和出版业刚刚起步,虽然有人私下印刷他的剧作出版赚钱,但他似乎没有收到版税的收益,也没有现代的版权概念。他更不会想到,他的戏剧后来被收集整理成一本大书,再后来补入了他早年创作的诗歌,出版了归在他个人名下的全集,流传百代。从戏剧集到全集这件事,起始于他去世七年后,他生前的剧团朋友海明奇(John Heminges)和康戴尔(Henry Condell)编选出版的对开本。[1]1623年他们将分散的本子整理归集,请当时的顶级诗人"大力推荐"。[2]国王的钦点诗人琼生(Ben Jonson)题写了颂诗,不仅给了莎士比亚以"不为一世,而为永时"(not of an age, but for all time)的高度评价,而且有为"洛阳纸贵"造势的功效。[3]莎士比亚对开本成为他的作品被后世奉为经典的最重要基础,也是后来所有莎士比亚作品版本编辑处理所参考的核心典籍。

---

[1] 笔者在《世界莎士比亚研究选编》2020年版"主编前言"中关于对开本编者的表述存在笔误,见第7页。特此说明并致歉。

[2] 琼生在1616年因其诗歌和戏剧成就得到国王詹姆斯一世钦赐的一笔养老金,君王钦点的著名诗人一般被称为桂冠诗人,虽然在此后大概一百年后英国的桂冠诗人体系才开始。一般认为琼生是英国第一位桂冠诗人(非正式)。

[3] 对开本印行了750册,这在当时的图书市场是个不小的数字,但出版商似乎并不愁卖,并在1632年再次印刷发行(学界称"第二对开本"),这次弥尔顿为第二对开本写了赞颂莎士比亚的墓志铭。此后,1663年发行了第三对开本,1664年再次印刷时添加了《佩力克里斯》和6部莎剧伪作;1685年出版了第四对开本。第一对开本包含36部剧,其中18部首次出版,另外18部在莎士比亚生前都出版过四开本,波拉德(A. W. Pollard)认为半数四开本都是"劣本"(bad quartos),是根据剧团成员的回忆重构的讹误充斥的文本。参见牛津参考词典,https://www.oxfordreference.com/display/10.1093/oi/authority.20110803095826338,访问时间:2025年3月5日。

琼生虽然在对开本前的颂诗中对这位"墨水不多"（small Latin and less Greek）却成就斐然的前辈不吝溢美之词，但在他处却不无微词，比如在他自己的剧作《人人高兴》（Every Man in His Humor）前言中嘲笑莎士比亚的历史剧写作，1619年在与苏格兰诗人德拉蒙德（William Drummond）的谈话中嘲笑莎士比亚传奇剧写作，并说莎士比亚"缺乏艺术"[1]，因为他认为莎士比亚的戏剧时常有违古典创作原则。琼生对莎士比亚的看法基本上代表了17世纪和18世纪文学界对莎士比亚的矛盾认识，其后的作家，比如德莱顿（John Dryden）、蒲伯（Alexander Pope）等既赞颂莎士比亚为英国文学做出的贡献，称其为"民族诗人"，同时也为他不遵守三一律的古典教条造成的瑕疵感到惋惜，以至于开始按照古典原则和当时的欣赏品味动手处理莎士比亚戏剧文本。不管怎样，他们总体上都认同莎士比亚是伟大的作家，并不同程度地推介他的伟大作品，但是因为当时的英语还没有一个固定的形态，莎剧各个作品甚至没有统一的拼写标准。第一位开始标准化莎剧的人是律师出身的罗（Nicholas Rowe），1709年罗编辑出版了6卷本的《莎士比亚作品集》（The Works of Mr. William Shakespeare），收录的主要是第一对开本的36部剧。罗无法接触到莎士比亚的手稿，他参考能找到的几版对开本以及《哈姆雷特》《奥赛罗》的四开本对照修订文本。他的编辑工作做出的最重要贡献是用当时通用的英语统一了拼写和标点符号，标准化了戏剧人物名字的拼写，并增加了舞台提示，因此让读者更容易领悟莎士比亚作品。罗也是第一个在题目上用works这个词来归集莎士比亚戏剧之人，之前出版的对开本题目是《莎士比亚先生的喜剧、史剧及悲剧》（Mr. William Shakespeare's Comedies, Histories, and Tragedies）。另外，罗的版本是第一个批评版的莎士比亚戏剧集，其引论中包含编者写的关于莎士比亚生平的细节材料，虽然这些材料大多属于

1　Ben Jonson, Discoveries, 1641; *Conversations with William Drummond of Hawthornden*, 1619, New York: E. P. Dutton & Company, 1923.

臆测性质，但学界一般认为罗是第一位撰写莎士比亚传记的人。

　　毕竟当时的读者只有社会上少数有条件读书的人，大多为王公贵族、资本新贵和上层人士，莎士比亚作品还普及不到广大的平民百姓和草根阶层。贵族讲究身份的得体和文雅，莎士比亚剧作中的下层人士常常出言不雅甚至粗俗，所以需要改造莎士比亚典籍，编辑出让贵族太太和小姐们读起来不至于脸红的本子。罗的《莎士比亚作品集》影响了后续对莎剧的编辑工作，20世纪的编者大多仍然沿用他的人物名字的写法以及莎剧小范围的修订。罗的编辑只是在对照不同版本基础上修订了个别字句，他的小修小补既谨慎又符合实际，最起码还没有让编者权威凌驾于作品之上。然而，在罗之后崇尚新古典主义风尚的文坛开始根据自己的品味"精修"莎剧的传统，他们要打造雅致的莎士比亚，不让读者看到编者认为有损大作家形象的不够斯文甚至粗俗的"不完美"台词。蒲伯1725年的6卷本《莎士比亚作品集》（The Works of Shakespeare）就是改造莎士比亚作品的首例，他以自视正确的"文明社会"标准汇编并"修正"莎作，删除"不文明"的内容，意在提高莎剧对当代读者的吸引力，已经远远超出妆点翻修的范围，而是僭越了原作的权限。作品集当时就受到学者的质疑，西奥博尔德（Lewis Theobald）1726年在《莎士比亚作品复原》（Shakespeare Restored; or, a Specimen of the Many Errors As Well Committed as Unamended by Mr. Pope, in His Late Edition of This Poet）中批评蒲伯的大胆翻修。然而，令人匪夷所思的是，西奥博尔德本人1733出版的"复原本"莎剧集不仅沿用了蒲伯的底本，而且很多地方接纳了蒲伯的文本修订。[1] 蒲伯、西奥博尔德代表了18世纪文坛兴起的分析性文本批评传统。值得一提的是，从这个时代开始莎士比亚才被赋予了经典的地位。

---

[1] 参见Carly Watson, "From Restorer to Editor: The Evolution of Lewis Theobald's Textual Critical Practice", https://www.english.ox.ac.uk/article/from-restorer-to-editor-the-evolution-of-lewis-theobalds-textual-critical-practice，访问时间：2025年3月5日。

如果说新古典时代，罗给莎剧的"标准化"开了个头，约翰逊（Samuel Johnson）1765年的8卷本《莎士比亚戏剧集》（*The Plays of William Shakespeare*）则达到了顶峰，并进一步确立了莎士比亚剧作在文学中的经典地位。刚刚完成编撰第一部英文词典的约翰逊博士不仅为现代英语语言奠定了标准，而且以这部莎剧集为此后一个多世纪的莎士比亚作品的阅读和接受设定了一个标准。他编撰英语辞典过程中大量阅读文献的基本功，令他能够充分考察前人编辑的莎剧版本的得失。他不仅剔除了一些之前版本的讹误，而且在文本注释中指明哪些词汇已经过时。更为重要的是，他在戏剧集"前言"中讨论了几个重要的文学批评的问题，表达了对莎翁的尊崇，为后来的莎翁崇拜定下了基调。首先，约翰逊一反尚有余威的新古典主义学说，为莎士比亚做激烈的辩护，认为莎士比亚超越了古典教条，他的诗魂远比时间、地点之类的细节更重要。其次，谈到莎士比亚戏剧悲喜混合的问题，他认为尊法自然远比戏剧类型的纯洁性更重要，莎士比亚是自然的诗人，他"为读者高高举起一面照进风习和生活的忠实的镜子"[1]。另外，他的观点为即将开启的文学领域的人物分析做了理论准备，他抨击新古典主义提出的人物的得体性原则。以伏尔泰为代表的法国新古典主义者绝不允许把君王写成醉汉，因此批评莎士比亚把《哈姆雷特》中的国王克劳迪斯刻画得醉醺醺的。约翰逊强调，莎士比亚的人物刻画注重"普遍人性"而不是个别的偶然的特性。约翰逊的评论开创了现代文学批评的一个发展方向。

约翰逊的《莎士比亚戏剧集》不仅是莎士比亚的现代典籍的基础，更为莎士比亚全集的编辑做好了充分的准备。约翰逊生前与斯蒂文斯（George Steevens）合作编辑莎士比亚全集，于1773年出版了10卷，后来由斯蒂文斯充实到15卷，再后来1883年由里德（Isaac Reed）主持重新发

---

[1] Samuel Johnson, "Preface to Shakespeare", *The Plays of William Shakespeare*, London, 1765, p. 3. 参见网络版，http://public-library.uk/pdfs/8/865.pdf，访问时间：2025年3月5日。

行，变为21卷的集注本全集（首个莎士比亚集注版）。约翰逊的继承者马隆（Edmond Malone）在1780—1783年间为约翰逊的《莎士比亚戏剧集》做了3卷本的补编，补充了莎士比亚十四行诗（文学史上首个十四行诗批评版本）和莎士比亚年谱，另外包括斯蒂文斯收集的莎剧伪作。马隆编的年谱是首个莎士比亚创作年谱，第一个确认了莎士比亚作品创作的顺序。1790年马隆11卷本的《莎士比亚戏剧及诗歌集》(The Plays and Poems of William Shakespeare) 也成为莎士比亚研究史上的一个里程碑。

某种意义上，约翰逊博士的《莎士比亚戏剧集》还推动了莎士比亚作品后来成为"俗世圣经"的造神运动的发端，为浪漫主义时代进入第一个高潮的莎士比亚崇拜吹起了前进号角。

第二阶段：浪漫主义"世界文学"中的莎士比亚与莎翁崇拜视角下的经典翻译。约翰逊的"自然诗人"和"普遍人性"说给莎士比亚赋予了仅次于上帝的位置，把莎士比亚奉为人类最伟大的天才，是莎士比亚的泛欧洲乃至全球传播和接受的思想基础，与稍后兴起的横扫欧洲的浪漫主义运动在对莎士比亚的认识上异曲同工。从浪漫主义时代开始，莎士比亚作品从英国文学的经典变成了"世界文学"的经典。在浪漫主义狂飙的推波下，读者对莎士比亚的崇拜与日俱增，莎士比亚在歌德提倡的"世界文学"中具有至高无上的位置，甚至被视为全宇宙历史的创造者。正是在这样的文化条件下，莎士比亚戏剧乃至作品全集开始被翻译成其他语言，开启了莎士比亚作品在欧洲其他语言中的典籍化过程，先从德国和法国开始，然后进入西欧其他国家以及俄国和东欧国家，并伴随着欧洲的对外殖民活动，莎士比亚的影响进一步传播到其他地方。拉丁语族国家大多从法国引入莎士比亚，而北欧的日耳曼语族则从德国引入。[1]

---

[1] 关于莎士比亚作品在欧洲的传播，参见 "Shakespeare on the Continent" in *The Cambridge History of English and American Literature* (1907—1921), Vol. IV, 网络版 www.bartleby.com/lit-hub/volume-v-english-the-drama-to-1642-part-one/26-introduction-of-shakespeare-into-other-lands-chiefly-through-french-or-german-translations/，访问时间：2025年3月5日。

亚洲国家翻译莎士比亚全集，既有西方殖民霸权因素的影响，也有本土知识精英在寻求变革的文化潮流中主动引介莎士比亚的强烈愿望，本文后面将以中国为例进一步讨论。

在19世纪的欧洲，翻译莎士比亚全集方兴未艾。在德国人眼中，莎士比亚成了"我们的"（unser Shakespeare）。青年歌德在1771年写的《论文学批评》中说，"我刚读了第一页就成了莎士比亚的终身奴隶"。他不仅崇拜莎士比亚而且在创作上深受其影响，但是他的时代还没有德文版的莎士比亚。虽然他本人以及其他作家翻译过莎士比亚，但都是零散的翻译。在后来的若干德文版莎士比亚全集中，施莱格尔（August Wilhelm Schlegel）与帖克（Ludwig Tieck）主译的《莎士比亚戏剧集》（Shakespeare's Dramatische Werke，1825—1833）脱颖而出，成为与歌德和席勒作品并驾齐驱的德语文学经典。施莱格尔与帖克版的《莎士比亚戏剧集》让更多德国人以自己的母语阅读莎士比亚，说德语的人通过这个译本接触莎士比亚，完全没有现代英国人读莎士比亚的伊丽莎白-詹姆斯一世时代英语原文的隔阂，因为译文将莎士比亚归化成了讲现代德语的作家。不仅如此，受到浪漫主义熏陶的译者虽然使用散文风格翻译莎士比亚的诗剧，却不乏莎士比亚的诗意和神韵，因此这个译本不仅成了德语翻译文学乃至德语文学的经典，至今仍是最受欢迎的德文版本，而且促进了莎士比亚在讲德语的国家甚至泛欧洲的接受，将德国人对莎士比亚的热情推向高潮，1864年德国成立了全世界最早的莎士比亚组织。在莎士比亚诞辰300周年之际，德国莎士比亚协会（die Deutsche Shakespeare-Gesellschaft）在浪漫主义大本营、席勒和歌德生活的城市魏玛成立，德国似乎成了莎士比亚的第二故乡。1865年德国莎士比亚协会出版了首个莎士比亚专刊《莎士比亚年鉴》（Shakespeare Jahrbuch）。

法国对莎士比亚的接受从新古典主义大师伏尔泰的又爱又恨，到浪漫主义时期也加入了莎翁崇拜的大潮，雨果、司汤达等大作家不仅推崇莎士比亚而且提倡用法语翻译莎士比亚。最早的法文版莎士比亚是拉普拉斯（Pierre-Antoine de la Place）在浪漫运动之前（1745—1748年间）翻译出版的莎士比亚全集，以及勒图尔纳（Pierre Le Tourneur）1776—1783年间出版的全集，基佐（François Guizot）1821年修订并重新出版了勒图尔纳翻译的全集，但最受欢迎的是雨果1865年版的《莎士比亚全集》。雨果父子对法语莎士比亚的贡献尤为突出，雨果为其子小雨果（François-Victor Hugo）翻译的《莎士比亚全集》（1859—1866年间出版18卷本）写了长篇引论，而且还在莎士比亚诞辰300周年之际单独出版了这篇赞美莎士比亚天才的引论，即著名的《莎士比亚传》。雨果版的《莎士比亚全集》中包含的莎士比亚十四行诗是首个完整的法文翻译，全集中还包括补充注释和附录，详尽讨论莎士比亚的素材来源以及莎剧推陈出新的特色，颇有当时法国比较文学的学风。更有意思的是，全集中收录了被称为莎士比亚伪作的几部戏剧，这在当时是非常前卫的做法，体现出很高的莎翁崇拜程度。雨果版《莎士比亚全集》虽然主体是散文体的，但与施莱格尔-帖克的德文诗体全集可以相提并论，都充满了浪漫主义精神气质。

俄语地区以及其他斯拉夫语族国家接触莎士比亚相对较晚，但浪漫主义运动加快了莎士比亚东移的步伐，以至于莎士比亚深深地影响了普希金、屠格涅夫等人的创作。普希金认为莎士比亚天才的客观性体现在人物塑造的真实性上，并把莎士比亚的艺术方法应用到自己的创作中。他对莎士比亚的热爱不局限于文学方面，莎士比亚作品对他的影响甚至上升到精神领域，塑造了他的世界观和历史观以及对于当代生活的看法。总之，莎士比亚从19世纪中后期已经在俄语文化中享有举足轻重的地位，产生了《莎士比亚全集》的多种俄文译本。第一个是外科医生凯彻（Nikolai Khristoforovich Ketcher）1841年完成的以1632年的对开本为底本的逐字对应的翻译。"标准"俄文版据说是1880年戈贝尔（Nikolai Vasilyevich Gerbel）主译并编辑的全集，里面包含他1865年前完成的译文以及其他译者的译文，包括索克洛夫斯基（Alexander Lukivich Sokolovsky）翻译的剧目。索克洛夫斯基1894年完成并出版了独自一人翻译的莎士比亚全集。[1]另外，1902年文捷洛夫（Semen Afanasyevich Vengerov）编辑出版的俄文全集中收录了戈贝尔全集中的部分剧目，每部剧前面增加了评论，全书还配了插图。[2]

而19世纪的英国，也接受了欧洲大陆的浪漫主义文学和黑格尔的浪漫主义哲学的影响，开始重新认识莎士比亚及其经典的价值。浪漫主义崇尚个性解放和个人英雄主义，把莎士比亚推崇为文化英雄，在对莎士比亚戏剧人物的分析中着重挖掘个人的内心世界。就这样，莎翁崇拜在美学的哲学化思潮中将莎士比亚推向了神坛。卡莱尔（1795—1881）在《论英雄和英雄崇拜》（1841）第3讲"诗人英雄"中将莎士比亚称为英国的民族英雄和文化英雄，他甚至提出这样的说法：英国人宁可舍弃印度殖民地也不愿失去莎士比亚，让莎翁崇拜与殖民霸权的傲慢联系到了一起。[3]柯尔律治等英国浪漫主义者认为莎士比亚是刻画人物心灵的天才，将18世纪后期兴起的人物性格分析发展到了极致。例如，他受到歌德和黑格尔影响，认为哈姆雷特因为敏感而摇摆，因为思考而拖延，这个结论主宰了19世纪对于莎士比亚笔下的这位王子的认识。赫兹列特（William Hazlitt）1817年出版《莎士比亚戏剧人物分析》（Characters of Shakespeare's Plays），德昆西（Thomas De Quincey）分析麦克白（"On the Knocking at the Gate in Macbeth"，1823）。因为浪漫主义者对人物分析的迷恋，他们一致

1　我国莎士比亚全集译本中的朱生豪译本的成书情形颇似1880年戈贝尔俄语版全集，也是以一人的翻译的剧目为主体，其他人翻译补译，只不过朱译是在他本人逝世几十年后由出版社组织其他译者补译。梁实秋译本的情形则有似索克洛夫斯基或者凯彻的俄文版，都是个人独立完成的，采用的逐字逐句方法与凯彻相仿。关于中国莎士比亚全集，后面进一步讨论。

2　英国莎士比亚中心及莎士比亚出生地托管会收藏世界各国莎士比亚全集的文本并在其网站上发表介绍这些收藏的文章，关于俄文版全集参见https://www.shakespeare.org.uk/explore-shakespeare/blogs/shakespeare-russian-part-two-pre-revolutionary-shakespeares/，访问时间：2025年3月5日。

3　鲁迅读了这本书的日文版（《英雄论》土井晚翠译，于1898年出版），在他的《摩罗诗力说》中引用卡莱尔，从天才诗人能够凝聚国民精神从而改变国家命运的角度来认识诗人崇拜。

拒绝承认莎士比亚是为剧场写作的，认为表演无法充分表现人物的内心世界。在兰姆（Charles Lamb）看来，表演中人物性格的崇高性受到折损，而我们渴望"了解一个人物，比如奥赛罗或者哈姆雷特的伟大心灵的内在运作和活动轨迹"[1]。在莎剧版本方面，浪漫主义时期以及整个19世纪，约翰逊以及马隆版本仍然久盛不衰，还是最有影响的莎士比亚全集英文读本。英文版全集的重新编辑从19世纪末才开始提上日程，并在20世纪上半叶，伴随着文化教育的发展和文献学及文本研究理念的变革，涌现了一系列至今仍有影响的莎剧和全集版本。

第三阶段：文学学术职业化中的莎翁典籍和文本学纷争。维多利亚时期野蛮的资本生长和工业化给自然和人类精神造成严重破坏。现实主义开始抬头，这是新型的写实文学，不是古典主义"给自然照镜子"的简单机械模仿现实，而是批判现实主义方法，这面镜子要照进人性的深处，强调如实反映社会的黑暗面。莎士比亚这位曾经的浪漫派眼中的英雄，现在变成了现实主义大师。所以，他的作品中如实反映社会现实的内容就不容美化或者删除，另外，学者们认识到一字之差会造成对一部作品的不同解读，因此产生了通过版本编辑还原真实的莎士比亚的诉求，并酝酿了莎学领域的文本研究和版本编辑革命。19世纪末20世纪初，工业化和城市化的发展对劳动力的文化水平要求越来越高，大学教育开始平民化和推广普及，开始重视经典作品对人的教化和精神提升作用，促成了文学研究的职业化。在20世纪，大学的通识教育中文学逐渐成为必修课，文学研究在大学英文系中成为支柱专业方向，直到20世纪末莎士比亚都是很多英美大学的必修课。同时，文学研究期刊像雨后春笋一样出现。因为莎士比亚在英语文学中的核心位置，学界奉献给他多个研究专

---

1 *On the Tragedies of Shakespeare*, 1811，转引自 David Bevington, *Complete Works of Shakespeare*, p. ci。兰姆与其姐姐合作将莎士比亚戏剧改编成故事《莎士比亚故事集》（*Tales from Shakespeare*），出于同样的浪漫主义考虑，注重人物刻画。故事集的多种译本在莎士比亚戏剧翻译到中国之前对于莎士比亚在中国的传播起了极为重要的作用，关于这点后面进一步讨论。

刊，1948年在英美各自创办了一个莎学期刊，即英国的《莎士比亚研究》（*Shakespeare Survey*）和美国的《莎士比亚季刊》（*Shakespeare Quarterly*）。文化教育需要学子承受得起的莎士比亚经典的读本和职业化的学术研究的加持。所以，这个时期莎学发展的一个比较显著的方面是文本研究以及与之相呼应的经典作品的学术读本的编辑出版。

莎剧文本研究与文献学的发展密切相关。莎士比亚作品作为书印刷出版之前的手稿大多遗失，生前出版的个别剧目的若干四开本版本也不一致，这就引起学界关于对开本与手稿以及此前出版的四开本是什么关系、四开本和对开本的相对权威性等问题的考证。1623年对开本书名页上称"根据真实的原始抄本出版"（Published according to the True Original Copies），但实际上也并非原始版本，只不过是编者宣示权威性的一个策略。即使最初的四开本参考的是手稿或者演出记录本，但是在手稿被固定成印刷文本的过程中除了编者，还有演员、抄录员、编印的排字员等其他人员的参与，因为手稿手写体常常要经过辨认识别、纠正修订才最终成形呈现出书的模样。因此，20世纪开始的文本编撰传统是：把莎士比亚1623年的对开本与之前的多种四开本比较，并根据所谓的作者"创作意图"加以甄别，然后汇编成一个权威的版本，把作者的创作意图传达给读者。这是以波拉德（A. W. Pollard）、迈凯罗（R. B. McKerrow）开创并由格雷戈（W. W. Greg）完善的文本研究方法，他们称为"新目录学"（New Bibliography）。这种做法秉承的文本观与当时的文史观一脉相承，和即将盛行的新批评看法一样，认为文本意义是稳定的统一整体。"科学"的编撰就是为了找到唯一最符合"作者意图"的正确的文本解读。在这样的背景下，学界开展关于莎剧不同文本的可靠性和权威性研讨。1909年波拉德在《莎士比亚对开本及四开本》（*Shakespeare Folios and Quartos: A Study in the Bibliography of Shakespeare's Plays*）中，提出了将遗存的莎士比亚四开本分成"好本"四开本（"good" quartos）和"坏本"四开本（"bad" quartos）。这种好坏二分法影响了后面的版本研究，20世纪大多数文本学家沿用这种方法，包括迈凯罗、格雷戈以及两位著名的威尔逊（John Dover Wilson 和 F. P. Wilson）。迈凯罗于1939年出版《牛津莎士比亚绪论》（*Prolegomena for the Oxford Shakespeare*），勾勒了这种新的编辑方法及其原则，他使用这种方法着手编辑莎剧，可惜没能完成。不过，格雷戈继续两位目录学前辈的事业，在《莎士比亚编辑问题》（*The Editorial Problem in Shakespeare*, 1942）中检讨并修正完善了他们提出的方法。此后新目录学学者总结出早期文本印刷的五种底本：糙稿（foul papers）、清爽誊抄本（fair scribal copy）、剧场提词本（prompt copy）、忆录本（memorial text）、重构本（reconstructed text）。1955年格雷戈出版《莎士比亚第一对开本》（*The Shakespeare First Folio*），详尽阐述了各种底本的情况，是这种研究的集大成者。不管怎样，20世纪莎士比亚版本权威性问题的探讨最终加固了莎士比亚在文学中的核心地位和文化权威地位。

虽然学者们对于各种版本的权威性各有说辞，莫衷一是，但他们都试图找到那个最符合作者意图的版本，尽管最终真相永远无法得到。正是在这种原则指导下，20世纪的莎士比亚作品的版本编辑都试图确立某种折中本并出版新版《莎士比亚全集》，包括牛津版、剑桥版、耶鲁大学版、基特里奇版（Kittredge）[1]等。20世纪最有影响的莎士比亚版本当属牛津版全集，最初以克莱格1905年编辑出版的为底本，1914年重新出版，重印15次，于1943年改版，改版后仍然不断重印，是重印最多的莎士比亚全集版本。1987年"新牛津版莎士比亚全集"（New Oxford Shakespeare）出版，1994年再版，2016年起发行网络版。当然，新牛津版遵循的是更新的编辑理念。

第四阶段：走下神坛的莎翁与典籍的多元化构成。"新目录学"后编辑理念与文本观的转变发生在20世纪最后30年，这一转变带动文本研究重

---

[1] 基特里奇（George Lyman Kittredge，1860—1941），1894—1936年间在哈佛当英文教授，他编辑的《莎士比亚全集》在学界有相当影响。梁实秋在哈佛求学期间曾上过基特里奇的莎士比亚课。

新火热了起来。"科学"的版本学从20世纪70年代开始受到后结构主义、读者反应批评、当代阐释学等思想的挑战。新批评和新目录学孜孜念念的作者"创作意图"的唯一性在后结构主义者看来只是个虚妄猜想。莎士比亚剧本的多个版本在不同条件下产生,可能都符合"作者意图"。因此,后结构主义开始质疑传统的文本观。后结构主义接受了索绪尔符号学的术语,把语言能指与所指之间存在巨大差异的论断应用到文本分析,认为意义不是符号内固有的,而是依赖于语言网络而存在。在这个网络中作者创作意图的稳定性和单一性受到了质疑,因为在后结构主义的文本观中,作品是各种文化话语互文过程中的一个部分,在这样的思潮中莎士比亚神一样的地位受到了挑战和动摇。受后结构主义影响的学者在字里行间找寻潜文本,这样定义的文本实际上超越了作品,延伸到了背景或者语境领域——包括了世界、艺术家、读者等大小背景。这个背景还包括作品在流通过程中的技术、商务等方面的实践环节。就作品的版本来说,不仅存在多个版本都有符合作者意图的可能性,更存在作品在演出、印刷过程中有他人参与文本修改的可能性。基于这样的认识,以保罗·威尔斯汀(Paul Werstine)和嘉睿·泰勒(Gary Taylor)为代表的新一代文学编撰家开始挑战格雷戈的权威。关于威尔斯汀的观点和莎作编辑实践,笔者他处有论:

  威尔斯汀自20世纪80年代开始发表一系列有影响的版本学研究论文。在《莎士比亚印刷文本版本叙述研究:"糙稿"与"四开劣本"》中,他对四开本所谓的"善本""劣本"之分提出质疑,认为这种区分方法严重压抑了版本批评的发展,对于莎士比亚研究也造成桎梏。他以《李尔王》《罗密欧与朱丽叶》《温莎的风流娘儿们》为例,质疑了对于四开本"善本"与"劣本"的二分法逻辑,指出"糙稿"和"四开劣本"划分的主观性。他进而提出唯一权威版本的讹误,因为文本在特定历史条件下的变化都是存在合理性的。莎剧早期印刷版本的不稳定,原因可能有很多。一个重要的原因是印刷文本成型过程中的经手人介入文本的变动。威尔斯汀称这些人为"中间人",他们包括:莎士比亚本人、剧团的演员、剧团内外的文书、改编人、审查官、排字工以及校对员等等。威尔斯汀在文章结论中明确反对把某些版本认定为未经授权的重构作品,而把另外一些文本认定为唯一符合作者意图的版本,赞同后结构主义对多重文本的肯定和差异解读,提倡剧本的多重解读和多重版本的编辑实践。应该讲,威尔斯汀等人的版本理论对于此后的莎士比亚版本编辑起到了巨大的影响作用。他本人在编辑莎剧版本时推行平行的作品版本,如他曾经参与的亚登版莎士比亚全集版本以及单行本、新集注版莎士比亚(New Variorum Shakespeare)以及新版福尔杰图书馆莎士比亚系列,都包括多个版本,如《李尔王》三个版本同时出现在全集中。其他莎士比亚文本编者,如格林布拉特等主编的诺顿版,也都采取多个版本并置的做法。将平行文本呈现在读者面前,让他们得出自己的体认,提供了解读剧本的多种可能性。[1] 除了不同版本作为平行文本并立的安排,新文本观下的莎士比亚典籍的另外一个变化是大张旗鼓地将传统观点中的伪作编入正典。例如,2010年亚登版莎士比亚将《卡迪纽》(Cardenio)和《双重错误》(Double Falsehood)收入全集。

泰勒等文本研究学者则将新的文本观和文本编辑实践带入了新牛津版莎士比亚全集中,参与了1986—1987年由威尔斯(Stanley Wells)主持的新牛津版莎士比亚系列的编辑,包括原初拼写版、现代拼写版、批评参考版、著作权指南版等专辑。在新牛津版全集中,很多剧目都有多个早期版本与对开本中并置,新版编者不突出哪个版本更有权威性,给读者提供同一作品不同解读的可能性,甚至读者可以把不同版本当成不同作

---

[1] 关于最有争议的莎士比亚《李尔王》的版本问题,学界的争论一向纠结于1608年的第一四开本和1623年的对开本这两个版本的相对权威性问题,自然也有人用混编本的办法,但这只能是一种权宜之计,因为想一劳永逸地解决版本问题是不可能的事情。斯蒂芬·格林布拉特总主编的诺顿版《莎士比亚全集》中将该剧的多个版本呈现给读者,除了对位编排1608年和1623年的两个底本,让读者看到两个本子各自在什么地方比对方多了内容、什么地方少了内容,还提供了两个本子的汇编本,将四开本比对开本多出的近300行台词、对开本比四开本多出的近100行台词以及多处其他细节差异尽数收入。

品来阐释。然而，对于不同版本的并置方式，新牛津版采取了不同做法。例如，新牛津版将《李尔王》1608年的四开本放入全集的原始拼写版和现代拼写版中，而将1623年版本放入被称作替换版本（Alternative Versions）的集子中。就是说，新牛津系列中的替换文本版独立成集，收录莎士比亚戏剧和诗歌的各种"另类"版本。在替换本中每部剧都有现代拼写版和原始拼写版两种形式。采用原始拼写的批评参考版中包含大量文本注释，说明编者修订早期版本中的用词以及分行错误；现代拼写的批评版本中增加了评论性的注解，说明现代读者理解起来有难度的词汇，并在边注上说明了面向现代观众可做什么样的舞台表演处理。在替代版全集中，传统的折中本和汇编本中所忽略掉的文本得到了前所未有的待遇，这是学术版莎士比亚全集编辑处理的首创，让我们看到莎士比亚的写作与剧场职业生涯的关系以及他的艺术成就的全貌。

不考虑版本"权威性"的平行文本处理方法在20世纪70年代还具有创新性和革命性，到了世纪之交已经变成了通行做法，其原因除了前面谈到的文本观的变革，还有数字技术的推波助澜。

第五阶段：数字人文时代的莎士比亚。新千年后，特别是2010年后莎士比亚经典进入了另外一个"精彩新世界"，数字人文时代的莎士比亚经典不仅有替代纸媒经典书籍的趋势，而且电子版本莎士比亚经典的呈现也是五花八门，有以扫描影印和图像形式的四开本、对开本等早期出版物，也有把原始文本和现代文本中的文字提取出来并辅以注释等辅助阅读手段的网站网页，还有学术加持的电子版参考书和批评导读。各种媒体和出版机构争相抢占莎士比亚经典的网络资源。出版商看中的是莎士比亚经典的商业价值，利用电子书市赚取莎士比亚经典的附加值，而广大读者能够更加快捷地接触到莎士比亚的经典，更加方便地欣赏到莎翁关于人生社会的洞见。

新千年以来，阿登莎士比亚出版社、福尔杰图书馆、英国皇家莎士比亚剧院等机构加入纸媒时代出版商主导的经典发行行列，各种网络版莎士比亚全集纷纷上线。老牌莎士比亚出版权威当然不甘示弱，牛津大学出版社利用学术优势继续占据有利地位，请莎学权威和著名文本研究学者主持新系列的莎士比亚典籍的网络出版。新千年后泰勒接替威尔斯的新牛津版编辑工作，开始主编新牛津版第二版，彻底完成了莎剧文本编辑实践的新旧更替，2012年起推出网络版。2016年起泰勒主持网络版新牛津版系列莎士比亚典籍的编辑工程，在完善新牛津首版的同时，主持编辑并出版了2016年版的《现代批评版莎士比亚全集》(*The New Oxford Shakespeare: The Complete Works: Modern Critical Edition*)、2017年版的批评参考版（Critical Reference Edition）及著作权指南版（Authorship Companion）。

就这样，自17世纪以来莎士比亚经典的奠定和构成及其出版伴随着文本理论和编辑实践经历了转转折折。它在纸媒时代确立的经典地位在电子时代得到复制粘贴，继续在虚拟空间的世界文学中占据一席之地，甚至以虚拟与实体互文的方式，在新时代文化意义的重构和传播中锦上添花。中国自20世纪初期开始参与莎士比亚经典的跨文化构建，奉献了多套莎士比亚全集的中文版本。中文版莎士比亚经典给精彩的世界莎学贡献了中国声音，中国学者也借由莎士比亚翻译和研究促进中国智慧和文化思想的对外传播。

二、莎士比亚的中国口音：
莎士比亚经典的翻译及经典汉译本

莎士比亚作品在中国的传播、接受和研究得益于翻译。在中国莎学发展的各个阶段，莎士比亚经典的中文翻译起到了非常重要的作用。[1]本

---

[1] 孟宪强将20世纪90年代中期以前的中国莎学发展分为六个时期：发轫期（1856—1920）、探索期（1921—1936）、苦斗期（1936—1948）、繁荣期（1949—1965）、崛起期（1978—1988）、过渡期（1989—　），探讨了各个时期莎士比亚作品的翻译在中国莎剧演出、教学和研究中的重要作用。参见孟宪强：《中国莎学简史》，长春：东北师范大学出版社，1994年，2012年再版。

文此处聚焦莎士比亚作品的中文翻译的发展情况,梳理莎士比亚经典在中国的翻译典籍化过程,认为从莎剧故事的译介到中文版莎士比亚全集的成熟,中国莎士比亚典籍的发展可以划分为五个阶段:(1)中国莎士比亚经典前传:莎剧故事的翻译(19世纪末至20世纪初);(2)"真经"传入:单本戏剧的翻译(20世纪20年代至20世纪30年代);(3)全集的探索和雏形:20世纪40年代至20世纪70年代莎士比亚全集翻译尝试;(4)莎翁的中国"正典"时代(20世纪80年代至20世纪末);(5)莎士比亚的中国新世纪:新全集及版本多样化阶段(21世纪以来)。这五个阶段与前面讨论的莎士比亚经典的欧美发展史虽然没有对应关系,但是在特定时期存在交叉甚至千丝万缕的联系,因为除了译者本人因素(翻译动机以及双语语言文化修养等),其从事翻译所处时代的文学观,译者遵照的原文文本的形态和质量,以及原文编辑引论、文本注释等其他参考材料都会影响译者对作品的理解,并最终以翻译文本的总体品质影响中文读者对莎士比亚作品的理解和接受。下面本文按照这些阶段考察莎士比亚经典在中国的经典化过程,梳理莎士比亚作品进入中国并成为翻译文学经典的历史轨迹。

第一阶段:中国莎士比亚经典前传:莎剧故事的翻译。中国的莎士比亚译介发生在他作为西方文化英雄的地位已经确立一个世纪之后,而且作为现代作家进入中国精英文人的视野。中国现代启蒙思想家梁启超先生1902年在《饮冰室诗话》中给这位叫William Shakespeare的英国"近代诗家"取了中国名字[1],"莎士比亚"在若干个译名中脱颖而出,广为接受,成为莎翁在中国的正式名字。这时,莎士比亚全集在欧洲主要国家早已经成为经典。但是,中国翻译出版的第一个与莎士比亚有关的作品

---

[1] 梁启超把莎士比亚、弥尔顿、田尼逊(Alfred Tennyson, 1809—1892)等都称为"近代诗家"。他说的"近代"指的是西文的modern times,清末民初翻译西方著作时,将其译为"近代史",在20世纪上半叶的学者使用"近代史"这个概念时往往指的是距他们不远,仍在发展中的历史时期,如梁启超将乾隆末年到他写作的年代称为近代,在西方已经进入现代阶段。

并不是他的剧作或者全集，而是兰姆姐弟（Mary Lamb and Charles Lamb）为青少年读者接触莎士比亚的戏剧殿堂而改编的入门读本《莎士比亚故事集》（Tales from Shakespeare，1807）。他们不会想到在近一个世纪后故事集开启了莎士比亚作品在中国的翻译之门。在20世纪20年代开始的莎士比亚戏剧的中文翻译以及20世纪30年代开始的莎士比亚全集翻译之前，《莎士比亚故事集》的翻译为国人了解莎士比亚做出了贡献，更为稍后开始的戏剧作品的翻译和传播接受做了良好的准备。1903年上海达文社出版了《英国索士比亚著：澥外奇谭》，以章回小说方式翻译了兰姆故事集中的10个故事[1]，这是故事集的第一个中文译文，有意思的是，匿名译者在序言中误将故事集当成了莎士比亚的作品。1904年商务印书馆出版了林纾、魏易翻译的文言文版的故事集（《英国诗人吟边燕语》）。根据李伟民等统计，故事集的中英文本子在20世纪30年代以前就有10余种，有中文版、英文版、英文加中文注释版，中文还分文言文版和白话文版，出版版本和印刷次数最多的是商务印书馆及中华书局。[2] 当时的出版界按照中国读者对文学作品的接受习惯，将故事集的中英文版本统称为《莎氏乐府本事》。

在中文读者有机会接触完整的莎士比亚戏剧作品之前，《莎氏乐府本事》在中国读者中传播了莎士比亚故事家的名声。中文版本中最有影响的是林纾（林琴南）的《吟边燕语》。不通英文的林琴南在魏易口述故事梗概基础上重新按照中国的叙事方式以文言文构作了"莎士比亚"的戏

---

[1] 书中的题目与书名页不一致，变成了"海外奇谭"。匿名译者选译了兰姆故事集中的10个故事：第一章蒲鲁萨贪色背良朋（《维洛那二绅士》），第二章燕敦里借债约割肉（《威尼斯商人》），第三章武厉维错爱李生女（《第十二夜》），第四章毕楚里驯服恶癖娘（《驯悍记》），第五章错中错埃国出奇闻（《错误的喜剧》），第六章计上计情妻偷戒指（《终成眷属》），第七章冒险寻夫终谐伉俪（《辛白林》），第八章苦心救弟坚守贞操（《一报还一报》），第九章怀妒心李安德弃妻（《冬天的故事》），第十章报大仇韩利德杀叔（《哈姆莱特》）。

[2] 见李伟民：《中国英语教育史上的重要读物：莎士比亚戏剧简易读本》，《语言教育》2013年第3期；阮诗芸：《莎译史之兰姆体系：从"莎士比亚"的译名说起》，《翻译界》2018年第2期。

剧故事[1]，实际是兰姆改写的莎剧故事的中国化译写，以中国小说形式重述兰姆的故事，戏剧元素几近无存，甚至完全略去了兰姆在故事中尽量保留的莎剧中的对话，而且根据林纾的理解和重新构造，莎剧叙事变成了志怪故事。他说莎士比亚"立义遣词，往往托象于神怪"，因此林琴南突出故事中的神怪元素，吸引了当时的中文读者，在一代读者中产生了深远影响。例如，郭沫若回忆青少年时期的读物时说："林琴南译的《吟边燕语》，也使我感受着无上的兴趣。它无形之间给了我很大的影响。后来我虽然也读过《暴风雨》《哈姆雷特》《罗密欧与朱丽叶》等莎氏原作，但总觉得没有小时候所读的那种童话式的译述更来得亲切了。"[2] 当然这是个人感受，但译作以及改编作品比原作更接近读者这种文化现象颇值得研究，这样的处理拉近了目的语读者与外文作品的距离，增加他们对原作的好奇，无疑对于成熟的文学读者进一步接近原作打下了基础。林纾的志怪故事引导郭沫若去读了莎剧原作，以至于成为成熟作家的郭沫若的历史剧创作受到了莎士比亚的影响。

受到《莎氏乐府本事》影响的中国现代作家，不仅都读过莎士比亚的戏剧，有的还动手翻译了莎士比亚的原作。戏剧家曹禺在阅读莎剧原文和翻译莎剧之前，也是受到了莎剧故事的影响，中学时代读了林纾的《吟边燕语》，培养了对莎剧以及文学的兴趣，以此为基础，大学期间开始阅读莎剧原著，并在抗战大后方翻译了《柔密欧与幽丽叶》。天才翻译

---

[1] 《吟边燕语》按照当时中国传奇小说的方式统一给每个故事一个两个字的题目，包含兰姆故事集的全部20个剧目，不过完全打乱了兰姆故事集的顺序：1.《肉券》(《威尼斯商人》)；2.《驯悍》(《驯悍记》)；3.《李误》(《错误的喜剧》)；4.《铸情》(《罗密欧与朱丽叶》)；5.《仇金》(《雅典的泰门》)；6.《神合》(《泰尔亲王佩力克里斯》)；7.《蛊征》(《麦克白》)；8.《医谐》(《终成眷属》)；9.《狱配》(《一报还一报》)；10.《鬼诏》(《哈姆雷特》)；11.《环证》(《辛白林》)；12.《女变》(《李尔王》)；13.《林集》(《皆大欢喜》)；14.《礼哄》(《无事生非》)；15.《仙狯》(《仲夏夜之梦》)；16.《珠还》(《冬天的故事》)；17.《黑瞀》(《奥赛罗》)；18.《婚诡》(《第十二夜》)；19.《情惑》(《维洛纳二绅士》)；20.《飓引》(《暴风雨》)。

[2] 郭沫若：《少年时代》，北京：人民文学出版社，1979年，第114页。

家朱生豪中学时代读到的是故事集的英文读本,他"高中英语课本采用的兰姆姐弟改写的 *Tales from Shakespeare*(莎氏乐府本事)作为课本"[1]。虽然他后来翻译莎士比亚戏剧采用的是白话散文体,但他对莎剧的中国化处理某种程度上与林纾对兰姆故事集的本土化译写有相通之处,此待后议。

第二阶段:"真经"传入:单本戏剧的翻译到戏剧集出版。莎剧故事改编本点燃了很多中国读者对莎翁的热情,但"真正的"莎士比亚戏剧的中文翻译是从单本戏剧开始的,以田汉《哈孟雷特》为开端。1921年他在《少年中国》杂志第12期发表了译文,翌年上海中华书局出版单行本,在单行本序言中他表达对这部悲剧的喜爱,视其为"莎翁四大悲剧之冠",还称"读Hamlet的独白,不啻读屈子《离骚》"。1922年田汉完成了《罗蜜欧与朱丽叶》译稿,1924年由中华书局出版发行。此外。他还计划用三四年时间完成10部莎剧的翻译,最终只译完了这两部,都是他在日本求学期间完成的,译笔稚嫩,尤其《哈孟雷特》,译文风格生硬晦涩,因此令人猜疑他翻译参照的不是英文原文而是坪内逍遥的日文版。[2]例如,孙大雨就认为,"可惜他翻译的是日本人坪内逍遥的日文译本,不是莎翁的原作,所以跟原作不免多隔了一层"[3]。虽然孙大雨先生并未给出令人信服的证据,但田汉的《哈孟雷特》是从日文转译而来的说法不胫而走。[4]刘瑞比较了田汉译文与英文版本、坪内逍遥的日文本之后,结论

---

1 宋清如编:《寄在信封里的灵魂——朱生豪书信集》,北京:东方出版社,1995年,第410页。
2 经过20多年的翻译和修订,1928年坪内逍遥出版了首套完整的日文版《莎士比亚全集》。他的莎士比亚翻译将日本传统的歌舞伎元素融合了莎士比亚戏剧,促进了日本新剧的诞生,从早期的过多偏重歌舞伎元素到后期的两种元素的平衡,坪内逍遥从读者接受角度做了调整。正像施莱格尔的德文版、雨果的法文版,坪内逍遥的日文版莎士比亚是日文翻译文学的经典。笔者认为朱生豪的中文版属于这些经典之列,也是莎剧翻译的经典,是奉献给世界莎学以及世界文学的中文翻译文学经典,而且服务的读者人数仅次于英文版,从读者面角度看是莎士比亚非英文典籍之冠,是中文翻译文学的骄傲。关于朱生豪的翻译本文后面重点讨论。
3 孙大雨:《莎士比亚的戏剧是话剧还是诗剧?》,《外国语》1987年第2期。
4 另见陈启明:《莎剧〈哈姆雷特〉在中国的译介和研究》,《文教资料》2008年5月号上旬刊;杨义主编,李宪瑜著:《二十世纪中国翻译文学史:三四十年代·英法美卷》,天津:百花文艺出版社,2009年,第7页。

认为田汉译文"已是十分忠实的译本，基本上是逐句对译，有时甚至是逐字对译"，而之所以给人感觉更接近日文版，是因为青年田汉在对照英文底本的同时，把1909年版的坪内逍遥翻译的本剧的日文版"作为辅助参考……借鉴坪内逍遥的翻译策略，采用了逐字对译的方法，而他在难解之处参考日译本时也往往倾向于将日文原词，甚至原句直接搬到中文"[1]。本文认为，不管田汉的译文是否参照英文版本以及是否确定是来自日文的转译，他在翻译过程中肯定受到了日文版，特别是坪内逍遥翻译和戏剧实践等日本因素的影响。正如刘文所说，"即使田译本不是由日文转译，田汉对莎剧的借鉴也与日本，尤其是坪内逍遥的译莎活动有着千丝万缕的联系"[2]。青年译者借鉴翻译大家的策略和方法无可厚非，然而不掌握其精神却生搬硬套或者把日文译本的处理直接移植到中文语境就会出现问题，从翻译策略的运用到具体词句的模仿都可能影响中文输出的质量和可读性，进而影响译作的接受。这就是本文前面指出的，也是本文强调的研究经典作品翻译史的一个重要方面：莎士比亚戏剧经典本身的版本史就比较复杂，参考第二语言版本的翻译让问题变得更加复杂，所以我们需要把译者参照的底本和其他参考材料作为译品质量的影响因素来考察。

不管怎样，田汉的《哈孟雷特》是莎士比亚在中国第一本以完整戏剧形式呈现的译本，毫无疑问在莎士比亚经典的中国传播史上占有重要地位。根据孟宪强《中国莎学简史》，田汉《哈孟雷特》之后，20世纪

---

[1] 作者没有指明也无法证明田汉使用的是什么英文版本，因为田汉也没有提到过他使用了哪个版本，论文中对比选用的却是2001年中国广播电视出版社的中英对照本，而对照的是梁实秋中文译文，因此降低了结论的可信度。但是，在比较田汉与坪内逍遥译文之同，都与英文有异这一点上颇有说服力。参见刘瑞：《日本译莎活动影响下的〈哈孟雷特〉翻译——从田汉译莎的日文转译之争谈起》，《东方翻译》2016年第2期。

[2] 刘瑞：《日本译莎活动影响下的〈哈孟雷特〉翻译——从田汉译莎的日文转译之争谈起》，《东方翻译》2016年第2期。

20—30年代翻译出版了近20个单个剧目,按照年代顺序如下:1923年,*The Taming of the Shrew*,诚冠怡《陶冶良方》(《驯悍记》);1924年,*Romeo and Juliet*,田汉《罗蜜欧与朱丽叶》,*The Merchant of Venice*,曾广勋《威尼斯商人》,*Hamlet*,邵挺《天仇记》(《哈姆雷特》);1925年,*Julius Caesar*,邵挺、许绍珊《罗马大将凯撒》(《裘力斯·凯撒》);1927年,*As You Like It*,张采真《如愿》;1928年,*Romeo and Juliet*,邓以蛰《若邈久袅新弹词》;1929年,*The Merry Wives of Windsor*,缪览辉《恋爱神圣》(《温莎的风流娘儿们》);1930年,*Macbeth*,戴望舒《麦克倍斯》、张文亮《墨克白丝与墨夫人》(《麦克白》),*The Merchant of Venice*,顾仲彝《威尼斯商人》,*Twelfth Night*,彭兆良《第十二夜》;1935年,*Julius Caesar*,曹未风《该撒大将》,*The Tempest*,余南楸、王淑英《暴风雨》;1936年,*As You Like It*,梁实秋《如愿》;1937年,*Julius Caesar*,袁国维《周礼士凯撒》;1939年,*The Merchant of Venice*,陈治策《乔妆的女律师》。

  从题目就可以看出,这些单个剧本的翻译采用的方法各异,有尽量忠实原作的西化(用某种翻译术语或曰"异化"),有的偏重中国化(或曰"归化"),有的二者兼顾。20世纪30年代,随着莎剧翻译探索的深入,中国文学翻译界开始酝酿《莎士比亚全集》的翻译。

  第三阶段:莎士比亚全集翻译的探索和雏形。20世纪30年代初期主持中华教育文化基金会董事的胡适约请闻一多、梁实秋、陈通伯(陈西滢)、叶公超、徐志摩等留学归国文人翻译莎士比亚戏剧,设想5—10年完成全集的翻译,遗憾的是,这个中国第一个有计划、有组织的翻译莎士比亚全集的大工程并没有完成,只有梁实秋一人动手,到抗战前翻译了8部莎剧,在1936年前后印行了几部剧的单本。中国文学界在民族面临危亡的年代,强烈呼唤中文版《莎士比亚全集》的诞生。例如,鲁迅于1934年表达了这种迫切心情,他说:"现在最重要的是要有莎士比亚的译本。在日本,《吉诃德先生》《一千零一夜》是有全译的;莎士比亚、歌德……都有全集。"[1] 与强敌相抗争不仅仅需要军事上的动员，还需要从精神上和文化上自强、奋争、争取主动。这样，翻译莎士比亚经典成了一种带有爱国情怀的自觉意识。同样，朱生豪呼应了那个时代的强烈需求，把译莎视为为国争光的使命。1936年夏，他在给女友宋清如的信中写道："你崇拜不崇拜民族英雄？舍弟说我将成为一个民族英雄，如果把Shakespeare译成功以后。因为某国人曾经说中国是无文化的国家，连老莎的译本都没有。"[2] 朱生豪提到的嘲笑中国的某国就是日本。他在艰难困苦、贫病交加和战火动乱中用不到10年时间独自完成了31部半莎剧翻译，1947年上海世界书局出版了他翻译的《莎士比亚戏剧全集》，1954年作家出版社出版了12卷本的《莎士比亚戏剧集》。朱生豪的译稿是后来人民文学出版社出版的以朱生豪译文为主的《莎士比亚全集》的雏形。

20世纪30—40年代，除了梁实秋和朱生豪，还有一位译者计划翻译莎士比亚戏剧全集。曹未风自1931年起翻译莎士比亚剧本与十四行诗，包括11部莎剧：《该撒大将》(Julius Caesar)（1935）、《暴风雨》(The Tempest)、《微尼斯商人》(The Merchant of Venice)（1942）、《凡隆纳的二绅士》(Two Gentlemen of Verona)、《如愿》(As You Like It)、《仲夏夜之梦》(A Midsummer Night's Dream)、《罗米欧及朱丽叶》(Romeo and Juliet)（1943）、《李耳王》(King Lear)、《汉姆莱特》(Hamlet)、《马克白斯》(Macbeth)、《错中错》(The Comedy of Errors)（1944）。1944年贵阳文通出版公司结集出版曹未风翻译的这11部莎剧，文集名为《莎士比亚全集》。此后，曹未风于20世纪50年代继续修改其中的几个译本，并翻译出版了其他3部莎剧新译本：《第十二夜》(Twelfth Night)、《奥赛罗》(Othello)、《安东尼与克柳巴》(Anthony and Cleopatra)。1962年上海译文出版社出版了他的12种莎剧

1　鲁迅：《读几本书》，《鲁迅全集》第5卷，北京：人民文学出版社，1981年，第471页。

2　此信收入杨林贵、李伟民主编：《云中锦笺：中国莎学书信》，北京：商务印书馆，2023年，第8页。

译本的单行本。诚如李伟民所说，"以曹未风莎剧翻译的实绩和莎学研究上的理论贡献，其理应在中国莎学史中占有重要地位"[1]。

20世纪30年代起，从单本翻译开始并以翻译出版《莎士比亚全集》为最终目标的所有努力，都为后来出版完整的全集奠定了基础，因此，这个阶段或称为"准全集"阶段更为准确。"准全集"阶段翻译经验的积累和翻译方法的探索为真正的全集版本的问世做了良好的准备。我们看到，根据译者不同的翻译目的和翻译原则，对于原作的不同理解，以及各自不同的中文功底和表达能力，上述几种"准全集"呈现出各自的特色，这里本文不从译文的接受程度和主观性的高低优劣来比较和讨论，仅从译者本人的前言、关于翻译的感想和议论等材料来谈。梁实秋宣称翻译莎士比亚的经典"需要存真"，因此采取亦步亦趋、逐字逐句的直译方法，但面对莎士比亚的诗剧却采用的是白话散文式的风格；他自称的"忠实于原文"便是照字全译，不漏掉一字一句，拘泥于原文的字面形态，但是否领会并转达了原文的意蕴另当别论。除了直译，梁译本包含大量注释，说明原文的各种双关语、熟语、俚语、典故、猥亵语等等，帮助读者理解原文，旨在引起读者对莎剧原文的兴趣。在用语风格上，梁实秋坚持，"凡原文为散文，则仍译为散文；凡原文为'无韵诗'体，则亦译为散文"，对于韵文，比如"押韵的排偶体"（rhymed couplet）之处，"译文即用白话韵语，以存其旧"[2]。

曹未风翻译莎士比亚戏剧考虑其舞台性特征，注意对话和舞台动作的相互关系，因此译文偏口语化。他在《翻译莎士比亚札记》中透露了他的翻译理念，强调莎士比亚作品首先是"戏"，是为舞台而写，所以要把莎士比亚戏剧当作"戏"来翻译。这种理念也是解决翻译中遇到困难

---

[1] 李伟民：《中国莎士比亚研究：莎学知音思想探析与理论建设》，重庆：重庆出版社，2012年，第19—20页。

[2] Shakespeare：《丹麦王子哈姆雷特之悲剧》，梁实秋译，上海：商务印书馆，1936年，"例言"。

时的办法。他提出，在翻译的时候，译者要把人物和他们的对白"立"起来看。译者不仅要揣摩剧中人的身份、语气、行动、神气，努力找到对白中的"接头"所在，而且要充分考虑对白和动作如何配合，这种配合对于戏剧性高潮尤为重要。曹未风反对使用"文章体"翻译莎士比亚戏剧，主张宜用口语体来体现原文的妙处，也能便于演出。鉴于英语与汉语在节奏、韵脚等方面的差别，译文不必过分拘泥形式上的忠实。[1]

朱生豪更重视中文读者的审美感受，反对直译和硬译，主张忠实于原作的神韵而不拘泥于形式。他在译者自序中阐述的翻译宗旨贯穿了中国文学和艺术中的神韵思想，注重中文读者的审美感受。他指出："余译此书之宗旨，第一在求于最大可能之范围内，保持原作之神韵；必不得已而求其次，亦必以明白晓畅之字句，忠实传达原文之意趣；而于逐字逐句对照式之硬译，则未敢赞同。"他认为译文与原文在精神上的契合应该是译者追求的目标，要尽最大可能保存原作的"意趣"和"神韵"。他的思想根基是中国古代美学的"神韵"说，中国美学从画论到诗论，都强调创作者的悟性对于事物本质的把握，而不计较外在形式的相似性。[2]文字之美、文学之美，在韵味、在意境；重神态毕现，不重外形逼真。应用到文学翻译上，神韵说是中国传统译论的核心，也应该是翻译的一种美学标准。中国传统译论，如"文质说""信达雅说""神似说""化境说"等大多强调译文的神似而非形似。朱生豪翻译莎剧时已经看到了梁实秋逐字逐句翻译的不足，因此他说无法苟同那种对照式的硬译，乃有所指。

20世纪40年代开始出版的中文莎士比亚戏剧集，在20世纪50—70年代继续修改、增补和完善。除了1947年上海世界书局出版的《莎士比亚戏剧

---

[1] （曹）未风：《翻译莎士比亚札记》，《外语教学与翻译》1959年第3、4、5、9期。

[2] 参考本文集收录的朱安博：《朱生豪翻译的"神韵说"与中国古代诗学》，原载于《江南大学学报（人文社科版）》2013年第4期。

全集》(包含朱生豪翻译的27部剧)，1954年作家出版社出版了朱生豪译《莎士比亚戏剧集》，1957年朱生豪、虞尔昌翻译《莎士比亚全集》(虞尔昌补译，繁体版)在台北世界书局出版，1964年人民文学出版社计划出版朱生豪等译《莎士比亚全集》(已排版未付印)[1]，1965年台湾文星书店出版梁实秋译《莎士比亚戏剧20种》，1967年梁实秋译《莎士比亚全集》在台湾远东图书公司出版。同时，在这30年时间里，又有新的译者参与到莎士比亚作品在中国的翻译和出版中，贡献了新的译本。这里值得一提的是卞之琳，20世纪50年代卞之琳计划以诗体翻译莎士比亚戏剧，但因为政治形势的变化未能实现，仅完成了一部戏剧的翻译工作，即1956年作家出版社出版的《哈姆雷特》，"文革"结束后完成出版《莎士比亚悲剧四种》(包括《丹麦王子哈姆雷特悲剧》《威尼斯摩尔人奥瑟罗悲剧》《里亚王悲剧》《麦克白斯悲剧》，1988年人民文学出版社出版)。

第四阶段：莎翁的中国"正典"时代。如前所述，因为政治原因1964年版《莎士比亚全集》未能与广大中文读者见面，20世纪60年代中期到20世纪70年代末期，就连之前出版的《莎士比亚戏剧集》也几乎处于被封禁状态。虽然早在1957年和1967年分别有两个版本的《莎士比亚全集》在台湾出版，但是因为长期的两岸隔绝，都无法广泛传播。只有到了1978年，朱生豪等译的《莎士比亚全集》在人民文学出版社正式出版以后，莎士比亚才真正在中文读者中被广泛接受。这套全集堪称莎士比亚的中文正典，更成为中国翻译文学的经典之作，不仅因为其在海内外中文读者中传播和接受的广泛性，更在于其受欢迎的程度以及带来的深远

---

[1] 人民文学出版社特别邀请吴兴华、方平、方重校订并补译朱生豪翻译的31部剧，增补未译的6部历史剧(方重译《理查三世》、方平译《亨利五世》、章益译《亨利六世》3部、杨周翰译《亨利八世》)，并收录莎士比亚诗歌的译文(梁宗岱译《莎士比亚十四行诗》、张若谷译《维纳斯与阿都尼》、杨德豫译《鲁克丽丝受辱记》、黄雨石译4首杂诗)。参见收入本文集的戈宝权：《莎士比亚的作品在中国》，原载于《世界文学》1964年第5期。

影响。[1]自20世纪80年代以来，朱生豪主译的《莎士比亚全集》（以下简称"朱译全集"）的流行和影响，不仅是世界经典文学跨文化传播的经典案例，而且成为中国现当代文化繁荣中的一种独特现象，有很多值得思考的方面，涉及原作与译作的互文关系、译作与读者的互应关系、作品与时代文化的互动关系等等。

首先，朱译全集的出版适逢其时。一位外国作家的经典作品在中国被广泛喜爱，既反映了作品的某些普遍性的价值，也反映了其在特定时代的文化适应性。20世纪70年代末80年代初期，莎士比亚作为西方资产阶级作家在中国现代文化中的接受与清末民初他的作品刚刚被引介到东土时已经发生了巨大变化。现代启蒙阶段的知识精英通过介绍莎士比亚的故事和人物刻画，让国人认识到他在个性、平等以及女性解放运动中的价值，呼应和配合了从封建到现代的文化变革。经历了"文革"时期极左的文化禁锢后，改革开放初期，人们再度呼唤自由、人道以及人性的解放。朱译全集在此时出版，犹如给处于文化教育的饥渴中的人们送来了精神甘露，受到广大读者的热烈欢迎，学界通过考察莎士比亚艺术的人文主义精神的现代意义，参与了当时的关于人道主义的文化大讨论。在这样的背景下，朱译全集的出版促进了中国莎士比亚演出、教学和研究的快速发展和中国莎士比亚研究会的成立，催生了20世纪80年代的"莎士比亚热"，以1986年中国莎士比亚研究会举办的"中国首届莎士比亚戏剧节"为高潮，引起国际莎学界关于"莎士比亚春天在中国"的慨叹，为20世纪90年代后中国莎士比亚研究在大学学术研究进一步体制化的环境下的平稳发展奠定了基础。

---

[1] 1978年出版的朱生豪主译的《莎士比亚全集》是再版次数最多的中文全集译本。其他出版社争相以此为基础，修改修订、编译、改译出版不同的版本，大多以1954年版或者1978年版为底本。比如，1997年新时代版、1998年译林出版社等。据李伟民统计，到21世纪初校订出版的朱生豪译本莎氏全集出版了10余种，见《中国莎士比亚翻译研究50年》。

其二，朱译全集成功的关键在于其中国化处理符合中文读者的审美体验。朱译全集的翻译处理让莎士比亚贴近中国读者，因此反过来让中国读者乐于接近莎士比亚，有利于莎剧的普及。朱生豪译本之所以受欢迎，主要在于朱生豪以精彩的中文传达了莎翁经典的神韵。朱生豪译文的用词量与莎剧高度吻合，在这方面现有的其他译本无一能够望其项背。这也是朱生豪能够把莎剧的神韵转达到中文的一个重要原因，他在用莎剧丰富了中国文化和中国词汇的同时，让中国文化与莎士比亚实现了互通和互补。朱生豪处在20世纪的大变革时代，他在新旧转变的大潮中仍能秉承中国美学，实属可贵。他的翻译中，白话口语的通俗和经典神韵的古雅兼而有之，在对莎剧的中国化处理中渗透着中国美学的精髓，可谓经典神韵、雅俗共赏，影响了一代代中文读者、改编者和研究者。朱生豪译笔下的莎翁作品实现了莎剧精神与中国文化的互文，以其惊人的词汇量和灵活使用的中国典故充实了变革中的中国白话文并保留了中国文化的气韵。他的中国化处理也为翻译理论和实践中关于如何处理形式和内容的关系提供了宝贵的经验。

其三，朱译全集符合世界文学经典翻译的普遍原则。首先，不管是散文体还是诗体翻译，译文的本土化处理让广大目的语读者喜爱。朱译全集是经典传播中全球化与本土化有机结合的典型案例，是把莎翁的作品中国化的一个成功范例，与莎士比亚全集的其他经典译本在世界莎学中交相辉映，与前面谈到的《莎士比亚全集》的施莱格尔的德文版、雨果的法文版、坪内逍遥的日文版一样，都是各个语种翻译文学的经典。他们都有两个起码的基本特性：一是不拘泥于形式上的对等，二是创造性地移植原文的精神。例如，坪内逍遥的日文翻译，虽然他翻译的初衷是为了以莎剧为样板来改造日本歌舞伎，却并不忠实于莎剧的语言风格，而是将日语文学风格融入莎剧。坪内逍遥起初借用日本传统歌舞伎的语言风格来翻译莎士比亚，后来进行口语化的尝试，修订后的译文亦文亦白,是文白的巧妙融合。虽然这种翻译没有在形式上与原作对等,但契合了日语读者的审美,而广受目的语读者欢迎,因此坪内逍遥100年前的翻译竟然令当今的日本读者都不觉得过时。朱生豪译文与坪内逍遥翻译一样,都达到了极高的翻译再创作境界。就是说,创造性不仅存在于原作中,还应该是译文的一个特征,否则译文无法转达原文的创造精神。创造性的译文注重与原文精神上的契合,而不拘泥于字句上的对应。朱生豪对莎作的领悟和他本人的文学天赋令他的译文成为值得欣赏的中文读本。因此,朱生豪的译文,正如德国的多个德文版莎士比亚全集中无法取代的施莱格尔译本,法语翻译中不朽的雨果译本,都体现了译者和作者之间共通的文学灵性和创造性。

朱译全集与其他翻译文学经典一样,在世界莎学中享有极高的地位,迄今为止其中文正典身份无可质疑。自出版以来,这套全集一直是大多中文莎剧演出和改编参考的底本,也是出版商争相修订和翻印的底本,甚至有出版商或者译者通过指出朱译的毛病来推销或者炒作新的译文。

第五阶段:莎士比亚的中国新世纪:新全集及版本多样化阶段。比较朱译与其他译文后,苏福忠发出这样的感叹:"朱译既出,译莎可止。"[1] 我们不能因为读者对朱译的喜爱而认为其完美无缺,也不能因为朱译的高超和难以企及而放弃新的尝试,但是任何对朱生豪译本的修修补补或者重译的尝试,都需要吃透莎士比亚经典的精髓,并在翻译处理中体现无愧于原作的创造性。2000年后出版的林林总总的中文《莎士比亚全集》中,多为修订、改译朱译的变种和衍生文本,比如,除了人民文学出版社、译林出版社等出版社版本的再版,还有浙江工商大学出版社的新编版。同时,还有中国广播电视出版社2002年版的梁实秋译本在大陆的发行(最早于1995年引进台湾远东图书的版权),以及若干新译本的出现,包括方平主编、主译的河北教育出版社2000年版《新莎士比亚全集》(2014

---

[1] 苏福忠:《朱莎合璧》,北京:新星出版社,2022年,第9页。

年上海译文出版社出版修订版，书名为《莎士比亚全集》）、2015年外语教学与研究出版社的辜正坤主编、主译的《莎士比亚全集》、天津人民出版社的傅光明译《新译莎士比亚全集》。这里就方平和辜正坤主编的两个译本略微展开讨论。

方平主编、主译的《新莎士比亚全集》参照的原文是贝文顿版（1992年版）和河畔版（1974年版）《莎士比亚全集》，各有优势，都是较好的参考版本。前文谈到河畔版作为20世纪90年代前美国高校流行的版本，包含大量的文本注释和辅助解读材料，而贝文顿版不仅以严谨的编辑提供了优质的文本，而且引论和作品序言中的阐述不偏不倚，不倚重任何学派，独成一体。另外，方平译本还包括了这两个版本当时还不曾收录的莎士比亚与他人合写的两部剧《两贵亲》(The Two Gentle Kinsmen)和《爱德华三世》(King Edward III)。区别于朱生豪和梁实秋的两种散文体译本，方平译本最主要的特色是力图呈现诗体翻译的莎士比亚全集。莎士比亚戏剧是以无韵诗（blank verse）为主体的台词分行的戏剧，中文译者一直在寻找更接近原文形式的翻译方法。孙大雨自20世纪30年代开始探索用不押韵却有格律的诗行对应莎士比亚的无韵诗格律，开创了以"顿（停顿）"代"步（音步）"的以诗译诗方法，用汉语的"音组"翻译英语的音步，五音步抑扬格移植成有节奏的五个音组，并且译文的行数保持与原文相等。这种尝试影响了林同济、卞之琳，林同济在20世纪50年代用这种方法翻译了《哈姆雷特》（遗存译稿于1982年在中国戏剧出版社出版），卞之琳翻译《莎士比亚悲剧四种》将这种方法进一步完善。方平继续莎剧诗行的音组探索，作为翻译诗体莎士比亚全集的指导方法。他在序言中指出，莎剧是诗剧同时也是用在舞台上表演的，因此译文不仅在形式上尽量靠近原文，而且在语气、语言结构和节奏上也要接近原文，尽量口语化和自然流畅。他本人执笔翻译的剧目不乏精彩的处理，对白朗朗上口，适宜舞台表演参考。但是全集译本的总体质量还受到其他因素的影响，比如，参与翻译的合作者对于方平翻译思想的理解和贯彻的程度在一定范围内会影响读者的阅读体验。

重现"原生态"莎剧舞台是皇莎版《莎士比亚全集》（2007年推出，2010年新版，2022年第二版）的核心特征。这套全集是由莎学专家与英国皇家莎士比亚剧院联合完成，以莎剧演员和导演推崇的1623年第一对开本为底本加以修订，并试图按照莎剧"当年在舞台上演出的样子"呈现，同时拉开与其他全集版本竞争的架势，不局限于第一对开本的剧目，还以"全集"之名收录了《泰尔亲王佩力克里斯》和《两个高贵的亲戚》，以及莎士比亚的诗歌。与其他全集类似，主编导论、文本注释、研究文选等一应俱全，甚至还包括情节梗概等辅助读者阅读的资料，目的是打造一套能够"激发学生、剧院从业者以及莎剧爱好者"兴趣的"21世纪全集"[1]。当然，不是所有读者都会照单全收出版商的广告语，但是宣传就是有用。对第一对开本的挖掘本身就具有商业价值，因为第一对开本在莎士比亚从一位民族诗人向全球文学偶像的转变中起到了重要作用，让莎士比亚文化资本的"原始样貌"成为有效的宣传点，一出版便成为各大图书馆的主要收藏对象。中国的出版商当然不想错过商机，外语教学与研究出版社迅速跟进并移植宣传："外研社此次推出的《莎士比亚全集》正是采用了这套当今莎学界和戏剧界最负盛名的皇家版本为底本，进行翻译、修订而成"，而且"本套译本的翻译风格为'以诗体译诗体，以散体译散体'，并使译文尽量逼肖原作的整体风格"[2]。外研社针对中国读者推出中英双语对照版，从莎作文本到研究资料全部翻译，因此需要中国译者和莎学专家的参与，同时这也是出版社的另外一个宣传亮点。辜正坤组织了一个译者和专家团队承担了皇莎版全集的翻译工作，团队中包括许渊冲、彭镜禧等资深翻译家。不管是资深翻译家还是中青年译者，

---

[1] 参见RSC全集网页，https://shop.rsc.org.uk/products/william-shakespeare-complete-works-second-edition-hb，访问时间：2025年3月5日。

[2] 参见有关皇莎版全集的网络新闻，https://www.sohu.com/a/71447950_119718，访问时间：2025年3月5日。

虽然他们有完备的原文资料以及多个翻译版本的经验和教训可供参考，但他们是否能够达到预期的翻译标准，或者我们如何考察成稿质量还需要考虑很多因素。例如，在文学性与舞台性之间、忠实性与创新性之间、无韵诗与口语化之间，以及学术性与普及性之间如何把握得当，是考验译者团队的一个难点。总之，皇莎版全集译本能否在中文莎士比亚典籍中占有一席之地，还有待读者和时间的检验。

我们看到，不管新的莎翁典籍及其翻译是否出自出版商的炒作，最终呈现的译品是否达到参与编辑及翻译的专家学者设定的高标准，新的文本及译本的出现对于喜爱莎作的读者都是好事。多语种、多版本、多系列莎士比亚全集的出版意味着读者会有更多的选择空间。而且，随着电子媒体介入书籍的生产和流通，读者的选择面更宽了，接触经典作品更加便捷了。书的概念也随着科技的发展被重新定义，经典文本的成书和传播模式自然也发生了颠覆性的变化。经典作品的呈现更加多样化了，以电子书、读书网页等虚拟形式与纸质书并存，甚至有取代纸质书的趋势。

因此，本部分最后我们有必要讨论一下莎翁经典的"e-阶段"特征：**数字人文时代的莎士比亚的"幽灵化"**。莎士比亚的跨时代、跨文化、跨媒介传播，尤其是其网络传播现象可以用德里达（Jacques Derrida）提出的幽灵化（spectralization）来概括。[1] 哲学意义上的幽灵化，简言之，是指一个过去的存在以多变的形式反复重现对当下以及未来的影响。莎士比亚经典就是这样一个幽灵，它产生于16、17世纪的英国，到20世纪它在不同国度的文化生活中不断出现，或者被不时唤来参与了现代文化的形成和发展，到了21世纪对世界文化依然具有影响作用，而且与时俱进变换了

---

[1] 德里达借助马克思对于莎士比亚《哈姆雷特》中的鬼魂的引用生发出幽灵学（hauntology）概念，进而讨论曾经的存在如何以幽灵（spectre）的形式影响现今的生活。参见德里达：《马克思的幽灵》(*Spectres de Marx*)，1993年，中国人民大学出版社2008年出版中文译本。

存在方式。莎士比亚的幽灵性（spectrality）回答了"死后是存在，还是不存在"（梁实秋对"To be, or not to be"的译文）的问题，人们虽然不知道保存在斯特拉福镇圣三一教堂的骨骸是否确实属于叫莎士比亚的那个人，但他的精魂变成了永久的存在：他从物质性存在变成了幽灵的存在。自他的作品的四开本和对开本出版以来，书籍给莎士比亚的幽灵的存在赋予了物质性，让他重新赋形和传播。现在，莎士比亚幽灵的存在方式从纸质文本变成了电子文本。他的这种新的变形能力，具现于更加具有虚幻性的存在，从实的形态再次进入虚的存在，从有形的纸版书，变成了无形的电子书，在虚拟空间传递着他的经典的早期文本无所不在的影响。因此，莎士比亚经典的虚拟化，让他的幽灵再次展现多变性。在传播过程中不断生成新的意义，毋宁说受众的时代文化给他的幽灵赋予了新的意义。

2000年前后，不管是原文版本还是译本的莎士比亚经典都让作品的传播和接受具有了这种新的特征——幽灵化。莎士比亚的幽灵以文化资本的方式继续影响着这全球化了的文化生活。首先，只要莎士比亚的文化资本对读者来说是人文（主义）精神的宝库，出版商便会视其为盈利的资源。只不过，盈利的模式从纸媒时代的书商变成了电子时代的收费网络阅读平台。莎剧名声与出版的商业活动之间的互相促进关系，商业运作与经典的价值，充分利用和循环莎士比亚的文化资本。文化资本与商业资本共赢的操作，读者有了更多的选择空间。其次，随着计算机技术应用到印刷版本的制作中——文字处理、校勘、索引、统计分析、文档建库、影像储存，虚拟文本逐渐开始替代印刷版本了。到20世纪末计算机技术还主要是起到对印刷版本辅助的作用，但是新世纪以来电子版本发挥了更大的潜能：开始出现包容一切材料的电子汇编本。这引发了纸媒时代开始讨论的文本性问题：什么样的文档属于经典的文本？电子版本是否适用传统编辑的高标准？学术编辑的专业权威性如何体现？而且，文本的不稳定性和多变性再次成为学术讨论的热点。数字人文的质量保证还需要编辑标准。再次，在莎士比亚经典编辑的实践方面，世纪之交开始出现了电子版本的设计和制作，选择性是电子化印刷版本的重要因素，但是当AI应用到文档制作后，机器自我学习能力在包容版本的多样性的同时是否能保证编辑文本的质量？如何生成学术版的电子版本？这些都是莎士比亚经典幽灵化、电子化的新问题，学界开始研究电子人文时代经典的电子化会在何种程度上改变莎学研究，我们拭目以待。

最早的原文莎剧网络资料开始于20世纪末期，新千年后呈绽放趋势，包括从英文的文字版到多语种数据库，从纯电子文本到早期印刷版的影像。1993年开始的美国麻省理工学院的MIT Shakespeare是最早的免费莎士比亚全集网络版，其缺陷是缺少编辑处理，准确性差，也没有注释辅助读者阅读。到20世纪末21世纪初文本观发生了新的转变，出现原拼版与现代版并立的局面。网络文本还是离不开纸质版时代的高质量高水平的编辑处理，最近10年来已经出现质量比较高的莎士比亚全集网络版本，按照传统的学术出版水平编辑，比如前面第一部分谈到的牛津大学出版社等老牌出版社开始发布网络版莎士比亚。另外，其他机构或者大学的数字人文图书馆也开始提供高质量的网上莎士比亚文本和莎学资料，例如，加拿大维多利亚大学的The Internet Shakespeare Editions。这个平台提供的专家版本由莎学专家拉斯穆森（Eric Rasmussen）担任文本总编，所有文本全部经过同行专家审核，例如其中的*Hamlet*等多个剧目是贝文顿编辑的文本。其他一些出版社发行的莎士比亚作品网上版本大多是收费阅读或者下载的。

中文版本的莎士比亚全集也存在收费和免费版本。免费版本的莎士比亚全集几乎清一色是以人民文学出版社的朱译全集为底本的文字转换上传本，比如可以免费下载和在线阅读的"中华典藏网莎士比亚"，虽然标有莎士比亚的作者署名，却没有实际译者朱生豪的署名。笔者试用DeepSeek搜索"To be, or not to be"独白的译文，跳出来的是朱生豪的译文，但是平台并不说明谁是译者，令人感觉那是电子平台默认的标准译文，或者说平台已经把点击量最多的朱生豪译本当成了标准。如果再搜索单个剧目，戏剧名称和人物名字也都属于朱生豪译本。搜索莎士比亚全集，出来的还是朱生豪译本。朱译全集俨然是网络时代莎士比亚中文典籍的标准版，似乎延续了1978年以来人民文学出版社发行纸质莎士比亚正典以来的统治地位。这个典籍无论是纸质版还是网络版当然是流传最广的版本，但是能否就默认为莎士比亚网络传播的标准本？这里面是否存在著作权问题？对于其他版本是否公平？诸如此类问题值得我们思考和探讨。

总之，当今互联网中对莎士比亚的传播，说明莎士比亚文化资本对于电子人文时代仍然具有价值，只是传播方式发生了变化。电子文本只是一个载体，与纸质书一样被作为商品看待，仍然需要质量保证。莎士比亚在过去400年的传播是通过有商业价值的书籍进行的，书本或者本子的质量非常重要，书既是作品的载体和物质存在方式，也是具有商品属性的存在，其商品价值依赖于本身的品质和名声，依赖的是经典的文学价值，以及本子的编辑质量，反过来商品的流通推动了传播和名声的维持和提高，是一种叠加效应。一个本子出现后会被后人根据不同需要、不同理念不断地修订重构，产生了超出原初文本的很多东西。莎士比亚的作品被翻译成各国文字出版发行，给经典传播现象进一步增加了许多跨语言、跨文化的元素。翻译文本的产生和传播除了具有与原文文本类似的特征，更带有译入语文化独特的属性，因此经典作品翻译文本的互文构建是一个值得研究的现象。不管怎样，翻译研究是世界莎学的一个重要方面，莎士比亚作品的翻译也是翻译研究的一个专门领域。

在出版莎士比亚作品的译本的同时，译者之间以及文学和翻译研究的学者不断进行研讨，总结已有译本的经验和教训。这里本文就译者参考的原文版本问题进一步讨论，探讨原文版本及其他资料如何影响译文的翻译策略及手段的选择。本文前面讨论了新目录学对20世纪文本研究和莎士比亚作品编辑的深远影响。20世纪初文本理念的改变催生了一系列现代版本的诞生[1]，中国译者着手翻译莎士比亚大多参考了根据新文本理念编辑的若干原文现代版本，其中最多的是牛津版：克莱格的旧牛津版或者新目录学后的牛津版。而就是克莱格本人的编辑实践也经历了变化，影响了牛津版和阿登版等几个主要版本，而且不同版本的编辑人员也有交叉。1911—1912年原本主持阿登版的克莱格回来为牛津大学出版社重新编辑莎士比亚全集，这是牛津现代版的开始。

译者的工作，如同艺术品匠人制作作品，原材料如果不同当然成品也不同，但是如果大家使用的原材料相同，那么制成品的成色如何就要看匠人的制作方法、个人能力、操作过程的把控等等因素的综合作用，这个最终决定成品的综合体就是匠心，它不仅仅指匠人的态度和精神，而更应该体现在创新能力上。我们看到几位译者既有不同材料或者材料多少的制约，同时成品的状态也体现了制作者的不同匠心或者创新性。梁实秋的参考资料最多，他在《丹麦王子哈姆雷特之悲剧》"例言"中说，他翻译这部剧的底本是"W. J. Craig 编的牛津本"，另外，"牛津本附字录（glossary），但无注释，翻译时还参考了其他多种版本，包括Furness的集注本，Arden Edition以及各种学校通用的教科本"[2]。梁实秋的序言称，

---

[1] 然而，学术版莎士比亚全集的最终成熟经历了一个相对漫长的过程。虽然牛津版起步较早（1904年以克莱格的旧本开始），但最早应用新目录学编辑方法的是牛津版，新目录学鼻祖波拉德的追随者威尔逊（John Dover Wilson）主导下编辑了剑桥大学出版社的"新莎士比亚"系列，1921年出版3卷，但是后续没有进展，被其他版本超越。牛津版后来居上成为新版莎士比亚全集的旗帜。威尔逊的剑桥版莎士比亚在新目录学的"科学"编辑之外，增加了文字学角度的大胆推论以及舞台指示。

[2] 据说，梁实秋在哈佛的一年（1923年9月—1924年夏）读书期间在"吉退之"（基特里奇，Kittredge，1936年编辑出版莎士比亚全集）教授的课上读过《麦克白斯》和《亨利四世》上篇。参见https://www.gmw.cn/01ds/1999-04/21/GB/246%5EDS1403.htm，访问时间：2025年3月5日。基特里奇教莎士比亚的一大特征就是逐行研读和大量讲解生平材料、背景知识和学术评论，他编辑的全集沿用的也是新目录学的传统，每剧前的序言中都讨论剧作的版本、创作年代、故事素材、舞台历史以及批评导读等。参见https://theimaginativeconservative.org/2015/08/irving-babbitt-and-edmund-true-ethical-humanist.html以及https://www.britannica.com/biography/George-Lyman-Kittredge，访问时间：2025年3月5日。不知梁实秋后来翻译莎剧是否参考了"吉"教授的莎士比亚全集，但不管哪种版本上述这些材料都是典型内容。梁实秋照单全收，译本中也翻译并包括这些内容，对初级的研究者和以学习英文为目的的读者或许有所帮助。

他的译本旨在引起读者对于莎剧原文的兴趣，因此尽量信实可靠，反倒束缚了手脚，译文在目的语的可读性不高，20世纪30年代他翻译的几个单本莎剧一出版就遭到批评，此后的翻译研究中也有学者指出梁译文的缺陷。比如，顾绶昌认为，梁实秋译的莎剧，在文字上显得干燥乏味，每句似都通顺，合起来整段却不像舞台上的对话，并且译文语气很少变化，原文诗意也很少保存。[1]

顾绶昌是我国较早关注译者参考文本问题的学者，他在20世纪50年代发表系列论文讨论原作版本问题、莎剧语言研究与翻译研究的关系，强调版本选择对于翻译的重要性。他指出，"翻译莎剧，完全没有版本和艺术方面的基本知识，不可能把工作做好……版本选择的问题，在莎译工作中也是一个先决的问题"[2]。比较了梁实秋、曹未风、朱生豪翻译的《哈姆雷特》后，他发现曹未风的参考资料最少，因此"做得最粗糙"，结果是"语病和错误最多，漏译的地方也不算少，并且译文未附加任何注解"；另外，"曹未风译文文字生硬"。[3]朱生豪译文虽做到"明白晓畅"，然而喜欢重组原句，损益原文，不是太啰唆，就是太简慢，有些译得比较优美的段落，往往又过于渲染铺张，它的最大缺点是任意漏译，并且译文中还时常夹杂些不必要的诠释。[4]另外，朱生豪译文回避猥亵、双关等难于处理之语，根据宋清如的回忆，朱生豪遇到原文中的"插科打诨或者不甚雅驯的语句，他就暂作简略处理……译文的缺漏纰缪，原因大致基于此"[5]。关于版本选择问题，本文认同顾绶昌的部分看法。然而，版本和参考资料对于翻译固然重要，但只是影响翻译质量和受欢迎程度的

1　顾绶昌：《评莎剧〈哈姆雷特〉的三种译本》，《翻译通报》1951年第5期。
2　顾绶昌：《谈翻译莎士比亚》，《翻译通报》1951年第3期。
3　顾绶昌：《评莎剧〈哈姆雷特〉的三种译本》，《翻译通报》1951年第5期。
4　上述关于顾绶昌观点的总结转引自李伟民：《顾绶昌与莎士比亚研究》，《北京第二外国语学院学报》2017年第6期。
5　吴洁敏、朱宏达：《朱生豪传》，上海：上海外语教育出版社，1989年，第129页。

一个因素而已，我们还需要考虑其他影响因素。比如，梁实秋过于依赖资料，反倒受到了束缚，对原文和相关资料没有展开创造性再加工。

以朱生豪翻译为例，我们需要考虑几方面的问题：除了参考资料问题，我们还需要考虑翻译目的与策略问题、翻译再创造与忠实性问题、译品的接受与目的语读者审美习惯问题。条件所限，朱生豪能够参考的资料的确有限，但他使用的底本与梁实秋一样都是来自牛津版。朱生豪大学时代就读过牛津版《莎士比亚全集》。从1935年春天起，朱生豪在动笔翻译莎士比亚剧本前，花了整整一年时间，收集莎剧的各种版本、诸家注释等以及莎学的研究资料，比较和研究这些资料的优劣得失，他对莎剧在世界文学中的地位、莎翁生平、思想成就、艺术特点、版本考证、戏剧分类，都有过细致的研究。1937年8月日本侵略者攻打上海，朱生豪逃离战火时只来得及带出这本全集和部分译稿，其他译稿以及所有资料都毁于炮火，千辛万苦收集的各种莎剧版本和其他资料悉数被毁。[1] 根据时间推算，朱生豪使用的也应该是克莱格的旧牛津版，的确没有当时威尔逊编辑的剑桥版"新莎士比亚"时髦。所以，顾绶昌认为，他们使用的版本有些过时了。[2] 不管怎样，不论是牛津版还是剑桥版，20世纪20年代以后都是新目录学指导下的编辑传统，没有显著的和本质的区别。[3] 朱生

---

[1] 吴洁敏、朱宏达：《朱生豪传》，第262页。

[2] 1911年，克莱格重新编辑牛津版，1929年新目录学创始人之一迈凯罗接手牛津版的编辑，直到1940年去世，由曾参与威尔逊剑桥新莎士比亚编辑的沃克尔（Alice Walker）接手牛津版的编辑工程。但是顾绶昌认为"在19世纪的莎学版本中，地位实在不能算是很高"，不知因何如此断言（见《谈翻译莎士比亚》，《翻译通报》1951年第3期）。除了"19世纪"似是笔误（因为19世纪还没有牛津版）外，牛津版自1904年出版以来都是最有影响的莎剧版本。

[3] 20世纪50年代，卞之琳翻译莎士比亚戏剧时可参考的版本明显比20世纪30年代增多了，都是新目录学、新文本观下的编辑成果，包括牛津版和剑桥版。他在"译本说明"中列举了翻译《哈姆雷特》的参考版本："正文主要是根据现在最通用的陶顿（Edward Dowden）编订的'亚屯'版（1933，初版于1899），多弗·威尔逊（John Dover Wilson）的新剑桥版（1948，初版于1934）和吉特立其（George Lyman Kittredge）的版本（1939初版）。同时参考'环球'本（1930，初版于1864），牛津全集1卷本（1930，初版于1904），弗奈斯（Horace Howard Furness）的'集注本'（第五版，初版于1877），亚丹姆斯（Joseph Quincy Adams, Houghton Mifflin, 1929），及其他版本。"参见莎士比亚：《哈姆雷特》，卞之琳译，北京：作家出版社，1956年，第1页。

豪参考资料的有限也可能是他翻译中的某些缺陷的一个原因，但是参考版本不是影响译文的唯一重要因素。朱生豪的翻译也的确存在顾绶昌指出的毛病，比如局部的漏译和诠释性的翻译处理，但是瑕不掩瑜，朱生豪对莎士比亚戏剧神韵的整体把握和极富创造性的转达是长期以来深受广大中文读者欢迎的最深层原因。时间和读者是检验一本书的质量和价值的最终标准。

三、中国莎士比亚翻译研究概览

本文从莎士比亚经典文本构成的角度讨论了莎士比亚在西方和中国的传播史。我们看到，中西对待莎士比亚经典的文本实践有共性和交叉的方面，特定时期原文文本的编辑成果很大程度上影响了中文译者对莎士比亚作品的理解和中文转达。围绕文本这个核心要素，我们需要考察诸如此类的问题：译者采用什么底本？参考什么样的注释？是否存在前人翻译？翻译文本之间存在何种关系？当然，除了文本这个核心要素，我们还需要更多地从翻译本身涉及的范畴出发来研讨莎士比亚作品的翻译，比如翻译的目的、方法和策略等问题。关于这些问题，李伟民在《中国莎士比亚翻译研究五十年》[1]一文中有所探讨，主要概括了20世纪50年代至21世纪初的50年间中国的莎士比亚翻译实践和研究的总体情况。该文分11个小节讨论了中国莎士比亚翻译实践和翻译研究的成就，前半部分主要概括了莎士比亚翻译史的早期和中期关于翻译方法的争论和探索，比如关于直译的问题、关于元曲形式的翻译尝试、关于诗体和散文体的选择和音律探索、关于译者参考的原文版本问题等等；后半部分讨论从翻译角度出发综述了相关学术研究成果，涉及翻译目的、翻译策略和方

---

[1] 该论文发表于《中国翻译》2004年第5期。

法、具体翻译手段和技巧等问题,特别关注了从修辞入手对于莎作语言的分析以及翻译作品的比较研究、关于"to be, or not to be"的译解以及莎士比亚十四行诗翻译。

最近20年莎士比亚翻译研究从数量来说远远超过之前的50年,其原因除了莎学学者持续不懈的努力还包括文化教育的发展,比如从本科到博士学位论文的大量增加,这主要与中国大学扩招、专业扩建等因素有关,各大学外国文学、英语专业以及戏剧院校外国戏剧专业的师生从不同角度关注莎士比亚的翻译问题。从研究成果本身来看,翻译研究的各种方式方法共存,从译者经验分享以及描述性感想体会,到比较分析和实证分析,从翻译实践的总结到翻译理论的探索,等等,可谓百花齐放。从发展趋势来看,描述性研究逐渐减少,基于理论范式的论证分析逐渐增多,主要原因除了对于国外翻译理论的应用和本土翻译理论的探索,还有语言学理论和技术的应用对于翻译研究的辅助作用甚至主导分析的某种趋势,比如,语料库方法、话语分析、语言与认知等等。当然,新技术赋能的量化描述仍然需要与翻译研究本身的定性分析相结合,从这个角度看,翻译研究有从传统的忠实性、翻译对等、美学原则等为核心的评价,转向文化研究的发展趋势,这是一种综合的评价方法,更加关注翻译目的与策略手段的相关性、翻译处理与读者语境的相关性、原文语境与译作语境的关系、译作接受与译入语的文化语境以及译作与原作的互文性等等问题。这些都体现在莎士比亚翻译研究中。

在介绍本文集选文之前,这里仅就最近20年来的关于莎士比亚翻译研究的博士学位论文和专著的几个例子略加讨论。刘云雁2011年在浙江大学的博士学位论文《朱生豪莎剧翻译——影响与比较研究》,聚焦单个译者的翻译成就及其影响的研究,从两方面探讨朱生豪的影响——他的莎剧翻译所受的影响和他对其他译者以及广大中文读者的影响,并通过与其他译者翻译的比较指出朱生豪译本的音乐性特征。2011年刘翼斌在中国社会科学出版社出版《概念隐喻翻译的认知分析——基于〈哈姆雷特〉

平行语料库研究》，这是基于作者博士学位论文研究的成果。该研究以自建语料库为基础，系统标注了《哈姆雷特》原作中的概念隐喻及朱生豪和梁实秋两个译本中的处理，分析了"悲""仇""喜""玄"等主题相关的概念隐喻并进行了认知解读，比较了两种中文处理的特色和得失，并讨论了译者处理背后的心理机制和认知理据。虽然研究的主要目的是用莎士比亚作品的翻译为例探讨语言学理论问题，但同时为中国莎士比亚翻译研究提供了一个新的介入视角。该书作者于2010年还发表了体现论著主要方法和观点的论文。此类论文还有任晓霏、朱建定、冯庆华于2011年在《外语与外语教学》上发表的《戏剧翻译上口性——基于语料库的英若诚汉译〈请君入瓮〉研究》，将翻译语料的定量分析与口语化视角的翻译特色分析相结合。这些都是对莎士比亚个别作品的语料库研究。胡开宝带领团队对莎士比亚戏剧做了更加广泛的语料库方法的研究，2015年在上海交通大学出版社出版《基于语料库的莎士比亚戏剧汉译研究》，建立了大型的莎士比亚戏剧英汉平行语料库，收入了莎士比亚戏剧原文、三个中文译本（朱生豪、梁实秋和方平译本）以及汉语原初戏剧，并分析莎剧汉译的语言特征，著作出版之前还发表了系列相关论文。研究者预期语料库方法的莎士比亚翻译研究必定大有可为，我们期待这方面更多的研究成果。2014年张威在上海外国语大学的博士学位论文《莎士比亚戏剧汉译定量分析研究》，修订后以《莎士比亚戏剧汉译定量对比研究：以朱生豪、梁实秋译本为例》为题于2017年在中国社会科学出版社出版，该著除了应用语料库语言学，还结合对比语言学和译者风格研究理论等，实证对比分析了两个译者翻译的四部莎剧（《哈姆雷特》《李尔王》《奥赛罗》和《罗密欧与朱丽叶》）。

除了语料库方法在莎士比亚经典翻译研究上的应用取得了显著的成果，近年还出现了值得关注的关于翻译史中反复出现的具体翻译现象的研究，这方面的研究有结合传统翻译理论的范畴进行的研究，也有语言学、文化研究等新范畴下的探讨，例如关于经典的翻译重译现象的研究，这既是一个翻译现象也是文化现象。例如，上海外国语大学刘桂兰2011年的博士学位论文《论重译的世俗化取向——在翻译活动与价值实现的交合点上》、鲁东大学于佳玉2014年的硕士学位论文《莎剧重译的继承性与创新性研究——以王宏印〈哈姆雷特〉重译本为例》、肖曼琼2015年在《名作欣赏》上发表的《经典重译的言说方式：论卞之琳翻译的莎士比亚四大悲剧》、宫宝荣2016年在《东方翻译》上发表的《英国皇家莎士比亚剧团为什么要重译莎士比亚？》以及屈扬铭2021年在《天津外国语大学学报》上发表的《莎剧重译与话语互动——傅译莎中的译者主体性探究》等。除了论文，还有这方面的著作出版。刘云雁、朱安博2015年在世界图书出版有限公司出版的《中国莎剧翻译群体性误译研究》聚焦经典重译中的误译现象，特别是群体性误译。根据著作作者的定义，"群体性误译是指两个或者两个以上主要莎剧翻译者对同一段文字所发生的共同误译"（第1页）。该著通过对朱生豪、梁实秋、卞之琳、方平等翻译家误译文本的对比研究，阐述了群体性误译的历史、文化和诗性价值。此外，2018年李敏杰在中国社会科学出版社出版的《信、似、译：卞之琳的文学翻译思想与实践》中设专章讨论卞之琳的莎剧翻译实践。我们还注意到朱安博、刘畅在《外语研究》（2021年第1期，第76—84页）上发表的论文《莎士比亚戏剧网络翻译批评研究》将学术视野扩展到互联网时代莎剧翻译这个最新现象上。本文前面讨论了莎士比亚经典网络传播这个"精彩新世界"，而莎士比亚戏剧网络翻译批评为传统莎剧翻译批评拓展了空间：存在于虚拟空间的批评现象同样值得关注。该文从流行平台豆瓣网上的莎剧版本中选取收藏数量最多的三部剧的译本（《哈姆雷特》《罗密欧与朱丽叶》和《威尼斯商人》），对比中文译本数据和网络翻译批评案例进行整理和分析，发现莎剧网络翻译批评"从批评空间、批评形式、批评主体和批评话语等方面都显示了与传统莎剧汉译批评的不同，呈现出鲜明的时代特色"。

本文集收录的研究成果深入中国莎士比亚翻译史、译本比较研究、翻译方法、文体选择、译学理论以及语言文化等具体问题进行探讨。戈宝权于1964年为纪念莎士比亚诞辰400周年发表的论文《莎士比亚的作品在中国》讲述了中国的莎士比亚翻译史话，从清末文献中的引介到朱生豪主译的《莎士比亚全集》即将出版的喜讯。该文第一次比较系统地梳理了莎士比亚的戏剧和诗歌在中国的翻译史料，讨论了《莎氏乐府本事》的几种译文和影响；从田汉开始的莎士比亚单个剧本的翻译以及20世纪30年代莎士比亚诗歌的翻译；曹未风、朱生豪等翻译莎士比亚全集的尝试。而且该文为我们介绍了即将出版的朱译全集中朱生豪生前未能完成的、由其他译者补译完成的情况。遗憾的是，文中预告的朱译全集因为政治原因未能及时出版。关于中国莎士比亚翻译史，孟宪强在《中国莎学简史》中按照历史分期更加详细地补充了资料，例如有关梁实秋翻译莎士比亚全集的内容，还将莎士比亚翻译的历史讲述，延续至20世纪90年代，这期间人民文学出版社出版了朱译全集。

  本文集中的其他论文涉及莎士比亚翻译研究的若干重要方面。刘炳善的论文《莎剧的两种中译本：从一出戏看全集》以 Love's Labour's Lost（朱译《爱的徒劳》，梁译《空爱一场》）为例，比较了梁实秋和朱生豪的莎士比亚全集翻译的特色和优长。文章指出，朱生豪志在"神韵"，"译本语言优美、诗意浓厚，吸引了广大读者喜爱、接近莎士比亚，从20世纪40年代末以来对于在中国普及推广莎剧做出了很大贡献"；而梁实秋志在"存真"，"译文忠实、细致、委婉、明晰，能更多地保存莎剧的本来面貌"。朱生豪和梁实秋的两个全集译本都是以散文体翻译原文的无韵诗体，而方平尝试用格律形式（以顿代步的音组）来对应莎剧无韵体的诗行。方平20世纪50年代开始翻译莎士比亚作品，先后翻译出版了《捕风捉影》《威尼斯商人》《亨利五世》等，1979年后又翻译出版了《仲夏夜之梦》《温莎的风流娘儿们》《暴风雨》《奥赛罗》《李尔王》《哈姆雷特》等剧，1979年出版《莎士比亚戏剧五种》。他还审校了人民文学出版社1978年出版的朱译全集，补译了其中的《亨利五世》。前面讨论过，他主编、主译的《新莎士比亚全集》的诗体莎士比亚是中国莎士比亚翻译的一个新的里程碑。方平在新全集出版之际发表《新的认识和追求——谈〈新莎士比亚全集〉的翻译思想》（原载于《英美文学研究论丛》2001年，本文集收录），分享他的翻译思想。他首先高度赞扬了朱生豪的翻译，并指出朱译有利于"视觉型"读者（浏览作品），提出要重视如何服务"听觉型"读者（感受语言的音乐性），翻译要再现莎士比亚戏剧诗行的音乐性。张冲在《诗体和散文的莎士比亚》中进一步探讨译文的文体选择问题，以朱生豪的充满诗意的散文体翻译和方平的以诗译诗方法为例，指出散文体译文的缺憾和分行的诗体译文的优势，认为诗体译法在节奏、韵律等方面更胜一等，因此在形和神两个方面更贴近原文，是"译莎的最高境界"。苏福忠从一个资深编辑和译者角度讨论朱生豪选择使用散文体翻译莎士比亚的机缘和因缘，认为"他翻译莎剧与其说选择了散文，不如说选择了极其口语化的白话文风格"，他提炼出来的口语化风格表达力强，"与莎剧的文字风格最合拍"。朱安博也聚焦朱生豪的翻译思想，认为他的翻译神韵说与中国古代诗学的神韵原则一脉相承，注重神似，充分调动中国读者的审美共鸣。陈国华、段素萍运用语言学方法从语法和修辞角度分析莎剧原文台词的非常规语序，认为语序变异往往造成特殊的修辞效果和戏剧效果，建议译文应该对原文语序亦步亦趋，以达到类似的效果。刘云雁的研究聚焦曹禺20世纪40年代初为舞台演出翻译的《柔蜜欧与幽丽叶》，分析译文作为演出本的翻译特性。曹禺翻译中注重台词的动作性、对话性，采用增译和留白等策略处理原文重点逻辑断层，重现原文戏剧冲突的节奏和强度。莎士比亚戏剧首先是为舞台演出创作的，译者将其翻译成目的语的演出本，既属于莎学研究的范畴，也属于翻译研究的范畴。我们且不谈作家的创作意图，翻译本身也有自己的目的性，为什么翻译有时决定了如何翻译，即翻译目的决定翻译手段，这个方面值得更加深入的研究。张之燕的文章考察莎剧《第十二夜》和《温莎的风流娘儿们》等作品中使用的"Cataian"指代中国人的文化内涵，并探讨朱生豪和方平的不同翻译处理。文章分析了文本注释如何将关于中国人形象的文化偏见强加到莎士比亚作品中，并如何通过文本注释传播到英国维多利亚时代以降的莎士比亚读本中，进而影响译者的翻译处理。

张之燕论文谈到的这个例子再次说明了本文一再强调的一个观点：源文本的编辑和注疏虽然不是影响翻译的唯一因素，却是不可忽视的一个重要因素。虽然我们无法肯定斯蒂文斯编辑的约翰逊-斯蒂文斯莎士比亚版本是否就是对于"莎剧"中的关于中国人的偏见的源头，但是斯蒂文斯修订的莎剧版本中的注释，通过里德在19世纪的重印得以广泛传播和沿用，说明了西方文化偏见的普遍性和顽固性，也说明文本及其附带材料（原作之上的编辑注疏以及学术解读等外来文字加入文本），以某种方式参与了作品的意义构建。因此，经典版本是一个综合概念，不仅仅是原作本身，编辑加入的附带材料都参与了文本意义的构建，从而影响读者对作品的理解和接受，它不仅影响读者看到什么或者看不到什么（比如被删除的不雅文字），而且还决定了读者如何接触和解读原文。编辑是经典作品传播链中原作的第一读者，经过编辑处理传导到译者，译者作为原作的第二读者完成了译文，变成了经典的译入语文本的放送者，再通过译文编辑的处理，最终到达目的语读者。从这种意义上讲，原文版本这个综合体对译者这个特殊读者理解原文发挥了巨大作用，译者继而将这种理解转化到翻译文本中，最终影响目的语读者对作品的理解，比如朱生豪和方平译文就是直接采纳了带有偏见的注释，从而无意中在译文中反映并传播了偏见。虽然这是一个个例，但经典作品注疏里面更多时候以隐藏形式强加给原作或者以解读之名读入原作的附加意义是一个值得研究的文化现象。当然，如果确实属于作家文化认知的历史局限反映在措辞上，我们也没必要为作家的局限遮掩或者辩护。毕竟任何创作都是带着时代烙印的文化产品。

我们知道，莎士比亚的创作中不仅有戏剧，还有诗歌，因此诗歌翻译也是莎士比亚经典译文中不可或缺的部分。莎士比亚的诗歌创作成就同样斐然，包括154首十四行诗、两首长篇叙事诗和若干首杂诗。甚至可以这样说，即使他没有创作戏剧作品，仅凭他的诗歌成就便足以在文艺复兴文学中保有一席之地。更重要的是，正如他的戏剧具有诗性（不仅因为他的戏剧由无韵诗构成，是诗剧），他的诗歌反过来具有戏剧性。诗人与朋友和情人的"对话"在十四行诗的起承转合中充满戏剧张力；鲁克丽丝受辱的描写带有悲剧式的强烈冲突；维纳斯与阿东尼的情欲纠葛悲喜交加，让读者在悲其不幸中体味针对禁欲和纵欲的伦理讽喻。这些优美的、充满戏剧性的诗歌像他的戏剧作品一样给译者带来不小的挑战。中文译者尝试用不同的方法翻译莎士比亚诗歌：亦步亦趋的形式模仿，形神兼备的综合对应，全盘汉化的词赋处理等等不一而足。据郝田虎统计，仅莎士比亚十四行诗中文全译本就有40余种[1]，其中21部出版于2000年以后，为广大中文读者欣赏莎士比亚的诗歌提供了异彩纷呈的翻译阐释。

这些译文也引起莎学研究和翻译研究的关注，较早的译文得到的研究关注较多，针对新的，尤其最近10年出现的译文的翻译研究相对较少，这既有时间的原因也与译作本身的质量等其他因素有关。不过我们也注意到，黄必康于2017年在外语教学与研究出版社出版的《莎士比亚十四行诗》全译本也开始进入专业领域的学术视野。吕世生、汤琦在《中国翻译》2022年第2期发表的《莎士比亚十四行诗经典价值跨文化翻译阐释——以黄必康仿词全译本为例》从理论和实践两个层面探讨莎士比亚经典诗歌的汉译问题，分析了诗体翻译莎士比亚诗歌的诗学价值，认为

---

[1] 据统计，截至2024年，共有41种莎士比亚十四行诗的全集重译本出版。参见郝田虎：《莎士比亚十四行诗在中国的接受》，《上海交通大学学报（哲社版）》2024年第9期。郝文为我们提供了关于莎士比亚十四行诗在中国的翻译和接受的目前为之最全的可靠数据，特别是关于20世纪30年代及以前的情况以及莎士比亚十四行诗对中国新诗创作的影响。中国新诗人在探索诗歌格律的过程中借鉴了意大利、莎士比亚以及现代英语变体的经验，在翻译莎士比亚十四行诗基础上创作了中文十四行诗，但这些诗歌本身的实际影响不宜夸大。关于十四行诗这种发源于意大利的欧洲诗体的中国化历程，另见许霆：《中国十四行诗史稿》，北京：北京大学出版社，2017年。

仿宋词形式的翻译为我们提供了汉语阐释英语诗歌经典的可能性，结论指出"诗歌经典价值跨文化翻译和阐释的可能性是没有局限的"。这样的结论不仅是对黄必康翻译特色和翻译理念的肯定，而且与本文关于莎士比亚经典跨文化传播的观点高度吻合。首先，经典的翻译不是简单的跨语言行为，而更多的是跨文化阐释行为，即经典价值的体现方式不仅仅存在于语言形式的对应上，而同时存在于跨文化翻译阐释的变形上。其次，我们对于译作的评价方式需要做出相应改变，从对等和忠实的诉求转为互文化的阐释和经典价值的互文重构。最后，原作与译作的互文融合的探索，也许也是翻译实践和翻译研究的趋势和未来发展方向。尤其是在文学翻译也将面临人工智能大语言模型挑战的时代，我们一方面可以借助AI辅助进行语言处理，另一方面必须坚守为文之本，就是要牢牢把握人文价值或者文心，摒弃有形无神、有文无义的空心翻译。

　　下面简单介绍本文集中收录的几篇莎士比亚十四行诗翻译的研究成果，这些成果反映了不同时期译者以及学界对于莎士比亚诗歌的认知特征和翻译研究的逐渐深化。周启付于20世纪80年代初在《外语学刊》发表的研究论文《谈莎士比亚十四行诗的翻译》主要比较分析了梁宗岱和屠岸两位老一代诗人翻译的莎士比亚十四行诗，认为"梁译的优点是译文忠实，格律严谨，缺点是用语陈旧"，而屠译"明白流畅，表达了莎士比亚十四行诗清新、强劲的风格"。该文还讨论了早期中国新诗人在诗歌格律方面的探索。孙建成、温秀颖的《从一首莎诗重译看翻译的语境对话》用类比的方法，并应用巴赫金对话理论和赫尔曼社会叙事学理论，对莎士比亚第5首十四行诗的梁宗岱、屠岸和辜正坤的三种翻译进行了实证分析，重点探讨了三个译本中的文本再现与翻译语境对话的关系，指出各种翻译观之间的互补关系。李正栓、王心的论文从屠岸和辜正坤翻译的莎士比亚十四行诗第12首的比较入手，探讨莎士比亚诗歌翻译中的文化取向，分析了时代文化如何影响了译者的翻译策略选择以及译者本人的文化修养对翻译语言风格的影响,指出屠岸采用通俗平实的语言进行异化翻译,辜正坤则采用仿古风的语言进行归化翻译。两位译者都在自己原来出版的译文基础上多次进行重译,并且随着译者对双语文化的认知不断加深,译文的质量也不断提高。研究结论中还指出,"只要忠实于原文本,不同的(翻译)策略皆可产生理想的效果"。这里所说的"忠实于原文本",很大程度上应该是指忠实莎士比亚诗歌的内涵及其创造性呈现,因为辜正坤译文的中国诗风并不在形式上对应莎士比亚原文。对于莎士比亚诗歌的形式和内涵之间的关系,译者、研究者,乃至于原文及译文的广大读者的理解不会只有一个正确的答案,而且会随着时代的变迁而不断深化。这些都是莎士比亚诗歌以及其他作品的研究者需要考虑的方面。

关于莎士比亚诗歌创作的研究,文集的另外一篇序言专门讨论。本文这里回到总的论题,就莎士比亚经典的跨文化传播这种文化现象的讨论稍做总结。本文从莎士比亚经典作品编辑出版角度,即本子的演变史出发,论述了原文版本的经典化及其时代变迁,进而阐述了经典原文构成对于其传播接受,尤其是对于翻译的影响。莎士比亚文本的构成和重构过程说明了莎士比亚经典从来都不是一成不变的,而是随着时代文化和认知水平的发展不断演进。莎士比亚经典的版本四百年来的不断扩容(虽也曾在新古典主义时代遭到删减),一方面反映了他的作品的经久魅力,另一方面也反映了其在不同时代被赋予的新的内涵,这或许就是"莎士比亚造就了现代文化,而现代文化成就了莎士比亚"[1]的含义。从有影响的莎士比亚全集本子的传播中,我们看到莎士比亚经典的进一步变形和扩大,这些都深刻反映在莎士比亚作品的翻译和跨文化传播中。从这个角度认识莎士比亚经典在中国的翻译传播和译本的经典化,我们还可以得到这样的启示:我们欣赏莎士比亚为人文时代奉献的伟大作品,

---

1 Margorie Garber, *Shakespeare and Modern Culture*, New York: Pantheon Books, 2008, p. 2.

但不需要盲目的莎翁崇拜,我们怀着开放包容的心态去拥抱人文时代的经典作品的过程中,需要加强中外文学文化的互文互动,为经典的阐释贡献中国视角,并以此参与新时代人文价值体系以及兼容性的全球文化生态的构建。

  本文集的编辑除了得到选文作者的大力支持和配合,还得到其他专家学者和同仁学子的帮助。黄必康、李伟民、郝田虎、张薇、张耀平、张之燕、尹兰曦等对引论的修订提出了宝贵意见。下列人员在读博、读研期间不同程度参与了文稿整理工作:刘伴、姚文豪、金涛、王明、汪希、蒋金蒙、陈静、卢陈怡等。在此致以诚挚的感谢!

(杨林贵:东华大学教授、莎士比亚研究所所长)

·编者引论二·

作为诗人的莎士比亚

一

在对莎士比亚的一连串的美称当中,与诗相关的,总是最美的,比如,our Bard(我们的诗人),national poet(民族诗人),Swan(of Avon,埃汶河上的天鹅)。就他的纯诗而言,莎士比亚创作了《维纳斯与阿都尼》(*Venus and Adonis*)、《鲁克丽丝受辱记》(*The Rape of Lucrece*)、《情女怨》(*A Lover's Complaint*,缀《十四行诗集》之后)以及《热情的朝圣者》(*The Passionate Pilgrim*)中的归属于他的短诗等。因此,莎士比亚毫无疑问也是一位诗人,再加上他浩瀚的诗歌体戏剧,作为诗人的身份,是毋庸置疑的。另外,世世代代的众人称他为"诗人",也可以看成是以诗歌为标准的美称,如此也显出莎士比亚艺术的价值以及他作为艺术家的身份。可以这样讲,即使不算他的戏剧创作,仅凭他的诗歌创作,莎士比亚在文艺复兴时期的文学领地也占有重要地位。

二

莎士比亚作品的著作权问题不局限于他的戏剧,在诗歌方面也存在争议。比如《情女怨》(1609)虽然多数学者认为是莎士比亚的作品,质疑者依然有之。[1] 另一个案例是他的《十四行诗集》，这是唯一看起来和他的生平如此紧密相关的，也是在他有生之年出版的诗歌合集，却也疑云重重。诗集的出版是否得到他的授权？诗集中的"真人""真事"是不是可以对号入座？有关这些问题众说纷纭、莫衷一是。有人甚至把诗集中说话人喜爱的那个"在水伊人"当成了一个酒瓶子！[2]《热情的朝圣者》出版署名是莎士比亚，但未经他本人授权出版，学界认为是否真是他的手笔无可稽考，而且里面的20首诗中只有5首可以确认是莎作，其中包括2首十四行诗（第138、144首）。

滨河本《莎士比亚全集》[3] 收入的诗歌也包括《维纳斯与阿都尼》《鲁克丽丝受辱记》《十四行诗》《情女怨》《热情的朝圣者》《凤凰与斑鸠》。"新牛津"《莎士比亚全集》[4] 包括若干系列，其中的"现代研究本"新收入了《致女王》与滨河本没有收入的《杂诗荟萃》。所谓"杂诗荟萃"（Various Poems），这是牛津本第一版（1987）、第二版（2005）的称呼，包括9阕的一首《歌》，被贾佳德定为莎作的《热情的朝圣者》中所收莎士比亚诗歌，《乐曲杂咏》（Sonnets to Sundry Notes of Music），《凤凰与斑鸠》（The Phoenix and the Turtle）以及7首墓志铭（epitaph）等。以牛津本为蓝本的"诺顿莎士比亚"第三版的诗歌部分，包括众人皆知的5首（部）诗（《维纳斯与阿都尼》《鲁克丽丝受辱记》《情女怨》《凤凰与斑鸠》与《热情的朝圣者》）以及《十四行诗集》，剩下的被归入"归属各诗"

---

[1] 参见Paul Edmondson and Stanley Wells, *Shakespeare's Sonnets*, Oxford, UK: Oxford University Press, 2004, pp. 9–11。

[2] Helen Vendler, "Reading, Stage by Stage: Shakespeare's Sonnets", in *Shakespeare Reread: The Texts in New Contexts*, ed. Russ McDonald, Ithaca & London: Cornell University Press, 1944, p. 24.

[3] William Shakespeare, *The Riverside Shakespeare*, eds. G. Blakemore Evans et al, Boston: Houghton Mifflin Harcourt, 1974.

[4] "新牛津"本《莎士比亚全集》（Gary Taylor et al eds., *The New Oxford Shakespeare. The Complete Works. Modern Critical Edition*, Oxford, UK: Oxford University Press, 2016），收入了以前从未入典的《致女王》（*To the Queen*）以及几篇署名莎士比亚的伪作。

(Attributed Poems)里了。[1]

虽然莎士比亚是一位被高度认可的诗人，但并没有被界定为什么样等级的诗人。"新牛津"《莎士比亚全集》编者说莎士比亚是"顶级诗人"(the poet of superlatives)，竖立了四百年无以超越的标杆。接下来，编者用了14个"之最"来概括莎士比亚的伟大。[2]十四行诗在学界早已形成了一个和他戏剧一样格局和规模的研究领域了，这里主要说说他的其他中长诗和短诗。

《维纳斯与阿都尼》是受到拉丁语诗人奥维德（Ovid，前43—17/18）的《变形记》(Metamorphoses)启发创作而成的。原诗短得多，和莎士比亚的版本差别很大。奥维德笔下的维纳斯和阿都尼去狩猎，是为了讨好他，然而，对方却不喜欢户外活动。她包裹得严严实实的，害怕伤害了自己的颜容，她尤其害怕凶猛的野兽。相反，莎士比亚笔下的维纳斯自己却猛若雄狮，且赤身裸体，对狩猎毫无兴趣，只对于阿都尼的男欢女爱感兴趣，愿意以身相许，言语中毫无遮掩，说得明明白白。

莎士比亚的《维纳斯与阿都尼》一夜走红，且火爆多年。最有名的赞词是弗朗西斯·米尔斯1598年在《智慧的宝库》(Francis Meres, *Palladis Tamia, or Wit's Treasury*)里说到的"嘴巴抹了蜜的悦耳动听的莎士比亚"(mellifluous and honey-tongued Shakespeare)的说法。帕纳索斯的剧作里屡屡提及，甚至说："我要膜拜嘴巴甜如蜜似的大师莎士比亚，要了解他，就

---

[1] *The New Oxford Shakespeare*（2016）标题为：Poems attributed to Shakespeare in seventeenth-century miscellanies。

[2] *The New Oxford Shakespeare, the Complete Works. Modern Critical Edition*, gen. eds. Gary Taylor, John Jowett, Terri Bourus and Gabriel Egan, Oxford, UK: Oxford University Press, 2016, p. 2: "most quoted, most taught, most translated, most anthologized, most filmed, most televised, most broadcast on radio, most internetted, most admired, most performed by professionals, most performed by amateurs, most influential, most adapted, most-written-about works by any English poet or playwright."（引用次数最多，讲授次数最多，翻译次数最多，选集次数最多，拍摄次数最多，电视转播次数最多，电台广播次数最多，互联网浏览次数最多，最受钦佩，专业人士表演次数最多，业余爱好者表演次数最多，最有影响力，改编次数最多，英国诗人或剧作家中作品讨论文章最多。）

要把他的《维纳斯与阿都尼》压在我的枕头底下。"[1] 这些事实足见这首长诗受欢迎的程度。

当然，仅仅是规模和气势还不足以征服读者，所以，这首诗在维纳斯情景交融、淋漓尽致的辩词方面，深深地打动读者，感人心魄。莎士比亚对自然的处理也气势恢宏，带有生态主义关怀的倾向。有批评发现，莎士比亚对人与兽之间的关系描述还有更为生动的意义：

> 那头野猪具有象征意义：它是人征服兽的障碍，是恶的化身，是凶残的代表；它不仅破坏了人类的美，也破坏了人和动物之间的和谐。另一方面，人也正是在同野猪之类的凶兽的斗争中逐步完善自己，最终创造了人类自己特有的生活，成为地球的主宰者。[2]

《维纳斯与阿都尼》还有更高明之处，以下这一段文字在与《鲁克丽丝受辱记》的对比中说得淋漓尽致：

> 《卢克丽丝受辱记》是莎士比亚根据奥维德的诗创作的另一首长篇抒情诗，但诗中的"情"与爱情和一般的感情不一样；从诗中男主人公塔昆的角度看，"情"即情欲——情欲的酝酿、发展和发泄以及发泄后的不安和追悔。从诗中女主人公卢克丽丝的方面看，"情"是她对丈夫科拉廷的忠诚和她被奸后的悲伤。然而，不管挖掘塔昆之恶欲还是描写卢克丽丝的纯情，莎士比亚的创作角

---

[1] "I'll worship sweet Master Shakespeare, and to know him will lay his *Venus and Adonis* under my pillow." 转引自 Michael Dobson and Stanley Wells, eds., *The Oxford Companion to Shakespeare*, Oxford, UK: Oxford University Press, 2001, p. 511.

[2] 威廉·莎士比亚：《莎士比亚诗歌全集》，苏福忠译，北京：中国友谊出版公司，2016年，第3页。

度都是大胆新颖、首创和富有成果的；诗中大量的形象的比喻、细致得不能再细致的叙述，使它成为世界长诗名作中最灿烂的一首。

但是将读或读罢这首近两千行的长诗，读者难免纳闷：莎士比亚为什么要写一次强奸活动呢？他怎么想到写这样的内容？他想通过写这样一件事，揭示什么？这些自然是需要写大篇幅文章研究的。不过在诗的开头，莎士比亚写了一篇几百字的《梗概》，介绍了卢克丽丝被奸的始因、过程和塔昆强奸卢克丽丝之后的结果："人民因此大为惊诧，众口如一，纷纷赞同将塔昆家族全部流放，把国家政体由国王转为执政官。"因此有不少西方学者把它说成历史政治抒情长诗。这种观点使我们想到莎士比亚当初写这首诗时，一定从人的情欲和权力之间看到了某种联系和结果。

在《维纳斯与阿多尼》一诗中，莎士比亚热情地赞美了维纳斯的爱情和情欲的自然发展和流露。经维纳斯和阿多尼所处的环境是大自然，人在大自然中可以尽情发泄自己的七情六欲。在《卢克丽丝受辱记》中，塔昆的情欲也是自然流露或说发泄，但这种流露和发泄是邪恶的；之所以如此，主要因为塔昆的行为发生在关系繁复的人类社会之中，其行径符合自然法则，但不符合人类社会的法则。从这个角度切入，我们便从这首长诗中领会到更深一层的意义：人类为了生存建立了社会关系；为了人类社会的健康发展又建立了各种秩序和法律，等到这些秩序和法律在某种特定环境下作用于某个人的某一行为时，人们又突然发现人类社会的条条框框束缚了人这一自然体。莎士比亚感觉和认识到了这一点，于是在他的诗歌和剧本中反复地进行了大胆的探讨和揭示，这方面的探讨和揭示成为他作为世界文化巨人的支撑点之一。[1]

这样看来,《维纳斯与阿都尼》与《鲁克丽丝受辱记》两首诗之间,具有逻辑上的递进关系。前者把爱情的主题上升到人与自然的关系来刻画和探索、讨论,后者则更进一步,关注人形成的社会及其关系与欲望、权力、法制、道德、行为等之间的种种相关,因此升入因为人而引出的文化层次上的审美与理性思考,所以说莎士比亚成了"文化巨人",原因就在这个地方。

莎士比亚生前作为诗人的名声超过他作为剧作家的身份,在我们仰望这位世界戏剧史上的巨人时,确乎有点难以置信。然而事实的确如此,这不仅因为莎士比亚写出了《维纳斯与阿都尼》《鲁克丽丝受辱记》和154首十四行诗,对英国诗歌做出了不朽的贡献,还因为他写了为数不多却很美的杂诗。

莎士比亚写非戏剧类型的诗,据学人考证,可能是因为瘟疫期间戏院关门,莎士比亚就试笔于中长诗和杂诗了。[2]这一点也符合一般常识性逻辑。后缀于《十四行诗集》的这部《情女怨》[3]也不例外。一个特别的原因,是写十四行诗集或称十四行诗组的诗人,写一部十四行诗,都在诗集的尾巴上缀一首长诗。这在当时是一种风尚,托马斯·洛奇(Thomas Lodge, 1558?—1625)和塞缪尔·丹尼尔(Samuel Daniel)据说是莎士比亚的先启,莎士比亚跟他们学习,也缀上一首"堕落"的怨女诗。[4]以西

---

[1] 威廉·莎士比亚:《莎士比亚诗歌全集》,苏福忠译,第110—111页。

[2] Michael Dobson and Stanley Wells, eds., *The Oxford Companion to Shakespeare*, p. 262. 虽然不少的研究莎士比亚十四行诗的人,都将其独立出来,但现在又有不少人恢复了后缀怨女诗的风尚。John Kerrigan(New Penguin, 1986)、Katharine Duncan-Jones(Arden 3rd series, 1998)、Stanley Wells(Oxford, 1985)的版本就是这么做的。

[3] 黄雨石译为"情女怨"(1978年、1984年人民文学出版社本),苏福忠译为"情人的怨诉"(2016年中国友谊出版公司本、2021年新星出版社《莎士比亚全集》本)。

[4] Michael Dobson and Stanley Wells, eds., *The Oxford Companion to Shakespeare*, p. 263.

方的概念来说,这一首长诗,是中长诗,不是前面所说的荷马式史诗般的长诗。[1] 写中长诗、短诗,也都是一般诗人要做的,很可能是他们的练笔和才华、情愫表达的必需。比如斯宾塞也写十几行的短诗,180行的《迎婚曲》(Prothalamion, 1596),433行的《祝婚曲》(Epithalamion, 1595),89首韵和主题都环环相扣的十四行诗系列《爱情小唱》(Amoretti),这一点的情形弥尔顿与他极为相像。没有荷马式长诗的诗人也被认可为诗人,莎士比亚就是如此。

莎士比亚写女子在情、忠、义、勇、贞方面的话题,《情女怨》,连同《维纳斯与阿都尼》与《鲁克丽丝受辱记》,都有交叉。特别是后者,就简直如出一辙。一些评论家认为,这首《情女怨》不像是莎士比亚的手笔。[2] 苏福忠却不同意这样的看法,他认为《鲁克丽丝受辱记》是一种在形式上的摸索,是一种"尝试":"《情人的怨诉》可能是莎士比亚认为写得有价值的一首,其价值就是为《卢克丽丝受辱记》在表达方面找到了最理想的诗的形式。"[3] 这个说法之所以可靠,可以从莎士比亚的整个创作过程来看,就不证自明了。莎士比亚是伟大的,难以超越的,毫无疑问,但是他也是一步一步地成长起来的。反而可以看出,莎士比亚是特别用心的艺术家,只不过他的悟性是超凡的,他的手法是高明的,他的进步是快速的。

莎士比亚的其他诗歌还有《热情的朝圣者》与《凤凰与斑鸠》。前者是一部收入了20首诗的合集。一般认为,其中有5首是莎士比亚的诗。有2首收入了1609年的《十四行诗》,另外3首是从《爱的徒劳》里选出的。

---

1 罗益民:《莎士比亚十四行诗版本批评史》,北京:科学出版社,2016年,第59—60页。
2 有人说是莎士比亚1609年的四开本《十四行诗集》的出版商托马斯·索普(Thomas Thorpe)强加的。直到缪尔和杰克逊(Kenneth Muir and MacDonald P. Jackson)的发现,才被认可为是莎士比亚的作品。参见威廉·莎士比亚:《莎士比亚诗歌全集》,苏福忠译,第446页。
3 威廉·莎士比亚:《莎士比亚诗歌全集》,苏福忠译,第446页。

另有5首，研究者有名有姓地与当时的其他诗人对上了号，还有2首在其他诗集里出现，为无名氏所作。从各方面的工具书所显示的资料看，这部诗集是否伪作尚有争议，但以下判断，比较合情合理：

一、莎士比亚为写作《维纳斯与阿多尼》从内容到形式所做的探索。莎士比亚也许用十四行诗写下几节后，发现十四行诗对他束缚太大，而且"我"的第一人称也未必十分有利。由此，莎士比亚尝试了长短句诗和六行诗，并最后认准了六行诗。作者整理自己的诗作时，认为其中不乏保留价值的，便凭着诗人的灵感和联想，把它们串接起来，成了目前这种形式和内容。

二、系别人用莎士比亚的名字发表的诗歌。仅从内容上看，这种可能性是存在的。作为一首叙述体抒情诗［应为诗集。——引用者注。］，它的内容实在算不上统一，甚至可以说连中心都是相当模糊的。一个会写诗但写不了长诗或写不好长诗的人，这种错误和缺陷往往是无法避免的。但是，从诗的形式上看，这种可能性却又难成立。一般说来，一个模仿者往往会在形式上首先和原作者的风格保持一致，也就是形似。因此，不喜欢《激情的朝圣者》的学者认为它是伪作；从形式进行研究的学者又会对它究竟是不是伪作表示怀疑。

但是不管怎么样，它毕竟是莎士比亚时代流传下来的诗作。当时的英语还稚嫩，正当形成和丰富时期，能用英语写出在音节和韵律方面都有特色的诗歌，都是了不起的成就，都具有保留价值。[1]

---

1 威廉·莎士比亚：《莎士比亚诗歌全集》，苏福忠译，第476—477页。

所引文献的作者认为《热情的朝圣者》这部诗集是《维纳斯与阿都尼》这首长诗的一种探索，可以表明莎士比亚诗歌创作的某些踪迹或轨道线索，是很有逻辑意义的。同时，从"音节和韵律方面都有特色"方面看诗集的价值，是很有胸怀的，具有包容性，不忽视传世之作的意义。

其中的第12首（"Crabbed age and youth cannot live together"，衰老和青春不能生活在一起）就是赞美青春的脍炙人口的名篇：

Crabbed age and youth cannot live together:	衰老和青春不能生活在一起：
Youth is full of pleasance, age is full of care;	青春充满了欢娱，年老充满了焦虑；
Youth like summer morn, age like winter weather;	青春像夏日的清晨，年老像冬天的寒气；
Youth like summer brave, age like winter bare.	青春如夏日生机勃勃，年老像冬天落寞萧疏。
Youth is full of sport, age's breath is short;	青春欢乐无限，年老苟延残喘；
Youth is nimble, age is lame;	青春轻盈矫健，年老跛足蹒跚；
Youth is hot and bold, age is weak and cold;	青春热情勇猛，年老畏缩冷漠；
Youth is wild, and age is tame.	青春狂野奔放，年老吞声忍气。
Age, I do abhor thee; youth, I do adore thee;	年老，我憎恨您；青春，我膜拜您；
O, my love, my love is young!	哦，我的爱人，我的爱人年轻无比！
Age, I do defy thee: O, sweet shepherd, hie thee.	年老，我蔑视你：哦，亲爱的牧羊人，快去。
For methinks thou stay'st too long.	我看你已滞留太久，你得赶快别离。

在莎士比亚的短诗和杂诗中，还有一首非常奇特的诗，那就是67行的《凤凰与斑鸠》。属于"失踪年代"（The Lost Years，1585—1592）所

作，其时不知道莎士比亚干什么去了，史家们对此无可稽考，但有一个逻辑：戏院关闭，他只有写诗。据詹姆斯·P. 贝德纳兹（James P. Bednarz）所称，该诗为"发表了的第一首伟大的玄学派诗歌"（the first great published metaphysical poem）[1]。该诗的确很"玄"，甚至似乎是玄学派旗舰诗人约翰·多恩的笔触。从另一个角度看，什么事莎士比亚都喜欢琢磨，喜欢尝试，因而，这也可能体现他勤学善思、多才多艺的特点。

《凤凰与斑鸠》发表时并无标题，是附在切斯特的长诗《爱的殉道者》（Robert Chester, *Love's Martyr*, 1601）为主体并附缀了几首另人之短诗的"诗集"之后的。其他诗作还包括本·琼森、贾普曼（George Chapman）、马斯顿（John Marston）的诗以及两位无名氏的诗歌。切斯特"诗集"的主体诗《爱的殉道者》写凤凰（被视为"雌性"）与斑鸠（被视为"雄性"）的结合，他们分别代表美与真，并在灰烬中重生。这首主体诗与之后所附其他诗作，构成一个非常有趣的状似多声复调、互相应和的交响乐似的诗歌体系。马斯顿在回应莎士比亚的动议诗（moving epicedium），贾普曼在细节上丰富起来，说凤凰与斑鸠的生活多彩起来，琼森把凤凰的结局理想化，使之美不胜收："清亮如一丝不挂的贞节女神维斯太，/被克里斯托尔的光环所包围。"莎士比亚所写貌似在与切斯特唱反调，他的诗不仅似描写了传统意义上的"三位一体"（Trinity），还描写了另外三个传统：神秘联姻（mystical union）、精神友谊（spiritual friendship）与精神婚姻（spiritual marriage）。[2]

这首理想婚姻的寓意诗，是文艺复兴时期新柏拉图主义精神描写的写照。整个诗难懂、晦涩，是典型的玄学诗，也是莎士比亚少有的或唯一的特征明显的玄学诗。另一方面，他的寓意还体现在政治的暗示方面。

---

[1] Patrick Gerard Cheney, ed., *The Cambridge Companion to Shakespeare's Poetry*, Cambridge, UK: Cambridge University Press, 2007, p. 117.

[2] "The Phoenix and the Turtle", https://en.wikipedia.org/wiki/The_Phoenix_and_the_Turtle，访问时间：2024年5月2日。

孙法理发现,《凤凰与斑鸠》这首短诗暗讽了"宫廷政治的黑暗和伊丽莎白女王的反复无常,出尔反尔"。诗人"深知社会险恶","以歌颂柏拉图式的精神恋爱为伪装,以对凤凰的颂扬巧妙地抒发了心中的积郁"。因此,在1603年伊丽莎白女王逝世之时,举国哀悼,莎士比亚却保持沉默。按照作者的推断,他认为,"也许他[莎士比亚]觉得自己早已写过了!"不仅如此,该文表明,诗歌中有许多暗藏机关、"故弄玄虚"之处,就连身处西方文化本体与深处的批评家,也是一个摸不着头脑的"丈二和尚"。[1]

总之,虽然莎士比亚没有攀登荷马式史诗的高峰,但仅就他勤于长诗的中长诗、短诗以及十四行诗、无韵诗、歌曲和杂诗来说,他无愧于伟大诗人的称号。

三

伴随莎士比亚诗歌在中国的译介和欣赏,中国学人在莎士比亚诗歌研究方面也取得了很多优秀成果。收入本文集的,也只是"管中窥豹"或"一叶知秋"的代表。好在这些文章都具有代表性,表达了作者的洞见和深入解读。

作为莎士比亚诗歌中的重头,他生前出版的《十四行诗集》自然得到学界格外关注。莎士比亚十四行诗在中国的研究在本文集中同样是一道壮丽的风景。直接与他的十四行诗相关的论文,文集所收,就有13篇。作者更是涵盖近30多年的资深学者和年轻学人,像已经作古的王忠祥、屠岸等,也有一代中坚如钱兆明、沈弘、曹明伦等,其他的一些后起之

---

[1] 孙法理:《为政变者写下的挽歌——解析莎士比亚的〈凤凰与斑鸠〉》,《外国文学评论》1997年第1期。另参见 William Baker, "Shakespeare's Great Forgotten Poem: *The Phoenix and Turtle*",载罗益民主编:《莎士比亚评论》(第二辑),重庆:西南大学出版社,2024年,第16—18页。

秀，则更是令人鼓舞了。

关于十四行诗的研究，如果以经历的时期来分，大致可以归为三个时代："介绍和综述时代""专题研究时代"与"跨学科深入时代"。改革开放以后，新千年以前，主要以介绍和综述为主，早在1964年发表的杨周翰先生的《谈莎士比亚的诗》属于这种类型，钱兆明1986年的和李赋宁1995年的以及屠岸1998年的文章也属于这种类型，另一类类似的是综述与述评类的，介绍了十四行诗研究的收获、进展和动态。当然，这些文章（如苏天球的《莎士比亚十四行诗研究综述》、张坚的《永恒的主题 永远的莎士比亚》等）也各有真知灼见，有学术启发。

之后紧随的，是"专题研究时代"。在主题方面有吴笛较早发文论及的时间主题，罗良功文探索的真善美美学主题等。莎士比亚十四行诗研究的另一个纵深阶段，是跨学科的方法运用。拓扑学的几何思维方法为莎士比亚十四行诗丰富多彩的隐喻世界提供了更为精彩、生动、有效的阐释，祝敏、沈梅英的《莎诗隐喻语篇衔接的认知层面探究》则运用了认知科学角度来解读莎士比亚的十四行诗，这不能不说是一大喜悦。

除开这些方面的成就，学者们还特别探索了一些细节方面的问题，甚至展开了有意思的讨论，这也是可喜的。同样，学者们也很关注《十四行诗》的翻译问题。文集的第一主编杨林贵教授的序文主要讨论莎士比亚翻译研究，这里就暂时打住，不做赘述了。国内关于莎士比亚其他诗歌的研究与十四行诗相比，相对较少，但不乏精品，本文这里稍做展开讨论。

王佐良先生关于《凤凰与斑鸠》的文章不施铅华，却画龙点睛，活画了这首诗的立意、用心和机巧。熟悉文学理论与批评的人，一定能判断他的新批评解读角度，不仅仅提供了批评的角度，也诗意满满地显示了读书、读文学的通途和有效办法。首先，他肯定了这首诗在修辞用字方面的风采，认为诗作"文字干净利落，简朴而含深意，表达干脆，没有不必要的形容词之类，而有格言式的精练"，"是一种美"。从手法上来讲，"有对照，有正反，有矛盾，思想始终是活跃的"。从主题上来看，诗歌"所思涉及人生中大问题，有不少顿悟"，同时，"顿悟结晶为警句，值得回味，……也有美"。接下来分析了诗歌的形式，说它"三个部分各有重点，不重复，有变化"，说它的"变化""从哲理回到了人世，这一过程表现得利索而有层次，这也是美的"。接下来分析了诗歌中的"美的词句"与"音韵"。就前者而言，说诗一开始就进入了对"阿拉伯沙漠"的"浪漫"与"神秘"的描述，其中不乏"新鲜的比喻"，说是"在干燥的哲理文字中加上了一点文学滋润"。

可以说，虽然以如今的眼光看来，王佐良的文章，更具有介绍、讲解功能，论的成分相对并不明显，但仍有开先河之功。这篇"小文章"如果当成一篇研究文章来看，完全采用的是现在看来似乎"陈旧的"新批评研究方法。然而，应该注意到，新批评的方法是极为重要和基本的方法，它可以保持研究不偏离本体的性质。一点一滴，一字一句，都有依据，可以做得到言必有据。这是特别值得注意和坚持的。这一点，也正是新批评方法的根本价值所在。不仅如此，文章还提供了欧美学界的一些评论，包括理查德·威尔勃、海立特·司密斯以及劳贝·艾尔霍特等人的赞词，称之为"奇异的、卓越的玄学诗""伟大的'玄学'诗"等。这为学者继续追踪已有的学术成果与动向，提供了方便之门。

如果说王佐良从新批评的结构和主题式阐释角度，说清楚了《凤凰与斑鸠》的含义，那么，孙法理的《为政变者写下的挽歌》则用新批评解读法、历史主义与新历史主义解读法以及文学话语的文史互证方法并从基于文本，不离文本的方法，层层剥蒜，字字推敲，文史互鉴，庖丁解牛式地把莎士比亚的这首隐含、灵通、玄妙的打谜语似的"玄"诗给解剖得穷形尽相，分析得入木三分，读来酣畅淋漓，读罢掩卷，意犹未尽。这一篇写于25年前的论文，作者不仅揭示出莎士比亚用心的秘密，还从中看出了即便是英美本土学者遇上也难以解决的困难，一些先入为主的陈旧偏见，影响了他们的阅读。这一点，也恰好是莎士比亚妙笔生花、妙手回春之处。

作者紧扣文本,步步逼近,言不虚发,分析了字词在语境中的能指意义和所指意义,新批评所说的内涵和外延,总成其义,剔除新批评的文外无义,也避开新历史主义的极端的意义在文外与文内无关的看法,整体读来,保持了意义的公正,舍弃了批评家常常各执一端的一管之见。最重要的是,莎士比亚苦心、高妙设计欲说还休的言辞和意义,都被作者巧妙地还原了。读者由此看到了一个清清楚楚的莎士比亚和他的心思。文章是艺术,不等同于直白的口语,这是构建和创造美的必要,也是为文和立意的必要。在那样岌岌可危的政治气氛之中,莎士比亚能且只能这样表达,以玄学的义理,诗歌的意象,境生象外,情表文中:

> 爱塞克斯血迹未干,扫桑普顿刚进伦敦塔,莎士比亚可不愿把脑袋往绞索套里钻。他便用重重伪装把自己的感慨包裹了起来,用晦涩的词句,玄学式的思想,隐约的暗示和紧缩的文笔把自己的想法表现得迷离惝恍,叫人捉摸不透,却又能让跟他同感者相视会心。于是便出现了这首不同寻常的奇诗:以凤凰喻女王。[1]

可以说,孙法理这篇文章既见到了批评的魅力,也见到了阅读的文本本体价值的重要性,莎士比亚这首离奇的玄学诗,不仅具有玄诗的风尚,比喻新鲜,令人振奋,也让人丈二金刚似的不得要领,充分运用神话蕴含的含义,博采乔叟、格罗萨特(Grosart)等众家之长,为我所用,构建了一首写法上的玄学诗,科学入诗,义理成文,主题形式上以挽歌为形,立意上用古代寓言,斯宾塞等人喜用的寓意诗,把政治、情怀、

---

[1] 孙法理:《为政变者写下的挽歌——解析莎士比亚的〈凤凰与斑鸠〉》,《外国文学评论》1997年第1期。

忠义、感情、爱都写得淋漓尽致，读着让人解馋，品着让人解渴，想着让人解恨，思之不禁回味无穷，如果与后来玄学诗派的领头羊约翰·多恩比，莎士比亚照样显出他的高明、奇妙、巧妙，格局的宏大，气势的恢弘，立意的高远，寓意的深邃。相比，天才多善自然的流溢，非天才则工于技巧的演绎。

让人喜悦的是，学者和读者有幸能读上莎士比亚的好诗，也读到了让人醍醐灌顶、豁然开朗的分析与评论文章，如果说，王佐良的短文是个引子，那么，孙法理的文章则更进一步，带领读者真正进入陶潜笔下描写的真正本体的桃花源美景。还有一点极为重要的是，后者把莎士比亚文本之间的互文风采揭露和展示出来，一方面让读者领略了莎士比亚的才能和风采，另一方面又交代了莎士比亚作诗思维的来龙去脉，真正让人神清气爽，有了读文学的实实在在的收获。

方芳、刘迺银的论文也从诗歌的主题和作诗技法两方面做了讨论。从主题上说，《凤凰与斑鸠》描写了死亡与永生、婚礼与葬礼、二和一、柏拉图式的真善美等这些话题；在技巧方面，论文探索了诗中的悖论方法，从另一角度展现了《凤凰与斑鸠》的艺术价值。

《维纳斯与阿都尼》是莎士比亚深受喜爱的中长诗，也可谓他笔下的第一中长诗，当时非常受欢迎，一时洛阳纸贵，从诗歌发表的1593年到莎士比亚1616年去世就印行10次，到1636年，又印了6次[1]，传说一个读者把书都翻烂了。本文集收入的两篇论文分别从性的主题以及作者互文的角度进行了讨论。如苏福忠在他的译诗序言中所说，莎士比亚在诗中"热情地赞美了维纳斯的爱情和情欲的自然发展和流露"，说其处所的环境是大自然，人"可以尽情发泄自己的七情六欲"，而在《鲁克丽丝受辱记》（苏作"卢克丽丝"）中，则是说"塔昆的行为发生在关系繁复的人类社会之中，其行径符合自然法则，但不符合人类社会的法则"。以如

---

[1] 参见 Michael Dobson and Stanley Wells, eds., *The Oxford Companion to Shakespeare*, p. 510。

此角度，莎士比亚揭示了"更深一层的意义"："为了人类社会的健康发展""建立了各种秩序和法律"，结果却又"束缚了人这一自然体"。[1]这一说揭示了莎士比亚笔下一种潜在的意图和指望。邓亚雄的论文则从细节上以具体的比如"新教意识形态与古典人文价值两大竞争体系"的"妥协"，从细处阐释和解读了莎士比亚诗作的艺术形象塑造手段、内容、对象和主题。论文追溯了加尔文主义界定的"所有人的欲望都是邪恶的"观念传统，宗教改革后基督教规定的四条，其中包括性。就《维纳斯与阿都尼》这首诗来说，莎士比亚"一方面把维纳斯刻画得更主动积极，更淫荡，把阿多尼斯描写成主动抵抗女神的求爱。另一方面，文本和修辞上的双向对立结构安排也凸现了这对男女对性的相反、相克态度"。因此，莎士比亚"从主题和结构两个重大方面对故事原型进行了变形处理"，他妙手回春，着重描写传统认为被动的女性对爱的主动而且大胆的追求。马洛在他的短诗《牧羊人的情歌》里列出了精神与物质方面的种种诱惑，比如一起在山岗上欣赏飞流的瀑布，百鸟的欢唱，以玫瑰花铺床，桃金娘做衣裙，纯金的鞋扣，还有牧羊人欢歌妙舞，吃的、穿的、用的，都如同神仙一般，这背后的意思，当然是在一起做爱的伴侣。但很明白，诗中说话人是一位男性，莎士比亚却一反常态，有了藤缠树，凰求凤的描写，可惜阿都尼不解风情，尚不知爱为何物。这样符合女性醒事更早的规律。正如莎士比亚在《李尔王》里写西方不太重视的孝道，这说明莎士比亚敏感地发现，孝道（中国的说法）是有必要的。莎士比亚祖国的文化是在对神的态度，信奉与忠诚，不在于宗法式的三纲五常传统。一句话来说，莎士比亚总可以妙手回春，独出心裁，而且文笔如椽。所以他写了性这个主题。对于诗中的相关主题，论文做了生动、细致、条分缕析的分析。同样，正如论文发现的，莎士比亚的诗中也发现了性的危险。论文认为，"莎士比亚在重写奥维德时，通过维纳斯向阿多

---

1 威廉·莎士比亚:《莎士比亚诗歌全集》，苏福忠译，第110—111页。

尼斯的求爱,先突出和夸大性欲的危害性,然后再通过阿多尼斯对女神的峻拒,对性欲实施有力的抨击和批驳"。总之,该文对性这个文学主题做了相关的追踪,对诗中这个主题的展开和描述也进行了充分的阐释和解读。

不同的是,蒋显璟把《维纳斯与阿都尼》放在与同时代另一诗人马洛的《希罗与利安达》(Christopher Marlowe, *Hero and Leander*, c. 1593,残篇;由乔治·贾普曼续完;1598年印行)并置讨论,把它们叫作"神话-艳情小史诗",着重解读了其中"从对超验的上帝和天国那虚无缥缈之境转向了人间实在的爱欲乐土"的关注,认为古希腊神话故事在英国本土化,"互相指涉中构成了生动的互文性",并"运用夸张、反讽和性别角色倒错等手法营造了喜剧效应,为16世纪末的英国诗坛增添了亮丽的一抹晚霞"。这些细节讨论也是非常有审美价值和审美意义的,和苏福忠指出的自然、社会与人的自然体的关系剖析相得益彰,互为表里,是对莎士比亚这首特别受喜爱的中长诗的生动讨论。

蒋文把两个相同、相类的作品,加以沟通、解说。文章交代了二者可能的文化背景,特别是影响深远的神话故事集,奥维德的传世之作《变形记》。这一部不朽之作,传入英国,被戈尔丁(Arthur Golding, 1536—1606)于1567年译成了英语出版。如此,"于无声处听惊雷",托马斯·洛奇的改写本,莎士比亚的借鉴、翻修与点石成金的工笔,都成为写相应的话题的材料来源。

作者注意到莎士比亚对世俗主题的重视。维纳斯长篇累牍对爱的价值的阐述,甚至引经据典,搬来卡图卢斯等古罗马诗人常用的"及时行乐"(Carpe Diem)主题,同样,利安达(Leander)也巧舌如簧,滔滔不绝,巧用辩术来劝说希罗要莫误韶华。摈弃了"基督教那深重的罪孽感","抛开了神学的贬低和责难得到了生动真实的描写和高度的艺术表现,成为文艺复兴时期的人敢于直面的人类基本需求"。除此之外,论文还谈到了性别角色的艺术性转换和复杂变幻。文章历数以前对女性的"温柔、羞赧、被动受害者的特点",揭示《维纳斯与阿都尼》中女性"彻底拥有了男性主动、强壮、攻击性强等特点"这一状况。

总之,论文追踪了历史的传统主流,在两部殊途同归,又同为天才之作的比较中,展现诗歌在主题、思想、意趣、文采等方面的成就,给读者一个不错的导引。当然,论文也给读者一些启示。比如,关于"希腊罗马神话的本土化"的问题,应该认识到,文艺复兴的任务,就是对古代希腊、罗马文化精神的发扬光大,换一句话说,就是一种文学话题的重复。当然,英国是在地域和文化方面与欧陆有所区别的,从这个意义上讲,"本土化"当然是一个有意思的问题。如何将其生动、形象、贴心,不见斧凿之形地拿来、融入,就靠马洛和莎士比亚这些天才的作家的鬼斧神工了。

关于《鲁克丽丝受辱记》,我们收入了李伟民女性主义角度的讨论。在他看来:

> 《鲁克丽丝受辱记》中的贞女鲁克丽丝的贞洁形象是源于男性视野观照下的贞女。从女性主义视角出发对莎士比亚的长诗《鲁克丽丝受辱记》进行探讨可以发现,莎士比亚在《鲁克丽丝受辱记》中张扬了人性,将人性在"德"与"美"中表现出来,将人性与美德联系起来,并赋予"真"的人性以崇高地位。莎士比亚的女性观体现为美貌与美德并重,二者缺一不可。(自"摘要")

简·纽曼认为,和奥维德的《变形记》(第六卷)相比,女性反抗和复仇的力度,在一定程度上被莎士比亚软化了。[1]而且,女性反抗和复仇

---

[1] Jane Newman, "'And Let Mild Women to Him Lose Their Mildness': Philomela, Female Violence and Shakespeare's *The Rape of Lucrece*", *Shakespeare Quarterly*, Vol. 45, No. 3.

的行动是由一个男性来执行生效的。这样看来，莎士比亚笔下的女权主义奋斗力度是不够的。以中国学者苏福忠先生的看法，如果拿莎士比亚的另一首长诗《维纳斯与阿都尼》做比较，后者抒写了人在大自然中对自己人性因素发挥的自由性，前者则暗示人进入社会的体系、法制等社会关系系统以后，人这种自然体就不得不面临更为复杂的情形。这种见识、深度和高度，再加上莎士比亚的表达手段，致使其到达了叹为观止的高度，使得诗人本人成为"世界文化巨人"，这些因素成为与此相关的"支撑点之一"。

李伟民的论文把美与德联系起来，并给予"'真'的人性以崇高地位"，如此也是一个新的角度。论文发现，"莎士比亚在《鲁克丽丝受辱记》中触及了人生、社会、道德、权力、美与丑、美与德、善与恶等根本问题"，同时该"诗本身已经具有了严肃的悲剧性质"。这个悲剧性质在于，"鲁克丽丝以美的形象和性感的形象出现，表现出来的是为男人享用而创造出来的美与德合一又具有'悲剧色彩'的女性形象"。

虽然莎士比亚起笔是由鲁克丽丝的悲剧引出的，李伟民的论文则从主题的两面性和相对性发现了女性的处境和权利这一潜在的话题。正如论文所说："莎士比亚通过严守贞洁表达了男权的视角，通过鲁克丽丝的悲剧揭示出女性主义的真谛。"女性主义的视角给出了诗人笔下的另一面风景："在女性主义观照下的《鲁克丽丝受辱记》体现了'美'只有通过'德'才能得到永生"这一主题。女性的权益，这也是该诗一个显性的两性关系以及女性地位的话题。读者可以看到苏福忠先生所说的人的行为与自然法则以及社会法则的关系问题，在这之前，读者看到两性与女性的相关问题，诗人诗意的表达，出神入化的描写，把潜藏在人的心底的问题抛了出来，难怪这两首诗可以"十分畅销，截至一六五五年共重版九次"[1]，之后也"被认为是一首内涵极为丰富的好诗，对莎士比亚后来挖

1　威廉·莎士比亚：《莎士比亚诗歌全集》，苏福忠译，第111页。

掘古罗马文学素材，具有很重要的先导作用"[1]。

编一部文集，总只能管中窥豹，肯定有不少的遗珠之憾，不少有水平、有角度、有价值的论文未及收入，这里所收，是否真正能引领读者去窥见或者知道秋天的风景，那还得靠研究者自己去钻研、品评和思忖了。我们要做的，正如老话所说，只能是：抛砖引玉。

本文集中还包含其他一些角度的讨论，它们都有自己的角度，标志着阅读莎士比亚所取得的收获，也为来者提供了值得借鉴和可以引起再思考的启发点。愿这一部文集能够栽好了梧桐树，可以引得凤凰来。正如莎士比亚在他的手笔之作《暴风雨》中借剧中人之口说："要演一场戏，过往的历史都是一个序曲，未来这部正文，还得你我好好地奋斗一番。"（To perform an act / Whereof what's past is prologue, what to come / In yours and my discharge.）这话好像正是说给对莎士比亚阅读和研究有兴趣的人听的。

就让我们好好奋斗，写好"正文"！那"正文"，一定是一幅可人的风景！

2024年5月2日于巴山缙麓梦坡斋

2024年7月28日修订于北京副中心太玉园

2024年7月30日三修于巴山缙麓梦坡斋

（罗益民：西南大学教授）

---

[1] 威廉·莎士比亚：《莎士比亚诗歌全集》，苏福忠译，第111页。

目 录

总主编前言
世界莎学　中国叙事
　　——"莎士比亚研究丛书" /杨林贵/ 001

顾问序言
《中国莎士比亚诗歌及翻译研究》序言 /苏福忠/ 011

编者引论一
莎翁经典文本的构造与其中国化
　　——中国莎士比亚翻译研究简论 /杨林贵/ 015

编者引论二
作为诗人的莎士比亚 /罗益民/ 067

莎士比亚诗歌总论
谈莎士比亚的诗 /杨周翰/ 003

莎士比亚十四行诗研究
莎士比亚的商籁 /梁宗岱/ 027
莎士比亚抒情十四行诗 /王忠祥/ 031
永恒的主题　永远的莎士比亚
　　——莎士比亚十四行诗主题研究综述 /张　坚/ 050

莎士比亚的十四行诗 　　　　　　　　　　　　　　　　／钱兆明／061

英国文学中最大的谜：莎士比亚十四行诗 　　　　　　／屠　岸／069

来自心底的琴声
　　——莎士比亚十四行诗（六首）赏析 　　　　　　／查良圭／097

莎士比亚十四行诗的拓扑学时间观 　　　　　　　　　／罗益民／114

真善美：从诗的主题到诗的创造
　　——论莎士比亚的诗歌美学观 　　　　　　　　　／罗良功／153

莎士比亚十四行诗的"另类"主题 　　　　　　　　　／李士芹／165

"或许我可以将你比作春日？"
　　——对莎士比亚第18首十四行诗的重新解读 　　　／沈　弘／183

"我是否可以把你比喻成夏天？"
　　——兼与沈弘先生商榷 　　　　　　　　　　　　／曹明伦／199

莎诗隐喻语篇衔接的认知层面探究 　　　／祝　敏　沈梅英／212

莎士比亚长诗及杂诗研究

莎士比亚的一首哲理诗 　　　　　　　　　　　　　　／王佐良／233

女人的悲剧
　　——读《鲁克丽丝受辱记》札记 　　　　　　　　／张泗洋／244

《维纳斯与阿多尼斯》的性主题研究 　　　　　　　　／邓亚雄／269

英国人文主义的两朵奇葩
　　——莎士比亚的《维纳斯与阿都尼》和
　　　马洛的《希洛与李安达》 　　　　　　　　　　／蒋显璟／298

《鲁克丽丝受辱记》与女性主义视角 　　　　　　　　／李伟民／322

为政变者写下的挽歌
　　——解析莎士比亚的《凤凰与斑鸠》 　　　　　　／孙法理／334

《凤凰与斑鸠》中的多重悖论与情感张力　　　　　　　　/方　芳　刘迺银 / 354

莎士比亚诗歌翻译研究

谈莎士比亚十四行诗的翻译　　　　　　　　　　　　　　　　　/周启付 / 371

从一首莎诗重译看翻译的语境对话　　　　　　　　　/孙建成　温秀颖 / 385

莎士比亚诗歌翻译中的文化取向
　　——屠岸和辜正坤比较研究　　　　　　　　　　　/李正栓　王　心 / 398

莎士比亚戏剧翻译研究

莎士比亚的作品在中国
　　——翻译文学史话　　　　　　　　　　　　　　　　　　/戈宝权 / 415

莎剧的两种中译本：从一出戏看全集　　　　　　　　　　　　/刘炳善 / 425

新的认识和追求
　　——谈《新莎士比亚全集》的翻译思想　　　　　　　　　/方　平 / 440

诗体和散文的莎士比亚　　　　　　　　　　　　　　　　　　/张　冲 / 454

说说朱生豪的翻译　　　　　　　　　　　　　　　　　　　　/苏福忠 / 466

朱生豪翻译的"神韵说"与中国古代诗学　　　　　　　　　　/朱安博 / 477

从语言学视角看莎剧汉译中的"亦步亦趋"　　　　　　/陈国华　段素萍 / 494

莎士比亚作品中的中国人形象
　　——莎剧中"Cataian"汉译的文化考察　　　　　　　　　/张之燕 / 517

论曹译莎剧的演出适应性　　　　　　　　　　　　　　　　　/刘云雁 / 533

莎士比亚诗歌总论

谈莎士比亚的诗[1]

杨周翰

莎士比亚的作品包括戏剧和诗歌,他的戏剧也是用诗体写的,戏剧中还常常穿插一些可以歌咏的独立短诗。所谓莎士比亚的诗歌,是指戏剧创作以外的诗作。

这些诗作都在诗人生前出版,绝大部分是诗人的作品,只有少数几首短诗大概不是出自诗人之笔。出版最早的是《维纳斯与阿都尼》(1593)和《鲁克丽丝》(1594),这两首长诗可能经过诗人审阅定稿。稍后出版的是《爱情的礼赞》(1599),共21首短诗,其中只有5首肯定是莎士比亚的作品(第1、2首即《十四行诗集》的第138、144首,第3、5、17首摘自《爱的徒劳》一剧)。大约是出版商鉴于莎士比亚的诗很受欢迎(《维纳斯与阿都尼》到1599年已出第五、第六版,《鲁克丽丝》在1598年也又再版,十四行诗至少有一部分以手抄本形式在文艺爱好者中间广为流传)因此拼凑一集,冠以莎士比亚之名,以图牟利。从这一诗集的第16首起,出版商又插进了一个新的标题《乐曲杂咏》。接着《爱

---

[1] 原载于《文学评论》1964年第2期。

情的礼赞》出版的是《凤凰和斑鸠》(1601)。当时诗人罗勃特·切斯特为了歌颂他的贵族恩主夫妇的爱情,写了《凤凰和斑鸠》一诗,出版商又请其他诗人写了14首咏同一诗题的诗作,合成一集,以《凤凰和斑鸠》为全书名称出版,其中第5首据称是莎士比亚所作,所以也收进了莎士比亚诗集。《十四行诗集》出版最晚(1609),集后附有《情女怨》。这一诗集显然是由出版商搜集了手抄流传的莎士比亚的十四行诗,未经诗人自己审订而出版的。

这些诗歌的写作年代大致和出版先后的顺序符合。《维纳斯与阿都尼》大半写成于1592—1593年间,即作者二十八九岁时;《鲁克丽丝》大半写成于1593—1594年;《爱情的礼赞》中有3首采自《爱的徒劳》,这出喜剧则是1594年左右写成的;《十四行诗集》显然不是一个短时期内写成的,一般认为是在1592—1598这几年之间陆续写成,也就是莎士比亚28—34岁之间的作品。《凤凰和斑鸠》大半是最晚的诗作,可能写成于1600年。

莎士比亚诗歌的基本内容是赞美美好的事物,歌颂友谊,抒写爱情,总括说来,是表达他的理想的。这些主题在他的戏剧里也都接触到,只是在诗歌里,作者以抒情诗、叙事诗和说理诗的形式,表现得更加集中。因此,这些诗歌应当和他的戏剧相互参照,而要给他在诗歌中所表达的理想做出正确的评价,也必须联系到他的整个世界观和他在16世纪英国社会斗争中所处的地位。

莎士比亚的最高社会理想,如果用一句话概括,那就是要求人与人之间的和谐,以发展人的天赋和才能。这一思想反映了英国新兴资产阶级的要求,贯串着他的戏剧和诗歌,成为它们最基本的主题思想。他常用许多琴弦同时合奏的音乐来象征这种"和谐":

> 凡是灵魂里没有音乐的人,
>
> 不能被美妙音乐的和声打动的人,
>
> 必然会干背叛、暴动、掠夺等等勾当,
>
> 他的精神活动像黑夜一样的迟钝,
>
> 他的情感就像地府一样的阴暗:
>
> 千万不可信任这种人。[1]

在第8首十四行诗中,他把一张琴上不同的琴弦比作夫妇、父母、子女,琴弦发出的和谐的音乐,象征了他们之间的和谐关系。在个人生活方面,他反对兄弟手足的阋墙之斗,在社会和国家生活方面,他既反对上欺下,也反对下"犯"上,也反对上层之间的矛盾冲突。

> 一个国家,虽然可以区分高等、低等、更低等的人,
>
> 但要靠大家协力同心,才能保持,
>
> 才能具有完满而自然的节奏,像音乐一样。[2]

争取人与人之间的和谐关系的目的是发展"人"的天赋和才能。哈姆雷特说:"如果人的至高无上的享受和事业无非是吃吃睡睡,那还算人吗?那就是畜牲了!上帝造我们,给我们这么多智慧,使我们能瞻前顾后,决不是要我们把这种智能,把这种神明的理性,任其霉烂而不用。"在《特洛伊勒斯和克丽西达》一剧中(第一幕第三场),攸利西

---

[1] 《威尼斯商人》第五幕第一场,83—87行。
[2] 《亨利五世》第一幕第二场,180—182行。

斯的话把莎士比亚的思想表达得更为具体。他认为自然界有秩序，人类社会也应有秩序，一个紊乱的社会对于"人"的"上进心""事业心"的发展是不利的。在一个充满封建内战、农民起义、贫民暴乱或受到外国威胁的国家里，刚刚登上历史舞台的资产阶级无法实现它的"雄心壮志"。实现"雄心壮志"在当时的历史条件下，又意味着发展"城市与城市之间的协作，海外的和平贸易"。

16世纪英国资产阶级处于新兴阶段，无论在政治上或经济上，它和封建势力的力量对比还很悬殊，它要求有一个和平环境来发展自己，莎士比亚的作品正是反映了这种要求。这时，资产阶级既有反对封建特权的一面，又因力量还微弱而有和封建贵族妥协的一面。[1]在政治上，它希望在封建政权的体系之内，进行改造，拥护君主，打击诸侯。因此，攸利西斯把君主比作太阳，统帅群星，使它们能按轨道运行。这里不须要叙述莎士比亚的全部政治观点，只须指明莎士比亚不是彻底反对封建贵族的。这一点，把他和弥尔顿的言论比较一下，便更明显了。17世纪中叶，在农民反封建运动蓬勃发展的形势下，资产阶级在运动的推动下，对封建贵族的反抗性就表现得比较激烈，以至敢于砍掉国王的头。莎士比亚对君主以及贵族中某些人物还是寄予希望的。这一点对了解并正确评价莎士比亚诗歌，以及戏剧，有着极其重要的意义。

莎士比亚认为，如果社会上层（比如贵族）某些个别人物能变得好，通过他们使社会秩序得到整顿，人的聪明才智便能获得发展。也就是说，他想通过培养一种"新人"，来达到改造社会的目的，并且相信

---

[1] 英国历史证明，即使英国在资产阶级强大以后，在劳动人民的革命要求前面，它仍会和封建贵族妥协。

这种"新人"是能够通过道德改善的途径培养出来的。他的这种信心是以抽象的人性论为其依据。他认为人性中存在着善和恶的因素，一般说来，就连最坏的，像理查三世、克劳迪斯，甚至牙戈都有一星一点的"良心"，都有自惭形秽的顷刻（《奥赛罗》第五幕第一场，第19行）。莎士比亚看到在封建、资本主义社会大量的恶存在着，"任何事不可能十全十美，总受到某种不纯的东西的玷污"（《鲁克丽丝》第848—849行），但他看不出恶的社会原因和恶的本质。他以为恶归根结底是放纵情欲的结果。情欲必须受理性的调节，哈姆雷特对他的学友霍拉旭说："血性（情欲）和判断（理性）高度调和的人是最有福的人，命运女神就不会把他们当一管笛子，随意吹出她所愿吹的调子。"（《哈姆雷特》第三幕第二场，第70行以下）情欲和理性任何一者走向极端必然导致灾难，最少也是可笑的，如福尔斯塔夫或《爱的徒劳》中的庇隆。调节理性和情欲就能获得善，完成人的道德改善过程。身受恶的灾害的人应当采取谅解与和解的态度；作恶的人应当悔悟。

  莎士比亚幻想不通过斗争来推动历史。他希望本阶级发展而不附带本阶级发展中所必然带来的罪恶。事实上，16世纪英国现实和他的理想之间存在着尖锐的矛盾。莎士比亚的全部创作就是揭示并企图解决这一矛盾。凡是解决了矛盾的作品都具有幻想或空想的性质。《威尼斯商人》中的鲍细霞解决了矛盾，但连资产阶级学者也都看出这种人物"离日常生活的世界太遥远了，这种人不大有可能重访这世界"。莎士比亚有时索性用神话人物或巫术来解决矛盾，如《仲夏夜之梦》中的仙王，《暴风雨》中的普洛斯丕洛。只有在莎士比亚比较清醒的时候，才认识到矛盾不能解决，而写出了成就较大的悲剧。由于他不理解社会发展的规律，无法解释何以矛盾，而归之于"机缘""机遇"乃至"天命"，从而有时产生悲观绝望的情绪。但在他的全部作品中,理想的成分依然占着主导地位。

莎士比亚的诗歌主要是抒发他的理想。他的诗歌的读者对象是贵族和社会上层,他把理想寄托在这些人物身上。这里应当补充说明,这种贵族已非旧式封建贵族而是伊丽莎白朝廷中资产阶级化了的贵族或新贵族。他以这种人物为自己的理想人物,根据他们来塑造"新人"的形象。这种塑造"新人"的企图和当时英国和欧洲大量出现的教育论著和文学作品的趋向是一致的,都体现了资产阶级在新兴阶段培养符合本阶级需要的"新人"的要求。莎士比亚在诗歌中所歌颂的"人"以及人与人之间的和谐关系只限于个人,没有像在戏剧中直接触及"人"在国家社会生活中的地位问题,但在莎士比亚看来,民族、国家、社会中人与人的关系根本还是个人与个人的关系,而不是阶级的关系,个人关系处理好,他认为就能从根本上影响民族国家的生活。只不过莎士比亚在诗歌中,主要在《十四行诗集》中,所歌颂的人与人之间的和谐关系,不是像在戏剧里从剧作家第三者的角度客观地叙述描写的,而是以自己为一方,以诗中的对象为另一方,用主观抒情的方式表达出来的。

下面分别谈一谈莎士比亚的几部主要诗作。

《维纳斯与阿都尼》和《鲁克丽丝》都是献给南安普顿伯爵的,许多研究者认为《十四行诗集》中的青年也是南安普顿。他是新贵族的代表,他的祖父是第一代伯爵,是16世纪前半新封的贵族,40年代当过宰相。南安普顿本人在莎士比亚献诗的时候,不过20岁。他8岁继承爵位,青年时代就参加政治生活,从军,接近具有新思想的文人学者。这种人物和父亲未死以前的哈姆雷特相仿佛,是莎士比亚作为一个新兴资产阶级人文主义作家心目中的偶像。莎士比亚无疑赞赏他们的仪表、才华、教养。莎士比亚把作品献给南安普顿，不仅因为当时文人尚未职业化，必须投靠"恩主"，通过投靠争取更高的社会地位或获得职务；而更多是因为他把南安普顿看作"世界未来的希望"（见《献词》），向他表示爱戴。

《维纳斯与阿都尼》的题材来源于罗马诗人奥维德的《变形记》，写爱情女神维纳斯追求青年阿都尼，但阿都尼不爱她，只爱打猎，在一次行猎中为野猪所伤致死，引起维纳斯的悲恸。在阿都尼死去的地方，血泊里生出一种花，名为白头翁，维纳斯把它带回自己的塞浦路斯岛。长诗的故事到此为止。根据神话，地下神感于维纳斯的悲痛，准许阿都尼每年还阳六个月，和维纳斯相聚。这一神话发源于腓尼基一带，是这一带早期人类发展了农业以后，对大自然植物界冬灭春生的规律的形象解释。在腓尼基、埃及、希腊等地每年举行阿都尼节日。莎士比亚这首长诗的主题并不是时序的代谢，而是在于说明爱情是不可抗拒的，是自然的法则；其次，从原来神话中青春再生的思想，引申出美好的事物应当永存的思想。

莎士比亚为什么把具有这样思想的诗献给南安普顿？这思想和"世界未来的希望"又有什么关系呢？这首诗以古典文学为题材，投合南安普顿这类有贵族教养的读者的趣味，但这不是献诗的主要原因。阿都尼象征美，他不仅外表俊美，而且有一种降龙伏虎的力量，能够给世界带来光明、秩序、和谐，是抗拒或改变黑暗、丑恶、意外、不幸、疾病的力量（参看第1093—1110行）。这一形象在神话人物的外衣下体现了莎士比亚理想中的贵族、"新人"、"美"、"未来的希望"。既然是"未来的希望"，因此必须使之长存不朽，不可成为一现的昙花。"美"只有通过和爱情的结合，才能使青春永驻。这一思想在十四行诗中有更集中的表现，在《维纳斯与阿都尼》中，诗人突出地强调了爱情的力量，其原因也正在此。在莎士比亚看来，爱情本身就是和谐关系的象征，世界上如果没有爱情，一切都要颠倒，小则人与人之间将产生不忠不信，大则引起战争和灾害（参看第1135—1164行）。因此，阿都尼拒绝爱情必然导致死亡。

莎士比亚利用神话传说把维纳斯写成不可抗拒的爱情的象征，也还有反对禁欲主义的一面。这是资产阶级早期在思想意识领域里反封建斗争的一个主要方面。他反对"爱情伤身论"（第409行以下），反对贞操观念（第751行以下），反对清教徒或教会的爱情观（第787行以下）。他用马作为比喻（第259—288行一段），说明爱情是合乎自然规律的。这些反对禁欲主义的论证，使这首诗具有反宗教的一面，也在很大程度上具有说理诗的性质。

必须看到，莎士比亚用来反对封建思想意识的论证带有明显的阶级烙印，他以资产阶级思想为武器来和封建思想进行斗争。爱情虽然看来似乎只是一种自然现象，但实际上具有强烈的享乐主义内容。而象征爱情的维纳斯，在诗中的具体表现很多地方倒像当时社会上层中一批以放荡淫乱闻名的贵族妇女，她们的口号是"纵欲"（第755行）。不谈爱情等于自杀，等于不自爱，这更明确地反映出一种自我中心的观点。莎士比亚用来反对教会的禁欲主义的思想武器本身就具有强烈的阶级特点。

强调爱情，必然对爱情的心理活动感兴趣。英国文艺复兴时期抒情诗歌继承了彼特拉克的传统而有所发扬，对人的心理活动的描写更丰富了。心理描写不仅成为资产阶级抒情诗歌，而且成为以后小说的一个基本特征。这是和资产阶级以个人为中心的思想分不开的，个人得失的重要性超越一切。其次，新兴资产阶级思想家特别强调人的内心思维活动。在《维纳斯与阿都尼》里（以及《鲁克丽丝》里），大段的对话或独白也无非是要表现当事人的内心感情和思想。这种思想感情的"丰富性"常常表现为展示恋爱的当事人内心的两类截然相反的感情、状态、处境，例如信任和不信任、希望和失望、幸福和痛苦、热和冷等等，这些相反的状态交织在一起，在人的内心里相互交战。这种爱情心理的描写在十四行诗里也是很普遍的，说穿了不过是一种患得患失的矛盾心理，是以个人占有和个人幸福为其最终的基础的。

《维纳斯与阿都尼》主要写理想，而《鲁克丽丝》则更多反映了现实。《鲁克丽丝》的故事可以追溯到奥维德的《岁时记》，但在文艺复兴时期这个故事已由意大利、法国传到英国。故事发生在罗马历史早期，叙述王政时期最后一个国王塔昆纽斯的儿子塞克斯图斯·塔昆纽斯从战场奔回，奸污了同族科拉丁努斯的美丽的妻子鲁克丽丝，鲁克丽丝召回了出征的丈夫，嘱咐他报仇雪耻之后自杀而死。莎士比亚的长诗到此基本结束，最后简单交代了故事的收场：王朝被推翻，建立了贵族共和国。

这首诗具有一定的反暴、民主的人文主义思想。作者从恶必然存在这一观念出发，恶由于"机缘"而表现为行动和事实。恶在这首诗里的基本内容是私欲、妒羡、对荣誉和友谊的损害、缺乏同情怜悯、损害人不利己的行为等。诗人尤其反对损害荣誉这一端。可以看出莎士比亚写这首诗的目的，是给贵族提供殷鉴，希望贵族中某些"优秀"人物如南安普顿在道德自我完善的过程中知道应当警戒什么。因此在诗中，莎士比亚着力描写塞克斯图斯如何不顾贵族荣誉，为了满足私欲，背叛了友谊，在内心里产生了强烈矛盾（第190行以下），而鲁克丽丝则长篇大论地向同情、怜悯和人道呼吁，向贵族荣誉呼吁，并向塞克斯图斯作为统治的王朝的成员申述君道。

在封建主义向资本主义过渡时期，欧洲许多国家如意大利、英国的统治集团中，用暴力和恐怖手段来满足私欲的情况极为普遍，因此鲁克丽丝的悲剧是带有时代特征的。这种情况在莎士比亚和其他剧作家的作品中都有所反映，不乏塞克斯图斯这类罪恶的化身。莎士比亚同情被侮辱、被蹂躏的一方；他认为女子是软弱的，所以尤其同情被蹂躏的女性。他反对暴力，但从他的"和谐"说出发，他既反对塞克斯图斯式的暴力，也反对广大人民的暴力（第722—723行），只主张用同情为武器来和暴力斗争（第561—562、584—588、594—595行）。也许正因为如此，在布鲁图斯领导下推翻塔昆纽斯王朝的事迹就一笔带过了。

荣誉问题在文艺复兴时期新兴资产阶级思想家著作中特别受到重视。[1] 圭恰底尼认为荣誉给人以动力，使人不怕困难、危险、耗费，换言之即资产阶级的"事业心"。莎士比亚所推崇的荣誉既不是封建骑士或军人的以勇武为内容的荣誉（这在《亨利四世》中福尔斯塔夫身上被否定了），也还不是"事业心"或"进取心"，而是不破坏友谊、不破坏作为社会基础的家庭幸福（第27—28行）、不利用别人的坦率和信赖（第33—35、85—88行）这样一种道德准则。荣誉问题经常出现在莎士比亚的戏剧中（如《维洛那二绅士》《奥赛罗》），反映了在资本主义因素发展起来的历史时期，资产阶级为了维持正常发展，必须标榜信用。在《威尼斯商人》中，安东尼奥宁肯牺牲生命，也不肯破坏契约的规定。另一方面，为了维护家庭幸福也必须保卫荣誉。这可以说就是莎士比亚在这首诗里向理想的贵族青年提出来的要求。

1　Jacob Burckhardt, *The Civilization of the Renaissance in Italy*, London, 1954.

这两首长诗在风格上也表现了贵族趣味。旨在打动感官的描写，古典题材的选择，都说明这一点，上文已经指出。此外，贵族的牧歌传奇文学的影响也很显著，如打猎场面的描写。更突出的是文字的华丽雕琢、文字游戏、诡辩式的概念游戏，这显然是受了当时流行的贵族文学"攸弗伊斯"文体的影响。有时莎士比亚为了追求比喻，还暴露了许多败笔（如《维纳斯与阿都尼》第955行以下三段，第1037行以下三段，第1063行一段，《鲁克丽丝》第50行以下四段等）。

关于莎士比亚的十四行诗，历来聚讼纷纭，归纳起来，不外以下五类问题。（1）创作时期问题，是16世纪80年代？90年代？甚至17世纪初年？（2）次序安排问题，包括如何分段问题，是莎士比亚自己安排的次序还是出版商安排的？应分为六段呢还是更多的段落？（3）出版商的献词中的Mr. W. H. 是谁？诗中的青年是谁？争宠的诗人是谁？黑妇人是谁？"告密人"是谁？对象是男子还是女子？（4）意图和内容，是自传性地抒情呢？还是戏剧式地、故事式地描写别人？是寓意呢？还是写实？还是只代表一时的诗歌风尚？（5）是莎士比亚写的呢？还是罗利或培根写的？等等。如果用烦琐考证方法，这些问题是无法解决的。我们根据思想内容和某些可以肯定的事实，可以断定十四行诗大半成于16世纪90年代一段时期里；诗有一定的连续性，但既然不是一气呵成，思想上的中断不足为奇；诗中的人物未能确凿考证出来是谁并不妨碍得出这样的结论，即诗中前半的"你"是一个贵族青年，诗人通过自己和诗中人物的关系，抒发自己的理想和不同情况下的感受；至于作者问题，反对的理由是牵强附会的。

莎士比亚的十四行诗是他的诗歌中，也是文艺复兴时期英国大量的十四行诗集中最好的作品。十四行诗从16世纪40年代起从意大利输入英国，成为新兴资产阶级抒情诗人最欢迎的一种诗歌形式，在莎士比亚以前就出版了锡德尼、但尼尔、康斯特布尔、斯宾塞等人的十四行诗集，成为一时风尚。以十四行为一单位（一首），长度比较适合于描写一种心情，也可以串联若干首，对一种心情进行各方面的对比、类比、引申、烘托，也可以中断而换写另一思想情感。英国诗人在意大利诗歌的基础上把这形式发展得更为完美，把原来的四四三三的分法改为四四四二，更好地发挥了一首诗中起承转合的章法，到莎士比亚手中，最后两行具有画龙点睛的作用，把全诗的思想集中到或扭转到一对押韵的警句上。[1]

莎士比亚的154首十四行诗，大致说来，从第1—126首是致一个青年的，从第127—152首是致一女子的，最后两首虽然符合莎士比亚诗歌的思想，但实际上是希腊诗歌的仿作，附赘于全诗之尾的。

《十四行诗集》按内容可以分为三类：歌颂美的诗，以友谊为题的诗，以爱情为题的诗。

莎士比亚是把美作为一种抵抗丑恶现实的理想来写的，这一点在《维纳斯与阿都尼》中已提到。这一主题在十四行诗里表现得更为集中。

> 但如今既然为美的继承人，
> 于是便招来了侮辱和诽谤。
> 因为自从每只手都修饰自然，
> 用艺术的假面貌去美化丑恶，

---

[1] 莎士比亚十四行诗押韵的安排一般是 ABAB CDCD EFEF GG，每行十个音。而彼特拉克则采用 ABBA ABBA CDE CDE，或 ABBA ABBA CDC CDC。

> 温馨的美便失掉声价和圣殿,
>
> 纵不忍辱偷生,也遭了亵渎。

这几行诗概括了莎士比亚的出发点。现实是丑的,所以他歌颂美;现实充满虚伪和恶,所以他提出美必须和真、善结合:

> "美、善和真",就是我全部的题材,
>
> "美、善和真",用不同的词句表现,
>
> 我的创造就在这变化上演才,
>
> 三题一体,它的境界可真无限。

美、真、善三者,归根结底,最重要的是善。不美不要紧,不善最糟(第131首,第13—14行)。灵魂的善,必然表现为外表的美,待人接物的真;相反,灵魂的恶也必然表现为外表的丑,待人接物的虚伪。善就是心灵的美,它的基本内容则是仁慈。大致说来,这就是莎士比亚关于美的总的看法。

莎士比亚把美的理想寄托在个别贵族人物身上。他在十四行诗中对那青年说:"你是这世界的鲜艳的装饰"(第1首,第9行),"人人都注视着你的可爱的目光"(第5首,第2行)。可以联系《哈姆雷特》中我菲丽亚赞美王子的话来看:"美好国家的期望和花朵,高雅风尚的镜子,优美的典范,举世瞩目的中心。"这里莎士比亚都是在指上层社会某些"优秀"的贵族分子,这都是不言而喻的了。因此,这个美的理想的化身必然是个男子,而不是女性。既然他是诗人希望之所寄托,因此是个青年,而不是老人。诗人多方歌颂他的美,希望这种美好的人能抗住时间的侵蚀而不朽。"时间"本来也可作"时代"解，诗人希望这一理想的青年能够抵抗住社会灾难的侵袭。这一切不是表示诗人对某种抽象的美好事物的渴望，而是表示对某一类型的人——即资产阶级心目中的"新人"的殷切期望。他希望这种"新人"不要断绝，能把他的"美"传之后代，因此敦促他结婚；同时，诗人一再宣称要用诗歌把他的"美"永远记录下来，使它的不朽得到双重保证。诗人对文学艺术的功能的推崇是所有人文主义者的共同特点，他们都是当时贵族和新兴资产阶级中的知识分子，推崇思想和思想的产物是必然的。

莎士比亚所歌颂的青年贵族的美，不仅是形体的俊美（这也完全是用贵族标准来衡量的美），他更着重"精神的美""灵魂的美"（第69首，第5—10行）。要保持心灵的美，绝对不可和俗人同流合污。有了灵魂的美，即善，就不怕诽谤。（第70首）莎士比亚警戒贵族青年不要让他的美丽的身躯被罪恶所占据：

> 哦，那些罪过找到了多大的华厦，
> 当它们把你挑选来作安乐窝，
> 在那儿美为污点披上了轻纱，
> 在那儿触目的一切都变清和！
> 警惕呵，心肝，为你这特权警惕，
> 最快的刀被滥用也失去锋利！

愈是俊美，愈应当有善的灵魂。由此可见，所谓"灵魂的美""善"等等实际上就是贵族在社会中，尤其是在上层社会、朝廷中的待人接物之道，通过它来取得"和谐"。通过什么样的"善"来取得和谐呢？莎士比亚一贯认为只有仁慈。真正美的人也必然仁慈：

难道憎比温婉的爱反得处优？
你那么貌美，愿你也一样心慈……

这和《暴风雨》中所说"恶不可能居住在这样一个美好的庙宇（身体）内"（第一幕第二场，第454行）的思想是一致的。莎士比亚在这里把人道主义的理想寄托在俊美的贵族青年身上。

关于"真"的问题更多牵涉到友谊和爱情。

"友谊"在人文主义者看来是个人与个人，尤其是从事社会活动的男子与男子之间的和谐关系的表现。文艺复兴时期的诗人、哲学家特别关心这问题。他们认为友谊应当真诚，不背叛友谊即是保持了荣誉。塞克斯图斯之所以受到谴责，其原因之一正是他破坏了友谊。友谊实质上反映了新兴资产阶级要求在彼此交往之时所恪守的一条信用准则，上文已经论及。此外，培根还提出一点：互助。[1]这也是符合资产阶级在发展自身和在反对封建的斗争时的需要的。但莎士比亚所宣扬的友谊则更强调"平等"一面。他自己是一个演员、文人，对方是贵族，两人的社会地位悬殊。他自己很意识到这一点（第36首，第9—12行；第37首，第5—8行）。因此从社会地位上来说，他们之间不可能存在平等的友谊，他只能在精神上向贵族讨平等，这就是为什么莎士比亚特别强调他和贵族青年尽管年龄、地位都有差异，而精神是结合的（第116首），而且强调只有这种友谊是持久的，即使两人身处两地，还能在精神上不分离，

---

[1] 见培根：《论说文集》中《论友谊》一篇。

因为"我的心存在于你的胸中"(第22首,第6—7行),正是所谓"心心相印"。

莎士比亚的友谊观念的特点是他所处的地位所决定的。资产阶级当它处在新兴阶段还不可能把"平等"作为一种鲜明的政治口号提出来,它的知识分子——人文主义者从古代伦理学中借来友谊的概念作为反对等级制度、争取社会地位的思想武器,这时的平等观念也还只限于个人与个人的关系,还多少带一些希望贵族恩赐的想法。培根在他的文章里说得很清楚,他说友谊就是交心,"你可以向朋友倾吐悲哀、欢乐、畏惧、希望、疑虑、劝告以及一切压在你心上的东西",但帝王们由于他们和臣民距离很大,就不可能获得这种好处,因此他们只能把臣民中"某些人提升上来,成为类似侣伴一样的人,成为几乎和他们平等的人"。

莎士比亚所歌颂的真诚友谊一方面反映了资产阶级向贵族争取平等的要求,希望贵族阶级能够"礼贤下士",另一方面他希望这种友谊只存在于社会上层之间,而不及于社会下层,社会下层只是同情怜悯的对象。这一观点具体体现在他的戏剧中,而培根则给予了理论的阐述。他认为"只有野兽或上帝才喜欢孤独",人的天性要求友谊,但是"一群人不等于侣伴"。

《十四行诗集》的前126首,除少数诗外,可以肯定都是致青年男子的。但是莎士比亚在歌颂友谊的时候,用的完全是爱情的词汇。有人认为这是因为莎士比亚找不到歌颂友谊的诗歌先例,只能借用男女爱情的词汇。这也有一定的道理。此外,莎士比亚所理解的友谊,是心的结合,和爱情没有什么区别,只不过存在于同性之间,因此用爱情的词汇也很自然。事实上,有些诗也未始不可理解为爱情诗。作为爱情诗,莎士比亚再次表现了爱情就是个人幸福的思想(第25、29首),其中占有观念极为强烈（第21、87、92首），因而在许多诗中他也突出地描写了自己的患得患失的心理活动（第48、64、75首），以至消极绝望（第73首）。

第127首以后，除少数诗外，大部分是致一女子的，即所谓"黑妇人"（一个黑睛、黑发、深色皮肤的有夫之妇）。这一组诗和传统的爱情诗在思想风格上都迥乎不同，不论是否系莎士比亚个人的抒情诗，总之反映了当时社会生活中的一种风貌：对待恋爱的一种玩世不恭的态度。他所歌颂过的"真诚"的爱情过去似乎被理想化了，在这里遭到了否定（第138、139首），同情、怜悯这些"高贵"品质也打动不了变了心的人（第142、143首）。这一组诗里的批判性显著增强了。现实世界颠倒了黑白、美丑，现实世界中的爱情，如在《鲁克丽丝》中所描写的，无非是"赌假咒、嗜血、好杀、满身是罪恶、凶残、粗野、不可靠、走极端"的情欲。

莎士比亚的十四行诗虽然总的说来是抒发他的理想的，但他的理想是以现实为其对立面的，因此最优秀的诗往往能用简练的语言概括当时的现实，成为他的十四行诗的一个显著特色。这种现实主义在十四行诗中，像在他的戏剧里一样，常表现为一种时代感：

> 当着残暴的战争把铜像推翻，
> 或内讧把城池荡然一片废墟，
> 无论战神的剑或战争的烈焰
> 都毁不掉你的遗芳的活历史。

> 当我眼见前代的富丽和豪华
> 被时光的手毫不留情地磨灭了；

> 当巍巍的塔我眼见沦为碎瓦,
>
> 连不朽的铜也不免一场浩劫……

这里可以看出封建主的城堡,巍峨的教堂和寺院,这些封建制度的象征,在封建内战和历史潮流的冲击下已经倾圮坍塌。同样,当时宫廷和社会的现实也在他笔下得到反映:宦海的争宠、失宠和祸福无常(第25、124、125首),社会的动荡不安(第107首),整个社会的不正义(第66首)。在第115首里,他指出时代变幻莫测,它能使誓言和君主的法令失效,抹黑神圣的美,磨平人的锐气,使意志刚强的人随从流俗。他用现实中的丑恶来衬托出美好事物和友情之可贵。有时他只用一句话就既概括了现实,又表达了自己的主观愿望:

> 看见这样珍宝,忠诚也变扒手

现实和理想的矛盾也体现在诗人自己的态度上。他歌颂平等、忠诚,但他自己也不免阿谀(第88、89首)。他所赞美的贵族青年,不仅眷顾另一诗人,而且夺去了诗人自己的情妇,在这种情况下,诗人的态度却是怨而不怒,称他为"高贵的贼""优雅的登徒子"(第40首),大力歌颂谅解(第33、34、35、119、120首)。

现实的描写在十四行诗中往往和大自然及诗人自己的情绪糅合在一起,有形象,有情感,也有说理的因素,使每首诗浑然一体。这类技巧纯熟的诗可以第64、65、73首为代表,诗人以强烈对照的方法,以极大的说服力,使读者受到感染,因而在阅读时特别须要分析批判:

既然铜、石，或大地，或无边的海，
　　没有不屈服于那阴惨的无常，
　　美，它的倾诉比一朵花还微弱，
　　怎样和他那肃杀的威严抵抗？

　　在我身上你或许会看见秋天，
　　当黄叶，或尽脱，或只三三两两
　　挂在瑟缩的枯枝上索索抖颤
　　荒废的歌坛，那里百鸟曾合唱。

　　有些诗则是纯粹抒情的，如第29、30首，直接表达诗人自己在现实中的感受；或则通过自己的活动，如到外省巡回演出归来，抒发自己的感受：

　　唉，我的确曾经常东奔西跑，
　　扮作斑衣的小丑供众人赏玩，
　　违背我的意志，把至宝贱卖掉，
　　为了新交不惜把旧知交冒犯……

　　有些则是纯粹说理的，如第94首。莎士比亚就在这些方面，以及在起承转合的章法、生动的形象和含蓄的语言，超过了同时代大批的十四行诗人。但是他也染上了当时流行的贵族人文主义诗歌的习气。像在他许多早期喜剧和上面论及的两首长诗那样，十四行诗里也常有概念游戏（如第133首等）、为比喻而比喻（如第24、34首等）、文字游戏（如第135、

136首等），有时思维方式也接近于诡辩（如第22首等）。

莎士比亚十四行诗另一风格特点是生动的比喻。诗中大量引用大自然中的景象和事物，如时序、日月星辰、阴晴昼晦、风雨霜露、花鸟虫兽等。此外，他还从社会生活中大量汲取形象，如贫富、战和、封建宫廷、贵族生活、城镇、法庭、行旅、疫病、科学活动、舞台、文艺创作等等方面，增加了诗歌的时代气息。尤其值得注意的是从资本主义私有制和贸易经营活动中采取了大量的比喻：遗产、所有权、囤积、税收、利润、利息、租金、租期、契约、抵押、债务、账目、破产、交易、供应等等。在资本主义日益发展的情况下，人与人的关系变成现金交易的关系，用这种词汇来表达人与人的关系，当时是最容易被人理解的。仅从这一点也可以看出莎士比亚诗歌的时代烙印和阶级烙印了。

莎士比亚的十四行诗有少数并非十四行，有一首（第99首）是15行，有一首（第126首）仅有12行，两行一押韵，有一首（第146首）残缺，还有一首（第145首）虽然是十四行，但每行只有8个音。这些不完整的情况可能是因为作者并未最后定稿，或流传讹抄。

最后谈一谈《凤凰和斑鸠》。凤凰象征爱情，斑鸠象征忠贞。这首诗历来被认为含义晦涩，其实这首诗的主题很明确：

> 爱情和忠贞已经死亡，
> 凤和鸠化作一团火光
> 一同飞升，离开了尘世。

并且强调了建立在精神结合的基础上的爱情：

> 它们是那样彼此相爱，
>
> 仿佛两者已合为一体，
>
> 分明是二，却又浑然为一，
>
> 是一是二，谁也难猜。

这里的对爱情和理想的悲观失望情绪在十四行诗中已有所表现，这是符合人文主义作家的倾向的，因为人文主义者所抱的理想——美好的人、纯洁的爱情、幸福等等——尽管在当时起了反封建的作用，但同时也都被资本主义本身带来的现实所否定，人文主义诗人如果不是盲目乐观，不可避免地要陷入不能解决的矛盾，而发出忧郁痛苦的呼声：

> 厌了这一切，我向安息的死疾呼，
>
> 厌了这一切，我要离开人寰。

莎士比亚的诗歌，和他的戏剧一样，既体现了新兴资产阶级作家的理想，也体现了他们的理想和资本主义本身的矛盾。

莎士比亚十四行诗研究

莎士比亚的商籁[1]

梁宗岱

谁想知道我对于你是朋友还是情人，让他读莎士比亚的商籁，从那里取得一块磨砺他们那只能撕而不能斩的钝质的砥石。

——雪莱

莎士比亚底《商籁集》久为欧洲一般莎士比亚专家聚讼的中心。由于初版的印行完全出于一个盗窃的出版家的贪心和恶意，未经作者手订，便遗下许多难解的纠纷。我们无从确知这些商籁是甚么时候作的，它们的对象是些甚么人，它们最初的出版家在那谜一般的献词里所称的 Mr. W. H. 究竟是谁，诗人在其中几首所提到的敌手是那一个，以及它们底次序和作者原来的次序是否一致等等。连篇累牍的，几乎可以说汗牛充栋的辩论便从此发生了。

这辩论自然有它的兴味，特别是对于有考据癖的人；但这兴味，我以为，不独与诗的价值无关，也许反有妨碍。从纯粹欣赏的观点看来，值得我们深究的，只有一个范围比较广泛，直接系于文艺创作的问

---

[1] 原载于《民族文学》1943年8月第1卷第2期。

题，就是，这些商籁所表现的是诗人的实录呢，抑或只是一些技巧上的表演？

诗人华慈渥斯在1815年所作的"抒情小曲自序补遗"里的意见似乎是前一派主张的滥觞，他那首《咏商籁》的商籁里这句诗：

　　……
　　用这条钥匙
　　莎士比亚打开他的心……

是他们所乐于征引的。"打开他的心"，就是说，诉说他的衷曲，对于许多考据家，就无异于纪录他自己亲切的经验。

于是他们便在这154首"商籁"里发见许多自传的元素，或者简直是一种自传，一出亲密的喜剧，一部情史，可以增加我们对于这位大诗人的生平现有的简略的认识。他们那么急于证实他们的原理，那么渴望去更清楚认识他们所崇拜的大诗人的面目，以致诗中许多当时流行的辞藻和抒情的意象都被穿凿附会为诗人事迹或遭遇的纪实了。

另一派学者或批评家，根据当时多数诗人都多少直接或间接受意大利诗人培特拉卡底影响而作"商籁环"或"商籁连锁"的风气，却主张莎士比亚不过和其他同时代的诗人一样，把商籁当作一种训练技巧的工具，或借以获得诗人的荣衔而已。依照这派的说法，他的商籁完全是"非个人的"；它们的主题固是同时代一般商籁的主题；所用的辞藻和意象，也是当代流行的辞藻和意象。莎士比亚并没有渗入他自己亲切的东西，情或意；他不过比同时代许多诗人把那些主题运用得更巧妙，把那些辞藻和意象安排得更恰当更和谐罢了。这一派也有一位诗人做他们的总发言人。白浪宁在他一首诗里反驳华慈渥斯说：

"……用这条钥匙，

莎士比亚打开他的心"——真的吗？

如果是，他就不像莎士比亚！

这反驳在另一位大诗人史文朋的文章里又引起强烈的抗议："并没有一点不像莎士比亚，但无疑地最不像白浪宁。"

究竟那一说对呢？这些商籁果真是这位大诗人私生活的实录，所以每个比喻，每个意象都隐含着关于作者的一段逸事，一件史实吗？抑或只是一些流行的主题的游戏，一些技巧上惊人的表演，丝毫没有作者个人的反映呢？

和大多数各走极端的辩论一样，真理似乎恰在二者的中间。

诗人济慈在他1817年10月22日的一封信里曾经有过这样的话："我身边三部书之一是莎士比亚的诗。我从不曾在'商籁'里发见过这许多美。——我觉得它们充满了无意中说出来的美妙的东西，由于惨淡经营一些诗意的结果。"

这段话，骤看似乎全是援助"纯艺术"派，而且曾被其中一个中坚分子锡德尼·李爵士（Sir Sidney Lee）用来支持他的主张的，其实正足以带我们到这两派中间的接触点。

"无意中说出来"，"惨淡经营一些诗意"，不错。但这些诗意，济慈并没有提及从那里取来：从柏拉图，从但丁，从培特拉卡，从龙沙？从同时代的商籁作者，还是从他自己的心，从他那多才的丰富的人的经验呢？如果伟大天才的一个特征，是他的借贷或挹注的能力，或者，我们简直可以说，天才的伟大与这能力适成正比例，所以第一流作家对于宇宙间的一切——无论天然的或人为的——都随意予取予携（歌德关于他的《浮士德》说："从生活或从书本取来，并无甚关系。"）；那么，他们会舍近求远，只知寻摘搜索于外，而忽略了自己里面那无尽藏的亲切的资源，那唯一足以化一切外来的元素为自己血肉的创造的源泉吗？

可是要弄清楚。利用自己里面的资源，或者，即如华慈渥斯所说"打开他的心"，在诗的微妙点金术里，和自传是截然两事，没有丝毫共连点的。要想根据诗人的天才的化炼和结晶，重织作者某段生命的节目，在那里面认出一些个别的音容，一些熟悉的名字，实在是"可怜无补费精神"的事。这不独因为对于一个像他那样伟大的天才，私人的遭遇往往具有普遍的意义，他所身受的祸福不仅是个别的孤立的祸福，而是借他的苦乐显现出来的生命品质。也因为他具有那无上的天赋，把他的悲观的刹那凝成永在的清歌，在那里，像在一切伟大的艺术品里，作者的情感扩大，升华到一个那么崇高、那么精深的程度，以致和它们卑微的本原完全不相属，完全失掉等量了。

从商籁的体裁上说，莎士比亚所采用并奠定的英国式显然是一种无可奈何的变通办法，由于英文诗韵之贫乏，或者也由于英国人的音乐感觉没有那么复杂（英国的音乐比较其他欧洲诸国都落后便是一个明证）。因此，它不独缺乏意大利式商籁的谨严，并且，从严格的诗学家看来，失掉商籁体的存在理由的。但这有甚么关系？就是用这体裁莎士比亚赐给我们一个温婉的音乐和鲜明的意象的宝库，在这里面他用主观的方式完成他在戏剧里用客观的方式所完成的，把镜子举给自然和人性，让德性和热情体认它们自己的面目；让时光照见他自己的形相和印痕；时光，以及他所带来的妩媚的荣光和衰败的惆怅……对着这样的诗，译者除了要频频辍笔兴叹外，还有甚么可说呢？

莎士比亚抒情十四行诗[1]

王忠祥

一、内容与形式评析

在莎士比亚的文学艺术创作中，154首抒情十四行诗占据着一席重要的位置。它不仅是文艺复兴时期英国十四行诗中最优秀的篇章，而且成为世界诗坛上熠熠发光的一串明珠。它具备多种多样的美的姿态，有雍容绚丽、色彩斑斓的美，有立意宏大、造境幽雅的美，也有平易近人、明净自然的美。如璞玉浑金，贵在纯真；如璀璨群星，光照万世。就其思想的深邃、意象的丰富、艺术的魅力而言，完全可以和作者的戏剧媲美。他的十四行诗和他的戏剧一样，可以"折服欧罗巴全部"，使诗人"不属于一个时代，而属于所有的世纪"。

涉及莎士比亚十四行诗创作时间及其有关问题的考证，众说纷纭，分歧较大，并没有确切的定论。究其原，可能由于诗人传记材料匮乏所致。一般认为，莎士比亚早在他创作初期（16世纪90年代初），便开

---

[1] 原载于《外国文学研究》1990年第4期（作者使用笔名"钟翔"）。

始写作十四行诗。也有人[1]认为，莎士比亚有几首十四行诗是1589年写的。从1592年前后到1598年莎士比亚非常重视当时英国广泛流行的这种富有浓郁抒情风味的诗体，并在创作实践方面大试身手。1592年，罗伯特·格林攻讦莎士比亚的遗作《千悔得一智》由托马斯·契特尔出版后，莎士比亚写了几首十四行诗予以反击。如第112首运用双关语（格林—green：绿色的—绿荫）戏谑格林的恶意中伤，表白自己对别人的奉承和诽谤"都充耳不闻"。1598年，作家弗兰西斯·梅尔斯（Francis Meres，1565—1647）首先提及莎士比亚的十四行诗。他在这一年出版的伊丽莎白时代的"才子宝笈"《帕拉迪斯·塔米亚》(*Palladis Tamia*) 中评论英国诗歌时，介绍莎士比亚创作了"传诵于他知心朋友中间的甜蜜的十四行诗"。梅尔斯看到或听说过的这些诗，是否就被收集到读者现在见过的莎士比亚的《十四行诗》中，哪些是的，哪些又不是的，哪些用作家的名字刊行过，哪些只是传抄本在"知心朋友"中传诵？我们无从知晓，也无法考证。第二年，1599年，出版家威廉·贾加德（William Jaggard）在《爱情的礼赞》(扉页上署名Shakespeare) 出版时，加印了两首十四行诗，而且把它们放在突出的地位（第1、2首）。这两首已收入后来出版的十四行诗集，即第138、144首。撇开关于《爱情的礼赞》著作权与出版权的争议，确定威廉·贾加德加印的两首十四行诗，就是诗集中的前两首，大约可信。此后，长时间没有人提及莎士比亚的十四行诗。直到10年过去，1609年5月20日，才有"书业公所"登记册记载："命名为莎士比亚十四行诗集一册"。同年，154首十四行诗集四折本第一次正式出版。诗集的大部分创作于1592—1598年之间，少量的创作于

---

[1] 如莱里斯·霍桑等。

1590年之前。诗集的卷首有这样一段"献辞":"献给下面刊行的十四行诗的唯一的促成者W. H. 先生,祝他享有一切幸运,并希望我们的永生的诗人所预示的不朽得以实现。对他怀着好意并断然予以出版的T. T."。莎士比亚的叙事诗《维纳斯与阿都尼》《鲁克丽丝受辱记》,都是作者公开署名并献给南安普顿伯爵的。这个诗集不同,它的"献辞"是出版商托马斯·索尔普写的,"T. T."是"Thomas Thorpe"这个名字的起首字母,关于这一点已为莎士比亚研究者认可。至于索尔普怎样获得这个诗集的手抄本,作者是否过目,均缺少文字记载。根据多数学者测断,这个诗集是索尔普自己编排的,作者可能未作任何整理与校订,甚至没见过付排稿。因此,"献辞"对莎士比亚备加赞扬,认为诗人是这本诗集的"唯一的促成者",并将自己编印出版的书献给诗人。关于索尔普题献中的"W. H. 先生"指谁?颇有歧议。有人认为"W. H."是彭布罗克伯爵威廉·赫伯特(William Herbert)的缩写,还有一些别的揣测,如安东尼·伯吉斯指出,"W. H. 可能就是使索尔普获得十四行诗的人",等等。虽然如此,我们宁愿采用德国莎评家彭斯托甫、苏联莎评家莫洛左夫等人的看法:"to Mr. W. H."即"to Mr. William himself"。这无异于向诗人告白:诗集虽然未经诗人审校与认可,而"断然"出版,把它献给诗人,也是对诗人"怀着好意",并希望诗人如愿的表现。从这个意义上说,"献辞"并不如有人所指出的那样,"与正文无关"。它不仅为我们了解诗集的版本问题提供参考资料,还能帮助我们研究"正文"的排列与探讨"正文"所"预示的不朽"。1609年出版莎士比亚十四行诗集,正值英国十四行诗经过16世纪最后10年的风行而开始衰退之际。从此到1640年,莎士比亚十四行诗集就不曾再版过。据说,1640年,出版者本生(Benson)出版过莎士比亚的十四行诗。不过,这个集子包括的诗篇,和1609年出版的诗集所编入的篇目有些出入。后世印行的莎士比亚十四行诗,大抵以1609年出版的诗集所收入的诗篇为准。

十四行诗集的内容非常丰富。个人的内心体验与诗化"幻影",社会的五光十色与道德风尚,都艺术地交织在一起。按照通常的解释,诗集的"故事情节"由诗人、"少年朋友"和"黑肤女郎"的外在纠葛与内向抒情构成。据有关莎诗研究者考证,"少年朋友"的社会地位比诗人高,而年纪比诗人小,上文所提到的南安普顿伯爵与彭布罗克伯爵常被当作十四行诗中"美少年"(The fair young man)的原型。"黑肤女郎"(The dark lady)的"候选人"也不少,最引人关注的是史苔娜。史苔娜是菲利普·锡德尼(Sir Philip Sidney)在十四行诗中为颂扬彼妮罗佩而杜撰的人物。彼妮罗佩曾被父亲许配给锡德尼,不久毁约,后来调换过好几个丈夫。锡德尼根据传统的做法,把她予以美化,写进诗中,大约莎士比亚认为彼妮罗佩不道德,很可能把她当作"黑肤女郎"的原型之一。与此紧密联系,不少学者提出"十四行诗是写谁的"这一问题。答案大致有"男性说""女性说""亦男亦女"三种,大都缺乏确凿材料佐证,臆测成分较多。苏联莎评家阿尼克斯特的意见是可以采纳的,他在《莎士比亚传》中指出,莎士比亚十四行诗描写的可能是"真实的感情",或者,"只是像当时的许多诗人一样,写的不是实有的人物,而是他的诗意想象的形象?真实情况大概介于这两者之间"[1]。

就诗集的排列顺序考虑,它包括两个连续的部分,和两首相连的作为结尾部分的十四行诗。第一部分从第1—126首,是献给一位少男或

---

[1] 阿尼克斯特:《莎士比亚传》,北京:中国戏剧出版社,1984年,第96页。

少女的（也可能兼而有之），诗人竭力歌颂他或她美丽、聪颖、温婉、高雅、诚挚（多半在第1—99首），同时也写到他或她的疑虑、薄情、易变、偏信（多半在第100—125首）；第二部分从第127首（第126首承上启下）至第152首，是献给一位"黑肤女郎"的，诗人极口称赞自己对情人的忠实的爱情，埋怨她对诗人时冷时热，随意卖弄风情。毫无疑问，这里的人与事出自生活的真实，却又是艺术化的，甚至诗人的形象也不例外。第153—154首，似乎与"少年朋友""黑肤女郎"无直接关系，诗人并不曾对什么人说话。不过，这两首十四行诗还是能和"友谊"与"爱情"的内容联系起来的。这两首诗写的同样的题材——古典温泉神话，爱神的火炬重新点燃了，爱火暖人心。不能说这种关于"爱火"的描写，同"少年朋友""黑肤女郎"毫不相干。

诗集的题材相当广泛，意象极为丰富。在总主题的统率下，大体可分为下列几类（有些篇章可以交叉）：（1）歌颂友谊与爱情。在文艺复兴时期，友谊与爱情是文学创作中的重大主题，而且理想化了的友谊，其地位常常大大地高于爱情。有人认为，诗集大部分是讴歌友谊的；也有人认为，诗集大部分是倾吐爱情的。我们同意后一种意见，不仅从篇章数量上看是如此（关于这一点也有争论），而且从诗人对两者下笔的浓度上看也是如此。显然，诗人对于真正的爱情是热情地赞美和追求的。这在第二部分中（对黑肤女郎的追求、歌颂、动摇和失望），固然十分清楚，即使在第一部分中也是很具体的。（2）揭发与批判资本主义原始积累时期英国社会的罪恶。诗人警告人们，不要和"臭腐"同居，不要同罪恶"结成伴侣"（第67首），不要把"极恶"当作"至善"（第137首）。著名的第66首，集中笔力抨击丑恶社会，为受压抑的有才华的人们鸣不平。诗人抨击恶，揭露黑暗，是为了表彰善，追求光明。

在第45、46首等诗作中，诗人常常借用大自然"元素"空气与火，和泥土与水的对立，说明"希望与幻想"和被限制的现实可能性的对立，不回避矛盾，不甘心受黑暗现实的限制。诗人为争取人文主义理想世界而战斗，为真善美的人生而战斗。（3）战胜时间与死亡，医治病痛与忧伤。同中世纪的"宇宙不变"的神学观点相反，诗人认为生活永远变化，于是战胜"时间"成为诗集的主题之一。和"时间"斗争，就是使有限的生命变为无限的生命。怎样斗争呢？首先是人类生命的延续。诗人劝"少年朋友"结婚，主张子子孙孙传种接代，永无止境，这样才会有美好的将来，生命不朽也不虚度。（第2、4首）其次是艺术创作可以使人类的生命之树常青，永生。诗人的诗歌确实充满了顽强的生命力量，跨越时间，奔向无穷无尽的未来。诗人在第55首诗中放声讴歌：具有永恒的美的诗歌，将"遗芳"百世！像莎士比亚的《十四行诗》确实"远胜过那被时光涂脏的石头"，经过了近400年的历史，直到今天还受到广大读者的欢迎，成为不朽的诗篇。（4）通过优伶生涯的反映，抒发炽烈的情感。诗集并不是莎士比亚的"自传"、生活的实录，它是诗歌艺术创作的精品。它的"故事"主要是诗人想象、虚构的产物。虽然如此，诗人又千真万确地反映了诗人的生活片段和他自己对生活的体验。比如，第25首中的"舞台""角色"等字眼，第27、48、50首写到诗人离开"爱友"远行，第100首为"扮着斑衣的小丑供众人赏玩"而哀叹，诸如此类的诗歌反映了诗人的演员生活和他对现实社会的观感。这大约不是臆测或"武断"。

莎士比亚的诗集充满了文艺复兴时期的人文主义思想。它讴歌纯洁的爱情，真挚的友谊，欢乐的青春，人间的温暖。它批判现实的黑暗，追求光明的未来。它的以"人"为中心的积极的人道精神，不仅在当时发挥了反封建思想束缚和宗教、"禁欲主义"毒害的巨大作用，而且对后还具有启迪人们抗恶向善、争取人权平等与个性解放的深远意义。

在十四行诗的创作发展中，莎士比亚做出了重大贡献。他的诗作富有强烈的艺术性、巨大的艺术力量和崇高的审美价值。

十四行诗有一定的结构形式（首尾十四行），和一定的节奏、押韵法。它原是抒情诗的一种，大都为歌唱爱情而作，故有爱情十四行诗（love sonnet）之称。文艺复兴时期意大利诗人彼特拉克，可以说是十四行诗的创始者。最初用英语创作十四行诗、把十四行诗带进英国的，是生活在亨利八世时代的诗人魏阿特与萨利，后来还有锡德尼、丹尼尔、斯宾塞等诗人写作十四行诗。莎士比亚十四行诗仍是抑扬格五音步（iambic pentameter）诗，但在体裁结构上进行了重大的革新。他抛弃彼特拉克的两节四行、两节三行的意大利式，凝固并发展了三节四行、一节两行的英国式。末两行常常作出全诗的"结论"。诗行作为"音的阶段"，并不一定表示完整的意义，不必一句占一行，诗句未完可以"跨行"（enjambment）。在十四行诗集中，莎士比亚也强调了他自己诗作的特点：丰富多变的旋律，往复回环的声韵，明快和谐的节奏，以及用韵自由，前后呼应，等等。诗人曾作"自我评价"："几乎每一句都说出我的名字，透露它们的身世，它们的来源"，"推陈出新是我的无上的诀窍"。（第76首）正因为如此，人们称莎士比亚十四行诗为"莎士比亚式"，或"英国式"。

作为抒情文学作品，诗集通过直接抒发诗人的思想感情来反映社会生活，诗人自己就是作品的抒情主人公。十分引人注目的是，诗集塑造了特别富有诗意的形象，除开抒情主人公，还有"少年朋友""黑肤女郎"等。154首十四行诗中，绝大部分是写抒情主人公同"少年朋友""黑肤女郎"关系的，这就组织了作品的"故事"系统。诗集的"故事"并不像叙事作品中"故事"那么完整，而且"片断性"十分突出。不少单篇诗作，简直就是一出又一出的小戏（如第23、143、153、154首），把丰富的情节、动作融合在格律严谨的诗作里，显示出诗人高超的戏剧写作技巧。

在世界文学史上，莎士比亚十四行诗集是经得起时间考验的。在文艺复兴时期，它把真、善、美统一起来了。它不是平庸地摹写当时的英国社会生活，而是以其优美的形式与高度的技巧，艺术地概括诗人所熟悉的世界，以其激动人、感染人的艺术魅力，引发人们的美感与美的理想，给人们以美的情怀与美的享受。莎士比亚完全懂得，真正有生命力的文艺作品，必须是真、善、美的统一，深刻的思想内容与完美的艺术形式的结合，浓郁的抒情与辩证的说理的交织（第101、105首）。诗集中十四行诗的最后两行，以同韵的对句为定格。不仅总结全诗，点明主题，而且常常带有警句的特性，如第18首："只要一天有人类，或人有眼睛／这诗将长存，并且赐给你生命。"（So long as men breathe or eyes see / So long lives this, and this gives live to thee.）第30首："但是只要那刻我想起你，挚友／损失全收回，悲哀也化为乌有。"（But if the while I think on thee, dear friend /All losses are restored and sorrows end.）有人以此比中国格律诗的对结句，认为两者有"异曲同工"之妙，这是很有道理的。

诗集的创作方法基本上是现实主义的，真实地反映人生，描绘自然。但也有鲜明的浪漫色彩，浪漫色彩的主要实质表现在对人文主义理想的歌颂。诗人把真实性与幻想性结合起来，使全部诗作具有悲、喜、史的概念。诗集的语言丰富多彩，从中可以看到高雅的诗行，也可能碰见俏皮而粗俗的话语（如第20首）。诗人善于运用"矛盾修饰法"，表达复杂的思想感情（如第35、40、49首）。诗集中还有许多富于诗意的比喻、戏言、双关语，它们都是为表现生活的真、思想的善和艺术的美服务的。

二、阅读与欣赏举隅

莎士比亚的《十四行诗》是一宗宝贵的文学遗产，值得人们一遍又一遍地诵习。这里，在全面了解它的基础上，选出几篇代表作，予以鉴赏。

十四行诗之18：

> 我怎么能够把你比作夏天？
> 你不独比它可爱也比它温婉：
> 狂风把五月宠爱的嫩蕊作践，
> 夏天出赁的期限又未免太短：
> 天上的眼睛有时照得太酷烈，
> 它那炳耀的金颜又常遭掩蔽：
> 被机缘或无常的天道所摧折，
> 没有芳艳不终于雕残或销毁，
> 但是你的长夏永远不会雕落，
> 也不会损失你这皎洁的红芳，
> 或死神夸口你在他影里漂泊，
> 当你在不朽的诗里与时同长。

> 只要一天有人类，或人有眼睛，
>
> 这诗将存，并且赐给你生命。

俄罗斯伟大的文学批评家别林斯基说过："诗歌的本质就正在这一点上，给予实体的概念以生动的、感性的、美丽的形象，观念不过是海水的浪花，而诗意的形象则是从海水的浪花中产生出来的爱与美的女神。"摊放在我们面前的这首十四行诗，就是莎士比亚潜入生活的海洋中努力捕捉诗意的形象，并使之化为神奇诗句所构筑的，它体现了诗人的思想情怀、爱与美的向往。因此，我们对这首诗的欣赏活动必须围绕"诗意的形象"这个"爱与美的女神"展开。这里通过赋、比、兴创造的"诗意的形象"，还应该包括诗中充分显示诗人个性的抒情主人公形象。作为这首诗的欣赏者，我们要强烈地、正确地感受并理解它的形象的审美价值，细致地、深入地体会并品尝它的形象所蕴含的深邃的思想。

这首带有深刻的哲理性的抒情诗，采用比喻、象征手法阐发人生之美寄寓于诗艺中，借以战胜时间而永葆青春的主旨。通篇以抒情主人公向"爱友"抒发眷恋的热情为主体，辅以如何使美永存的逻辑推理；以"夏天"为主喻，辅以"嫩蕊"（花）、"天上的眼睛"（太阳）等美的象征。此处的抒情主人公即诗人，却又是超越诗人的艺术形象；"爱友"可理解为诗人的友人，却又不一定是男性。为了赏析方便，根据这首诗的内容特征，可将12行分为两个层次，第1—8行为第一层次，第9—12行为第二层次。在第一层次中，第一个四行诗中的前两行与第二个四行诗中的后两行，都具有"引发"作用；第一个四行诗中的后两行与第二个四行诗中的前两行，都突出了比喻形象。第1、2行开宗明义，诗人向"爱友"询问，能不能把他比作"夏天"。也就是说，让夏天之美象征"爱友"之美。其实，诗人在这里自问自答。答案自然是否定的，因为他认为"爱友"比夏天更完美，更温和可爱。诗人很清楚，英国的夏天是宜人的季节，温暖而不燥热。但又认为美好的夏天仍有不足之处，并不如"爱友"之美那么高超。于是此后四行诗一连使用三个美中不足的比喻观照或反衬"爱友"之美。夏天的花是美的，但狂风会吹落她；夏天的景色是美的，但生存时间太短；而且夏天的太阳有时骄气凌人，"照得太酷烈"，有时躲入乌云，光辉（炳耀的金颜）突然消逝。这一层次的最后两行，从人生机缘偶合的哲理与变化莫测的自然（天道）代谢的必然规律两方面，阐释人世间的一切美的"芳艳"无不遭受厄运的摧残，乃至夭折。诗人在此暗示自第1首十四行诗以来常常涉及的主题，即时间对于"爱友"以及人世间的美丽生命的销毁。在第12首诗里，诗人明白地指出，"没有什么抵挡得住时光的毒手"，它使"明媚的白天坠入狰狞的夜"，它使"美和芳菲都把自己抛弃"；为此，诗人感慨叹息，"当我凝望着紫罗兰老了春容，青丝的卷发遍洒着皑皑白雪"，这两行诗确如屠岸所说，很容易使人联想起李白的诗句："君不见高堂明镜悲白发，朝如青丝暮成雪。"（《将进酒》）怎样逃避时光的"拘走"和吞噬呢？诗人一贯强调延绵子孙（劝"爱友"结婚），让已有的美永存，不断更新。值得注意的是从第15首开始，出现了"部分新的主题"，诗人要和时光竞争，时光摧折"爱友"，他要把"爱友"的美注入诗中，使之"重新接枝"。第18首十四行诗扩展并充分表达了诗人的意愿。紧接三个富有诗意的比喻之后，诗人保证"爱友"拥有"长夏"，而且"永远不会雕落"。"长夏"当然没有已经提及的"三不足"，它意味着夏日之美永存，青春的"红芳"永不褪色，不怕时光的磨损，不怕死神的威胁。毫无疑问，诗人的确有其坚实的基础，这就是他把"爱友"的美放在"不朽的诗"里，并在诗的表现中克服时间，与时间共存。最后两句，在概括、总结上述两层次诗行思想内容的基础上，将全诗的哲理予以升华。这里的"诗"是广泛反映真实生活的不朽的诗，这里的"你"是包括诗人"爱友"在内的美好的人与事，实指与虚拟融合在一起。诗人理直气壮地宣布：人类和人类的创造是不朽的，反映人类生命的力与美的文学艺术也是不朽的！他努力创造不朽的诗与富有强烈魅力的诗艺形象，作为他所生活时代人们的美的"载体"，战胜时光，为后代留下"美的典型"，从而流芳百世，万古长青。

从这首诗的"爱与美的女神"身上可求索与发现"海水浪花"的奥秘，换句话，诗人创造的诗意形象，蕴藏着诗人内在的人文主义观念。文艺复兴时期人文主义思潮培育了莎士比亚的情怀，他的思想与中世纪的神学观格格不入。他在诗中所描绘的诗意的形象，以及他所赞赏的"力"与"美"，显示了反禁欲主义和反因袭封建道德的开放意识。他在诗中指点时间、淬砺奋发的自强呼声，以及他通过"爱友"讴歌人类（实指资产阶级新人）的诗行，反映了提倡人权、人性、人智，反对神权、神性、神智的时代精神。这一切不仅具有历史进步意义，而且现实认识价值也是很显著的。

十四行诗之24：

> 我眼睛扮作画家，把你的肖像
> 描写在我的心版上，我的肉体
> 就是那嵌着你的姣颜的镜框，
> 而画家的无上的法宝是透视。

> 你要透过画像的巧妙去发现
>
> 那珍藏你的奕奕真容的地方；
>
> 它长挂在我胸内的画室中间，
>
> 你的眼睛却是画室的玻璃窗。
>
> 试看眼睛多么会帮眼睛的忙：
>
> 我的眼睛画你的像，你的却是
>
> 开向我胸中的窗，从那太阳
>
> 喜欢去偷那藏在里面的你。
>
> 可是眼睛的艺术终欠这高明：
>
> 它只能画外表，却不认识内心。

莎士比亚十四行诗常常通过诗人向"爱友"抒发胸臆，借以表现带有普遍意义的人情，炽烈而不失度，含蓄而不晦涩，说理而不干枯。第24首就是其中代表作之一，从眼睛画像写起，深入到"心心相印"的追求。全诗构思新颖，语言活泼，情趣浓重。

按"4、4、4、2"诗式探索，可分为四个步骤，前四行把诗人的眼睛喻为画家，这位画家把"爱友"的美影描绘得惟妙惟肖，而且深印在诗人的心版上。饶有兴味的是：诗人让自己的身躯（胸腔）做"镜框"，那里永远嵌着（保留）"爱友"的"姣颜"，由此引发开去，那里有永恒的友情，永恒的爱恋，永恒的美！何以能描画得那么逼真，还深深印上心灵？这是由于画家掌握了"无上的法宝"——形体透视。第4行有承上启下的作用，将读者注意力引向中间行。"爱友"也应该像画家那样，运用透视法去发现诗人心中所珍藏的那光彩夺目的形象（奕奕真容）。在这里，诗人的本意在于引导"爱友"了解自己的挚爱之心，所以希望"爱友"的眼睛成为他的"胸内画室"的"玻璃窗",可以透视画室中间长挂着美的肖像——挚爱的证明。后四行的第1行,也有承上启下作用。诗人的眼睛与"爱友"的眼睛相互帮助,诗人的眼睛作画,"爱友"的眼神之窗通向诗人的心房,连太阳也要透过窗口探视画室肖像。这四行诗较前更能启迪人们做深层的思考,诗人向"爱友"敞开了一片赤诚之心,奉献真挚的友谊和纯洁的爱情,这是古往今来人类生活中不可缺少的美的追求。第13—14行诗具有双重意义。诗人一方面承认自己的眼睛未必那么明亮,他可以画出"爱友"的美影,却无法透视"爱友"的内心;另一方面又在字里行间给读者留下了思索的线路,希望提高"眼睛的艺术"能洞察人的心灵深处,还希望自己所爱的人(乃至人人)表里一致,外形美与内心美协调。莎士比亚描写心眼相交,外美内慧高度统一,讴歌形象美与心灵美有机结合的十四行诗,还有第46、47、54、137首,等等。其中第46首,可说是第24首的继续与扩展,诗人的眼与心对"爱友"的肖像感受不一样,都争做它的主人,理智的结论是:"你的仪表属于我的眼睛,而我的心占有你心里的爱情。"眼睛享有形象的美,心享有心灵美(包括真挚的友谊和纯洁的爱情)。心与眼的合作,才能享有外形、内心合一的美。这一类十四行诗,蕴藏着诗人的美学理想,美在何处?美在"和谐"。

　　十四行诗之66:

　　　　厌弃了这一切,我向安息的死疾呼,
　　　　比方,眼见天才注定做叫化子,
　　　　无聊的草包打扮得衣冠楚楚。
　　　　纯洁的信义不幸而被人背弃,

金冠可耻地戴在行尸的头上，
处女的贞操遭受暴徒的玷辱，
严肃的正义被人非法地诟让，
壮士被当权的跛子弄成残缺，
愚蠢摆起博士架子驾驭才能，
艺术被官府统治得结舌钳口，
淳朴的真诚被人瞎称为愚笨，
囚徒"善"不得不把统帅"恶"伺候：
厌弃了这一切，我要离开人寰，
但，我一死，我的爱人便孤单。

  这首诗是莎士比亚十四行诗中的"一颗明珠"，没有一行不具有丰富而深刻的含义。它像一面镜子，清楚地"给时代和社会看一看自己的形象和印记"。它所描写的时代，在英国历史上既是一个辉煌的时代，也是一个残酷的时代。16世纪下半叶，伊丽莎白王朝中央集权政治昌明，资本主义经济迅速发展，对外军事胜利给人们带来一片繁荣景象；另一方面，各种社会矛盾、阶级冲突也逐渐显露出来。尤其严重的是伊丽莎白王朝末期、詹姆斯一世初期的社会政治危机，如王室与资产阶级联盟的解体，贫富悬殊，农民、地主、资产阶级之间的复杂斗争，等等。马克思在《资本论》中充分肯定新兴资本主义反封建主义的进步性时，也指出了它的剥削与残酷的实质："资本来到世间，从头到脚，每个毛孔都滴着血和肮脏的东西。"莎士比亚的第66首十四行诗的批判矛头，主要指向后者，对不公道、不人道的社会做了真实的描绘与艺术的概括。

这首诗通篇运用美丑互照、善恶对比的手法，表达了一个清醒的人文主义者的社会观感与深广的忧愤。第1行就亮出了诗人对黑暗社会的厌弃情绪，第2—12行着力揭发畸形社会的种种罪恶。诗人揭发颠倒黑白、混淆是非的社会现象，是为了批判"当权"的残暴、"官府"的专横、"强徒"的罪行、"草包"和"行尸"的欺世盗名，他为"天才""壮士""贞女"和一切善良的人们受屈辱而鸣不平，他为文艺创作自由和人的尊严而呼吁。第12行对前面诗行的内容做了"总结"，集中笔力揭发批判当时的黑暗社会，"恶"压倒了"善"，"恶"成为"统帅"管制着"囚徒"（"善"）。在这里，诗人的满腔悲愤传达了人民群众对不合理社会现象的强烈的反抗情绪。

从以上的诗句中，可以看出：这首诗所鸣响的"真正悲剧的音调"，具有巨大的社会控诉力量，甚至可以说是作者创造悲剧的思想基础。这种抗议，在哈姆雷特王子思考生死存亡时，更加强烈："谁甘心忍受人世的鞭挞和嘲弄，忍受压迫者的虐待，傲慢者的凌辱，忍受失恋的痛苦，法庭的拖延，衙门的横暴，做埋头苦干的奴才，让作威作福的一脚踢出去……？"这种批判，在悲剧《雅典的泰门》里更为深刻。它道破了"金钱"的本质，"……这东西，只这一点点儿，就可以使黑的变成白的，丑的变成美的，错的变成对的，卑贱变成珍贵，老人变成少年，懦夫变成勇士。"马克思在《资本论》等著作中认为，这一类诗句击中了资本主义社会的要害。第66首最后两句说明诗人厌恶丑恶的现实，几乎要离开人世，与首句彼此呼应。这不可能是悲观失望的哀吟。诗人活下来，并不只是为了使"爱人"不孤单。诗篇是诗人艺术地概括现实生活的结晶，这个"晶体"表达了诗人对未来生活的向往。鞭挞假丑恶是为了真善实，诗人希望在未来世界里人的尊严至高无上，人的才能充分发挥,"纯洁信义"和"淳朴真诚"受到应有的敬重和保护。

十四行诗之105:

> 不要把我的爱叫作偶像崇拜,
> 也不要把我的爱人当偶像看,
> 既然所有我的歌和我的赞美
> 都献给一个、为一个、永无变换。
> 我的爱今天仁慈,明天也仁慈,
> 有着惊人的美德,永远不变心
> 所以我的诗也一样坚贞不渝
> 全省掉差异,只叙一件事情。
> "美、善和真",就是我的全部题材,
> "美、善和真",用不同的词句表现;
> 我的创作就在这变化上演才,
> 三题一体,它的境界可真无限。
> 过去"美、善和真"常分道扬镳,
> 到今天才在一个人身上协调。

根据莎士比亚十四行诗评注家的解释,第105首诗仍是献给"爱友"的,把理想化的"爱友"当作真、善、美的结合整体。在前四行中,诗人反复强调:(1)诗歌奉献给"爱友",表示"我的爱"不是"偶像崇拜","爱友"并非偶像;(2)"爱友"值得诗人爱慕,为他唱赞歌,"永无变换"。就像诗人在第116首中所讴歌的那样:"爱是古长明的灯塔"。在中间四行中,诗人把"爱友"永恒的"爱"与永恒的"善"联系在一起,"仁慈""美德""永不变心"都是为了突出"善",因此诗人集中笔力而且坚贞不渝地歌唱两颗真心碰撞时所产生的火花。在后四行中,诗人亮出了全诗的主旨:永恒的爱必是真、善、美的结合,"三题一体"才是最高的瑰丽境界。真、善、美充作诗人的创作题材,用不同的词句构筑不同的篇章,这种变化显示了诗人的创造力量。这儿的诗句,十分明白地表达了诗人对美的追求与审美理想。最后两句字面上看,诗人认为在他"爱友"之前未曾有过一身兼有真、善、美三者的人,似乎三者在"爱友"身上协调。仔细推敲,不难发现:诗人在这儿深化了前三节四行诗的内容,借讴歌"爱友"的"三题一体",提出"今天"的审美标尺。美与善、真不可"分道扬镳",一定要统一协调。

莎士比亚的美学观,散见于他丰富多彩的戏剧与诗歌。诗人常通过诗句或戏剧人物语言,发表自己的艺术论和创作经验。第105首十四行诗所提出来的理想的美:真、善、美结合,形象美,人格美,心灵美一致,也是诗集常常探讨的美学主题之一。比如,第10、54、55、94、101首,从不同的角度强调了真、善、美的关系,以及内外一致的重要意义。他认为,"没有云石和王公们金的墓碑",可以和真、善、美结合的诗歌"比寿"(第55首)。他在第101首十四行诗中也探讨过美不能离弃真与善的道理,可作为第105首十四行诗的"参照系"。诗人明确宣称,没有真实生活作为基础,美就成为抽象而空洞的东西了,而且无所依托;没有善的思想指教,美就失去了灵魂,无所适从。他和"诗神"进行了辩论:

偷懒的诗神啊,你将怎样补救
你对那被美渲染的真的怠慢?

真和美都与我的爱相依相守：

你也一样，要依靠它才得通显。

　　要使"与爱结合"的美永生，就不能怠慢"被美渲染的真"。这里的Love（原文可指抽象的爱，也可指具体的爱人），渗透了诗人的人文主义思想，饱含着善意（Love作动词用，则有 have kind of feeling towards 之意）。当然，诗人有时也对Love发出怨言，这正好说明诗人面临现实与理想之间的矛盾。诗人提醒诗神，只有真、善、美结合，他"才得通显"。正是第105首这一类诗篇所强调的真、善、美的统一，使诗集具有认识、教育、美感的作用。也无可讳言，这一类诗所表现的真、善、美的统一，只是就它们在当时所能达到的高度而言，并不能"尽善尽美"。

永恒的主题　永远的莎士比亚
——莎士比亚十四行诗主题研究综述[1]

张　坚

一、引言

英语中十四行诗（sonnet）一词来源于意大利语sonetto，意为短歌，每首诗有音节相等的诗行14行，是13、14世纪意大利最流行的一种抒情诗体。十四行诗在艺术形式上主要分为三大类型：（1）意大利十四行诗，又称彼特拉克体十四行诗；（2）英国十四行诗，又称莎士比亚十四行诗；（3）斯宾塞体十四行诗。

田俊武、张磊[2]将莎士比亚在十四行诗方面突出的贡献归纳为两个：第一，他扩展了十四行诗主题的范围。他的十四行诗不仅包含传统的歌颂爱情的主题，而且把友情、社会弊病、人心叵测、世事无常等都囊括笔下。第二，他充分利用句子重音与格律重音背离产生的突显效果，大大增加了诗歌的戏剧性表现力。

莎士比亚十四行诗在中国大陆的翻译已有半个多世纪的历史，广

1　原载于《外国语文》2014年第1期。
2　田俊武、张磊：《十四行诗音韵的演变——从彼特拉克到莎士比亚》，《北京第二外国语学院学报（外语版）》2007年第10期。

为流传的154首全译本有梁宗岱译本、屠岸译本、杨熙龄译本和曹明伦译本。对于前三种全译本，辜正坤先生评论："梁译谨严，质切；屠译流畅、浅近；杨译本平直、入时。"对曹译本，李赋宁先生在为其作的序中说："曹译本的特点在于既确切，又流畅。读来颇有诗趣。"[1]

曹明伦[2]重新归纳了读者常见的154首全译本有屠岸译本（上海版）、梁宗岱译本（四川版）、杨熙龄译本（内蒙版）、曹明伦译本（漓江版）、辜正坤译本（北大版）、阮珅译本（湖北版）、梁实秋译本（广电版）、虞尔昌译本（台北版）和金发燊译本（广西版）等。

冯宏、王华[3]从目前中国最大的两个期刊数据库——知网与万方数据库中进行相关查询，发现对于十四行诗的翻译目前有数十种之多。读秀图书库中以"莎士比亚十四行诗"为搜索条件，可以找到97种出版书目（2000—2010年54种，1990—1999年27种，1980—1989年14种，1950—1959年2种）。主要译者有梁实秋、梁宗岱、屠岸、曹明伦和艾梅等人。本文将重点概述1990—2011年间国内学者对莎士比亚的154首十四行诗在主题方面进行的研究。

二、154首莎士比亚十四行诗主题相关研究

1."第一四开本"

1609年5月20日，伦敦书业公所的"出版物登记册"上，"一本叫作

1　曹明伦：《莎士比亚十四行诗翻译研究》，《中国翻译》1997年第3期。

2　曹明伦：《翻译中的历史语境和文化语境——莎士比亚十四行诗汉译疑难探究》，《四川外语学院学报》2007年第3期。

3　冯宏、王华：《基于知网与万方数据库的中国莎士比亚研究》，《海南大学学报（人文社会科学版）》2011年第3期。

莎士比亚十四行诗集的书"注册了，取得此书的独家印行权的出版者名叫托马斯·索普（Thomas Thorpe）。同年6月初，这本书出售了。此书收入莎士比亚的十四行诗154首，依次编了号码，各诗之间互有联系，是一部系列组诗。这就是莎士比亚十四行诗最早、最完全的版本，史称"第一四开本"。

这些十四行诗的内容，按照18世纪末两位莎学家梅隆（Malone）和斯蒂文斯（Steevens）的解释（1780），大致是这样的：从第1—126首是写给或讲到一位美貌的贵族男青年的；从第127首到152首是写给或讲到一位"黑女郎"的；最后两首与整个"故事"无关。[1]

2. "灵与肉的分野"

王子墨[2]认为第126到127首是全书的分野，抒情的对象从男人变成了女人。他进一步说，这个分野与其说是男人或女人的分野，倒不如说是灵与肉的分野。因为第1—126首，莎翁抒发的更多的是一种美好的感情，是真、善、美的迸发，不仅表达了诗人热切美好的感情，而且甚至遭遇感情变故，诗人一样矢志不渝；第127—152首更多地反映了莎翁心灵阴暗、压抑、绝望和狂暴的一面，在这些诗里面，诗人除了热切的追求之外，便是一些绝望的自省，或是对情人发泄不满，乃至对情人的相貌的嘲笑。莎翁在诗集的后半部分表现出来的心灵扭曲不是莎翁所独有，而是一种普遍的心理现象，即欲望的不满足导致的心理畸变。

3. "英国文学中最大的谜"

莎士比亚的十四行诗，就其文学价值而论，是堪与他的最佳剧作

---

[1] 屠岸：《英国文学中最大的谜：莎士比亚十四行诗》，《外国文学》1998年第6期。

[2] 王子墨：《灵与肉的分野——浅论莎士比亚十四行诗》，《巢湖学院学报》2010年第2期。

相颉颃的诗歌杰作。一般来说，评论家们总是从文本、主题、文体这三个方面来解读、评述莎士比亚十四行诗集中的若干意义和若干问题。有珀森（Person）和威廉森（Williamson）以时间的顺序综述《十四行诗》的批评脉络的，有希弗（Schiffer）以长篇序言讨论诗集涉及的文体形式、与莎翁生平的关系、版本史等。在主题方面，除了关于永生、时间、爱情、友谊、艺术的清楚讨论以外，人们还从其他更为细致的方面进行挖掘。[1]

而关于其中的若干"疑点"，迄今没有一个定论。屠岸将莎士比亚十四行诗看作了英国文学中最大的谜。在莎士比亚全部作品中，除了《哈姆雷特》之外，无出其右！贝尔顿说：这部组诗成了一个谜，"在全部英国文学中，恐怕没有其他谜引起这么多思考，产生这么少共识"！其谜底也许将永远沉埋在历史的烟雾中。屠岸集中讨论了至今还迷惑我们的几个问题：

第一，W. H. 先生是谁？"朋友"是谁？1609年索普（T. T）在他第一四开本卷首的献词中提到献词是献给W. H. 先生的。那么这位W. H. 先生到底是谁呢？梁宗岱将献词译为"献给下面刊行的十四行诗的唯一的促成者W. H. 先生……"，把W. H. 与"朋友"合一；梁实秋的译文是"发行人于刊发之际敬谨祝贺下列十四行诗文之无比的主人翁W. H. 先生……"，把W. H. 与"朋友"分开了。

锡德尼·李（Sidney Lee）在《莎士比亚传》（1931年增订版）中断言，W. H. 即威廉·霍尔（William Hall）。此人是个学徒出身的出版业从业人员，可能是索普出版业合伙人。1867年，梅西（Massey）认为W. H.

---

[1] 罗益民：《性别伦理美学——莎士比亚十四行诗批评的新方向》，《西南大学学报（人文社会科学版）》2007年第1期。

是威廉·赫维（William Hervey），此人乃第三任南安普顿伯爵亨利·莱阿斯利（Henry Wriothesley, Third Earl of Southampton）的继父，他的母亲的第三任丈夫。另一位注释家尼尔（Neil）在1861年声称，他设想W. H.是威廉·哈撒威（William Hathaway），莎士比亚妻舅。也有注释家把莎士比亚一生中的两位保护者看作W. H.先生（同时也是"朋友"的候选人）。其一是威廉·赫伯特，第三任彭布罗克伯爵（William Herbert, Third Earl of Pembroke），其二就是第三任南安普顿伯爵亨利·莱阿斯利。在18世纪，莎学家法默（Farmer）认为W. H.是莎士比亚的外甥威廉·哈特（William Harte），另一位莎学家蒂尔辉特（Tyrwhitt）声言，W. H.是一位名叫威廉·休斯（William Hughes）的演员。肯宁汉（P. Cunningham）于1841年认为莎士比亚十四行诗中的朋友是一个半阴半阳的两性人。1860年，邦斯托夫（D. Barnstorff）宣称W. H.实即William Himself（威廉·莎士比亚自己！）。最近，福斯特（Donald Forster）提出"Mr. W. H."只是一起排印上的错误，索普本来写的是"Mr. W. S."即Master William Shakespeare（威廉·莎士比亚先生）。

第二，"黑女郎"是谁？"黑女郎"并不是黑种人，只是黑眼、黑发、肤色暗褐。她富于性感、极具女性诱惑力，成了诗人的情妇。恰尔默斯（Chalmers）在1797年认为莎士比亚十四行诗全部都是写给伊丽莎白女王的。W. H.格里芬（W. H. Griffin）于1895年认为"黑女郎"纯粹是想象中的人物。芒兹（Von Mauntz）于1894年认为这些十四行诗中至少有11首（第27、28、43、44、45、48、50、51、61、113、114首）是莎士比亚写给他的妻子安妮·哈撒威（Anne Hathaway）的。泰勒于1884年首先提出"黑女郎"是玛丽·菲顿（Mary Fitton）的说法。萧伯纳于1910年以玛丽·菲顿为依据写成《十四行诗中的"黑女郎"》。克拉立克（Kralik）于1907年臆测说"黑女郎"在莎士比亚结识南安普顿伯爵之前就已经是莎士比亚的情妇了，后来她勾引南安普顿伯爵，背弃了诗人。她的名字可能叫罗萨琳。[1]

屠岸[2]还介绍了"诗敌"是谁，版本问题，排列次序问题，写作年代问题，"自传"说和"非自传"说这些至今困惑读者与学者的问题，限于篇幅，这里就不一一叙述了。

三、莎士比亚十四行诗主题研究

1. 爱情、伦理主题

罗益民[3]在分析第66首中揭示了莎士比亚十四行诗的三个主题是：及时行乐、莫负青春和人生无常，爱情主题成为莎士比亚十四行诗的主旋律。罗益民认为，莎士比亚十四行诗表达的爱情观体现在真、善、美三个方面。这三个方面充分体现了莎士比亚审美方面的柏拉图观念，诗人通过拓扑学空间展拓的手段加以实施，形成了莎士比亚艺术审美世界独具风采的大花园。

拓扑学的基本思想是，物理的空间（宇宙）是单数的，心理的空间（宇宙）是复数的；物理的空间在动力上是封闭的，心理的空间在动力上是开放的。因此，前认知的空间是单一、封闭、机械的，而认知视域内的空间是复数、开放、隐喻的。莎士比亚十四行诗构成的空间，是

---

1 屠岸：《英国文学中最大的谜：莎士比亚十四行诗》，《外国文学》1998年第6期。
2 同上。
3 罗益民：《莎士比亚十四行诗中的三个主题》，《西南师范大学学报（人文社会科学版）》2005年第2期。

多维的、开放的、动态的、隐喻的,体现为多种原型,具体化为多种描绘概念的隐喻性认知图形。莎士比亚的十四行诗集,宛若一个富饶繁盛的花园。园中百花盛开,装点着魅力无穷的隐喻世界。而这些隐喻,又是由各式各样的奇珍异宝组成的。有花朵、花蕾、食物、香精、水仙、琴弦、时间的镰刀、老树枯叶、大小宇宙、构成和谐的数字和音符,有产生这些隐喻的各行各业,比如农耕、工业、作文赋诗、经济、法律、军事、天文学、宇宙学,如此等等,不一而足。[1]

评论家一直以来都认为,英国十四行诗的创作历史,在莎士比亚手中,达到了"前无古人后无来者"的最高境界。在这些评论当中,一个尤为热烈的话题,是诗集中涉及的性的方方面面的问题。莎士比亚十四行诗叙述了一个比较完整的关于第一人称角色在性与情方面的历史。可以总结为五个方面:一是贯穿整个诗集的同性恋,二是主人公与黑肤女郎的异性恋,三是主人公为之疯狂的美男子、同是诗人的一个情敌和黑肤女郎之间的三角恋爱,四是主人公同时与美男子和黑肤女郎构成的交叉的双性恋,五是主人公控诉的美男的自恋。[2]

田俊武、陈梅[3]通过对从古希腊到文艺复兴时期的欧洲同性恋风尚以及十四行诗的内容和措辞的分析,来揭示莎士比亚十四行诗中的同性恋主题。他们发现前126首诗歌所表达的"友谊"和"爱情"其实只不过是抒情主人公与贵族青年的同性恋浪漫曲。因为早在古希腊时期欧洲就崇尚男性美。在文学史上,柏拉图的《会饮篇》至今仍然是捍卫

---

[1] 罗益民:《莎士比亚十四行诗的拓扑学爱情观》,《国外文学》2011年第2期。

[2] 罗益民:《性别伦理美学——莎士比亚十四行诗批评的新方向》,《西南大学学报(人文社会科学版)》2007年第1期。

[3] 田俊武、陈梅:《在歌颂爱情和友谊的背后——莎士比亚十四行诗的同性恋主题》,《社会科学论坛》2006年第2期。

同性恋的经典作品。第20首诗则是抒情主人公和贵族青年同性恋关系的具体体现:"你有大自然亲手妆扮的女性的脸/你,我苦思苦恋的情郎兼情妇……"

何昌邑、区林[1]认为,莎翁十四行诗中的W. H.先生的确是位"先生",但是莎士比亚与他的关系已超越了传统意义上的男性之间的友谊,而是一种情人间的爱恋。这样判断的理由同样可以从第20首诗中找到。该诗是莎士比亚154首十四行诗中最明确表明他的情人是双性恋男人的一首诗。该诗最引人注目的是有具体的描述:"上苍原本要把你造成个姑娘;/不想在造你的中途糊涂又昏脑,/把一样东西乱加在你身上……"第127—152首是诗人献给一位"黑女郎"的,诗人对她的热恋是异性恋。据此,莎氏的十四行诗的确表达了异性恋和同性恋的情感,也就是说有明确的双性恋内涵。

邱燕[2]认为,莎士比亚的十四行诗突出的贡献在于:它不仅反映了文艺复兴时期的伦理概貌,而且包含了对伦理道德的思索和探询。莎士比亚以诗的形式极力歌颂忠诚、无私、忘我的爱情和友谊,充分挖掘人性中善的一面。莎诗批判旧道德,追求新伦理。莎诗对社会与人、人与人的旧有秩序和伦理关系进行了拷问。他将社会丑恶现象、自己受到的不公平的社会待遇、爱人的背叛、人性的弱点等丑恶现象进行描绘,对现实世界丑恶的一面和不良习气予以抨击,他的诗中反复地宣称这是一个"恶浊的人士"(第71首),世界是"瘟疫"(第67首),周围充满了流言和诽谤,都是"恶徒"和"无聊的人们",与他们交往就像喝下

---

1 何昌邑、区林:《莎士比亚十四行诗新解:一种双性恋视角》,《云南民族大学学报(哲学社会科学版)》2009年第6期。
2 邱燕:《善的境界:莎士比亚十四行诗的伦理观》,《名作欣赏》2010年第7期。

"毒汤"(第119首)。诗人对于旧道德的批判和新伦理的追求是蕴含在字里行间的，而新的伦理秩序的建立最根本的是要寻求人与人间的和谐。莎士比亚讴歌人性，热爱生活。他建立新道德伦理的理想主要是通过对自然人性，以人为本的宣扬。他主张摒弃神性对人的控制，通过人自身的努力，用美好的情感、道德操守来弃恶扬善、劝恶从善，建立适合人生存的、高度和谐的新伦理社会。

2. 时间主题

陈脑冲[1]分析了莎士比亚在十四行诗中一再表达的一个思想：时间是人的敌人，从人出生到进入坟墓，时间始终在吞噬着人的生命。然而，人是伟大的，他能战胜时间，征服时间。在第60首诗里，时间的面貌被揭露得淋漓尽致：莎士比亚首先把人的一生比作滚滚向前的波浪，时间绝不会等待任何人，时间给人以生命，并让他慢慢由婴儿"爬"向成熟。但一旦人到了成熟，时间就开始对人下毒手。

无论什么东西，只要是存在于人身上的，都掌握在时间的手心之中，只能由它任意摆布，别无选择。它能摧毁青春的光彩，在美丽英俊的额头刻上深深的皱纹，直到彻底摧毁它自己所赠的礼物——人。莎士比亚把时间称作"残酷无情的刀斧"(age's cruel knife，第63首)、"血腥的暴君"(this bloudie tirant time，第16首)。

那么人们在时间面前是否就束手无策了呢？不！莎士比亚告诉人们用爱和艺术去征服时间。爱"巍然矗立直到末日的尽头"(Love... bears it out even to the edge of doom，第116首)。莎翁这里所指的爱并不是

---

[1] 陈脑冲:《莎士比亚十四行诗中的时间主题》,《外国语》1992年第4期。

男女之间、父母与子女之间、兄弟与姐妹之间的那种普通的爱，更不是那种自爱。那是两颗真心结合之后的产物（the marriage of true minds，第116首）。它是真诚的、永恒的。这种爱就是对人类这个整体的爱。人类战胜时间的另一途径是艺术，因为艺术能够长久、永恒，"可是我的诗未来将屹立千古"（And yet to times in hope, my verse shall stand，第60首）。莎士比亚认为，艺术有足够的力量阻挡时间的急速移动的脚步。它"挡得住它（时间）的风刀和霜剑"（prevent'st his scythe and crooked knife，第100首）。因为有这种武器作后盾，他就敢于蔑视时间："我是瞧不起你和你的记载的。"（Thy registers and thee I both defy. 第123首）他甚至还向时间挑战，"时光老头子，拿出你最狠毒的手段吧"（do thy worst, old time，第19首）。

在吴笛[1]的分析中，我们却看到了莎士比亚对待时间的另一面。吴笛分析到，莎士比亚的十四行诗集创作于16世纪末和17世纪初，正是他的戏剧创作从喜剧向悲剧过渡的时期。而十四行诗集所反映的情绪恰恰是从乐观向悲观乃至失望的转变。导致这种情绪转变的一个重要因素，是时间这一概念。因此吴笛认为，在莎士比亚这部十四行诗集中，无论是美，还是友谊和爱情，都因受到时间的无情吞噬而弥漫着强烈的悲观情调。在这部作品中，始终贯穿着与时间抗衡和妥协的思想以及面对时间而表现出的茫然和困惑。这种困惑正是16世纪末和17世纪初人文主义者对时代感到困惑的一个反映。

吴笛从统计十四行诗集中"时间"（time，出现79次）以及与时间相关的词汇（day，出现46处；hour，出现16处；winter，出现10处）的

---

[1] 吴笛：《论莎士比亚十四行诗中的时间主题》，《外国文学评论》2002年第3期。

出现次数入手,从"美和艺术与时间的妥协和抗衡""友谊与爱情的'时间'审视""时间主题的悲剧意识"三个方面论述了以上观点。

四、结语

正如曹明伦先生所言(1997),在英语诗歌之宝库中,莎士比亚的154首十四行诗是一串最璀璨耀眼的明珠。对莎士比亚的研究和对莎士比亚十四行诗的研究浩如烟海,不是本文所能穷尽的,本文只是做了一点有益的尝试和探索,希望能抛砖引玉。

莎士比亚的十四行诗[1]

钱兆明

在莎士比亚的全部著作中，占主要地位的当然是他的戏剧，或者说是他的诗剧。但是，除了戏剧，或者说诗剧，莎士比亚还创作诗歌，其中尤其令人注目的是十四行诗。几个世纪来，多少学者悉心研究莎士比亚的十四行诗，各国（主要是英、美）出版的莎翁的十四行诗版本，发表的专论、专著，在数量上不亚于研究《哈姆雷特》《李尔王》等剧所出的版本、专论和专著。

十四行诗是一种格律严谨的抒情小诗，文艺复兴初期流行于意大利民间。14世纪中叶诗人彼特拉克（Petrarch，1304—1374）曾采用这一形式歌颂自己青年时倾心的少女劳拉。他的十四行诗流传很广，对欧洲大陆产生了很大的影响。16世纪中叶，这种以歌咏爱情为主要内容的诗体由贵族诗人怀亚特（Sir Thomas Wyatt）介绍到英国，不久即风行于英国诗坛。一般诗人追随风雅，把它当作时髦的写作练习，而锡德尼（Sir Philip Sidney）、丹尼尔（Samuel Daniel）和斯宾塞（Edmund Spenser）等

---

[1] 原载于《外国文学》1986年第6期。

则经过吸收创新，写出了形式完美而有内容的十四行诗组。这种诗体到了莎士比亚手中又做了一番改造。原来意大利的十四行诗通常分上下两折，上折八行（称作Octave），下折六行（称作Sestet），每行含个音节，韵脚排列为：abba abba，cdc dcd。莎士比亚打破这个惯例而自创一格。他的十四行诗采用三个四行的小节（quatrain）加一个偶句（couplet）的格局，每行五个抑扬格音步（iambic pentameter），亦即一轻一重十个音节，韵脚排列为：abab，cdcd，efef，gg。这种严谨的格律意味着重重约束，对诗人是严重的挑战，而莎士比亚却以惊人的诗才驾驭了这种诗体，给它注入新鲜的内容，表现丰富、复杂的思想感情。他的十四行诗，每首紧扣一个中心，诗中通过三节一偶句的编排体现起承转合，而音调铿锵的诗末偶句又常如警句归纳全诗，点明题意。整个154首十四行诗前后呼应，贯通一气，围绕同一主调，展现出无穷的变化。就个别诗而论，莎士比亚十四行诗中也有一些不很完美，然而，作为一个艺术整体，它们无疑是英国十四行诗的一座高峰。

　　1609年，伦敦的出版商托马斯·索普（Thomas Thorpe）获得莎士比亚的154首十四行诗，首次将它们汇集出版。这就是所谓"第一四开本"（The First Quarto）。此前十年，其中的两首十四行诗（第138、144首）即已在一个诗集《爱情的礼赞》（*The Passionate Pilgrim*，1599）中刊出[1]，据说更早些时候他的一部分十四行诗就在贵族和文人中传阅[2]。关于这些十四行诗的创作年代，学者们尚有争论，但目前较为普遍的说

1　出版商贾加德（William Jaggard）在这部诗集的书名页上落款："W. 莎士比亚著"，其实所收二十首诗中仅五首确为莎士比亚所著，两首为十四行诗，三首选他的喜剧《爱的徒劳》，其余十五首中有四首为他人之作，十一首作者无法确定。

2　有个叫弗朗西斯·梅尔斯的于1598年曾在文中称赞过莎士比亚的两首叙事长诗和"他在密友中传阅的令人醉心的十四行诗"。

法是：大多可能作于1592—1596年。当时莎士比亚从家乡来到伦敦已有几年，他对人生与未来充满了理想，但目睹伊丽莎白王朝由兴盛走向衰败，权贵争宠，社会动荡不安，他深为忧虑。16世纪90年代初，他一连编出了几台引人注目的好戏，赢得了某些贵族大人的赏识，而开始接触上流社会，可是，伶人和编剧的身份仍使他受人鄙视。1592年夏，伦敦瘟疫流行，戏班子被迫解散，莎士比亚生活很不安定。他亟需得到上层人物的庇护，以便施展自己的才华，在伦敦的诗坛上争得一席地。

1593年和1594年，莎士比亚相继发表了他献给青年贵族南安普顿伯爵（Henry Wriothesley, Third Earl of Southampton）的两首叙事长诗：《维纳斯与阿多尼》（*Venus and Adonis*），《鲁克丽丝受辱记》（*The Rape of Lucrece*）。这位南安普顿伯爵8岁丧父承袭爵位，那时正当年少貌美，不愿按家族的意愿与名门之女结婚，而爱广交朋友。颇有一些诗人献诗称颂他，想得到他的庇护。有一些论者谓莎士比亚的十四行诗大部分也是呈献给他的。[1]

大约就在这两年和其前其后的几年内，莎士比亚利用演戏、编剧之余，或在外地巡回演出途中，写下了一首又一首的十四行诗。这些十四行诗虽然未必完全是自传性质，却至少反映了诗人这一段的经历。它们是文学创作，然而，从中我们可以比看他的戏剧更加直接地看到他真实的思想和感情。

关于莎士比亚十四行诗，学者们提出过不同的理论，做出过种种解释，其中大多屈于猜测与假想，并无十分可靠的依据。但是，有一种

---

[1] 另有一说谓莎氏十四行诗是呈献给另一个青年贵族彭布罗克伯爵（William Herbert, Third Earl of Pembroke）的。据记载，这位伯爵1596年才到伦敦。此说若成立，莎氏十四行诗的创作年代就不可能是1592—1596年。

解释是对十四行诗本身的分析,今天已为大家所接受。那就是,这154首诗大体可分为两组:第一组从第1—126首,献给诗人的一位男性青年贵族朋友;第二组从第127—152首,或写给或讲到一位深色皮肤的女人;最后两首,借希腊典故咏叹爱情,同前两组诗都无关。

第一组126首十四行诗,是整个诗集的主体。莎士比亚在这组诗中,热情地歌颂友人的青春和美貌,歌颂他们之间的友谊和感情;他规劝这位友人娶妻生子,借以使他的青春和美貌在后代中获得永生,他叹息时间将摧毁一切,指出唯有爱情和文学创作才能战胜时间;他倾诉自己与友人分离和疏远时的牵挂和痛苦,慨叹他们之间的亲密关系一度蒙上阴影;但又表示坚信爱与真的力量必将战胜恶与假,无论后者以何种面目出现——是女人的挑逗诱惑、庸人的造谣中伤,还是旁的什么诗人的奉承和倾轧。第二组诗是第一组诗的续篇,但创作时间大多与前一组诗交叉重合。在这些诗里,莎士比亚抒写了自己对深色皮肤女人的迷恋,责备她背信弃义,以邪念勾引了他和他的贵族男友的心,破坏了他们之间真诚而深厚的友谊。

两组诗合在一起,主调是歌颂人的美与不朽,人间的友谊与爱情,人生的理想与文艺创作的理想;与此同时,谴责跟这些精神相对抗的虚假与邪恶。诗中,诗人常流露出他对当时社会和个人处境的不满,有时则直抒心怀,以淋漓的笔墨抨击社会中的丑恶现象。在著名的第66首中,莎士比亚写道:

……眼见天才注定做叫化子,
无聊的草包打扮得花冠楚楚,
纯洁的信义不幸而被人甘弃,

金冠可耻地戴在行尸的头上，
处女的贞操遭受暴徒的玷辱，
严肃的正义被人非法地诟让，
壮士被当权的跛子弄成残缺，
愚蠢摆起博士架子驾驭才能，
艺术被官府统治得结舌钳口，
淳朴的真诚被人瞎称为愚笨，
囚徒"善"不得不把统帅"恶"伺候。[1]

这里控诉的种种罪恶，在他生活的英国社会中确实存在，例如他所说的"艺术被官府统治得结舌钳口"（And art made tongue-tied by authority）可能就是影射1596、1597年伦敦当局关于禁演戏剧的一些规定。而莎士比亚这种深沉的情调和他对现实激烈的批判，在他的《哈姆雷特》等剧中也可以找到相应的反映。

尽管莎士比亚在某几首十四行诗中也暴露出一些中世纪反科学的残余观念，但是我们应该肯定，整个十四行诗集是充分地表达了欧洲文艺复兴时期人文主义的新思想，它与中世纪宣扬人生来有罪以及禁欲主义的信念直接对抗，具有进步的意义。

为表现丰富深刻的主题思想，莎士比亚在他的十四行诗中任想象的野马驰骋于无比广阔的空间。他使用比喻和意象十分丰富，从天体到自然，从乡村到都市，从军事、法律、经济到宗教、服饰、园艺，或信手拈来，或精心编织。他的比喻明鲜、生动、准确，结构富有变化。它

---

[1] 参见梁宗岱译：《莎士比亚十四行诗》，四川：四川人民出版社，1983年。

有时表现为一个词或词组，有时跨越一行，有时甚至贯穿一小节乃至整首诗。此外，莎士比亚在十四行诗中还常用拟人、夸张、对照、反语、双关和矛盾对立语（Oxymoron）等修辞手法。他的双关语总是充满着机智，他的矛盾对立语以及反论（paradox）总是蕴含着丰富的内容、深邃的思想。在十四行诗中，莎士比亚感情起伏，思绪万千。他时而欢愉，时而忧伤，时而嫉妒，时而开朗，时而沉思，时而失望。这些情感的曲折变化充溢在诗歌的语言中，表现在诗歌的韵律上。莎士比亚常用头韵、内韵、谐言、重复、停顿、长短音交错等手段来烘托内容，更增强了诗歌的感染力与音乐性。从诗歌学的角度看，莎士比亚的十四行诗还是我们学习研究英语诗歌风格与韵律的一个很好的范本。

莎士比亚十四行诗最早的版本是1609年出版的"第一四开本"。以后于1940年虽然又出过一个版本，可是并不可靠。最近一二百年英、美等国出了许多不同的莎士比亚十四行诗版本，它们大多以"第一四开本"为底本，但做了一定校勘。其中比较重要的有：1780年梅隆（Malone）的版本、1881年道顿（Dowden）的版本、1918年普勒（C. K. Pooler）编注的"亚屯"版（The Arden Edition）、1944年罗林斯（H. E. Rollins）编的"新集注本"（New Variorum Edition）等。

最近十多年出的新版本中令人瞩目的则是美国学者布思（Stephen Booth）于1977年编出的一个版本（*Shakespeare's Sonnets Edited with Analytic Commentary*）以及英国学者英格拉姆（W. G. Ingram）与雷德帕斯（Theodre Redpath）于1964年合编，1978年修订重版的一个本子（*Shakespeare's Sonnets*）。自18世纪后期至20世纪四五十年代，莎士比亚十四行诗研究一向十分注重版本的考订，除校勘、注疏、引证外，重要的莎氏十四行诗版本前一般总要附一篇洋洋数万字的引言，烦琐地考证所谓的一些事实。例如，这些十四行诗是莎士比亚真实遭遇的记录，还是虚构的东西？根据"第一四开"出版者的"献词"，这些诗是呈献给一个"W. H. 先生"的，这位先生究竟是谁？头126首十四行诗是写给一位贵族青年的，他是不是"W. H. 先生"？第127—152首十四行诗是写给或讲到一位深色皮肤的女人的，她又是谁？诗中提到一位"诗敌"，那又影射什么人？20世纪，特别是二三十年代以后，十四行诗研究者的兴趣又转移到另外一些问题：这些诗是什么年代创作的？"第一四开本"的排列顺序是否有误？怎样排列才更符合莎士比亚本来的创作意图？50年代以后，十四行诗研究出现一种新的倾向。新一代的研究者，如英国的英格拉姆与雷德帕斯、美国的布思等，更注意十四行诗本身的含义和艺术价值。他们认为有关十四行诗理论"或事实"的研究虽然也很重要，却终究不是十四行诗研究的根本，何况这些"事实"从来都基于猜测与假想，恐怕永远也不能彻底弄清是否属实。因此他们所编注的版本都把十四行诗当作莎士比亚的文学创作，对诗歌本身做详尽的分析与解释。莎士比亚十四行诗中存在着大量的歧义，其中有的是诗人有意用的双关语，或做的文字游戏，有的则是由于我们不了解原诗的真意而必须采纳几种不同的解释。当代十四行诗版本，特别如布思的版本，对这些歧义常不厌其烦详加罗列并做分析。这样做对于深入理解十四行诗的意义有一定帮助，但有时编注者却往往弄昏了头，从而把一些本来并不属于莎士比亚本人的意思强加于他。这种倾向同样值得我们注意。在这方面，英格拉姆与雷德帕斯的版本似乎更注意历史的考证，因此也比布思更可靠一些。

莎士比亚的十四行诗，同莎士比亚戏剧一样，是世界文学的不朽名篇。在著名的第18首十四行诗中莎士比亚曾预言：

只要一天有人类，或人有眼睛，

这诗将长存，并且赐给你生命。

这个预言已经为最近三四百年的历史所证实，并且必将为今后更长久的历史所证实。

英国文学中最大的谜：莎士比亚十四行诗[1]

屠 岸

莎士比亚的十四行诗，就其文学价值而论，是堪与他的最佳剧作相颉颃的诗歌杰作。莎学家斯托普斯女士（Charlotte Stopes）在1904年说：

> 到了19世纪，读者开始发现这些十四行诗的超绝的美，承认莎士比亚在发展抒情诗方面同他在发展戏剧方面处于同样重要的地位。……莎士比亚的艺术的完美，哲理的深邃，感情的强烈，意象的丰富多样，诉诸听觉的音乐的美妙，只有在他的十四行诗中才表现得最为充分。

这种评价是把莎士比亚的十四行诗放在他的戏剧之上了。但这不是她的首创，在她之前的莎学家，如温达姆（Wyndham）在1898年就持这种观点了。

---

[1] 原载于《外国文学》1998年第6期。

莎士比亚十四行诗最初出版于1609年。该年5月20日，伦敦书业公所的"出版物登记册"上，"一本叫作莎士比亚十四行诗集的书"注册了，取得此书的独家印行权的出版者名叫托马斯·索普（Thomas Thorpe）。同年6月初，这本书出售了。此书收入莎士比亚的十四行诗154首，依次编了号码，各诗之间互有联系，是一部系列组诗。这就是莎士比亚十四行诗最早、最完全的版本，史称"第一四开本"。

这些十四行诗的内容，按照18世纪末两位莎学家梅隆（Malone）和斯蒂文斯（Steevens）的解释（1780），大致是这样的：从第1—126首是写给或讲到一位美貌的贵族男青年的；从第127—152首是写给或讲到一位"黑女郎"的；最后两首与整个"故事"无关。这种解释一直广泛流传到今天。细分一下：第1—17首形成一组，这里诗人劝他的青年朋友结婚，以便把美的典型在后代身上保存下来，以克服时间毁灭一切的力量。此后一直到第126首，继续着诗人对朋友的倾诉，而话题、事态和情绪在不断变化、发展着。青年朋友是异乎寻常的美（第18—20首）。诗人好像是被社会遗弃的人，但对青年的情谊使他得到无上的安慰（第29首）。诗人希望青年不要在公开场合给诗人以礼遇的荣幸，以免青年因此蒙羞（第36首）。青年占有了诗人的情妇，但被原谅了（第40—42首），诗人对当时社会的种种丑恶现象不能忍受，但又不忍心离开这世界，因为怕青年因此而孤单（第66首）。诗人对别的诗人，特别是一位"诗敌"之得到青年的青睐，显出妒意（第78—86首）。诗人委婉地责备青年生活不检点（第95、96首）。经过一段时间的分离，诗人回到了青年身边（第97、98首）。诗人与青年和解（第109首）。诗人从事戏剧职业而受到社会的歧视，他呼吁青年的友谊（第110、111首）。诗人曾与无聊的人们交往而与青年疏远过，但又为自己辩护（第117首）。诗人迷恋一位黑眼、黑发、黑（褐）肤的卖弄风情的女郎（第127、130—132首）。"黑女郎"与别人（可能就是诗人的青年朋友）相爱了，诗人陷入痛苦中（第133、134、144首）。——以上的解释虽然受到过不少人反对，但逐渐深入人心，到现在已被大多数读者接受。

莎士比亚十四行系列组诗的出现，不是孤立的现象。十四行体最早产生于意大利和法国交界的普罗旺斯民间，原是一种用于歌唱的抒情小诗，颇有些类似中国古代的"词"。它大约于13世纪被意大利文人采用；到14世纪出现第一位十四行诗代表诗人彼特拉克（Francesco Petrarch，1304—1374）。他的《歌集》包括三百多首用意大利文写成的十四行诗，抒发了对他所倾心的少女劳拉的爱情。从16世纪起，这种肇始于意大利的诗体向欧洲各国"扩散"，渗入法、英、德、西班牙、葡萄牙、俄罗斯等国，产生了用上述各国语文写出的大量十四行诗。16世纪初，英国的两位贵族诗人托马斯·怀亚特爵士（Sir Thomas Wyatt，1503—1542）和萨瑞伯爵亨利·霍华德（Henry Howard, Earl of Surrey，1517—1547）把十四行诗形式引进英国。他们翻译成英文的彼特拉克十四行诗，被收入出版商托特尔（Tottel）在他们死后出版的杂诗集《歌谣与十四行诗》（1557）中。他们同时用这种形式进行英文诗歌的创作实践，成为最早的英文十四行诗作者。十四行诗以系列组诗形式在英国风行一时，则由1591年出版的菲利普·锡德尼（Sir Philip Sidney，1554—1586）《爱星人和星》发端。这之后五年内在英国突然涌现出一大批十四行系列组诗作品。到1596或1597年，这种风尚突然终止。在这个短短的时期内，十四行系列组诗的作者名单包括了当时最著名的诗人和次要诗人。他们和他们的作品有：丹尼尔（Samuel Daniel，1563—1619）的《黛丽亚》（1592），康斯塔布尔（Henry Constable，1562—1613）的

《黛安娜》(1592)，洛奇（Thomas Lodge，1558—1625）的《斐丽丝》(1593)，德瑞顿（Michael Drayton，1563—1631）的《艾狄亚的镜子》(1594)，斯宾塞（Edmund Spenser，1552—1599）的《小爱神》(1595)，以及巴恩斯（Barnabe Barnes）、弗雷彻（Giles Fletcher）、帕西（William Percy）、格里芬（Bartholomew Griffin）、托夫特（Robert Tofte）等人的十四行系列组诗。莎士比亚可能也是在这个十四行系列组诗浪潮冲击英伦的时期写作了他的十四行诗。1599年，莎士比亚的十四行诗有两首（第一四开本中的第138、144首）出现在一本被印作"莎士比亚著"的诗集《热情的朝圣者》中，出版者是贾加德（William Jaggard）。之后就是第一四开本在1609年出版。它没有在社会上引起巨大的轰动。但在大约一个半世纪之后，它的光芒终于把当年那些辉耀诗坛、风靡一时的同类作品掩盖了。

莎士比亚当时为什么不出版或不立即出版他的十四行诗？据莎学家贝文顿（David Bevington）最近（1992）说：

> 莎士比亚可能有意推迟了他的十四行诗的出版日期，并不是由于他不重视这些诗的文学价值，而是由于他不希望被人们看作以写十四行诗为职业。

在英国文艺复兴时期的绅士们中，写诗是一种高雅行为，一种骑士风格，一种消遣，用来愉悦朋友，或用来向女士求爱。出版诗集不太符合上流社会人士的身份。有些作者发现自己的诗作被盗印出版，都惊愕不已。16世纪90年代伦敦的青年才子们也模仿这种时尚。他们只求在同伙的小圈子内得到好评，不求在社会上扬名。莎士比亚是否也有同样的想法？难以肯定。总之，莎士比亚十四行诗在1609年以前一直没有出版过。出版时，十四行系列组诗的热潮早已过去。这部诗作在1640年以前没有再印过。

十四行系列组诗的规模和写法给诗人们提供了施展才华的新天地。典型的主题是爱情的追求中女主人公的高傲冷漠和诗人的悲观绝望，一而再地刻画小姐的美貌，召唤睡眠，声言诗歌的不朽等等。某些十四行系列组诗带有诗人自述的性质，或称"自传式"笔法，诗中的女主人公可以与实际生活中的真人对上号：如锡德尼写的是彭涅洛佩·里契夫人；斯宾塞写的是他的妻子伊丽莎白·波依尔。在另一些组诗中，女主人公是诗人的女保护人，也有的全然是想象出来的人物。锡德尼的《爱星人和星》具有鲜明的戏剧色彩，直白的口语，整个作品十分生动有力；斯宾塞的《小爱神》富有音乐感，成功地运用了象征性意象，蕴含着深沉的柏拉图式感情和基督教徒式情愫。德瑞顿的《艾狄亚的镜子》的独创性表现在另一方面：从不同寻常的事物如簿记、字母、天体数字等中间撷取意象，用变化多端的修辞和比喻使读者眼花缭乱。

莎士比亚的这一系列，尽管还是在伊丽莎白女王时代十四行系列组诗总的框架范围内做文章，却在很多方面完成了独一无二的创造。最突出的一点是：在这些诗中诗人致词的主要对象不再是所爱的女子而是一位男性青年朋友。莎士比亚强调友谊，这是非常新鲜的。在当时所有的十四行系列组诗中没有一部把大部分篇幅给予朋友而不给予情人。同时，诗中的"黑女郎"也与按照彼特拉克传统写出的女主人公大异其趣。还有一点，也许这点更重要：莎士比亚十四行诗所包含的哲学思考和美学意蕴，比我们能从伊丽莎白女王时代任何十四行系列组诗中所能找到的，要深刻得多、丰富得多。历史证明，在英国的十四行诗群山中,莎士比亚十四行诗是一座巍峨的高峰;不仅在英国的抒情诗宝库中,也在世界的抒情诗宝库中,它恒久地保持着崇高的地位。

然而,这样一部世界文学史上的经典之作,300多年来,又被一层神秘的纱幕笼罩着,从某种意义上说,世人始终没有见到它的"庐山真面目"。一代又一代的莎学专家和文人学士对这部组诗进行了难以数计的考订、研究探讨和论证。对它"聚讼纷纭"的论辩之繁、之细,在莎士比亚的全部作品中,除了《哈姆雷特》之外,无出其右!贝文顿说:这部组诗成了一个谜,"在全部英国文学中,恐怕没有其他谜引起这么多思考,产生这么少共识"!(1992)其谜底也许将永远沉埋在历史的烟雾中。

一、关于版本

前面已经说过,莎士比亚十四行诗最初的、最完全的版本是1609年索普出版的第一四开本。但这个版本中有一些排印错误。全书共有诗2155行,排错的地方有大约36处,平均每60行有一处。卷首献词由出版者索普(即T. T.)出面,而不是由作者出面;献词内容含义不明。这些足以说明这个版本没有得到莎士比亚的授权,至少没有经过他的校阅。集子中第99首比规定的十四行多出一行;第126首只有十二行;第145首每行少去两个音节;最后两首与组诗无关,被有的人说成是古希腊警句诗的英译或改写,还有人否认这两首出自莎士比亚的手笔。集子中各诗的排列次序看上去似乎有些乱。因此人们怀疑这个版本并非根据莎士比亚自己编定的手稿发排。

1640年在伦敦出版了一本书《诗集,莎士比亚著》,出版者是本森

（John Benson），其中收有莎士比亚十四行诗146首（删去第18、19、43、56、75、76诸首）及归在莎士比亚名下的1612年版《热情的朝圣者》及其他诗作。体例较乱。146首十四行诗的排列完全不按第一四开本的次序，而是打乱后重新组合成72首，分别冠以标题。第一四开本的献词去掉了。第一四开本中有些男性代词he及其所有格his都被改为女性代词she及其所有格her，这样，这些诗中的致词对象一律变成了女性。

本森编的本子在此后一个半世纪中产生了很大的影响。1710年纪尔登（Charles Gildon）的编本、1714年罗（Nicholas Rowe）编的莎士比亚全集中的十四行诗部分、1725年蒲柏（Alexander Pope）编的莎士比亚全集所收西韦尔（George Sewell）编的十四行诗、1771年埃文（Ewing）的编本、1774年简特尔曼（F. Gentleman）的编本、1775年伊文斯（Evans）的编本、1804年敖尔吞（Oulton）的编本、1817年德瑞尔（Durrell）的编本，都以本森的本子为依据。1711年出版商林托特（Lintot）翻印1609年的第一四开本，标题页上竟印着："这里154首十四行诗，全部是对所爱女子的赞美。"这说明了本森的影响直到19世纪，诗人柯尔律治（S. T. Coleridge）还坚持莎士比亚十四行诗全部是写给情人（女性）的。今天持此说者也还没有绝迹。

到了18世纪后期，情况开始有了变化。斯蒂文斯编《莎士比亚戏剧二十种》（1766），附有十四行诗，是用的第一四开本。卡贝尔（Capell）有一部未印的手稿，修订林托特翻印本，现藏三一学院图书馆，在序中抨击本森的本子。梅隆编有两种本子，第一种刊印于1780年，第二种刊印于1790年，后者作为他编的《莎士比亚全集》的第十卷，两种本子均用第一四开本，均做了校勘。这两个本子对后来的影响都较大。19世纪初期的本子都是梅隆编本的翻印本。

到了1832年戴斯（Dyce）的编本倾向于恢复第一四开本的原貌，排斥了梅隆的校勘。以后的编本延续了这种倾向，如克拉克·赖特和奥尔狄斯·赖特（Clark and Aldis Wright）的"环球"本（1864）、他们的剑桥本第一版（1866）和剑桥本第二版（1893）、罗尔夫（W. J. Rolfe）编本（1883—1898），都是如此。温达姆编本（1898）完全拥护第一四开本。也有另一种本子，如巴特勒（Samuel Butler）的编本（1899），改动第一四开本的地方过多，形成另一种倾向。

到了20世纪，许多版本都尽量保存第一四开本的面貌。斯托普斯的编本（1904）、尼尔逊（Neilson）的编本（1906）、普勒（C. K. Pooler）的"亚屯"版（1931，1943）、里德利（Ridley）的编本（1934）、基特列奇（Kittredge）的编本（1936）、G. B. 哈锐森（G. B. Harrison）的编本（1938）、布什和哈贝奇（Bush and Harbage）的编本（1961）、英格兰姆和瑞德帕斯（Ingram and Redpath）的编本（1964）、威尔逊（Wilson）的编本（1966）、布思（S. Booth）的编本（1977），都以第一四开本为底本。辛普逊（Percy Simpson）的《莎士比亚的标点》（1911）也完全赞同第一四开本。20世纪还出版了两种莎士比亚著作的"集注本"，先是奥尔登（R. M. Alden）的"集注本"（1916），后来是柔林斯（H. E. Rollins）的"新集注本"（1944）。后者重印了第一四开本的原文，又将后来各家版本的异文加以集注，十分详尽，而且眉目清楚。20世纪的印本，已经摆脱了本森的影响。

二、W. H. 先生是谁？"朋友"是谁？

1609年第一四开本卷首印有出版者索普（T. T.）的献词，原文如下：

TO THE ONLY BEGETTER OF

THESE ENSUING SONNETS

MR. W. H. ALL HAPPINESS

AND THAT ETERNITY

PROMISED

BY

OUR EVER-LIVING POET

WISHETH

THE WELL-WISHING

ADVENTURER IN

SETTING

FORTH

                                      T. T.

梁宗岱的中文译文是：

献给下面刊行的十四行诗的

唯一的促成者

W. H. 先生

祝他享有一切幸运，并希望我们的永生的诗人

所预示的

不朽

得以实现。

对他怀着好意

并断然予以

出版的

T. T.

梁实秋的中文译文是：

发行人于刊发之际敬谨祝贺

下列十四行诗文之无比的主人翁

W. H. 先生幸福无量并克享

不朽诗人所许下之千古盛名

T. T.

这里，献词是献给W. H. 先生的。这W. H. 先生到底是谁呢？

首先要弄清 The Only Begetter 是什么意思。Only 一般解作"唯一的"，也可译作"无匹的"。Begetter 可解作这些十四行诗的"促成者"（引起诗人写这些诗的那个人，也就是诗中的那位"朋友"），也可解作为出版者搜集到这些诗的原稿或抄件的人，即这些诗的"获致者"（这就不是诗中的那位"朋友"）；前者把W. H. 与"朋友"合一，后者把W. H. 与"朋友"分开。梁宗岱和梁实秋按各自不同的理解而进行了翻译。

主张Begetter为"获致者"的注释家，代表人物是锡德尼·李（Sidney Lee）他在《莎士比亚传》（1931年增订版）中断言，W. H. 即威廉·霍尔（William Hall）。此人是个学徒出身的出版业从业员，可能是索普出版业合伙人。估计他为了满足索普的出版愿望，设法弄到了莎士比亚的这部诗稿。更早的时候，1867年梅西（Massey）也把Begetter

解作诗稿"获致者",认为W. H. 是威廉·赫维（William Hervey），此人乃第三任南安普顿伯爵亨利·莱阿斯利（Henry Wriothesley, Third Earl of Southampton, 1573—1624）的继父，他的母亲的第三任丈夫。后来，1886年，弗里埃（Fleay）也持此说。到了1904年，斯托普斯更坚持说W. H. 是威廉·赫维。她当然不认为索普的献词是献给诗中的美貌青年朋友的，她认为那位朋友是南安普顿伯爵。南安普顿伯爵的母亲1598年与赫维结婚，死于1607年。斯托普斯设想赫维在亡妻遗物中发现了诗稿的抄件，便把它交给了索普。此说受到罗伯特逊（Robertson）等人的支持。但这派人的影响已越来越小。反对此说者，如斯密斯（Hallet Smith）诘问道：假如Begetter只是诗稿"获致者"，"那么出版者为答谢他而祝他永垂不朽，就太古怪了；隐其真名只用缩写，也没道理"。

另一位注释家尼尔（Neil）在1861年声称，他设想W. H. 是威廉·哈撒威（William Hathaway），莎士比亚妻舅，生于1578年。尼尔说，莎士比亚晚年退休回到故乡后，可能想给这位妻舅一个惊喜，便把自己的十四行诗手稿交给他，让他去卖给出版商；因此"哈撒威完全可以被称为这些十四行诗的获致者、搜集者，甚至可以说，编辑者"。两年后，恰塞尔斯（Chasles）也发表了同样的观点。现在已无人再提此说。

在莎士比亚的一生中，有两位贵族成为他的无可怀疑的保护人。主张Begetter为这些十四行诗的"促成者"的注释家们，把这两位保护人当作W. H. 先生（同时也是诗中的"朋友"）的候选人。其一是威廉·赫伯特，第三任彭布罗克伯爵（William Herbert, Third Earl of Pembroke, 1580—1630），他于21岁时（1601）继承爵位。莎士比亚在1589—1592年间的剧作是由"彭布罗克剧团"演出的，这个剧团的保护人是威廉·赫伯特的父亲，第二任彭布罗克伯爵。莎士比亚的剧本

1623年第一对开本就是献给彭布罗克的。莎士比亚的同时代人海明奇（Heminge）和康戴尔（Condell）说，彭布罗克很珍视莎士比亚的作品，并十分宠爱他。W. H. 这两个字母也与威廉·赫伯特的首字母相符。波登（Boaden）是第一位主张W. H. 即彭布罗克的注释家，他倡此说于1832年。继起者有布赖特（Bright）、亨利·布朗（Henry Brown）、泰勒（Tyler）、柔林斯、威尔逊、T. 坎贝尔（Thomas Campbell）等人。持异议者说，一个普通出版商称伯爵为"先生"（Mr. = Master）是不敬的；又说，这些十四行诗的写作日期较早，没有证据证明那时莎士比亚已与彭布罗克有交情；更有人反对说，1593年时，威廉·赫伯特只有13岁，莎士比亚在诗中竭力怂恿他娶妻生子，岂不荒诞！于是持此说者便设法把这些诗的写作年代往后移。1595年，威廉·赫伯特15岁，其父母逼他与伊丽莎白·卡瑞小姐结婚，他执意不从。此时，莎士比亚可能受到他父母的嘱托，写诗劝婚。这就是持此说者解释开头17首十四行诗产生的背景。

　　莎士比亚的另一位保护人是前面已提及的亨利·莱阿斯利，第三任南安普顿伯爵。他8岁丧父，继承爵位（1581），受财政大臣伯利勋爵的监护。16岁毕业于剑桥大学。他年轻美貌，喜爱文艺；受到伊丽莎白女王的恩宠，与爱塞克斯伯爵（Essex）过从甚密。后随爱塞克斯两度出征国外以寻求军功。1591年伯利勋爵要把孙女嫁给他，其母也劝他攀这门亲事以巩固家族的地位，但他推托不允。莎士比亚可能受其母之请，写第一批17首十四行诗以劝婚。南安普顿伯爵后受爱塞克斯伯爵叛乱未遂一案牵连，被判终身监禁。女王死后始获释放。莎士比亚的长诗《维纳斯与阿董尼》和《鲁克丽丝失贞记》都是献给他的，两诗卷首的献词表明了这一点。《鲁克丽丝失贞记》的献词尤其显出某种亲密程度，结束时祝他"幸福无疆"（all happiness），索普可能把它移用到了给 W. H. 的献词中，这也是 W. H. 即南安普顿伯爵的一个旁证。第一位主张 W. H. 即南安普顿伯爵的注释家是德瑞克（N. Drake），倡此说于1817年。继起者有詹姆逊（Anna Jameson）、威里（Wailly）、梅西等人。此说生命力很强，一直延续到现在，拥有较多的支持者。此说的一个弱点是亨利·莱阿斯利的缩写（首字母）是 H. W. 而不是 W. H.，为什么要颠倒呢？另一个弱点是，1594年以后没有南安普顿伯爵与莎士比亚密切交往的文字记载。

此外还有其他种种说法。

在18世纪，莎学家法默（Farmer，1735—1797）认为，W. H. 是莎士比亚的外甥威廉·哈特（William Harte）。但这位外甥于1600年8月28日才受洗礼（出生后三天），因而此说不能成立。另一位莎学家蒂尔辉特（Tyrwhitt，1730—1786）声言，W. H. 是一位名叫威廉·休斯（William Hughes）的演员。这个人是蒂尔辉特根据莎士比亚诗中的一些字词，牵强附会，假想出来的，没有事实根据。后来小说家王尔德（O. Wilde）还根据这一假想写成一篇类似小说的文章《W. H. 先生的画像》（1889）。

肯宁汉（P. Cunningham）于1841年认为莎士比亚十四行诗中的朋友是一个半阴半阳的两性人。怀特（White）于1854年认为 W. H. 先生是雇莎士比亚为他写诗的人，并说在伊丽莎白女王时代，无诗才的人雇诗人做自己写诗的"助手"是当时的风尚。后来，布拉特（Blatt）于1913年断言：某一位 W. H. 先生，年迈而跛足，花钱雇莎士比亚写了这些诗。

1860年，邦斯托夫（D. Barnstorff）宣称 W. H. 实即 William Himself（威廉·莎士比亚自己）！此说一出，受到多人的嘲笑和抨击。

最近，福斯特（Donald Forster）提出，"Mr. W. H."只是一起排印

上的错误，索普本来写的是"Mr. W. S"即（Master William Shakespeare）（威廉·莎士比亚先生）这样，Begetter 就纯粹是"作者"了。此说与上一说颇似孪生子。但索普的献词中不仅提到"Mr. W. H."，还提到"Our Ever-Living Poet"（我们永生的诗人），这里，索普向 W. H. 献上了"我们永生的诗人所许诺的不朽盛名"，也就是说，索普向莎士比亚献上莎士比亚给自己许诺的不朽的盛名。索普绕弯子说这些话，目的何在？

到底 W. H. 先生是谁，一二百年来，众说纷纭，莫衷一是。尽管主张 W. H. 为南安普顿伯爵的说法稍占上风，但对这个问题采取不可知、不必知、知亦无大助于理解诗作本身的态度者，仍大有人在。

与"朋友"有关的是男性同性恋说。这些十四行诗中对朋友常以"爱人"相称，有时称之为"我所热爱的情郎兼情女"（第20首），诗中表露的感情非常热烈，几次提到别离给诗人带来的痛苦（第43、44、45首等）。那朋友又有非常俊美的容貌。有些诗的歌颂对象是朋友（男性）还是情人（女性），不能确定。这就引起了一些注释家的异想。巴特勒于1899年首先提出，这些十四行诗表明，那位青年朋友勾引了莎士比亚，使之陷入男性同性恋的罪恶。瓦尔希（Walsh）于1908年、贾瑟兰德（Jusserand）于1909年均表达了同样的观点。马修（Mathew）于1922年毫无根据地声称，本森在1640年重印这些诗时把诗中的男性代词改为女性代词，正好证明了1609年索普的版本透露了男性同性恋的罪恶。吉雷特（Gillet）于1931年进一步说，那个危险的男孩使出了浑身解数，勾引、诱惑了这位极其敏感的、年长的诗人莎士比亚。这些说法受到了反驳和责难。赫布勒（E. Hubler）在《莎士比亚十四行诗所包含的意义》（1952）中指出，关于莎士比亚的性生活，无可争辩的事实是这样的：18岁时他娶了比他大8岁的女子为妻，婚后六个月他做了父亲。

一年又九个月后他再度做了父亲，这次生的是孪生儿。很明显，他早年的性生活完全是异性的，没有任何证据说明他是同性恋者。

三、"黑女郎"是谁？

莎士比亚十四行诗中出现的另一个重要人物是所谓的"黑女郎"。她并不是黑种人，只是黑眼、黑发，肤色暗褐。她不是blonde，即当时社会上推崇的白肤、金发、碧眼的美人。她富于性感，极具女性诱惑力，成了诗人的情妇。但她水性杨花。诗人对她是一片痴情，希图独占。当她投入他人的怀抱时，诗人便陷入痛苦之中。偶尔诗人也有内疚和对她厌恶的情绪。十四行诗的前半系列有几首（第35、40、41、42首）涉及诗人的朋友与诗人的情妇之间存在着私通的关系。后半系列中的第144首是一个关键，透露出"黑女郎"勾引了诗人的朋友；而诗人的反应明显是为朋友担忧，而不是一般意义上的嫉妒。看来要弄清"黑女郎"是谁比弄清那位朋友是谁更加困难。但有些注释家还是信心十足地提出了具体的人选。

恰尔默斯（Chalmers）在1797年认为莎士比亚十四行诗全部都是写给伊丽莎白女王的。W. H. 格里芬（W. H. Griffin）于1895年认为"黑女郎"纯粹是想象中的人物。芒兹（Von Mauntz）于1894年认为这些十四行诗中至少有11首（第27、28、43、44、45、48、50、51、61、113、114首）是莎士比亚写给他的妻子安妮·哈撒威（Anne Hathaway）的。梅西于1866年声称这些十四行诗中有一个五角恋爱关系，牵涉到南安普顿伯爵和他的情妇（后来的妻子）伊丽莎白·维尔农（Elizabeth Vernon），彭布罗克和他的情妇佩涅洛佩·里契（Penelope Rich），还有诗人自己诗中的女主人公时而为维尔农，时而为里契。

泰勒于1884年首先提出"黑女郎"是玛丽·菲顿（Mary Fitton）的说法。这一主张的前提是诗中的朋友必须是彭布罗克。玛丽·菲顿比莎士比亚小14岁。她17岁时来到伦敦王宫中，次年被伊丽莎白女王任命为近侍。19岁时嫁给61岁的内廷总管威廉·诺里斯（William Knollys）。彭布罗克伯爵与玛丽·菲顿的私情在宫廷里成为公开的秘密。菲顿23岁时怀孕。彭布罗克承认与她有两性关系。女王大怒。菲顿生了一个男孩，不久夭折。女王下令将彭布罗克监禁（不久释放），将菲顿逐出宫廷。菲顿是个水性杨花的女人，除了与彭布罗克私生一子外，还与里维森爵士私生过两个女儿。后来她又先后嫁过两个丈夫。泰勒提出玛丽·菲顿之说，得到很多人赞同。因为菲顿的行为在很多方面太像诗中的"黑女郎"了。泰勒的主张在发表的当年即受到W. A. 哈锐森（W. A. Harrison）的大力支持，后来（1889）又受到佛尼伐尔（Furnival）等人的认可。10年后，哈力斯（F. Harris）又著书支持泰勒的说法。萧伯纳于1910年以玛丽·菲顿为依据写成《十四行诗中的"黑女郎"》。但是4年后萧伯纳声称他不再相信"黑女郎"就是玛丽·菲顿，因为他见到了阿伯瑞（Arbury）肖像画上的玛丽·菲顿，她的皮肤是白皙的。

此外还有种种说法，如斯托普斯于1898年认为"黑女郎"不是贵妇而是有钱的平民之妻，她选中了出版莎士比亚叙事诗《维纳斯与阿董尼》的出版商里查·费尔德（Richard Field）的妻子，法国人，并且猜想她是个深色皮肤的女人。克拉立克（Kralik）于1907年臆测说"黑女郎"在莎士比亚结识南安普顿伯爵之前就已经是莎士比亚的情妇了，后来她引诱了南安普顿伯爵，背弃了诗人。她的名字可能叫罗萨琳。诸如此类。但这些说法大都昙花一现就销声匿迹了。

四、"诗敌"是谁?

莎士比亚十四行诗中有若干首(至少9首,即第78—86首,或者更多,如第32、76首等)涉及一位(或几位)与莎士比亚争宠的诗人,被称为"诗敌"。这位"诗敌"究竟是谁,引起了许多探索和猜测。一种说法是,把"诗敌"看作一位与莎士比亚同时代的诗人。如梅隆于1780年声称"诗敌"是斯宾塞;波登于1837年认为是丹尼尔;柯里埃(Collier)于1843年认为是德瑞顿;卡特莱特(Cartwright)于1859年认为是马洛(Christopher Marlowe);梅西于1866年也说是马洛;奥尔杰(Alger)于1862年主张是琼森(Ben Jonson);锡德尼·李于1898年认为是巴恩斯;斯托普斯于1904年认为是恰普曼(George Chapman);萨拉辛(Sarazin)于1906年认为是皮尔(George Peel)。

另一种说法是把"诗敌"看作不止一人。明托(Minto)于1874年即主张"诗敌"涉及许多人,其中主要的一人是恰普曼。亨利·布朗于1870年认为是戴维森(Davidson)和戴维斯(Davies);弗里埃于1875年和1891年两次发表意见,认为"诗敌"是纳希(Nashe)和马坎姆(G. Markam);A. 霍尔(A. Hall)于1884年声称,"诗敌"是一群人,其中有德瑞顿、马洛、皮尔、纳希、洛其、恰普曼、巴拿比·里契(Barnaby Rich)等;温达姆于1898年声称,当年,琼森、恰普曼、马斯顿(Marston)、德瑞顿等人组成一个相互标榜的小社团,其成员总是称赞圈子中人的作品,而漠视、嘲笑或者以屈尊俯就的态度对待莎士比亚的作品,这些人就是莎士比亚诗中的"诗敌"。

关于"诗敌",还出现过一些奇特的论点。如一位无名氏于1884—1886年撰文声称,"诗敌"是指意大利诗人但丁,因为莎士比亚在第86

首十四行诗中称"诗敌"为spirit（精灵，幽灵，鬼），"可见此人不是与莎士比亚同时代的活人"；又说，第86首中提到的"在夜里帮助他（'诗敌'）的伙计"是希腊的荷马，罗马的维吉尔、贺拉斯等古代诗人；同一首诗中提到的"每夜把才智教给他（'诗敌'）的、那位殷勤的幽灵"则是贝阿特丽采——但丁心目中的恋人，《神曲》中理想化了的女子。

有独无偶，G. A. 利（G. A. Leigh）于1897年又提出新说法，认为"诗敌"是意大利诗人塔索（Torquato Tasso，1544—1595）。他与但丁不同，是莎士比亚的同时代人。G. A. 利找出了理由，十四行诗第78首中把"诗敌"称作alien pen（外国诗人。按alien可解作"外国"的，也可解作"陌生的"等），可见这是个外国人。G. A. 利说，当时英国的文人们长期嫉妒着意大利文学对英国宫廷和上流社会的影响，而当时意大利诗歌的代表诗人就是塔索！

还有更富于想象力的论点。麦凯（Mackay）于1884年声称，莎士比亚十四行诗中有好多首是出自马洛的手笔。麦凯指出，像第80首，其中称"诗敌"为"高手"，把他比作"雄伟的巨舰，富丽堂皇"，而称自己是"无足轻重的舢板"，如果把位置倒过来，"诗敌"是莎士比亚，作者是马洛，这才恰当；若是相反，那就不恰当。麦凯又说，像第86首，作者肯定是马洛，那是"宽宏大量、毫无忌妒之心的诗人马洛在高度赞赏和揄扬莎士比亚啊！"。说来说去，这些十四行诗中的"诗敌"原来就是莎士比亚！而作者却是另一个人。

五、排列次序问题

本文开头曾介绍过广泛流行的莎士比亚十四行诗的"故事"，这是梅隆和斯蒂文斯按照1609年第一四开本对154首十四行诗的排列顺序所做的解释。但第一四开本里，第153、154首与前面各首无关，可以区分的两大部分里，有人发现存在着前后矛盾或不协调的地方，例如：嫉妒消失之后又突然出现；诗人受到朋友的抛弃而悲号，忽然又讲到友情的融洽无间，好像什么事情也没有发生；有些诗前后紧密相连，有些诗前后无关；第40—42首中不幸的三角关系，与后面"黑女郎"出现后诗中的三角关系，是不是同一事件，也令人猜疑。多数读者能够感受到整部系列组诗中故事进展的连续性，但仍然有人感到许多首诗越出了故事进展的正常轨道。索普的1609年版本未必可靠；本森的1640年版问题更多。梅隆于1780年恢复了索普版的排列次序，但并不能挡住对这些诗进行重新排列尝试的诱惑。

据柔林斯在《新集注本》（1944）中的不完全统计，在索普和本森的两种版本的排列次序之后，从奈特（Charles Knight）于1841年开始，到布瑞（Bray）于1938年为止，各种不同的重新排列产生过19次；有的学者如布瑞就重新排列了两次。这些重新排列大都伴随着对为什么要另起炉灶的解释。其后，从20世纪30年代末到现在，重新排列的尝试并没有终止。

六、写作年代问题

写作年代问题恐怕是这些十四行诗所引起的诸种问题中带有关键性的一个问题。如果这个问题得到肯定的回答，那么其他问题将可迎刃而解，或至少可以较为明朗化，如"朋友"是谁，W. H. 是谁，"黑女郎"是谁，"诗敌"是谁（假定他们都实有其人），也可以探知这些诗与其同时代作品的渊源关系。但是，最终精确地认定写作年代，却绝不是容易的事。

1598年，米亚斯（F. Meres）的《帕拉迪斯·塔米亚：才智的宝库》出版，书中赞誉了一百多位英国作家，包括莎士比亚，并提到莎士比亚的"甜蜜如糖的十四行诗""在知心朋友间流传"。可见，在索普的1609年版出现10年之前，这些诗已以手抄本形式在社会上流传。学者们说，米亚斯讲的"甜蜜如糖的十四行诗"，可能只是后来公开出版的十四行诗的一小部分。

如果诗中的"朋友"是南安普顿伯爵，那么莎士比亚写这些诗开始于1591年，此年伯爵18岁，莎士比亚（27岁）可能奉伯爵的母亲之命写第一批劝婚诗。

如果诗中的"朋友"是彭布罗克伯爵，那么莎士比亚写这些诗开始于1595年，此年彭布罗克15岁，莎士比亚（31岁）可能奉彭布罗克的父母之命写第一批劝婚诗。

有的学者从诗中可能影射的历史事件来判定诗的写作年代。如第25首中有这样的句子："辛苦的将士，素以骁勇称著，/打了千百次胜仗，一旦败走，/便立刻被人逐出荣誉的纪录簿，/使他过去的功劳尽付东流。"温达姆于1898年说，这些诗句"最恰当不过地写到女王宠臣爱塞克斯伯爵在爱尔兰的军事失利和随后的被捕"，而这次事件发生在1599年。因此，这首诗可能写于1599年或稍后。第25首中还有这样的句子："帝王的宠臣把美丽的花瓣大张，/但是，正如太阳眼前的向日葵，/人家一皱眉，他们的荣幸全灭亡，/他们的威风同本人全化作尘灰。"中国学者裘克安先生在他著的《莎士比亚年谱》（1988）中称，这首诗影射的是："女王的宠臣、文武全才的沃尔特·雷利爵士（Sir Walter

Raleigh）因和贵嫔私婚被关入伦敦塔牢房，判处死刑，旋又获释。"从而指出这首诗写作于这件事发生的1592年。

第107首往往被认为是据以考证写作年代的关键。诗中有一句"人间的月亮已经忍受了月食"，被认为包含着当时发生的重大政治事件，它引起注释家们的多种猜测。"人间的月亮"何指？"月食"何指？多数注释家认为"月亮"指的是伊丽莎白女王。女王常被人称作辛西娅（月神）。"月食"象征灾难。有人把原文endured（忍受）解作survived（安然度过），如凯勒（Keller）于1916年认为，"安然度过月食"指女王过了63岁大关（当时欧洲人相信的占星学认为，人的生命每7年有一个关口，而63岁是最危险的大关）。据此，这首诗应写于1596年9月7日（女王开始进入64岁）或稍后。但还有另外的说法。G. B. 哈锐森于1934年主张，"忍受了月食"指女王之死。那么，这首诗应写于1603年3月24日（女王逝世日）或稍后。但泰勒早于1890年即认为，"月食"不可能指女王之死，较合理的解释应是指爱塞克斯叛乱。1601年2月8日，爱塞克斯伯爵率党羽上街，企图煽动伦敦市民逼迫女王改变政府，否则要逮捕女王。结果叛乱失败，爱塞克斯被捕，2月25日被处死。据此，这首诗应写于1601年2月或稍后。

这首诗中还有这样的句子："无常，如今到了顶，变为确实，／和平就宣布橄榄枝要万代绵延。"（橄榄枝象征和平）这是指什么？巴特勒于1899年说，除了击败"无敌舰队"这件事外，这句诗还能影射别的什么事呢？那么，这首诗必定写于1588年，是年7月下旬，西班牙庞大的"无敌舰队"在英吉利海峡被查尔斯·霍华德指挥下的英国军舰攻打，焚烧，追逐，130艘舰只在海战和风浪中损失大半；西班牙军队从荷兰过海向英伦登陆的计划也成泡影。英国大获全胜，在伦敦举行盛大的祝捷庆典。若按此说，这首诗的写作年代又大大提前了。仅此一诗的写作年代，有人判为1588年，有人判为1603年，相差15年。此外还有其他各种猜测或设想。

七、"自传"说和"非自传"说

"自传"说和"非自传"说的论争，是这些诗所引起的诸问题中最引人深思的一个问题。所谓"自传"说，并不是认为莎士比亚要用这部系列组诗来构成一部诗体自传。此说的主张者只是认为，这些十四行诗中涉及的人和事都是莎士比亚个人生活经历中真实存在的，诗中表达的感情是他的切身感受，因而这些诗带有作者"自传"的性质。而"非自传"说则认为莎士比亚创作这些诗与他创作剧本一样，诗中涉及的人和事是虚构的，或假托的。因此，一切试图从历史上找出真人真事来与诗中的人和事"对号入座"的学者和读者，以及虽不进行考证但确信诗中所写均实有其事的学者和读者，都属于"自传"派。反之，则属于"非自传"派。

1609年第一四开本出版后，伊丽莎白女王时代和詹姆士一世时代的读者是否认为这些十四行诗里有一个"故事"，对它有什么看法，已不可考。1640年本森出版这些诗时把诗中代名词的性别改了，出于什么动机，也不可知。18世纪各种版本的编者对诗中人和事的关系不感兴趣。1769年，德国莎学家施莱格尔（W. von Schlegel）第一个指出：由于这些十四行诗所表达的是由真实的友谊和爱情产生的真情，还由于没有其他资料可供我们去了解莎士比亚的个人历史，所以这些十四行诗有价值。施莱格尔的评语被许多英美研究者引用，产生较大的影响。1818年，洛克哈特（Lockhart）发表他用英文译的施莱格尔的评语，说成这样：

> 通过这些诗篇，我们第一次了解到这位伟大诗人的个人生活和感情。他写十四行诗时，似乎比他写剧本时更具有诗人的自我感觉。通过这些发自肺腑的作品去审视莎士比亚的性格，是奇妙而愉快的。要正确理解他的戏剧作品，必须认识这些抒情诗篇的极端重要性。

1815年，英国浪漫派大诗人华兹华斯（1770—1850）称赞莎士比亚的十四行诗，说："莎士比亚在这些诗中表达了他本人的、非他人的感情。"1827年，华兹华斯发表一首论十四行诗的十四行诗，说："别轻视十四行诗，批评家！你冷若冰霜，／毫不关心它应有荣誉；莎士比亚／用这把钥匙开启了他的心扉……"华兹华斯的观点仿佛一声呐喊，在莎学界引起巨大的反响。论者把施莱格尔和华兹华斯认作"自传"说的肇始者，把他们的观点称作"施莱格尔·华兹华斯信条"。

很快就有人发表反对意见。鲍斯威尔（Boswell）在他编的《莎士比亚十四行诗集》（1821）中写道：

> 我满足于认为这些作品毫不涉及诗人或其他可以见到的个人的私事。这些作品仅仅是诗人幻想的产物，根据几个不同的话题写出来，以愉悦小圈子里的人们。

斯考托（Skottowe）在他的《莎士比亚传》（1824）中说："要从这些十四行诗中去探索莎士比亚心迹的努力大都是做梦，是疯狂而荒诞的臆测……"柯里埃1831年认为这些诗是莎士比亚替别人写的代笔作品。戴斯于1832年认为，莎士比亚是以一个假想人物的身份来写这些诗的。后来的一些注释家认为这些诗是戏剧抒情诗而不是个人抒情诗，形成"非自传"说，此说以柯里埃和戴斯的观点为滥觞。

"非自传"说的代表性人物，还有怀特，他于1854年提出：按当时的风俗，坠入情网的男子或其他人可以雇佣能写诗的才子为他们代笔写诗，莎士比亚的十四行诗就是这样产生的，他取得酬金，这酬金就是他后来购买伦敦剧院的资金来源之一。科尼（Corney）于1862年认为，这些诗绝大部分都"仅仅是诗歌创作的练笔而已"，他说，如果认为这些诗带有自传性质，那无异于"对我们爱戴的诗人的道德品质进行诽谤"。在19世纪末，研究莎士比亚最有影响的学者锡德尼·李在几度突然改变观点之后，终于坚决地认定：这些十四行诗纯粹是常见的练笔之作，没有任何自传的意义。他在《莎士比亚传》1897年伦敦版中说：除了第153、154两首之外，"莎士比亚在他的十四行诗中坦陈了他的心灵的经历，尽管语意是隐晦的"。但是锡德尼·李在这之后，在同一年出的该书纽约版中，把这些话突然改为：

这些诗在很大程度上是为文学练笔而写成的。这些诗在人们的心中引起的幻觉或个人自述的印象，可以用作者的经常起作用的戏剧创作本能来加以解释。

欧美的许多诗人和作家都卷入了这场论争。德国诗人海涅在1876年认为，这些诗"是莎士比亚一生中种种境遇的可信的记录"，深深地反映出"人类的悲哀"。英国作家卡莱尔在他的名著《英雄与英雄崇拜》（1840）中说：

我说莎士比亚比但丁更伟大，因为他真诚地战斗过并且战胜了。不用怀疑，他也有他的悲哀：这些表明他的心愿的十四行诗清楚地说明：他涉过多么深的水，为了生存，他在水中游泳挣扎。

美国作家爱默生于1845年演讲时说："阅读这些十四行诗谁不发现诗人莎士比亚在其中揭示了友谊与爱情的真谛，揭示了最敏感而又最具智慧的人的思想感情的困惑？"

　　英国维多利亚女王时代大诗人、新莎士比亚研究会会长布朗宁（1812—1889）不同意华兹华斯的观点，说："'莎士比亚用这把钥匙开启了他的心扉'——真的吗？如果是，他就不像莎士比亚！"另一位重要的英国诗人斯文本（A. C. Swinburne，1837—1909）于1880年针对布朗宁的论点反驳说："不，我要大胆地回答：没有一点不像莎士比亚：但毫无疑问，一点也不像布朗宁！"

　　这个论争一直延续到当代。《滨河版莎士比亚全集》（1974）中，斯密斯为《十四行诗集》写的序中说："认为莎士比亚十四行诗是否带有自传性质是不可知的这种观点，很难永久不变。这种观点依仗的是呆板的学院式原则，即：没有充分证据来证实，就不能做出肯定的结论。"这个看法似乎是不偏不倚的。贝文顿在他编的《莎士比亚全集》（1992）中为《十四行诗集》写的前言中说："莎士比亚十四行诗曾作为内心的呐喊而打动过许多读者……然而，这种表达感情的力量可能是对莎士比亚戏剧创作天才的赞扬，却未必能作为他本人感情卷入的证据。"这个观点又偏向于"非自传"说了。

　　对这个问题，笔者也有自己的倾向性。笔者认为这些十四行诗不可能不带有自传的性质，或者，不可能没有自传的成分。尽管不能确定诗中的具体人物和事件,但不能因此就判定这些诗都是文学虚构。抒情诗与剧本不同,与叙事诗也不同。如果认为这些诗出于模拟、假托或虚构,那么这些诗所蕴含的思想感情就不可能具有真诚性。即使是世界上最伟大的戏剧天才,也不可能通过无病呻吟达到如此杰出的抒情诗高峰。不是真诚的思想感情怎么能打动千百万读者的心灵!笔者在1955年为《莎士比亚十四行诗集》译本新一版所写的"内容提要"中指出:

> 这些十四行诗的另一重要意义在于它们透露了莎士比亚的很少为人所知的个人历史的一部分,读者将从其中窥见这位伟大诗人戏剧家的物质和精神生活的若干方面。

这个观点至今未变。

对于这些十四行诗的思想蕴含和艺术造诣,西方评论家中给予高度评价的也不乏人。本文一开头就引了斯托普斯的一段评语。这里再选录三则以示一斑:

美国诗人昂特梅耶(L. Untermeyer)在20世纪40年代初说:

> 人们可以对这些十四行诗所包含的"故事"提出疑问,对这些诗的系列顺序表示怀疑,但不可能怀疑这些诗的思想深度和感情强度。除去那些看上去太普通、太随心所欲的十四行诗外,这里有一座小小的诗歌宝库,唱出了欢乐与绝望的最高境界。爱情与失落,忠诚与欺骗,情欲导致的烦恼与音乐的治疗功能……这些题目形成一个个对比,为总的主题服务。这些诗具有天才作者奇迹般的创造力,它们创造出两个世界:伊丽莎白女王时代的

浪漫然而可以认识的世界，和想象中的无实体的然而更加恒久的世界。

J. A. 恰普曼（J. A. Chapman）于1943年说：

没有任何其他英国诗歌比莎士比亚十四行诗唱出更好的进行曲来。因为这些诗永不变暗淡，永远新鲜；充满着戏剧活力和兴味；富于智慧，成熟完美。诗中有大自然；有爱的激情；有表达这种激情的神圣的语言；还有许多老人的睿智……

又说"这些十四行诗的内涵小说是不可穷尽的"。

更早些，美国大诗人惠特曼有这样的评价：

说到高度的完善，风采，优美，我不知道所有的文学作品中有哪一种能达到莎士比亚十四行诗的水平：这些诗使人们不得安宁：它们对于我也是一种困惑……[1]

笔者毕竟孤陋寡闻，还没有见到用马克思主义文艺学的科学观点和方法对莎士比亚十四行诗的思想和艺术进行全面深入的分析和评价的专门论著。本文介绍的西方学者对这部诗作的考证和论争，延续了二百多年，引起了轩然大波。论争吸引了读者的注意力，掩盖了这部诗作本身的光芒。某些注释家穿凿附会的论证，花费了读者宝贵的时间。本文

---

[1] 贺拉斯·特罗贝尔（Horace Traubel）:《瓦尔特·惠特曼》，1914年。

只想向中国读者介绍一下西方学者对莎士比亚十四行诗进行考证、研究、论争的概貌，并不想把读者引进烦琐考证之兴趣的歧途。"在对莎士比亚十四行诗的评论中，比之于在对他的其他作品的评论中，有着更多的蠢话。"这是钱伯斯（E. K. Chambers）在1930年做出的估计。这看法对我们认识西方某些莎学家的论证，至今还有启发意义。斯密斯在20世纪70年代初说："目前读者阅读这些十四行诗时把主要兴趣放在其文学品质方面，似乎已成为可能。"这话令人惊讶，也令人沮丧，但也稍稍给人以宽慰，因为透过历史的迷雾，这部经典名著本身的光芒已经显露出来。

来自心底的琴声
——莎士比亚十四行诗（六首）赏析[1]

查良圭

莎士比亚的十四行诗，已经被历代文学评论家公认是世界诗歌艺术宝库中的珍品。按照比较流行的说法，莎士比亚所创作的154首十四行诗中，第127—152首是致一位黑肤女郎（The Dark Lady）的：从内容上来看，这些都是歌咏爱情的诗篇。这里所要赏析的这六首诗，就是从这一部分中选取的。莎士比亚的十四行诗原本没有题目，下面所列的各首题目都是后人加的。

十四行诗是欧洲的一种格律严谨、具有浓郁抒情风味的诗体，过去有人称它为"商籁体"或"商籁"，系意大利文Sonetto，英文、法文Sonnet的音译。这种Sonnet本是中世纪民间流行并用于歌唱的一种短小诗歌，所以也曾有人把它译作"短诗"。自欧洲进入文艺复兴时代以后，这种诗体得到了广泛运用。16世纪初，十四行诗体传到英国，风行一时，产生了不少十四行诗人，并且形成了由三个四行组和一个两行组构成的新格式。莎士比亚创作的十四行诗，用的就是这一种格式。所以

---

[1] 原载于《名作欣赏》1989年第1期。

后来这种格式就被称为"莎士比亚式"或"英国式"。

我羡慕亲吻你指心的键盘

屠岸译[1]

我的音乐呵,你把钢丝的和声
轻轻地奏出,教那幸福的键木
在你可爱的手指的按捺下涌迸
一连串使我耳朵入迷的音符,
我就时常羡慕那轻跳着去亲吻
你那柔软的指心的一个个键盘,
我的嘴唇,本该刈割那收成,
却羞站一边,眼看键木的大胆!
受了逗引,我的嘴唇就巴望
跟那些跳舞的木片换个处境;
你的手指别尽漫步在木片上——
教死的木片比活的嘴唇更幸运。
　　孟浪的键盘竟如此幸福?行,
　　把手指给键盘、把嘴唇给我来亲吻!

诗人所爱的女郎,时常喜欢弹奏"维琴纳儿"琴(Virginal,是流行于16世纪欧洲的一种小键琴。诗中所说的"木片",指键盘)。她那柔软、轻巧的手指,富有弹性地在琴键上来回跳动,奏出了美妙的旋

---

[1] 参见莎士比亚:《十四行诗集》,屠岸译,上海:上海译文出版社,1981年,第128页。

律。这旋律,使诗人"入迷"、陶醉。

诗人惊异了!这"一连串"动人的"音符",是在恋人的手指不停地与琴键"亲吻"下迸发出来的。手指——琴键,它们是何等的协调、亲密,在它们默契地配合下,竟然能创造出这样神奇的音乐!诗人心动了,羡慕了,嫉妒了!他恨不得自己顷刻间化作那些幸运的小木片,去得到只有自己才配得到的、亲近她的权利。可是,宽厚的诗人又做了冷静的思考:要是自己真的占有了琴键的位置而又缺乏琴键那种灵性,那么,动听的音乐就会终止,情人沉浸于艺术王国中的美好的形象就会消失;就是那些兴高采烈的小木片,也会感到失望。再说,自己毕竟是堂堂的男子,是她真正所爱的心上人,要有恢弘的气度、独立的人格。于是,诗人做了这样的抉择:"把手指给键盘、把嘴唇给我来亲吻!"

爱情是一种极其复杂的生活现象和精神现象。高尚、圣洁的爱情,既包含着异性间的吸引,又有着精神生活上的种种崇高的追求。中世纪盛行的宗教禁欲主义,在根本上是违背人类的本性的。可喜的是人类的爱情经历了中世纪漫长的黑暗年代,不但没有被扼杀,反而显示了蓬勃的朝气和瑰丽的色彩。就像这首诗中所表现的爱情,是那样纯真、率直、热烈而又有理智。它没有那种人为的压抑、虚假的遮掩。诗人也不用那些庸俗、浮泛的谀辞来赞颂女性。女郎常常用灵巧的双手,通过琴声来传达自己心底的深情(这也许是与诗人所作的一种无言的絮谈吧!);在琴声中,两颗心撞击了,两人的情思契合了。诗人由琴声的吸引、诱发,涌出了自己的激情——爱悦耳的"和声",爱奏出那"和声"的"可爱的手指",爱长着那些手指的迷人的女郎。这种感情的流露是那样自然、实在,不加一点粉饰,没有任何做作。如此纯真的爱情,在莎士比亚看来是具有一种"真美"的。认为爱是真善美的化身,反对爱的偶像崇拜,这是莎士比亚的爱情观,也是他的人文主义思想在爱情上的一种体现。

这首诗第一行中的"我的音乐",是诗人对女郎的称呼。这里包含两层意思:(1)女郎琴技娴熟,深谙音律,在情人的眼里,她就成了音乐的化身;(2)在一根弦上难以奏出近于天籁的音乐,只有许多琴弦的协调配合,才能流出和谐动听的乐音。这里诗人以音乐的和谐完美来象征他与女郎之间感情的融洽。在莎士比亚写的另一首十四行诗中也有过类似的提法:诗人称他的爱友为"你是音乐",他劝爱友结婚,以为婚后的家庭生活将如音乐一样和谐、美好。

在这首诗中,作者没有直接刻画女郎的外貌特征。女郎的整个形体,作者只让我们看到她的"可爱的手指"。可是,正是这些在琴键上舞动的纤巧的手指,成了作者传达他的诗情的焦点,成了诗人和女郎情意交融的中介。诗人对女郎表示赤诚的爱,是由看到"可爱的手指""按捺""幸福的键木"这一瞬间的感觉触发的;而女郎难以排遣的百般柔情,也正是通过自己手指的奇妙变幻表现出来的,并由此引起了诗人的感应。再,诗人虽然只露出了女郎的几个手指,而我们凭借自己的想象,却能获得较为完整的艺术感受。这是为什么呢?我想,这和作者用音乐形象的完整性来诗化女郎的形象这一点有着密切的关系。音乐是流动的,曲调的发展变化要求始终保持完整与和谐。女郎心中蕴藏着完美的音乐,她又能用灵巧的双手表现出这种音乐;或者说,在诗人看来,她本身就是完美的音乐。这样,从音乐的整体美中,也就自然地显示出女郎的整体美了。

我的爱侣胜似任何天仙美女

梁宗岱译[1]

我情妇的眼睛一点不象太阳；

珊瑚比她的嘴唇还要红得多：

雪若算白，她的胸就暗褐无光，

发若是铁丝，她头上铁丝婆娑。

我见过红白的玫瑰，轻纱一般；

她颊上却找不到这样的玫瑰；

有许多芳香非常逗引人喜欢，

我情妇的呼吸并没有这香味。

我爱听她谈话，可是我很清楚

音乐的悦耳远胜于她的嗓子；

我承认从没有见过女神走路，

我情妇走路时候却脚踏实地：

  可是，我敢指天发誓，我的爱侣胜似

  任何被捧作天仙的美女。

诗人的爱侣没有太阳般明亮的眼睛、珊瑚般鲜红的嘴唇、冬雪般白皙的皮肤、金丝般光艳的头发……她是满头黑发、浑身黑肤的黝黑女郎。在莎士比亚时代，只有金发、碧眼、白肤的女子才被人们认为是"美"的。可是莎士比亚一反世俗的观念，他有自己的审美观。在他看来，"黑是美的本质"（莎士比亚《十四行诗集》第132首，以下简称

---

[1] 参见梁宗岱：《梁宗岱译诗集》，湖南：湖南人民出版社，1983年，第182页。

《诗集》),"黑胜于一切秀妍"(《诗集》第131首),"美妇眼中,黑人美如珍珠"(《维洛那二绅士》)。莎士比亚认为"黑"是一种本色,本色没有经过粉饰,这就是"真"。"美如果有真来添加光辉,它就会显得更美、更美多少倍。"(《诗集》第54首)这就是说,"美"只有与真结合在一起时,才能更加显示出它的光彩。那种时髦女郎的涂脂抹粉,貌似艳丽,实属虚假。虚假就是不真,离开了真,美就失去了依托。

莎士比亚的"以黑为美"的审美观,实质上体现了他反对种族歧视的思想。在否定中世纪黑暗时代的禁欲主义和神权的基础上,人文主义强调人的价值和力量,宣扬人生而平等,赋予了人和人的生存以新的意义。有色人种和其他人一样,他们也有独立的人格、天赋的智慧,他们在创造世界文明中,也做出了自己的贡献。因此,对他们不应该有任何虐待和歧视。莎士比亚一直认为,当时社会以非人道的手段对待黑人是违反人性的行为。

当然,这是一首抒情短诗,莎士比亚的这种思想,只是透过诗人实实在在地抒写和称道情侣的黑色美这个小小的窗口,曲折地显示出来的。诗人对这种本真的黑色美的称道是大胆的,直截了当的;而且,其表露的语气是这样肯定,态度是这样明朗。另外,诗人对情侣外貌的刻画也不加雕饰、不作渲染。他不像当时许多诗人那样,往往把自己的情人比喻得天花乱坠。他只是真实地把情侣的一幅在世人看来并不美的肖像展示在大家面前,然后肯定、自豪地对人们说:"我敢指天发誓,我的爱侣/胜似任何被捧作天仙的美女。"

这首诗中抒情主人公是一个富有诗意的形象,实际上也就是诗人自己。诗人所表露的内发情感,反映了他的生活经历和心灵感应。但是，这种内发情感是在宏廓的时代土壤中滋生出来的，所以又带有极大的普遍性。可以说，诗人所抒写和赞美的一切，既是他个人的心声，也是时代的强音，诗中的抒情主人公既是有着独特生活历程的"这一个"诗人，也是文艺复兴时期一代人文主义者的形象。

歌德在《论拉奥孔》中曾经指出："对比"是一条艺术规律。这条规律在各种艺术门类中得到了广泛运用。这首诗，作者主要就是通过"对比"的手段来体现他的创作意图的。在诗中，作者把光芒四射的太阳和自己情人的黑眼珠对比，把红珊瑚和黑嘴唇对比，把洁白纯净的雪和"暗褐无光"的胸对比，把金丝和铁丝对比（这一行诗另一译本作"如果头发是金丝，她满头长的铁丝"），把玫瑰花和黑脸颊对比，把令人沉醉的熏香和"爱人吐出的气息"对比（这两行诗另一译本作"有时候，我的爱人吐出气息来，／也不如几种熏香更教人沉醉"），把悦耳的音乐和平凡的嗓音对比，把女神的飘悠和情侣的步履对比。通过这一系列的对比，使得女郎黝黑的特征更加突出，诗人的审美观更加令人感到不同凡响，从而在诗的表达上收到了奇峰突起的艺术效果。

对比，在修辞学和心理学上也要讲到，但这与美学上的"对比"内涵不同。不过不管是哪一种对比，其根源都是来自人类思维中的对比联想。客观的万事万物，有着错综复杂的联系，这些联系反映在人的头脑中，就形成相应的暂时神经联系。以后一旦某些事物重现，就会使人联想起另一些有关的事物。如果具有对立关系的两种事物反映在头脑中形成了暂时神经联系，那么以后要是见到了其中的一种，就会很自然地联想起与之相对立的另一种。这种联想，就是对比联想。对比联想进入美学领域中，就成为对比的美学法则。

让你的芳心与眼睛相称

袁广达　梁葆成译[1]

我爱你的眼睛！那可爱的眼睛，
对我的痛苦表示无限体贴怜悯；
它们知道你的心用轻蔑折磨我，
因而披上黑色，表示哀伤同情，
无论东方灰白的颜容映衬旭日，
还是阴暗的黄昏反衬烂灿的星，
说实在，这一切的瑰丽和优美，
都不如你的脸配上哀愁的眼睛！
啊，既然哀伤给你增添了风韵，
那么就让你的芳心与眼睛相称；
愿它和你的玉体每一部分协调，
对我的痛苦都表露哀怜的深情！
那时我将发誓，黑色就是美的体现，
缺少你肤色的一切都是丑陋不堪！

有人把莎士比亚十四行诗中献给黑肤女郎的那些诗的特点，引用歌德的一句话来概括——"把一片热情用笔来把它写掉拉倒"。在这首诗中，诗人倾泻自己的浓情蜜意，也可以说是达到了淋漓尽致的地步。

诗人本来就爱女郎的黑眼珠，而现在，这双眼珠更增添了一种诱人的魅力。因为，在诗人看来，黑色是一种表示哀悼或怜悯的颜色。而

---

1 参见秋原、未凡：《外国爱情诗选》，北京：中国文联出版公司，1986年，第246—247页。

他由于遭受了她的心灵的轻蔑而一直非常痛苦。可是,这时他发现她的眼珠中蒙上了向自己"表示哀伤同情"的黑色,这就使得他内心激动不已!站在诗人面前的女郎,简直像一尊完美的塑像、一件艺术的杰构。她那哀愁的双眸在整个面庞的映衬下,显得那样和谐、动人。这种美,胜过东方的旭日和黄昏的明星。"既然哀伤"使她"增添了风韵",变得更加美丽,那么,诗人希望她的心也能为他悲哀,"让你的芳心与眼睛相称"。

女郎的黑眼睛体现了一种本色的真美,所以诗人爱它。这是感情的第一个层次。现在,诗人与往常不同,从她的黑眼中看到了"对我的痛苦表示无限体贴怜悯",也就是说,他不仅已经感受到黑色所具有的某种象征意义的美,而且透过女郎心灵的窗口,使诗人窥见了她内在生命的跃动、灵魂的净化——一种真与善统一的美。因此,女郎那对眼珠,使诗人愈发感到可爱。这是感情的第二个层次。"哀愁的眼睛"是可爱的,镶嵌在黑色的脸上更是浑然天成。但是,眼睛和脸毕竟是人体的局部。在诗人心目中,要求得到更加完善的美,那就是女郎能够使自己的"芳心与眼睛相称",使局部的美与整体美相统一、外表美与心灵美相统一。这样,才算达到了真善美结合的境地。这是诗人感情的第三个层次。这三个感情层次的一致,就是体现在这首诗中诗人的"一片热情"。

清末民初的王闿运在谈到作诗时说:"无所感则不能诗,有所感而不能微妙亦不能诗。"他认为,要想写好诗,不仅对反映在诗中的生活要有自己真切的感受,而且对这种感受的认识和表现,要有独到的见地和手段。我们就这首诗来看,首先,作者对写进诗中的内容有自己独特的体会和感受:女郎本已有之的黑眼睛,诗人这回竟会认为"黑"就是显示一种哀怜的神情（独特的发现），并由此引出了自己的一片深情（独特的感应）。不仅如此诗人还进而企望女郎的心也能为他悲哀（独特的心愿）。其次，写进诗中的内容，经过诗人心灵的陶铸，用来表现它们的方式也是独特的：(1)女郎从眼神中流露出对诗人的"无限体贴怜悯"，明明是她的思想感情（心灵）变化的一种表现，可是诗人却偏要说是因为她的眼睛知道了"心用轻蔑折磨我"，在这里，似乎女郎的"眼睛"和"心灵"各自有着独立的生命。(2)女郎的眼睛明明天生就是黑色的，可是诗人却偏要说它是为了"表示哀伤同情"才"披上黑色"。明明是诗人要求女郎不要用轻蔑来折磨自己，却要说成是让她的"芳心与眼睛相称"……这种不是写出常人都可能有的一般感受而是表现出自己"这一回"所独有的特殊感受，用独特的方式来表现这种感受的做法，就是王闿运所说的"微妙"，也就是诗的独创性。

不要叫我为你的无情申辩

袁广达　梁葆成译[1]

啊，不要叫我为你的无情申辩，
你的刻薄给我心灵带来了创伤！
要杀我可用你的权力别要手段，
要害我就用舌头别用你的目光：
明说你另有所爱，但在我面前，
我的心肝，眼睛莫向别处张望！
你威力远胜过我受压的防御，

---

[1] 参见秋原、未凡：《外国爱情诗选》，第247页。

你又何必再使用狡诈把我杀伤?
啊,让我为情人辩解:她明白,
杀我的毒箭就是她柔媚的目光!
因此,她把毒箭从我脸上移开,
也就是把它们的伤害射向它方。
不,干脆用你的目光立刻把我杀死,
为我解除痛苦,反正我已濒于死亡!

诗人热烈地爱着黑肤女郎,可是她对诗人却是忽冷忽热、真假参半。尤其使诗人难以容忍的是当着他的面,向别人频送秋波、卖弄风情。对此,诗人万分伤心,说她的眼睛残忍、有毒,是他的仇敌。女郎的这种手段,在诗人看来无疑是要置他于死地的暗箭,这比用明枪——"明说你另有所爱"——要阴险、厉害得多。这一回,诗人又看到她在向别人眉目传情,诗人愤激不已、无法忍受。可是,善良的心还是宽恕了她,甚至从美好的愿望出发,试图为女郎这种不检点的行为做出辩解:她将目光转向别人是要用眼睛的毒箭去伤害别人。诗人要求女郎不要再去伤害别人,一切灾难由自己来承受。于是,他痛心疾首,绝望地喊出:"干脆用你的目光立刻把我杀死,/为我解除痛苦,反正我已濒于死亡!"

莎士比亚爱情观的核心是爱的"专一"和"纯洁"。对纯真的爱的追求,是莎士比亚毕生的"心愿"。专一、纯洁的爱是永恒的。它的生命,可以凭借艺术作品这根接力棒,一代一代生生不息地延续下去……

诗人对"黑肤女郎"的感情是专一、真挚的;他满腔希望女郎也能同样地对待他,两人能永结同心、鸾凤和鸣。可是,谁知她是一个水性杨花的女人，在爱情上背叛了他。从莎士比亚致"黑肤女郎"的全部诗作来看，诗人对她的情感经历了"追求—赞美—动摇—失望"的心灵历程。

别林斯基说：莎士比亚的十四行诗是"抒情诗的最丰富的宝库"。这是一句高度概括的赞语。别林斯基所说的"丰富"，含义是多方面的，其中的一个方面，恐怕就是指意象的丰富。诗是注重意象的，也就是说注重对客观景象瞬间感觉的捕捉，诗人借助于对这种感觉的描写来表达自己的某种情绪、感情或思想。我们每个人接触了生活，脑海中时时会浮现出无数的意象，但这些纷至沓来的意象是零乱的、缺乏情趣的，因而也是没有生命的；我们每个人也可以说时时都在各种各样的情趣中生活，但这种种情趣只能自己感受到，却无法外化为诗篇。这就是说，意象一定要经过心灵的熔铸，表现出某种特定的情趣，才能产生艺术的生命，而情趣也一定要附丽到特定的意象上去才能得到充分的表现。这种情趣和意象的契合，就是诗的形象的创造。

我们根据这样的道理，来简要地分析一下这首诗的艺术形象。创作这首诗，诗人所捕捉的意象主要是女郎瞬间的目光（就是诗中写到的她的眼睛正在"向别处张望"）。目光转移到别处，眼睛去看别人，就这种动作本身来说，它只有生理上的意义，而没有艺术上的意义。但是，现在经过诗人心灵的感受，注入了诗人的情感，就使得这个意象有了不寻常的含义和特殊的情味：它既是一支"杀我的毒箭"，一种"害我"的"狡诈"手段，又是诗人记忆中"柔媚的目光"；诗人既认为这支毒箭要去伤害他人，又希望让它来结束自己的生命，解除一切烦恼和痛苦。诗人的满腔挚爱、怨愤、痛苦、失望，都透过女郎的"眼睛向别处张望"这个意象，尽情地倾泻出来了。

温和的白天在黑夜之后出现

屠岸译[1]

爱神亲手缔造的嘴唇
对着为她而憔悴的我
吐出了一句"我厌恶……"的声音;
但是只要她见到我难过,
她的心胸就立刻变宽厚,
谴责她那本该是用来
传达温和的宣判的舌头;
教它重新打招呼,改一改:
她就马上把"我厌恶……"停住,
这一停正象温和的白天
在黑夜之后出现,黑夜如
恶魔从天国被扔进阴间。
    她把"我厌恶……"的厌恶抛弃,
    救了我的命,说——"不是你。"

爱情固然能给人带来幸福和欢乐,可是爱情中的波折又常常会给人以烦恼和折磨;再,爱情是人类的一种十分强烈的感情,而且是只有自己才能真切体验到的一种感情。正因为爱情具有这样的特点,所以有人曾经把爱情称作一种"甜蜜的折磨",而马克思则把爱情的痛苦称为最个人的也是最强烈的痛苦。

---

[1] 参见莎士比亚:《十四行诗集》,屠岸译,第145页。

莎士比亚的这首诗，就是写出了诗人在爱情生活中所经受到的感情上的一次"甜蜜的折磨"。由于往常诗人深深地爱着那位女郎（"为她而憔悴"），因此一旦她"吐出了一句'我厌恶……'的声音"，就在诗人的心中激起了巨大的波澜——他顿时感到"难过"。可是，当女郎"马上把'我厌恶……'停住"，说出"不是你"（即"我厌恶的不是你"）的时候，就像拨开乌云见青天，使诗人立刻感到周围的一切都变了样，眼前一片光明，"正象温和的白天／在黑夜之后出现，黑夜如／恶魔从天国被扔进阴间"。读到这里，我们仿佛真能触摸到诗人那颗欢蹦乱跳的赤子之心！

那么，女郎为什么吐出了"我厌恶……"就停住了呢？诗人说这是因为她"见到我难过"而"心胸就立刻变宽厚"。女神平时常常是温和地拒绝她爱人的祈求的（"传达温和的宣判的舌头"），可是，这一回她竟能把"厌恶抛弃，／救了我的命"，这怎能不使诗人喜出望外呢？

有一位诗人说过：诗是心的歌。浓郁的诗情，是从诗人的心底涌出来的。写诗没有真情不行，有真情而浓烈的程度不够也不行。尼采说，一切书籍中他最爱读的是用血写的那一类。有一位英国人说，有才能的作家写他所能够写的，而天才作家则写他所不得不写的。这些话的意思都是讲凡是不朽的作品，都是作家、艺术家内心经受过剧烈的震动，感情受到了巨大的驱迫后的产物。所谓艺术魅力，主要就是从作家、艺术家注入艺术形象中去的强烈真挚的感情中来的。当然，一切思想感情不可能凭空产生，而只能来自社会实践。在这首诗中，我们能深切地感受到：诗人祈望得到那种纯洁爱情的情感是何等强烈！对女郎是何等痴心，爱的波折在他心海中所激起的浪涛是何等令人震慑！当他沐浴在爱河中所显示出来的至情至性是何等感人！

莎士比亚十四行诗的押韵格式是 ABAB，CDCD，EFEF，GG。这首诗的译者在翻译时注意到了保留原诗的韵脚（不过译文中所用的协韵字标准较宽），以传达出诗作的音乐性。如：

| 唇我音过 | 厚来头改 | 住天如间 | 弃你 |
| ABAB | CDCD | EFEF | GG |

莎士比亚十四行诗的节奏，是每行五个轻重格（或称抑扬格）音步，每个音步包括两个音节。但这首诗是个例外，原作每行只有四个音步，每行少了两个音节。

你占领了我的心房

袁广达　梁葆成译[1]

啊，你从何处获得如此强大的力量，
不费吹灰之力就占领了我的心房？
非要我说我所看到的真实都是假象，
要我说明媚的太阳并不使白昼增光！
你何处学来的本领将丑恶化为善良！
使得你所有的丑恶行径都闪耀光芒！
使得你身上具有的一切最坏的东西，
而我看来却比世上最美的还要辉煌！
我所见所闻使我对你产生九分的恨，

---

[1] 参见秋原、未凡：《外国爱情诗选》，第248—249页。

> 谁教你又使我对你的怜爱增加十分？
> 啊，虽然我钟爱着他人之所憎，
> 你也不该厌恶我，跟着别人！
> 既然你的卑劣恰唤起了我的痴情，
> 你更应爱我，正是惺惺惜惺惺！

柯勒律治在《关于莎士比亚的讲演》中说："在莎士比亚作品中，像在自然中一样，相异的事物是结合在一起的。"雨果在《莎士比亚的天才》中也说："大自然，就是永恒的双面象。……莎士比亚的对称，是一种普遍的对称；无时不有，无处不有；这是一种普遍存在的对照……"这首诗中抒情主人公和女郎的形象，就是相异事物结合在一起的双面象。女郎既有着"丑恶行径"，又有着吸引诗人的"强大的力量"；诗人明明知道别人都在憎恨她，而且自己受过她的伤害，也厌恶她，可是却又偏偏失去理性的约束，深深地爱着她。这种矛盾统一的现象，也正是真实生活的写照。这是问题的一个方面。

从另一方面来看，由于诗人热情的燃烧，从他眼中看出来的女郎，自然而然地蒙上了一层主观色彩。女郎本来并不十分美丽，品德上又有缺陷，可是诗人却认为她"比世上最美的还要辉煌"。事实上，女郎自身并不具有这种至高的美，诗人所说的只是自己的一种理想，或者说是自己心灵的一种创造。

莎士比亚是把善良、爱情、道德当作创造美好世界（当然包括生活在这个世界上具有"至高的美"的人在内）的巨大力量的，他相信人文主义的道德原则能最终战胜社会生活中的邪恶。在诗人的心目中，忠贞的爱情、善良的品性、颠扑不破的真理在客观上是存在的，只不过有时被虚伪、邪恶所蒙蔽罢了。诗人对女郎真挚的爱就像一团烈火，诗人宽厚、忠诚、坦率的品性就像一面明镜；烈火能使女郎的灵魂净化、再生，明镜能使女郎从中看到自己真实的面貌。所以，诗人在最后说："既然你的卑劣恰唤起了我的痴情，／你更应爱我，正是惺惺惜惺惺！"意思是说：你以这样卑劣的行为对我，我尚且如此爱你，那么，我始终赤诚地对你，不是更应该值得你爱吗？

诗人说："你何处学来的本领将丑恶化为善良"（这一行诗另一译本作"何来这化腐臭为神奇的本领"），其实，这不是女郎的"本领"，而是诗人自己的一种"本领"。这种"本领"，就是所谓"艺术魔棒"所起的作用。原本在现实中是丑恶的东西，因为作家、艺术家在反映时给予它们以一定的美学评价，赋予它们以一定的美学理想，所以就使原本的"现实丑"变为一种"艺术美"（即"化腐臭为神奇"）了。女郎身上的丑恶就是丑恶，但诗人坚信在爱情和道德力量的感化和推动下，她的丑恶灵魂会得到升华的。在这种信念的支配下，诗人对女郎的热情始终没有减退，这样，从他这双"情人的眼"望出去，女郎自然就成为至美的化身了。

钢琴家傅聪在谈到他的演奏经验时说："我弹肖邦的音乐，就觉得好像我自己很自然地在说我自己的话。"这就是说，他弹的是肖邦的乐曲，但凭借自己的人生经验和思想修养，真正抓住了肖邦的精神，领会到了乐曲的真髓，这样，在演奏时表现的就既是乐谱中所凝聚的肖邦的思想感情，又同时是演奏者自己的思想感情。这样，琴弦上发出的音响也就成为演奏者从自己心头流泻出来的曲调了。莎士比亚的诗也是如此，它们不是"做"出来的，而是拨动了诗人心底的琴弦所发出的音响，是诗人郁结在心头的真情的自然流泻。每当他创作时，那带着诗人体温的情感激流源源不断地涌出来，变幻成五光十色的绚丽诗篇，从而吸引了一代又一代的读者进入意境高超的艺术世界。

莎士比亚十四行诗的拓扑学时间观[1]

罗益民

引　言

莎士比亚的十四行诗[2]，之所以在同类作品中享有最高的声誉，最重要的原因，不是因为它只是被作为一部爱情诗集来看待的。有评论认为，"虽然莎士比亚的同代人偏爱《维纳斯与阿都尼》和《鲁克丽丝受辱记》，《十四行诗集》却长期以来被认为是英语抒情诗中莎士比

1　原载于《广东外语外贸大学学报》2020年第2期。
2　这里指的是初版于1609年，史称"四开本"，书名为《莎士比亚十四行诗集》里面包含的诗。集子包括154首，除开第99（15行）、126（仅12行，为英雄双行对句）和145（由四音步抑扬格构成）首不工整以外，其余全部是工整、严格的十四行诗。在内容方面，最后两首似乎与前152首没有关系。西方传统的十四行诗，摆在一起，是一个系列，叫sequence或circle。连起来像个迷你史诗，可长可短。单独析出可成诗，合在一起可以扩大。不像汉语里的组诗，堆在一起，没有前后顺序。本文称"十四行诗""十四行诗集"或"十四行诗组"或"十四行诗组诗"，并用加书名号的诗集名称，所指为同一部诗集。严格正统的书名是《莎士比亚的十四行诗》。当时流行的风尚，都是后边要尾缀一首长诗，莎士比亚也不例外，所缀之诗叫作《情女怨》(*A Lover's Complaint*)。现在学界一般都分开处理，只谈十四行诗集，仅有少数例外。另外一点，自十四行诗组诗的鼻祖彼特拉克以来，组诗和其中包含的"真人"都隐而不显，唯独奇怪的是，莎士比亚的诗集，居然明目张胆地命名为"莎士比亚的十四行诗"，想想他那些由此关联起来的同性恋、异性恋和争风吃醋，真为他捏一把冷汗。

亚最重要、最有特色的诗作"[1]，但这个"特色"指的是什么？成果汗牛充栋，都忙着说这部作品如何惹是生非，这部诗集的话题和意思如何众说纷纭、如何莫衷一是等等，正如莎士比亚十四行诗研究专家詹姆斯·希弗（James Schiffer）在他编辑的《〈莎士比亚十四行诗〉论文集》（*Shakespeare's Sonnets: Critical Essays*）自己撰写的长篇绪论开头所说："关于《莎士比亚十四行诗集》的研究成果，学位论文、著作章节、专著、诗歌、剧作、小说，堆积如山，后来的研究者就像勘测员一样，必须首先做个攀登者。因此，引起了一种近乎绝望的抱怨。"[2] 但尽管如此，这些前人并没有真正系统而有深度地揭示出这部诗集的奇妙之处。已经有的，往往也是蜻蜓点水，只言片语，断章取义，接触皮毛，而未真正卓有成效，确有深度的见解者，则少之又少。[3] 另一派则是就这个本子

---

[1] "Despite his contemporaries' preference for *Venus and Adonis* and *The Rape of Lucrèce*, the Sonnets have long been regarded as Shakespeare's most important and distinctive contributions to lyric poetry", Michael Dobson and Stanley Wells, *The Oxford Companion to Shakespeare*, Oxford, UK: Oxford University Press, 2001, p. 438. 十四行诗是16世纪英国及其以外欧洲国家最流行文学体裁，较之于彼特拉克树立的写爱情的十四行诗集传统以来，莎士比亚的十四行诗集有四大不同。第一，前126首诗是写给一位男性的；第二，后26首是写给一位并非金发碧眼，却是肤色黝黑的女郎的；第三，以往都集中写儿女情长与悲欢离合，莎士比亚则写当事人之间的纠纷；第四，莎士比亚的故事性强于以往所有的诗集。分别参见：John Peck and Martin Coyle, *A Brief History of English Literature*, 2nd ed., London: Palgrave Macmillan, 2013, p. 34; Robert A. Albano, *Understanding Shakespeare: The Sonnets*, Los Angeles, CA: Mercurye Press, 2010, pp. 15–16。

[2] J. Schiffer, *Shakespeare's Sonnets, Critical Essays*, New York: Garland Publishing, 1999, p. 3.

[3] 相比斯珀吉翁的《莎士比亚的意象及其意义》（Caroline F. Spurgeon, *Shakespeare's Imagery and What It Tells Us*, 1935）流于技术的分析，燕卜逊的《多重复义的七种类型》（William Empson, *Seven Types of Ambiguity*, 1930）集中分析言辞和意义，这两部名著之所以流于表浅，可能是由于当时风行的新批评理论的不足所致。近年的一些所谓的莎士比亚十四行诗的专著，最多也是一些解说和义疏。只有1964年李希曼的《莎士比亚十四行诗的主题探幽》（J. B. Leishman, *Themes and Variations in Shakespeare's Sonnets*, 2nd ed., 1964）对一些彼特拉克、奥维德等人的传统主题有些贯通的探索，胡家峦所著《历史的星空》也做了真正有深度，有文化意义的挖掘。布莱兹的《莎士比亚：十四行诗》（John Blades, *Shakespeare: The Sonnets*, 2007）专章讨论了第5、12、60、116首中的时间主题，集中谈论其中的在动与变的原则下形成的时间悖论，仍未涉及更有深度的时间哲学与生命哲学主题，参见第32—71页。

进行勘校注疏，流于小学的功夫，拘泥于字句文理，忽视诗集背后的艺术和文化价值，这样的不良倾向也不只英国如此，其他的地方也有同样的情况，即使到了文化泛滥遍野的当今，学界仍然浪子不回头，皓首穷经，钻进故纸堆儿里不得自拔。

如果细读这部诗集，就会发现，在莎士比亚的笔下，不仅仅是男欢女爱、儿女情长的个人小情调，更为深入的是，诗人走进了深深的艺术玩味和哲学思考当中，就比如那首家喻户晓的第18首，读熟了，就难以感觉到那只是一首爱情诗，而这正是它的高妙之处。同样，就整个诗集来看，诗集涉及了宇宙、时间、永恒、爱情、身体、音乐、友谊、艺术、诗艺等方面的话题。如果这样去看，就不难发现，这部诗集使用了众多类型的隐喻，那么，这些隐喻又是通过什么机制得来的呢？有一种跨学科的科学途径提供了启发，那就是拓扑学和由此演绎而来的认知方法。把它应用到文学评论之中，我们发现，拓扑学是隐喻的一种机制，而这种机制，又帮助隐喻成为艺术的一种主要的实现途径。

一个新的角度，可以发现、解决新的问题。把拓扑学和时间结合起来，综合了时间哲学与空间哲学在文学土壤里的交叉作用，是饶有意趣的。拓扑学自19世纪中期登上科学的舞台以来，成为一门新兴的数学的分支。它虽然年轻，却很快受到了科学界、应用科学以及人文学科的青睐，物理学、化学、生物学、语言学、哲学等纷纷加入，在2007年笔者向首届"西方语言哲学学会成立大会暨学术研讨会"提交《莎士比亚十四行诗的认知拓扑学空间》论文以来，以拓扑学为理论方法的博士学位论文、硕士学位论文、局部国家课题研究以及在小说、散文甚至语言学和翻译方面的论文与著作接踵而至，更有甚者，在《拓扑隐喻学理论及其在文学批评中的应用》获准立项为国家社科基金项目的2016年同一年，研究拓扑学的三位物理学家戴维·索利斯（David J. Thouless）、邓肯·霍尔丹（F. Duncan M. Haldane）以及迈克尔·科斯特利茨（J. Michael Kosterlitz）一起获得了该年度的诺贝尔物理学奖。次年，一篇名为《认知拓扑语言学：认知语言学的新趋势》的国家社会科学基金重大项目《认知语言学理论建设与汉语的认知研究》（15ZDB099）中期成果论文发表，认知科学也加入拓扑学视觉的研究行列。[1] 这些事实表明，拓扑学投入包括莎士比亚在内的文学研究已经大势所趋，是真正的跨学科成果，对于推动人类的思维、研究、生产、科学，皆有益处。拓扑学本是数学的分支，却在物理学等其他领域里获得重大进展，这正证明了拓扑学的广延性和普遍意义与价值。[2]

2001年笔者完成了题为《时间的镰刀》（Time's Scythe: A Thematic Study of Shakespeare's Sonnets）的博士学位论文，2004年同名著作出版，这部著作论述的主要是《十四行诗集》中的时间的摧毁力，是从文化的角度进行论述的。目前这篇论文是要从拓扑学的角度，观察莎士比亚使用拓扑学空间的机制，看他如何把这些隐喻投入十四行诗的创作之中。如前所述，笔者首次把拓扑学方法论投入文学评论的实践之中，得到了各种形式的文体实践的响应，也在语言文字学科的其他领域中得到运

---

1 文旭、赵耿林：《认知拓扑语言学：认知语言学的新趋势》，《东北师范大学学报（哲学社会科学版）》2017年第4期。

2 据考：组合拓扑学的大师，《位置分析》（Analysis Situs，1895）的作者"庞加莱的研究领域十分广泛。他在巴黎大学开设的讲座包括毛细管学、弹性力学、热力学、光学、电学、宇宙学等，在数学方面还涉及非欧几何，不变量理论、分析力学，包括概率论"。这一点也从一个侧面说明，拓扑学可以渗透到的领域如此之广，超乎寻常。"拓扑学最难的是什么，有什么技巧吗？" https://zhidao.baidu.com/question/9258136.html，访问时间：2019年2月19日。

用，产生了明显的效果。2016年《拓扑隐喻学理论及其在文学批评中的应用》（16BWW001）作为当年唯一的文学理论立项项目，得到国家社科基金项目的认可和支持。在此之前，笔者分别在2010、2011、2014年发表论文，把拓扑学方法运用于莎士比亚十四行诗的评论当中，分别是关于宇宙论、爱情观和身体诗学的，这些观点包括时间主题，已经在笔者编辑的《莎士比亚十四行诗名篇详注》（中国人民大学出版社，2009）书末的一篇长篇论文里面谈论过，这里之所以要单独成文，是因为时间是莎士比亚十四行诗集里面最为突出的一个主题，需要更加系统、深入地加以挖掘和探讨。本研究表明，对拓扑学与隐喻学的结合，不仅有效地解构和重构了莎士比亚诗意的精妙手法，而且这一点还同时对各种艺术甚至所有学科均有启发，拓扑学手法甚至可以检测艺术家才能的高低与艺术水平价值的大小，所以，可以说，拓扑学也是一种极为有效的检测与评价工具。总之，以上这些角度证实、表明了拓扑学的理论价值与应用价值。

莎士比亚这部诗集在时间主题方面的基本逻辑是：文艺复兴时期关怀人的存在，其中首先涉及的人与时间以及由此引出的青春、爱情、美、永恒等话题之间的关系，在这个链条上，时间是最为关键的核心问题，因此，如何演绎时间这个主题，成为文艺复兴人文主义最深、最复杂、最重要的话题。当时流行的"及时行乐"（Carpe Diem）和"人生虚无"（Ubi Sunt）文学母题，正好和时间理论中的直线时间和循环时间相配合，表达出一种以人为核心的人生哲学。两个母题都侧重人生苦短的观念，这样一来，永恒就成为一个问题了，在《皆大欢喜》里，丑角杰奎斯那段关于人生的议论，完全是一个《红楼梦》中的《好了歌》在英国的翻版。[1]莎士比亚把永恒这个话题，放在他的《十四行诗集》里面来处理，然而，他又发现永恒具有相对性，这样的矛盾就构成了时间的两个方面，即暂时性的直线时间和永恒性的循环时间。于前者，即时间的毁灭性，在莎士比亚十四行诗里，显得更为突出，诗人莎士比亚也想了一些办法来战胜时间，达到永恒，但时间的毁灭性素质似乎威力更大，仅仅从这个角度来看，诗集里面有一个系统，由各行各业的隐喻构成，

---

[1] 语出《皆大欢喜》第二幕第五场："全世界是一个舞台，所有的男男女女不过是一些演员；他们都有下场的时候，也都有上场的时候。一个人的一生中扮演着好几个角色，他的表演可以分为七个时期。最初是婴孩，在保姆的怀中啼哭呕吐。然后是背着书包、满脸红光的学童，像蜗牛一样慢腾腾地拖着脚步，不情愿地呜咽着上学堂。然后是情人，像炉灶一样叹着气，写了一首悲哀的诗歌咏着他恋人的眉毛。然后是一个军人，满口发着古怪的誓，胡须长得像豹子一样，爱惜着名誉，动不动就要打架，在炮口上寻求着泡沫一样的荣名。然后是法官，胖胖圆圆的肚子塞满了阉鸡，凛然的眼光，整洁的胡须，满嘴都是格言和老生常谈；他这样扮了他的一个角色。第六个时期变成了精瘦的趿着拖鞋的龙钟老叟，鼻子上架着眼镜，腰边悬着钱袋；他那年轻时候节省下来的长袜子套在他皱瘪的小腿上显得宽大异常；他那朗朗的男子的口音又变成了孩子似的尖声，像是吹着风笛和哨子。终结着这段古怪的多事的历史的最后一场，是孩提时代的再现，全然的遗忘，没有牙齿，没有眼睛，没有口味，没有一切。"（朱生豪译）

《好了歌》：
世人都晓神仙好，惟有功名忘不了！
古今将相在何方？荒冢一堆草没了，
世人都晓神仙好，只有金银忘不了！
终朝只恨聚无多，及到多时眼闭了，
世人都晓神仙好，只有姣妻忘不了！
君生日日说恩情，君死又随人去了，
世人都晓神仙好，只有儿孙忘不了！
痴心父母古来多，孝顺儿孙谁见了？

甄士隐的《好了歌》解说，更为贴近莎士比亚的戏词："乱烘烘你方唱罢我登场。"很像是对莎士比亚人生七个阶段说辞的续写。整个一部《红楼梦》基本上体现的是人生虚无的悲观调子。"白海棠诗"组、"葬花吟"、"秋窗风雨夕"、"枉凝眉"，甚至骂贾宝玉的"西江月"都是这样的基调。本文所用莎士比亚作品，除开十四行诗以外，皆自朱生豪主译《莎士比亚全集》（北京：人民文学出版社，1978年）十一卷本，以下不再说明。《红楼梦》使用中国艺术研究院红楼梦研究所校注编辑的"中国古典文学读本丛书"人民文学出版社2008年北京第三版三河市第52次印刷本，以下也不再说明。

非常生动、奇妙地演绎了这个话题，用拓扑学的方法来阐释，效果很明显、到位，揭示出以前未能有效发现或说出的精妙。

一、拓扑学隐喻理论的文学认知方法

拓扑学是一门关于空间的科学，是几何学的一个分支。它的基本思想是一种等效的理论。在拓扑学看来，如果引入心理活动的领域，就出现一种物理与心理的对比与对峙：物理的空间（宇宙）是单数的，心理的空间（宇宙）是复数的；物理的空间在动力上是封闭的，心理的空间在动力上是开放的。[1]因此，前认知即得到认知之前的空间是单一、封闭、机械的，而认知视域内的空间是复数、开放、隐喻的。

要理解"拓扑学"这个范畴的含义，有必要追根溯源，从它的本义开始说起。

心理学家高觉敷说他在1937年介绍德籍犹太人库尔特·勒温（Kurt Zadek Lewin）的 Principles of Topological Psychology 的时候，翻译成《形势心理学原理》了，就是说，topology，被他翻译成"形势"了。到了1978年，他觉得有必要正名为"拓扑学"。然而，"拓扑学"听起来像音译词，本身没有表达意思。在1992年11月高觉敷给2003年出版的《拓扑心理学原理》写的译序里，他提到正名的事情，但是没有说topology是什么意思。[2]

---

1 库尔特·勒温：《拓扑心理学原理》，高觉敷译，北京：商务印书馆，2003年，第69—78页。
2 高觉敷说，"解放后，拓扑学日益为人所熟悉，而形势一词又有了新的含义。所以……我……深盼有机会将《形势心理学原理》正名为《拓扑心理学原理》"，这里面说的"形势"，在当时是一个政治术语，指"现今情况及其趋势"。库尔特·勒温：《拓扑心理学原理》，高觉敷译，"译序"第1页，"译序"署名时间为1992年11月。

在最大、最权威的《牛津英语词典》(*OED*)里，topology是"关于一个地方或者区域的科学"(science of place)，"使用时"却有"不同的含义"(used in various senses)。一方面指"地志学"，即"对特定的某个地方的科学研究"(the scientific study of a particular locality)，也指"数学的一个分支"(branch of mathematics)，是关于空间形变保持性质不变的几何学。首次使用topology (topologie)这个词的人是德国人利斯廷(J. B. Listing)，他于1847年出版介绍拓扑学的一部题为《拓扑学研究初步》(*Vorstudien zur Topologie*)的开先河之作，发明了这个词汇。[1]这个词是从希腊语来的，从词源看，它的意思是"位置研究"(f. Gr. τόπος place + -λογία -logy)。与此相关的同源词topograph，则是[f. Gr. τόπ-ος place + -(ό)γραφος and -γράφος: see -graph 1.]。它的前半部分是"地方"的意思，后半部分意思是"图形"(graphic formula)，联系起来，就是"地形"或"地势"的意思，它的引申意义是"形势"，但这是一个地理学的术语。根据它强调的"形"和"势"，可以理解为动态的物理空间，这正是拓扑学几何学的含义。有意思的是，*OED*里面的另一词topos（复数topoi）却是"文学母题"(a traditional theme or formula in literature)的意思，而这个词的词源也是希腊语的"地方"(place, from Gk, lit. 'place')的意思。另外，place一词也有"空间"的意思。所以，这种巧合正好

---

[1] Johann Benedict Listing, *Vorstudien zur Topologie*, Göttingen: Vandenhoeck und Ruprecht, 1848, S. 67. 亦见C. S. Peirce, *Reasoning and the Logic of Things: The Cambridge Conference Lectures of 1898*, ed. Kenneth Laine Ketner, with commentary by Hilary Putnam, Cambridge, MA: Harvard University Press, 1992, p. 99. 据有关人士考察："里斯丁是高斯的学生，1834年以后是哥廷根大学教授。他本想称这个学科为'位置几何学'，但这个名称陶特用来指射影几何。于是改用'topology'这个名字。'topology'直译的意思是地志学，也就是和研究地形、地貌相类似的有关学科。1956年，统一的《数学名词》把它确定成拓扑学。""拓扑学最难的是什么，有什么技巧吗？"https://zhidao.baidu.com/question/9258136.html，访问时间：2019年2月19日。

说明了拓扑学与文学的神秘关联：最初的空间是元空间性质的：文学与空间原初就是有关系的。[1]

物体和对象即空间，依赖于一种由形体和空间而产生的另一变体或空间，源自原初的那个形体和空间。其间的关系是一种类似的种属关系，这很容易想到柏拉图主张的相（Idea）[2]和由此衍生出来的实体的万物。在其他哲学家那里，是整一和杂多的关系，是新柏拉图主义者普罗提诺所谓的太一（The One）与流溢出来的多层宇宙，是从符号到具象的关系。[3]那么，这个过程产生的机制是什么？按照心理学家勒温的阐释，是心理的需求致使这种结果产生的。因为心理需要，才产生了"同形"即拓扑学里的同构、同伦、等价空间。即使是一个物理的空间，比如一个做成的球体，可以变形为若干不同形状的空间，然而它们仍然是等效的，这就是拓扑空间。同样，做成这些不同、体积不等却是等效的空间，也需要一个心理的蓝图，才能产生新的等价或称等效的空间。可以说，世界就是这样产生形变，然后演变下去的。假若有最后一个空间，可能这最后一个空间会"面目全非"，完全不可"识别"，然而，从理

---

[1] 更有意思的是，topic这个词也与topo是同源的，也是从希腊语来的，与"地方"（place）这个词有关；它作为名词，其中的一个意思，就是"文题"，包括文学作品的主题。

[2] "相"，读xiàng。关于相论，参见汪子嵩等：《希腊哲学史》（第2卷），北京：人民出版社，1993年，第653—669、708—714、764—769页。该书的著者把通行的对柏拉图的Idea译为"理念"的做法进行了修缮，认为译为"相"较妥。本文使用这种译法，参见该书第653—661页。

[3] 弗朗西斯·帕特里奇（Francis Patritias，1529—1597）的反光论及泛灵论，也与普罗提诺的流溢说极为相似。他认为："自然的本源是光，光源是上帝。""上帝之光是有生命、有智慧的，上帝以光的流溢的方式创世"，因此有了世间的物理之光。参见赵敦华：《西方哲学简史》，北京：北京大学出版社，2001年，第191—192页。另外，库萨人尼古拉（Nicolas of Cusa，1401—1464）区分了三种无限，他认为"绝对的无限是上帝实体，相对的无限是宇宙"，二者的统一，其现实意义是，"上帝在万物中展开"。这也体现了与柏拉图的相论相类似的观点。也是一个一与多的关系问题，直接追溯了世界的源泉。同上书，第190—191页。

论和逻辑上说，它们仍然是等价的，也就是同一个变形而不变质的空间。如果观察物理空间与心理空间的关系，会发现，链接这个链条和环节的，是隐喻。这不仅存在于心理的空间领域，或者艺术的空间领域，也存在于任何一个空间的领域。这就可以解释，为什么"认知拓扑是语言拓扑的基础，语言拓扑是认知拓扑的具体表现形式"[1]。因为语言是世界外显式存在的方式。比如说，柏拉图说的几种"床"，那个他认为真实地存在的床的相，以及木匠做出来的床、画家和诗人作品中的床，其间存在一种不可分离的象似性。这个象似性，就是拓扑学中的连通性。这个象，就是本体和喻体的关联和共享部分，它们之间是一种映射关系。假若把柏拉图的相看成是一种符号，所有的符号所指，按索绪尔的说法，就都是喻体。

倒回来看，这些喻体又回到本体的指归。艺术包括文学在内的各种艺术，就是由喻体阐释、刻画和再现本体的工作。打个比方，所有的吝啬鬼在文人的笔下都是斤斤计较的，就像夏洛克割一磅肉坚持的那样，但天底下还有许许多多个夏洛克和许许多多种夏洛克。这样使得吝啬鬼、守财奴这个概念的实体丰富多彩起来，就像春天开着五彩缤纷的花，但它们都由花的相而来。吝啬鬼这个范畴和概念，就成为一粒种子，繁衍生息，以至无穷。同理可推，一个范畴成为一种符号，一种相，一种母题，一种种子，由此产生的，都是它的繁衍，它的本体产生出来的喻体。凡是高明的文学家，就能像魔术师一样，以一变十，变百或千千万万，莎士比亚就属于这样的魔术大师。时间，虽然以概念和实体的双位一体方式存在，正如一个符号寄寓于同体存在的能指与所指，

---

[1] 文旭、赵耿林：《认知拓扑语言学：认知语言学的新趋势》，《东北师范大学学报（社会科学版）》2017年第4期。

也以同样的道理,演变出它的众多可以说是数不尽的无穷喻体。

在莎士比亚的154首十四行诗里,如果从一个最明显的母题即时间母题来看,就可以发现若干的、成体系的隐喻系统,反过来反映同一个母题。换一句话说,它们都有同一个母体。这个隐喻系统和本体的关系,最为恰切地体系了拓扑学的等效形变机制,那就是无论形状、大小等任何属性发生变化,有一点是万变而不离其宗的,就是它们的等效与等价。在拓扑隐喻空间理论中,等值标准不决定于任何图形的相似,球形、方体、圆柱形、圆锥形,甚至任何点、线、面、体,都是没有差别的。同时拓扑几何学也不问面积的差异,于是,点滴之小,日球之大,在拓扑几何学中都是相等的。另外,在距离、角度等方面也都如此。[1]比如,莎士比亚十四行诗中,要体现时间的摧毁力,在喻体方面,就出现了诸如镰刀、沙漏、龙蛇、老人等空间形式,这些喻体常常又和种种行业交替产生关系,形成新的喻体,因此丰富了莎士比亚十四行诗集中的隐喻世界,这些拓扑心理空间的变化多端,精彩地演绎着概念亦即相的多姿多彩,由此,诗人以艺术特有的形象手段,把人生哲学和对物理世界的心理感受幻化出来。从美学感受来说,造成了心理经历的美感经验;从意识的形态来说,加强了概念的前景化、具象化和形象化,使认知者获得了有关物理空间的心理意义。

二、时间理论:两种维度、两种向量与两种属性

在历朝历代的文学中,时间都是一个重要的主题。这是因为,时

---

[1] 库尔特·勒温:《拓扑心理学原理》,高觉敷译,第89页。

间除开物理的概念和实在，还为意识的形态奠定了认知和附着情感的基础，形成了一个重要的决定因素。时间作为一种存在和形象，得到历来思想家的重视，形成了关于时间的哲学传统。早在古希腊时代，柏拉图、毕达哥拉斯、托勒密等哲学家以及古老的神话传说，都关注时间这个话题[1]，更不用说创世神话了。奥维德的《变形记》（第十五章），公元前3世纪希腊传记作家拉尔修都记载了毕达哥拉斯关于人生划分为不同阶段的思想。柏拉图也界定了神赋予宇宙的有形的三维空间以外的时间维度、直线时间的可测性以及"时间的生成形式"等。[2]托勒密融合了毕达哥拉斯的观点，认为生物分四个时期，人生分七个阶段。这个观点还在英国文艺复兴时期诗人沃尔特·罗利（Walter Raleigh）以及莎士比亚的戏剧《皆大欢喜》（第二幕第七场）里得到了重复。[3]赫拉克利特也有关于时间的名言："人不能两次踏进同一条河流。"[4]虽然，这一点首先

---

[1] 奥维德的《变形记》（第十五章），公元前3世纪希腊传记作家拉尔修都记载了毕达哥拉斯关于人生划分为不同阶段的思想。参见胡家峦：《历史的星空：英国文艺复兴时期诗歌与西方传统宇宙论》，北京：北京大学出版社，2001年，第153—154页。

[2] 胡家峦：《历史的星空》，第153页。细节参考Plato, *Timaeus*, Benjamin Jowett, trans., *The Dialogues of Plato*, 3rd ed., Volume 3: The Republic, Timaeus, Critias, Oxford, UK: Oxford University Press, 1892, 37D-E、38A-C。

[3] 参见胡家峦：《历史的星空》，第154—156页有关内容，并Ptolemy, *Tetrabiblos*, trans. F. E. Robbins. Cambridge, MA: Harvard University Press, 1980, I. 10; IV. 10。

[4] 转引自汪子嵩等：《希腊哲学史》（第1卷），北京：人民出版社，1988年，第442页。有的存疑，认为这句话最早出现于柏拉图的《克拉底鲁篇》对话。参见该书第442—444页。DK指迪尔斯与克兰茨合编的《苏格拉底前残篇文集》（H. Diels and W. Kranz, *Die Fragmente der Vorsokratiker*, 6th ed., Berlin: Weidmann, 1951）。在DK本中，有三种"原文"：（1）It is not possible, according to Heraclitus, to step twice into the same river.（据赫拉克利特说，不可能两次踏进同一条河流。DK 22 B91）（2）Into the same rivers we both step and do not step; we both are and are not.（我们踏进了，也没有踏进同一条河流；我们存在也不存在。DK 22 B49a）（3）On those stepping into the same rivers different and then different waters flow.（踏进的同样一条的河流是不同的，因为不同的河水在流动。DK 22 B12）参见James Warren, *Presocratics*, Stocksfield, TN:

（转下页注）

是关于动与静、变与不变的论题，却是与时间相关的思考。就文学方面而言，古老的斯芬克斯之谜，以及由此演绎出来的俄狄浦斯的故事，明显与人生的阶段划分有关，也就是一个时间的问题。人都求一个长生和不老的机会，虽然人生苦短，这种可能性并不存在。关于西比尔的神话传说，也真切地说明了这个问题。西比尔求得并被赋予了长生，却忘记了求不老，于是枯瘦老朽而求死不得。[1]《圣经》里对人的寿命的描述，自人类出现，越来越短。事实上，以后的人基本上都只能"人生不满百"了，超过的，都是凤毛麟角了。现代诗人丁尼森写的短诗《尤利西斯》，也体现出他"烈士暮年，壮心不已"的情怀，也是一个时间哲学的问题。除此，文学史上盛行的"及时行乐"以及"人生虚无"两大主题，也都包含着关于时间的人生苦短的观念。法国诗人维庸（François Villon）的诗行"去年之雪，而今安在？"可以说是这方面最生动的一句名言。[2]

关于时间的观念和传说是古老的。希腊神话传说中时间被赋予了镰刀的形象，又常常被描述为"老人"，于是就有了"时间老人"和"时间父亲"的观念。时间还被赋予吞噬一切的形象。在文艺复兴时期，

（接上页注）

Acumen Publishing Limited, 2007, p. 72；北京大学哲学系外国哲学史教研室编译：《西方哲学原著选读》（上册），北京：商务印书馆，1981年，第23页。作者认为是转述，而不是直接的转引。而在罗伯特·布伦博所写的《希腊哲学家》一书里赫拉克利特一章的题记所引，则为：You cannot step into the same river twice, for other waters are ever flowing on.（你不能两次踏进同一条河流，因为其他的流水一直在不断地流淌着。）Robert S. Brumbaugh, *The Philosophers of Greece*, New York: Thomas Y. Crowell Company, 1964, p. 43.

1 E. M. Berens, *The Myths and Legends of Ancient Greece and Rome*, London: Blakie & Son, 1880, p. 84.

2 自 *Ballade des dames du temps jadis* ("Ballad of the Ladies of Times Past")，见胡家峦：《历史的星空》，第166页注释。原文是：Ubi sunt qui ante nos in mundo fuere? 法文是：Mais où sont les neiges d'antan? 英国诗人史文朋（Algernon Charles Swinburne，1837—1909）的英译文是：Where are the snows of yesteryear?

时间还身生双翼,赤身裸体,有时带有沙漏,或为自己咬着自己尾巴的龙、蛇。据希腊神话,希腊泰坦族神祇克罗诺斯的名字Kronos与希腊文中的"时间"(Kairos)相近。克罗诺斯于是往往被与"时间"等同视之。克罗诺斯曾用镰刀,击毙他的父亲乌拉诺斯,登上了宇宙统治者的宝座,但人们取这个寓意,却不是因为克罗诺斯与镰刀的关系,而是因为他相当于罗马神话中的农神萨图恩(Saturn)。镰刀是他的农具或者阉割牲畜的工具。农业是人类古老的职业,也因为如此,时间才被赋予"老人"的形象。[1]

关于时间的起始,有不同的说法。一说起于创世之时,一说起于基督的诞生。[2]但不管怎么说,如前所述,宇宙也包含时间的维度。神也赋予三维的宇宙空间以时间的维度。时间具有两种维度:一是直线的时间,即包含过去、现在和将来的时间,二是循环时间。前者给予了时间养育的力量,也给予了时间摧毁的力量,后者则使得时间周而复始,无限循环。因为前者,时间才有了有限的概念,因为后者,时间有了永恒。《莎士比亚十四行诗集》之所以不同凡响,以往的十四行诗集,仅倾力描述与在水伊人之间的儿女情长,莎士比亚的十四行诗集却涉及更为广阔、更为深邃的各类主题,多恩开始用来写宗教,弥尔顿用来写政治,再以后的诗人用来写个人情感等等。从莎士比亚十四行诗集题材的广博来看,预示着十四行诗集功用的转向,反过来可以看见莎士比亚了不起的眼光。[3]这样一来,爱情作为表面层次的主线主题,其他话题,比

---

[1] 胡家峦:《历史的星空》,第150页。

[2] 同上,第156—157页。

[3] Joseph Gallagher, *Shakespeare's Sonnets Freshly Phrased: Timeless Verse Retold for Modern Readers*, New York: Fall River Press, 2011, pp. 336-339; John Blades, *Shakespeare: The Sonnets*, Basingstoke, UK; New York: Palgrave Macmillan, 2007, pp. 199-200.

如时间，则作为深度层次的副线主题，使得莎士比亚的十四行诗集，具有更为丰富的含义和价值。

时间如果朝着直线方向运动，则时间是有限的；如果时间做循环运动，则时间是永恒的。这就是时间的向量价值，不同的方向有不同的价值。莎士比亚巧借劝说钟爱的人要把美延续，一方面看来是一个追求永恒的主题，另一方面是关于时间的永恒性追求，正如西比尔追求长生和不老一样，后者是因为忘记而失去了。同时，把美延续，还意味着，时间具有直线的特性和摧毁力量的属性。可以发现，莎士比亚十四行诗集中的"我"，使用了各种各样的手段，劝说心上人把美延续。在这其中，不得不晓以利害，说明时间的摧毁力是无情的。第60首里这样写道：

> 宛如不息滔滔长波拍岸，
> 我们的分分秒秒匆匆奔赴向前。
> 后浪推前浪，今天接明天，
> 奋发趋行，你争我赶。
> 那初生于光海中的生命，
> 渐次成熟，直达辉煌的顶端，
> 便有凶恶的日蚀与之争光斗彩，
> 时间于是将自己的馈赠捣个稀烂。
> 韶华似刀会割掉青春的面纱，
> 会在美人的前额上刻下沟槽，
> 会吞掉自然天成的奇珍异宝，

唉，天下万物没一样躲得过它的镰刀。

（辜正坤译）[1]

　　这首诗把时间比拟为滚滚向前、奔流不息的波涛。看得出来，诗中主要描述了时间的推动和摧毁力，是直线的时间，势不可挡地奔涌向前。到达顶点以后，开始返回。逆向的时间，意味着摧毁的力量。"凶恶的日蚀"反过来捣毁时间培养起来的"荣光"（第7行），时光把自己的馈赠（gift）即它培养起来的万物，又加以捣毁（confound）（第8行）。韶华似刀，割破了青春美丽的线条；美人的前额被刻画上了沟槽。沟槽即岁月留痕，皱纹上脸，老之将至。这一切都象征着时间的捣毁的力量。诗中的镰刀与吞噬，都与传说中时间的毁灭形象是契合的。整个莎士比亚十四行诗集，具有两大特点：第一，时间以捣毁的力量胜过对永恒的养成力量；第二，正因为如此，诗中的"我"，要以诗歌、爱等形式，使所爱的人永恒。[2]同时，这样更加加强了时间的摧毁力给人的印象。而且，这也说明，当时的人基于时间哲学对于人生哲学的思考：一方面人虽然是伟大的，了不起的，但另一方面，人毕竟是要终了的。这也契合了传统的"及时行乐"与"人生虚无"的思想观念。正如曹操的《龟虽寿》所说："神龟虽寿，犹有竟时。"这种同时且双向运行的过程，与古老中华哲学中的隐喻互动的辩证法思想，颇有殊途同归之妙。所谓"否极泰来"，也可见它的另一个向量，就是：泰极而否来。老子

1　本文所引莎士比亚十四行诗皆自辜正坤译：《莎士比亚十四行诗集》，北京：北京大学出版社，1998年，少量地方有改动，以下不再说明。

2　诗歌营造不朽，是贺拉斯与奥维德的主题。G. Blakemore Evans, ed., *New Cambridge Shakespeare: The Sonnets*, Cambridge, UK: Cambridge University Press, 1996, pp. 127-128题解。

的《道德经》所谓"祸兮，福之所倚，福兮，祸之所伏"，也就是这个道理，因此可以说，"物过盛则当杀"（欧阳修《秋声赋》）。莎士比亚十四行诗第1首即开宗明义地说，"我们总愿美的事物繁衍昌盛，/好让美的玫瑰永远也不凋零"但"时序难逆，物壮必老"(the riper should by time decease，第3行），这里的"老"字应译为"死"或"杀"，用后者，正应了欧阳修所说的"杀"。整部十四行诗集给人的印象是，爱情虽美，青春虽美，却敌不过时间的强大威力。这部十四行诗集表达了三层意思：第一，时间可以分为直线时间与循环时间；第二，时间具有养育力和摧毁力，相比之下，时间的摧毁力胜过它的养育力；第三，时间同时具有暂时性与永恒性。这三对具有张力性质的特性，是怎样在诗集中生动地表现出来的呢？这有赖于拓扑隐喻空间的演变。这种空间虽然是自然存在的，但是要把它艺术地演绎出来，同时又到达很高甚至极高的境界，则在不同的艺术家手下，是有明显的高下的，而莎士比亚则是高手中的高手，他的技艺则是绝妙中的绝妙了。当然，如前所述，这可以作为一种质检与评价的手段，但肯定不能说它是艺术家直接使用的工具。正如鲍桑葵在对比但丁与莎士比亚时所说，伟大的艺术家在创作之时不会"受某种美学处方的指导"，即是这个道理。对于欣赏、评论和讨论以及理论推演，拓扑学的角度是有效的。[1]

三、苏东坡的山：在拓扑学向量隐喻的密林里

苏东坡的短诗《题西林壁》说："横看成岭侧成峰，远近高低各不

---

[1] 鲍桑葵：《美学史》，张今译，北京：商务印书馆，1985年，第200页。

同。不识庐山真面目，只缘身在此山中。"这首诗虽然是中国的，它却生动、艺术地描述了拓扑学空间的演变。十分有趣的是，topology一词是与"地形""地势"相关的，而苏东坡的诗，描绘的也正是这一点，二者高山流水似的契合，真是"英雄所见略同"，完全是天造地合的见解。苏东坡的诗的本意是，由于角度的不同，同一对象物的空间，则呈现出不同的姿态，或者可以说，表现出来的是不同的空间。但是，如果反过来看，以拓扑学的视角和眼光来看，不论是成岭还是成峰，它都是山自己，它的本质没有发生变化。用拓扑学的行业术语来说，就是同伦的拓扑空间，在一定的条件之下，无论发生怎样的变化，都是等效的。明白这一点，就可以这样来看待赫拉克利特的名言"人两次不能踏进同一条河流"：不论人多少次踏入一条河流，也不论它怎样流动不居，它仍然是那同一条河流。因为，河流无论怎样不居，它们的性质是等效的，它还千年不变，我自岿然不动，即《春江花月夜》里说的："人生代代无穷已，江月年年只相似。"这里的江和月，与赫拉克利特的河流一样，它们变化中的形体、空间永远是等效、等值、等价的。这也是一种意义上的"桃花依旧"。一首人人都耳熟的歌《篱笆墙的影子》唱道："星星还是那颗星星，月亮还是那个月亮，山也还是那座山，梁也还是那道梁……"这首歌可以说是对苏东坡的山的一种现代的、家常的解释。这里也包含一种拓扑学的阐释。不论时间如何斗转星移，同一空间在运动中（地球围绕太阳公转，并昼夜自转）是等效的。地球这个空间里包含的子集，星星、月亮、山、山梁，也都遵循这个等效原则。到了第二段，出现了苏东坡和赫拉克利特的不同空间，那是可视、可知的外形发生了变化，它们的值是等价的。依照这个逻辑，就可以解释，为什么终结论说艺术已经终结了，循环论则说，不是终结了，而是转型了。这就是为什么,不论是诗歌,还是音乐、绘画以及其他艺术,一些人哀叹已经终结,另一些人则说,艺术没有终结,而是转型了。[1]

有了这种思想,就可以一方面理解拓扑学式的整体的观念,另一方面进入可知论,认识对象,认识世界。英国浪漫主义诗人济慈的名篇《希腊古瓮颂》,说的就是这样一种观念,是拓扑集中的一个位置,一个点阵。停滞的时间之流也是存在的,这虽是一种绝对主义,却方便认识世界。赫拉克利特显然是一种相对主义的主张,要求不忽视物质的动的状态。在拓扑学来看,虽然河流是流动不居的,但不论河流怎么动,河流还是那条河流,而且永远都是那条河流。只不过,它在以不同的形式,等效地虽然是动态地存在着。世间万物,变和动是相对的,不变和不动在一种意义上是绝对的,只有如此,才能有存在,世界才能得以认知和把握。这是认识世界和可知论的基础,否则将陷入一种不可知论的困境。

济慈的聪明之处,在于看见了事物变化的过程中的节点,看见了时间横截面上的定格。[2] 莎士比亚对于时间这样一个存有空间,也占有空间,并作为空间,作为一种自我形态运动、变化的形象描述,正如拓扑学的拓扑空间形变,是如出一辙的。时间一方面是概念化的存在,同时

---

[1] 主张循环论的在西方有意大利的维科,他认为历史的变化经过三个阶段:神的时代、英雄时代、凡人时代。后来的英国诗人、小说家托马斯·洛夫·皮科克(Thomas Love Peacock, 1785—1866)也有类似的主张,并推出了诗歌终结论,来否定当时浪漫主义诗歌的价值。在文学描述中,比如斯宾塞的《牧人月历》(The Shepherd's Calendar, 1579)、《仙后》都包含有因循环而永恒的含义,转型论者所持观点与此类似,诸如维科、皮科克,则是循环的频率降低了,因此而导致了悲观主义的思想倾向。莎士比亚劝人婚配续后,也是一种导致永恒的循环论,更像西方文化中的"存在之链"(Chain of Being)理论。

[2] 按照雅克布逊的转喻、隐喻理论,济慈的做法是隐喻的。参考罗益民:《济慈颂歌的叙述结构》,《四川外语学院学报》1997年第4期。

作为物化的对象，也是实在的空间。这些空间通过隐喻的方式，具象为各种空间的形变，来演绎时间的拓扑学主题。为了这个目的，展现时间的横岭侧峰和远近高低以及诸如济慈诗中那种动与不动的各种状态，使抽象的时间概念在运动着的空间中鲜活起来，富有生气。比如，有花朵、花蕾、食物、香精、水仙、琴弦、时间的镰刀、老树枯叶、大小宇宙、构成和谐的数字和音符，有产生这些隐喻的各行各业，比如农耕、工业、作文赋诗、经济、法律、军事、天文学、宇宙论，如此等等，不一而足。莎士比亚在创作这些诗行的时候，虽然不直接像演算数学题一样，一个萝卜一个坑地用拓扑学的铲子，把拓扑学装的空间铲进到作品里去，即不会"受某种美学处方的指导"，但是，拓扑学的空间演变，可以非常贴切、有效、生动、亲切地解释莎士比亚巧夺天工的创作艺术。在这里，诗人所举水仙、提炼香精、音乐、农耕、燃料、数学等比喻，都是为了说服他的爱友，而艰辛寻觅的等值隐喻图形。[1]

如前文所说，莎士比亚的十四行诗集表达三对概念。第一对是直线的时间与循环的时间。这部诗集里更加强调直线的时间，因此引出了第二对概念即时间的摧毁力与养育力，在这一点上，诗集更强调时间的摧毁力，也因为这两点，时间的暂时性是绝对的，永恒性是相对的。虽然有学者讨论该诗集中的人生哲学，即"及时行乐"，也就是说，"采

---

[1] 希利甚至把战胜时间的方法，和炼金术士的占星学联系起来，说诗人是一个炼仙丹的术士，在永恒的诗行里假爱友以不朽的生命（第18首），或者做出香精（第15首），把挥发性的水银给固定起来，第20首里那种胜者的口吻等。这一切证明，美是男女雌雄的熔合。诗人的头脑制造出双性同体的两性人来。她追踪了历史，说当时炼金术课本里，那种第5首里说的"玻璃瓶中的液体囚犯"是司空见惯的，似乎诗人成了炼仙丹的太上老君，想想和时间的主题实在是联系生动。Margaret Healy, " 'Making the Quadrangle Round': Alchemy's Protean Forms in Shakespeare's Sonnets and *A Lover's Complaint*", in *A Companion to Shakespeare's Sonnets*, ed. Michael Schoenfeldt, Malden, MA: Blackwell Publishing Ltd., 2007, pp. 413-414.

花及时"¹，但时间本身透出的思想倾向是不太乐观的。这很容易让人想起，莎士比亚在《哈姆雷特》里那一大段的对人的赞美之后，放出了人类算不了什么的厥词的做法。他在各大悲剧里面描述的那种悲哀和失望，尤其是同样在《哈姆雷特》里面著名的"生存还是毁灭"（to be or not to be）独白，还有几乎与此别无二致的第29、66首十四行诗，《鲁克丽丝受辱记》（The Rape of Lucrece，第848—924行）和《威尼斯商人》（The Merchant of Venice，2.9.41-49）²等地方的怨辞，可以表明莎士比亚对人世和人生的洞穿程度。像第18首那样兴致勃勃的赞美和高歌，可以说，是寄托了诗人对人文主义的一种美好的理想。因此诗人说："你永恒的夏季却不会终止。"（But thy eternal summer shall not fade.）可是到最后，又提出了相应的条件。只要人一息尚存，人没有闭眼，我的诗歌尚存，所钟爱的人就可以松鹤长年，寿比南山。如果把这个条件和结论合在一起来看，就更加发现，对人的信心似乎只是一种理想。

诗集的前17首是劝婚诗。在第1首里先总括地说，"美的事物"总愿它"繁衍昌盛"，然后就举出了玫瑰这一个拓扑空间来加以描述，"让美的玫瑰永远也不凋零"（第2行），再接下来就采用与此相应的、相关的隐喻，来加以深化和说明。诗人所举的有"花苞"（bud，第

1　J. B. Leishman, *Themes and Variations in Shakespeare's Sonnets*, London: Routledge, 1966, pp. 95–97, 97–99. 有趣的是，在李希曼的这部书中，作者虽然专章讨论了"及时行乐"和"采花及时"两个主题，却没有论及"人生虚无"这个话题，这意味着莎士比亚的十四行诗集不包括这个主题吗？莎士比亚可不是仅仅人云亦云，鹦鹉学舌地歌唱人，赞颂人，他也深刻地进行反思，而这种反思是来自他的天才而不是故意作态的，这才是他的高明之处。

2　此处所指行数以及其他英文作品引文皆以《牛津莎士比亚全集》（第二版）（Stanley Wells and Gary Taylor, gen. eds., *The Oxford Shakespeare: The Complete Works*, 2nd ed., Oxford, UK: Clarendon Press, 2005）为准，以下不再说明。

11行)、"香精"(content，第11行),"子孙"(heir，第4行)、"订婚"(contracted，第5行)等。这首诗的劝说方式，是以列举利害关系为主的。诗中暗示结婚生子，延续美是战胜时间的有效方式。从这首诗里面的叙事层次可以看出，时间在这里是直线的，力量是摧毁性的，时间的存在是暂时的而不是永恒的。这些意思都是通过各种从不同的形变维度来体现保持性质不变的那个拓扑空间的。我们可以看出这几个层次。第一，婚姻作为时间的一个拓扑学隐喻空间形变。第二，"玫瑰""花苞""香精""子孙""订婚"这些隐喻空间，又可以看成婚姻这个拓扑空间的变化。好似从种子到禾苗和果实，都回到植物这个初始的拓扑空间上来。不仅如此，为了深化主题，往往莎士比亚的十四行诗，两首或几首诗前后相接，构成有逻辑的一组，进行穷形尽相的描绘。难怪编辑海盗版《莎士比亚十四行诗集》的本森(John Benson)可以把莎士比亚的十四行诗重新变成组，给出标题。[1]我们可以看见，这样一组里面，诗人采用的拓扑学隐喻空间是一个整体的。但即使如此，后一首往往要推进、深化前一首的主题，所以，也有细微上的不同。比如第3首就用了镜子的比方，这里的拓扑学隐喻空间就变成了镜子。诗人起笔说:"照照镜子去吧，给镜中脸儿报一个信。"(第1行)下一行就说:"是时候了，那张脸儿理应来一个再生。"这样，就用镜子的比方，提醒第1首里面说的结婚生子，复制并保存美的必要性和紧迫性了。然后，紧急地说出了不这样做的种种危害：

假如你现在不复制下它未褪的风采，

---

[1] 参见罗益民:《莎士比亚十四行诗版本批评史》，第89—106页，尤其是第93—94页的分组表。

你就骗了这个世界，叫它少一个母亲。

　　想想，难道会有那么美丽的女人，

　　美到不愿你耕耘她处女的童贞？

　　想想，难道会有那么美丽的男子，

　　竟然蠢到自甘坟茔，断子绝孙

　　你是你母亲的镜子，在你身上

　　她唤回自己阳春四月般的芳龄，

　　透过你垂暮之年的窗口你将看见

　　自己的黄金岁月，哪怕你脸上有皱纹。

　　于是，第2首写容颜不保，颜老色衰，终究"韶华春梦"（count[1]，第11行）成空，一切不复存在。这一首除开使用了结构上的一问一答，前轻后重的金字塔式的篇章结构（"bottom-heavy" structure），还用上了农耕隐喻（"在田地掘下沟槽"，dig...trenches in...field，第2行）与军事隐喻（"围攻"，besiege，第1行；"青春华服"，proud livery，第3行）。同时，第7行的"深陷的双眼"（deep-sunken eyes），也容易让人想起第1行的"沟槽"隐喻。可以看得出来，莎士比亚诗中的隐喻是丰富多彩、千姿百态的。但是，这些仅十四行的小诗[2]，前后相接，不仅延续一个话题，也在手法上有相通之处。比如，第4首除开结婚续美，还加上了无"遗产"（legacy，第2行）以传世，整个是玩味谚语中说的，"还上天的

---

[1] 原义是"有价值的财产"，*Concise Oxford Dictionary* 上释义为：(assets) property owned by a person or company, regarded as having value and being available to meet debts, commitments, or legacies.

[2] 如前所述，有三首是不工整的。第99首有15行，多1行；第126首只有12行，为英雄双行对句；第145首是四音步的，行数仍然是14行。

债"（paying one's debt to nature）[1]。但这前四首里面，都惯用农耕的隐喻。为了获得战胜时间，永葆青春这个主题的现实化，诗人以劝婚为表象的话题，制作、运用各种隐喻的空间，将他们联系、安插在一个浑然一体的诗歌世界里。

在整个诗集中，前126首诗是关于年轻美男的，而在这当中，前17首又是劝美男结婚生子复制和保持美的。这17首中，除开对对方的赞美，为了劝说他免除自恋、自私的心思以外，中心是要对方要结婚生子。需要明确的是，劝婚也是与时间抗争而采取的补救办法。这就是说，时间的拓扑隐喻空间，变成了劝婚和存美的拓扑隐喻空间。这种转换本身，就是一种拓扑学的形变。在这个劝说的过程中，诗人广采众多隐喻，为的是一个目的：劝心上人永葆青春，与时间抗争。虽然整部诗集的主题众多，也在第18首那样的人文主义宣言书中，大肆地张扬了人的伟大和价值，但整体说来，可以感受到，其中时间的威力，是一个很大的、占统治地位的话题。除开后26首（第127—152、153—154首）是关于一位黑肤女郎的，前17首劝婚，之后的109首（第18—126首）中的重大主题都是关于韶华易逝，时不我待，且时间威力无穷的。在这其中，仅仅是关于时间的隐喻也可谓是隐喻如林的。关于时间的不仅仅是直接性表达它的摧毁力的那些隐喻，比如大小镰刀（scythe, 12:13, 60:12, 100:14, 123:14; sickle, 116:10, 126:2）、沙漏（time's fickle glass, 126:2）、时钟（hours, 5:1, 16:5, 19:9, 36:8; clock, 12:1, 57:6）、嗜血的魔王（bloody tyrant, 16:2）、吞噬一切的时间（devouring time, 19:1）、刻刀与画

---

[1] Morris Palmer Tilley, *A Dictionary of the Proverbs in England in the Sixteenth and Seventeenth Centuries*, Ann Arbor, MI: University of Michigan Press, 1950, p. 147.

笔（carve, antique pen, 19:9-10）、时间的毒手（time's injurious hand, 63:2; time's fell hand, 64:1）、岁月吸干美人的血液并在他的额头/填上皱纹（drained his blood and filled his brow / With lines and wrinkles, 63:3-4）、岁月流年的风刀霜剑（confounding age's cruel knife, 63:10）等等，还有间接描写、讨论时间的，比如第12、15、19、55、60、63、64、65首等处描写出的时间导致的惨景。同时，还有一些从时间以外的角度使用的隐喻，诸如琴弦（第8首）、图章（第11首）、多首各处与老年的对比[1]、灵车（第12首）、占星术（第14、15首）、世界大舞台（第15首）、战争（in war with time for love，第15首，第13行）、园林（移花接木，engraft，第15首，第14行）等等。总之，直线时间带来的后果是可怕的。读者看见的这些不同面孔的隐喻，都是时间这个形象的拓扑空间不停地在发生变化，美轮美奂，精彩绝伦，就像川剧里的变脸，怎么变，背后那张真实的脸永远保持不变，也正如一个演员可以上演多个角色，可是那个原初的、种子式的本体永远是坚如磐石、岿然不变的。这一点可以用来想象杰奎斯的人生七段，也可以说是人生七形。首先是啼哭的婴儿，然后是厌学的小学生，再是满怀愁绪、长吁短叹的恋人，沽名钓誉的兵士，满口仁义却也满腹伪善的律师，最后到了老态龙钟、行将就木的老人，这些变化，都发生在一个人身上。倒回来看，这些形变虽是令人沮丧的，

---

[1] 在莎士比亚的《热情的朝圣者》（*The Passionate Pilgrim*，1599）这部诗集中，有一首广为传诵的青春与老年的对比诗，诗中浓情泼墨地赞美青春，却毫不留情地诅咒老年，让人想起《皆大欢喜》中杰奎斯那段人生七境之论，其中晚景凄凉，与此简直如出一辙，别无二致。这首诗原文如下：Crabbed age and youth cannot live together: / Youth is full of pleasure, age is full of care; / Youth like summer morn, age like winter weather; / Youth like summer brave, age like winter bare. / Youth is full of sport, age's breath is short; / Youth is nimble, age is lame; / Youth is hot and bold, age is weak and cold; / Youth is wild, and age is tame. Age, I do abhor thee; youth, I do adore thee; / O, my love, my love is young! / Age, I do defy thee: O, sweet shepherd, hie thee, / For methinks thou stay'st too long.

却也是精彩的。人又有另一种拓扑空间形变，有多才多艺的人，正如杰奎斯所说，扮演着不同的角色，所以，一个天才的人，更是有他的多面形态，难怪有人写出了《九面莎翁》(Graham Holderness, *Nine Lives of William Shakespeare*, 2011)这样的传记，描绘莎翁的"变身术"。时间同样是一个演员，但也扮演了不同的角色，镰刀、沙漏、龙蛇、水仙等等，演绎出不同的意义和精神来，但养育万众的时间，也把万众逼上了黄泉路，也是时间作为无常的一种形象，这给人生以警示和提醒，说明人生是短暂的，也是稍纵即逝的，美好是片刻的，保留美，是一件了不起的且有价值的工作。当然，这也是对人自己的一种估价之后的反思和重估。

四、行为主义拓扑学：从时间哲学到人生哲学

拓扑心理学家勒温在他的《拓扑心理学原理》里主张，行为（behaviour）等于人（person）与环境（environment）的函数（function），$B = f(PE)$。[1] 也就是说，环境中的人产生了行为，人与他所处的环境和他的行为是有关系的。文艺复兴时期的大环境，是关于人的尊严、才能和自由这些因素的。[2] 正如普罗泰戈拉（Protagoras）所说："人是万物的尺度。"（Man is the measure of all things.）[3] 这是说，不仅环境造就了人，人也是万物的一个摹本。这样，就从一个角度高度地赞美、肯定了人的价

---

[1] 库尔特·勒温：《拓扑心理学原理》，高觉敷译，"1942年译本序"，第13—14页。

[2] 见赵敦华：《西方哲学简史》，第184—188页，第十一章"文艺复兴时期的哲学思想"第一节"人的发现"。

[3] W. T. Stace, *A Critical History of Greek Philosophy*, London and Basingstoke, UK: Macmillan; St. Martin's Press, 1920, p. 112.

值。按照普罗泰戈拉的说法，古代建筑家都以人体为摹本，在建筑中再现它的完美。西班牙哲学家斐微斯（Juan Luis Vives）在《论建筑》中以神殿为例，极为生动地说明了建筑设计如何模仿了人体的美丽和匀称。[1]这种角度表明，人是万物的摹本，人超过了大宇宙[2]，人是了不起的。雅各布·布克哈特（Jacob Burckhardt）的名言也殊途同归表达了这个意思："文艺复兴的文明，第一次发现并充分显示人的全部和丰富的形象。"[3]哲学家们也不厌其烦地说："人是伟大的奇迹。"（Magnum miraculum est homo.）[4]如果从这个角度看，莎士比亚的诗歌世界即诗歌小宇宙堪称一面忠实的镜子，对此反映得栩栩如生，淋漓尽致。他的第18首十四行诗对小宇宙人与大宇宙的对比，显出人超过大宇宙的素质，生动地以当时流行的传统宇宙论，重估了人的价值，人被提高到一个前所未有的高度，因此可以说，这首诗是一部人文主义的宣言书。塞缪尔·约翰逊（Samuel Johnson）说莎士比亚的艺术是一面镜子，那是说他很有效地用他的诗歌小宇宙，反映了人所在的大宇宙。也是说，他成功地、最有效地描写了人，用约翰逊的话来说，是"普遍的人性"。[5]这样一来，人的哲学就是非常必要，而且避不开的了。既然时间与人有关，时间哲学也就与人的哲学不可分离了。

  如果把莎士比亚的思想高度、敏锐程度以及深度与哲学家相比，

---

[1] 转引自胡家峦：《历史的星空》，第210—213页。参见 S. K. Heninger, Jr., *Touches of Sweet Harmony*. San Marino, CA: The Huntington Library, 1974, pp. 191-193。

[2] 布朗高歌人"超过了大宇宙"。参见胡家峦：《历史的星空》，第215—216页。

[3] 转引自欧金尼奥·加林：《文艺复兴时期的人》，李玉成译，北京：生活·读书·新知三联书店，2003年，第4页。

[4] 欧金尼奥·加林：《文艺复兴时期的人》，李玉成译，第4页。

[5] S. Johnson, Preface to Shakespeare, *The Works of Samuel Johnson, A New Edition in Twelve Volumes*, Vol. 10th, ed. Authur Murphy, London, 1823, pp. 135, 138, 139.

就可以发现，他兼有哲学家的深邃和文学家的敏锐。他在《哈姆雷特》这部代表作（也可以说是那个时代的代表作）里，借哈姆雷特之口说，"人类是一件多么了不得的杰作！"，是"宇宙的精华！万物的灵长！"（朱生豪译，第二幕第二场）。又在哈姆雷特那段不朽的独白里面，用上了"to be or not to be"那样在言必称希腊的当时的时髦哲学口号。[1] 后来的思想家和学者都以"文艺复兴时期的人"为题，来探讨这个妙绝古今的话题。欧金尼奥·加林（Eugenio Garin）热情洋溢地说：从"文艺复兴开始，文化的觉醒就首先表现在从艺术到文明生活的各个领域里对人、人的价值的重新肯定。……作家和历史学家们最关心的题材就是人、人的世界和人们在世界上的活动"[2]。

人人都沉浸在对人的赞美声中，正如莎士比亚自己的第18首，以前所未有的高度，融合文化的精髓，歌唱人的伟大，莎士比亚却也独具慧眼，不愚笨地盲从俗流，只说人的伟大，而看见了人自身的不足。与他同时代的哲学家笛卡尔（René Descartes），在反思主体上进行深刻的思考。莎士比亚大红大紫的1596年笛卡尔才来到世上，笛卡尔是哲学行业的，固然与莎士比亚不同，但对人的思考和演绎，定有相通之处。一

---

[1] 这个表达历来成为阐释者和批评家的一个头痛的事情。从上下文来看，下文具体的意思都在那里，但就be这个词的本义来说，却是哲学意义上的。按照哲学家的说法，本意是"在"与"是"的关系。在上下文中，下文即对be的释义。朱生豪译为"生存还是毁灭"，"没有给……理解……带来……困难，也没有造成……曲解"，但be一词的表面意义，却是从哲学的口头禅中顺手借来的。众所周知，文艺复兴崇尚希腊罗马文化，而哲学又是其中的中流砥柱之一，所以必然是当时哲学甚至流行话语感兴趣的东西。莎士比亚只不过是信手拈来，一来表达抉择艰难之意，二来顺道玩味时髦之语，博得一笑，引起同感，增添情趣，为戏剧作为娱乐而服务。可惜这一点，四百年来，英伦内外，都忽视了这个简单的道理，反倒走上了高深莫测、牵强附会的阐释去了。关于to be的会意，参考王路：《寂寞求真》，北京：北京大学出版社，2009年，第108—109页。

[2] 欧金尼奥·加林：《文艺复兴时期的人》，李玉成译，第4页。

个是用理性和逻辑表达,一个是用形象和情趣来言说。在文学领域,莎士比亚的戏剧之所以充满了言辞、言说、独白、旁白,以无韵诗的口语体来表达,就是因为他要表述思想,而非亚里士多德传统中的行动,但他的表达方法与笛卡尔的不同,他们是不同中的相同。哈姆雷特这个角色,正是一种笛卡尔式的理性与莎士比亚式的形象的结合,在他说人是"宇宙的精华、万物的灵长"之后,又反过来说,这算不了什么。这是在对反思主体进行思考。

完全可以想象,笛卡尔应该是知道或看过或读过莎士比亚的。换一句话来说,莎士比亚在戏剧方面的反亚里士多德传统行为,把打斗动作写成沉思的说辞,比如哈姆雷特、理查三世等等那些长篇累牍的独白与对白,即使这一点没有影响十年后进入10岁,由一个小孩进入少年阶段,开始知晓人事的笛卡尔,但到哈姆雷特这样伟大的剧作上演,轰动伦敦这一个当时西方的国际大都市,到莎士比亚乘鹤西去,笛卡尔正好20岁,小荷尖尖,意气风发,他也应该可以想到二者有相通之处。二者之间的关联,致使1925年有评论家发表了一篇题为《莎士比亚与笛卡尔:欧洲思想史中的一个篇章》[1]的文章来证明,另外2000年出版的安东尼·戈特利布所著的《梦想理性:自古希腊至文艺复兴的西方哲学史》(Anthony Gottlieb, *The Dream of Reason: A History of Western Philosophy from the Greeks to the Renaissance*),可以联想到文艺复兴及其以前的时代都在梦想理性,这一点也说明笛卡尔和莎士比亚都在一种反思模式中思考,这一点也同时表明莎士比亚的伟大敏锐与了不起。由此又可以推断出,莎士比亚以艺术家的敏锐,孕育了理性这一枚思想的种子,也足见他的

---

1 "Shakespeare and Descartes: A Chapter in the Intellectual History of Europe", *Hibbert Journal*, Vol. 24, No. 1 (Oct. 1925), pp. 88–100.

思想深度与敏锐程度，再辅之以巧夺天工的技法、海量的词汇、天才的博学，就有先知般的文学家兼思想家的莎士比亚了。为什么莎士比亚写思想，不重打斗，想想托尔斯泰对莎士比亚的否定，托尔斯泰的祖国疆域广大，便于展开厮杀，而英国那样的弹丸之地，却显然是不方便的。莎士比亚笔下多用一些魔术岛、森林移动、女巫肇事等等手法，不仅仅是神话或超自然的因素使然，现实上摆不开战场，想必也是一个现实的理由。自1978年以来，波兰哲学家塔塔尔凯维奇，英国的鲍桑葵，我国的陆扬、汝信、伍蠡甫、余秋雨等学者，开始把他列入美学史的神龛，他开始以思想甚至理论的姿态走进历史，足见其人之深邃、高级和伟大了。

　　如果稍加注意，就会发现，除开他十四行诗中对人的美、美好、伟大的歌颂以外，他着墨最多的，除开传统的儿女情长，更有对很多哲学话题的思考。如果我们以这种观察角度来看，就会发现，从莎士比亚开始，他的十四行诗主题就已经开始转向，开始获得新的题材、新的高度，赋予了十四行诗以新的生命，开始丰富起来，丰满起来，生动起来，深邃起来，充分显示出他目光之远大。之所以如此，是因为，他的天才使得他深入人与环境的关系，以及因此而导致的行为上来，而时间，则是体现这一点的一个维度。也是因为这一点，他诗歌创作中的形象、空间、隐喻，才得以丰满、丰富、多彩起来。

　　就现实而言，仅仅从哈姆雷特的身上看，一个文艺复兴时期的标准的人，负担何其沉重！加林组织著名历史学家撰写的《文艺复兴时期的人》（*L'uomo del Rinascimento*），把当时的人分为九类十二种。其中由剑桥大学历史学教授彼得·伯克（Peter Burke）专章撰写的《朝臣》[1]，讨

---

[1] 李玉成的译文为"廷臣"。由于汉语中有"朝臣"一词，本文就是改用后者了，相关的也就改用该词了。参见欧金尼奥·加林：《文艺复兴时期的人》，李玉成译，第127页。

论国之栋梁应该具备的素质。其中提到卡斯蒂廖内的《朝臣论》，对人的要求，几乎就要求作为朝臣的人就应该是一个能人、全人和完人。这种要求很容易使人想起哈姆雷特身上的负担，很容易想起斯宾塞写《仙后》(The Faerie Queene)，与其说是赞颂人的美德，间接地歌颂当世女王，不如说是给人增加负担。在这种痛苦的呻吟之下，哈姆雷特才沉吟出"生存还是毁灭"的心迹来。这种沉吟屡屡出现，莎士比亚十四行诗第29、66首，《鲁克丽丝受辱记》（第848—924行）和《威尼斯商人》中的出现过几乎雷同的字句，来重复、强调也许是赘述这种沉吟。哈姆雷特本人，也可以看成一个潜在的朝臣，他要重整乾坤，要匡扶正义，再联想莎士比亚写的亨利五世从少不更事之人，成长为一个完美的国王，也就是这么一个过程。莎士比亚之所以多写宫廷朝野，因为其中包含了更多的社会、文化和生活的内容。

于是，由于这些原因，才有人们更知道完人菲利普·锡德尼（Sir Philip Sidney），而不太知道作为诗人、理论家和文人的锡德尼了。[1] 被莎士比亚十四行诗集中的"我"称为"可爱的男孩"的人，就面临着如此多方面的压力。诗中的"我"，尤其拿时间哲学及其演绎出来的人生哲学，谆谆教诲，让其压力重重。他也可以看成那个社会的一个普通人所承受的"生命不能承受之轻"。说话人"我"竭尽隐喻之能事，进行拓扑学空间式的演绎，足见其苦口婆心，就像朱丽叶的奶妈唠叨她小时候生活的点点滴滴一样。虽然奶妈是用来打趣，但其中可见受到的要求。为了人生的"幸福"，朱丽叶的父亲就直接骂她不懂事儿，用语之脏，

---

[1] Tucker Brooke, *The Renaissance (1500-1660)* (*A Literary History of England*. Vol. II), ed. Albert C. Baugh, New York: Appleton-Century-Crofts, Inc., p. 442.

之难听，超出常人。这里奶妈打趣，正好与她父亲的严厉要求形成鲜明的对比，使朱丽叶的压力显得更加大起来。可以想象，朱丽叶的死是她父亲逼出来的，而她的爱情和幸福，则是奶妈做月老，当红娘，鼎力相助而得到的。

莎士比亚的十四行诗，和他的戏剧，可以互相作为一种印证，即理论家所谓的"互文性"。比如雷欧提斯的父亲波洛涅斯对儿子的苦口婆心一样，人都要在这种重压中成长，亨利四世居然在心里由衷地羡慕叛贼的儿子霍茨波的上进、勤奋和勇猛，却对自己的儿子"怒其不争"。（第三幕第二场；III. ii. 93-120）在加林之前，匈牙利女哲学家阿涅丝·埃莱尔（Agnes Heller）所写，由理查德·阿伦译为英文的《文艺复兴时期的人》中，专门有一章，论述时间观念，一个方面是以过去为中心的，另一方面是以未来为中心的。这样采取了两种不同的人生态度。也让我们想起了莎士比亚十四行诗集里对时间的关注。难怪她在耄耋之年，想清楚了人生的哲学思考，写下了一本《作为历史哲学家的莎士比亚》[1]，真可谓是心有灵犀一点通，莎士比亚遇上了知音，被哲学家加以解释了。

西方文学讨论中关于时间的阐释，多数人没有深入时间本身的哲学上来。布莱兹的讨论只提到其中包含的动与变的观念，发现莎士比亚写时间是一种双向和悖论式的。20世纪二三十年代开始的新批评运动的名著莎评之一，乔治·威尔森·赖特（G. Wilson Knight）所著《干柴烈火：论〈莎士比亚十四行诗〉与〈凤凰与斑鸠〉》（*The Mutual Flame: On*

---

[1] Agnes Heller, *The Time Is Out of Joint: Shakespeare as Philosopher of History*, Cambridge, MA: Wiley-Blackwell, 2000.

Shakespeare's Sonnet *and* The Phoenix and the Turtle，1955），说时间的素质在莎士比亚的十四行诗集中是一个神秘的话题，它既存在于时间之中，也存在于时间之外，无法进行理性的讨论。其实，文艺复兴时期的人对自己在时间方面的考虑是双向的。他们追求一种与神同质的素质，即要长生并不老，要永恒并且至美。文艺复兴的人包括莎士比亚，要与时间同长（to time thou grow'st，第18首，第12行）。不论是否有前提，诗集中的"我"似乎说，这是可以实现的，但另一方面，他又发现，这是有条件的。因为，时间作为一种养育力的同时，也是一种摧毁力。因此，时间具有一种双向量，即同时存在的，具有张力性质的养育力和摧毁力，两种历史观和两种哲学观。这在第60首中体现最为明显，其他关于时间不在，美之不存的各首，也都是按这种模式写的。

在第60首里，在说滚滚波涛你追我赶，奋勇向前，生命成熟，又到达"辉煌的顶端"，接下来就有"日蚀"与光荣斗彩，时间把自己的赠与捣毁。原文中的eclipse，既指日食与月食，即我们所说的"月有阴晴圆缺"，满月变成新月，暗示人老弯腰驼背[1]，同时，这个词还带着一个双关的意义，指"恶意"（malign）。像这种在双关和多意上巧施小计的，处处都是。可以说，文本中隐含的意义，犹如江河山川，处处是险滩，处处有埋伏，为意义的重新发现，提供了潜在的"惊喜"。这就是陌生化理论所谓的求异、求新、求奇，以至找出被陌生化以后产生出来的新鲜感。拓扑学的不同而多姿多彩的空间，正是这样成岭成峰、远近高低地体现出来，反复呈现在读者的眼前的。如果是陌生化是目的，拓

1　Stephen Booth, *Shakespeare's Sonnets Edited with Analytic Commentary*, New Haven: Yale University Press, 1977, p. 240.

扑形变则是手段和过程。在罗兰·巴特著名的《S/Z》一文中，对巴尔扎克的一部短篇小说，就能解读出五层之多的意思，这是因为，作者巧夺天工的技艺，设计了这些变幻无穷的景象，即读者眼下的拓扑空间。难怪斯珀吉翁（Caroline F. E. Spurgeon）可以搜集、罗列、分类出那么多的莎士比亚的意象群集，燕卜逊可以把意义的多重层叠与交叉写成七种类型（*Seven Types of Ambiguity*，1930）。莎士比亚是前无古人后无来者的语言高手，他对语言的把握登峰造极，他同样也创造出数不尽的拓扑隐喻空间，让其境生象外，也境生象内；让其出现在字里，也出现在行间。和现代人相比，莎士比亚的技艺不同之处，在于他的更为自然，巧夺天工，却不见斧凿之形。

　　这样的拓扑空间及其高妙的演变，这也是他能够把玩拓扑学形变的高妙技巧。这些给诗歌的意境、形象、隐喻和想象空间，都带来了丰富多彩、扑朔迷离的诗意，当然，也同时给翻译与理解，包括西方不少的注疏散文译本带来了不小的难处。正如第18首里面描写的那样，正当风华正茂，可是又遇乌云遮日，狂风作践娇嫩的好花儿，直线时间的摧毁力胜过它的养育力。莎士比亚拿夏天这个最美的季节来"吹毛求疵"，一方面暗含了人定胜天的思想，另一方面，又暗含着被时间养育出来的美，又同时在这个养育过程中，成长了摧毁的力量。整体来说，这首诗宣扬了人定胜天，或者至少说人是与宇宙平起平坐的观念，依照当时流行的观念，就是大宇宙与小宇宙平起平坐的思想，但在诗的第一个四行和第二个四行之中，写对美好的夏日受到的摧残，还有诗歌结尾处转而写诗歌可保心上人天长地久、千里婵娟，其中两个"只要"，再联想起诗歌开头的美好中的衰败，减少了对永恒、至美并且长生又不老的信心。所以，这里仍然可以读出时间摧毁力给人的悲观感觉。

这些感觉，在第12、15、19、55、60、63、64、65、73、74、100、107、116、123、126首，让人深深感受到直线时间的摧毁力，岁月催老，第12、60、100、123首里，直接出现了时间的大镰刀（scythe），其他地方出现了小镰刀（sickle）（第116、126首）。仅仅镰刀这个意象，就很像林黛玉的《葬花词》里所说的"风刀霜剑"。风和霜、刀和剑都象征时间的摧毁力量，风霜是本体，刀剑是喻体；风霜是原初的拓扑空间，刀剑是它的形变。倒回去可以发现，时间在风刀与霜剑之中永不停步，正如第60首开始说的那样，后浪推前浪，永不停息，第12首也特别描写了这种印象。这首诗通过语法特征和结构涉及，描绘了万物终将萧条、凋零的主题。整体上来说，这首诗只有一句话。如此紧凑，暗示了时间的紧迫节奏；各行首字都是一些连词，这样就把全诗这个整句紧凑地联系起来了。除此之外，诗中还频频出现首字母相同的情况，读来犹如时钟指针有规律地走动，恰似对这种节奏在音韵上的模拟。[1]比如第一行的count the clock（数着时间的数字，听着时钟的节奏），tells the time（报告时间）。其他的还有past prime（第3行）、with white（第4行）、lofty...leaves（第5行）、borne on the bier, with white, bristly beard（第8行）、Since sweets（第11行）、breed to brave（第14行）等。其他还有一些内韵（如brave day［第2行］、trees I see...leaves［第5行］、sweets and beauties［第11行］、Time's Scythe［第13行］）以及连韵（如time must［第10行］）等。这些音韵结构上的设计，既产生了音乐的节奏感，也模拟了诗中的步伐和节奏，二者相映成趣，美不胜收。再加上那些意象产生的隐喻，

---

1 Rex Gibson ed., *The Sonnets* (Cambridge School Shakespeare), Cambridge: Cambridge University Press, 1997, p. 19.

形成的千姿百态的拓扑空间，使得诗中的时间正如现实的时间，在钟表里的有规律的节奏，在自然中江河的流动，小溪的低语呢喃，空中的风起云涌，山巅的四季姿色变换，一个诗意的空间，就在艺术的镜子里活脱脱地显现出来。于是，一个奇妙的诗歌小宇宙，就被创造出来。宇宙及至诗的世界，二者也形成一种拓扑空间。

在前126首说与"可爱的男孩"这个"美男诗组"（Young Man Sonnets）里，如前文所说，不写那种思之不得，辗转反侧的在水伊人，不谈论爱是否得到了回报的贺拉斯式的传统主题，而是规劝对方战胜时间，永葆青春，把美延续。诗中没有见到是否对方接受了这个建议的相关内容。诗中的"我"或者说诗人，一来规劝结婚生子，不能无后，二来说他的诗可以战胜时间。在文艺复兴时期，战胜时间的方法与途径，可分为四种。首先是建功立业，其次是相爱，婚配与生子，繁衍后代，再次是立德向善，第四是诗歌可以让人永恒。第一点在莎士比亚的这部十四行诗集中没有特别提及。第二点和第四点是莎士比亚笔下的重点，第三点有所提及，但续美和诗歌是莎士比亚浓墨重彩、用心用力的地方。总括起来，莎士比亚花了很大的力气，陈述时间的威力，它的摧毁力，找到了与时间抗衡的办法，一是通过爱情，结婚生子，把美延续，一是诗歌可以让对方永葆青春，并到达永恒。

从诗的各项细节来看，散布、沉浸在诗中的时间哲学包括威力无穷的直线时间，让人感觉到韶华易逝，岁月不居，也包括循环时间即达到永恒的可能性。美可以战胜一切，正如拉丁语谚语所说：真爱无敌（Amor Vincit Omnia）。于前者来说，莎士比亚的整部诗集很清楚地表明，时间具有强大的威力，镰刀只是一个代表性的拓扑空间，其他跨众多行业的拓扑空间，都殊途同归地说明，时间是万物的重要维度，体现为各种各样的空间对象。比如玫瑰、香精、农耕、攻城、镜子、枯坟荒丘、时光老人、几何积数、音乐琴弦（琴瑟和谐）、图章印鉴、春华秋实的夏苗到枯禾败叶、倾塌房舍、嗜血的暴君、绘画描摹、大小宇宙，如此等等，谓之丰富，读之奇妙，思之美好，主要想说时间的紧迫性。彼特拉克、锡德尼、斯宾塞等人的爱情十四行诗，拘泥于传统的继承多，莎士比亚却巧做比方，使用比喻，构成拓扑空间，堪称一大特色与景致。显然诗人想把美留下来，要所爱的人永葆青春，长寿永恒。这种到达永恒的办法，一是孜孜不倦地劝说对方结婚生子，把美延续，一是说，时间无论多么残酷、霸道、横蛮，只要他赞美对方的诗歌存在，诗人就可以永远活在诗行之中，永垂不朽。

于是产生两种相对的人生哲学，与文艺复兴时期诗歌流行的两大主题包括"及时行乐"与"人生虚无"，二者都暗示人生短暂，时不我待。[1]关于这一点，显然莎士比亚十四行诗集里体现出来的，是比较乐观和主动的。虽然似乎说话人没有说服对方结婚生子，也似乎这一点没有能够让对方获得永葆青春的永恒，他就转向诗歌，而且以宇宙论为逻辑和依据，说明对方是可以永恒的。第18首是这方面主题描绘的典型，其他地方诗人多次提到所爱之人可以在自己的诗行里永恒。但从对时间的无情威力的描述来看，又表现出一种悲观的调子。所以，整个诗集关于时间的描述与"讨论"，暗示一种战胜时间的理想，但现实的时间又是强大的，所以存在着一种明显的矛盾感和张力。但总体说来，面临时间的威力，诗中的"我"是持主动、乐观的态度的，这一点符合文艺复兴时期人的积极精神。

---

[1] 胡家峦：《历史的星空》，第164—166页。

结　语

　　总之，时间是莎士比亚十四行诗集中一个最为显著的主题。这样的写法，使诗集超越了男欢女爱、儿女情长的狭隘视角，使十四行诗获得了新的生命。正如前文所说，有论者认为，是多恩开始，十四行诗获得了新的主题和面貌。如果想想莎士比亚的十四行诗集，就明白这方面莎士比亚是开先河的，这也许能解释为什么莎士比亚的十四行诗集被认为是同类作品的最高峰的原因了。众多的勘校注疏本、谈论分析本，都说莎士比亚的十四行诗集是同类之最，但迄今也没有解释出为什么。也许，这就是其中的一个角度。

　　阅读莎士比亚十四行诗集中关于时间的主题，以及他精妙的演绎方法，那些丰富多彩、风姿绰约的拓扑空间，不仅仅是读来让人心摇神荡或如坐春风，他关于时间的这些隐喻式的拓扑空间也暗示、表明一些人文主义的思想，比如，人不小于宇宙（第18首）；人是美的；人可以达到永恒；人是神的作品，但不仅仅是神的影子，他也可以模仿神的行动，创造诗歌小宇宙。莎士比亚这部十四行诗集中屡屡提到诗歌可以是人永恒，遵循了传统的关于诗歌小宇宙的理论。文艺复兴时期的人把人看成是小宇宙，"正如阿格里帕所说，小宇宙是'神的最美丽、最完满的作品'，体现了'神的最高工艺'"[1]。大小宇宙的对比表明，神创造的大宇宙美，但小宇宙更美。由于小宇宙还可以模仿神的行动，创造出诗歌小宇宙，大宇宙里有的，小宇宙也有，且更为持久、完美。这是第18首十四行诗表达的思想，也是对人文主义的最高的赞颂，因此这首诗可

---

[1] 参见 S. K. Heninger, Jr., *Touches of Sweet Harmony*, San Mrino, CA: The Huntington Library, 1974, p. 192。转引自胡家峦：《历史的星空》，第253页。

以看成是人文主义的宣言，更是莎士比亚对人的肯定的绝唱。也因为这一点，这首诗才脍炙人口、家喻户晓。[1]第18首也成为诗集中璀璨的明珠，格外闪亮，艳丽夺目。

  莎士比亚十四行诗之所以被看成同类作品中的高峰，除开它生动而有深度地精彩地描述了人文主义的思想，对人的肯定，还在于由此形成的丰富主题，细节上的精彩演绎，这些演绎读来如入一个无垠的花园，这个花园也成为一个与大宇宙相对应、相辉映的诗歌小宇宙了。从拓扑学的角度看，就是极为精彩、贴切地创造、展拓了让人目不暇接的拓扑隐喻空间，以它涉及的丰富的、多种多样、多姿多彩的行业来看，时间的拓扑空间对象，完全可以像斯珀吉翁那样，也集大成式地写一本关于莎士比亚十四行诗的拓扑学空间隐喻出来，分门别类，详加考察。但是，要能同时揭示出它背后的文化含义，展示、复原其中的行为哲学、时间哲学与生命哲学，就算是真正的画龙点睛，打破坚冰了。

---

[1] 关于诗歌小宇宙的论述，参见胡家峦：《历史的星空》，第109、233、236、253、264页。

真善美：从诗的主题到诗的创造
——论莎士比亚的诗歌美学观[1]

罗良功

自从1609年第一个四开本的莎士比亚十四行诗集问世以来的近四百年里，东西方学界对莎士比亚十四行诗进行了广泛深入的研究，总的来说，"评论家的最大的兴趣，还是对诗集进行传记学研究，也就是说，把莎士比亚《十四行诗集》当成一部自传来阅读"[2]。在这种视角之下，莎士比亚的十四行诗常常被认为多是写给一位俊美的贵族男青年（第1—126首）和一位黑肤女郎（第127—152首）的，主要是诗人情感历程和人生经历的记述。这类观点有其合理性，却过于强调了莎士比亚十四行诗中抒情主体与抒情对象的实体性，而忽视了这两者作为抽象概念承载体的可能性。在很大程度上，诗人或许是将真善美等抽象的概念拟人化和实体化，并借此阐发了诗人自己对美的感悟和他的诗歌美学观。本文正是基于这一思考对莎士比亚十四行诗进行一些探讨。

1　原载于《世界文学评论》2006年第2期。
2　罗益民：《传记学坐标之下的莎士比亚十四行诗研究》，《国外文学》2004年第2期。

一、真善美作为诗歌主题

美始终是莎士比亚十四行诗的主题。在传统莎学研究认为是莎士比亚献给一位美貌的青年贵族的诗中,那位青年诚然成为美的化身,让诗人开篇就激动不已:"我们要美丽的生命不断繁殖,/能这样,美的玫瑰才永不消亡"(第1首)[1]。后来诗人又直陈胸臆:"我的诗本来就没有其他目的,除了来述说你的天赋,你的美"(第103首)。这既是诗人对诗的一种态度和追求,也是他对自己诗歌的总结:美作为主题渗透在莎士比亚诗歌的灵魂之中,表现了诗人对美的独特体认和追求。

在莎士比亚看来,美首先是自然造化的产物,是自然用"一刻刻的时辰"、用"温柔工程"造就,是自然的精髓,因为"她[自然]让你更胜一筹"(第11首)。这种美映射在整个自然之中,"早开的紫罗兰""素手的百合""站在枝头的玫瑰"等,无不映射着美的影子,以至于诗人断言:"我见过更多的鲜花,但从来没见过/不偷盗你的香味和颜色的花朵。"(第99首)这正体现了莎士比亚关于"美源于自然""美即自然"的观点。

在莎士比亚的第十四行诗中,美永远是"可爱的青春四月天"(第3首),充满了青春的生命律动,浸润着自然造化的灵性,同时具有女性美和男性美的双重特性。诗人在第20首诗中写道:

你有女性的脸儿——造化的亲笔画,
你,我所热爱的情郎兼情女。

---

[1] 本文所引用的莎士比亚十四行诗均出自屠岸译:《莎士比亚十四行诗集》,上海:上海译文出版社,1988年,文中只标明诗歌编号。

> 你风姿特具,掌握了一切风姿,
>
> 迷住了男儿眼,同时震撼了女儿魂。
>
> （第40首）

这种阴阳同体使得美同时具有两种属性,即物质的美和精神的美,两者均是造化天成。物质的美即为形体之美和情欲的愉悦。诗中的"你"的男人之身和女性的俊美形象都是自然赋予,是自然"造了你来取悦女人"（第20首）。不仅给女性的外形的审美愉悦,而且满足情欲的渴望。精神之美则更多地表现在超脱肉欲的情感愉悦上,诗人说"你"的男儿之身对于同为男儿身的"我"（诗人）"一点儿没用处"（第20首）,实则强调诗人对美的超功利的赏悦和享受,正如他在第46首诗中所写的:"我的眼睛享有你的仪态,／我的心呢,占有你内心的爱。"这种爱无疑是一种精神的爱。正是在承认物质之美和精神之美同样合理的基础之上,诗人坦诚地说:"那也好,给我爱,给女人爱的功能当宝!"（第20首）这里所说的"给我爱",实则是一种超脱物欲的精神之爱;"给女人爱的功能"则指向一种现实的肉欲之欢。因此,美所带来的精神愉悦和肉体愉悦,在诗人看来,都是合理的、必然的。而两者孰轻孰重,诗人自有明确的判断:

> 你把她占有了,这不是我全部的悲哀,
>
> 不过我也可以说我爱她爱得挺热烈;
>
> 她把你占有了,才使我痛哭起来,
>
> 失去了这爱情,就教我更加悲切。
>
> （第42首）

诗中化身为男性形象的"你"对女性"她"和男性"我"的开放性恰好代表着"你"所寓示的美的两极，即物质之美和精神之美。"你"把"她"占有即是美向肉欲的倾斜，虽然偏离了美的精神之维，但毕竟是自然本性的显露，因为男性的"我"也有类似的情感，因而是可以接受的。但若是"她把你占有"，则意味着美被肉欲俘获，美的精神之维就会荡然无存，这正是诗人为之悲切的。由此可以看出，莎士比亚不排斥美的物质性，但更强调美的精神特质，正是在此基础上，莎士比亚特别注重美向精神之维所表现出的执着的定性，即真。

所谓真，在莎士比亚的诗歌中表现为两种基本品格：一是美对精神之维持久执着的倾向性，即忠诚；一是这种倾向性所自然显露的方式，即真实。忠诚的品格赋予了莎士比亚所歌颂的美以独特的内涵和魅力，使得这种美全然不同于其他形式的美。正如诗人所说，世间美丽的花鸟"不过是仿造你喜悦的体态/跟娇美罢了，你是一切的准则"（第38首）。这两行诗的内涵在另一首诗中得到了强化："一切外表的优美中，都有你的份，/可谁都比不上你那永远的忠贞"（第53首）。忠贞成为莎士比亚所歌颂的美的内涵，同时也是诗人渴求的理想："你从我身上能看到这种火焰：/它躺在自己青春的灰烬上缭绕，/像躺在临终的床上，一息奄奄……/看出了这个，你的爱会更加坚贞"（第73首）。在这里，诗人明确地表达了一种渴盼：美应该更坚定地体现其超脱肉欲的精神之爱。另一方面，莎士比亚的十四行诗所表现的美始终是以一种真实自然的姿态面向精神之维，"没半点装饰，只有本色和真相"（第68首），是一种"不用装饰"（第101首）的纯天然状态，因而美所展现的是自然而不矫饰、真实而不虚伪的本真气质。忠诚与真实所构成的"真"的品格与美交织交融，形成一种"浸染着美的真"（第101首）和浸染着真的美，共同支撑起莎士比亚的美的精神空间，构成他的诗歌思想内核。

然而，无论是就物质维度还是精神维度而言，美都是短暂的，都将被时间毁灭。诗人对美的归宿感到忧虑："于是，我开始考虑到你的美丽，／想你也必定要走进时间的荒夜"（第12首）。因此，诗人强调美的开放性，即强调美在物质维度和精神维度上同时向外渗透、向外附着，以获得自己在物质上和精神上的子嗣。只有这样，美才能敌得过"时间的镰刀"（第12首），才能在物质和精神双轴上得到延续，因为"如果你有个孩子能活到那时期，／你就双重地活在——他身上，我诗里"（第17首）。诗人在第42首十四行诗中，对于作为美的化身的男性青年偏离精神之轴而享受"把她占有"的肉欲之欢虽然心有不悦，但认为这是正当的，因为这种肉欲之欢显然有利于美在物质维度上的延续。然而诗人对于男青年"被她占有"的可能性的严重关切则是担心肉欲吞噬精神，从而导致美的精神维度的崩溃和瓦解。也正是出于同样的原因，莎士比亚在许多诗中一方面规劝甚至警告作为美的化身的男性青年结婚，以期使美在物质意义上得到延续，另一方面又渴望他对诗人自己多施爱恋，使美在精神意义上渗透和附着到诗歌之中，从而获得美在精神上存续。在这一意义上，美的开放性是美得以双重延续的前提，而若是美自我封闭、决意独身，那么就是"小器鬼""放债人"（第4首）、"败家子"（第13首），到头来只能产生"愚笨、衰老、寒冷的腐朽"（第11首）。因而，美的自我封闭实则是一种"谋杀的毒恨"（第10首），最终将导致美的死亡、丑的繁滋，正如诗人警告作为美的化身的男性青年所说的那样，如果不留子嗣，"你的末日，就是真与美的死期"（第14首）。

从另一角度来看，美的开放性是一种顺应自然的美德。美作为自然的产物和自然的精髓，其繁衍存续是自然运行的大道。面对美的化身，莎士比亚大声警示："造化刻你作她的图章，只希望／你多留印鉴，也不让原印消亡。"（第11首）无疑，美以其开放的态势向外渗透，是一种大善，反之则是大恶。因为对于美，"守着不用，就毁在本人的手中。／对自己会作这么可耻的谋害，／这种心胸不可能对别人有爱"（第9首）。诗人以拟人化的手法直陈一个观点：美若不以开放姿态延续下去，将会自我消亡，这无异是暴殄天物谋害自然的恶行。因此莎士比亚反复向美呼吁要为善：

> 你应该像外貌一样，内心也和善，
> 至少也得对自己多点儿慈悲；
> 你爱我，就该去做另一个自身，
> 使美在你或你后代身上永存。
>
> （第10首）

诗人在这里强调了美与善要一致。美应以善对己、顺应自然，以不同的形态延续美。面对作为美的化身的男性青年，诗人说"你爱我，就该去做另一个自身"，实则是表明诗人对美的精神维度与诗人的精神相结合的诉求，诗歌将成为美的精神后代，承载和延续精神之美。这样，时间的刀斧即便能砍掉作为美的象征的男性青年的肉体生命，却砍不掉他的精神之美，因为"他的美将在我这些诗句中呈现／诗句将长存，他也将永远新鲜"（第63首）。正是出于对诗歌承载美的功能的信心，诗人反复以劝说和威吓的方式要求美对诗人多加垂注，体现了诗人对美所应具备的善的品格的诉求。同样，这位男青年（美）对诗人所表现出来的"真"和忠诚，也正体现了莎士比亚理想中的美所具备的善的品格。这种善使得莎士比亚的诗歌与美的结合成为可能，并且善本身成为其诗歌的重要主题之一。

由上述分析可以看出，莎士比亚所讴歌的男性青年，实则是真、善、美三位一体的实体化了的概念，三者貌似分离，实则相互渗透、彼此附着，形成一种即蕴含着自然本真（真实）和社会伦理（忠实），又顺应自然之道、可以无限延续的和谐的美，构成了莎士比亚十四行诗的核心主题，正如诗人所说：

> 真、善、美，就是我全部的主题，
> 真、善、美，变化成不同的辞章；
> 我的创造力就用在这种变化里
> 三题合一，产生瑰丽的景象。

（第105首）

二、真善美与诗歌创造

美作为莎士比亚诗歌的主题，并不意味着诗人只是被动地对美进行临摹。事实上，对于凝聚了真和善的美、兼有物质形态和精神形态的美，诗人不可能仅仅只是被动临摹，相反他的诗歌融入了诗人的主体精神。莎士比亚就此声明："我生命还有一部分在诗里存在"，"我身体所值，全在体内的精神，/而精神就是这些诗，与你共存"。（第74首）从莎士比亚面向心中美的楷模的这番诉说不难看出，他坚信自己作为诗人的主体精神渗透在诗歌之中,与美共存。莎士比亚的主体精神渗透在他对于美的审视、理解和表现之中。作为诗歌主题的美以及他作为诗人所表现出的善与真,形成了超脱于作为诗歌主题的真、善、美三位一体之外的另一重真善美三位一体,体现了诗人的主体精神在诗歌创作整个过程中的渗透,充分反映了诗人独特的美学思想和诗歌创作观。

莎士比亚认为诗歌是诗人的主体精神对于美的呼唤与启示的积极回应,两者在精神上的结合产生诗,诗即美的子嗣和载体,是美之永存的精神空间。这一观点从根本上体现了诗人的善。在莎士比亚看来,外在于诗人的美是诗歌灵感的来源。诗人不止一次地向美倾诉:"既然你呼吸着,你本身就是诗的意趣,/倾注到我诗中,是这样精妙美丽"(第38首)。继而,他又更加明确地说:"你该为我的作品而大大骄傲,/那全是在你的感召下,由你而诞生"(第78首)。美是诗人永远的灵感之源,诗人因为美而存在。诗人面对美的化身,说:"只要你还保持着你的青春,/镜子就无法使我相信我老;/我要在你脸上见到皱纹,/才相信我的死期即将来到"(第22首)。可以说,只要美永存,诗歌就永远灵泉不涸。另一方面,只有诗歌去表现美,美才能永存。在诗人看来,美的物理载体,如男性青年的躯体、镀金的纪念碑(第55首)、铜像(第55首)、鲜花等,无不会遭到时间的蹂躏,而唯有诗歌能让美永存:"他的美将在我这些诗句中呈现,/诗句将长存,他也将永远新鲜。"(第63首)诗人对诗的这一功能极有信心:"只要人类在呼吸,眼睛看得见,/我这诗就活着,使你的生命绵延。"(第18首)由此可以看出,莎士比亚所坚信的是一种诗、美合一的美学观:诗由美生、美借诗长,诗美结合,生生不息,衍生出一个永恒的和谐宇宙。正是在这一点上,莎士比亚明确地说:"我的诗本来就没有其他目的,/除了来述说你的天赋，你的美"（第103首）。诗人在这里明确提出了诗歌的责任在于述说美。诗人在其十四行诗中反复表白自己对美的真心与忠诚，不时责备当时诗坛忽视真美的流弊（"逃学的缪斯呵，对浸染着美的真，/你太怠慢了"[第101首]），而这一切正是诗人忠诚于诗歌责任的表现，蕴含着诗人让诗与美共同繁滋永远延续的大善。

在对待美的问题上，莎士比亚特别强调真。具体而言，诗人的真表现在两个方面，即真诚诗美、真实写美，二者分别体现了诗人在如何审美和如何表现美方面的独到思想。

真诚始终是莎士比亚审美观的核心。这里所说真诚即是指诗人在对美的审视和把握中要持一种兼有感性和智性的态度和独立的人格。情感是真诚的基础，然而，过度的情感和情欲的介入却会蒙住真诚的眼睛，让人看不清美的真相。无论是莎士比亚的第1—126首以男性青年为歌颂对象的十四行诗，还是他的第127—152首据信是以黑肤女郎为题所写的十四行诗，都渗透了真实的情感，然而审美效果却大不一样。在前一组诗中，诗人以现实生活中男子对男子的超出情欲的情感对待美，偶尔被物质的美所吸引而导致"眼睛与心拼命打仗"（第46首），即情欲与理智的冲突，但诗人最终能真实把握美的真谛和本质。而在后一组诗中，诗人则是以现实生活中男子对女性仰慕的情感在阐释审美心理，情欲的介入最终导致了诗人的审美误区，将本来不美、存在许多缺陷的女郎误当作了至高的美。诗人对此也一片茫然："呵，从什么威力中你得了力量，/能带着缺陷把我的心灵指挥？……用什么方法，你居然化丑恶为美丽/……使你的极恶在我心中胜过了至善？"（第150首）诗人这种以恶为美、文过饰非的审美倾向正是欲望的在场和理性的缺席。他在痛苦的思索后方才明白理性是治病的"医师"，"欲望即死亡"（第147

首），才明白理性的缺席所导致的对真相的扭曲和对美丑的混淆：

> 理智走开了，疾病就不能医治，
> 我将带着永远的不安而疯狂，
> 我不论思想或谈话，全像个疯子，
> 远离真实，把话儿随口乱讲。
>
> （第147首）

　　诗人借上述两种不同的审美结果表现了情感、欲望和理性对于审美的影响，并明确表现出诗人对理性力量的侧重。审美过程中的理性，还表现在诗人与美的关系、诗人与他人的关系上。真诚地审美以求真实地把握美，诗人必须拥有独立的人格和正直的立场，要爱美但不能屈从于美，要保持自己的独特性而不能人云亦云。当诗人意识到自己在不经意间过于爱美而几乎完全丧失了自我的独立品格（如他在第149首诗中写道："我的美德都崇拜着你的缺陷，/我还能尊重自己的什么好品质？"）时，不禁感慨自己是"瞎子"（第149首）。这体现了莎士比亚对于诗人的独立人格意识的尊重，他强调诗人在审美中坚持独立的理性思考。当他听到别人对美啧啧称赞时，他坚持运用冷静的沉思来认识美、把握美，因为"这沉思爱你"，这沉思"哑口而雄辩"。（第85首）无疑这种沉思蕴含着情感与理性，富有独立人格精神，有助于诗人真实准确地去分析和把握美。即便诗人的审美视角和结果完全不见容于文坛流俗、为世人所诟病，诗人也勇于保持其独立性和自信心："我始终是我"，"我是正直的，尽管他们是歪货"。（第121首）莎士比亚强调审美过程中诗人应保持的独立人格，这一点具有重要的理论意义和创作实践意义，直接导致了诗人诸多独到的审美体验和审美发现，树立了诗人卓尔不群的文学风格和成就。

在美的表现方面，莎士比亚强调真实。在他看来，美作为诗的主题，"在全然本色的时候要比／加上了我的赞美后价值更大"（第103首）。他主张对于美，无论怎样去爱，"也得忠实地写述"（第21首）。这与他一贯所坚持的美的准则是分不开的。在他看来，真的美是不需要任何彩饰的。他对理想中的美说："我从来没感到你需要涂脂抹粉，／所以我从来不装扮你的秀颊。"（第83首）他反对不真实地表现美，更反对吹捧美，因为在这种俗歌滥调里缪斯会把热情浪费掉（第100首），诗歌会在流俗的赞美中变得空洞。另一方面，诗歌形式也应该纯真清新，不应该哗众取宠。莎士比亚说，"你［美］是我诗艺的全部"（第78首），即是明确了诗人以质朴的诗歌形式来表现真实的美的主张。他在第76首诗中更加清楚地表明了这一点："我不学时髦，三心二意，／去追求新奇的修辞，复合的语法"；而相反，他"竭尽全力从旧词出新意"，要用简单朴实的形式真实地表现美。他批评当时喜好"用修辞学技巧来经营浮夸的笔法"（第82首）的流俗而肯定自己"在说真话中真实地反映了你的真美实价"（第82首）。诗人对此非常有信心，虽然自认为文笔和诗艺不及别人华丽，但是在将来，美及其继承者从别人的诗中读到的只是文笔，而从他的诗里读到的却是爱。（第32首）在他看来，华丽的文笔和精巧的诗艺无助于美的流传，只有真实的语言和真切的内容才能让美千古流芳。

综上所述，莎士比亚的十四行诗蕴含了两个美、善、真的结合体。从内容上看，诗歌所表现的美及与之相互渗透的善和真的品格共同构成一个和谐自然的宇宙，成为莎士比亚诗歌的核心主题。从创作的宏观上看，莎士比亚对外在于诗人的美或真善美三位一体的认识、把握和表现中也体现出他作为诗人的善和真，即敢于以诗传美的"善"和真诚审美真实写美的"真"，三者的结合充分体现了莎士比亚的美学观和诗歌创作观。而内在的真善美三位一体与诗歌创作中的真善美三位一体相互呼应，相互印证，展示了莎士比亚具有创新意义的诗歌成就：

> 真、善、美，过去是各不相关，
> 现在呢，三位同座，真是空前。

（第105首）

莎士比亚十四行诗的"另类"主题[1]

李士芹

世间万物，上自宇宙，下自诗歌本身，皆可入诗。诗人常常描绘爱情、战争、自然、死亡、家庭，然而这些只是诗歌处理的对象（subjects），而非诗歌的主题（themes）。诗的主题指诗人探讨的思想、诗歌关注的焦点，简言之，诗的主题是诗的主要观点或思想。[2]

莎士比亚在第105首十四行诗中写道："真、善、美就是我全部的主题，真、善、美：变化成不同的辞章。"诗人屠岸因此认为莎氏十四行诗的主题就是"真、善、美"，这些诗"表达了他（莎士比亚）的进步的宇宙观、世界观、人生观和审美观"[3]。这一看法自此之后几成定论。[4]然而，当我们破除了对大师的盲目崇拜之后，细究文本，就会发现上述说法失之过简，实际情况远比这要复杂得多。试看莎士比亚十四行诗第135首：

---

1 原载于《南京工程学院学报（社会科学版）》2007年第4期。
2 Laurie G. Kirszner and Stephen R. Mandell, *Literature: Reading, Reacting, Writing*, 5th ed., Beijing: Peking University Press, 2006, p. 775.
3 屠岸编译：《莎士比亚十四行诗一百首》，北京：中国对外翻译出版公司，1992年，第6页。
4 田俊武、陈梅：《在歌颂爱情和友谊的背后——莎士比亚十四行诗中的同性恋主题》，《社会科学论坛》2006年第2期。

不管你有谁,我只对你钟情,
你总是任性,我仍招之即来;
也许我多余,殷勤让你看轻,
我只想为你的裙下增添风采。
你的气度总是那样宽宏广大,
为什么独对我佯装熟视无睹?
对别人你似乎总是宽容有加,
为何我就不能与你春风一度?
纳雨露,大海方显如此丰盈,
敞胸怀,美人乃增无限秀色,
富有如你,恐怕是不情之请,
痴心如我,何时成闺中密客。
请不要辣手摧花,冷酷无情,
我和别人一样,只要你垂青。

(笔者译)

这就是那首大家耳熟能详的包含了13个"will"的诗,"will"有3层含义:愿望(wishes)、性欲(carnal desire)、名为"William"的男子。[1] 该诗的描绘对象是"性欲",主题是:既然你(黑肤女郎)有人尽可夫的欲望,是"大众碇泊的湾港"[2],放荡不羁,情人成群,何不接纳我做你的裙下之臣?反正再多一个也不算多。姑且假定"真、善、美"是莎士比亚十四行诗的"主旋律",我们也不能不承认他的十四行诗中还存在

---

[1] William Shakespeare, *The Riverside Shakespeare*, eds. G. Blakemore Evans et al, Boston: Houghton Mifflin Company, 1974, p. 1774.
[2] 威廉·莎士比亚:《莎士比亚全集》,梁实秋译,海拉尔:内蒙古文化出版社,1995年,第987页。

着一些"另类"主题，如"及时行乐""莫负青春""人生无常"[1]。阅读、研究、翻译莎士比亚不必为尊者讳，而应当还原其本来的面目。

莎士比亚不是孤立的，莎氏文本也不是自足的。我们这么说是基于"互文性"的角度。互文性又称"文本间性""间文本性""文本互涉"等，"文本只在与其他文本（语境）的相互关联中才有生命"[2]。"互文性"的始创者克里斯蒂娃说："每一个文本都由马赛克般的引文拼接而成，每一个文本都是对其他文本的吸收与转化。"[3]因此当我们审视莎氏十四行诗时，我们不能将这些诗篇与其历史语境和文化语境割裂开来[4]，而应考虑英国文艺复兴时期的文学传统及其在莎氏作品中的印记。至少我们应该考察莎士比亚同时期诗人的作品和他的戏剧文本，探究出这些作品与他的十四行诗之间的关联，这样可以理清文艺复兴时期诗歌主题的一脉相承的关系，也有助于我们更好地界定莎士比亚十四行诗的主题。概括说来，莎士比亚十四行诗的"另类"主题主要包括：时光无情、爱情幻灭、人生无常、诗之永恒。

一、时光无情

莎士比亚在其十四行诗中表达了他对时间的独特体验和思考，既刻画了时间对爱和美的无情侵蚀，也表现了诗人企图超越时间暴政的

---

1 罗益民：《莎士比亚十四行诗中的三个主题》，《西南师范大学学报（人文社会科学版）》2005年第2期。

2 巴赫金：《文本对话与人文》，白春仁、晓河译，石家庄：河北教育出版社，1998年，第379—380页。

3 Basil Hatim and Ian Mason, *Discourse and the Translator*, Shanghai: Shanghai Foreign Language Press, 2001, p. 125.

4 曹明伦：《翻译中的历史语境和文化语境——莎士比亚十四行诗汉译疑难研究》，《四川外语学院学报》2007年第3期。

种种选择。[1]李赋宁先生认为，莎士比亚十四行诗第64首写时间对自然界和人类文明的侵袭，时间也要夺走诗人的情人；第73首写时间对青春和生命的侵袭；因此只有通过后嗣的延续（第1—17首）、不朽的诗篇（第18首）、真诚的友谊（第30首）、纯真的爱情（第73首），才能与无情的时光相抗衡。[2]在莎士比亚十四行诗中，用来修饰"time"的形容词或同位语有"never-resting"（永不停息的）（第5首）、"wasteful"（挥霍的）（第15首）、"bloody tyrant"（血淋淋的魔王）（第16首）、"devouring"（吞噬的）（第19首）、"swift-footed"（脚步如飞的）（第19首）、"sluttish"（淫荡的）（第55首）、"precious"（宝贵的）（第57首）、"injurious"（造成伤害的）（第63首）、"reckoning"（精打细算的）（第115首）等等。[3]另外，在他的诗作中还多次出现了首字母大写的"Time"，如"Time's scythe"（时间的镰刀）（第12、60、100、123首）、"Time's injurious hand"（时间的毒手）（第63首）、"Time's fell hand"（时间的无情之手）（第64首）、"Time's best jewel"（时间的宝贝）（第65首）、"Time's chest"（时间的宝箱）（第65首）、"Time's thievish progress"（时间的偷偷迈步）（第77首）、"Time's spoils"（时间的暴行）（第100首）、"Time's crooked knife"（时间的凶器）（第100首）、"Time's tyranny"（时间的暴虐）（第115首）、"Time's fool(s)"（时间的玩物）（第116、124首）、"Time's bending sickle"（时间的弯弯的镰刀）（第116、126首）、"Time's fickle glass"（时间的无常的沙漏）（第126首）等等。其中关键的意象是"镰刀"，因为在西方文化中，它

---

1 吴群英、葛加锋：《论莎士比亚〈十四行诗集〉的时间主题》，《温州师范学院学报（哲学社会科学版）》2003年第1期。

2 李赋宁：《曹明伦译莎士比亚十四行诗全集序》，《四川教育学院学报》1996年第2期。

3 吴笛：《论莎士比亚十四行诗的时间主题》，《外国文学评论》2002年第3期。

象征着时间,具有摧毁一切的力量。[1]试看最典型的第60首的第9—12行:

> 时光戳破了青春颊上的光艳,
> 在美的前额挖下深陷的战壕,
> 自然的至珍都被它肆意狂啖,
> 一切挺立的都难逃它的镰刀……
>
> (梁宗岱译)

在时光的利刃下,亮丽的青春、美丽的容颜、大自然产生的奇珍异宝及这人世间的一切都在劫难逃。

莎士比亚在其剧本和其他形式的诗歌中也有关于时间的描绘:"转眼青春早化成衰老。"(《第十二夜》第二幕第三场,朱生豪译,下同)

> 我(时间)令少数人欢欣,我给一切人磨难,
> 善善恶恶把喜乐和惊扰一一宣展;
> 让我如今用时间的名义驾起双翮,
> 把一段悠长的岁月跳过请莫指斥……
>
> (《冬天的故事》第四幕引子)

春天的草木往往还没有吐放它们的蓓蕾,就被蛀虫蠹蚀;朝露一样晶莹的青春,常常会受到罡风的吹打。

(《哈姆莱特》第一幕第三场)

---

[1] 罗益民:《莎士比亚十四行诗中的三个主题》,《西南师范大学学报(人文社会科学版)》2005年第2期。

时间的威力在于：息止帝王的争战；

……

以长年累月的磨损，叫巍巍宝殿崩坍；

以年深月久的尘垢，把煌煌金阙污染；

让密密麻麻的虫孔，蛀空高大的牌坊；

让万物朽败消亡，归入永恒的遗忘……

（《鲁克丽丝受辱记》第939—947行，杨德豫译）

这些文字的主题同样是韶华易逝，青春短暂，时间具有横扫一切的威力，与莎士比亚十四行诗"时光无情"的主题是同声复调的关系。

英国诗人罗伯特·赫里克（Robert Herrick, 1591—1674）在他的诗歌《咏黄水仙花》中借物抒情，由花及人，慨叹时光匆匆、人生短暂。他的另一名篇《给少女——莫负韶光》也描绘了同样的主题，"花开堪折直须折，莫待无花空折枝"。在英国玄学派诗人安德鲁·马维尔（Andrew Marvell, 1621—1678）的名篇《致他的羞涩的情妇》中有这样两行诗句：

But at my back I always hear

Time's winged chariot hurrying near

但在我的身后我总能听见

时光的飞天战车森然逼近

（笔者译）

马维尔的"时间"的写法与莎士比亚如出一辙,首字母都是大写,可见文艺复兴时期诗人们对时光的看法是一致的。

二、爱情幻灭

吴笛先生认为,莎士比亚十四行诗创作于16世纪末17世纪初,而这段时间正是作者戏剧创作从喜剧向悲剧转变的时期,其情绪从乐观转向悲观乃至绝望。[1]莎士比亚的笔风变得犀利,心境沉郁而几近疯癫,他对爱情的看法也染上了悲观情绪。从他的第129、138、144、147首十四行诗来看,爱情中充满了欲望、谎言和背叛。第129首较为著名,"lust"(性欲)可以说是其诗眼,莎士比亚一连用了9个单词或短语来形容它:"赌假咒的""害人性命的""嗜血的""充满罪恶的""凶残的""走极端的""粗野的""残酷的""不可靠的"。性欲在得到满足之前让人朝思暮想,如痴如狂,满足后让人悔恨交加,恍若春梦一场,过后了无痕迹。在拉丁文中有这样一种说法:"tristitia post coitum"(性交后的悲伤)。所以梁实秋说这首诗"表现出对于性交之强烈的厌恶"。萧伯纳说它是英语文学中最直白的文字(the most merciless passage)。[2]在这首诗中根本看不到"蜜糖"的影子,有的只是对性的强烈谴责。第138首的关键词是"谎言"。"黑肤女郎"对"我"信誓旦旦,说她忠贞不渝,"我"对她隐瞒自己的高龄,彼此欺瞒而又同床共枕,"我"的感受可想而知。第144首描写"我""美少年""黑肤女郎"之间的三角恋。"美少

---

[1] 吴笛:《论莎士比亚十四行诗的时间主题》,《外国文学评论》2002年第3期。
[2] 威廉·莎士比亚:《莎士比亚全集》,梁实秋译,第1050页。

年"是善的精灵,是天使,能给"我"救赎;"黑肤女郎"是恶的精灵,是魔鬼,能使"我"坠入万劫不复的深渊。"我"爱他们,可他们竟然私通,双双背叛了"我",天使将要堕落成魔鬼。第147首写"我"对"黑肤女郎"的痴迷已达到一种病态的地步,而最终发现:"我发誓说过你美,以为你皎洁,/其实你黑似地狱,暗似昏夜。"诗的中心意象是"疾病",与此相关的词汇充斥了前11行:"发烧"(第1行)、"疾病"(第2、3行)、"病态的"(第4行)、"医生"(第5行)、"处方"(第6行)、"绝望的"(第7行)、"致命的"(第8行)、"无药可救的"(第9行)、"狂躁的"(第10行)、"疯子"(第11行)。爱情是疾病,是呓语,是绝望,是虚妄,是迷狂。

莎士比亚在其早期的创作中就已认识到爱情的多面性。

> 哼,罪恶的妄想!
> 哼,淫欲的孽障!
> 淫欲是一把血火,
> 不洁的邪念把它点亮,
> 痴心扇着它的火焰,
> 妄想把它愈吹愈旺。
> 　　(《温莎的风流娘儿们》第五幕第五场,朱生豪译,下同)

爱与欲只有一线之隔,爱情容易误入歧途。

> 你尽管巧言令色,
> 把她鼓里包蒙,

心里奸邪淫恶，

表面上圣贤君子。

（《错误的喜剧》第三幕第二场）

"氓之蚩蚩"，却掩盖不了不良居心。

莫以负心唇，

婉转弄辞巧；

莫以薄幸眼，

颠倒迷昏晓；

定情密吻乞君还，

当日深盟今已寒！

（《一报还一报》第四幕第一场）

难道浓妆艳抹勾去了他的灵魂？

谁教他不给我裁剪入时的衣裙？

我这憔悴朱颜虽然逗不起怜惜，

剩粉残脂都留着他薄情的痕迹。

（《错误的喜剧》第二幕第一场）

昔日的海誓山盟今何在？至于《爱的徒劳》结尾处的著名的《春之歌》，写风流的妻子给丈夫戴绿帽子，这里不再赘述。莎士比亚在其后期的创作中，笔风更为辛辣。在《王子复仇记》中，哈姆莱特指责其母时说："羞啊！你不觉得惭愧吗？要是地狱中的孽火可以在一个中年妇人的骨髓里煽起了蠢动，那么在青春的烈焰中，让贞操像蜡一样融化了吧。当无法阻遏的情欲大举进攻的时候……"在该剧第三幕第四场中，这样激烈的言辞比比皆是，令人震惊！难怪他会发出"脆弱啊，你的名字就是女人"的悲叹！在《维纳斯与阿都尼》中，维纳斯对美少年阿都尼极尽挑逗之能事，言辞猥亵，行为放荡，最后竟然霸王硬上弓。阿都尼不幸身亡后，维纳斯对爱情发出了诅咒：

> 从此以后，"爱"要永远有"忧愁"作随从；
> 它要永远有"嫉妒"来把它服侍供奉。
> 它虽以甜蜜始，却永远要以烦恼终。
> 凡情之所钟，永远要贵贱参差，高下难同，
> 因此，它的快乐永远要敌不过它的苦痛。
> 它永要负心薄幸、反复无常、杨花水性；
> 要在萌芽时，就一瞬间受摧残而凋零；
> 它要里面藏毒素，却用甜美粉饰外形……

（第1136—1143行，张谷若译）

"淫"已将"爱"的名义篡夺，恩爱不过是水花镜月、痴人说梦，爱神已死，爱的丧钟已被敲响。

英国诗人沃尔特·雷利爵士（Walter Raleigh，1554—1618）在《谎言》（约1592）一诗中写道：

> 告诉热心缺乏诚心，
> 告诉爱情只是情欲，

告诉时间只是运动,

告诉肉身只是尘土……

(黄杲炘译)[1]

在《美女答牧羊人》(1600)中,他说:

要是,世界和爱情不会变老,

要是,个个牧羊人的话可靠,

……

但河水会泛滥,山石会变冷,

连夜莺也会变得一声不吭,

……

花会枯萎凋谢,葱茏的大地

会屈服于寒冬的任意算计;

蜂蜜浸的舌头,胆汁泡的心——

是春天的美梦、秋季的苦辛。

这首诗表明了诗人根本不相信牧歌世界和牧羊人的爱情,"青春是短暂的,爱情是靠不住的:甜言蜜语掩盖着豺狼的心肠"[2]。文艺复兴时期英国著名诗人和剧作家迈克尔·德雷顿(Michael Drayton,1563—1631)的十四行诗《爱的告别》中写道:

---

1 王佐良、何其莘:《英国文艺复兴时期文学史》,北京:外语教学与研究出版社,1996年,第112页。
2 李赋宁:《英国文学论述文集》,北京:外语教学与研究出版社,1997年,第7页。

握手永别，取消我们所有的誓言，

而且无论何时再见，不要显在我们各自的眉间，

我们保存了我们前恋的一星一点。

现在爱的临终呼吸发出最后喘息，

他的脉搏衰微，热情安卧无语，

信仰跪在他的死榻一隅……

（李霁野译）

爱在苟延残喘，信仰濒于崩溃。爱情就像海市蜃楼，绚丽却不真实。

三、人生无常

nobis, cum semel occidit brevis lux,

nox est perpetua una dormienda

我们刚一点燃这生命之烛，

前方就是无尽的暗夜

（笔者译）

这里"无尽的暗夜"意味着长眠，喻指死亡；生命刚一开始，就要进入死亡，而且没有来生。这是罗马诗人卡图卢斯（约前84—前54）《致莱斯比娅》中的诗句。描写"人生无常"是西方文学的传统之一。古英语诗歌中的《哀歌集》，英雄史诗《贝奥武甫》，以及许多中古英

语抒情诗歌中都出现过这一主题。[1] 尽管这一主题在莎士比亚十四行诗中比较隐蔽，但仍然有迹可循。读一读莎士比亚十四行诗的第66首，就可以让人联想到《红楼梦》开篇的"好了歌"，人生到头来不过是一场空。理解这一主题，我们要聚焦三个意象，即"死亡"（death/die/dead/deceased/decease）、"坟墓"（tomb/grave）、"命运（女神）"（Fortune/fortune/fate）。死亡的意象出现在第1、3、6首等39首诗中，占莎士比亚十四行诗总数的四分之一强，"死亡"是萦绕于诗人心头的阴影，是一道永远解不开的难题。"坟墓"的意象出现在第1、3、4首等11首诗中，"生于尘土，归于尘土"，一抔黄土，了却多少恩怨痴缠、红尘往事！"命运（女神）"的意象出现在第25、29、32首等7首诗中，"我遭命运之神和世人的白眼，看看自己，咒骂我的苦命"（第29首，梁实秋译，下同），"我，受了命运的残酷折磨"（第37首），"现在，趁世人都在想打击我，/和命运之神联起手来使我俯首受困"（第90首），"啊！你要为我骂那命运女神"（第111首），命运之神让"我"动辄得咎，进退维谷，"我"已被她无情地抛弃，令人徒叹奈何！

在《皆大欢喜》中，阿米恩斯悲叹"友交皆虚妄，恩爱痴人逐"（第二幕第七场），西莉娅感慨"生命一何短"，"只须把手掌轻轻翻个转，便早已终结人们的一生"（第三幕第二场）。在《雅典的泰门》中，泰门认为"坟墓是人一世辛勤的成绩"（第五幕第一场）；在《辛白林》中，莎士比亚认为"才子娇娃同归泉壤"，"帝王蝼蚁同化埃尘"（第四幕第二场）。命运女神水性杨花，无异于娼妓，这一看法屡现于《哈姆

---

[1] 罗益民：《莎士比亚十四行诗中的三个主题》，《西南师范大学学报（人文社会科学版）》2005年第2期。

莱特》和《李尔王》中。可见莎士比亚描写"人生无常"的主题是一以贯之的。

这世界不过是一座舞台，而人类不过是粉墨登场的匆匆过客。文艺复兴时期的英国剧作家托马斯·米德尔顿（Thomas Middleton，1580—1627）在《下棋》中，托马斯·海伍德（Thomas Heywood，1574—1641）在《滥竽充数的演员》（1612）中，斯宾塞（Edmund Spencer，1552—1599）在他的第54首十四行诗中，法国文艺复兴时期著名思想家蒙田在《论盖世英雄》（1580）小品文中，无一例外地都表达了上述观点。莎士比亚在其第15、23首十四行诗中运用了"人生舞台"的意象，在《皆大欢喜》和《麦克白》中对这一观点的表述更是达到了"前无古人，后无来者"的地步，杰奎斯和麦克白的那两段独白已成为世人千古传诵的经典。

四、诗之永恒

"monumentum aere perennius"语出贺拉斯《颂歌》第三章第三十节，意为"比金石更为坚固持久的纪念碑"，用来比喻不朽的诗篇。试看该节的部分英译文：

> I have completed a monument
>
> more lasting than bronze and far higher
>
> than that royal pile of Pyramids,
>
> which the gnawing rain and furious
>
> north wind cannot destroy, nor the chain
>
> of countless years and the flight of time...

我已建成了一座纪念碑

比金石更坚固

比金字塔更巍峨，

狂风暴雨不能侵蚀，

沧桑岁月不留痕迹……

（笔者译）

一切的一切终将化为尘土，唯有优秀的诗篇流芳千古。该主题出现在莎士比亚十四行诗的第15、18、19、55、60、63、81、101首中。莎学专家汉力特·斯密斯（Hallet Smith）认为第81、101首失之庸常，而第55、60首则打上了莎士比亚天才的烙印。[1]

白石，或者帝王们镀金的纪念碑

都不能比这强有力的诗句更长寿；

你留在诗句里将放出永恒的光辉，

你留在碑石上就不免尘封而腐朽。

（第55首，屠岸译，下同）

时间会刺破青春表面的彩饰，

会在美人的额上掘深沟浅槽；

会吃掉稀世之珍：天生丽质，

什么都逃不过他那横扫的镰刀。

1　William Shakespeare, *The Riverside Shakespeare*, eds. G. Blakemore Evans et al, p. 1747.

可是，去他的毒手吧！我这诗章

将屹立在未来，永远地把你颂扬。

（第60首）

不朽的诗篇终将战胜无情的时光，永葆大自然和青春的亮丽，使生命得以绵延。

斯宾塞在《爱情小诗》（1595）的第75首中写道："……你却会声名长存，因为我的诗笔会使你的品德永留，还会在天上书写你的荣名。"[1]德雷顿的十四行诗集《理想》的第6首（1619）以这样两行来结束他对爱人的歌颂：

So shalt thou fly above the vulgar throng,

Still to survive in my immortal song[2]

所以请从芸芸众生中飞升，

永远存活于我不死的歌声。

（笔者译，下同）

英国诗人和历史学家塞缪尔·丹尼尔（Samuel Daniel，1562—1619）的《给戴莉娅的十四行诗》（1592）的第34首全文如下：

---

[1] William Shakespeare, *The Riverside Shakespeare*, eds. G. Blakemore Evans et al, p. 102.

[2] 王佐良、李赋宁、周珏良、刘承沛主编：《英国文学名篇选注》，北京：商务印书馆，1983年，第93页。

当严冬使你的青丝变成暮雪，

寒霜正蚕食你青春的华彩；

你的人生步入无尽的暗夜；

你珍视的谎言全部真相大白；

请收下我为你绘制的这幅图画；

密密的笔触你岂能无动于衷。

看看上帝和自然给你的绝代风华，

读出你自己，和我为你所受的苦痛；

它也许会是你永恒的丰碑，

说不定你的后代会把它爱惜。

这些色彩不为你的凋谢而准备；

它们将长留，而你我终究要归西。

如果它们长留，你将活在其中：

它们会长留，没人能将你葬送。

在这里，诗人把他的诗比作一幅永不褪色的图画，一座永恒的丰碑，"你"的美和青春年华将因之而长存，"你"也将获得永生。由此可见，"诗之永恒"是英国文艺复兴时期文学的传统主题之一。

五、结束语

莎士比亚之所以成为莎士比亚，原因之一是他的思想的复杂性，反映在他的作品中就是主题的多样性。他不是平面的，而是立体的。在他的十四行诗中，他用如椽巨笔刻画出他对友谊、爱情、文学创作、时间、生命等话题的深刻感悟。他的诗作既是对至真、至美、至善的讴歌,也是对真实生活残酷底色的写照,还涵盖了对时间和生命等哲学命题的形而上的思考。对文艺复兴时期其他作家作品的互文性解读,有助于我们更好地理解他的十四行诗的"另类"主题。

"或许我可以将你比作春日？"
——对莎士比亚第18首十四行诗的重新解读[1]

沈 弘

Shall I compare thee to a summer's day?

Thou art more lovely and more temperate:

Rough winds do shake the darling buds of May,

And summer's lease hath all too short a date:

Sometime too hot the eye of heaven shines,

And often is his gold complexion dimmed,

And every fair from fair sometime declines,

By chance, or nature's changing course untrimmed:

But thy eternal summer shall not fade,

Nor lose possession of that fair thou ow'st ,

Nor shall death brag thou wander'st in his shade,

When in eternal lines to time thou grow'st,

So long as men can breathe, or eyes can see,

So long lives this, and this gives life to thee.

1　原载于《外国文学评论》2007年第1期。

一

莎士比亚的第18首十四行诗是一首脍炙人口的英诗名作，同时也是英诗汉译者们的最爱。《莎士比亚十四行诗集》的各种不同译本琳琅满目，迄今我所能够见到，正式出版的该诗中译文就已多达14种以上，网上的译文更是不计其数。[1]

遗憾的是，几乎所有的中译文译者都把作品中的春天这一主要意象简单地误读成了夏天。当然，这主要是因为莎士比亚在作品中三次重复使用了"summer"这个词，于是乎译者们便对这一传统的解读深信不疑。然而仔细回味一下，将这首诗中的"summer"译成"夏日"也有其矛盾之处：众所周知，莎士比亚将此诗献给一位年方二十的贵族青年男子，人们一般是用春天的意象来代表青春，而"夏日"往往被用于指代三四十岁的成熟男性。此外，诗中与"summer"相提并论的还有第三行中的"darling buds of May"（五月的娇蕾）。显而易见，与"五月"的时间和"娇蕾"的意象相对应的应该是"春日"，而非"夏日"。

---

1 光是辜正坤一个人就发表了三种不同的译文（《世界名诗鉴赏词典》，北京：北京大学出版社，1990年；《莎士比亚十四行诗集》，北京：北京大学出版社，1998年；《中西诗比较鉴赏与翻译理论》，北京：清华大学出版社，2003年）；其他还有朱生豪（《莎士比亚全集》，6卷本，北京：人民文学出版社，1995年）、梁实秋（《莎士比亚丛书40：十四行诗》，台北：远东图书公司，1991年）、梁宗岱（《莎士比亚十四行诗》，夏林含英，1992年）、杨熙龄（《莎士比亚十四行诗集》，呼和浩特：内蒙古人民出版社，1980年）、屠岸（《莎士比亚十四行诗一百首》北京：中国对外翻译公司，1992年）、金发燊（《莎士比亚十四行诗集》，桂林：广西师范大学出版社，2004年）、虞尔昌（《莎士比亚全集：十四行诗》，上海：世界书局，1996年）、曹明伦（《莎士比亚十四行诗全集》，桂林：漓江出版社，1995年）、孙梁（《英美名诗一百首》，北京：中国对外翻译公司，1987年）、艾梅（《莎士比亚：十四行诗》，天津：天津教育出版社，2006年）、陈黎、张芬龄（《英语情诗名作选——莎士比亚十四行诗"18首"》，台北：《中国时报·人间咖啡馆》，2002年10月18日。[http://home.kimo.com.tw/glbtnews2002/2002/g20021018-3.html]）等人的译文。文首的莎士比亚第18首十四行诗原文转引自William Shakespeare, *The Riverside Shakespeare*, eds. G. Blakemore Evans et al, p. 1752，译者沈弘。

辜正坤也许是第一个对上述传统译法提出质疑的译者。他曾在《世界名诗鉴赏词典》(1990)中首次推出了一个新的译法，将该诗第一行中的"summer"大胆地译成了"春季"，不过他对此的解释是："英国由于其地理位置偏北，其夏季在较大程度上相当于中国的春季，是英国最明媚妍好的季节。"[1] 这种说法相当勉强，且不合逻辑：既然英国本身气候就比较寒冷，就应该把六月称作"春日"，为何还把"五月"称作"夏季"？可能正是由于底气不足，所以辜正坤在后来出版的《莎士比亚十四行诗集》(1998)和《中西诗比较鉴赏与翻译理论》(2003)一书中又退回到了传统译法，还是将"summer"译作"夏日"。[2]

钱兆明在莎士比亚十四行诗的注释本中对"夏日"和"五月"之间的矛盾之处做了这样的解释："英国1751年历法改革以前的五月相当于今天的五月中旬至六月中旬，时间晚半个月，故而属夏季。"[3] 这个说法虽然比前一种要符合逻辑，但仍然难以令人信服。因为即使是在六月中旬，仍然应该算作春季。或者反过来说，用夏日来比拟青春，也并不一定十分合适。

笔者认为，正确解读此诗的钥匙在于我们对英语语言史和英国诗歌传统的充分了解。由于在古英语和中古英语当中并没有特指"春天"和"秋天"的词汇，所以在中世纪英语诗歌中，"春天"这个概念大多是用其他词汇来代替的。[4] 现代英语中的"spring"（春天）虽然是来自古

---

1 《世界名诗鉴赏辞典》，第906页。
2 《莎士比亚十四行诗集》，第37页；辜正坤：《中西诗比较鉴赏与翻译理论》，第228页。
3 《莎士比亚注释丛书》，第9卷，《十四行诗集》，钱兆明注释，北京：商务印书馆，1990年，第39页。
4 主要是由"summer"这个词来指代；在题为"Lenten ys come wit loue to toune"的一首中古英语抒情诗中，"Lenten"（大斋节）也曾一度成为春天的代名词。大斋节是指复活节前长达四十天的斋节期，其时间段大致与初春相对应。参见Arthur K. Moore, "'Somer' and 'Lenten' as Terms for Spring", *Notes and Queries* (19 February, 1949)。

英语，但是古英语中的"springan"和中古英语中的"springe"都只是动词，表示"跳跃""上升"和"生长"。正是因为这些特性跟万物复苏的春天有直接的关联，才使得这个动词在早期现代英语中衍生出一个特指"春天"的名词。与此相对应的是"fall"（落下）这个动词，其古英语的形式为"feallan"，中古英语为"falle"。因它常被用于表示秋季落叶的过程，所以它也在早期现代英语衍生出一个特指"秋天"的名词。这个词由17世纪的清教徒带到了大西洋彼岸的新大陆，所以直到现在，美语中的"秋天"还是称作"fall"。

正是由于中古英语中没有专门表示"春天"和"秋天"的名词，所以"summer"（一般拼写为"sumer"或"somer"）一词可兼指春夏，而"winter"一词往往兼指秋冬。尤其是在中古英语抒情诗中，"summer"一词常被用来泛指春天。请看下面这首题为"Sumer Is Icumen In"（《春天已经来到》）的中古英语抒情诗歌的头一段：

  Sumer is icomen in,

  Lhude sing cuccu.

  Groweth sed and bloweth med

  And springth the wude nu.

  Sing cuccu.

           （1—5）[1]

春天已经来到。

布谷鸟高声叫！

---

[1] John Frederick Nims, ed., *The Harper Anthology of Poetry*, New York: Harper Collins Publishers, 1981, p. 2.

种子生，草地绿，

树木发出嫩芽。

布谷鸟婉转啼！

（第1—5行）[1]

在以上所引的这一小段诗歌中，无论是布谷鸟的啼叫，还是苗木发出嫩芽等意象，均与春天这个概念紧密结合在一起。因此在这个特定语境中，"sumer"这个词绝不能够翻译成"夏天"，而必须是"春天"。

同样的例子在中古英语诗歌中屡见不鲜。一个比较极端的例子是乔叟的长诗《禽鸟议会》(*The Parliament of Fowls*)，它讲述自然夫人在圣瓦伦廷节（St. Valentine's Day）那一天将天下的禽鸟都召集在一起，为它们选择配偶。据称这就是西方情人节的由来，而乔叟则被视为情人节的首倡者。在长诗的结尾处，如愿得到了配偶的众鸟们兴高采烈地齐声歌唱，表达对自然夫人的尊崇和感激。这首众鸟合唱的颂歌实际上就是一首欢迎春天即将来到的优美回旋诗：

> Saynt Valentyn, that art fulhy on-lofte,
>
> Thus syngen smale foules for thy sake:
>
> Now welcome, somer, with thy sonne softe,
>
> That hast this winters wedres overshake.
>
> Wel han they cause for to gladden ofte,

---

[1] 本文中引用的所有英语诗歌译文均由沈弘所译。

Sith ech of hem recovered hath hys make,

Ful blissful mowe they singe when they wake:

Now welcome, somer, with thy sonne softe,

That hast this winters wedres overshake,

And driven away the longe nyghtes blake!

（680—692）[1]

圣瓦伦廷立于高高的云端，

小鸟们都在为你而歌唱：

欢迎，春天，你明媚的阳光

终于战胜了严冬的阴霾。

它们有理由这样兴高采烈，

因为鸟儿们都成双结对，

它们整天都在幸福歌唱：

欢迎，春天，你明媚的阳光

终于战胜了严冬的阴霾，

并且驱散了茫茫的黑夜。

（第680—692行）

众所周知，圣瓦伦廷原来殉教的那一天，即后来演变为现代西方情人节的那一天，是定于每年的2月14日。在那个时候说"Now welcome,

---

[1] Geoffrey Chaucer, *The Works of Geoffrey Chaucer*, 2nd ed., ed. F. N. Robinson, Boston: Houghton Mifflin Company, 1957, p. 318.

somer, with thy sonne softe",绝对不可能是指夏天,而只能是指即将来临的春天。就连把2月14日说成是"春天"("somer")也算是为时过早了一点,但此时大地确实已经开始回春,鸟儿们也开始逐渐进入交配的季节。严冬的阴霾正在散去之时,明媚的春光还能远吗?

无独有偶,乔叟的同时代诗人生活在偏远中西部沃斯特郡的兰格伦,在长诗《农夫皮尔斯》的开头也同样用了"somer"这个词来表示春天:

> In a somer seson, whan softe was the sonne,
> I shoop me into shroudes as I a sheep were,
> In habite as an heremite unholy of werkes,
> Wente wide in this world wonders to here.
> Ac on a May morwenynge on Marlverne hilles
> Me bifel a ferly, of Fairye me thoghte.
>
> (Prologue 1-6)[1]

> 春季风和日丽,阳光正和煦,
> 我套上绵羊般蓬松的毛毡衣,
> 装束成一位云游四海的修士,
> 出门去浪迹天涯,探访奇闻。
> 五月的一天早晨,我似乎中了魔,

---

[1] William Langland, *The Vision of Piers Plowman: A Complete Edition of the B-Text*, ed. A. V. C. Schmidt, London: J. M. Dent & Sons Ltd., 1978, p. 1.

于莫尔文山上遇见一桩怪事。

（序曲第1—6行）

诗中这位叙述者出外浪游的季节（"a somer seson"）也完全不可能是"夏天"，因为他在浪游了一段时间之后，才告诉了我们一个相对比较确切的日子——"五月的一天早晨"（"on a May morwenynge"）。

二

既然在中古英语中并没有一个能够准确界定"春天"这个概念的词，那么当时的英国人是否对冬、春、夏等季节的概念有一个明确的区分呢？当然还是有的，因为除了"summer"和"winter"这两个含义较为模糊的单词之外，人们还可以用月份以及太阳与天上星宿相对的位置来表示春天来临的概念，而且这样做应该说还是相对准确和客观的。乔叟在《坎特伯雷故事集》总引的开头部分对春天的来临就做了一个明确的界定：

> Whan that Aprill, with his shoures soote
>
> The droghte of March hath perced to the roote
>
> And bathed every veyne in swich licour,
>
> Of which vertu engendred is the flour;
>
> Whan Zephirus eek with his sweete breeth
>
> Inspired hath in every holt and heeth
>
> The tendre croppes, and the yonge sonne

"或许我可以将你比作春日？"

Hath in the Ram his halfe cours yronne,

And smale foweles maken melodye,

That slepen al the nyght with open ye

......

(General Prologue 1–10)[1]

当四月用它甜美的雨水

彻底驱走了三月的干旱，

并用浆汁滋润每根茎脉，

凭借其力量使花苞绽放；

当春风用它芬芳的气息

令树林和灌木发出绿芽，

还有绿苗，那初春的太阳

已走完白羊座的一半路程，

小鸟们整天不停地鸣叫，

连晚上睡觉都张着眼睛

......

（总引第1—10行）

　　乔叟在此明确地将干燥的March（三月）视为冬季，把多雨的Aprill（四月）作为万物复苏草木吐绿的春季。了解中世纪占星术的人都知道，当太阳在白羊座里转了半圈时，恰好就是四月份的开端。虽然评论家们

---

[1] Geoffrey Chaucer, *The Works of Geoffrey Chaucer*, 2nd ed., ed. F. N. Robinson, p. 17.

在阐释和评注这个段落时,往往会向读者指出,乔叟的描写在很大程度上受到了薄伽丘等意大利诗人的影响,并暗示这样的描写其实更适合位于欧洲南部的意大利。[1] 但是在英国把四月和五月视为春季大致上是没有问题的,因为在各个时期的英国诗歌中都不乏这样的例子。

在莎士比亚早期创作的喜剧《维洛那二绅士》中,普洛丢斯在剧中论及他与朱利娅的恋爱时就套用了"春天/四月天"这个意象:

O, how this spring of love resembleth

The uncertain glory of an April day,

Which now shows all the beauty of the sun,

And by and by a cloud takes all away.

(Ⅰ. iii. 84—87)[2]

唉,这爱情的春天就好像是

四月天那变幻莫测的天气,

刚才灿烂的阳光还普照大地,

但不一会儿乌云便遮天盖地。

(第一幕第三场,第84—87行)

英国的四月和五月间各种鲜花相继开放,景色非常美丽,所以它们在许多英国人的心里都留下了对于故乡的美好印象。英国19世纪

---

[1] Geoffrey Chaucer, *The Works of Geoffrey Chaucer*. 2nd ed., ed. F. N. Robinson, p. 651 (F. N. Robinson's Note 7).

[2] William Shakespeare, *The Riverside Shakespeare*, eds. G. Blakemore Evans et al., p. 151.

的维多利亚诗人罗伯特·布朗宁（Robert Browning）就在《异国思乡》（"Home-Thoughts, from Abroad"）这首诗的开头动情地写道："Oh, to be in England / Now that April's there..."（"四月已降临，/梦回英格兰……"）当绿树绽出嫩芽，小鸟放声歌唱的四月过去之后，鲜花灿烂的五月之美令诗人更觉刻骨铭心。[1] 相形之下，"夏季"的意象在英语诗歌中就往往没有像"春日"那么令人憧憬，这主要是因为大自然中的万物生长在盛夏达到了顶峰之后，便开始逐渐走向衰败。托马斯·莫尔（Thomas Moore, 1779—1852）的那首《夏季的最后一枝玫瑰》（"The Last Rose of Summer"）便以其忧伤和悲凉的旋律而闻名于世：

> Tis the last rose of summer
> Left blooming alone;
> All her lovely companions
> Are faded and gone.
>
> （1—4）[2]

> 这是夏季的最后一枝玫瑰，
> 孤零零地含苞怒放，
> 它所有那些可爱的同伴们，
> 都已经凋零和消亡。
>
> （第1—4行）

---

[1] M. H. Abrams et al, eds., *The Norton Anthology*, Vol. 2, London: W. W. Norton & Company, 1986, pp. 1243-1244.

[2] John Bartlett, ed., *Familiar Quotations*, 15th ed., Boston: Little, Brown and Company, 1980, p. 446.

莫尔的这首诗在本文中可以用作反证，以说明莎士比亚在第18首十四行诗中称赞他年轻朋友的美貌时，心里所联想到的意象不太可能是"夏季"，而应该是"春日"。

三

根据《牛津英语大辞典》的记载，"spring"作为特指"春天"的名词是于1547年首次出现在著名的《陶特尔杂集》(*Tottel's Miscellany*)之中的叙述："Description of Spring, wherin eche thing renewes, saue onelie the louer…"（"对于春天的描述就是，在那个时候万物更新，只有情人除外。"）[1] 但由于语言的演变并非一蹴而就，所以在此后相当长的一段时间里，"spring"这个特指春天的新词与"summer"这个可以表示春天概念的旧词仍然是相互并存，而且被人们交替用来指代春天的。

上述第一位运用"spring"这个新词的是英国文艺复兴时期诗人、十四行诗的介绍者之一萨里伯爵（Earl of Surrey, Henry Howard, 1517—1547），他仅比莎士比亚早出生了四十七年左右。而且在十四行诗的创作上，萨里伯爵也是莎士比亚所要模仿的少数几位大师之一。在下面这首流传甚广的十四行诗《甜美的季节》（"The Soote Season"）中，我们可以看到，承袭了英语诗歌传统的萨里依然还在用"summer"这个代表"春天"的旧词：

> The soote season, that bud and bloom forth brings,

1　J. A. Simpson and E. S. C. Weiner, eds., *The Oxford English Dictionary*, Vol. 16, Oxford: Clarendon Press, 1989, p. 359.

With green hath clad the hill and eke the vale;

The nightingale with feathers new she sings,

The turtle to her make hath told her tale.

Summer is come, for every spray now springs,

The hart hath hung his old head on the pale,

The buck in brake his winter coat he flings,

...

Winter is worn that was the flowers' bale.

And thus I see, among these pleasant things

Each care decays, and yet my sorrow springs.[1]

甜美的季节里,花儿含苞怒放,

无论山峦河谷均换上了绿装;

夜莺披着新换的羽毛在啼唱,

斑鸠对它的新配偶情语绵绵。

春天已经来临,树上发出嫩芽,

雄鹿将头探到了木栅的外面,

公羊在灌木丛中丢弃了冬衣,

……

令花朵凋谢的冬季寿终正寝。

所有这些事物赏心悦目,令人

陶醉,而我却不由地悲从中来。

---

[1] M. H. Abrams et al, eds., *The Norton Anthology*, Vol. 1, London: W. W. Norton & Company, 1986, p .475.

值得引起我们注意的是，该诗第五行中的"Summer is come"并非是指"夏日已经来临"，因为紧接着的后面半句就是"树上发出嫩芽"。

可能有人会争辩说，莎士比亚早已掌握了"spring"（春天）这个新词的用法，并进而质疑笔者在本文中所表达的观点为多此一举。但是萨里伯爵的例子给了我们一个提示，即事情并非那么简单。

的确，假如我们细读莎士比亚的文本，也不难发现他在作品中数次用到了"spring"这个新词。例如在他第98首十四行诗的开头部分，莎士比亚这样写道：

> From you have I been absent in the spring,
> When proud-pied April, dressed in all his trim
> Hath put a spirit of youth in everything,
> …
>
> （1—3）[1]

> 自从我在春天与你暂时别离，
> 庄重的四月当时已披上盛装，
> 并将勃勃生机注入世间万物，
> ……
>
> （第1—3行）

同样，在喜剧《皆大欢喜》快要结束时人们所唱的一首歌曲中有这样

---

[1] William Shakespeare, *The Riverside Shakespeare*, eds. G. Blakemore Evans et al, p. 1767.

一行,"Sweet lovers love the spring"("甜蜜的情人们挚爱春天",V. iii. 21)[1];悲剧《哈姆莱特》中也曾将含苞待放的花朵称之为"the infants of the spring"("春天的婴儿",I. iii. 39)[2];在《泰尔亲王配力克里斯》这部传奇剧中,一位女主人公的上场更是被描述为"she comes appareled like the spring"("她打扮得像春天女神一般翩翩而至",I. i. 12)[3];等等。

细心的读者可能已经注意到了,莎士比亚在用"spring"这个新词时,往往是在前面带定冠词"the"的。这表明,他在用这个词的时候,还不太肯定读者是否会把这个代表"春天"的名词跟其他形式相同但意义迥异的动词、形容词和名词混淆起来。相反,莎士比亚在用"summer"这个词的时候,几乎是从来也不用在前面加定冠词的。

另外,"summer's day"这个短语在英语诗歌中可谓是耳熟能详,读来已经十分顺口。在中古英语的长诗《奥费欧爵士》(Sir Orfeo)中,我们就可以读到这样的诗行:"He com into a fair cuntray, / As bright so sonne on somers day"("他来到了一片美丽的平原,/耀眼明亮,就像春日的太阳",第351—352行)。[4] "summer's day"这个短语还频频出现在莎士比亚的《仲夏夜之梦》(I. ii. 89)、弥尔顿的《失乐园》(I. 743)、华兹华斯的《序曲》(I. 290)、阿诺德的《博学的吉卜赛人》(The Scholar-Gipsy,第20行)等诗歌作品之中。可是像"spring's day"这样的短语读起来就会觉得相对比较拗口,而且在莎士比亚之前的诗歌作品中,这种说法几乎从来也没有见到过。

---

1 William Shakespeare, *The Riverside Shakespeare*, , eds. G. Blakemore Evans et al, p. 397.

2 Ibid., p. 1147.

3 Ibid., p. 1484.

4 Kenneth Sisam, ed., *Fourteenth Century Verse & Prose*, Oxford: Clarendon Press, 1967, p. 24.

所以，在莎士比亚第18首十四行诗的特定语境下，诗人自然而得体地采用了"summer's day"这个人们非常熟悉的短语来表现"春日"的意象和概念。它与后面的"summer's lease"（"青春的契约"）和"thy eternal summer"（"你永恒的青春"）互为呼应，在寓意的把握上显得灵活而富有弹性，而在风格的凝练上则是雍容华贵，恰到好处。

通过以上的简略分析和阐释，我们可以得到这样一点启示：即对于文学作品，我们不能够仅仅满足于对字面意义的理解。粗通英语语言史的知识和了解英国诗歌传统的背景，对于正确解读英语诗歌作品的深层主题，尤其是17世纪以前的作品，显然具有非常重要的意义。莎士比亚的第18首十四行诗就提供了一个很好的例证。诗人忠实遵循英诗传统，巧妙地采纳了"summer"这个词的古意来刻意营造作品中的"春天"这一主要意象，其手法含蓄而又不失典雅，运笔流畅如行云流水，堪称一绝。

"我是否可以把你比喻成夏天？"
——兼与沈弘先生商榷[1]

曹明伦

随着文学研究的文化转向，文学评论家们越来越重视历史语境和文化语境，但与此同时又出现了另一种倾向，即某些评论家在关注历史语境和文化语境的同时，逐渐抛弃了"精读文本"这一文学批评传统，或者说越来越忽视所研究作品的语篇语境和文本语境。以莎士比亚十四行诗第18首为例，笔者手边的9种中文译本[2]无一例外地将第1行中的summer's day解读为"夏天"，但有评论家认为这里的summer's day应该解读为"春天"，或曰："英国的summer's day实际上相当于中国的春天"，中国人将其译为"夏日"是一个"有趣的毛病"。[3] 或曰："只有将

---

[1] 原载于《外国文学评论》2008年第3期。

[2] 按出版年代，笔者手边的9个译本分别是：杨熙龄译《莎士比亚十四行诗集》，呼和浩特·内蒙古人民出版社，1980年；屠岸译《十四行诗集》，上海：上海译文出版社，1981年；梁宗岱译《莎士比亚十四行诗》，成都：四川人民出版社，1983年；曹明伦译《莎士比亚十四行诗全集》，桂林：漓江出版社，1995年；辜正坤译《莎士比亚十四行诗集》，北京：北京大学出版社，1998年；阮珅译《十四行诗集》，武汉：湖北教育出版社，2001年；梁实秋译《莎士比亚全集》（卷四十），北京：中国广播电视出版社，2002年；虞尔昌译《莎士比亚十四行诗》，台北：世界书局，2002年；金发燊译《莎士比亚十四行诗集》，桂林：广西师范大学出版社，2004年。

[3] 彭秋荣：《论"预设"和"移情"对翻译的影响》，《中国翻译》1995年第6期。

summer替换为译语国家里合适的季节,才能达到文化功能上的对等效果。"[1]沈弘先生在《外国文学评论》2007年第1期上发表《"或许我可以将你比作春日?"——对莎士比亚第18首十四行诗的重新解读》(以下简称《春日》)一文,再次批评"几乎所有的中译文译者都把作品中的春天这一主要意象简单地误读成了夏天",并为"译者们对这一传统解读深信不疑"而感到"遗憾"。《春日》一文资料翔实,论证充分,令人信服地论述了summer这个能指在中古英语中之所指既可是"夏天"也可是"春天"这一语言文化事实。但遗憾的是,《春日》作者对此问题的思考仍不够全面,对莎士比亚十四行诗的研读尚不够细致,对历史语境和文化语境的探究也稍有偏差,因而其结论似乎也有失偏颇。鉴于此,笔者谨就《春日》一文的几个主要论据提出商榷,以求教于沈弘先生和方家。

一、莎士比亚十四行诗中"四季分明"

《春日》一文指出:"中古英语中没有专门表示'春天'和'秋天'的名词,所以summer(一般拼写为sumer或somer)一词可兼指春夏,而winter一词往往兼指秋冬。"沈弘先生是中古英语专家,以上论述令笔者获益匪浅,但沈先生据此认为summer一词在莎士比亚十四行诗中也"必须"解读成"春天",这就有点难为读者,尤其是难为中国的翻译家了。因为细心的读者应该注意到,莎士比亚诗中的春夏秋冬"四季分明",春天就是春天,夏日就是夏日。

---

1 刘嘉:《论翻译中的对等层次》,《天津外国语学院学报》2006年第2期。

在莎士比亚的154首十四行诗中,春(spring)共出现6次(见于1:10[1]、53:9、63:8、98:1、102:5、104:4),夏(summer)出现20次(见于包括第18首的共13首诗中),秋(autumn)出现2次(见于97:6、104:5),冬(winter)出现10次(见于第2、5、6、13、56、97、98、104首等8首诗中),而且多首诗中都有季节交替甚至四季更迭的描写。如:

And yet this time removed was summer's time,
The teeming autumn, big with rich increase,
Bearing the wanton burthen of the prime,
Like widowed wombs after their lords' decease:

(97: 5-8)[2]

然而我俩这次分离是在夏日,
当丰饶的秋天正孕育着万物,
孕育着春天种下的风流硕果,
就像怀胎十月而丧夫的寡妇。

(第97首,第5—8行)[3]

Our love was new and then but in the spring
When I was wont to greet it with my lays,
As Philomel in summer's front doth sing

1　1:10表示第1首,第10行,下同。
2　本文所引莎诗原文均据Houghton Mifflin出版公司1974年版 *The Riverside Shakespeare*。
3　本文所引莎诗译文均据曹明伦译:《莎士比亚十四行诗全集》,桂林:漓江出版社,1995年。

And stops her pipe in growth of riper days:

(102: 5—8)

当我俩刚互相倾慕于那个春季，

我曾习惯用歌为我们的爱欢呼，

就像夜莺在夏日之初歌唱鸣啼，

而随着夏天推移则把歌声停住。

（第102首，第5—8行）

...Three winters cold

Have from the forests shook three summers' pride,

Three beauteous springs to yellow autumn turn'd

In process of the seasons have I seen,

Three April perfumes in three hot Junes burn'd,

(104: 4—7)

严冬三度从森林摇落盛夏风采，

阳春也已三度化为暮秋的枯黄，

在四季的轮回之中我三度看见

炎炎六月三次烧焦四月的芬芳。

（第104首，第4—7行）

从以上引文我们可以看出，在莎翁笔下，春夏秋冬四季的概念非常明确，一般读者（包括中文译者）都不可能把诗中的summer解读为"春天"，不然那些spring该如何解读？或如何翻译？也许《春日》作者会说summer在以上引文中可以解读为"夏天"，但在第18首的特定语境中必须解读为"春日"。那么就让我们再次进入第18首的特定语境，对这首诗再进行一次语篇分析。

二、"五月娇蕾"与"夏日"并不矛盾

《春日》作者之所以认为必须将第18首中的summer解读为"春天"，是因为他认为将其解读成"夏天"有两大矛盾。一是该诗歌咏的对象是位年方二十的贵族青年，而人们一般用春天的意象来代表青春，夏日往往被用于指代成熟男性；二是诗中与summer相提并论的还有第三行中的darling buds of May（五月的娇蕾），而与"五月"的时间和"娇蕾"的意象相对应的应该是"春天"，而非"夏日"。

我们先来看看第一个矛盾。这个矛盾中有两个主要因素：一是莎士比亚十四行诗的写作年代；二是那位贵族青年是否成熟。关于前者，笔者赞成夏威夷大学洛厄斯博士的看法，他在分析了前人的考证和结论后说："最稳妥的说法应该是，这些诗可能写于1585—1609年间的任何时候。"[1]关于后者，人们一般认为诗中那位贵族青年即莎士比亚的艺术庇护人南安普顿伯爵亨利·莱阿斯利（Henry Wriothesley，1573—1624）。笔者以为，由于这两个因素的第一因素并不确定，据此断定贵族青年"年方二十"似乎过于主观。再说那个时代的贵族青年都成熟得早（如这位南安普顿伯爵从23岁起就与爱塞克斯伯爵一道南征北战），"成熟男性"

---

1 James K. Lowers, *Cliffs Notes on Shakespeare's Sonnets*, Lincoln: Cliffs Notes Inc., 1965, p. 11.

可谓一个相对概念，更何况还有不少莎学家认为莎士比亚的十四行诗并非献给南安普顿伯爵的。因此，《春日》作者所谓的第一个矛盾其实并不存在。

至于第二个矛盾，我们可根据以下解释加以化解。

（1）据《韦氏第三版新国际英语大辞典》（*Webster's Third New International Dictionary*）第2210、2289页对spring和summer的解释，英国的春天包括2、3、4月（Brit: the season comprising the months of February, March, and April），夏季则从5月中旬至8月中旬（the season comprising the part of the year extending from mid-May to mid-August）。由此可见，"五月"对应"夏日"并不龃龉。

（2）《滨河版莎士比亚全集》（*The Riverside Shakespeare*）对第18首，第1行有如下注解：a summer's day: i.e. the summer season（此处夏日即夏季）。

（3）著名莎学专家、剑桥大学教授克里根（John Kerrigan）在评注第18首时指出："在16世纪末，我们的历法比欧洲系统还滞后一些天数……所以莎士比亚诗中的'5月'实际上延伸进了我们今天的6月，当时的5月是夏季月份，而非春季月份。"克里根教授同时还指出，第1行中的"day"表示"一段时间"，相当于"period"或"term"，对此他所用的论据是《亨利六世》（中）第二幕第一场，第2行"I saw not better sport these seven year's day"。[1]

（4）与莎士比亚同时代的培根对英格兰的四季花卉有如下描述："5月和6月可观赏的有各种石竹花，尤其是红石竹，有除晚开的麝香玫瑰

---

[1] John Kerrigan, ed., *William Shakespeare: The Sonnets and A Lover's Complaint*, London: Penguin Book Ltd. 1986, p. 196.

之外的各种玫瑰，有忍冬花、林石草、牛舌花、耧斗花、万寿菊、金盏花……碎花香草和天香百合等等。"[1]如此看来，英格兰的夏日也是个百花盛开、千芳含苞的季节，"五月娇蕾"对应"夏天"也不矛盾。

有了上述解释，我们再来对第18首进行语篇分析：Shall I compare thee to a summer's day? / Thou art more lovely and more temperate: / Rough winds do shake the darling buds of May, / And summer's lease hath all too short a date: / Sometime too hot the eye of heaven shines, / And often is his gold complexion dimm'd; / And every fair from fair sometime declines, / By chance or nature's changing course untrimm'd; / But thy eternal summer shall not fade, / Nor lose possession of that fair thou ow'st; / Nor shall Death brag thou wander'st in his shade, / When in eternal lines to time thou grow'st. / So long as men can breathe or eyes can see, / So long lives this and this gives life to thee.

"我是否可以把你比喻成夏天？"诗人之所以这样问他的爱友，是因为他一方面希望爱友的青春像夏日一样绵长，一方面又认为他爱友"比夏天更可爱更温和"。他为什么这样认为呢？因为夏日不仅有会吹落"五月娇蕾"的狂风（Rough winds），而且夏天的日头有时也会"太热"（too hot）。总之，自然界的夏季再长也有尽头，因为"夏天拥有的时日也转瞬既过"，"千芳万艳都终将凋零飘落，/被时运天道之更替剥尽红颜"；"但你永恒的夏天将没有止尽"，因为"你"的青春美貌将永存于我的诗中，"只要有人类生存或人有眼睛，/我的诗就会流传并赋予你生命"。如果说莎翁的十四行诗是英诗中的王冠，那么第18首则可谓这顶王冠上的明珠，其联想恣意汪洋，比喻新颖贴切，语音起伏

---

[1] Francis Bacon, *Essays and New Atlantis*, New York: Walter J. Black, Inc., 1942, p. 191.

跌宕，节奏张弛有度。全诗既精雕细琢，又语出天成，如第13行"So long as men can breathe or eyes can see"会使人想到英语谚语"As good as one shall see in a summer's day (summer's days being long, with lots of time for looking)"[1]，而第1行末的"summer's day"又自然引出第3行末的"buds of May"。由此我们还可以体味到，诗人用"buds of May"并非为了强调五月，而是要用May与day押韵。综上所述，"五月娇蕾"与"夏日"不仅不矛盾，而且有助于表现整个语篇连贯、统一、和谐的艺术特征。

三、中古英语不等于早期现代英语

众所周知，莎士比亚使用的是早期现代英语，而非中古英语。可《春日》一文为了证明莎翁十四行诗中的summer指代的是"春天"，却用了大量中古英语诗歌作为证据，这实在有点令人费解。按理说，要证明莎诗中的summer指代的是"春天"，《春日》作者最需要做的并非这种历时的语言演变研究，而是共时的互文比较，因为中古英语并不等于早期现代英语。我们知道，中古英语时期是古英语转变成早期现代英语的过渡时期，这一时期从1100年延续至1500年；[2]而对早期现代英语时期的延续时间有两种看法，有学者认为是从1500—1600年，有学者认为是从1500—约1650年。[3]但不管早期现代英语何时演变成今天的现代英语，中古英语都是在15世纪末就完成了向早期现代英语的演变，我们要确定summer、spring等能指在莎士比亚十四行诗中的具体所指，除了细读莎

1　John Kerrigan, ed., *William Shakespeare: The Sonnets and A Lover's Complaint*, p. 196.
2　李赋宁：《英语史》，北京：商务印书馆，1999年，第94页。
3　同上，第205页。

士比亚的文本之外，最有效的做法就是将其与伊丽莎白时代其他诗人的文本进行比较。维特根斯坦说："词语的意义在于词语在语言中的应用。"[1]而笔者历来以为"语言应用中产生的词语的意义应该指一种语言文化对该语言文化中应用的词语之语意共识"[2]。那么，在早期现代英语时期英国人的语意共识中，summer和spring所指的到底是哪个季节呢？

《春日》作者认为，在早期现代英语已流行约100年之后，莎士比亚"还不太肯定读者是否会把这个代表'春天'的名词跟其他形式相同但意义迥异的动词、形容词和名词混淆起来"，所以往往会在spring这个名词前加定冠词。笔者认为此说十分牵强，因为有人会问：为什么与莎士比亚同时代的其他诗人就不怕读者把spring与其他同形异义的词相混淆呢？且看：

　　Spring, the sweet spring, is the year's pleasant king,
　　Then blooms each thing, then maids dance in a ring,
　　Cold doth not sting, the pretty birds do sing:
　　Cuckoo jug-jug, pu-we to-witta-woo!...

　　春，甜美之春，四季之欢乐之君，
　　其时繁花满树，姑娘们围圈起舞，
　　轻寒而不冷森，处处有雀鸟啼鸣，
　　啾啾，啁啁，嘤嘤，呖呖，咕咕！……

1　Ludwig Wittgenstein, *Philosophical Investigations*, trans. G. E. M. Anscombe, Oxford: Basil Blackwell, 1953, p. 20e.

2　参见曹明伦：《翻译之道：理论与实践》，保定：河北大学出版社，2007年，第122页。

这是托马斯·纳什（Thomas Nash，1567—1601）那首脍炙人口的 *Spring*（《春》）之第一小节，这首诗从标题到内文都没有在 spring 前加定冠词，可难道有人会怀疑诗中描写的不是英格兰的春日景象吗？

我们知道，虽说是怀亚特爵士（Sir Thomas Wyatt，1503—1542）和萨里伯爵（Henry Howard, Earl of Surrey，1517—1547）最先把十四行诗引入英国，但却是锡德尼（Sir Philip Sidney，1554—1586）的十四行诗集《爱星者与星》(*Astrophel and Stella*，1591）引起了伊丽莎白时代的诗人对十四行诗的狂热，使十四行诗成为英国当时最为流行的诗歌形式，因而，"可以这么说，没有《爱星者与星》，莎士比亚也许就不会写出他的《十四行诗集》"[1]。在伊丽莎白时代所有的十四行诗中，艺术成就最高、人文思想最浓、流传最为广泛的无疑就是锡德尼的《爱星者与星》、斯宾塞（Edmund Spencer，1552—1599）的《小爱神》(*Amoretti*，1595）和莎士比亚的《十四行诗集》(1609），它们被称为"文艺复兴时期英国文坛上流行的三大十四行组诗"。而既然锡德尼和斯宾塞的十四行诗集都比莎士比亚的更早问世，那就让我们来看看"summer's day"在他俩的诗中是指"夏天"还是指"春天"。先看锡德尼的《爱星者与星》：

> That living thus in blackest winter night,
> I feele the flames of hottest sommer day.
>
> （89: 13-14）[2]

哪怕在伸手不见五指的严冬寒夜，

---

[1] James K. Lowers, *Cliffs Notes on Shakespeare's Sonnets*, p. 7.

[2] Maurice Evans, ed., *Elizabethan Sonnets*, Totowa: Rowan and Littlefield, 1977, p. 50.

我也感觉到骄阳似火的夏日白天。

（第89首，第13—14行）[1]

再请看斯宾塞的《小爱神》：

Lykest it seemeth in my simple wit

Unto the fayre sunshine in somer's day,

That when a dreadfull storme away is flit,

Thrugh the broad world doth spred his goodly ray:

（40: 4—7）[2]

对于我这智穷才竭的笨人来说，

那微笑我只能比作夏日的阳光；

当一场可怕的暴风雨刚刚经过，

它便为这广袤的世界洒下光芒。

（第40首，第4—7行）[3]

从以上引文我们可以看出，虽然锡德尼和斯宾塞的拼写还有中古英语的痕迹，分别把"summer"拼作"sommer"和"somer"，但作为能

---

1 参见菲利普·锡德尼：《爱星者与星——锡德尼十四行诗集》，曹明伦译，保定：河北大学出版社，2008年。

2 J. C. Smith and Ernest de Selincourt, eds., *The Poetical Works of Edmund Spenser*, London and New York: Oxford University Press, 1947, p. 569.

3 参见埃德蒙·斯宾塞：《小爱神——斯宾塞十四行诗集》，曹明伦译，合肥：安徽文艺出版社，1998年，第40页。

指，其所指无疑都是介于春天和秋天之间的那个季节。因为显而易见，只有在夏季才会感觉到"骄阳似火"（the flames），也只有在夏季才会有"可怕的暴风雨"（dreadfull storme）。由此可见，关于summer这个词的具体意义，至少伊丽莎白时代那些使用早期现代英语的诗人已经达成了语意共识。因此我们可以肯定地说，莎士比亚十四行诗第18首中的summer也确指夏天，因为只有在夏天人们才会感到"太热"（too hot）。

综上所述，我们也可以得到这样一点启示：即对于文学作品的解读和评论，我们既不可仅仅满足于对其字面意义的理解，也不可仅仅满足于对其历史语境和文化语境的探究。我们今天强调历史语境和文化语境在文学研究、文学评论和文学翻译中的重要性，但我们别忘了列维说过："更广阔的语境包括原作者的整本书，原作者的全部作品，甚至原作者所处时代的文学风尚等等。"[1] 如果说"原作者所处时代的文学风尚"就是我们今天特别重视的历史语境和文化语境，那么"原作者的整本书"就可谓语篇语境，而"原作者的全部作品"则堪称文本语境，在解读和翻译莎士比亚的十四行诗时，我们不能因注重语篇语境和文本语境而忽略了历史语境和文化语境；而在研究和评论这些诗时，我们也不能因重视历史语境和文化语境而忽略了语篇语境和文本语境。

如果评论家在重视历史语境和文化语境的同时也重视语篇语境和文本语境，就会理解翻译家们为什么都坚持把莎士比亚十四行诗第18首中的summer翻译成"夏天"，就会明白他们为什么"对这一传统解读深信不疑"，就会想到翻译家们不仅要让这首诗的上文与下文"衔接"，

---

[1] Jiri Levy, *Translation as a Decision Process*, in Lawrence, Venuti ed., *The Translation Studies Reader*, London and New York: Routledge, 2000, p. 151.

还得让这首诗与诗集中其他153首诗在整个语篇中形成"连贯";甚至进一步想到,翻译家要翻译的不仅仅是诗中的summer,若把summer译成春天,那spring他们该怎么译呢?而且有的翻译家(如梁实秋)不仅翻译莎诗,还翻译莎剧,如果把莎诗中的summer译成"春天",那莎剧中的 *A Midsummer Night's Dream* 是不是该译成《仲春夜之梦》呢?

总而言之,文学评论(尤其是诗歌评论)的根本还在于细读所评论的作品本身。尽管新批评理论如今已不新鲜,但其精读文本、穷究词义的精神我们不可轻易丢弃。

莎诗隐喻语篇衔接的认知层面探究[1]

祝　敏　沈梅英

引　言

　　《十四行诗》是莎士比亚在世时创作的唯一一部十四行诗集，也是十四行诗体的巅峰之作，堪称空前绝后，其文学价值和美学价值一直以来都是中外学者青睐的研究对象。随着近年来"隐喻研究"的蓬勃发展，特别是莱考夫和约翰逊（Lakoff & Johnson）"概念隐喻理论"的提出，大大推动了学者们对莎剧或莎诗的隐喻研究。纵观学者们的研究，笔者发现大多数学者或者分析莎士比亚某一部作品或某一首十四行诗的隐喻意象，或者通过隐喻分析来阐释莎士比亚作品或诗集中的某一主题。他们通常采用系统功能语言学的语法隐喻理论或认知语言学的概念隐喻理论来展开语篇分析，诠释莎诗或莎剧语篇的隐喻意义。然而，很少有学者结合这两个研究领域的理论，并将莎士比亚154首十四行诗中的隐喻融会贯通，视作一整体，研究其内在的隐性的衔接机制和外在的

---

[1]　原载于《小说评论》2012年第S1期。

显性的衔接手段。本研究旨在以此为突破口，将系统功能语言学的衔接理论与认知语言学的概念隐喻理论相结合，展开对莎诗隐喻语篇衔接的认知探究，希望能给莎士比亚作品的隐喻研究带来新的启迪，并促进系统功能语言学和认知语言学互补性研究的发展。

一、衔接理论简介

"衔接"是语篇分析领域的核心概念，而衔接理论的创立一般认为是以韩礼德（Halliday）和哈桑（Hasan）的专著《英语的衔接》（*Cohesion in English*）的出版为标志的。在书中，他们将衔接明确定义为"那些组成语篇的非结构性关系。它们……是语义关系，是语篇的一个语义单位"[1]，并将衔接分为语法衔接和词汇衔接。语法衔接有四种：照应（reference）、替代（substitution）、省略（ellipsis）、连接（conjunction）。词汇衔接也有四种：重复（repetition）、同义/反义（synonymy/antonymy）、上下义/局部-整体关系（hyponymy/meronymy）和搭配（collocation）。[2] 此后，哈桑[3]又在两人合著的《语言·语境·语篇》（*Language, Context and Text*）一书中，将衔接的范围扩大到了实现谋篇意义的结构之间的关系。在此基础上，胡壮麟[4]进一步扩大了衔接范围，把及物性结构关系作为一种衔接手段，提出了语篇连贯涉及多层次

---

1 韩礼德、哈桑：《英语的衔接》，张德禄、王珏纯、韩玉萍、柴秀娟译，北京：外语教学与研究出版社，2007年。
2 M. A. K. Halliday and R. Hasan, *Cohesion in English*, London: Longman, 1976.
3 M. A. K. Halliday and R. Hasan, *Language, Context and Text*, Victoria: Deakin University Press, 1985.
4 胡壮麟：《语篇的衔接与连贯》，上海：上海外语教育出版社，1994年。

的观点。张德禄、刘汝山[1]把衔接关系分为语篇内衔接关系和语篇与语境间衔接关系两大类，将研究视角从语篇内扩大到语篇外，使语篇衔接与连贯的理论获得了进一步的发展与应用。

韩礼德和哈桑的衔接理论在受到一些学者的推崇和赞誉的同时，也受到了另一些学者的质疑和批评。其中，有一种反对观点认为：语篇研究应从语言运用的过程和认知科学的角度来探讨语篇的连贯问题，连贯性是一种心理现象，而不是语篇或社会语境的特点。[2]尽管，该观点有片面的地方，但它却是对衔接理论的有益补充。衔接不仅体现为语法、词汇手段，即表层/显性的衔接方式，还受到人们的心理认知模式，即深层/隐性的衔接机制的制约。换言之，语篇连贯受到两个层面的影响，人们潜在的认知模式乃是连贯的基石，而由它支撑的外在的衔接手段是其框架结构，它们共同构建了语篇连贯的大厦。

二、隐喻衔接研究综述

对隐喻的认知研究，是近几年来研究的热点。学者们已逐渐从最初的单个隐喻的意义建构和推理机制的阐释转向研究隐喻在语篇层面上的运作及其功能。根据莱考夫和约翰逊的"概念隐喻理论"，隐喻本质上是通过一种事物来理解另一种事物。它涉及两个概念域，其中一个概念域说明另一概念域，说明的概念域称作源域（source domain），被

---

[1] 张德禄、刘汝山：《语篇连贯与衔接理论的发展及应用》，上海：上海外语教育出版社，2003年。
[2] 王振福：《论衔接与连贯的显明性和隐含性》，《东北师大学报（哲学社会科学版）》2002年第4期。

说明的概念域称作目标域（target domain）。隐喻是从源域向目标域系统的、部分的结构映射。因此，隐喻概念具有系统性和连贯性的特征，其本质特征赋予了隐喻的语篇衔接与连贯功能。[1]此后，霍伊（Hoey）[2]在《语篇中的词汇模式》一书中论述了隐喻的语篇组织功能。在国内，廖美珍[3]是最早研究隐喻的语篇衔接功能的学者。魏在江[4]则从隐喻认知与语篇的界面着眼对隐喻的语篇功能进行探索。任绍曾[5]通过分析罗伯特·佩恩·沃伦（Robert Penn Warren）的叙事语篇《国王的人马》（*All the King's Men*）中twitch的隐喻化过程以说明隐喻是统驭语篇的因素。苗兴伟[6]在廖美珍的研究基础上，提出了概念域在语篇层面上的更为复杂的映射模式。张玮、张德禄[7]先后研究了语篇中的隐喻性特征及其对于语篇连贯的重要作用，以及语篇组织过程中的隐喻构型及结构性衔接关系的形成。魏纪东[8]研究了篇章隐喻中博喻的结构类型、组篇特征和衔接模式。他的专著《篇章隐喻研究》[9]更进一步阐释了隐喻在语篇层面的语义、语法建构和认知基础。另外还有一些学者，以文学语篇，特别是诗歌语篇为语料，深入阐释了隐喻的语篇衔接与连贯功能，如

1　G. Lakoff and M. Johnson, *Metaphors We Live by*, Chicago: The University of Chicago Press, 1980.

2　M. Hoey, *Patterns of Lexis in Text*, Oxford: Oxford University Press, 1991.

3　廖美珍：《英语比喻的语篇粘合作用》，《现代外语》1992年第2期。

4　魏在江：《隐喻的语篇功能——兼论语篇分析与认知语言学的界面研究》，《外语教学》2006年第5期。

5　任绍曾：《概念隐喻和语篇连贯》，《外语教学与研究》2006年第2期。

6　苗兴伟、廖美珍：《隐喻的语篇功能研究》，《外语学刊》2007年第6期。

7　张玮、张德禄：《隐喻性特征与语篇连贯研究》，《中国海洋大学学报（社会科学版）》2007年第4期；张玮、张德禄：《隐喻构型与语篇组织模式》，《外语教学》2008年第1期。

8　魏纪东：《论篇章隐喻中博喻的结构类型和组篇特征》，《国外外语教学》2006年第1期；魏纪东：《论博喻在篇章建构中的衔接模式》，《天津外国语学院学报》2010年第3期。

9　魏纪东：《篇章隐喻研究》，上海：上海外语教育出版社，2009年。

张沛[1]、魏在江[2]、唐晓云、许峰[3]、祝敏[4]。以上研究为本研究的开展奠定了理论基础。

三、莎诗隐喻衔接机制

脍炙人口的莎士比亚十四行诗语言多姿多彩、清新优雅、精妙绝伦，大量隐喻的使用更是其诗歌魅力之所在。莎士比亚十四行诗中的众多隐喻，并非凌乱混杂，而是极具系统性和层次性。隐喻与隐喻之间构成隐喻链，而隐喻链与隐喻链之间又构成了更具包容性的隐喻网络。每一个隐喻网络均有一个核心（根隐喻），以该核心为出发点向四周延伸、扩展出各种与之相关的子隐喻。莎士比亚十四行诗中对真、善、美的讴歌，对人性的充分肯定以及对"不朽"精神的追求也正是在这隐喻网络中得以展现、得以释放。[5] 莎士比亚十四行诗的主题意义是贯穿隐喻网络始终的一条主线索，它使诗歌中众多看似无关联的隐喻，在读者解读主题意义的认知过程中联结为一整体，使隐喻的语篇连贯性得以实现，这可以看作莎诗隐喻的隐性衔接机制。当隐喻概念在语篇中作为宏观命题组织语篇时，就会制约着语篇中的命题内容和语言选择，罗宾逊和梅耶（Robins & Maye）将这一功能称作隐喻的框定功能（framing function）。作为一种语篇策略，隐喻不但使语篇按照一定的隐喻框架展

1　张沛：《隐喻的生命》，北京：北京大学出版社，2004年。
2　魏在江：《隐喻与文学语篇的建构》，《外语与外语教学》2008年第3期。
3　唐晓云、许峰：《论隐喻在克雷格·雷恩诗歌中的语篇功能》，《外国语言文学》2010年第3期。
4　祝敏：《莎诗隐喻认知机制的连贯性及其主题意义建构》，《北京第二外国语学院学报》2011年第4期。
5　同上。

开，而且通过隐喻概念的延伸在语篇中形成系统的词汇衔接关系或网络[1]，这即为显明的衔接方式，语篇表层的、由意义关系所触发的形式上的衔接手段的一种——词汇衔接。另一种显性衔接手段——语法衔接，同样会在隐喻的语篇衔接中起到一定的作用，但由于本文是从认知隐喻角度探讨衔接，又受限于篇幅，故只将它一笔带过。总之，隐喻的隐性衔接机制是外在的显性衔接手段的认知基础，两者对语篇连贯所起的作用相辅相成，互为补充。

1. 隐性衔接

莎士比亚十四行诗隐喻的隐性衔接可分别从以下三个方面来加以阐述：隐喻网络的构建、隐喻链之间的衔接、隐喻链内的衔接。

（1）隐喻网络的构建

莎士比亚十四行诗中隐喻网络的构建与诗集的主题意义有着密切的关系。然而，对莎诗主题的理解是仁者见仁，智者见智，众说纷纭。本文笔者更倾向于吴笛教授对莎诗"时间主题"的解读。在这部十四行诗集中，无论是美还是友谊和爱情，都受到时间的制约。莎士比亚力图通过对艺术、爱情等可以超越时间之物的探寻，来超越人的生命隶属于时间的被动地位，尽管他的这种探求只能加深他的困惑。[2]纵观整部诗集，笔者发现贯穿始终的主要有两大隐喻网络：①以"人一生的变化=自然界中事物发生的变化"为核心的隐喻网络；②以"时间=具有破坏性的事物"为核心的隐喻网络。两大网络相互交叉，融会贯通，相互之间

---

1 苗兴伟、廖美珍：《隐喻的语篇功能研究》，《外语学刊》2007年第6期。
2 吴笛：《论莎士比亚十四行诗的时间主题》，《外国文学评论》2002年第3期。

以"时间"为纽带，拼接成更大的隐喻网络，即"人一生的变化=自然界中事物发生的变化"体现了"时间的流逝"，"时间=具有破坏性的事物"体现了"时间的作用力"[1]，见图1。时间正是在其不知不觉的流逝过程中对世间万物产生了不可抗拒的作用：衰老、死亡。可见，两大隐喻网络受"时间主题"统领，使分散在诗集各部分的隐喻错落有致地分布在如密织的蜘蛛网的隐喻网络各交叉网点上，使整部诗集内容连贯、紧凑，主题更为鲜明。

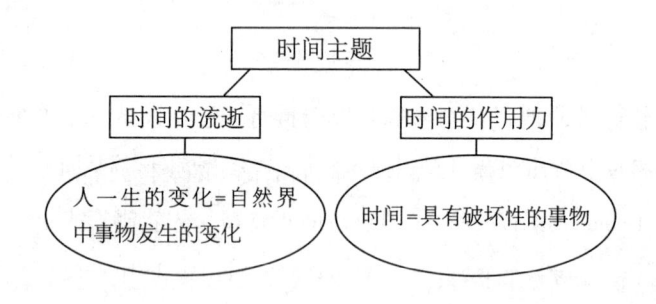

图1　莎士比亚十四行诗中的隐喻网络

（2）隐喻链之间的衔接

在隐喻网络内部各隐喻之间同样存在着衔接机制——隐喻链。在第一个隐喻网络中，存在着四个子喻体，体现为自然界事物变化的四种具体表象，即"四季的变化""阳光的强弱变化""植物的生长变化"和"昼夜更替"。它们围绕核心隐喻（也叫根隐喻）的本体"人一生的变化"，并以根隐喻的喻体"自然界中事物发生的变化"为基础，做出渐进性的、有规律的、系统的描述，使得不同子隐喻间的语义连贯起

---

[1] 祝敏：《莎诗隐喻认知机制的连贯性及其主题意义建构》，《北京第二外国语学院学报》2011年第4期。

来。它们以人生的变化与自然界事物变化的相似性为切入点，从不同的角度阐述了人生四季变化的典型特征：希望（春），辉煌（夏），衰落（秋），死气沉沉（冬），并组成了四条直线型隐喻链，如图2所示：

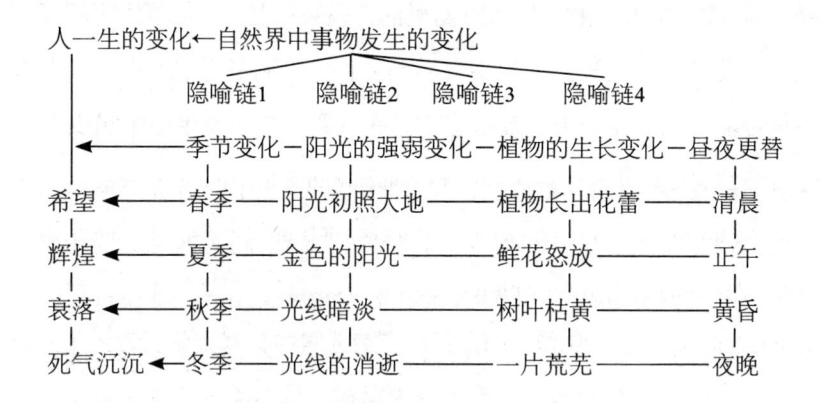

```
人一生的变化←自然界中事物发生的变化
         隐喻链1    隐喻链2       隐喻链3        隐喻链4
      ←—季节变化—阳光的强弱变化—植物的生长变化—昼夜更替
希望 ←—春季——阳光初照大地——植物长出花蕾——清晨
辉煌 ←—夏季——金色的阳光———鲜花怒放————正午
衰落 ←—秋季——光线暗淡————树叶枯黄————黄昏
死气沉沉←冬季——光线的消逝———一片荒芜————夜晚
```

图2 直线型隐喻链之间的衔接[1]

这些隐喻链相互交织，贯穿于整部诗集中。如第5首："For never-resting time leads summer on / To hideous winter, and confounds him there, / Sap cheeked with frost, and lusty leaves quite gone, / Beauty o'er-snowed, and bareness everywhere."这几句诗句描述了由夏至冬的季节变换及由此引起的植物的衰亡，"季节变化"和"植物生长变化"两条隐喻链交错出现，体现了诗人对时光流逝的无奈和感叹。在第7首中，诗人这样写道："Lo, in the orient when the gracious light / Lifts up his burning head, each under eye / Doth homage to his new-appearing sight, / Serving with looks his sacred majesty, / And having climbed the steep-up heavenly hill, / Resembling strong youth in his middle age, / Yet mortal looks adore his beauty still, / Attending on his golden

---

[1] 祝敏：《莎诗隐喻认知机制的连贯性及其主题意义建构》，《北京第二外国语学院学报》2011年第4期。

pilgrimage. / But when from highmost pitch, with weary car, / Like feeble age he reeleth from the day" "So thou, thyself outgoing in thy noon, / Unlocked on diest unless thou get a son."莎士比亚在这首诗中巧妙地融合了两条隐喻链:"阳光的强弱变化"和相应发生的"昼夜更替"。它们共同阐释了人生变化的常规过程:从起步发展到如日中天到最后的衰退消亡。第18首是莎士比亚诗集中的巅峰之作,在这首诗中,三条隐喻链交替更迭,自然契合,浑然一体。"Shall I compare thee to a summer's day? / Thou art more lovely and more temperate. / Rough winds do shake the darling buds of May, / And summer's lease hath too short a date."这几句诗句体现了春(the darling buds of May)夏季节的更替。在诗人眼中,夏天象征着人生的巅峰时期,辉煌但转瞬即逝。难怪诗人写道:就连美好的夏天也比不上爱友的美。"Sometimes too hot the eye of heaven shines, / And often is his gold complexion dimmed"。接着诗人由夏季天气的变幻无常,时而阳光明媚,转而又阴云笼罩,引出"阳光强弱变化"的隐喻链,即由"shine"到"dim"的变化过程。"And every fair from fair sometimes declines, / By chance or nature's changing course untrimmed"。为了进一步说明辉煌的转瞬即逝,诗人又联想到植物的生长周期,每一种美就像植物的花朵终究会凋残零落(decline)。

这四条隐喻链在诗集中的交织运用突出了诗人对"不朽"的精神追求。这与柏拉图哲学的精髓正好吻合。由于对自身生命中自然和超自然节奏的认知、对四季轮回变化的认知、对痛苦和死亡的不可避免的认知,人类意识到理想与现实之间的差距,这种悲剧感使得他们不安恐惧,害怕自我的生命甚至宇宙的存在都是毫无意义的。正是在这种情况下,人类转向了对"不朽"的追求,使之成为对抗死亡和宿命的武器。莎士比亚力图通过把短暂的个体生命复制、转移或存储到他的艺术杰作中来实现人类的不朽。[1]

在这部诗集的另一个隐喻网络中，我们同样可以找到类似的隐喻链之间的衔接。该隐喻网络的根隐喻是"时间=具有破坏性的事物"。"具有破坏性的事物"在十四行诗中具体体现为：①战争；②自然的力量；③实施破坏的工具；④邪恶的人；⑤具有破坏力的动物。这五种表象分别作为根隐喻的五个子喻体围绕目标域（时间）做不同角度跨语域的特征投射，相互之间保持并列关系，对时间的特质做了全方位，深层次的阐释。[2] 而这五个子喻体又可作为核心喻体在同一语域内做进一步的延伸和推进，并形成五条环型隐喻链，共同体现根隐喻喻体的本质特征，见图3。

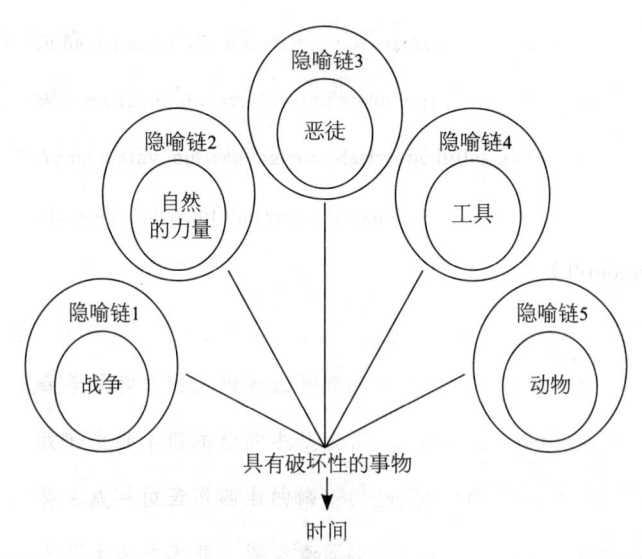

图3　环型隐喻链之间的衔接

1　刘静：《莎士比亚〈十四行诗集〉中对"不朽"的精神朝圣》，《安徽文学》2009年第11期。
2　祝敏：《莎诗隐喻认知机制的连贯性及其主题意义建构》，《北京第二外国语学院学报》2011年第4期。

这五条隐喻链从不同的角度显示了"时间的破坏力战争"隐喻链和"自然的力量"隐喻链，均体现了"时间破坏力"的宏大气势和不可抗拒。诗人将时间的破坏力等同于战争的破坏力，整部诗集就像是一部战争史，向读者栩栩如生地描绘了"美"与"时间"的战争。如在第2首中，代表"时间无情流逝"的"冬天"向"美"开战，围攻（besiege）友人的额头，在他那美的田地上掘下浅槽深沟（dig deep trenches）。"时间"不仅像"摧毁一切的战争"，也像"不可抵御的自然之力"，让人随时随地都笼罩在它的阴影之下，慢慢或顷刻损毁于它的侵害。在第13首中，时间被描写为"风暴"（stormy gusts），将一切横扫，只留下断壁残垣，一片狼藉。"时间"在第64首中又化身为"饥饿的大海"（hungry ocean），滚滚向前，吞噬陆地。"恶徒"隐喻链和"动物"隐喻链赋予"时间"以生命力，并不同程度地体现了它的凶险恶毒。"时间"的"恶徒"形象在第5、16首中最为经典，它是"嗜血的暴君"（bloody tyrant），施虐于"倾国之貌"，使其丑态毕露。"时间"同时还是"具有破坏力的动物"，在第19首中，它化身为"吞噬一切的怪兽"，与雄狮交战，磨钝了狮爪（blunt the lion's paws）；与猛虎搏斗，竟然能虎口拔牙（pluck the teeth from the tiger's jaws）；与长生鸟厮杀，忍叫它活活燃烧（bum the long-lived phoenix）。"时间"可以战胜一切凶猛的野兽，谁都无法阻挡它前进的步伐。"工具"隐喻链与"恶徒"隐喻链的关系就更为密切了，前者附属于后者。被喻为"恶徒"的时间，不仅向"美"发动了战争，还手持做恶工具，肆意摧残美的事物。被时间使用最多的工具就是镰刀（scythe或sickle），详见在第12、60、100、116、123、126首中的描述。它不禁让我们联想起天神乌拉诺斯和地神盖亚之子克洛诺斯——时间的创造力和破坏力的结合体，他手持镰刀的形象，时刻提醒人们时间的无情流逝。这五条隐喻链相互穿插、渗透，共同服务于"时间主题"：时间集创造和毁灭于一体，莎士比亚力图通过对艺术、对爱情、对美的追求来消除对时间的惶恐，用他的笔墨与时间抗衡，以摆脱时间的无情吞噬。

（3）隐喻链内的衔接

构成隐喻网络的各条隐喻链内部同样隐藏着衔接机制。在"人一生的变化=自然界中事物发生的变化"的隐喻网络内存在着4条隐喻链。第1条隐喻链为"季节变化"隐喻链。在诗集中，春夏秋冬四季均有提及，其中"春"出现6次，"夏"出现20次，"秋"出现3次，"冬"出现10次。诗人遵循自然界四季变化的规律，依次在诗集中呈现这四季的显著特点，并根据四季变化与人生变化的相似性，用不同的季节喻指人生发展的不同阶段，具体形象，寓意深远。人一生的变化将经历以下阶段：起步发展，辉煌鼎盛，日趋衰落，步入死亡，这如同四季的轮回，周而复始，无法逆转，人终究要面临最终的宿命，而莎士比亚正是用他的诗行与人的宿命较量，显然，莎士比亚是最后的胜利者，他在诗行中获得永生。该隐喻网络的另外3条隐喻链遵循同样的逻辑顺序——自然定律，从不同的始源域出发，投射出相同的目标域（人生变化）的典型特征：衰落、死亡是人生的必然结果。这4条隐喻链内单个隐喻之间的纽带便是自然界事物的发展规律，它们随着时间的发展变化而相应地产生物理上或生理上的变化，故各个隐喻之间的衔接是直线型的。

在另一个隐喻网络"时间=具有破坏性的事物"中，共有5条隐喻链。这5条隐喻链的内部衔接机制是相似的。它们的目标域就是该隐喻网络核心隐喻的目标域，即本体相同，而始源域却各不相同，即分别体现为核心喻体的子喻体，而这些子喻体又分别成为隐喻核心，向四周扩散、延展，形成5条环型隐喻链。第1条隐喻链以"战争"为核心喻体，进一步描绘了战争的攻防过程、毁灭性、武器等战争要素，如，"besiege thy brow""dig deep trenches in thy beauty's field"（第2首），"fortify yourself in your decay"（第16首），"overturn statues""root out the work of masonry""his sword""war's quick fire"（第55首），"downrazed lofty towers"（第64首），"the ambush of young days"（第70首），将"时间的破坏力"通过"战争"喻体的扩展，栩栩如生地展现在读者眼前。第2条隐喻链通过"自然之力"的不同体现，如，"乌云"和"日蚀、月蚀"（第3首），"倾盆大雨"（第124首），"风暴"（第13首），"饥饿的大海"（第60首），从不同角度展现了时间的毁灭性危害。"工具"隐喻链和"动物"隐喻链与"自然之力"隐喻链的衔接机制完全相同，均通过隐喻链核心喻体的具体表象，来体现时间对美的事物不同方式和不同程度的摧残。"恶徒"隐喻链不仅通过核心喻体的不同表象"暴君"（第5、16、107、115首）、"窃贼"（第6、77首）和"卑鄙小人"（第74首）来获得衔接，还通过核心喻体"恶徒"特征的部分延展"邪恶之手"的特写（第6、60、63、64首)，使隐喻链内各个隐喻在语义上连贯一致，共同展现"时间"的凶残和邪恶。

2. 显性衔接

除了隐性衔接机制外，诗作者还通过显性衔接手段来使整部诗集语义前后连贯，主题意义鲜明突出，它们在语篇的表层结构上形成了一个有形的网络，使得诗集中的隐喻承上启下、相互照应，浑然一体。

在语篇的推进过程中，隐喻延展可以以始源域为出发点，在语篇中形成以始源域为中心的词汇衔接关系，从而使目的域得以彰显，即目的域可以系统地用始源域中的词汇谈及或表达；隐喻延伸也可以同时以始源域和目的域为出发点，从而在语篇中形成平行的词汇衔接链，通过互动凸显目的域特征。这种衔接是语篇的形式连接，以显性的语言成分出现在语篇的表层，体现的是隐喻构建语篇的显性机制，反映的是语篇表层结构上的整体性。[1]具体地说，在莎士比亚十四行诗中，作者使用的词汇衔接手段主要有以下几种：词的重复、同义或近义、上下义或整体-局部关系、词的搭配。

  词的重复出现是该诗集中最常用的词汇衔接手段之一。上文提到，两大隐喻网络受"时间主题"统领，"时间"是核心隐喻的目标域，它在诗集中总共出现了74次，可见，目标域"时间"被作者不断重申和强调，是诗集中被凸显的成分。目标域"时间"的流逝则是通过不同的始源域——四季变化、昼夜更替、阳光强弱变化、植物生长变化，从不同角度来映射其典型特征，凸显时间流逝的永不停歇和不可逆转。在诗集中，体现这四个始源域的相关词汇被多次重复。例如，体现"四季变化"的关键词汇"春""夏""秋""冬"分别重复出现了6次、20次、3次和10次；有关"昼夜变化"的词汇，"白昼"重复了43次，"夜晚"重复了26次；另一个关键词"光线"则被重复了9次。它们体现了诗集中各隐喻之间的表层衔接，是形成隐喻链并最终构成隐喻网络的显性机制。

  同义或近义表达的使用也在莎士比亚十四行诗中屡屡出现，是实现莎诗隐喻语篇连贯的表层手段之一。莎士比亚将人生的没落比作植

---

[1] 李卫清：《隐喻视角下的语篇分析》，《湖北第二师范学院学报》2011年第4期。

物的枯萎凋零。为表达这一隐喻概念，他运用了丰富多彩的同义或近义表达，使该隐喻在认知层面所投射的特征通过表层显性词汇手段得以体现。在诗集中，体现植物枯萎凋零的词汇有："wane"（第11首），"decline""fade"（第8、54首），"fester"（第94首），"look pale"（第97首），"turn yellow"（第104首），"wither"（第126首）。莎士比亚还将时间对美好事物的摧残比作毁灭性的战争，并大量使用同义或近义的表达使该隐喻贯穿诗集始终，以凸显战争意象。例如："besiege"（第2首），"confound"（第5、60、63首），"ruinate"（第10首），"overturn""root out""bum"（第55首），"down-raze"（第64首），"siege""batter"（第65首），"ambush""assail"（第70首），这些词汇均展现了"时间"对"美"发动的强大攻势，深化了"时间主题"。

体现上下义或整体－局部意义的词汇在莎诗中也屡见不鲜。"时间"这一极具概括意义的词项在诗集中多次出现，是贯穿众多隐喻的主线索，它的下义词分别体现为描述一年内时间变化的具体词汇"春""夏""秋""冬"，以及描述一天内时间变化的具体词汇"清晨""正午""黄昏""夜晚"，这些词汇通过相互之间的属种关系而相互关联，从而在语篇中产生衔接力，使该诗集围绕"时间主题"形成前后连贯、浑然一体的语篇。体现整体－局部意义的词汇集中于"时间像暴君"这一隐喻上。虽然直接用"暴君"（tyrant）这个词描述"时间"在诗集中仅出现了3次（第5、16、107首），但作者对时间的"暴君"意象的刻画远不只局限于这三首诗，他更多地通过"暴君"身体的局部——手的特写来展现"时间暴君"的不可一世，他凌驾于一切事物之上，将人类的命运玩弄于他的股掌之间。"手"是这一意象的核心，"时间暴君"正是通过他的"手"施虐于世间万物，肆意踩躏芸芸众生，并确立他至高无上的统治地位。以下是诗集中作者对"暴君的手"的描述:"winter's ragged hand"(第6首),"his cruel hand"(第60首),"time's injurious hand"(第63首),"time's fell hand"(第64首)。"暴君"和"手"构成了整体－局部的语义关系,因而具有非常显著的衔接效果。这种词汇衔接手段不仅使单个隐喻本身语义连贯一致,还使之与其他各隐喻自然契合,与整部诗集巧妙融合,是形成隐喻链乃至隐喻网络的重要环节。

除了上述几种词汇衔接手段外,词的搭配也是词汇衔接的重要体现形式。由词汇搭配所产生的词汇衔接效果不是来自它们系统的词义关系,而是来自它们倾向于在相同的词汇语境中出现,即相互搭配。[1]这类词汇关系在语篇中通常体现为词汇衔接链,它们由于某些方面相互关联而共现于类似的语境中,构成搭配衔接。在莎诗语篇中,搭配式词汇衔接链在潜在的隐喻链的认知机制的支配下出现于语篇表层,增强了语篇的连贯性和整体性。其中,典型的例子有:

(1)战争隐喻链的词汇搭配衔接:besiege...dig deep trenches...fresh repair...confounds...conquest...conspire...ruinate...bloody...tyrant...mightier...war...fortify...enemies...trophies...triumphant...overturn...broils...root out... masonry...Mar...sword...quickfire...burn...cruel...knife...towers...down-razed...win...hold out...wrackful...siege...battering...impregnable...gates of steel...strong...spoil...ambush...assailed...victor...charged...ashes。

(2)光线变化隐喻链的词汇搭配衔接:golden...time...gracious...light...burning...new-appearing... day...noon...hideous...night...sunk...hot...shine...dim...

---

[1] 韩礼德、哈桑:《英语的衔接》,张德禄、王珏纯、韩玉萍、柴秀娟译,第259页。

fade...shade...gilding...sun...moon...bright...heavens air...darkness...shadow...sightless...view...ghastly...clouds...blot...heaven...swart...sparkling...stars...break of day...arising...glorious...morning...mountain tops...pale...early morn...splendour...stain...vanished...out of sight...twilight...black...glowing...gray...east...glory...west。

（3）植物生长变化隐喻链的词汇搭配衔接：beauty's rose...die...riper...tender...sweet...fresh...gaudy...spring...bud...content...weed...April...summer...winter...rost...leaves...gone...o'er-snowed...bareness...flowers...wane...grow...violet...lofty...trees...barren...green...plants...increase...living...yellowed...May...decline...fade...fair...marigold...thorn...odour...canker...blooms...perfumed...tincture...honey...smell...soil...worm...lilies...fester...fragrant...freezing...December...teeming...autumn...abundant...fruit...birds...pale...hue...white...vermilion...marjoram...red...colour...cold...forests...seasons...hot...Junes...olives...balmy...heat...drowns...showers...withering。

四、结语

　　理解莎士比亚十四行诗，关键要理解分散于诗集各处的众多隐喻。本研究的目的正是帮助广大读者更透彻、更全面地理解这部文学经典。本文从认知语言学概念隐喻的角度，结合韩礼德、哈桑的衔接理论探讨了莎士比亚十四行诗中隐喻的语篇衔接。具体地说，文章首先挖掘了诗集中潜在的两大隐喻网络，指出它们共同服务于"时间主题"，并将这两大隐喻网络解构成4条直线型隐喻链和5条环型隐喻链。接着，从隐喻链内部和外部两个方面，阐释了隐喻的隐性衔接机制，这与隐喻的深层认知机制不无关系。最后，文章分析了莎诗隐喻的显性衔接机制，并解释了它与隐性衔接机制的关系。本文的研究是对笔者已发表的论文《莎诗隐喻认知机制的连贯性及其主题意义建构》的补充和深化，并尝试将来自语言学不同领域——认知语言学和系统功能语言学的理论相结合，以期对莎诗隐喻的语篇衔接做出更合理、更深入的解释。

莎士比亚长诗及杂诗研究

莎士比亚的一首哲理诗[1]

王佐良

读书是一乐事,但开卷又往往更感自己无知。最近读莎士比亚剧本以外的诗,翻到《凤凰和斑鸠》一首,觉得奇怪,好像从未读过似的。大概我对莎作中所谓次要作品,向来不甚注意,特别是《维纳斯和阿都尼》之类的叙事诗,总觉得展示词藻、铺陈过甚,值不得去细读。《凤凰和斑鸠》一般总是同这些诗印在一起,一看标题就以为又是神话故事之类,所以也就忽略了。

这次一读,却恨相见之晚,因为这是一首非同寻常的诗。

为了便于说明,我先把它试译于下:

　　凤凰和斑鸠
　　阿拉伯独有一树,
　　树上有鸟最激越。
　　请它做先导和号角,

---

[1] 原载于《读书》1991年第1期。

贞禽会朝它飞聚。

可是嘶叫的枭,
魔鬼的前驱和仆从,
死亡将临的兆征,
不许你来骚扰。

禁止闯入我们的队伍,
一切霸道的翅膀,
除了鹰,羽族之王,
葬礼必须肃穆。

让白衣黑袍的牧师,
来唱死亡之歌,
他懂得对哀乐应和,
否则安魂缺少仪式。

还有你长命的乌鸦,
对嘴就生黑毛后裔,
只靠一口呼吸,
请你也来参加。

现在来诵葬词:
爱和忠贞已经死亡,

莎士比亚的一首哲理诗　　235

凤和鸠化作了火光，
双双飞腾，离开人世。

它们彼此相爱，
本质乃是一体，
分明是二，又浑然为一，
数已为爱所摧。

两心远隔，却不分离，
虽有距离，但无空间，
在凤和鸠之间，
就是这样神奇。

爱情之光照耀两体，
鸠借凤的火眼，
看自己得到了所恋，
彼即是此，此即是彼。

物性变得离奇，
己身已非原身，
同质而有异名，
不叫二，也不称一。

理智也感到困惑，

眼见是分,却又合一,
两者也难说我或你,
简单变成了繁琐。

于是理智喊道:
"看似一体,却又成双,
爱有理而理无常,
但愿分而不倒!"

接着唱起这曲哀歌,
献给凤凰和斑鸠,
爱的双星,至上无俦,
为悲壮的结局伴乐。

哀歌
美,真,罕见的风流,
始终朴素更难求!
却只剩灰烬遗留。

凤巢为死亡所毁,
斑鸠的忠贞情怀
也落入永恒长夜。

也未留下后人,
非由身残难孕,

乃因婚而保贞。

今后再说真，是谎，
有美，也只是假相，
真和美已被埋葬。

还剩真或美的人，
请走近这骨灰瓶，
为死鸟把祷词轻吟。

  这诗翻译不易，我所译必定有许多毛病，尤其诗中有若干难点，可能我的理解就有错误。不过我是力求忠实，希望多少保存了一点原貌。诗不长，仅六十七行，可分三部分：一至五段号召群鸟来参加葬礼行列；六至十三段是葬词；十四至十八段格律一变，由四行段变成三行段，是一首哀歌。此诗是连同别人的诗附在罗伯特·却斯透（Robert Chester）的《爱的殉道者，又名罗莎林的怨诉》一书后面于1601年出版的，虽然诗后印有莎士比亚的名字，但当时似乎没有别人提到过莎氏此作，是否确出他手，还是不能完全肯定。如果是他所作，则应是作于《哈姆雷特》等四大悲剧之前。从文字看，一反早、中期莎氏之喜渲染，异常朴素，凝缩，高度哲理化。传说中的凤凰是美丽的奇鸟，见于阿拉伯沙漠中，以香木筑巢而居，活到五百年时自焚而死，但又从灰烬中起而重生。斑鸠则历来是爱情上忠贞的象征。将两者放在一起，是将爱情与忠贞同死亡与重生一起思索。诗的情调是肃穆的，适合所写的葬礼，而所以有葬礼，是因为

爱和忠贞已经死亡，
凤和鸠化作了火光。

然而对于这一结局，诗人没有泛泛地表示哀悼或说些爱情不朽之类的话，而是想到了另外一些问题，其表达方式也是奇特的，例如：

它们彼此相爱，
本质乃是一体；
分明是二，又浑然为一，
数已为爱所摧。

提到了"本质""数"，而"分明是二，又浑然为一"则引来了矛盾之言（paradox），这就进入了思辨的领域。然而被摧的何止数，连距离和空间也消灭了：

两心远隔，却不分离，
虽有距离，但无空间，
在凤和鸠之间，
就是这样神奇。

神奇到一种程度，连物的性质（property）也变了：

物性变得离奇，
己身已非原身，

> 同质而有异名,
> 不叫二,也不称一。

因此理智——通常以数学和逻辑为代表的理智——无法说明这类"神奇",连理智本身也陷入困境:

> 理智也感到困惑,
> 眼见是分,却又合一,
> 两者也难说我或你,
> 简单变成了繁琐。

这最后一行值得多想想:事物由简变繁,归真返朴已无可能。伊甸园和黄金时代都是梦幻。

> 于是理智喊道:
> "看似一体,却又成双,
> 爱有理而理无常,
> 但愿分而不倒!"

在这种情况下,它只能唱起哀歌。哀歌倒比较实在,所流露的哀思是实在的,那韵律也带一种深沉的叹息声,再不谈"一或二""此和彼"了,而转到:

> 美,真,罕见的风流,

> 始终朴素更难求!
> 却只剩灰烬遗留。

最后出现了新意:凤和鸠没有后代,因为它们虽然结婚而保持贞节,是柏拉图式的精神结合;它们的死亡表示这种纯洁的理想也已灭绝,因此:

> 今后再说真,是谎,
> 夸美,也只是假相,
> 真和美已被埋葬。

> 还剩真或美的人,
> 请走近这骨灰瓶,
> 为死鸟把祷词轻吟。

诗至此结束。以真实的鸟开始,经过抽象的玄思,终于回到了骨灰瓶的实物,虽然偏离了凤凰不灭的传说,多少表示了在较低的层次上还有重生的希望。

然而哲理诗不能只谈哲理,它还必须是诗。换言之,它必须是美的。那么,这首诗又美在何处?这不是一个容易回答的问题,我且试提几点。

文字干净利落,简朴而含深意,表达干脆,没有不必要的形容词之类,而有格言式的精练,这就是一种美。

有对照,有正反,有矛盾,思想始终是活跃的,而所思涉及人生中大问题,有不少顿悟,顿悟结晶为警句,值得回味,这当中也有美。

形式完整，三个部分各有重点，不重复，有变化，第一部分的实变成第二部分的虚，而第二部分关于一与二亦即本质与表相的思考到了第三部分变成了真和美的失落与追踪，从哲理回到了人世，这一过程表现得利索而有层次，这也是美的。

诗中也有一般都会认为美的词句。一开始，它就引人进入阿拉伯沙漠，这是多少代英国诗人都认为神秘的浪漫世界。也有比喻，而且是新鲜的比喻，如"数已为爱所摧"中的"摧"（原文是slain，即杀，更为有力）。"物性变得离奇""理智感到困惑"也都是在干燥的哲理文字中加上了一点文学滋润。

最后，还有音韵的作用。这是贯穿全诗的，但又随内容而变化。此诗没有采用英诗中常见的五音步抑扬格，而用了四音步扬抑格，一行只有七个音节，四个重拍落在一、三、五、七音节上。一、二两部分每段四行，脚韵是abba，类似某些儿歌。这一格律不甚好用，因它所产生的效果往往不是甜美滑润，而是严厉，突兀，一字一字像是蹦出来的，只宜慢读，适合肃穆的仪式，如这里的葬礼。同时，七音节的短行也促使诗人必须说得扼要，把最重要的东西突出起来，这对于简洁地表达抽象观念也是有利的，而诗人的功力则见于他把这些抽象观念不仅表达了，而且是通过观念与观念之间的关系来表达的，所用的韵律手段就是把四音步的一行分成两半，形成或对立或衬托的两方。例如：

Two distincts, division none:
Number there in love was slain.

分明是二，又浑然为一，

数已为爱所摧。

Hearts remote, yet not asunder;
Distance, and no space was seen

两心远隔，却不分离，
虽有距离，但无空间，

再加上重拍的放置（例如第一个重拍往往放在行首第一音节）除了起强调作用外，也可以随内容而形成某种格局，这就给了诗人以一种特殊的表达手段，材料是现成的，藏在诗行的音节之内，就看他有无摆弄的本领而已。应该说，此诗的作者在这方面也是很有本领的。靠了韵律之助，他使干燥的思辨语言不但打进了我们的耳朵，而且在理智感到困惑、不禁叫喊的喊声里达到一种空前的强度。

于是等到哀歌来临，韵律一变，一段三行通韵的新声使情绪缓和下来，死亡已成定局，矛盾也暂时解决，剩下的是低徊，是叹息，同时也希望"还剩真或美的人"能够振作，留下了余音。

韵律所起的这样重要的作用，当然就是美学作用。

以上只是一种读法，我的读法。当然还有许多别的读法。我也参考了黄雨石同志的译文（《莎士比亚全集》人民文学版第十一卷）和学者们的注解和评论，颇受教益，在译诗和释诗过程中也吸收了一些他们的看法。在具体细节的解释上，评论家并不完全一致，但有一点却是共同的，即都认为《凤凰和斑鸠》一诗写得绝好。可以举几个较近的例子：美国诗人理查德·威尔勃（Richard Wilbur）称它为一首"奇异的、卓越的玄学诗"，并说"它的准确的抽象语言和生气勃勃的扬抑格诗行给予至少像我这样的读者以一种完全活跃的印象"。（《莎士比亚全集》塘鹅版）莎学者海立特·司密斯（Hallet Smith）说此诗"在莎士比亚作品中是独一无二的，没有任何其他作品像它。……诗篇开始处的富有启发性但属传统写法的鸟类点名让位于葬词部分的强烈活跃、戏剧化的矛盾之言，后者又让位于哀歌部分的极大的抒情性的朴素和庄严。……整个变化以最经济的手段在仅仅六十七行诗之内完成了"（《莎士比亚全集》河边版）。法国巴黎三大校长、莎学者劳贝·艾尔霍特（Robert Ellrodt）更进一步，说此诗"是独一无二的，有些评论家称它为最伟大的'玄学'诗。……对于诗歌爱好者，如果不是对于文学史家，这首紧凑、难懂的诗可以让它自己说明自己，它的音韵和节奏的魔力使得评论成为不必要了"（《剑桥莎士比亚研究之良友》，1986）。

女人的悲剧
——读《鲁克丽丝受辱记》札记[1]

张泗洋

一、《鲁克丽丝受辱记》的出版和反响

《鲁克丽丝受辱记》写于1593—1594年之间，是继《维纳斯与阿都尼》之后莎士比亚写的第二篇叙事诗，二者被认为是在内容与形式上都有关联的姊妹篇。两篇同为一个主题，都是一对男女，只是美德和恶德在男女身上倒转了过来，反映了社会上存在的男人践踏女人而受害者往往得不到社会的同情，反而蒙羞受辱而死的普遍现象。

此诗于1594年5月9日登记，同年印刷，出版第一版四开本，出版者为约翰·哈里森。第二版出于1598年，第三版是1600年，到1607年出第四版。莎士比亚逝世那一年，即1616年，该诗作为修订本，以他的名义重印，即第五个版本。第六版是1624年印的，内容有所修改，但质量不如过去，所以重要性比过去历次出的版本要小。《鲁克丽丝受辱记》的出版次数和印刷数量都不及《维纳斯与阿都尼》。

---

[1] 原载于张泗洋、孟宪强主编：《莎士比亚在我们的时代》，长春：吉林大学出版社，1991年。

和第一篇叙事诗一样，诗前也有作者致南安普顿伯爵的献辞，再次表示对他的敬意和感谢提携之恩，说这篇诗"得蒙嘉纳，是您高贵的秉性，而不是这些芜杂的诗句的价值"。在前一篇诗的献辞中有这样的话，他将"利用所有空闲时间向南安普顿献一篇'更为严肃的作品'"，据此，一般论者都认为这就是指《鲁克丽丝受辱记》，而且由此可见作者本人对这两篇诗的态度，也就是第一篇是世俗性的，不是严肃之作，而第二篇则触及了人生、社会、道德、善恶之争等大问题，具有严肃的悲剧性质。后者也比前者在思想上要成熟得多。

从当时出版后的风行情况来看，后者要比前者逊色得多，这可能是由于它的道德教诲色彩过重的缘故，特别是年轻人哪有不爱看像维纳斯那种亦爱亦泼的罗曼蒂克的呢？但从一些精萃摘录的选集来看，《鲁》诗比起《维》诗又似乎略胜一筹。R. 阿劳特在他《英国的巴拿萨斯山》的集子（1600）中，从《鲁》诗中摘选了39节，比他所选的任何其他诗人的诗都多，而从《维》诗中只选了26节。J. 波登海姆的《缪司的花园》（1600）一书对《鲁》诗评价更高，竟摘选了91处之多，而《维》诗只选了34处。

最早对此诗做出反应的是W. 哈尔维，他在哀悼海伦夫人的挽歌（1594）中写道：

你写了贞洁的鲁克丽丝，
她的死是你的无瑕生命的明镜。

在作家中，此诗也有很大反响，不少诗人以它为榜样来进行自己的创作，或者干脆就模仿它。如H. 威罗毕的诗《威罗毕的阿薇莎》

（1594）中就有这样的诗句：

> 塔昆摘下他的亮晶晶的葡萄，
> 而莎士比亚却画下可怜的鲁克丽丝的受辱。

这是文学史中莎士比亚的名字第一次被提到。1592年格林对莎士比亚的攻击并未指名道姓。阿薇莎是一个客店主人的妻子，拒绝了很多的追求者，不管来者身份多么高贵，也不为所动。作者宣称，他是颂扬一个"不列颠的鲁克西娅"（即鲁克丽丝），并且说："忠诚的少女和女人都应当如何捍卫用来赞扬一个没有污点生命的光荣和美誉。"他的诗既是对莎士比亚诗的模仿，又表示了对诗人的仰慕。

《鲁》诗对T. 密德莱顿的《鲁克丽丝的鬼魂》产生了直接影响，此诗用同样的诗式出版于1600年，被认为是莎诗的续集，但只是浮夸的古怪可笑的续集。《鬼魂》现在只留下一个孤本，保存在华盛顿福尔杰图书馆里。《鲁克丽丝受辱记》很快被T. 里武德戏剧化，编成了悲剧。

二、奸雄恶少皆封侯

《鲁克丽丝受辱记》的故事来自古典文学，鲁克丽丝是古罗马的烈妇，于前510年被塔昆王子强奸后羞愤自杀。它的一些主要事件后来在许多诗和散文中一用再用。莎士比亚的故事基本上来源于奥维德的《岁行记》，该书是1594年被译成英文的。其次就是李维的《罗马史》。英国文学中类似的作品，莎士比亚也不可能不参考，如乔叟的《好女传奇》（1386）、威廉·彭特的《快乐之宫》（1567），以及约翰·高威尔等人的一些作品，当然这些书中的故事都是袭用李维和奥维德的，但比起莎士比亚的诗来要短小得多，如乔叟的《好女传奇》中关于鲁克丽丝的故事只有206行，而莎士比亚的《鲁克丽丝受辱记》诗达1855行。莎诗的插曲、情绪和音调又很像但尼尔的叙事诗《罗莎蒙达的哀怨》（1592），这是写亨利二世的妻子罗莎蒙达的鬼魂在悲伤自己的命运，莎士比亚写自己的诗时可能受到这首诗的启发。

《鲁克丽丝受辱记》中的男女人物和《维纳斯与阿都尼》中的正好相反，男子塔昆是淫邪的、道德败坏的王室人物，正如我国诗句所概括的"奸雄恶少皆封侯"；而鲁克丽丝则是贞洁的、具有美德的、心地善良的良家妇女。前后两诗人物是非善恶这样颠倒反照写法的动机引起人们不同的猜测，有人以为莎士比亚怕第一篇有攻击女人之嫌，所以第二篇就倒过来写，以求得平衡。也有的批评家认为第一篇在当时被某些人攻击为色情之作，无疑，为了避免这类批评的重复，他就希望能在第二篇中建立起诗的道德的健康的规范，为自己获得更好的评价和声誉，于是就选择了这个赞扬贞洁、憎恶纵欲的古罗马的故事。还有一些推论，认为第一篇对童贞的否定会对少年南安普顿有不好的影响，或者此人正在走着道德败坏的邪路，所以又急忙写出第二篇来，作为一面美德的镜子，以对他进行规劝和教育。诗前有一篇"故事梗概"，以精练的文字，简明扼要地叙述了事情的经过、前因与后果。如果这是莎士比亚本人所写，那么这就是他仅存的唯一非戏剧性的文学散文了。

叙事诗的开头写了事件的起因。在一座军营内，战士们聚集在一起谈笑取乐，每个人都夸说自己的妻子如何漂亮，如何有德，如何忠贞不贰，想不到这次夸媳妇的娱乐比赛竟引起了一场灾祸，也就是：

> 恰是这"贞淑"的美名,
> 煽起了塔昆的淫欲,恰像给利刀添刃;
> 只因不智的柯拉廷,不应该百般赞颂
> 是何种无与伦比的,艳丽的嫣红与白嫩,
> ……
> 以冰清玉洁的明辉,向他效忠致敬。[1]

塔昆当即偷偷离开了军营,向柯拉廷堡疾行。一路上他内心也不平静,思忖着此行不知是祸是福,一度想悬崖勒马,转回营地,但是最后终于被强烈的淫欲邪念征服,非要满足一下自己罪恶的欲望不可。当他以虚伪的客人身份拜访鲁宅时,鲁克丽丝以东道主的身份礼貌地接待了他。到了深夜他再也按捺不住了,闯入了鲁克丽丝的卧室,即便这时,内心也在进行剧烈的斗争,

> 但没有任何力量,能控制情欲的行程,
> 或是能遏止它的轻举妄动的激情。

在他非礼之前,虽然鲁克丽丝向他苦苦哀求,晓以大义和是非利害,但这一切对一个色胆包天的淫棍来说已无济于事,只不过是耳边风罢了,哪有因弱者的眼泪而自动退缩之理?他像饿虎扑食一般,用暴力把她奸污了。

鲁克丽丝感到非常痛苦,受到极大刺激,因为"这一次失去的是

---

[1] 以下《鲁克丽丝受辱记》的引诗皆用杨德豫的译文。

比生命更为贵重"的贞操。她叹息、诅咒、哭泣,用指甲撕裂着皮肉,但不管怎样摧残自己也洗雪不了这一奇耻大辱。思前想后,只有一死了之,才能免除这一痛苦的折磨和不贞的名誉。但又一转念:这样不明不白地死去,能说明自己是清白的吗?"无非是让我的灵魂肉体一样受污!"她也想到这不是自己的过错,自己是受害者,而不是罪恶的同谋,她宽慰自己说:

> 虽然我下贱的血液,受到这恶行玷污,
> 我这纯洁的心灵,照旧是清白无辜;
> ……
> 它那光美的贞德,始终保持牢固。

但这并不能真正使她得救,因为她一想到"今后决没有一个贵妇会根据我的辩词,要求给我以宽恕",而且,更令人难以忍受的,那些该死的

> 能言善辩的演说家,为了使言词生动,
> 将把塔昆的劣迹与我的污名并论;
> 为饮宴助兴的乐师,将弹唱我的丑行,
> 吸引满座的听众,把每行歌词细听,
> 听塔昆如何把我——柯拉廷的妻子欺凌。

一想到这种忍辱偷生的难堪命运,她就觉得再也不能活在世上了,只有一死才能摆脱这种苦恼和耻辱的处境。最后,她下了决心,要死得

其所、死得其时、死得有价值，并使坏人受到惩处，便在她的丈夫、父亲和众人面前，哭诉了事情原委并要求替她报仇后，勇敢而果决地把尖刀插入了自己的胸膛。一个贞洁的、有着种种美德的女人，从不曾损害过别人的女人，受到一个淫徒恶少的玷污凌辱而自杀了。

三、长留清白在人间

　　作为一个女人，维纳斯的表现是特殊历史条件、特殊环境造成的，而作为一个男子塔昆的行为则是通常的社会条件下司空见惯的事情，特别是豪门贵族子弟，欺男霸女似乎也是他们的特权之一。如果说阿都尼的惨死并不是由于维纳斯的纠缠所造成的，而鲁克丽丝的自杀则完全是塔昆的罪恶行为的直接后果。在男女不平等的社会，鲁克丽丝的不幸命运是普遍的。

　　塔昆在诗中被表现为邪恶的代表。他的淫邪欲念的产生，还不是由于看到鲁克丽丝的美色，而是由于听到她的美德。那时传统的观念认为贞洁是无价之宝，是女人的全部价值所在，因而引起塔昆偷香窃玉的动机，却毫不考虑由于他伸出贪色的魔爪将要把这一珍宝粉碎，也将毁掉别人的幸福。这种禽兽行为不仅是犯罪，也是对朋友、同僚、战友的不忠不义，违背做人的起码道德。通过这一暴行，诗人揭示了那些身为统治者的公子王孙的丑恶灵魂，也指出了不正当的情欲的危害性和罪恶性，既害人又害己，甚至殃及整个社会；招致特洛伊倾城倾国的大灾难，不也是帕里斯王子的好色所引起的吗？

　　鲁克丽丝在诗中是受害者，是一个忠于爱情、言行高洁、有着种种美德的女子。但正是由于这些美德，给她带来料想不到的灾祸。社会上许多女子由于长得美和人品好而给自己招来了麻烦和苦恼，甚至悲剧，所谓红颜多薄命是也。鲁克丽丝哪会想到塔昆是人面兽心，还以礼相待，善良的本性使她解除了武装，给坏人以可乘之机。当塔昆撕下假面具露出凶残丑恶的本相时，她还苦口婆心，劝他悬崖勒马，并用眼泪苦苦哀求，来阻止他犯罪，但在恶人面前，一切都是徒然。

文艺复兴时期，人们把名誉看得比生命还重，而女子的名誉是和贞洁联系在一起的，失掉贞洁就是失掉荣誉，就是耻辱，耻辱地活着，是活不下去的。有些批评家认为鲁克丽丝把贞洁看得太重，是封建思想，这有对的一面；它的不合理性是丈夫对妻子的片面要求，是男女不平等的时代印记，是狭义的贤妻良母的思想，但作者也赋予她文艺复兴的气息。这时贞节观的意义已突破单纯对丈夫的义务，而带有人的价值、人的尊严的含义。这种强奸妇女的暴行是蹂躏人身，侵犯人权，侮辱人格，蔑视人的尊严，当然是奇耻大辱，不仅仅是肉体和心灵被玷污，也是最大的不名誉。

作为一弱女子，事前既无力抵御强暴的袭击，事后也无法洗刷自己的耻辱，何况罪犯又是有权有势的子弟。干坏事的男人可以逃之夭夭，人们也不去理会，而受害的女人却往往成了众矢之的，成了人们非议和兴趣的中心，在他们的眼中永远是一个有着污点的不洁的女人，就连亲人也会蒙受羞辱，感到无脸见人，甚至任何一个

> 保姆要孩子安静，就会讲我的事情，
> 还会用塔昆的名字，恐吓嚎哭的幼童。

也正如塔昆用来威胁鲁克丽丝如果不依从他，对她会有什么样可

怕的后果那些话：

> 你的健在的丈夫，将在你被杀之后，
> 为睽睽万目所轻蔑，受嚣嚣众口的辱诟；
> 你的亲人和姻眷，因无脸见人而低头；
> 你的儿子被抹上"无名野种"的污诟；
> 而你——他们这一切耻辱的罪魁祸首，
> 你的败德的丑事，会有人编成顺口溜，
> 在未来漫长的岁月里，让顽童传唱不休。

再说，鲁克丽丝也看到了她丈夫无言的痛苦，知道这意味着什么。在这诸多无法抗拒的压力下，她只有走上自杀的道路，一死了之，否则，不是精神被慢性折磨而死，就是被自己的丈夫所杀，像泰特斯杀死自己亲生女儿拉维妮娅那样。

所以莎士比亚这样处理他的女主人公，不仅是受故事来源的限制，也不仅是悲剧故事艺术上的需要，而是这类事件发展的必然归宿，没有第二条路可供选择。这几乎是从来如此，也是从来写这类故事的格套。但和前人不同的，同是自杀，作者却赋以新时代的意义、新女性的意识。谁都看得出，鲁克丽丝的自杀不是弱者的逃避，而是强者的奋起，不仅要使自己洗掉污名，长留清白在人间，也是要改变不公道的现实，使社会更加合理，更加清洁。她在临死前向众人宣告：

> 请……为我申冤雪恨，
> 用复仇的武器除奸……

> 请……务必处死那奸贼!
>
> 慈悲宽纵的裁判,只能够哺育不义。

这是弱者的正义呼声,成了社会变革的动力,激起了人们的反抗风暴,终于推翻了旧王朝的罪恶统治。所以莎学家哀音格也得出了这样的结论:"鲁克丽丝的痛苦经验是为了放逐塔昆所必需的。她是柔弱的女人,有着妻子的忠诚和天使般的圣洁,但是在关键危难时刻,她很自然地表现出英雄气质、自我牺牲的热情,来惩罚罪恶,清除淫邪的风气。"[1] 另一评论家柏拉姆累也认为鲁克丽丝是"一个性格复杂的人物,她进行了道德的斗争,并且找到了反抗和征服残害她的邪恶的道路"[2]。比起作者同时代的一些戏剧家,如黑武德、密德莱顿和弗莱彻等,莎士比亚的思想远远超过了他们,超出了自己的时代;他们在写这个故事时,仅仅是抒发弱女子无可奈何的哀怨而已。

《维纳斯与阿都尼》同情女性在男女关系上平等的要求,反映了资产阶级初期反封建的个性解放的思想,同时批评了那种没有道德内容的单纯追求肉体的享乐,并指出这种欲望的邪恶性和可能的恶性发展。紧接着在《鲁克丽丝受辱记》中就对这种发展给以确认和证明。作者对女子的贞洁观是有条件地肯定的,那就是在爱情中和夫妻的相互关系上,这在更晚一点写的《凤凰与斑鸠》一诗中得到了强调,把这种忠贞纯洁合二为一的关系赞为最高的美德。但对夫权社会单方要求妇女守贞节,即便是强加的暴行也不见谅于人的那种传统观念,作者是深恶痛绝的,

---

1 K. R. S. Iyengar, *Shakespeare: His World and His Art*, London, 1964, p. 303.

2 G. Bromley, "Lucrece's Re-Creation", *Shakespeare Quarterly*, Vol. 34, No. 2.

在许多地方都批判了这一不平等不人道的思想。而更为重要的思想意义是把这一道德问题归结到政治好坏的问题上来，道德普遍堕落的社会，政治肯定不会清明，所以罗马人民终于起来推翻了暴虐独裁的反动统治，建立了公理和法制，政权由国王转入了执政官之手。过去许多批评家都说莎士比亚的政治观点是维护君主专制政权的，在那样早的时候，《鲁克丽丝受辱记》就批驳了这一意见。

四、亦诗亦剧的风格

《鲁克丽丝受辱记》和《维纳斯与阿都尼》虽为姊妹篇，但在形式和格律方面都不尽相同。前者是七行一节，每行五步，抑扬格，韵脚为ababbcc，共有1855行，这是乔叟用的一种诗的格式。后来詹姆斯一世写的《国王的书》，也采用了此格式，因此被称为国王韵律（rhyme royal）。这一诗式在莎士比亚时代很流行，有着沉重的韵脚，能表现出哀婉凄恻的感情，如但尼尔1592年写的《罗莎蒙达的哀怨》就是用了这一形式，稍后莎士比亚的《情女怨》也用了这一格律。这些诗篇和《鲁》诗在故事性质和哀怨的情调上都有类似之处。

《维纳斯》是写情欲和道德的矛盾，由于情欲爆发在天性柔弱而又多情的女子身上，所以没有演成两性之间的悲剧。而《鲁克丽丝受辱记》则与此相反，纵欲的是强暴的男子，发泄的对象是柔弱善良的女人，这就必然造成相反的结果。这一人物和事件的倒置使得《鲁克丽丝受辱记》的情节比《维纳斯》要复杂得多，人物也不止两个。许多人认为它虽然不是一篇戏剧诗，却是戏剧色彩浓厚的叙事诗，有着潜在的戏剧结构，甚至和莎剧的幕场一致。可以这样分析：军营中夸耀妻子的姿色和美德的比赛，是事件发生的起因，是第一幕；第二幕是塔昆途中和受到鲁克丽丝的接待；第三幕是夜间暴行；第四幕是塔昆逃走和鲁克丽丝的精神折磨，用来渲染烘托塔昆的罪行深重；第五幕则是高潮和结局，也就是鲁克丽丝的自杀和人民起来推翻暴政。当然，由于叙事诗的特点，必然是语言多于行动，内心多于外在，独白多于对话，是滔滔不绝的语言波涛把发展的势头推向一个可怕的高潮，促成一个震撼人心的后果。叙事诗的戏剧效果是明显的。

诗中的主要人物也有一定程度的个性描写，脱离了抽象概念的人格化的传统方法。形象的塑造不是靠外在的表现，主要是内心活动，而心理描写又主要靠独白来揭示形象的本质。塔昆恶念的引起，不是通常的美貌原因，而是一种抽象的贞洁的观念，人们普遍认为这是女人最宝贵最神圣的东西。但是塔昆并没有想到这种美德只对她的丈夫有价值，对他来说，却是毫无意义的。他的愚蠢使他理解不了这一最简单的道理，反以为偷了这一无价之宝，就是最大的幸运，最高的享受，殊不知只是粉碎了别人的宝物，破坏了别人的幸福，为了满足一次淫欲不得不付出了身败名裂的可耻代价。从这个动机和行为上，看出塔昆披着文明的外衣，倚仗着权势地位，干着无恶不作的害人勾当，是一个十足的流氓恶棍。

但莎士比亚笔下的人物的性格都不是单一的，作者也从人性观点写他走在途中和潜入鲁克丽丝的卧室时那种思想矛盾，如同麦克白深夜持刀走向国王邓肯一样，几次想悬崖勒马，并以轻蔑的神情鄙弃"他视作唯一依仗的无法扑灭的淫欲"，想"正直地钳制那不正直的心意"。但是，也和麦克白一样，恶念一旦引起，任何理性良知都显得软弱无力，必得在犯罪的道路上走到底。

和《维纳斯》的寂静田野环境相反，《鲁克丽丝受辱记》的故事发生在繁华的都市中，发生在侯门显贵的府第里，这里正是产生这类罪恶的渊薮。诗中所写的即便是细枝末节，也与它相适应的环境分不开，如每人竞相夸耀自己妻子的美德这样寻常少有的事，也只有在军营单调的生活中才会发生。诗人对环境的描写，不仅赋予视觉上的种种色彩，也富有感情变化，情和景是浑然一体的。鲁克丽丝家中的侍女男仆，墙壁上装饰的油画，一扇扇红漆朱门，深锁的彩色床帷等等，可能都是作者在南安普顿家中观察所得，这是和阿都尼出没的广阔天地绝然不同的两个世界。阿都尼的危险是猛兽野猪的威胁，鲁克丽丝的厄运却是在上流社会的深门大院中，掩盖在温文尔雅的假面下的另一种野兽所造成的。原始的倒是文明的，文明的倒是野蛮的，这就是颠倒了的人类社会。

叙事诗在许多方面都有着戏剧化的倾向。鲁克丽丝考虑的死活问题，反复了无数次，令人为她的命运担心而不能离开她。通过长长的独白或诉诸感觉的描写，或者在重要时刻借用延宕的方法来加重人们的期待，给人留下了悬念。独白是莎剧的特色之一，但在剧中独白是有一定限度的，而叙事诗则比较自由。作者利用了大段独白来抒写主人公的内心矛盾和哀怨痛苦的感情，也利用了大段的对话来揭示人物之间的尖锐对立和矛盾的激化，使冲突向不可逆转的方向发展。这些段落给诗造成一种起伏跌宕的气势。

叙事诗也运用了近于现代派的意识流的表现方法。鲁克丽丝时而咒骂黑夜，时而抱怨机运，时而责怪时间，又时而痛恨塔昆；一时想到贞节，一时想到名誉，一时想到死还是活的问题，一时又想到责任究竟由谁负的问题。有时注意仆人的表情，有时又把注意力集中到画上，而特洛伊的灾难竟使她那样触景生情、联想翩翩、思绪万千，对强暴愤怒,对受难者同情,对自己的不幸悲伤。特洛伊的毁灭景象,无疑是用来加重女主人公的悲剧分量,表现一个思想纷乱、歇斯底里的女人的心理状态,谴责好色和欺诈行为的可耻罪恶。她的思想不断在流转,几乎是下意识的,不能控制的。这一内心纷乱状态是她受到突然打击后的自然反应,想在无路可走的时候,在精神上和行动上找到一条合理的出路。

莎士比亚是语言的巨匠,叙事诗自然更显示出千姿百态的语言美来,在每一个辞藻的键钮上都发出动人的哀乐的回响。诗的华丽的风格、雄辩的结构、语言的音乐性构成了一篇深沉的悲怆乐章。当然,它不完全是悲剧,美德终于战胜了邪恶。

和《维纳斯》一样,由于是早期的作品,也免不了有着某些缺点和幼稚的痕迹。如事件写得过重一些,人物的思来想去过多了些,有些独白过长了些,造成语言堆砌和想象力的泛滥,很少留给读者想象的余地。他的创造更多地引向主题的修饰,而不是主题的本身,使情节深深地陷入语言的旋涡而辗转不前。它的拖沓延缓情形如G. W. 奈特所说的那样:"行动迁延了又迁延,每一个特殊的瞬息时间都给以描写,每一个不重要的偶然事情,也都记录无余,每一个话题都说到没有话说时为止,说到最后一滴感情滴干了为止。"[1]奈特说得可能夸张了些,但确实会使人多少有这种感觉。少数情节也不尽合情合理,另一批评家D. 布希曾就这点指出过:当"感情"睡觉的时候,"雄辩"仍在吼叫。读者也会觉察到:当塔昆已站到鲁克丽丝的床前,正在为了疯狂占有她而急不可待时,她居然还能专心致志地说了八十行之多的话,来劝他不要强行非礼。鲁克丽丝的父亲和她的丈夫争论"悲恸的专利",只能给人以滑

---

[1] *Shakespeare's Venus and Adonis, Lucrece, and Other Poems*, New York, 1898, p. 32.

稽感，是一种无趣的闹剧。类似这方面的缺点在作者后来越写越成熟的作品中很快得到了克服。

五、鲁克丽丝和拉维妮娅

一般来说，《维纳斯》和作者的喜剧有着天然的联系，那种诙谐幽默、热情大胆、个人意志和执着追求的精神都是一致的；而《鲁克丽丝》的人的尊严、道德价值、政治理想，以及邪恶毁灭善良的主题则和作者的悲剧思想又完全吻合，在描写方法甚至文字上可以见到许多相似之处；在人物和事件方面，二者之间的联系就更多，更不要说观点了。所以说叙事诗对莎士比亚戏剧创作的发展有着重要意义。

叙事诗和作者的历史剧也不是绝缘的，在一些具体观点和语言运用上都有着相通和神似的地方。仅举一例：塔昆把自己干坏事的动机推给鲁克丽丝，他的混账理由是鲁克丽丝的美色诱骗了他的眼睛，他说：

……你脸上明艳的容光
必将为我答辩，向你讲我的爱情；
就凭着这个理由，我要来进攻和攀登
你未经征服的堡垒；
责任应由你担承：
正是你那双明眸，使得我为你醉心。

无独有偶，理查三世也依仗同样的强盗逻辑，来向安夫人强行非礼：

原是你的天姿国色惹起了这一切，

> 你的姿色不断在我睡梦中萦绕，
> 直叫我顾不得天下生灵，
> 只是一心想在你的酥胸边取得一刻温暖。
> 甜蜜的夫人，是你的媚眼殃及了我的官能。

（第一幕第二场）

文字和内容是如此近似，如果不是同一个作家写的作品，很会使人怀疑是谁抄谁的了。

在许多莎士比亚的戏剧中，都留下了这一诗篇的痕迹，甚至是直接的联系。如剧中许多供人取乐的小丑都有着滑稽的外表，而实际上却有着过人的才智，他们的原型不就是《鲁克丽丝受辱记》中的勃鲁托斯吗？

> 他在罗马人身边，一直被看作愚痴，
> 好似在帝王身边取笑逗乐的呆子，
> 只会插科打诨，说些无聊的蠢事。

在《亨利五世》中就直接提到了勃鲁托斯：

> 他过去的种种狂妄，
> 就像古罗马的勃鲁托斯，
> 拿痴愚做外衣，
> 掩盖了肚里的智谋。

（第二幕第四场）

上面说了，激起塔昆淫念的不是鲁克丽丝的美色，而是她的贞洁的德行。我们看《一报还一报》中的安哲鲁大人突然对伊莎贝拉起了歹心，千方百计要占有她，也不是由于她长得漂亮，有特殊的魅力，而是看到她天真无邪的神圣色彩，一心想要得到她处女的贞操。安哲鲁是另一个有权有势的塔昆。

塔昆深夜潜入鲁克丽丝的闺房一场，若干年后又在《辛白林》中重演，不同的只是一个是大模大样地走进，一个是偷偷摸摸地潜入。阿埃基摩藏在伊摩琴卧室的箱子里，直到主人睡熟后才敢从箱中爬了出来，对自己说：

我们的塔昆正是像这样蹑手蹑脚，
轻轻走到那被他毁坏了贞操的女郎的床前。

（第二幕第二场）

但是他没敢强夺伊摩琴的贞操，只偷走了一些证物，证明他已和她发生了关系。这是喜剧发展的模式。

鲁克丽丝陷入特洛伊所遭到的毁灭的痛苦中，把赫卡柏的不幸和自己的不幸联系了起来，把坏人西农和恶棍塔昆联系了起来。哈姆莱特也同样陷入特洛伊的悲惨故事所激起的感情旋涡中，为赫卡柏及普里阿摩斯老夫妇俩的凄惨景况而特别难过，一个是图画，一个是伶人念的台词，在同病相怜的人身上很自然地引起同样的反应。有人奇怪，为什么鲁克丽丝和哈姆莱特在他们内心纷乱、精神痛苦的时刻都转向由于背叛而遭到灾难的大火燃烧的特洛伊图像？这是因为作者心中早就装进了这幅画或这个故事，他为人类的相互残杀感到悲哀，对西农和塔昆这些害人的败类感到可耻，对阴谋诡计、背叛暗害的不义行为感到深恶痛绝，这一久久不能平静的为人类历史一再重复的悲剧而激动的心情，是他在《哈姆莱特》之后创作《特洛伊罗斯和克瑞西达》的动力，在这个剧中背叛和不义受到最大的诅咒，传统英雄成为背信弃义的小人。

在众多的莎剧中，要算《麦克白》和《鲁克丽丝受辱记》联系得更为广泛些，这主要表现在人物的心理、行为、感觉和不义方面，甚至犯罪的环境也大同小异。塔昆和麦克白都有着强烈的作恶念头，一个是淫欲，一个是权力野心，在罪恶进行中，他们都一样有着心理上的矛盾，忍受着道德观念的折磨；两人也都同样冲破了良心上的重重障碍，在犯罪的道路上走到底，最后自取灭亡。有的情节彼此换了位置，如邓肯是作为受尊敬的客人，毫无怀疑地走进了他死亡的陷阱；而鲁克丽丝则作为主人，接待了不速之客，无心地落入了来者的圈套，比死亡更坏的圈套。当两人在不同的戏中走向自己的猎物时，他们对时间、环境和自己将要干的罪行，在感觉上多么相似，甚至用明白的语言把这两个故事直接联系了起来。我们看对塔昆的描写是这样的：

> 更深夜静的时刻，已经悄悄来临，
> 安静恬适的睡眠，合拢了众人的眼睛；
> 没一颗悦目的星辰，肯挂出它的明灯，
> 只有鸟啼和狼嗥，预告着死亡的凶讯；
> 豺狼的良辰已到，好袭击无辜的羊群；
> 纯良贞洁的意念，俱已沉寂、安定，
> 淫欲和杀机却亦醒，要玷辱、屠戮生灵。

我们再看看处于这同一时刻的麦克白的感受：

……现在在半个世界上，
一切生命都已死去，罪恶的噩梦，
干扰着深怵的睡眠；作法的女巫
在向惨白的赫卡忒献祭；枯瘦的杀人犯
被他的守卫着他的豺狼的嗥鸣惊醒，
仿佛淫乱的塔昆蹑着脚步，像鬼似的
向他的目的地走去。

（第二幕第一场）

很明白作者在写麦克白前去杀邓肯时，心中已经浮起塔昆的黑暗形象了。

但是，和《鲁克丽丝受辱记》的关系最为密切的要算《泰特斯·安德洛尼克斯》这部悲剧了。《泰特斯》写于1591年，《鲁克丽丝受辱记》是1594年出版的，虽然相隔数年之久，但悲剧的情节仍在作者心头萦绕不散，又用叙事诗的形式再现了这类悲惨的故事。拉维妮娅是个可怜的女子，遭到两个王子的强奸暴行后，还被砍去了两只胳膊，割掉了舌头，丈夫也同时被害。鲁克丽丝虽然没有这样惨，但失身的痛苦比起肉体被砍杀似乎更为难受。为了报仇雪恨，一个弱女子竟然心硬到这种程度：用两只残留的断臂捧着血盆，等着残害她的凶手被割脖子流淌下的血。鲁克丽丝则用自己的鲜血来洗清身体上被强加的塔昆的污垢，并以此控诉塔昆万恶的罪行，唤起人民为她复仇。《泰特斯》是一部"血与泪"的复仇剧，《鲁克丽丝受辱记》实质上也是这部复仇剧另一形式的续编。但和当时流行的单纯复仇剧不同的是，莎士比亚这两个故事有着明显的政治理想色彩，就是暴政必须推翻，正义必须伸张，坏人必须铲除。

读了这两个故事,发现它们确有许多相通之处,背景、事件、人物、结局和性质都有着共同点。剧中泰特斯假装疯狂,诗中的勃鲁托斯也装疯卖傻;拉维妮娅被亲人所杀,鲁克丽丝则是自刎而死。死亡都表示那时人们的观念:女子一摊上这类事,活着是受罪,死了才能恢复名誉。虽然《鲁克丽丝受辱记》在后,但它的故事是从古代就流传下来的,所以在《泰特斯》中不断提及和联系。如在第二幕第一场中坏蛋艾伦说:

你们听我说,鲁克丽丝不比
巴西安纳的爱妻拉维妮娅更贞洁。

在第三幕第一场中,路歇斯临别亲人时对拉维妮娅说:

只要路歇斯还活着,他一定会为你复仇,
叫那骄傲的萨特尼纳斯和他的皇后,
在罗马城门前乞讨,像塔昆和他的皇后一样。

又在第四幕第一场中,泰特斯叫女儿用符号写出糟蹋她的凶手的名字时说:

是哪一个罗马贵人敢做下这样的事,
是不是萨特尼纳斯效法往昔的塔昆,
离开营帐到鲁克丽丝床上犯罪?

拉维妮娅写出凶手的名字后,她的叔叔玛克斯叫大家一齐跪下,

像勃鲁托斯呼叫"勇武的罗马人呵,和我们一道跪下来,承担你们的责任"一样,宣誓为拉维妮娅复仇:

> 用悲哀的敬畏,跟我一起宣誓,
> 如同贞洁被玷污的女子的父亲
> 和勃鲁托斯那样,为洗雪鲁克丽丝的被辱而宣誓。

至于菲罗墨拉的悲惨故事、特洛伊的毁灭故事,在这两个作品中都是感情的最强音,是用来加重被害人的哀痛心情的。

六、后人评说

比起戏剧来,莎诗的评论要冷清得多。在他生前,他的诗是颇受欢迎的,但后来,特别是1640年以后,就很少有人再提到它们。直到19世纪,才受到浪漫派诗人的注意。进入了20世纪,人们渐渐对莎诗热衷起来,大有与莎剧并驾齐驱之势,莎诗的各种版本也似雨后春笋一般纷纷出现,如1905年锡德尼·李的《维纳斯与阿都尼》《鲁克丽丝受辱记》和《爱情的礼赞》的珂罗复制版本提供了有益的原文,对莎诗研究起到促进作用。蒲勒和普林斯先后于1911、1960年出版的亚登版莎诗集,在当时都是很有价值的版本。1938年,罗林斯的《莎诗》新集注本提供了直到1930年早期范围广泛的知识和评论。1950年鲍德温的《论莎诗和十四行诗的文学来源》提供了同样有价值的莎士比亚对题材来源的处理方法。稍后(1957)巴罗夫的《莎士比亚的叙事诗和戏剧的题材来源》给我们提供了两首叙事诗的主要来源原文,虽然没有插入评注,但有着简明而有价值的介绍和精选的参考书目。这些专书的出版，使20世纪的莎诗评论活跃了起来。

诗人柯尔律治可以说是第一个莎诗批评家，他对莎士比亚的诗歌创作才能做了这样的论断："莎士比亚在他成为一个戏剧家之前是一个诗人，他具有主要的——如果不是所有的诗人的条件"，在两首叙事诗中，他"给了我们充分的证明，证明他具有无限精力和哲学思想的最深刻的心灵，没有这个，他可以感到快活，但那就不可能成为一位伟大的戏剧诗人了"。[1] 与此同时，也有人不大赞赏莎士比亚的诗歌，如与柯尔律治同属浪漫派的著名批评家赫士列特却常常乐于不同意柯尔律治的看法，说莎士比亚的两篇叙事诗"好似两间冰房，它们是如此坚硬，如此光亮，又如此寒冷"，说《鲁克丽丝受辱记》的"整个过程是辛苦的，像登山一样……一个美丽的思想无疑会在无止境的议论中丢失"。[2]

20世纪的莎诗评论可以从乔治·温德海姆的《莎士比亚的诗》（1918）的介绍开始。针对上一世纪的对《鲁克丽丝受辱记》的"它的道德的目的过于明确，带来不自然的效果"等非议，温德海姆坚持自己的理论。他认为判断叙事诗要以它自身的特点和规律，《鲁克丽丝受辱记》受到正确关注的不是过多的行动中的人物，而是表现在道德的感情、心灵的论争和语言的艺术等方面的研究。温德海姆的贡献就是澄清叙事诗的特点和作用。出版莎诗集的蒲勒继承了温德海姆的观点，进一步探讨了莎诗的特点。他说：《鲁克丽丝受辱记》是以无可挽回的痛苦和不可原谅的残酷被表现着，既不像奥维德有着较为轻松的效果，也不

---

[1] F. E. Halliday, *The Poetry of Shakespeare's Play*, New York, 1964, p. 61.

[2] W. Hazlitt, *Characters of Shakespeare's Plays*, London: 1818, p. 348.

像李维在上政治教训课，莎士比亚选择了痛苦和罪行，所以拉长了独白，有意要把一切真实情况写完。对诗的戏剧性的特点，是许多批评家都注意到了的，如布希就这样认为：莎士比亚把神话丢在他的后面，把"历史"人物放到悲剧情况中给以现实主义的处理。

到了20世纪30年代，有人反对这一论点，提出了"边缘"或"中性"之说，如女作家唐娜在她的《莎士比亚的英国文学》（1936）中提出：《鲁克丽丝受辱记》应被看作一个"边缘"作品，一半叙事，一半戏剧；用叙事诗形式写塔昆的恶德表现和鲁克丽丝作为对立的典型，同时，为了人物性格的探索，在劝诫、祈求、辩论和悲哀等行为上花了大量的修辞，就把诗发展成为戏和诗的中间物，这是在伊丽莎白时代文学中并不少见的中性作品。

《鲁克丽丝受辱记》在主题、态度、风格等方面较之《维纳斯》有着明显的变化，其原因何在？一些作家提出了更多是出于个人原因。1937年米尔和劳夫林就注意到：来自阅读和城市生活中的意象已经大大代替了对自然的观察，这很可能是莎士比亚和他的保护人之间交流的结果。劳夫林具体指出：纹章、童仆、仆从，以及织锦与绘画很自然地进入了一个中产阶级乡下人的心目中；贵族官邸的富丽堂皇也会留给他深刻的印象；他描写的特洛伊的画一定也是来自南安普顿的客厅。

《鲁克丽丝受辱记》的道德色彩浓厚，主要是莎士比亚成长的必然结果，虽然两诗相隔时间并不长，但莎士比亚短短一生的发展是跳跃式的，快节奏的，无法用常人的尺度去衡量。1941年库尔就此问题提出了另一种解释，认为该诗教诲多于艺术，是与南安普顿伯爵接触的另一个结果。他说：从"献辞"中可以看出莎士比亚是用自己的政治道德理想来影响南安普顿的成长，要给他的心灵打上深深的烙印。库尔同时看出：莎士比亚已经这样早地反对国王的暴政。另一些批评家在叙事诗的艺术形式和世界观方面做了综合性的探讨，如1945年普拉斯指出该诗的悲剧意象的模式是并列的或相对的象征，如火与黑暗、红与白、花与野草、无辜者与害人者，指出了莎士比亚宇宙二元论的深刻认识。在作者的整个现实观点中，邪恶是以不同的形式普遍地存在着，塔昆就是杀死阿都尼的野猪。里奇不久后也指出了莎士比亚的强烈怀疑，那就是：宇宙是混乱的，人是一个瞎眼的乞丐。

这种生活中善恶美丑并存的观点在莎评中一直延续下去。20世纪50年代，著名评论家布拉勃鲁克对《鲁克丽丝受辱记》和传统形式的关系表现出更多的兴趣，他说：像《泰特斯》一样，《鲁克丽丝受辱记》是一篇"悲剧式的演讲"，提供美和善的道德表征、悲哀和欺诈的"真实形象"；《鲁克丽丝受辱记》的特征就是把贞操人格化。进入60年代，普林斯的评价比较受到重视。他认为：《鲁克丽丝受辱记》表面上是叙事诗，而实质上它是具有《泰特斯》风格的悲剧，对事物两重性的直觉反应，美和毁灭无处不在。普林斯同时指出为什么这篇诗有着悲喜两重性的倾向，那是因为它被写于作者的喜剧创作时期，吸引他的自然倾向更大程度是喜剧，而不是悲剧，所以有时在严肃的表现中却也给人以滑稽感。

更近的批评，重点多半放在道德和悲剧的成因方面。如1976年考普利·康谈到诗的悲剧社会根源时指出："是社会迫使鲁克丽丝把自己看作她丈夫的贬价了的财物和阻止她把自己看作一个无罪的和纯洁的女人。"[1] 1977年克拉摩尔和卡明斯基在他们的《〈鲁克丽丝〉的结构》一文

1　C. Kahn, "The Rape in Shakespeare's Lucrece", *Shakespeare Study*, Vol. 9 (1976).

中，认为鲁克丽丝的自杀是英雄的行为，作为一个美德形象来和塔昆的邪恶相对照，而不是作为一个完整的独立的存在。1978年，饶斯在他的注释本莎士比亚全集中介绍说：在《维纳斯》中，年轻人的性爱感情不可能被唤醒，不管爱神怎样努力，而《鲁克丽丝》中这个成年人，在这方面却又太甚了，以致鲁克丽丝成了他的牺牲品。莎士比亚紧紧地抓住她的婚姻贞节的重要性，以致她杀死了自己。同年，伊凡斯在他的《莎士比亚指南》中谈到这首诗的缺点时说："夫人抗议得太多了，诗的形式拖着沉重的韵脚，慢步行进，延迟了向前运动。"[1]勃劳姆累对此持相反意见，辩护说，该诗远不是仅仅一个抽象理想的辞藻装饰的喇叭，鲁克丽丝是一个复杂的人物，坚持道德斗争并且找到抵抗和征服使她落入陷阱的罪恶的道路。[2]

总之，当代对《鲁克丽丝受辱记》的评论，肯定的多是坚持严肃文学、重视传统道德的批评家，强调文学的社会效用和道德价值，而持相反意见的则多半是现代主义派和倾向世俗文学观点的人，特别是无视人类合理生活规范、鼓吹男女性自由的或醉心于性描写趣味的文学家，他们对《鲁克丽丝》这样严肃正统的诗作自然是摇头的，觉得无趣的，甚至认为是违反人的本性的，至少是小题大做或无病呻吟。

---

[1] L. Evans, *The Shakespeare Companion*, New York, 1978, p. 273.

[2] G. Bromley, "Lucrece's Re-Creation", *Shakespeare Quarterly*, Vol. 34, No. 2.

《维纳斯与阿多尼斯》的性主题研究[1]

邓亚雄

诗用生动形象和有力的意象说话，表达力丰富敏锐，给人以美妙的审美体验。锡德尼赋予了它能把"铜的世界"改换成"金的世界"的巨大功能。华兹华斯侧重主体的想象力表达，称诗歌是"强烈情感的自然流溢"。而《英诗金库》的编者帕尔格雷夫则赞美说，诗歌超越了它形成时的环境状况，提供"珍宝，引领我们在比这个世界上的道路还更高尚和更健康的道路上行进"[2]。诗遭柏拉图贬损后，一直有人为其辩护，享誉赞美。这种观念在20世纪后已难以为继。近来的批评，特别是新历史主义批评，越来越强调英国16世纪诗歌创作的历史环境条件。新历史主义批评认为历史和文学都是"作用力场"，是"不同意见和兴趣的交锋场所"，是"传统和反传统势力发生碰撞的地方"。[3] 格林布拉特主张采用"文化诗学"（poetics of culture）的策略，把文学作为构成一特定文化之一部分的符号系统去理解。根据这种方法，文学"解释的任务

---

1 原载于《英语研究》2008年第3期。

2 Francis Turner Palgrave, ed., *The Golden Treasury*, London: Richard Clay and Sons, 1888, p. vi.

3 Stephen Greenblatt, ed., *The Power of Forms in the English Renaissance*, Norman: Pilgrim Books, 1982, p. 6.

是要通过调查深入文学作品世界的社会存在和文学作品中反映的社会存在",因为,"伟大的艺术作品是文化之复杂斗争和融合的最了不起的敏感记录"。[1]用这种方法去评判,"16世纪诗歌的最近面貌于是显得更悲观和复杂。抒情诗不再是超然的,而是存在于历史环境和条件之中的,容易受到各种相互矛盾势力的影响"[2]。例如抒情诗里对爱情的宣扬总是怀有敌意,表现出对女人的厌恶。这显然有悖常理。

《维纳斯与阿多尼斯》(以下简称《维纳斯》)于1593年4月在书局登记,不久后出版。这个册子印制精美,十分成功。该诗发表后"甜言蜜语"便成了形容莎士比亚的流行修饰语。到1640年,该诗一共印行了16版,被广泛地引用和模仿。在《维纳斯》里给亨利·莱阿斯利,南安普顿伯爵的献辞里有"William Shakespeare"的署名,这是莎士比亚的名字首次出现在一部正式出版的作品上面,这首诗是他的成名之作。诗人在献辞里称这首诗是他的"头胎儿"。这实际上标志着"莎士比亚的开始。在他的早期读者的心目中,莎士比亚是位诗人"[3]。到了18世纪早期,《维纳斯》以及《露克丽丝遭强暴记》(以下简称《露克丽丝》)都"彻底沦为莎氏作品的边缘部分"[4]。除了个别例外,莎氏的诗歌一直都被编辑、印刷在作为他戏剧作品的补充卷册里。之所以如此,一般持论认为《维纳斯》创作于1592—1594年伦敦爆发瘟疫期间,当时剧院关闭,它

---

[1] Stephen Greenblatt, *Renaissance Self-Fashioning: From More to Shakespeare*, Chicago: The University of Chicago Press, 1984, p. 5.

[2] Richard C. McCoy, "Sixteenth-Century Lyric Poetry", in *The Columbia History of British Poetry*, ed. Woodring Carl and James Shapiro, Beijing: Foreign Language Teaching and Research Press, 2004, p. 181.

[3] Colin Burrow, ed., *The Oxford Shakespeare: The Complete Sonnets and Poems*, Oxford: Oxford University Press, 2002, p. 10.

[4] Ibid, p. 8.

是莎氏在闲暇中的即兴之作，是他兴趣的边缘部分。所以莎氏的诗作"仍然被认为是不重要的和质量低下的"[1]。

在整个20世纪，莎士比亚是被作为戏剧诗人理解和接受的。他的诗歌被划分为十四行诗和其余的诗作两部分。它们各自都引发了不同的批评注意。从19世纪早期到20世纪，主要对十四行诗进行自传性解读。在20世纪的30年代，它们又成了新批评文学研究方法较量的场所。像《维纳斯》和《露克丽丝》这样的叙事诗，修辞冗长、没有自传成分，不符合上述两种批评模式的任何一种。在18世纪90年代至20世纪70年代之间，这些诗歌伴随着直率的谴责，在轻微赞扬的池塘里枯萎凋谢。一直到了20世纪70年代，评论家和读者们才认识到莎士比亚早期对奥维德（Ovid，前43—17）回应的力量，并体会到在这些回应中，作为修辞和戏剧即兴创作的个人身份的隐含观点。[2] 伯罗认为："这些诗如同戏剧一样，思考了修辞、劝说、自我说服、性别、政治、行动和激情之间的关系。并且，它们在这样做的时候是那样直接和清楚，表明这些诗不是戏剧作品的分支，而是莎士比亚在其中进行了许多基本思考的作品。这些思考巩固了他的戏剧创作。"[3] 由此可见，《维纳斯》实际上在莎士比亚的文学生涯和作品中占据着重要地位。它是莎士比亚的第一部伟大作品。

---

[1] Colin Burrow, ed., *The Oxford Shakespeare: The Complete Sonnets and Poems*, p. 10.

[2] 此处借用了伯罗（Colin Burrow）的论述，Colin Burrow, ed., *The Oxford Shakespeare: The Complete Sonnets and Poems*, p. 2. 伯罗博士现执教于英国剑桥大学英语系，由他编辑的牛津莎士比亚《十四行诗及诗歌全集》（2002）被誉为是20世纪学术研究的一项巨大成就。《泰晤士报文学增刊》（*Times Literary Supplement*）将其誉为"不仅是更好的文本，而且还是关于莎士比亚的一个新概念"。这个诗集把抒情诗与十四行诗辑录在一起，把它们与17世纪归在莎氏名下的数首诗一起印发，其宗旨是要让读者们把这些诗歌作为一个整体来思考"莎士比亚曾是哪种类型的诗人"这样一个问题。

[3] Colin Burrow, ed., *The Oxford Shakespeare: The Complete Sonnets and Poems*, p. 5.

学界一致认为莎士比亚最喜欢的古典作家是罗马诗人奥维德。"莎氏的诗作反映出他追随奥维德，把这位先驱诗人兼剧作家的职业模式作为自己诗人之标志的长期意图。"[1]奥维德的《变形记》(*Metamorphoses*)对欧洲文化和文学产生过难以估量的影响。《维纳斯》的材料来源主要取自《变形记》，其思想内容和旨趣也是对该作品的模仿。莎士比亚不仅在奥维德的作品里挖掘创作题材，在修辞、风格和哲学思想方面也深受这位先驱的影响，所以该诗又被称作奥维德式的艳情叙事诗（Ovidian erotic narrative）。

亘古以来，性是文学创作和表现的永不枯涸的主题和燃烧的激情。莎士比亚的伟大之处，在于他敏锐地观察和深刻地揭示了人性的本质。其中，有在他的喜剧里探讨的彼特拉克式的婚姻，在悲剧里表现的罪恶（sin）、暴力和人性的堕落。"但是他最持久不变的关注，是探讨加尔文关于欲望是罪恶的真理，特别是性欲。"[2]《维纳斯》是探讨性主题的一篇佳作。它出现在英国国教建立之后。新教意识形态话语权力以道德严厉的极端性，否定愉悦，视人性为邪恶而著称。以新教价值观和道德标准来衡量，希腊罗马神话里的性爱内容是不道德的、渎神的和邪恶的。然而《维纳斯》却能大行其道。究其原因，它是诗人在宗教矛盾突出，国内政治不稳定，社会动荡不安的情况下，通过创造性模仿意大利文学，建构具有英国新教特色民族身份的尝试之一，是新教意识形态与古典人文价值观妥协的产物。莎士比亚通过改变维纳斯与阿多尼斯神话的主题和结构，凸现了男女主人公性爱事件中的矛盾冲突，在宣泄和暴露性

---

1 Colin Burrow, ed., *The Oxford Shakespeare: The Complete Sonnets and Poems*, p. 10.

2 Alistair Fox, *The English Renaissance: Identity and Representation in Elizabethan England*, Oxford: Blackwell Publishers Ltd., 1997, p. 12.

欲，深化性主题和揭示性欲危害性的同时，以优美的修辞和幽默的讽刺给人以美的享受，实践了诗歌寓教于乐的原则，与政府的宗教政策和新教教义保持了一致。

一、新教意识形态的性观念

"食色，性也。"[1]是中国古代哲学家孟子对人性的基本定义。人不能不吃饭，人不能没有性。性是人之为人的重要属性。在西方，《圣经》里记载神在完成创造世界的伟大行动后，接着用泥土照他自己的模样捏成了亚当，并从亚当的胸腔里，取出一根肋骨做成夏娃，使这对男女结合在一起。圣·保罗对源于《创世纪》里的男女之爱做了深刻的阐述。他说："你们做丈夫的，要爱你们的妻子。爱妻子便是爱自己了。从来没有任何人恨恶自己的身子，总是保养顾惜，正如基督待教会一样，因为我们是他身上的肢体。为了这个缘故，人要离开父母，与妻子连合，二人成为一体。这是极大的奥秘，但我是指着基督和教会说的。"（《新约·以弗所书》第五章，第28—32行）基督教新柏拉图主义者，神学权威圣·奥古斯丁（354—430）在解释神的上述意图时说："在泥做的男人和用男人的肋骨做的女人这第一个有性的结合之后，为繁殖和增加数量，人类需要男人和女人的结合。以往存在于世的唯一人类就是由这对父母所生育的那些人。"[2]以上这些成了基督教神学有关性和婚姻的经典权威论述。

16世纪，英国实行宗教改革之后，英国国教教义的核心是加尔文主

---

[1] 《四书》，长沙：湖南出版社，1995年，第472页。
[2] Augustine, *The City of God Against the Pagans*, trans. R. W. Dyson, Cambridge: Cambridge University Press, 1998, p. 633.

义。"一种精神化了的加尔文神学作为一种规范的,而且可能是最有力的规范话语在那个时代的俗人和神职人员中间得到了巩固。"[1]加尔文认为人性天生就是堕落的。他论到"所有人的欲望都是邪恶的。我们说欲望有罪并不仅仅指它们是与生俱来的,而是因为这些欲望是紊乱的,之所以紊乱是因为从一个腐败和被污染了的人性那里不会产生出纯洁和合乎正道的事物"[2]。几乎就在伊丽莎白于1558年11月17日登上王位后,新教就显现出了它的特征。为恢复王室对教会政府的控制,1559年由强硬的议会通过颁布的《至尊法》(Act of Supremacy),很快建立起一个以女王为最高宗教领袖和权威的新宗教秩序。紧接着颁布了旨在恢复新教的圣餐仪式和管理宗教仪式的《信仰划一法》(Act of Uniformity)。这两个法案是英国新宗教秩序的奠基石,它们确立了英国国教的教义倾向和管理性质。这个性质是女王与她的新教臣民之间的一项妥协。其目的是要在新教极端势力的过分要求和反动的天主教势力的过分要求之间走一条中间道路,以推行伊丽莎白的宗教一致原则的政策。"两个法案的内容包含了足够多的加尔文思想,能满足除最严厉的新教徒之外的全部新教徒;在组织形式上足够传统,允许包容除最极端的天主教徒之外的所有天主教徒。"[3]格林布拉特注意到,"权力的集中和新教意识形态导致了对身份的高度意识,强化了对身份表达的关注,加大了塑造和控制它的力度"[4]。加尔文的人性邪恶学说,通过国家机器、教会机构和宗教读物的灌输,使人们产生了深刻的有罪感。所以,"在伊丽莎白时期,新教教义的中心是一种深刻的有罪感……肯定了负罪人的邪恶以及他们对宽恕和慈悲

---

[1] Alistair Fox, *The English Renaissance: Identity and Representation in Elizabethan England*, p. 59.
[2] Ibid, p. 62.
[3] Ibid, p. 31.
[4] Stephen Greenblatt, *Renaissance Self-Fashioning: From More to Shakespeare*, p. 161.

的需要"[1]。

新教确立了在个人内心世界和在世界历史更广阔的领域里与邪恶永无休止地进行斗争的观点。而个人要在其内心世界与之斗争的,首当其冲的就是与肉体与生俱来的欲望。福柯指出,"基督教曾采取无数措施,千方百计地使我们厌恶身体"[2]。天主教和新教都一样试图以各种方式摧毁肉体快感的危险观念。在宗教改革后的英国,有关婚姻和性的主宰意识形态还是奥古斯丁的观念。已婚夫妇之间的房事功能仍然是传统基督教神学所规定的四个方面:生育后代;对伴侣履行婚姻义务,使双方避免荒淫;避免乱伦或通奸;满足性欲。夫妻间的性行为可能是无罪的,但其条件是"在这个行动中没有享受到愉悦"[3]。有一条警句说:"任何热烈的情人都是通奸者。"杰罗姆(340/342—420)对其做了引申说:"通奸者,乃过于热爱自己妻子之人。"[4]这些论调一千多年来回响在基督教关于婚姻的文献里,基本上没有受到16、17世纪大陆主要改革家们,甚至伊丽莎白时期那些尖锐反对英国国教的清教徒的反对和质疑。宗教改革派和天主教都承认性愉悦的合法作用。但是,他们对此提出了警告并做了严格限制。加尔文写道:"在婚姻房事中没有显示出羞怯和适度的人,就是在与其妻子通奸。"[5]而《国王书》(*King's Book*)告诫读者说,一个人可能在合法的婚姻中,违反第七条戒规,"并与其妻子过一种不纯洁的生活,如果他无限地和无度地满足他或她肉体上的爱好或欲望的话"[6]。这种夫妻之间的爱被视为偶像崇拜,是对基督徒对神充满爱意之顺

1　Alistair Fox, *The English Renaissance: Identity and Representation in Elizabethan England*, p. 61.

2　Michel Foucault, *The History of Sexuality*, trans. Robert Hurley, Vintage Books, 1990, p. 159.

3　Stephen Greenblatt, *Renaissance Self-Fashioning: From More to Shakespeare*, p. 249.

4　转引自 Stephen Greenblatt, *Renaissance Self-Fashioning: From More to Shakespeare*, p. 248。

5　同上。

6　同上。

从义务的侵蚀，而且它最终会摧毁婚姻关系。有一位清教圣人警告说，不适度的爱"会被不愉快的狂风或风暴扑灭，或自己覆灭，或堕落为嫉妒，它是隐藏在已婚人心中最贪婪，最具腐蚀的溃疡"[1]。强加在婚姻上的约束尚且如此，婚外性的情况就可想而知了。在这种意识形态下，在性方面主动积极寻求快乐必然受到诅咒。通奸作为最可怕的一种致命的罪行尤其可憎，在当时是要用死刑进行惩罚的。"一种服务于自身目的的，主张自我正当的而非工具性的、无目的的而非为了生育的愉悦必须被摧毁。"[2]

二、变通加尔文学说，建构新教身份

在16世纪70年代末，伊丽莎白的统治和它维持的社会秩序面临着多重危险。随着罗马教皇庇护五世（Pope Pius V）在1570年把伊丽莎白逐出教会，终止了英国国教可以保持包容一切宗教派别的任何可能性，英国的天主教徒们被迫要在他们的国家和宗教信仰之间做出选择；对英国有可能返回到天主教的老路上去和英国可能受外国支配的恐惧，把新教徒们推向了极端。[3] 此后不久，"清教徒"们就认为以前的宗教解决办

---

[1] Stephen Greenblatt, *Renaissance Self-Fashioning: From More to Shakespeare*, p. 249.

[2] Ibid, p. 176.

[3] 英国正笼罩在西班牙入侵的战争乌云之中，法王之弟，阿拉松公爵弗朗西斯（Francis, Duke of Alençon）在1579年再次向伊丽莎白提婚。在其臣民看来女王好像在认真考虑这门与法国的婚姻，整个国家于是陷入一片惊慌之中。弗朗西斯来自一个狂热的信仰天主教的家族，在1572年的圣·巴托洛缪之夜（St. Bartholomew's Eve）对法国新教徒（Huguenots）进行了大屠杀。这次事件使英国新教徒们心存恐惧。他们自然会联想到万一英国政府受到法国人的影响会是什么境况。马洛的剧本《巴黎大屠杀》（*The Massacre at Paris*, 1592？）就是根据这次事件创作的。

法只不过是中间道路,他们要求实行更激烈的改革措施,净化英国国教,把里面的天主教残留分子剔除出去。新教与天主教之间的矛盾随之加深恶化,英国面临分裂的危险。此时,寻求一种修正思想状况的某种方式作为社会重建的先决条件已迫在眉睫。而这个方式就是意大利文艺复兴文学。用地方语言作为文学语言,人文主义思想和虚构文学(imaginative literature)是意大利文艺复兴文学的三个重要特点。意大利人用本地语作为文学语言,增强了对本地语作为表达手段的价值的信心。人文主义者们热衷于对古典著作的研究,通过仔细编辑,恢复古代作家的文本,倡导古拉丁语是有效表达和说服的更优越的工具,确立了对存在于重新获得的古典文化里的较高伦理和政治智慧的信仰。用本地语创作,具有人文主义修养的作家们发挥他们的想象力,在希腊和罗马的古典文化里寻找灵感,把中世纪的卡洛林和亚瑟传统融合在一起,追求语言表达的雄辩和艺术效果,创造出新的浪漫史诗,新的田园传奇故事,新喜剧和悲剧等。

由于以上这些特点,意大利文学非常受英国人喜爱。在继乔叟最早对意大利文学做出回应的200年之后,怀亚特把彼特拉克的十四行诗翻译引进英国40年之后,在伊丽莎白治下的16世纪80和90年代,对意大利文学的模仿成了文坛上的一个主要特征。"彼特拉克模仿作为一种重大的诗学活动再次浮现出来。"[1] 面临两大竞争价值体系——英国国家的新教主义宗教体系和意大利文艺复兴文化的美学的、认知论的和倡导知识的体系,许多英国人迫切需要找到一种与这两种体系都有关联的方式来确定他们自己的位置。"这种方式既允许他们遵循他们宗教的清规戒

1　Alistair Fox, *The English Renaissance: Identity and Representation in Elizabethan England*, p. 63.

律,同时又可以参与意大利文艺复兴的人文世界观。"[1]彼特拉克模仿不仅是种时髦[2],它是对国家分裂的真正威胁的回应,"一种用来严肃处理当时最有力量的两大话语之间冲突的工具"[3]。一方面,意大利文学出自一个老牌的天主教国家,它的作者们都是虔诚的天主教徒,这样一种文学无疑会迎合英国天主教信仰者们的需要。另一方面,即便是在新教阵营内部,也不是所有人都能心悦诚服地接受清教主义强加在他们身上的那种苦行僧似的圣神和正直生活。这些人也喜欢人文思想浓烈厚重的意大利文学。意大利风格的模仿,尤其是意大利风格的创造性模仿,能够满足心理、社会和政治的需要。"通过创造一种话语,在其中天主教这个能指世界能与新教信仰中最基本的原则和解,表达出具有英国新教特色的身份感,这个身份感能使人们觉得他们的个人冲动能与国家所追求的目标协调一致。"[4]在这个意义上,意大利风格模仿使得能把这个国家维系在一起的,唯一一种统一的虚幻意象成为可能。这样一来,"体验意大利虚幻世界的欲望就成了对加尔文学说的一种严厉变通"[5]。

性欲和婚姻是伊丽莎白时期文人们不可回避的问题。一方面,古典文学里的性爱主题和内容强烈地吸引着英国作家。另一方面,通过意大利文学接触到的某些希腊罗马文化价值观有违新教意识形态,与加尔文主义背道而驰。宗教改革时期是英国文化的整合期和民族身份建构的

---

[1] Alistair Fox, *The English Renaissance: Identity and Representation in Elizabethan England*, p. 6.
[2] 亨利八世于1509年即位后不久,在都铎朝廷里就开始了文化转换,在16世纪的过程中,整个中世纪时期在宫廷生活中占主宰地位的国际性法国文化日渐被意大利文化所取代。从法国宫廷文化到意大利宫廷文化的转换主要表现在音乐和诗歌方面。参见Alistair Fox, *The English Renaissance: Identity and Representation in Elizabethan England*, p. 27, 29。
[3] Alistair Fox, *The English Renaissance: Identity and Representation in Elizabethan England*, p. 33.
[4] Ibid, p. 91.
[5] Ibid, p. 33.

重要阶段。英国作家们在模仿意大利和古代作家，处理这些敏感题材时，要尽量对它们做出符合新教意识形态的解释，或者在文学表现中，用它们做反面教材，以证明加尔文思想的正确性。新教认为性欲和婚姻中性生活的愉悦都是邪恶的。这种深刻的有罪感，源于加尔文"人的一切欲望都是邪恶的"信念。彼特拉克的抒情诗中表现了爱欲与宗教之间的斗争。这种斗争使得为自我获得一个稳定的位置几乎不可能。"新教禁令趋向于加深诗人们对深刻隐含在彼特拉克思想中的基本问题的意识，即他诗歌中罪恶欲望的放纵，是一个更罪恶的自我主义和傲慢的产物。"[1]因为从新教的观点来看，性欲是利己的、罪恶的强烈邪欲。加尔文学说不仅巩固了传统基督教意识形态对性的严厉压抑和约束，还为彼特拉克的模仿者们规定好了他们创作自己的彼特拉克版本作品的路子。在他们手里，彼特拉克模仿变成了"探索性爱体验中精神有罪的渊源和后果的一种方式"[2]。锡德尼、斯宾塞和莎士比亚都是模仿彼特拉克的大家，他们又都深受新教话语的影响。他们采用一些策略把意大利话语移植到新教意识形态语境里，创造出一种新的杂交话语，在承认彼特拉克作品中道德上可怀疑的东西的同时，保留了在其中纵容的权利。这些模仿者的共同之处在于"加深了欲望，包括欲望引起的第二级冲动的有罪感，并充分认识到对这些冲动进行截取和制止的必要性"[3]。

锡德尼在他的《阿斯特罗菲与斯苔拉》里试图通过暴露彼特拉克式的欲望，澄清他当时经历的道德内涵，恢复他道德存在的完整性，重建他的精神存在。斯宾塞觉得有必要对由性爱和欲望激发的罪恶的自

---

[1] Alistair Fox, *The English Renaissance: Identity and Representation in Elizabethan England*, p. 63.

[2] Ibid, p. 68.

[3] Ibid.

我主义实施摧毁或中途截取。一方面，节制骑士（Knight of Temperance）抵制了一系列感官和肉体的诱惑，并最终用暴力摧毁了象征淫荡性爱和无度奢侈的"极乐亭"（Bower of Bliss, FQ II. xii）。对这个暴力过程的描写"涉及与性决裂的痛苦"[1]。另一方面，斯宾塞相信"爱是神教给我们的第一课"（Amoretti and Epithalamion，第68首）。他把人的性欲和精神健康结合在一起，置放在基督教的婚姻里。那里，情侣们与爱神的女儿愉悦（Pleasure）玩无害的游戏，他们在温柔的游戏里获得充分享受，没有非难和责备，没有犯罪的耻辱（An Hymne in Honour of Love, 287—290）。以这种方式，性欲和精神道德可以合法地得以实现，有益于情侣们的精神健康。斯宾塞爱情哲学的创意，"在于把柏拉图式的理想主义同接受肉体的结合这两者联系在一起"[2]。莎士比亚比他们走得更远。他制造爱与美的冲突，极力贬低性欲，强调突出了性欲的危害性。

三、爱与美的冲突

在希腊神话里，维纳斯象征爱，阿多尼斯象征美。维纳斯与阿多尼斯这个神仙思凡的神话，不失为一个探讨性欲的最佳原型。维纳斯与阿多尼斯的爱情故事非常悠久。阿多尼斯是塞浦路斯国王西鲁拉斯（Cinyras）与其女儿没药（Myrrha或Zmyrna）乱伦所生的儿子。西鲁拉斯知道真相后正打算把女儿处死，神灵们把她变成了没药树。阿多尼斯便是从这棵树里迸出来的。阿多尼斯一出生就非常漂亮。流行的说法

---

1 Stephen Greenblatt, *Renaissance Self-Fashioning: From More to Shakespeare*, p. 175.

2 Patrick Cheney, *Marlowe's Counterfeit Profession: Ovid, Spenser, Counter-Nationhood*, Toronto: University of Toronto Press, 1997, p. 199.

是，爱神阿芙罗狄蒂把他装在柜子里交由冥王之妻珀尔塞福涅照管（一说阿多尼斯由水仙们抚养成人）。由于珀尔塞福涅后来不愿把阿多尼斯交还给阿芙罗狄蒂，宙斯决断阿多尼斯在一年的三分之一时间里跟珀尔塞福涅在一起，在另外的三分之一时间里与阿芙罗狄蒂在一起，其余的三分之一时间属于阿多尼斯自己，他可自由行事。阿多尼斯痴迷打猎。阿芙罗狄蒂在阿多尼斯一次外出打猎时遇见并爱上了他。后来，阿多尼斯被一头凶猛的野猪戳死。阿芙罗狄蒂请求宙斯让其复活，宙斯允许阿多尼斯半年在冥界度过，半年与阿芙罗狄蒂在一起。据说在阿多尼斯死后他的血泊中长出一枝玫瑰，或说从阿芙罗狄蒂的眼泪里生出一朵银莲花。阿多尼斯的故事被解释成植物神话，在该神话里他每年都死去，随着新植物的生长，他又恢复生命。有关阿多尼斯的祭仪大约在公元前5世纪从塞浦路斯传到雅典。纪念他的节日在春天，届时妇女们为他的死哀悼悲伤，并在房顶上做一个"阿多尼斯园子"。维纳斯是意大利的一位女神，其名字的意思是"魅力"和"美丽"，主管植物的茂盛和农业丰收。传统的说法是，拉丁民族和罗马的缔造者埃涅阿斯是她的儿子。在罗马的早期，通过埃涅阿斯创立的纪念维纳斯的祭仪，她被认同为阿芙罗狄蒂，并获得了这位女神的神话。所以从罗马文化的角度讲，阿芙罗狄蒂与阿多尼斯的神话就成了维纳斯与阿多尼斯的神话。罗马唯物论诗人卢克莱修把维纳斯尊为"罗马的母亲"，赞美她是"生命的给与者"。[1]

在传统上，维纳斯与阿多尼斯的故事被讲成是互恋式的。希腊抒情诗人忒俄克里托斯（Theocritus，前3世纪）在其牧歌第15首里写道："阿芙罗狄蒂把他搂在怀里，而阿多尼斯用玫瑰般柔软的手臂抱着她。

---

[1] 卢克莱修：《物性论》，方书春译，北京：商务印书馆，1999年，第1页。

这位少年约有十八九岁。他的吻不会蜇疼阿芙罗狄蒂,因为他嘴唇上还是红色的绒毛。"[1] 在《变形记》里,维纳斯在向阿多尼斯求爱时,显得比较克制和有礼貌。尽管诗人没有交代阿多尼斯对维纳斯求爱的反应,读者根据上下文能够领会到阿多尼斯实际上顺从了女神的求爱,因为没有任何相反的暗示。在《变形记》里,阿多尼斯不是一位守贞节的、有抵抗力的少年。[2] 他并不厌恶爱,也不至于年龄小到不能理解维纳斯的意图,或不知道该如何对维纳斯的引诱做出回应。原著里没有任何关于阿多尼斯害羞或他觉得女神的引诱不令人愉快的地方:

"……嗨,瞧,近处有棵白杨树,

树阴浓浓好凉爽,

　绿色草坪作床垫,

　是恣意寻欢的好去处。

　我想同你在这里歇息……"

她往地上躺,也让他躺草上,

把头枕在他的胸脯上,

边吻边说话,她开始把故事讲。[3]

"《变形记》不断探索性欲纯粹就是不能做它应做的事的各种方式,以及甚至在它应该得到满足的地方也得不到满足的方式。"[4] 不过这次它可

---

[1] Theocritus, *Idylls*, trans. Anthony Verity, Oxford: Oxford University Press, 2002, p. 48.

[2] 奥维德用的是 iuvenis。这个拉丁词指20—45岁的男女,也有男子汉和武士的意思。莎氏的阿多尼斯只有16岁。把他年龄改小显然是为了增强对比效果。

[3] Ovid, *Metamorphoses*, trans. A. D. Melville, Oxford: Oxford University Press, 1998, p. 242.

[4] Colin Burrow, ed., *The Oxford Shakespeare: The Complete Sonnets and Poems*, pp. 18-19.

没有落空。维纳斯讲完阿塔兰特与希波墨涅斯的爱情故事就起身乘车返回帕福斯（Paphos）[1]。阿多尼斯不听维纳斯要他别去猎凶猛野兽的劝告，结果被野猪戳死。维纳斯在途中得知阿多尼斯的死讯，来到阿多尼斯死去的现场哀悼他。

《维纳斯》是16世纪中期以来大量欧洲诗歌中的一个作品。在英格兰，在莎士比亚创作该诗的头十年里，好些作家都从奥维德的《变形记》里撷取单个的故事，对其细致润饰，创作艳情叙述诗。[2] 在这个传统中，维纳斯与阿多尼斯的故事有多个版本。在玛尔埃卡斯塔城堡（Malecasta's castle）墙上壁毯的画面上，斯宾塞把维纳斯刻画成勾引阿多尼斯的狡猾情场老手，阿多尼斯则顺从地做了她的情人。（FQ III. i. 34-37）维纳斯与阿多尼斯在阿多尼斯园子里的和谐结合象征着生命之源和生命延续之神圣需要。（FQ III. vi）在《希洛与利安德》里，马洛在希洛衣袖的图案里也描绘了维纳斯引诱阿多尼斯的场景。[3] 克奇在梳理了这个传统后归纳说："事实上绝大多数证据表明，伊丽莎白时代的人倾向于看到阿多尼斯是多情的，并愿意被引诱的小伙子。"[4]

正如莎氏在该诗的献辞里所称，他的诗将与众不同："让想象力低

---

[1] 帕福斯为皮克马利翁与雕像所生女儿的名字。她出生在塞浦路斯西南海岸，该地因此得名。传说阿芙罗狄蒂是在离此处不远的海浪中出生的，所以这也是阿芙罗狄蒂的出生地。这里有祭祀阿芙罗狄蒂的最早神庙，其历史可追溯到公元前1200年。皮克马利翁及其女儿的情况下文有交代。

[2] 从《变形记》里摘取一个故事，将其扩展成单行发表的诗（奥维德式的叙事诗，也称小史诗）最早的是匿名诗《奥维德之那喀索斯的故事》（*The Fable of Ovid Narcissus*, 1560）和皮恩德（Thomas Peend）的《撒尔玛希丝与赫马弗罗迪图斯的愉快故事》（*Pleasure Fable of Salmacis and Hermaphroditus*, 1565）。但是洛奇（Thomas Lodge）的《茜拉的变形故事：穿插有格劳库斯不幸的爱情》（*Scillaes Metamorphosis: Enterlaced with the unfortunate love of Glaucus*, 1589）被认为是这种文学体裁的开山之作。

[3] Roma Gill, ed., *The Complete Works of Christopher Marlowe*, Vol. I, Oxford: Clarendon Press, 1987, p. 35.

[4] William Keach, *Elizabethan Erotic Narratives*, Hassocks, UK: The Harvester Press, 1977, p. 54.

下之才子抚谬作而惊叹，/愿金发的阿波罗挹我缪斯之灵泉。"¹当时文坛上的风气是，"每个写奥维德式的叙事诗的作家都旨在采用，并超越该文学样式的试验者们所取得的成就而留下他的印记……重写先前作家的优先权"²。莎氏从主题和结构两个重大方面对故事原型进行了变形处理。他一方面把维纳斯刻画得更主动积极，更淫荡，把阿多尼斯描写成主动抵抗女神的求爱。另一方面，文本和修辞上的双向对立结构安排也凸现了这对男女对性的相反、相克态度。"这一改变的效果是在维纳斯与阿多尼斯之间造成了性的冲突，这是原著里完全没有的。"³这个改变就是莎士比亚的创新所在。

  这个矛盾的冲突首先体现在维纳斯的主动进攻与阿多尼斯的峻拒。莎氏的维纳斯是个积极的女性求爱者（aggressive female wooer）。《维纳斯》是一部技艺高超、修辞考究的作品，诗人"想要它在印刷界刻下他的标志"⁴。维纳斯熟练地运用修辞术，用夸张和夸示法（blazon）称赞阿多尼斯的美貌以及自己的巨大女性魅力。她赞扬阿多尼斯"雪白娇红，超过白鸽，胜过玫瑰"（第10行）⁵，他的美超过了凡人，自然为了打造出他这个美男子倾其所有，以至于在他出生后地球就灭亡了。维纳斯

---

1 该两行诗句引自奥维德的 *Amores I*. 15. 35-36，拉丁原文是"Vilia miretur vulgus: mihi flavus Apollo / Pocula Castallia plena ministret aqua"。马洛最早将其翻译成英文"Let base conceipted witts admire vilde things, / Faire Phoebus lead me to the Muses springs"，参见 Roma Gill, ed., *The Complete Works of Christopher Marlowe*, Vol. I, p. 35。梅尔维尔（A. D. Melville）最近的英译是"Let boors like dross; to me may Phoebus bring / His goblets filled from the Castalian spring"，参见 Ovid, *The Love Poems*, trans. A. D. Melville, Oxford: Oxford University Press, 1998, p. 27。汉译转引自孙法理译：《莎士比亚全集·传奇剧诗歌卷》（下集），南京：译林出版社，2000年，第4页。

2 Colin Burrow, ed., *The Oxford Shakespeare: The Complete Sonnets and Poems*, p. 18.

3 William Keach, *Elizabethan Erotic Narratives*, p. 53.

4 Colin Burrow, ed., *The Oxford Shakespeare: The Complete Sonnets and Poems*, p. 6.

5 诗里的内容均转引自孙法理译：《莎士比亚全集·传奇剧诗歌卷》（下集）。根据原文对个别地方做了调整，只注明节数或行数，以下均同。

厚颜无耻地卖弄自己，她夸耀自己魅力无穷，连战神马尔斯（Mars）都曾拜倒在她的石榴裙下，成了她的"俘虏和奴隶"，对她"百依百顺"，刀枪入库，把她手臂当战场，把她的床作军帐。（第17—19节）不仅如此，维纳斯还采用粗暴的方式，去摘取爱情的甜美果实。她把阿多尼斯从马背上"拽"（pluck）下来，夹在腋下，带到草坪上，把他掀（push）倒在地，仰面朝天，顺势扑在他身上。维纳斯是用力气而不是男女相悦的性欲控制阿多尼斯（第6、7节）。维纳斯欲火中烧，她性欲的动物性也就显露无遗。"在该诗里，爱总是被作为掠食追赶的形式表现出来的。"[1] 叙述人把维纳斯描绘成一只"空腹，因饥饿变得更凶猛的鹰"（第10节）。她把阿多尼斯紧紧搂在怀里，像对待猎获物一样对待他（第12节）。"此时她炎炎的情火缠住了退让的猎物，／她虽然大嚼，仍感到欲壑难填。"（第91节）

　　与此形成鲜明对比的是，阿多尼斯对维纳斯非常冷淡。"玫瑰面颊的阿多尼斯忙去消遣，／他一味喜欢打猎，对爱情总是嘲笑。"（第3—4行）维纳斯用胳膊夹着阿多尼斯时，这位少年"气红了脸，噘起了双唇"（第33行），"责备她不害羞，又骂她太放肆"（第53行）。阿多尼斯的冷漠实在令爱情的"法官"难堪。所以维纳斯责备他"不是妇女的儿子"，"铁石心肠"，"不懂得爱是什么"。她甚至把阿多尼斯比喻成皮克马利翁的雕像，"没有生命的图画，冷冰冰的顽石"（第211行）。

　　维纳斯竭尽能事，企图用大道理说服阿多尼斯与其相好。她的理由莫过于人要及时行乐、爱是为了传宗接代。她说"在两人世界里，爱情可恣意寻欢"，"快抓住时间，别让机会溜掉，／别让美绝了后代"（第129—130行），"好花若不在最娇艳时采撷，／转眼便零落成泥，萎

1　Colin Burrow, ed., *The Oxford Shakespeare: The Complete Sonnets and Poems*, p. 34.

黄凋谢"(第131—132行)。她还说"生育便是你的天职"(第171行),"自然的法则要你繁衍后代",这样"你虽长逝却能得到永恒"(第173行)。女神也把爱情比喻成还债,她说:"即便因为拖欠,债务翻了一番,/就吻两千次又有什么困难?"(第521—522行)维纳斯强调爱是抓住稍纵即逝的美的手段,如果爱死去,"黑暗的混沌又要来临"(第1020行)。这番道理不但没能使阿多尼斯动摇,反而遭到他异乎寻常,显得老成的严厉反驳。阿多尼斯说他的耳朵在为他的心把门,拒那些淫荡的歌声于外,以保他那幼小的心灵不被完全毁掉。他还说,他讨厌的不是爱情而是她的设计。他驳斥女神关于爱情是为了生育的道理是"情欲横流的淫媒"(第792行),还说"爱情已逃回天上",不要用"情欲盗用他的名义"(第793—794行)。阿多尼斯的口吻与加尔文主义关于欲望是邪恶的论调同出一辙。维纳斯追求阿多尼斯时所用的语言与她的女人身份显得极不相称。她被赋予了陈词滥调的全部技艺:繁殖、自我再生、摘取青春的花朵以及避免那喀索斯的命运。在彼特拉克传统里是男人用它们去引诱女人,这些话从一个女人口里说出显得滑稽可笑。这是莎士比亚运用反讽高明的一招,"他简单地把一个可识别的,有性别差异的修辞模式调换给了某个错误性别的人"[1]。

这首诗从结构上也反映出女神与美少年之间不可调和的强烈对立之势。对立不仅是该诗里的重要语言比喻,而且还是解答莎士比亚神话观的钥匙。莎士比亚在诗里使用了一系列对立双向结构模式,如男人对女人、神仙对凡人、维纳斯的求爱与她对阿多尼斯之死的哀悼。除此之外,对立双向结构还反映在意象和句法上面。叙述人用来表现行动的复杂意象和句法,在最基本的文体层面,显示了在两个主人公之间和他们

---

[1] Colin Burrow, ed., *The Oxford Shakespeare: The Complete Sonnets and Poems*, p. 25.

内心的好恶相克的冲突。"对叙述人就行动的对立描述而言，韵律和句法总是跟隐喻一样重要。"[1] 诗里一再出现红白两色。除了阿多尼斯的面颊是玫瑰色的外，女神试图吻得他的嘴唇"时而泛出姹红，时而苍白"（第21行），用她的眼泪"去浇灭他颊上那童贞的红晕"（第50行），从阿多尼斯死去的地方长出的鲜花也是"红白相间"（第1168行）。对比句的运用也是一个显著特点，如："她把他往后掀，为的是她好被戳。"（第41行）"她虽是脸红心热宛如烈焰飞腾，／他只是羞红的面颊，冰霜的心情。"（第35—36行）"她爱他脸上那羞涩的红晕，／可他那一脸苍白却更叫她动情。"（第77—78行）"他总想挣脱她那双玉臂逃跑，／她却交合其百合瓣的手指紧抱。"（第227—228行）"爱必将疯狂粗暴，却又天真纯善，／使青年人衰迈，老年人童心再现。"（第1151—1152行）无论女神怎样软硬兼施，阿多尼斯最终还是从女神手中逃掉。

　　正因为爱与美这样不欢而散，柯勒律治在高度评价这首诗的风格和语言美的同时，对诗中表现的内容颇有微词。他说这是一首关于性欲的诗，表现了"动物冲动本身"，其"性质是不令人愉快的"。[2] 后来的评论家甚至认为除了描写美丽自然景色的一些段落外，它的风格也不"令人愉快"。[3] 赫兹里特（William Hazlitt）干脆把这首诗连同莎氏的《露克丽丝》称作"一对冰屋"（a couple of ice-houses）。[4]

　　赫兹里特的看法也不一定完全正确。除了爱与美的不和谐和对立外，诗里呈现出许多幽默讽刺场面，给人带来愉悦和审美快感。维纳斯是朱

1　William Keach, *Elizabethan Erotic Narratives*, p. 72.

2　Samuel Taylor Coleridge, *Biographia Literaria*, J. M. Dent & Sons Ltd., 1934, p. 169.

3　William Keach, *Elizabethan Erotic Narratives*, p. 52.

4　Clifford Leech, *Christopher Marlowe: Poet for the Stage*, ed. Anne Lancashire, AMS Press, 1986, p. 194.

庇特的女儿，专司美和爱情。她在天界不忠于丈夫瓦尔肯（Vulcan），与包括战神马尔斯在内的好几位男神有染。伊丽莎白时期的读者们对这些内容和情节都很熟悉。在上述维纳斯炫耀她跟战神的风流韵事时，避而不谈她丈夫用金丝网将她与马尔斯抓了现行的情节。诗人改变神话的这个细节，使其反倒成了维纳斯令人生动愉快的自我显耀。不仅如此，维纳斯还使用一些极富挑逗性的言语引诱阿多尼斯。她把自己比作草水丰润，丘陵浑圆丰隆的鹿苑，阿多尼斯这头小鹿可先在她的"唇上吃草，若是那丘陵已干，／便不妨信步下去，那里有愉快的泉水"（第233—234行），"把她当作园子，阿多尼斯作为鹿的比喻是个非常煽情的篇章"。[1]

在整个求爱过程中，都是维纳斯为自己和阿多尼斯设计身体位置。第一次，她把自己置于阿多尼斯的身体之上。（第6、7节）这个动作颠倒了男女的位置，打破了人类、自然和宇宙的秩序，制造出混乱，违背了基督教的教义。[2] 另外一次发生在他们分手之前，维纳斯听阿多尼斯提到第二天要去猎野猪后，她用双臂抱着阿多尼斯的脖子，仰面倒地，让阿多尼斯压在她身上。这是维纳斯的最后一次机会。诗中写道："她此刻已进入了爱情的决战沙场，／她的武士已上马，似要激烈地火并。／却发现原先的估计只不过是幻想，／他虽然上了马，却全然不解风情。"（第595—598行）尽管抱着天堂，总难得到欢愉，维纳斯受着难以言状的煎熬。伯罗就此论道："一首就有关在修辞、美德、劝说艺术的实际效果之间的关系或错误关系发问的诗，其声音不是西塞罗式的道貌岸然的雄辩家的，他们成功地劝说其同胞们遵循有德之道；这些声音从置身在风景里，相互身体位置准确的身体上散发出。他们俩既不能说服，也

---

[1] Colin Burrow, ed., *The Oxford Shakespeare: The Complete Sonnets and Poems*, p. 26.

[2] William Keach, *Elizabethan Erotic Narratives*, p. 59.

不能被说服。词语和身体在诗里简直就不能结合：无论维纳斯怎样劝说，她仍然不能使阿多尼斯想要她。"[1]这里最具讽刺意味的是，维纳斯是女神，她不能强奸阿多尼斯，不能像她父亲朱庇特和其他男神那样，对凡间的女子为所欲为。"在莎士比亚的叙述艺术里，从决定社会和心理现实的庞大权力结构那里，轻松的释放可在过多的审美愉悦中得以一瞥，给这些权力结构一个性爱的拥抱。"[2]阿多尼斯最终给了维纳斯一个吻，为的是尽快摆脱她，好在第二天去猎野猪。结果，阿多尼斯被野猪戳死。阿多尼斯的峻拒挫伤了维纳斯求爱的傲气，他的死彻底消解了维纳斯膨胀的性欲。从阿多尼斯倒地死去的血泊中长出一树鲜花。维纳斯把花折断，把它作为她情人的化身放在自己的胸间。爱情女神伤心无奈地飞回帕福斯。她从此"决定与世隔绝，到那儿隐居深藏"（第1194行）。

四、性欲的危害性

"神话和文艺复兴传统的历史在很大程度上必须是对奥维德变形故事的阐释。"[3]奥维德是基督教时代前用诗歌表现性欲和爱情的集大成者。他通过讲述神话中男女神和古代传说中男女的爱情故事，探讨了性、欲望和爱情这些人类的深刻问题。他的《变形记》的中心论题是爱情的痛苦和喜剧。更重要的是，奥维德显露出他对人类生活中举足轻重的性爱经验的真切认识。在其作品里，特别是在《变形记》里，"不断表露出

---

[1] Colin Burrow, ed., *The Oxford Shakespeare: The Complete Sonnets and Poems*, pp. 24-25.

[2] Stephen Greenblatt, *Renaissance Self-Fashioning: From More to Shakespeare*, p. 254.

[3] Douglas Bush, *Mythology and the Renaissance Tradition in English Poetry*, New York: W. W. Norton & Company. Inc., 1963, p. xiii.

一种活跃的严肃意识,即性爱可以是幽默的、荒诞的、动物般的野蛮,也可以是美好的,在情感上是不可抗拒的,人之为人的重要部分"[1]。

贝特指出,"必须在俄耳普斯(Orpheus)有关破坏性的激情、女性欲望的一系列叙述的更广阔的语境里解读维纳斯与阿多尼斯的故事"[2]。奥维德的叙述结构以及维纳斯与阿多尼斯故事的文本语境,有助于我们解释莎氏改变该神话主题的动机和用意。维纳斯与阿多尼斯的故事出自第十卷,它是希腊传说中的伟大诗人俄耳普斯讲述的几个故事中的一部分。俄耳普斯在失去爱妻欧律狄刻(Eurydice)之后,思妻心切,下到冥府企图领回爱妻未果,愈加悲痛不已。他在对树木和野兽诉说他的哀伤时说,他在失去妻子之后就避开了所有女人的爱,而转向去爱少年。他教导色雷斯的人们说:"爱少年,摘取花蕾,/那个成年男人到来前的短暂春华。"[3]在欧洲文学史上,俄耳普斯是男性同性恋的始作俑者。"奥维德把维纳斯与阿多尼斯的故事嵌入一长串有关以各种形式出了错的爱情故事里。"[4]俄耳普斯之歌以两个同性恋故事开头。一个是朱庇特爱司酒少年甘尼米德的故事,另一个是太阳神爱雅辛托斯的故事。随后是三个异常女性性特征的故事。一个是关于第一个妓女普洛波依逊德斯的故事;另一个是有关女雕像与皮克马利翁的故事,第三个是没药与父亲乱伦的故事。最后,俄耳普斯以维纳斯与阿多尼斯的故事作为整个语篇的结尾。他在维纳斯与阿多尼斯的故事里又插入了阿塔兰特的故事。俄耳普斯的叙述主题是同性恋。但是进一步剖析俄耳普斯的叙述结构可以发现,他实际上是在躁动不安、情欲肆虐和反常欲望的语境里讲述阿多尼

---

1 William Keach, *Elizabethan Erotic Narratives*, p. 5.
2 Jonathan Bate, *Shakespeare and Ovid*, Oxford: Clarendon Press, 1994, p. 54.
3 Ovid, *Metamorphoses*, trans. A. D. Melville, p. 227.
4 Colin Burrow, ed., *The Oxford Shakespeare: The Complete Sonnets and Poems*, p. 20.

斯的生平。"围绕在该故事文本周围的是明显不健康的语境。"[1]

阿多尼斯的故事作为俄耳普斯一系列故事的结尾，整个第十卷都与阿多尼斯的祖先和父母有关。阿多尼斯的故事其实在皮克马利翁的故事里就已经开始了。雕塑家皮克马利翁因耳闻目睹女人的丑恶行径，产生了厌恶女人的情绪，移情于自己创作的女人塑像，最终爱上女雕像并与之做爱，生下女儿帕福斯，即西鲁拉斯的母亲。西鲁拉斯与其妻子生了女儿没药。没药爱上了自己的父亲。在奶妈的协助下，她终于在父亲不知情的情况下与之同床。这个乱伦的结果是没药怀上了阿多尼斯。

在阿多尼斯家族的整个发展过程中，维纳斯都扮演了一个十分重要的角色，是她使皮克马利翁与雕像的结合成为可能。皮克马利翁在向维纳斯吐露了他爱上自己的艺术品的秘密并祈求她保佑他的这个愿望实现之后，雕像具有了生命，变成了一位鲜活、楚楚动人的美人。西鲁拉斯与女儿乱伦也是维纳斯报复的结果。由于西鲁拉斯的妻子曾说过他们的女儿之美貌胜过维纳斯，从而冒犯了这位嫉妒心非常强的女神。她把没药的爱情转向其父亲西鲁拉斯，使这对父女发生乱伦。"没药的故事为维纳斯与阿多尼斯的故事提供了一个反讽的、阴暗的前文本（pre-text）。这个文本指向欲望的非正当渊源。"[2] 在《维纳斯》里，出自维纳斯之口的"不是妇女所生"和"没有生命的图画，冷冰冰的顽石"等语言实际上暗示了没药和皮克马利翁这两个故事，表明这些材料尽在莎氏的掌控之中。阿塔兰特与希波墨涅斯的爱情和毁灭也是维纳斯一手制造的。美丽的阿塔兰特善跑，由于有神喻说如果她有了丈夫她就会死去，阿塔兰特于是要求所有向她求婚的人跟她赛跑，如果他们中有谁胜过她，她

---

[1] Jonathan Bate, *Shakespeare and Ovid*, p. 51.

[2] Ibid., p. 55.

就是奖品,如果输给她,他们就必死。希波墨涅斯经不住阿塔兰特美貌的诱惑与之比赛。为了帮助希波墨涅斯赢得阿塔兰特,维纳斯把三个金苹果分别放在赛跑路线的三个关键地方,吸引阿塔兰特去拾取。希波墨涅斯得胜,两人相好。由于希波墨涅斯没有因此向维纳斯表示感谢,招致她的报复。当这对情侣正在一神庙里时,维纳斯激发起他们的性欲,使他俩在神庙里做爱,因此触犯神灵,受到变成狮子的惩罚。阿塔兰特与希波墨涅斯的故事既是个延误的故事,也是一个有关灾难性的性激情的故事。这个故事也使读者注意到爱情故事被讲述者的动机塑造成型的方式:对俄耳普斯,整个第十卷的叙述者而言,该故事是作为一个避开爱女人的警告;对维纳斯,该故事的直接叙述者而言,这个故事是要阿多尼斯顺从她的意志爱她的警告。[1]维纳斯爱上阿多尼斯,也不是她自由意志的选择,而是因为她的盲眼儿子丘比特在拨弄金箭时,不小心碰伤了她。她在似火情欲的作用下爱上了阿多尼斯。从这个意义上讲,维纳斯与之相爱的是她自己"精心塑造"的作品。维纳斯乱性,滥用情欲,害人不浅,她自己因失去情人阿多尼斯,也成了情欲的受害者。毋庸置疑,在新教意识形态语境中,维纳斯简直就是危害性和破坏性极大的性欲的化身。[2]

---

[1] Jonathan Bate, *Shakespeare and Ovid*, p. 57.
[2] 英国中世纪编年史学家、主教蒙茅斯的杰弗里(Geoffrey of Monmouth,约1100—1155)著《不列颠列王纪》(约在1135—1139年之间出版),创立了不列颠的祖先是特罗亚王子布鲁特斯(Brutus)的传统。根据此说,布鲁特斯是埃涅阿斯的曾孙。这个说法后来遭到古文物研究家和地图制作者斯比德(John Speed,1553—1629)的驳斥。他说:"正如法国抛弃了他们法国国王普里阿摩斯(Priamus)的儿子,苏格兰抛弃了他们苏格兰国王法老的女儿,丹麦抛弃了他们的达努斯(Danus),爱尔兰抛弃了他们的(Hiberus),以及别的国家抛弃了他们的半神,所以让不列颠也跟他们一样,放弃他们的布鲁特斯。他没有给我们这个非常有名望

(转下页注)

所以，有理由对俄耳普斯的叙述语篇做这样的阐释。首先，俄耳普斯援引神都有这种欲望的先例为自己的同性恋倾向辩护，为自己的非正常欲望寻找依据。其次，他语篇里的异常性心理和性事件，如同性恋、人与艺术品恋和乱伦，在于说明性欲望的反常性。最后，除了朱庇特与甘尼米德的故事外，其余故事的结局都十分悲惨。太阳神无意间杀死了他所爱的人；皮克马利翁的孙子与曾孙女乱伦；阿多尼斯的母亲被变成树木；阿塔兰特和希波墨涅斯被变成野兽；阿多尼斯被野猪戳死。由此可见，维纳斯与阿多尼斯故事的深层结构旨在说明性欲的破坏性。据此，贝特认为《维纳斯》"是一首关于具有犯罪倾向性特征的诗。由于该诗的意图是要对性爱穷本溯源……它有一种强烈的暗示，即性爱总是在某种层面上违犯宗教和国家确立的规范"[1]。古代异教文化里宣扬的

（接上页注）

的国家带来荣耀。适得其反，他把不列颠人的光荣笼罩在他父母凶杀的阴影之下，贬低了不列颠人的血统，好像他们都是维纳斯那个淫荡的奸妇所生的后代。杜·普勒塞斯在谈到维纳斯时曾说，我感到惭愧，异教徒们对这种不知廉耻的事情竟然不感到羞愧；使基督徒们感到耻辱的事情多得很，他们都不在其诗歌里提到她的名字。"引号里的内容转引自 Douglas Bush, *Mythology and the Renaissance Tradition in English Poetry*, p. 39。

[1] 南安普顿伯爵当时不满20岁，在朝廷做皇家侍卫。他的顶头上司，伯利勋爵（Lord Burghley）曾把自己的孙女伊利莎白·维尔许配给他，但南安普顿伯爵不从，拒绝了这门婚事。南安普顿的抗婚事件可能跟莎士比亚构思这样一首关于男人拒绝爱情女神本身美貌的诗有部分关系。1591年，伯利勋爵的一位秘书写了一首地道的奥维德式的，题为《那喀索斯》的诗献给南安普顿，诗里描写了自私的那喀索斯没能对埃科的爱做出回应，其用意可能是谴责任性的南安普顿伯爵。这是献给南安普顿的第一首诗。《维纳斯与阿多尼斯》是献给南安普顿的第二首诗。伯罗认为《维纳斯与阿多尼斯》不是为南安普顿辩护，因为阿多尼斯的不幸命运——被野猪戳死，变成一朵花，被摘断——一点都不像要劝人当单身汉的有力宣传。据伯罗调查，莎氏献《维纳斯与阿多尼斯》可能从南安普顿伯爵那里得到一定好处，但不可能是罗（Nicholas Rowe）所说的一千英镑，因为南安普顿的不动产当时给他带来的年收益只有约三千英镑，而且伯利勋爵因南安普顿拒绝与伊利莎白·维尔结婚，还在1594年对南普顿处罚了五千英镑。莎士比亚与他的这位保护人的关系，在前者于1594年把《露克丽丝遭强暴纪》献给后者之后就完结了。Colin Burrow, ed., *The Oxford Shakespeare: The Complete Sonnets and Poems*, pp. 10–15。

这种性欲以及伴随着它的危害性，自然是英国新教意识形态所不能容忍的。莎士比亚在重写奥维德时，通过维纳斯向阿多尼斯的求爱，先突出和夸大性欲的危害性，然后再通过阿多尼斯对女神的峻拒，对性欲实施有力的抨击和批驳。

五、挥发不尽的维纳斯

在批评的长河中，当然也有过对《维纳斯》做传记性解读的尝试。这种批评认为，诗中所描写的阿多尼斯对维纳斯的峻拒是为南安普顿伯爵拒绝伊丽莎白·维尔的美貌辩护。[1] 早期的读者们也对《维纳斯》做过寓言式的解读，这种寓言式的解读都是宇宙论的和季节性的。这种解读认为阿多尼斯意味着太阳，维纳斯意味着大地，野猪意味着冬季。阿多尼斯死后，冬天降临，太阳无力，大地荒芜，更多的是对该诗做道德寓意的阐释。这种解读认为阿多尼斯的道德追求是爱情而非情欲，或者作者的意图是要美独立于欲望，抑或阿多尼斯是被各种形式之爱所困扰的美。维纳斯从道德评论家那里受到很大的打压。[2] 伯罗认为"这些道德说教的腔调很难与这首诗的性感和幽默吻合"[3]。

---

1 Jonathan Bate, *Shakespeare and Ovid*, p. 60.
2 在这方面，刘易斯的观点具有代表性和影响力，他写道："莎士比亚的维纳斯是个构思得很糟糕的引诱男人的女人。她被塑造得比她的受害者大得多，以至于她能把阿多尼斯的马缰绳搭在一只手臂上，把他夹在另一只手臂下。还有，她勾引男人的伎俩也很差劲，开口就气势汹汹，咄咄逼人，威胁说要吻得阿多尼斯'窒息'。[读到这些]脑海里不可避免地浮现出孩提时代与体积庞大的女性亲戚会面的可怕情形。"（C. S. Lewis, *English Literature in the Sixteenth Century Excluding Drama*, Oxford: Oxford University Press, 1954, p. 498.）转引自Colin Burrow, ed., *The Oxford Shakespeare: The Complete Sonnets and Poems*, p. 34。
3 Colin Burrow, ed., *The Oxford Shakespeare: The Complete Sonnets and Poems*, p. 34.

克奇认为,《维纳斯》里"如此强烈和咄咄逼人的性爱之间的对立使性爱成为自我受挫,美如此自私和难以接近,以至于它成了自我毁灭"[1]。根据柏拉图爱是欲望对美之追求的观念,象征爱的维纳斯和象征美的阿多尼斯应该是互补和有结果的。但是,他们在这首诗里却是敌对和矛盾的。有人甚至认为莎士比亚玩弄高明的巧智游戏,公然对柏拉图式的爱与美的关系做了滑稽模仿。埃尔罗特则说:"叙述人的主要'意图'是什么仍然还不确定。"[2]贝特的观点是,"无论你转向何方,爱都会摧毁你。它是某种你不能控制的力量,它驱使你不顾一切地去达成目的,而不是让你萎缩后退"[3]。伯罗最近提出的看法是,"对该诗和维纳斯的道德阅读没有考虑到这首诗和作为该诗的主要人物之女神的挥发性。这首诗得益于奥维德最大的益处之一是它的稍纵即逝和富于变化的魅力"[4]。这些见解都持论有据,各成一家之言,符合对文学作品进行开放和多元解读的潮流,对阐释、解读和欣赏这首诗有启迪作用。但实际上它们仍然没有回答这个问题,即莎士比亚为何,相对于维纳斯与阿多尼斯传统上的和谐结合,要拓展性和"宇宙"冲突的主题。

在《国家身份之形式:英国伊丽莎白时代的书写》(*Forms of Nationhood: Elizabethan Writing of England*) 一书中,赫尔格森(Richard Helgerson)在论斯宾塞及其同代人的英国自我表现的国家身份书写 (writing of nationhood) 伟大工程时,归纳出与作为民族身份之根本的君主对抗的六种利益或文化形式,它们分别是贵族、法律、土地、经济、

---

1 William Keach, *Elizabethan Erotic Narratives*, p. 60.

2 Robert Ellrodt, "Shakespeare the Non-dramatic Poet", in *The Cambridge Companion to Shakespeare Studies*, ed. Stanley Wells, Cambridge: Cambridge University Press, 1986, p. 45.

3 Jonathan Bate, *Shakespeare and Ovid*, p. 58.

4 Colin Burrow, ed., *The Oxford Shakespeare: The Complete Sonnets and Poems*, p. 35.

平民和宗教。斯宾塞等人所推行的主张有意或无意地颠覆了朝廷的绝对主张。这六种文化形式与之对抗的第七种文化形式即为王室专制主义。在赫尔格森看来,"莎士比亚是王室专制主义的坚定支持者"[1]。格林布拉特也认为莎士比亚在为伊丽莎白的政权服务,说他"作为忠于职守的仆人接近他的文化,满足于把他的一部分即兴地表达在其传统之中"[2]。即兴创作的能力即"利用无法预料的材料并把特定材料转换到自己剧本里去的能力"[3]。作为"叙述自我的塑造者和即兴创作大师",莎士比亚"拥有进入他者意识的无限天才,觉察到它的最深层结构是可操控的虚构,将其重新刻写在他自己的叙述中"[4]。莎士比亚深入古代异教文化价值观的深层结构,触及性欲的本质,把它移植(displace)到新教意识形态语境里,对其进行批判的吸收(absorption),为的是预防和治愈过渡的性欲,"对个人的内心生活进行必要的控制"[5],使个人和国家免遭危害性极大的性欲所带来的灾难。福克斯论道:"在唤起欲望迫使一个人去寻求性高潮释放时伴随它而来的有罪倾向这方面,那个时代最热烈的清教布道者也超不过莎士比亚。"[6]

《维纳斯》是古代异教人文价值体系与新教意识形态交锋、碰撞时溅出的火花。在这颗火花中有莎士比亚自我塑造的成分,也有诗人塑造英国民族身份的成分。在对古代异教神话艳情故事做符合当时新教意识形态话语权力解读时,莎士比亚改写奥维德,把维纳斯塑造成性欲的化

---

1 Patrick Cheney, *Marlowe's Counterfeit Profession: Ovid, Spenser, Counter-Nationhood*, p. 19.
2 Stephen Greenblatt, *Renaissance Self-Fashioning: From More to Shakespeare*, p. 253.
3 Ibid, p. 227.
4 Ibid, p. 252.
5 Ibid, p. 177.
6 Alistair Fox, *The English Renaissance: Identity and Representation in Elizabethan England*, p. 83.

身，把阿多尼斯塑造成新教理念的化身，后者峻拒前者，没有给它任何可乘之机。这是自我塑造"带给身份的压力所产生的深远文学后果"[1]。伯罗在分析诗中的一种叙事手法——"离题"（digression），如阿多尼斯的马和猎兔的情节时写到，"该诗中离题的功能是多方面的：它们激发读者的乐趣；它们延缓维纳斯在寻求性快乐方面受挫的企图；对那些带着批评眼光的读者，它们还起着屏蔽诗中色情的作用。这首诗非常热衷于否认，抑或至少使其本身的色情内容成为可以被否定掉的"[2]。在复杂的社会、政治和宗教背景下，莎士比亚在诗里张扬地表现了性，然后又试图把它屏蔽掉。这不仅说明他有非常强的即兴创作能力，还意味着他那根新教意识形态的弦绷得很紧。"成功的即兴创作之中心在于隐蔽，而非暴露。"[3] 诚然，《维纳斯》这首诗如同维纳斯本人一样还会不停地"变化和挥发"——这也许就是它的艺术魅力所在，但是它并非是超然的。《维纳斯》是古代异教文化价值体系与新教意识形态这两种权力和势力较量妥协的产物。且不论莎士比亚的宗教信仰和政治立场如何，他创作的《维纳斯》实际上支持了政府的宗教政策，捍卫了新教教义的正义性。不管怎么说，莎士比亚在这首诗里调侃和批判的毕竟是异教神灵，对他置身其中的新教意识形态里的那唯一的神无伤大雅。

---

1 Stephen Greenblatt, *Renaissance Self-Fashioning: From More to Shakespeare*, p. 161.
2 Colin Burrow, ed., *The Oxford Shakespeare: The Complete Sonnets and Poems*, p. 30.
3 Stephen Greenblatt, *Renaissance Self-Fashioning: From More to Shakespeare*, p. 253.

英国人文主义的两朵奇葩
——莎士比亚的《维纳斯与阿都尼》和马洛的《希洛与李安达》[1]

蒋显璟

16世纪末的英国文坛出现了两位杰出的剧作家和诗人——莎士比亚（William Shakespeare, 1564—1616）和马洛（Christopher Marlowe, 1564—1593）。他们各自都留下了自己的不朽之作，但由于他们在戏剧舞台上的巨大成功，莎翁和马洛的两部艳情诗篇相对来说却未曾受到评家的太多重视。有评家认为，《维纳斯与阿都尼》（*Venus and Adonis*, 1593）（下文中简称《维》）是莎翁最受欢迎的作品，而因此本文拟探索莎翁的《维》和马洛的《希洛与李安达》（*Hero and Leander*, 1598）（下文中简称《希》）作为一种特殊文类——神话－艳情小史诗（mytho-erotic epyllion）的源流及其对这一文类常规的传承与颠覆，并比较它们之间的异同之处。

从创作时间来说，这两首长诗都写于大致相同的年代。《维》出版于1593年，甫一面世就深受欢迎，到1640年为止，一共印刷了16版。[2]而

---

[1] 原载于《英美文学研究论丛》2008年第2期。
[2] Coppélia Kahn, "Venus and Adonis", in *The Cambridge Companion to Shakespeare's Poetry*, ed. Patrick Gerad Cheney, p. 73.

马洛的《希》的最早版本则是出版于1598年，尽管早在1593年9月，这部作品就在新书预告（the Stationers' Register）中登记了。这两位诗人之间是否有过交流，现在难以考证，但从这两首诗的类似处来看，莎士比亚很可能阅读过流传甚广的《希》手抄本，因此在自己的《维》中与马洛争奇斗艳。这两种文本之间的相互指涉，是一种身份认同，把两位诗人都归属于那个精英的作家群体，也把他们与特定的读者群——受高等教育的贵族纨绔子弟联系起来。[1]

一、希腊罗马神话的本土化

众所周知，英国文艺复兴比起欧洲大陆，尤其是意大利的文艺复兴，要晚一两个世纪。直到亨利八世时期，文艺复兴才开始在英国兴盛起来，并在伊丽莎白一世时期达到鼎盛。人文主义重新发现了古希腊罗马文化中对人性的重视和高扬，并在教育中把古典价值观灌输给受教育者。在当时的文法学校中，拉丁文是必修课，而古希腊罗马神话的经典文本则经由这一途径进入了受教育者的文化视野，成为他们人文素养的一个重要部分。英国16世纪大主教沃尔西（Cardinal Thomas Wolsey，1473—1530）决定把古罗马诗人奥维德（Publius Ovidius Naso，前43—17）对希腊神话的集成《变形记》（*Metamorphosis*）引进文法学校的课程中，作为学习拉丁文作诗法的楷模，从而使得其中的故事大凡

1　Georgia Brown, *Redefining Elizabethan Literature*, Cambridge University Press, 2004. 原书中这段文字颇有神益，特录下供读者参考：One of the most striking features of the epyllion is the cross-weaving of individuals who are associated with the genre. ... so that the frequent cross-references become signs of familiarity, badges of membership in the fashionable literary group, and jokes to be savored by readers who share in this privileged knowledge, p. 111。

上过文法学校的少年都耳熟能详。自中世纪以降，这部鸿篇巨制一直是欧洲文化的一个关键文本，为音乐、视觉艺术和林林总总的文学形式提供了母题。在16世纪初的英国，出现了一部匿名的色情寓言诗《爱神的宫廷》，诗风亦庄亦谐，预兆了奥维德体艳情诗在世纪末的流行。英国16世纪诗人亚瑟·戈尔丁（Arthur Golding，1536—1606）在1567年出版了《变形记》的英文译本，从而使得这部诗作本土化，并为更广大的读者所熟知。略早于莎翁时期的英国诗人托马斯·洛奇（Thomas Lodge，约1558—1625）在1589年发表了他改编自奥维德的长诗《希拉的变形》(*Scillaes Metamorphosis*，1589)，当属英国最早运用神话-艳情小史诗的经典范例。奥维德的《变形记》在中世纪浓厚的基督教禁欲氛围中始终是对宗教正统的一个冲击，它经历了两种不同的阐释过程：一是14世纪的法国把奥维德道德化的批评流派（Ovide Moralisé），他们对奥维德的异教神话进行道德寓言阐释，使之为基督教教义服务。另一派则把他视为毫无羞耻的诲淫诲盗之徒，谴责他是"离经叛道的大祭司"。[1] 然而，到了16世纪90年代，英国诗坛则完全倒向了源自意大利的一种趋势：把奥维德《变形记》故事改编为赞扬艳情的长诗。这类诗作中毫无枯燥的道德教诲，反而求助于机智诙谐和高深的幽默感，使得爱情-神话诗歌从苍白无力的道德寓言阐释中解放出来，焕发了令人想象丰富的瑰丽色彩。这股世俗化的潮流愈演愈烈，以至于坎特伯雷大主教和伦敦主教不得不颁发命令，禁止出版艳情和嘲讽作品。[2]

---

[1] Jeremy Dimmick, "Ovid in the Middle Ages: Authority and Poetry", *The Cambridge Companion to Ovid*, ed. Philip Hardie, Cambridge: Cambridge University Press, 2002, pp. 264–287. 对《变形记》进行宗教道德寓言化的一个极端例子如下：阿都尼的母亲弥尔拉（Myrrha）对她生父的乱伦畸恋竟然被阐释为她是贞女玛丽亚的预表。

[2] Georgia Brown, *Redefining Elizabethan Literature*, p. 105.

莎士比亚在创作《维》时,还仅仅是在伦敦梨园界初露头角的剧本写手,刚写过七八部早期剧本,名气远远比不上"大学才子"们。他把这部长诗题献给南桑普敦侯爵三世亨利·莱阿斯利(Henry Wriothesley,1545—1581),以期得到这位年轻贵族的赏识和恩庇。有评家指出:莎翁此举也是迫不得已,因为1592年适逢伦敦瘟疫流行,剧院纷纷关闭,故此莎翁面临生计之虞,不得不向贵族寻求赞助。此外,《维》的卷首拉丁格言"让凡夫俗子取乐于庸俗诗章,吾独求阿波罗恩赐缪斯之泉琼浆"也说明莎翁更看重以古典神话为源头的诗歌,而非取悦于凡俗大众的戏剧。[1] 英美评家普遍认为,莎翁这首诗虽然参照了奥维德的拉丁文原诗,但更多地借鉴了戈尔丁的译本。约翰·多伯乐(John Doebler)在其文《不情愿的阿都尼:提香与莎士比亚》("The Reluctant Adonis: Titian and Shakespeare",1982)中,为我们提供了阿都尼故事在文艺复兴时期绘画中再现的背景,并推测莎翁可能也采纳了提香[2] 1554年的油画《维纳斯与阿都尼》中对奥维德原作的偏离:阿都尼不是与维纳斯沉醉于温柔乡中,而是竭力从纠缠不休的爱之女神怀中挣脱,要踏上猎野猪的冒险征途。

正如诸多评家所指出的那样,马洛的《希》取材于5世纪亚历山大里亚诗人缪塞乌斯(Musaeus)的版本,但也融合了奥维德的《英雄家书集》(Heroides)中对这个故事的简短叙述。但是马洛并非简单地照搬奥维德原来的故事梗概,而是添加了诗篇开头处对这对情侣的冗长华丽

---

[1] 拉丁原文为:"Vilia miretur vulgus: mihi flavus Apollo / Pocula Castalia plena ministrct aqua."(Let the common herd be amused by worthless things, but for me let golden Apollo provide cups full of the water of the Muses.)

[2] 提香(Titian,约1490—1576),系意大利文艺复兴盛期威尼斯画家,擅长肖像画、宗教和神话题材。

描写和信使神墨丘利（Mercury）与一凡间女子的相爱故事。可惜的是，马洛未写完这首长诗就暴死于酒馆的争吵中，只能由剧作家、荷马史诗的翻译者乔治·贾普曼（George Chapman，1559—1634）续貂。

现代批评家们天真地以为，一个天才作家应该完全别出心裁，独立地创作自己的叙事题材，否则就有抄袭之嫌。而在英国文艺复兴时期，诗人与剧作家们反而坦然地借鉴海外的叙事框架，从当时文化上更为先进的意大利和法国采取"拿来主义"，并且互相借鉴，使得他们的文本成了"多声部"的和声。正如加拿大批评家弗莱（Northrop Frye，1912—1991）所说："有独创性的作家不是想出一个新故事的作家——其实并没有什么新故事了——而是一个能以新颖方式讲述世界上伟大故事之一的那个作家。"

二、对世俗化爱欲的追求

了解西方基督教历史的人都知道，在宗教统治禁锢着人们思想的中世纪里，人的爱欲追求被压抑，教会倡导禁欲主义和苦修，以牺牲现世的幸福来换取在天国的永恒至福。使徒保罗在解释信徒怎样可以过讨上帝喜悦的生活时，写道："神的旨意就是要你们成为圣洁，远避淫行；要你们各人晓得怎样用圣洁、尊贵守着自己的身体，不放纵私欲的邪情，像那不认识神的外邦人。不要一个人在这事上越分，欺负他的弟兄。"[1]基督徒被鼓励过独身生活，只在沉思冥想中去接近上帝，爱上帝。正如费尔巴哈所说：

---

[1] 中文和合本《圣经·帖撒罗尼迦前书》（*1 Thessalonians*）4:3—6。

基督徒对上帝的爱,并不像对真理、正义、科学的爱那样是一种抽象的或一般的爱:它乃是对一位主观的、人格式的上帝的爱,从而本身就是一种主观的、人格式的爱。这种爱的一个本质属性,便在于它是一种排他的、好嫉妒的爱,因为,它的对象乃是一个人格式的、并且同时又是至高的、无可类比的存在者。[1]

而在莎翁和马洛的诗中,人类天性中爱欲的本能被释放出来,并被华美的词章所颂扬。《维》中爱的女神维纳斯长篇大论地肯定爱的价值,并责备阿都尼不懂风月,对主动屈身求爱的女神毫不动情。维纳斯借用古罗马卡图卢斯(Gaius Valerius Catullus,前80—前54)等爱情诗人常用的"及时行乐"(carpe diem)话题来开导阿都尼:

行乐须及时,莫猜疑,机会错过不复来。
丽质应该传代,及身而止,只暴殄美材。
好花盛开,就该尽先摘,慎莫待美景难再,
否则一瞬间,它就要凋零萎谢,落在尘埃。

(《维》,第129—132行,张谷若译)[2]

无独有偶,据说中国唐朝宪宗的秋妃杜秋娘也曾写过一首《金缕衣》的小曲,其中的思想与意象竟与莎翁不谋而合:

劝君莫惜金缕衣,劝君惜取少年时。

---

1 费尔巴哈:《基督教的本质》,荣震华译,北京:商务印书馆,1984年,第224页。
2 莎士比亚:《莎士比亚全集》(十一),朱生豪译,北京:人民文学出版社,1978年,第9页。本文中用的《维纳斯与阿都尼》引文均出自此。

花开堪折直须折，莫待无花空折枝。[1]

而在马洛的《希》中，巧舌如簧的李安达也使尽浑身解数，运用诡辩术来诱惑希洛：

一颗钻石镶在铅中依然珍贵
一个天仙若被凡间少年爱上，
她不受玷污，反倒风姿倍增；

（第215—217行）

世俗化爱欲在莎士比亚和马洛的生花妙笔之下，不再与基督教那深重的罪孽感相联系，也同柏拉图那爱的阶梯无关，它抛开了神学的贬低和责难得到了生动真实的描写和高度的艺术表现，成为文艺复兴时期的人敢于直面的人类基本需求。

三、性别角色的倒错与保留

根据英美批评家们的意见，他们都一致认为莎翁的《维》与马洛的《希》是悲喜剧式的短篇史诗。笔者拟在此对这两首诗中的一种重要喜剧手法——性别角色的倒错与保留进行一番探索。无论是在东方还是在西方，占主导地位的男性社会文化都为两性分别规定了既定的性别角

---

1 据萧涤非等撰写的《唐诗鉴赏辞典·金缕衣》条目，这首小曲其实为无名氏所作，为"中唐时的一首流行歌曲"。之所以冠以杜秋娘之名，是因为元和时镇海节度使李锜的侍妾杜秋娘常在酒席上演唱此曲。该辞典所列的这首曲子略有不同："劝君莫惜金缕衣，劝君须惜少年时。有花堪折直须折，莫待无花空折枝。"参见《唐诗鉴赏辞典》，上海：上海辞书出版社，1983年。

色，并从儿童时期就开始将这种角色意识灌输给男孩和女孩，使他们极早达到性别身份的认同，以适应将来要进入的社会。所以后现代批评家们认为，个人的性别身份认同是文化教养和周边环境影响的结果，而不是生理性别所决定的。朱迪斯·巴特勒认为，性别（gender）没有本体论的地位，只有构成其现实的诸种行为。[1] 美国批评家、新历史主义流派的泰斗史蒂芬·格林布拉特（Stephen Greenblatt，1943— ）声称，性别从本质上来说是不稳定的。此言之后成了后现代主义莎评的金科玉律。[2]

对妇女地位的剥夺，也许最早反映在古雅典大政治家伯里克利的这段话中："一个妇女最大的光荣，就是没有男人对她说长道短，无论他们是称赞她还是批评她。"[3]

西方政治学鼻祖亚里士多德在论述社会中男女分工时，曾理所当然地断定："再者，男性就本质而言是高等的，女性是低等的；一个是统治者，另一个是被统治者。这条原理必然地普遍适用于全人类。"[4] 亚氏在探讨物种的繁衍时，也是把雄性置于雌性之上的："如前所述，可以首先把阳性和阴性原理规定为繁衍的起源，前者包含着繁衍的有效起因，后者包含着繁衍的材料。"[5]

---

[1] Judith Butler, *Gender Trouble: Feminism and the Subversion of Identity*, New York: Routledge, 1990, p. 136. 其原文为："no ontological status apart from the various acts which constitute its reality."

[2] 转引自 Robin Headlam Wells, *Shakespeare's Humanism*, Cambridge: Cambridge University Press, 2005, p. 38。

[3] 伯里克利在伯罗奔尼撒战争后为阵亡者作的悼词。Thucydides, *The Peloponnesian War*, 悼词英文版网址：http://www.wsu.edu:8080/~wldciv/worldcivreader/.worldcivreader1/pericles.html，访问时间：2008年7月2日。

[4] "Again, the male is by nature superior, and the female inferior; and the one rules, and the other is ruled, this principle, of necessity, extends to all mankind." Aristotle, *Politics*, BK I, http://classics.mit.edu/Aristotle/politics.1.one.html，访问时间：2008年3月25日。

[5] "For, as we said above, the male and female principles may be put down first and foremost as origins of generation, the former as containing the efficient cause of generation, the latter the material of it." Aristotle. *Generation of Animals*, trans. Arthur Platt. BK I, http://evans-experientialism.freewebspace.com/aristotle_genanimals01.htm，访问时间：2008年3月25日。

圣奥古斯丁在《论婚姻与好色》一文中，也认为男性天经地义地应该统治女性："这一点也不可怀疑，即男人应该统治女人，而不是女人统治男人，更符合自然之道。"[1]

圣保罗在他写给信徒的书信中一再强调妇女要恪守妇道，要顺从丈夫，并不得在公众场合表达自己的意见和提出问题。在《歌林多前书》中，他写道："妇人和处女也有分别。没有出嫁的，是为主的事挂虑，要身体灵魂都圣洁。已经出嫁的，是为世上的事挂虑，想怎样叫丈夫喜悦。"依照圣保罗的看法，无论妇女是待字闺中还是已为人妇，都只有从属的地位。他还写道："妇女在会中要闭口不言，像在圣徒的众教会一样。因为不准她们说话。她们总要顺服，正如律法所说的。"[2]这样一来，妇女就成了没有话语权的他者（Other），只能消极地等待男性的支配。

英国17世纪玄学派诗人的杰出代表约翰·但恩（John Donne, 1572—1631）在他的艳情诗中，俨然以征服海外领土的君主姿态来看待他的情妇：

> 那就瞧瞧，明天晚上，告诉我，
> 那盛产香料和黄金的东西两印度是在
> 你离开它们的地方呢，还是在此与我同卧。
> ……

---

[1] "Nor can it be doubted, that it is more consonant with the order of nature that men should bear rule over women, than women over men." St. Augustine, "On Marriage and Concupiscence", http://www.fordham.edu/halsall /source/aug-marr.html，访问时间：2008年3月26日。

[2] 《圣经·歌林多前书》，7:34，14:34。

她是所有国家，而所有王子，是我，

此外什么也不是。[1]

法国女权主义作家西蒙·德·波伏娃在她的《第二性》中，曾非常有见地地指出："由于男子是世界的统治者，所以他认为自己欲望的猛烈是他君主地位的标志；一个情欲旺盛的男子被说成是强壮猛男——这些描述语暗示着行动与超越。而在另一方面，女人只是一个客体（object），她只被描述为'温暖的'，或'冷淡的'，这就意味着她只能展示被动的性质。"波伏娃用一句话总结了女性在爱欲行为中的被动地位："做女人就是要显得软弱、无助、温驯。"

威廉·哈里斯（William Harris）从古希腊雕塑艺术的角度分析了维纳斯这个女神的性别角色。他写道："我们若仅只探讨古希腊的原创作品，就会发现阿芙罗狄蒂（Aphrodite）姿态中有种奇特的不安，她的胳膊和腿的走向似乎相反，尽管有衣裳遮蔽，一下子看不出来。一只胳膊做出遮掩胸脯的姿态，另一只胳膊朦胧地游移在腹股沟上，看起来好像欲盖弥彰地遮羞。她的面部表情宁静、冷漠，没有我们期望一个性欲女神所表露出的痛苦或迷狂神情。然而，根据古希腊人对她角色的观念来看，她应该是煽动情欲的。"为什么会有这种情况呢？哈里斯尝试为我们提出一个可能的解答："古希腊雕塑刻画爱情女神的手法，透露了古希腊男子想象中能燃起他们欲火的女子的各种方式。一个诱人的女性'犹抱琵琶半遮面'，半裸半遮的仪态，对男性来说，一定是很悦人，

---

[1] 约翰·但恩：《英国玄学诗鼻祖约翰·但恩诗集》，傅浩译，北京：十月文艺出版社，2005年，第30页。

能令人亢奋的。特别是面部表情若是宁静、漠然、乐意,(最重要的是)没有竞争性的。"[1]

而在莎翁的《维》中,维纳斯的形象完全背离了传统的女性温柔、羞赧、被动受害者的特点,彻底拥有了男性主动、强壮、攻击性强等特点。凯瑟琳·贝尔希(Catherine Belsey)曾断言:"毫无疑问,伊丽莎白时代的女主人公们,无论是悲剧性的还是喜剧性的,都要比维多利亚时代的女性有更多自由表白爱情。"从诗篇的开头第一节,"凰求凤"的基调就已经定好了:

太阳刚刚东升,圆圆的脸又大又红,
泣露的清晓也刚刚别去,犹留遗踪,
双颊绯红的阿都尼,就已驰逐匆匆。
他爱好的是追猎,他嗤笑的是谈情。
维纳斯偏把单思害,急急忙忙,紧紧随定,
拼却女儿羞容,凭厚颜,要演一出凰求凤。

在这一节诗中,莎翁套用了古希腊神话中太阳神在清晨离开他的所爱曙光女神、驾驶战车走上为世界照明的征程的典故,为这首诗的叙事奠定了框架:太阳神的追求与曙光女神的弃妇形象正好折射了阿都尼对猎兽的追求与维纳斯对猎色的追求。两个主要角色对各自目标不妥协的追求构成这首诗的基本冲突,并且为长诗结尾的悲剧埋下了伏笔。

性别角色的倒错,在诗的第80行取得了喜剧性的效果:维纳斯像亚

---

[1] William Harris, *EUHEMERISM*, chpt. 2, Godesses Women and Sex,http://community.middlebury.edu/~harris/GreekMyth/Chap2Women.html,访问时间:2008年3月26日。

马逊女武士一样力大无比,竟然能把阿都尼从马上一把揪下,并夹在胳膊下飞奔:

> 她一只手挽住了缰绳,把骏马轻拢,
> 另一只胳膊把那嫩孩子紧紧挟定。
>
> (《维》,第81—82行)

据西方评家的考证,莎翁所塑造的维纳斯形象还融合了奥维德《变形记》第四章中萨尔玛希斯(Salmacis)的原型。萨尔玛希斯是个仙女(nymph),看到在河中沐浴的赫马佛洛迪特斯(Hermaphroditus)就疯狂地爱上了他,紧抱住他不放,两人变为雌雄同体的双性人。[1]

维纳斯的强烈欲望被隐用"苍鹰"之类的猛禽形象生动地表现出来:

> 空腹的苍鹰,饿得眼疾心急,馋涎欲滴,
> 抓住小鸟,用利喙把毛、肉、骨头一齐撕。
> 鼓翼助威势,贪婪猛吞噬,忙忙又急急,
> 饥胃填不满,食物咽不尽,就无停止时。
>
> (第55—59行)

> 她一旦尝到了战利品的甜蜜滋味,
> 就开始不顾一切,凶猛地暴掠穷追。

---

[1] 赫马佛洛迪特斯(Hermaphroditus)这个名字是Hermes(赫尔墨斯)与Aphrodite(阿芙罗狄蒂)拼成的,他是这两位神祇的儿子。

她的脸腾腾冒热气，她的血滚滚沸。
　　不计一切的情欲，竟叫她放胆畅为！

（第553—556行）

　　有趣的是，莎翁在长诗中还用了不少篇幅来描述阿都尼的坐骑——一匹强健的骏马被林中的一匹捷尼母马吸引，挣断缰绳去求欢的插曲。维纳斯见机行事，把动物的本能表现用来作案例教诲阿都尼。但有批评家认为，这是莎翁诙谐地嘲讽所谓的"典雅之爱"（courtly love）的妙笔，与叙事中人类的行为作对照。马的意象也让人想起柏拉图在《裴德若篇》（Phaedrus）中对灵魂中两匹马的生动描述。在西方后来的常规中，马象征着情欲（lust），而缰绳与骑士则象征着理性对情欲的控制。

　　与此相反，对阿都尼美貌的描写却赋予了他女性的阴柔之美，跨越了传统的性别界限。莎翁用"双颊绯红""洁白胜过白鸽子""娇红胜过红玫瑰"等旖旎的辞藻来描述阿都尼，并把他写成是落入罗网中的小鸟，这些都颠覆了读者对男性的传统思维定势。同样，马洛的《希》中的李安达也像女性般美艳动人：

　　他的身材笔挺，犹如女巫喀尔刻的魔杖，
　　主神乔武本可从他手中啜饮玉液琼浆。[1]
　　就如玉盘珍馐入口令人大快朵颐一样，
　　他的颈项抚摸起来也同样令人心神荡漾。

（第61—64行）

---

[1] 马洛在此化用了主神朱庇特宠爱美少年伽涅墨德斯（Ganymede）的希腊神话典故。

李安达的超群绝伦之美连野蛮的色雷斯士兵和海神都动了心：

> 野蛮的色雷斯士兵不为万物所动，
> 却被他所打动，争相寻求他的青睐。
> 有人发誓说他是身着男装的少女
> ……
> 而知道他是男子的人却会如此说，
> "李安达，你生来是要游戏风月的：
> 你为甚不沐浴爱河，不被人人所爱？"

（第81—83、87—89行）

李安达在游过达达尼尔海峡去对岸与希洛幽会时，海神尼普顿误以为宙斯的侍酒俊童伽涅墨德斯在天庭失意而下凡，对他大献殷勤。[1]然而李安达却是个涉世未深的少年，对这种求爱毫无所知，让尼普顿扫兴而去。

但是在马洛的《希》中，还是保留了传统的性别角色分配，李安达是个见色眼开的"登徒子"，运用诡辩术来竭力说服希洛。而希洛则展示了女性传统的含蓄、羞涩、守贞等特点。马洛把希洛那矛盾的心理刻画得入木三分：

> 希洛的眼神屈从了，但她却还要争辩：
> 女人在开始口角之时就已芳心暗许。
> 就这样，她吞下了丘比特的金鱼饵，

---

[1] *The Norton Anthology of English Literature*, 7th edition, pp. 985–987, 639–710.

她越是挣扎，鱼钩在咽喉里就陷得越深。

（第331—334行）

从上面的比较中我们可以看出，莎士比亚在《维》中大胆地运用了性别角色倒错的手法，挑战社会的世俗观点和男权至上的权威；并且利用这种错位来营造荒诞、滑稽的喜剧戏仿效应。而马洛则还是遵循社会习俗所许可的两性角色分配，并谨守艳情诗的常规。乔治亚·布朗（Georgia Brown）关于"小史诗"中女性化倾向的评论对这两首诗十分适用："小史诗的作者们不把男性气质作为权威的基础来追求，反而信奉女性气质，以建立文学威力的双性同体模式。"[1]

四、话语与行动

在《维》和《希》中，作为运用话语达到目的的修辞术发挥着很大的作用，维纳斯和李安达都扮演了诱惑者的角色，用诡辩来说服对方与自己共度良宵。维纳斯在诗中与阿都尼的对话占了很大的篇幅，而李安达在初见希洛时也口若悬河地大谈爱欲的天经地义。

熟悉英国历史的学者都知道，在文艺复兴时期的文法学校课程中，所谓的"三学科"（trivium）指的是语法、逻辑和修辞。作为雄辩术的核心组成部分，修辞是每个文法学校学生必修的课程，是作为这些贵族子弟将来出使他国，担任外交使命时与对方交涉的利器。

文艺复兴时期的伟大人文主义者、荷兰神学家伊拉斯谟（Pesiderius

---

[1] Georgia Brown, *Redefining Elizabethan Literature*, p. 108.

Erasmus Roterodamus，1466—1536）曾写过一本《论富丽》(*Copia: Foundations of the Abundant Style*，1512）[1]的修辞学专著，教人如何写文采富丽的诗文。据说书中曾列出144种不同方式来表达"感谢赐函"这一简单思想。正如《诺顿文集》的编者所说，"文艺复兴文学是一种修辞文化的产物，这一文化深深地沉浸在说服术的技巧中，被训练去处理复杂的词语符号"。伊丽莎白时代的文人喜爱语言中浮华的装饰，正如他们偏好盛装华服和富丽的家具一样，以海明威为代表的崇尚"惜墨如金""以少胜多"的节俭文体，只是当代美国文坛的一种趋势。

理查德·兰汉姆（Richard A. Lanham，1936—　）在他对文艺复兴时期雄辩术的研究专著《雄辩的动机：文艺复兴时期的文学修辞》(*The Motives of Eloquence: Literary Rhetoric in the Renaissance*，1976）中提出了人类行为的两种框架：严肃的和修辞的。前者立基于对绝对价值观的接受上，个人的个性被认为是固定和永恒的，客观现实是稳定不变的，人们必须遵从一个确定真理的行动框架。而修辞性的立场则相反，它假定有一套更灵活的价值观。修辞性作家更认真对待的是词语，而不是词语所表意的事物。这类作家所追求的是文字游戏，是语义的模棱和指涉的不确定性给读者带来的悬念和道德判断的搁置。奥维德就是古典时期这类作家的代表，而莎士比亚和马洛就是英国文艺复兴时期这类作家的代表。

在《维》中，读者可以看到维纳斯所象征的爱欲与阿都尼所象征的守贞通过雄辩的话语展开戏剧性的冲突。作为主动进攻的一方，维纳斯运用了文艺复兴时期爱情诗中的常规比喻，首先用夸张的手法赞扬阿都尼之美：

---

[1] 专著的拉丁文原名是：*De Utraque Verborum ac Rerum Copia*。

> 她先夸他美，说，"你比我还美好几倍。
> 地上百卉你为魁，芬芳清逸绝无对。
> 仙子比你失颜色，壮男比你空雄伟。
> 你洁白胜过白鸽子，娇红胜过红玫瑰。
> 造化生你，自斗智慧，使你一身，俊秀荟萃。"
> 她说，"你若一旦休，便天地同尽，万物共毁。"

（第7—12行）

爱之女神接着又自夸美貌："我的美丽像春日，年年不老，岁岁更新"（第141行）。她还夸自己身轻如"水中仙子"，"用平沙作舞茵，却不见有脚踪留下"（第148行）。这不禁令人想起汉成帝刘骜的第二任皇后赵飞燕，她身轻如燕，能在宫女手托的水晶盘上翩翩起舞，让成帝迷恋得不能自拔，最终把精力耗光在"温柔乡"中。唐人杜牧的诗句"楚腰纤细掌中轻"，后半部分说的就是赵飞燕能在人掌上起舞的典故。

恼羞成怒的维纳斯接着又把阿都尼比作自恋的那耳喀索斯，对美色毫不动心，只爱自己在水中的倒影。她指控他"不是妇人生"，只不过是"不喘气的画中人物，冰冷冷的顽石"，"中看不中吃"。[1] 莎翁在此用了阿都尼出生的典故，也出自奥维德的《变形记》。阿都尼的母亲弥尔拉（Myrrha）爱上了自己的生父希尼拉斯（Cinyras），犯下了乱伦大罪后被变成一棵没药树，阿都尼就是从这棵树中出生的。[2]

维纳斯为爱欲辩护的另一个理由，就是源自新柏拉图主义的这个

---

[1] 参见张谷若译：《维纳斯与阿都尼》，第200—216行。
[2] Ovid, *Metamorphosis*, trans. John Dryden et al, http://sacred-texts.com，访问时间：2008年2月3日。

理念：人类的繁衍行为是为了把美的形象保留下去。[1]她如此说道：

> 种因种生，种复生种，天生丽质也无例外；
> 父母生了你，你再生子女，本你分内应该。
>
> "如果你不繁殖，供给大地生息之资，
> 那大地为什么就该繁殖，供你生息？
> 按照自然的大道理，你必须留后嗣：
> 这样，一旦你死去，你仍旧可以不死；
> 这样，你虽然死去，却实在仍旧永存于世：
> 因为有和你一样的生命，永远延续不止。"
>
> （第167—174行）

这几行诗中所表述的思想，在莎士比亚十四行诗集的开头十几首里成为反复吟咏的主题，但具体意象却是丰富多变的。

《维》在当时能广为流行的一个原因，也许就是诗中高度暗示性的挑逗语言了。维纳斯把自己的身体比作一个"苑囿"，把阿都尼比作她的"幼麂"：

> 那我就是你的苑囿，你就是我的幼麂。
> 那里有山有溪，可供你随意食宿游息。

---

[1] 这一思想最早可追溯到亚里士多德之语："因为人类有种天生的欲望，想在身后留下自己的形象。"英文原文为"mankind have a natural desire to leave behind them an image of themselves", Aristotle, *Politics*, BK I, Part II.

先到双唇咀嚼吮吸,如果那儿水枯山瘠,
再往下面游去,那儿有清泉涓涓草萋萋。

(第231—234行)

王佐良先生曾如此评论这一节诗:"在这颇具挑逗意味的吐诉里,因为用了水草丰美之类的文雅比喻,就不显粗俗,而最后提到狂风、暴雨、千条犬吠则是拿人生的艰辛来对照爱情的安全和温暖,进入另一种境界了。"

在马洛的《希》中,我们也同样可以看到李安达扮演着一个"精明的狡辩家"(sharp sophister)的角色。他对所谓"童贞"(virginity)的解构,在后来的玄学派诗人但恩与"骑士派"诗人那里都得到了发扬。[1]

但是这颗璀璨的珠宝,只有失去才甜美,
当你飞逝着远离凡间时,不能把它遗赠给谁。

(第247—248行)

童贞,虽然有人把它视为无价之宝,
若与婚姻相比,你如果两者都曾试,
它们就如美酒和清水般天差地别。

(第262—263行)

相信我吧,希洛,荣耀难赢,
除非你做下了一番光荣业绩。

---

[1] 参见但恩的《跳蚤》("The Flea")一诗。

你追导贞节,不朽的荣名,

可知道连黛安娜的清誉都受损?

(第280—284行)

与这两首诗的劝说部分"铺采摛文""驰辩如涛波,摛藻如春华"的艳丽相比,其中的行动部分却相形见绌。无论维纳斯怎么巧舌如簧,阿都尼就是不动心,坚持要去猎野猪。而李安达在与希洛初次幽会时,却不懂人道,只是浅尝辄止,跟他那世故的狡辩形成喜剧性对照:

李安达,不懂风月,初涉情场,

与希洛卿卿我我,缠绵不放,

看不到还有更大乐事,然而怀疑

他是否忽略了爱的其他游戏。

(第545—548行)

五、欲望的满足与受挫

弗洛伊德对文学的经典定义,就是"爱欲的升华"。我们可以把《维》看作莎翁对人类追求爱欲不得的受挫经验的生动描写。在诗的中间,莎翁写道:

他虽已骑在她身上,却不肯挥鞭前进。

只弄得她的苦恼比坦塔罗斯还更难忍。

原来她虽到了乐土，却得不到乐趣半分。

（第598—600行）

凯瑟琳·贝尔西（Catherine Belsey）评论道："然而，莎士比亚的维纳斯比坦塔罗斯还更受挫懊恼。"维纳斯的窘境被莎翁的一行诗绝妙地概括："她是爱神，又正动爱劲，却得不到爱人。"（She's love, she loves, and yet she is not loved.）（第610行）贝尔西把这首诗视为一幅"错视画"（trompe-l'oeil，即立体感强而逼真的画），它讲述的就是欲望的不可及，通过其艳情描写挑逗读者的欲望，让他们也体验坦塔罗斯的痛苦。

维纳斯这一形象，与其说她是"爱"（Love）的象征，倒不如说她是"欲"（Lust）的体现。她美艳惊人、风情万种，是男性诸神崇拜的对象，连勇武无敌的战神马尔斯（Mars）都拜倒在她石榴裙下，甘心被她的玫瑰之链牵着走。（第97—114行）西方学者一般都认为，存在着两个维纳斯（希腊名为阿芙罗狄蒂）：即阿芙罗狄蒂·乌拉尼亚（Aphrodite Urania）和阿芙罗狄蒂·潘兑玛司（Aphrodite Pandemos）。[1] 显而易见，这首诗中的维纳斯属于后者。

阿都尼为什么不像一般男性一样，对投怀送抱的维纳斯欣然接纳呢？笔者以为，莎翁在这首诗中，蓄意颠覆文艺复兴时期占主导地位的彼特拉克抒情诗常规，把冰冷、高傲、美艳动人的女主人公转化为被欲火焚烧、热切追求男子的真实女性。维纳斯所代表的就是爱欲对美

---

[1] 根据古希腊神话，阿芙罗狄蒂·乌拉尼亚乃泰坦族天神乌拉诺斯所生，他被自己的儿子克罗诺斯（Cronus）阉割，生殖器被抛入海中，产生了许多泡沫，阿芙罗狄蒂就从泡沫中诞生，并漂流到塞浦路斯上岸。阿芙罗狄蒂·乌拉尼亚象征纯洁的精神之爱。相反，根据荷马在《伊利亚特》中的叙述，阿芙罗狄蒂·潘兑玛司则是主神宙斯与泰坦族女神狄俄涅（Dione）结合所生，她代表的是肉欲之爱。

的追求。正如弗洛伊德（Sigmund Freud, 1856—1939）在《文明与缺憾》（*Das Unbehagen in der kultur*, 1930）中所说："生活中的幸福主要是在对美的享受中得到的，无论美以什么形式——人类形体和姿态的美，自然物体和风景的美，艺术创作甚至科学创造的美——被我们所感知和评价都不例外。"

作为处于守势的一方，阿都尼这样恳求维纳斯不要让他过早体验爱欲：

"美丽的爱后，"他说道，"你若有意和我好，
而我对你却老害臊，请原谅我年纪少。
我还未经人道，所以别想和我通人道。[1]
任何渔夫，都要把刚生出来的鱼苗饶；
熟了的梅子自己就会掉，青梅却长得牢；
若是不熟就摘了，它会酸得你皱上眉梢。"

（第623—628行）

在《〈维纳斯与阿都尼〉中的理想行为》一文中，评论家斯特莱伯格（W. R. Streitberger）探讨了阿都尼"拒腐蚀，永不沾"的原因。他认为这首诗主要关注的是"能导向道德、健康和英勇生活的行为"[2]，阿都尼用文艺复兴时期文法学校所灌输的道德信条来逐条驳斥维纳斯的诱惑理由：

---

[1] 原文为"Before I know myself, seek not to know me"；在莎士比亚时代，know 是"性交"的委婉语。例如，在钦定本《新约·马太福音》中，耶稣之父约瑟夫在梦中听到天使要他不必担心圣母玛丽亚的贞节，因为是圣灵让她怀孕的。随后有"And knew her not till she had brought forth her firstborn son: and he called his name JESUS"之语。（参见《圣经·马太福音》，1:25）

[2] 原文为："...the concern in the poem is centered on conduct which leads to a moral, healthy and heroic life." W. R. Streitberger. "Ideal Conduct in *Venus and Adonis*", *Shakespeare Quarterly*, Vol. 26, No. 3 (Summer, 1975), p. 286.

> 所有你讲的道理,哪一点我不能驳斥?
>
> 往危险那儿去的道路,永远光滑平直。
>
> 我对于"爱"并不是一律厌弃。我恨的是:
>
> 你那种不论生熟,人尽可夫的歪道理。
>
> 你说这是为生息繁育,这真是谬论怪议。
>
> 这是给淫行拉纤撮合,却用理由来文饰。
>
> (《维》,第787—792行)

在莎士比亚时代,从事狩猎是年轻贵族培养勇气、学习武艺和进入上层社会的必由之路。而维纳斯则诱惑阿都尼放弃自己的责任,只去猎取一些弱小的动物,如野兔。(有评家认为野兔是淫欲的象征)而过早地寻花问柳则会有损少年的元气。正像《如君所愿》中的老仆亚当所说:

> ……在我年轻时我从没有把
>
> 炽热和反叛的烈酒浇在血液中,
>
> 也没有恬不知耻地追求
>
> 损精耗神、削弱身体的自戕之道,
>
> 所以我的晚年犹如强健的冬天。
>
> (第二幕第三场,第48—52行)[1]

---

[1] ...in my youth I never did apply
　　Hot and rebellious liquors in my blood,
　　Nor did not with unbashful forehead woo
　　The means of weakness and debility;
　　Therefore my age is as a lusty winter.
　　(II. iii. 48-52)

因此，我们在《维》中看到了进入成人世界的两种入会仪式（initiation）：其一为狩猎，其二为爱欲。维纳斯劝诱阿都尼走第二条道，而阿都尼则坚决地选择了第一条道，虽死而未悔。阿都尼所代表的男性童贞是这首诗的喜剧效应的主要原因，并且预兆了随后18世纪英国小说家菲尔丁（Henry Fielding，1707—1754）的《约瑟夫·安德鲁斯》（*Joseph Andrews*，1972）中同样的主题。李安达和希洛则是理所当然地走了爱欲之道来进入成人世界，并沉湎于闺房之乐而不能自拔。正如威廉·P. 华尔士（William P. Walsh）所说，作为乐园的"性"是《希》后半部分的中心意象。与《圣经》中亚当与夏娃偷吃禁果而给人类带来死亡的悲剧效果相反，李安达和希洛共同发现了极乐岛（Hesperides）上的金苹果园：

> 此刻，李安达就像底比斯的赫丘利，
> 进入了赫斯珀里极乐岛上的金苹果园；
> 那里的果子谁也说不对，只有那个
> 从金树上摘下或摇下苹果的他才知道。
>
> （《希》，第297—300行）

六、结束语

综上所述，莎士比亚与马洛的这两首神话-艳情小史诗乃是伊丽莎白时代朝世俗化潮流中产生的人文主义两朵奇葩。它们把凝视的目光从对超验的上帝和天国那虚无缥缈之境转向了人间实在的爱欲乐土，将希腊神话故事创造性地运用在本土语的诗歌中，在互相指涉中构成了生动的互文性，并运用夸张、反讽和性别角色倒错等手法营造了喜剧效应，为16世纪末的英国诗坛增添了亮丽的一抹晚霞。

《鲁克丽丝受辱记》与女性主义视角[1]

李伟民

在《鲁克丽丝受辱记》中，莎士比亚赋予鲁克丽丝这个贞女形象以美貌与美德兼备的品质，这种描写本身就可以构成对其进行女性主义的解读。在《鲁克丽丝受辱记》的研究中一般注意到了塔昆在实施暴行时与鲁克丽丝受侮辱先后的心理描写，在对鲁克丽丝的贞洁观表示认可的同时，更对蕴藏在其中人性光辉的内涵进行了诠释。其实，莎士比亚在《鲁克丽丝受辱记》中触及了人生、社会、道德、权力、美与丑、美与德、善与恶等根本问题，其长诗本身已经具有了严肃的悲剧性质。从女性主义的角度看，在莎氏这个男性本位创造的《鲁克丽丝受辱记》的贞洁故事中，鲁克丽丝以美的形象和性感的形象出现，表现出来的是为男人享用而创造出来的美与德合一又具有"悲剧色彩"的女性形象。我们认为把《鲁克丽丝受辱记》放在文艺复兴时期对人与人性强烈呼唤的角度，以及由非理性、原始性、动物性因素组成的人性最深处的沉积层的爱恨情仇之中，我们就会明白，莎士比亚这样写，其实是蕴含了文艺

---

[1] 原载于《东北师大学报（哲学社会科学版）》2008年第2期。

复兴时期的心理积淀和深厚的人文内涵的特定意象,是对人生的强烈感悟,是对完美道德的不懈追寻。鲁克丽丝所显示出来的"女权主义个体主义也恰恰就是人的构成,它不仅是个体的,而且是个人主义的主体的构成部分和'质询'对象"[1],但她却无法摆脱男权笔下塑造的贤妻形象和以男权为中心的社会价值标准虚构出来的女性幻想。

一、在"美与德"的展示中对权力给予批判

在女性始终是作为男性的"他者"而存在于历史之中的状态下,一直无法找到改变这种对立,而又不产生另外一种本质没有区别的对立,即女性成为主导而男性则占据女性曾经的位置的方法。《鲁克丽丝受辱记》则彰显了社会状态下的不和谐、不平等的男女关系和闪耀着美与德的女性个体意识的觉醒与张扬,女性主动寻求人生最后之归宿,义无反顾地走向黄泉,将贞洁呈现给男人、世人和社会,从而展示了自己"德"的一面,鲁克丽丝一直在寻找女性的"自我",可是等她找到这个"自我"的时候,也就是她的生命终止之时。所以鲁克丽丝的"美德"在保持相当张力的情况下达到了极致。《鲁克丽丝受辱记》描写的是"丑"与"美"之间的生死搏斗,"丑"与权力紧紧相连,"美"则应与德在一起。在邪恶与善良、权力与肉体、丑与美的激烈撞击中,在饱含着对人性和女性主义意识的呼喊中,莎士比亚实质上是在批判权力导致邪恶的基础上,表示了对权力膨胀的深刻谴责。在男权占统治地位

---

[1] 包亚明:《二十世纪西方美学经典文本》(第四卷),上海:复旦大学出版社,2000年,第485页。

的社会里，鲁克丽丝的不幸命运是普遍的。鲁克丽丝的自杀完全是塔昆的罪恶行为所造成的，鲁克丽丝是男权社会的受害者。她是一个忠于爱情、言行高洁、有着种种美德的女子，但正是由于这些美德，给她带来料想不到的灾祸。[1]长期以来，女性在男权与暴力的双重压迫下，处于严密的性限制之中，她们没有支配自身的权力，一旦她们自身或性受到了侵犯，美与德也不能保护其自身。在男权社会里，男性为自己创造了女性的形象，而女性则模仿这个形象创造了自己，当"自身和性"失去以后，自我也就根本没有理由存在下去了，否则就要走向美和德的反面。在《鲁克丽丝受辱记》中，莎士比亚不自觉地构筑了女性主义的视角，在沉郁、散发着悲剧气息的诗歌中，他为我们勾画出了一个具有争取女性权利、人格尊严和性格刚烈的女性形象，通过其中的故事情节、人物塑造，莎士比亚已经淋漓尽致地抒发出女性反抗精神与难以从根本上超越的社会因素，贞洁与邪恶、权力与美色、精神与肉体，统一于悲剧艺术哲学美的境界之中，《鲁克丽丝受辱记》宣告了女性的不可侵犯，对人与人的尊重以及女性争取自身权利的不懈斗争，而鲁克丽丝不可避免走向死亡也使长诗浸淫了一层反讽意味。

莎士比亚的作品并不是凭空产生的，而是具有深厚的社会和生活基础的，只不过莎士比亚借用鲁克丽丝的故事反映了那一时代人们对"欲"与"人性"、"女性"与"男性"、"美"与"丑"的看法，以及文艺复兴时期的人文主义作家对滥用权力、滥施淫欲的谴责，对权力的批判。在很多情况下，女人在本质上被认为是"肉体的"，那么她在肉体

---

[1] 张泗洋：《女人的悲剧——读〈鲁克丽丝受辱记〉》，张泗洋、孟宪强主编：《莎士比亚在我们的时代》，长春：吉林大学出版社，1991年，第238页。

上、情感上和歇斯底里的状态中，要么是勾引男人的女人，要么是"圣女"[1]，但是按照女性主义哲学的看法，女性的造物从内在来说并不比男性的造物更身体化或肉体化；完美的造物性的起源和目标存在于一种人的状态中，在这种状态中，性的区别是无关紧要的。[2]那么，莎士比亚在《鲁克丽丝受辱记》中"伸张""美"与"德"的两性社会与生活基础又在哪里呢？我们知道，随着社会的发展和人们生活的变化，在文艺复兴时期，贵族绅士"在城市里和华丽的宫廷里消闲的时间多了"[3]，因此王公贵族争爱猎艳成为一项重要的生活内容。宫廷的喜好也影响到社会，1570年就有人感慨："我们现在的时代距以前的礼教太远了。不仅青年男人，就连年轻姑娘也毫无惧怕地（虽然还不敢那样公开地表现得厚颜无耻）任意私定终身，完全不考虑他们父母的意志、上帝的安排、社会道德准则以及其他后果。"[4]大胆追求美和示爱，对家长的意志、宗教的约束和社会道德考虑甚少，而莎氏则要求二者统一起来，长诗写道："斑斓的纹章出现在鲁克丽丝脸上／看得见美德的淡妆，美貌的红颜／红色与白色都争当两者的女王／都说古道今，来论证各自的威权／两者都雄心勃勃，不断地争辩／美貌与美德，都伟大，都至高无上／它们便经常换宝座，轮流登场。"[5]莎士比亚在"美貌"的观念上注入了"美德"的内容。鲁克丽丝所葆有的德就是从人的角度对滥用权力的批

---

1 萨拉·科克利：《权力与服从——女性主义神哲学论集》，戴远方、宫睿译，北京：中国人民大学出版社，2006年，第85页。

2 同上，第90页。

3 莫尔顿·亨特：《情爱自然史》，赵跃、李建光译，北京：作家出版社，1988年，第274页。

4 同上，第272页。

5 莎士比亚：《新莎士比亚全集》（第十二卷），方平主编，石家庄：河北教育出版社，2004年，第122页。

判，正如福柯所说："用整个生命来换取性本身，换取性的真相和性的统治权。性值得以死换取它。正是在这一严格的历史意义上，性在今日已被死亡本身所渗透。当西方人很久以前发现爱的时候，他们赋予它极高的价值，为了它死也是可以接受的。"[1]罪恶既在深宅大院中滋长，也在权力和淫欲中萌生。莎士比亚深刻地反映出男权潜意识，当鲁克丽丝失去了性本身原有的意义和价值以后，她的生命也就变得没有存在的理由了。莎士比亚的高明之处在于反映了女性本身所受到的男权社会的禁锢和所谓"表彰"。我们就此可以理解为《鲁克丽丝受辱记》中蕴含的女性主义因素，以及莎士比亚通过这个因素对男权与君权的批判。"在文艺复兴时期，人们把名誉看得比生命还重，而女子的名誉是和贞洁联系在一起的，失掉贞洁就失掉荣誉，就是耻辱，耻辱地活着，是活不下去的……鲁克丽丝贞洁观的意义已突破单纯对丈夫的义务，而带有人的价值，人的尊严的含义。这种对妇女强奸暴行是践踏人身、侵犯人权、侮辱人格、蔑视人的尊严，当然是奇耻大辱，不仅仅是肉体和心灵被玷污，也是最大的不名誉。"[2]莎士比亚使我们能够从女性主义的角度看到女性为换取美德所付出的无可挽回的沉重代价，并以此高扬起人性的旗帜。

莎士比亚通过一系列细致入微、生动传神的细节再现了塔昆对鲁克丽丝的侵犯，对美的亵渎，对德的蔑视，对爱的颠覆以及反人性的一面，逼真地描述了鲁克丽丝内心的惊惧。《鲁克丽丝受辱记》所彰显出来的女性主义文本特色，就在于把鲁克丽丝的体验、思想、观念和行动置于诗歌的中心地位，而其中的性叙述（性欲、性选择、性体验、性侵

---

[1] 米歇尔·福柯：《性经验史》（增订版），余碧平译，上海：上海人民出版社，2005年，第102页。
[2] 张泗洋：《女人的悲剧——读〈鲁克丽丝受辱记〉》，张泗洋、孟宪强主编：《莎士比亚在我们的时代》，第238页。

犯、性蹂躏、性犯罪）以及对身体和心理的描写，既有其对男权思想的批判，又有对女性主义的张扬。贞洁的主题曲始终回荡在诗歌的字里行间，诗歌的审美内涵嚼之不尽，显得生动蕴藉而意味深长，可谓美与德的性灵展现。批判与讴歌成为长诗中的两条主旋律，在莎士比亚笔下对忠贞爱情的歌颂充满了生命的律动，狂热而又唯美，虚幻而又感性。在灵动的大自然中，仿佛飘溢着蔓草的香甜，闪耀着露珠的晶亮，飞动着恋人的身影，极尽狂热而又朴野的情致，迸发出青春生命的活力。这种对女性、人性生命状态的张扬，让人目眩神迷的情韵，令人心旌摇荡的瑰美，形成了巨大的审美冲击力。唯其如此，贞洁才显得更为重要。因为它体现了"莎士比亚的女主人公的重要性和尊严，她们在智慧、勇气、决心、诚实和随机应变等方面经常占据主导地位"[1]。《鲁克丽丝受辱记》以女性主义视角张扬了"一切妇女身为人类的完整权利"[2]，以贞洁为主题从"道德"与"人性"的角度批判、揭露和鞭挞了封建王室统治者的专横无道，讴歌爱情的坚贞和友谊的宝贵。鲁克丽丝以生命捍卫了女人的坚贞品德和尊严，虽毁灭了肉体，却最终获得了道义上的胜利。诗歌既反对禁欲也反对纵欲，既重视现实人生，又强调贞洁高于生命，在一定程度上显示了人文主义的价值观与人生观。[3]《鲁克丽丝受辱记》的女性主义视角显示出对女性精神情感的尊重与对感官刺激的约束，体现出一种艺术哲学的意味。莎士比亚认为，"'爱'乃'真、善、美'之化身"，"莎氏最欣赏者，仍为内在之美。莎士比亚对爱之'贞操'观念，

---

1 安妮特·T. 鲁宾斯坦：《英国文学的伟大传统：从莎士比亚到奥斯丁》，陈安全、高逾、曾丽明译，上海：上海译文出版社，1987年，第37页。
2 米歇尔·福柯：《性经验史》（增订版），余碧平译，第102页。
3 李赋宁总主编：《欧洲文学史》，北京：商务印书馆，1999年，第254页。

特别重视……在其戏剧中，先后出现'贞洁'、'忠贞'、'纯洁'、'贞操'等字样，计有一千多次。'贞洁'最集中、最高度之表现便是'殉情'"[1]。莎士比亚看到社会的发展在试图将人性从神性的禁锢中解放出来，强调珍惜人生的现世生活，鼓吹人性应该得到充分的体现和解放，其中包括人的性欲解放的大背景中，保护、尊重女性的权益显得更为急迫和重要。莎士比亚明智地表现了两性的协调互动应该遵循以和谐统一的人性为基础，而不是以暴力的占有为满足，鲁克丽丝意识到她处于两个男性之间的"他者"而存在于社会中的现实景况，但是她始终无法找到改变这种对立而又不产生另外一种本质没有任何区别的对立，即女性成为主导而男性则占据女性曾经的位置的方法。对丈夫而言，不忠实于爱情面临着失去道德，忠实于爱情则必然失去生命；对塔昆而言，贞洁意味失去生命，放弃贞洁也意味着失去生命。因为，她所生活的这个世界是一个建立在以男性思维模式为统治中心的时代，作为男人"他者"的女性是通过男人来规定自己的。鲁克丽丝只不过是一个"他者"，一个用以证实男性权力的客体，丧失了对自己身体的控制权和表达自己身体感觉的话语权。包括莎士比亚在内，"作者们生活在他们的社会历史中，既在不同的程度上塑造那个历史和他们的社会经历，又被那个历史和经历所塑造"[2]。《鲁克丽丝受辱记》作为一个以男权话语为中心的文本，其中对鲁克丽丝悲剧命运的叙述，又从女性主义的角度为女性的"他者"命运发出了呐喊，故而，才引起了读者对鲁克丽丝惨死的深深叹息。"莎士比亚反对'男子中心'，主张男女平等，反对'强'男压迫

---

[1] 黄龙：《莎士比亚新观》，南京：江苏人民出版社，1995年，第45—49页。
[2] 爱德华·W. 赛义德：《赛义德自选集》，谢少波、韩刚等译，北京：中国社会科学出版社，1999年。

'弱'女，反对用'暴力'将'异性之印记'强加于妇女之身；'异性之印记'亦即'性别之歧视'，乃指'男女不平等'而言。"[1] 为了批判对女性的性别歧视，为了维护人和人性的尊严，也为了"他者"的美德不被玷污，她就唯有用死来换取自己的清白了。

二、贞洁：女性主义的哲学命题

在莎士比亚笔下，《鲁克丽丝受辱记》是一首描写美德的悲情诗歌。诗中其光辉人性的一面和女性忠贞的一面反复呈现出来。莎士比亚借鲁克丽丝这个形象，宣布了人性与爱欲必须服从道德的约束，表达了无论是具有至高无上权威的"君王"，还是包括女性在内的人，自身都不可能违反社会习俗或者道德对人尤其是对女性的约束。人对道德的尊崇仍然是人类文明进程中不可或缺的精神动力，人对爱的执着与忠贞也仍然是人的生命过程中永恒的情感慰藉，在《鲁克丽丝受辱记》中，对"美德"的追寻犹如对光明的寻找，两性之间潜伏着的心理和行为冲突或无意识层面的湍流旋涡似乎永远无法完全达到和谐，但追求美德却是永无止境的。按照拉康的说法："在潜意识中，在男性身份与女性身份之间，存在着极端的非对称性。"[2] 女性的美德在《鲁克丽丝受辱记》中得到了充分的展现，鲁克丽丝既对男性的欲望做出了强烈的反抗，又对男性幻想表明了态度，其女性主义的内在意蕴，在人文主义精神的重要内涵美与德中得到了完美的表露，因为莎氏展现了社会所赋予的女性的美

---

[1] 黄龙：《莎士比亚新观》，第45—49页。
[2] 伊丽莎白·赖特：《拉康与后女性主义》，王文华译，北京：北京大学出版社，2005年，第15页。

德是不会与社会本身相悖的。

　　文艺复兴时期的艺术为人体恢复了名誉，揭示了人体的美感魅力，重建了人对自身形体美感的信心，确立了对和谐发展的崇拜，并赋予人的优美、健美的体形以美感；综合了对人体生命力和精神内省的赞美。[1]这样就可以既从男性的视角也从女性的视角在文本中大胆展现女性的爱与欲。在男性的视野中，鲁克丽丝这个理想中的女人总是最确切地体现了"别人"的意图，女性受压抑的性质暴露无遗。莎士比亚塑造出的鲁克丽丝这个女性的理想形象，贤良、温顺，以家庭为中心默默奉献，美丽的女性与忠贞的妻子代表了她始终缺乏自己的主体位置，只能作为男性的附属、玩物，从属于男性的需要与摆布。莎士比亚惯常从男性的角度观照女性，尤其能够把触须深入女性的情感世界和道德世界，使我们可以通过此折射到女性的身体与精神层面。那么，莎氏是如何把女性追求美德道路上的肉体与精神的水乳交融社会化、道德化和悲剧化了的呢？"人之所以自杀，不是因为他自以为有自杀的权利，而是因为他有自杀的义务。如果他不履行这种义务，就要受侮辱，而且往往要受到宗教的惩罚"[2]，同时受到社会的严厉制裁。

　　《鲁克丽丝受辱记》表现了人类社会最基本的道德关系准则。莎氏独特的伟大在于对人物和个性及其变化多端的表现能力[3]，尤其是对于女性的情感、心理、思想和行动的表现上。莎士比亚往往把性伪装和性嫉妒联系起来，但无法"避免强迫性困扰"[4]。鲁克丽丝是美的，因为她本

1　潘晓梅、严育新：《情爱简史》，北京：中国社会科学出版社，2004年，第47—48页。
2　埃米尔·迪尔凯姆：《自杀论》，冯韵文译，北京：商务印书馆，1996年，第196页。
3　哈罗德·布鲁姆：《西方正典》，江宁康译，南京：译林出版社，2005年，第46页。
4　尤里·留利柯夫：《爱的三角洲》，刘玉宝译，长春：吉林人民出版社，1988年，第313页。

身就是道德的化身。她担心自己裸露的丰润身体会给人以色相的诱惑，她害怕自己裸露的身体会招致邪恶的玷污。[1]鲁克丽丝是人类对道德追求的代表[2]，《鲁克丽丝受辱记》张扬了女性的自主权，通过她悲剧性的自杀，对权力对女性的侵犯进行了批判。《鲁克丽丝受辱记》中的女性主义观念恰恰表现为对女性美德的赞扬。莎氏显然明白，违背社会基本的伦理道德就不会是道德的，会造成人性的永久失落。而激起塔昆淫念的不是鲁克丽丝的美色，而是她的贞洁的德行，如果不能"满足男性需要和符合男权社会要求"[3]，其缺失性概念就成为无知的象征了。"'羞耻'（shame）一词在《鲁克丽丝受辱记》是个关键字，一共出现四十次之多……'生活在羞耻文化'下的人……根本没有什么机会逃脱这张由社会规范紧密交织而成的网子……因为在羞耻文化里，名誉/名节比生命更宝贵。"[4]所以，我们就不必为莎士比亚强调的"道德"和在男权思想之下隐喻着的女性主义意识感到诧异了。在这位人文主义巨子的笔下，君王意志与人身自由相矛盾，男权思想与女性主义激烈碰撞，欲望与道德猛烈冲突，但美与德却共存一体。长诗使人类经常遭受到的悲剧上升到哲学的高度。在人类的进化过程中，忠于爱情的悲剧是最可怕的悲剧。[5]人的生命的节律与道德的法则混合在一起，德不再成为一种空泛的约束，而且成为反抗的基础。

莎士比亚在《鲁克丽丝受辱记》中给我们描述了一个女性主义的

---

1 波利·杨-艾森卓：《性别与欲望》，杨广学译，北京：中国社会科学出版社，2003年，第20页。
2 同上，第21页。
3 赵星皓：《〈鲁克丽丝失贞记〉里的后设戏剧元素》，彭镜禧编：《发现莎士比亚——台湾莎学论述文集》，台北：猫头鹰出版社，2004年，第32—43页。
4 阿尼克斯特：《莎士比亚的创作》，徐克勤译，济南：山东教育出版社，1985年，第278页。
5 波利·杨-艾森卓：《性别与欲望》，杨广学译，第86页。

哲学命题。鲁克丽丝关于人的尊严的认知体现在贞洁上，她的惨死以推翻暴君为代价，象征着正义对邪恶的胜利。"道德"作为莎士比亚"哲学观点和政治观点的宣言书证明，早在莎士比亚创作大悲剧之前，邪恶问题和社会不公正问题就激动着剧作家"[1]，激发了他的正义感。这首长诗反映了宗教、社会习俗对女性的道德的规范，在这个社会中的女性"自我不属于自己，或者和自身以为的其他人融合在一起，或者她的行为的集中点在她自身之外……不留恋生命是一种美德，甚至是一种杰出的美德……社会的奖励给予了因此而得到鼓励的自杀，而拒绝这种奖励就会招致惩罚那样的同样结果……为了在某种情况下逃避耻辱，就是为了在另一种情况下赢得更多的尊重"[2]。我们应该明白鲁克丽丝要充分表达个人意志，去追求和满足社会为自己所设定的道德标准，同时维护了自己作为人的一份尊严。《鲁克丽丝受辱记》充分展现出文艺复兴时期宗教与社会大众对道德善恶所持有的态度。鲁克丽丝即便只是一个用以证实女性话语权的客体的"他者"，也不会丧失自己在精神上的独立性，更不能丧失"表达自己身体感受的话语权"[3]。

莎士比亚通过严守贞洁表达了男权的视角，通过鲁克丽丝的悲剧揭示出女性主义的真谛。在对德与美的追求中，莎士比亚通过鲁克丽丝的"身份的施加可以视作权力的不成熟的策略，其目的在于使用严格范畴化了的一致性来抹杀实在的人的差异的多样性"[4]。在女性主义观照下的《鲁克丽丝受辱记》体现了"美"只有通过"德"才能得到永生。[5]"权力"

1　J. 韦克斯：《性，不只是性爱》，齐人译，北京：光明日报出版社，1989年，第162页。
2　埃米尔·迪尔凯姆：《自杀论》，冯韵文译，第199—200页。
3　爱德华·W. 赛义德：《赛义德自选集》，谢少波、韩刚等译。
4　朱雯、张君川主编：《莎士比亚辞典》，合肥：安徽文艺出版社，1992年，第285页。
5　伊丽莎白·赖特：《拉康与后女性主义》，王文华译，第532页。

与"道德"的冲突,实质上是"兽性"与"人性"之间的冲突。尽管时代和社会规约了女性作为男性"他者"的对立项出现,但其深层的意义则在于,通过权美、男女、情欲贞操的矛盾与选择,《鲁克丽丝受辱记》通过对女性/男性二元对立的展示瓦解了权力所建立的象征秩序,同时也给出了这一哲学命题的最后答案,贞洁受到亵渎,而毋宁死。

三、结语

莎士比亚通过两个互为对立的形象来表达自己对德与美的看法,以这个带有矫枉过正意味的形象来反对利用权势为所欲为。《鲁克丽丝受辱记》使生活呈现出它严肃的一面。"女性主义生存于大师本文以及沉思之中"[1],莎士比亚无疑就是这样一位大师。《鲁克丽丝受辱记》相当鲜明地表达了诗人这样一个美学思想:艺术的魅力来自真实,来自惟妙惟肖,来自巧夺天工。只有德与美契合,美才能焕发出媚人的光彩,辉映着人的精神,润泽人的双眼,展现出女性的可爱。同时,为了追求最强烈的艺术效果,莎士比亚表达了文艺复兴时期那种在注重道德完美的基础上,以人为中心、以人为主体,强调美与德统一的社会风习,以及对滥用权力的批判。女性主义文学对人性及道德都有古典主义式的精神追求,对文化传统与精神道德价值的不断重构,既表现了对男权主义的批判,又表现了对"权力"的反叛,更以掌握权力的人的道德错位,描述了其心理矛盾曲线的起伏变化。由此昭示德与美的不朽价值,以及为了获得这个价值,人们所付出的沉重的代价,甚至有时是宝贵的生命。

1　王莎烈:《莎士比亚喜剧中的女性观》,《东北师大学报(哲学社会科学版)》2007年第4期。

为政变者写下的挽歌
——解析莎士比亚的《凤凰与斑鸠》[1]

孙法理

《凤凰与斑鸠》是莎士比亚一首很独特的诗。它跟作者别的作品内容不同，不是歌颂灵肉统一的男欢女爱，而是赞扬超越肉体的精神恋爱。它跟作者别的作品风格也不同，不是生动鲜明，而是玄虚晦涩，从平常角度难以理解。

笔者认为，它是一首政治隐喻诗，是哀悼一位因搞宫廷政变而被处死刑的失意伯爵。从这个角度一看，许多疑团便冰消瓦解。

为了分析方便，笔者先把该诗试译，因为目的在分析，所以译文力求靠近原作，不计译笔工拙。原诗第1—13节是抱韵（韵式为abba），第14—18节是三行同韵（韵式为aaa，bbb……），译诗都予以保留，以便多少保持原作风貌。为了叙述方便把小节编了号。

一、此诗的一般解读

《凤凰与斑鸠》是挽悼凤凰与斑鸠一起自焚的歌。全诗共18个小

---

[1] 原载于《外国文学评论》1997年第1期。

节，67行。可分三个部分。开头5小节是发丧悲歌，号召各种贞禽参加葬礼，却不许猛禽和邪恶的鸟混入。其次的8小节是死亡赞，赞美凤凰与斑鸠的死亡。最后5小节是挽歌，哀挽死者。

这首诗的核心部分也是最费解的部分是当中的8小节，即死亡礼赞部分。

第6节宣布凤凰与斑鸠离开了人世，同时宣布：爱情与忠贞已经死去。这宣布耸人听闻，也颇为费解。下面便一层层描述他俩爱情的深沉强烈及其后果。因为情深谊笃，两份爱情合在一起，竟宛如只有一份爱情。二合成一，而一也消失，以致数目也随之毁灭。具体地讲似乎是：凤和鸠原是两个物体，却因爱情而融为一体。凤中有鸠，鸠中有凤，这合成的一体既有凤也有鸠，既非凤也非鸠。非凤，是凤的消灭；非鸠，是鸠的消灭。只留下一个无法计数的混沌，连数的概念也消灭。数也消灭的另一解释是：一起自焚，连身体也消灭。

这种复杂的变化使得主司逻辑思维的理智也目瞪口呆了：爱情若能让世上的事物产生这难以理解的变化，理智岂不没用了。

于是理智写下了挽歌，为这对爱的星宿歌唱。说他们美丽、忠贞、罕有，最朴素本色，因而最风流；说他们"虽已婚，仍童贞"，说他们一死，真与美便长埋九泉。从此世上只有似真，并无真真；有人炫美，并非真美。然后请求过客们常来为这一对痴情的鸟祈祷和叹息。

这诗似乎在宣扬一种新柏拉图主义的精神恋爱：斑鸠为爱凤凰而死，凤凰为爱斑鸠而死，两情相洽，双双赴死，死得精纯超脱，轰轰烈烈，冰清玉洁，无半点尘俗。

但这只是大体读去时的朦胧感受，若要认真推敲，求得确解，却有不少疑点。

二、疑点一：主题思想

若是拿这首诗跟莎氏其他作品对比，我们总会感到，从风格而言，它没有莎作一向的鲜明：缺少生动、丰富、活泼等特征，而在不少地方显得抽象、晦涩、玄虚。而在这样的风格下表达的又是对精神恋爱的高度赞扬，而这种恋爱观却跟莎士比亚作品中一向反映的灵肉统一的恋爱观相距甚远。

在这首诗里莎氏重复了中世纪的经院式的禁欲主义理想，而在他别的作品里我们所看到的却是种种有灵有肉的爱情追逐和由此而产生的撼人心魂的悲欢离合。

罗密欧殉情而死，他的爱情纯洁、高贵、勇敢、无私，但并非诗中"虽已婚，仍童贞"式的爱。苔丝狄蒙娜对奥塞罗的爱超越了世俗的门第、种族、美丑观念，但她追求的仍是一般人的婚恋生活。

维纳斯责备阿都尼斯不接受她的追求，称他不是女人生下的血肉之躯，她说：

> 谁见过自己情人在榻上赤身裸卧，
> 让雪白的被单羞见她超凡的白嫩，
> 当他用贪馋的目光饱啖着那秀色，
> 他的四肢百骸岂能不同样地兴奋？
> 谁会那么胆小，竟然畏畏缩缩，
> 身在严寒的季节，却怕靠近炉火？

（莎士比亚《维纳斯与阿都尼斯》，第397—402行）

莎士比亚的154首十四行诗前17首全是劝说一个风姿秀美的男性结

婚生子，以留下他美好的形象。他笔下无论是神或人的爱都是灵肉统一的，并不高蹈，并不超越肉体。一部《爱的徒劳》嘲笑的就是经院式的禁欲生活。那伐尔国王跟他的学友们的斋戒读书苦行修养的计划被法国公主和她的女侍们的降临冲了个落花流水。发自至情的爱打败了禁欲主义的矫情，让观众看得兴高采烈，喜笑颜开。

可我们却在这儿看见了莎士比亚唱着禁欲主义的颂歌，而且悲观到不再相信人世还会有爱与忠贞、美与真诚的程度。这难道是莎士比亚的真正思想？对此应当如何解释？

三、疑点二：内容

从内容看此诗的疑点也很多。

因为爱情而合二为一，彼此融合，你中有我，我中有你好理解。就连"一也不见"也不难理解。凤中有鸠，鸠中有凤，双方都忘了自己，连一也可算消失了。但"连数也斩杀于一往情深"却难以捉摸了。"数"指的是什么？数也斩杀是指火化么？为什么用了"斩杀"（slain）一词？

往下就越来越玄了。理智因上述逐渐玄虚的变化而"瞠目结舌"。这种反应已经有点过分，却还进一步得出结论："爱情有理，理智便无理。"这就更令人难以索解了。

还有更离谱的。理智因为凤凰与斑鸠自焚便宣称"爱情与忠贞已经死去"，"真与美长埋九泉"；从此以后的真都不过是仿真；从此以后的美都不过是炫美。如此从个别的前提得出了整体性的结论的，并非情人，诗人，也不是疯子，而是掌管逻辑思维的理智，这才真有点叫人"瞠目结舌"呢！

四、疑点三：文字

开头的一句："阿拉伯唯一的佳树梢／那只鸟鸣声最高亢"（...the bird of loudest lay, / on the sole Arabian tree...）就有问题。那鸣声最高亢的鸟是什么鸟？

台湾远东书局出版的梁实秋译《莎士比亚全集》对此的注释是："G. W. Knight认为是新生的凤凰，但是我们知道59行已说明并无后裔，所以此说不攻自破。Grosart认为是夜莺，Fairchild认为是鹤，R. Bates认为是雄鸡。"

1992年版《新剑桥莎士比亚》（The New Cambridge Shakespeare）中的《诗歌》（The Poems）卷中多伊（John Doe）的注解也认为是凤凰，但又怀疑，说按传说她鸣声虽最优美，却未必最高亢。然后说，究竟是什么鸟无关紧要。在原文"Let the bird of loudest lay"中用loudest不过要与let和lay形成头韵而已。总之，说法很多，似乎难下定论。

其实，这鸟是凤凰几乎无可怀疑。

1598年版福罗里欧（Florio）的《意大利语词典》中有个rasin辞条，释为"阿拉伯唯一的树是凤凰栖息之处"。既然这唯一的树是凤凰栖息之处，那上面的鸟不是凤凰又是什么呢？何况我们还可以在莎士比亚别的作品里找到证明。

莎剧《暴风雨》里有个角色说："现在我才相信世上有独角的麒麟，阿拉伯有凤凰所栖的树，上面有一只凤凰至今还在南面称王呢。"（第三幕第三场，第21—24行）。这里"凤凰所栖的树"就是诗中"阿拉伯那唯一的树"，而那树上的鸟只能是凤凰，不可能是鹤、夜莺、公鸡，或者别的什么鸟。

莎士比亚有时甚至径自把凤凰简称作"那阿拉伯鸟"（th'Arabian bird），如在《辛白林》中，阿埃基摩第一次见到伊摩琴时，便在心里赞叹她的绝世姿容说："她外在的一切都极为辉煌，要是她再有一副罕见的心灵，那就只有她才是那阿拉伯鸟。我的赌注已输定了。"（第一幕第四场，第15—18行）这里，"那阿拉伯鸟"显然指的是外形最美心灵也最高贵的凤凰，是用以比喻伊摩琴的。

由此可见，上述阿拉伯那唯一的树上的鸟只能是凤凰，不可能是别的。

那么，为什么学者们又要避这样显而易见的答案，而到"鸣声最高亢"上去做文章，提出鹤、公鸡、夜莺之类呢？

这是因为他们有了一个先入为主之见，认为此诗开始之前凤凰与斑鸠都已经自焚死去，众鸟只是来送葬的。凤凰既死，当然不可能再来为自己的火化发丧。因此，奈特（Knight）尽管相信那鸟是凤凰，却又只好加上"新生的"这个限定词，以求自圆其说，却又与诗里"凤与鸠，无子孙"的话矛盾，受到梁实秋的驳斥。

其实，就传说看来，凤凰从来都是自焚而死，然后从烈火中新生。

译诗中的"凤凰"原文为phoenix。西方的phoenix跟中国的凤凰也有不同之处：比如phoenix全世界只有一只，是"无性生殖"，靠火焚转世延续后代，是绝对的贞禽，而我国传说中的凤凰有雌雄、有交配，是相对的贞禽，且无火焚转世之说。

《布留尔短语寓言词典》（*Brewer's Dictionary of Phrase and Fable*）对phoenix的解释是："传说中的阿拉伯鸟，只有一只，据说生活若干年后便在阿拉伯聚香木成巢，唱优美的挽歌，扇动翅膀点燃火堆，自焚成灰烬，再从灰烬中新生。"《牛津大字典》phoenix词条内容相同，只多了一句:(香木堆)由太阳点燃。

可见一向流行的传说是:凤凰是自聚香木,自扇火焰,自己飞旋着唱挽歌,把自己烧死的。因此,这首诗开始时凤凰并没有死。她是在放声悲鸣召来从鸟的同时跟斑鸠一起自焚的。奈特分明知道是凤凰,却硬要加上一个"新生的"去限定它,是为自己无意中的成见蒙蔽了。

那么,凤凰是否"鸣声最高亢"呢?《新剑桥莎士比亚》中,多伊说她鸣声虽美,却未必最高亢,这话也确实符合有关凤凰的一贯传说。

于是问题进入了死胡同。这鸟分明是凤凰,却又为"鸣声最高亢"关在了答案之外。而鸣声最高亢的鸟如鹤、雄鸡却又与阿拉伯那唯一的树无关。要回答这么一个似乎简单却令人颇费踌躇的问题,我们势必得另辟蹊径,追求字面以外的解释。我认为,答案应当是凤凰,而凤凰则指的是女王伊丽莎白。作为女王,她的声音当然是最权威最响亮的。看来诗人从第一行起就在暗示他笔下的凤凰别有所指,他写的不是鸟而是女王。

诗中似乎有意又似无意地暗示着女王的地方还不少,至少有三处。

一处是:"斑鸠和他的女王之间虽有距离却视而不见。"(第8节)这里是直呼其名曰"女王"。

一处是:"虽已婚,仍童贞。"(第16节)这里把凤凰称作童贞,而那时的英国人谁都知道童贞女王是谁。

一处在第5节。乌鸦被邀请参加火化仪式,因为他"只凭借彼此气息相嘘便能繁衍黑羽的后裔"。根据当时传说,乌鸦"只凭借彼此气息相嘘"便能受孕产卵,生在对方嘴里然后孵化成雏,"虽已婚,仍童贞",所以受到邀请,又是扣着女王的这一特征的。

这些看似无意之笔，竟在短短六七个诗行里前后三次出现，若再联想到诗人把"鸣声最高亢"强加于凤凰的异常写法，会令人相信他在暗示伊丽莎白女王。

另一处文字上的疑难出现在倒数第2节，它的最后一行说，"真与美长埋九泉"（Truth and beauty buried be），这句话与前面第6节的"爱情与忠贞已经死去"遥相呼应，而且出于理智之口，把凤凰与斑鸠死后的世界描写得悲观、绝望、一团漆黑。然而，在紧接此语的下一小节也就是全诗最后的小节里诗人却说："众过客真诚或美丽，／请常来骨灰罐看视，／为逝者祈祷长叹息。"（To this urn let those repair / That are either true or fair, / For these dead birds sigh a prayer.）刚说了"真与美长埋九泉"马上便说"众过客真诚或美丽"，诗人究竟认为真和美"长埋"了没有？众过客的"真诚或美丽"从何而来？

诗人这晦涩之笔可难坏了翻译家。

人民文学出版社1978年版《莎士比亚全集》中这个小节的译文是："不真不美的也别牢骚，／这骨灰瓶可以任你瞧，／这两只鸟正为你默祷。"（卷11，第359页）这译文懈笔不少，推其源则是受到了上面"真和美已被埋葬"之语的困惑。分明是"either true or fair"却硬当作"neither true nor fair"译，接下去更乱了套，不是让过客为死者祈祷，倒是让死鸟为过客祈祷了。

王佐良先生的译法纠正了上述译法的几处不当（他说自己的译文参考了上述译本），但也只好译作"还剩真或美的人，／请走近这骨灰瓶，／为死鸟把祷词轻吟"[1]。在"真或美的人"之前加上了原文所无的

1　王佐良：《莎士比亚绪论》，重庆：重庆出版社，1991年，第154页。

"还剩",看来也是无可奈何,是被原文这种奇怪的逻辑逼出来的。

前文已说,凤凰颇像是暗指伊丽莎白女王。那么,斑鸠又是指谁呢?沿着这个思路走下去,有没有解决这些疑难的希望呢?

五、斑鸠指的是谁?

A. B. 格罗萨特(A. B. Grosart)在1878年出版的《殉情者》(*Love's Martyr*)中认为凤凰指的是伊丽莎白女王,斑鸠指的是爱塞克斯伯爵。他的意见曾受到驳斥,主要理由是女王并没有跟爱塞克斯同时死去。可威廉·H. 马切特(William H. Matchett)却认为,女王虽是两年后才去世,但就爱塞克斯事件的影响而论,她那时已跟死去无异。他说"虽然女王活了下去,但可以认为她在失去爱塞克斯的同时已经失去了前途"。也有学者认为斑鸠并不特指某个人,而是一般地指伊丽莎白的臣民。有的甚至说,两只鸟代表的是君臣双方,每一只都可以指君,也可以指臣。[1]

笔者赞成格罗萨特和马切特的结论:凤凰指伊丽莎白女王,斑鸠指爱塞克斯伯爵罗伯特·德伐路。

爱塞克斯伯爵二世罗伯特·德伐路(Robert Devereux, Second Earl of Essex,1566—1601)原是伊丽莎白女王的一个宠臣,他比莎士比亚还小两岁,早年曾在英国驻尼德兰的骑兵队做军官。20岁时进入宫廷,成为女王面前的红人,备受宠幸,引人注目。他曾多次率军出征,有过挫折,也有过辉煌。1591年他去诺曼底支援那伐尔的亨利。同年引军解鲁

---

[1] John Roe, *The New Cambridge Shakespeare: The Poems*, p. 42.

昂之围。1595年率舰队去南美的圭亚那，探索了奥林诺科岛。1596年率海军袭击西班牙南部海港加地斯，一举歼灭了一支西班牙舰队，功勋卓著，成了举国瞩目的民族英雄式的人物，次年被任命为国事典礼大臣（earl marshal）。

从他的经历可以看出，他是英国跟西班牙争夺海上霸权时一个战功赫赫的将领，因此深受女王宠幸。但他的性格直率而冲动，时有直言犯上之处。1598年他在枢密院惹恼了女王，就挨过她一个耳光。1590年他跟诗人菲利普·锡德尼（1554—1586）的遗孀秘密结婚也曾惹得女王生气。由于爱塞克斯的功勋，也由于他的性格，他在宫廷里开罪了不少人，树立了不少政敌。

1594年泰隆伯爵在爱尔兰的乌尔斯脱发动了叛乱。女王派约翰·诺里斯去征讨，劳师无功，无可奈何，只好按泰隆的建议达成了休战协议。1598年休战期满，泰隆又重新发动了叛乱。

1599年，正是春风得意的爱塞克斯伯爵主动请缨去爱尔兰平息叛乱，但是在他的指挥下战争仍然不顺利。爱塞克斯无可奈何，试图同他的前任一样通过谈判解决问题，却接到女王谕旨，措辞严厉，催促他采取断然行动。这道看来是无视战争客观现实的谕旨令爱塞克斯很生气。他认为那是女王受到他的政敌们蛊惑的结果。在进退两难之际他曾想铤而走险，组织一支突击队偷袭伦敦，把女王从那些"可恶的谋士"手下"解放"出来，是他的部下骑兵司令南安普顿伯爵劝阻了他。可他又终于无视女王谕旨跟泰隆伯爵签订了休战协定，回到伦敦。

女王对他很冷淡。枢密院和议会揪住他不放，却又因他威信颇高，不敢轻举妄动，只好将他软禁，八个月之后把他逐出了宫廷。

爱塞克斯也许是出于对女王的忠心，仍然想打倒政敌，"解放"女王,他曾试图从爱尔兰调动部队,也曾试图向苏格兰王詹姆士求助,但都失败了。于是他铤而走险,孤注一掷,搞起了政变。

他通过南安普顿伯爵跟外界联系,把希望寄托于伦敦民众对他的拥护。1601年2月7日,他派人到莎士比亚所在的"环球"剧场付了四十先令,要他们当天演出一场《理查二世》。《理查二世》是莎士比亚1595年左右写作的剧本,描写的是英王理查二世被波林布洛克(后为亨利四世)篡位然后杀害的历史。剧本描写了理查二世的暴政,却也对他的被篡位和被杀害寄予了同情;描写了波林布洛克何以取得群众拥戴,但又揭露了他的阴谋家面目;描写了理查二世如何为宵小所包围,成了个孤家寡人,失去了王位;甚至写了他在爱尔兰平叛,劳师无功,终至覆灭。演出这场戏显然是想唤起民众去清除女王身边的宵小,为一场"清君侧"的政变做舆论准备。

《理查二世》演出的次日,即1601年2月8日,爱塞克斯发动了政变。他派人到各处号召伦敦市民起来参加,响应者却寥寥无几。宫廷反倒早有准备,爱塞克斯被捕,十天后便开庭审判。伊丽莎白女王几经踌躇终于签署了他的死刑令。与他同谋的南安普顿伯爵也被判处死刑,后改为无期徒刑。

1601年8月,即爱塞克斯死后半年,伊丽莎白女王巡视了位于格林威治的档案馆,迎接她的是法学家威廉·龙巴德。女王翻阅了资料,其中有有关理查二世的文献。龙巴德写道:"她说:'告诉你,我就是理查二世。'"龙巴德表示不敢苟同,于是"陛下回答道:'忘了上帝的人也将忘掉自己的恩人'"。看来女王对爱塞克斯仍余怒未消,她完全看懂了他演《理查二世》的意思。她终于把他除掉了。

两年后女王死去。据格罗萨特在《殉情者》中说,她死前曾一阵阵哭泣，嘴里叨念着爱塞克斯的名字。这是不是应了马切特所说，"她在失去爱塞克斯的同时已经失去了前途"，此时已感到后悔了呢？

六、莎士比亚与爱塞克斯

　　莎士比亚研究的一个极不利因素是有关他的资料的缺乏，有人甚至怀疑他的存在，但幸运的是，我们仍得到了一些有关他跟爱塞克斯的关系的可靠资料。

　　首先是他跟南安普顿伯爵亨利·莱阿斯利的关系。莎士比亚的两首长诗《维纳斯与阿都尼斯》和《露克丽丝遭强暴记》都是献给这位伯爵的。从两首诗的献辞看，伯爵似乎很欣赏莎士比亚，且有传说说伯爵在收到第一首献诗后曾给了他丰厚的赏赐。因此我们有理由相信莎士比亚对这位"恩主"会十分关心，说不定还怀有良好的感情。而南安普顿伯爵跟爱塞克斯的关系又非同一般。爱塞克斯去爱尔兰平定泰隆叛乱时南安普顿是他的骑兵司令。爱塞克斯在爱尔兰想杀回伦敦"解放"女王时是南安普顿劝阻了他。爱塞克斯组织2月8日政变时，又是南安普顿为他跟外界联系，且跟他一起行动。爱塞克斯被杀了头，南安普顿也几乎丢了脑袋。

　　这场轰动全国的政变和伊丽莎白宫廷这两颗明星的同时陨落毫无疑问会引起各界人士的关心和议论，何况是直接卷入了这场活动的环球剧院的莎士比亚，《理查二世》的作者，南安普顿的朋友。可惜莎士比亚对这个问题的直接反映没有留下任何资料。（其实也不可能留下，莎士比亚是个聪明人，他不会招惹星庭把他送进伦敦塔去。）但十分难得的是，他对爱塞克斯的感情却鲜明地留在了他的剧本《亨利五世》中，幸好那是1599年,即爱塞克斯事件前一年多的事。

在《亨利五世》第五幕的序曲中,致辞者在鼓动人们展开"思想的翅膀"想象"伦敦吐出了人山人海的臣民!市长和他的全体僚属穿上了盛服……来欢迎得胜回朝的凯撒(按:指远征法国归来的亨利五世)"之后,话锋一转又说出了下面的话:

> 再举个具体而微,盛况却谅必一般无二的例子,那就是我们圣明的女王的将军去把爱尔兰征讨。看来不消多少周折,就能用剑挑着被制服的"叛乱"回到京城。那时将会有多少人离开那安宁的城市来欢迎他!

这里的"圣明的女王的将军",正是在爱尔兰平叛的爱塞克斯。莎士比亚在这儿倒真是"展开思想的翅膀"设想着爱塞克斯得胜凯旋时的盛况!

莎氏剧作中常有脱离剧情对当时现实话题发表议论的例子,但像这样情不自禁地跳出来歌颂一位将领的情况却不多见。从这里我们也可以清楚地看出他对爱塞克斯的欣赏和喜爱。

发动政变是非同小可的大事,爱塞克斯此举虽然事后看来盲动,但他对伦敦市民的反应总有个基本的估计。他既然认为他登高一呼伦敦市民便会揭竿而起,这就说明他必有相当的人望。

莎士比亚熟悉南安普顿,也就容易知道此案的许多是非曲直。他又常跟宫廷打交道,通过大道和小道消息知道许多内幕实情,因而在这件事情上他跟许多伦敦市民一样同情爱塞克斯的可能性很大。何况我们知道演出那造舆论的《理查二世》的正是环球剧场，而莎士比亚是剧场的六个股东之一。他们演出此剧有没有同情和支持爱塞克斯的意思呢？（尽管事后他们以纯粹业务为理由成功地开脱了自己。）

　　学者们试图搜寻爱塞克斯事件在莎士比亚作品中的反映。他们从《哈姆莱特》（1601）中依稀看到了作者心中的积郁："时代整个儿脱节了；啊，真糟，天生我偏要我把它重新整好！"但这样的例子并不足以说明爱塞克斯事件与莎士比亚创作之间的密切联系。如果我们的解读没有错，对这事件的反映显然可以在《凤凰与斑鸠》中找到，而且是相当激愤的反映。只是诗人给了它一个巧妙的"包装"，不但瞒过了星庭的密探，甚至瞒过了多少个世纪的学者们。

七、《凤凰与斑鸠》的迷宫

　　1601年，亦即爱塞克斯未遂政变之年，罗伯特·切斯脱（Robert Chester）出版了他的《殉情者》（Love's Martyr），全名是《殉情者，或罗莎琳的哀怨，通过凤凰与斑鸠的忠贞命运暗喻爱情的真理》。此书内容驳杂，既包括了自然史资料，也包括了英国史资料。书后还附有几首当时或后来颇有名气的诗人的诗。有本·琼生、乔治·查普曼、约翰·马斯顿，还有莎士比亚的这首诗。从这书驳杂的内容看，它不大可能完成于1601年，但附在它后面的诗写于1601年的可能性却很大。莎氏这首不长的诗完全可能写于1601年2月爱塞克斯被处死之后，再纳入书里于当年出版。从2月到年末还有10个月之久，有足够的时间。

　　若是莎士比亚一向信任爱塞克斯，认为他的铤而走险是出于对女王太坦率忠贞的爱，那么，在他见到切斯脱此书的书名《殉情者……通过凤凰与斑鸠的忠贞命运暗喻爱情的真理》时是很容易联想到爱塞克斯，把他看作"殉情者"的。

不过，爱塞克斯血迹未干，南安普顿刚进伦敦塔，莎士比亚可不愿把脑袋往绞索套里钻。他便用重重伪装把自己的感慨包裹了起来，用晦涩的词句，玄学式的思想，隐约的暗示和紧缩的文笔把自己的想法表现得迷离惝恍，叫人捉摸不透，却又能让跟他同感者相视会心。于是便出现了这首不同寻常的奇诗：以凤凰喻女王。

传说中的凤凰是至美至善的鸟，因此对她无论用多高的赞美之辞都不能再增加她的光彩，而同样的话落到斑鸠身上却能有分量，有实意。因此我们读此诗时可以撇开凤凰，只看斑鸠。理解以凤凰暗喻的女王也大体如此。伊丽莎白是个什么样的君主，当时人所共见；她是否"美、忠贞、罕有"，当时人所共知；她对爱塞克斯是否谈得上爱情、忠贞（隐喻性的），诗人和他的朋友们也心中有数。

不过，她是一国之君，享用赞谀之辞乃是她的特权。莎士比亚便将计就计，用对她的赞谀包装了对爱塞克斯的赞美和挽悼。对女王的这种并无实意的赞美我们在莎氏多年后的剧本《亨利八世》里也还见到。该剧剧末是一篇颂辞，长达60行之多，出自惊魂初定的大主教克莱默之口，内容跟这首诗的要点相同：凤凰自焚转世，童贞之身，再加上歌功颂德。但那时伊丽莎白还在襁褓之中。因此，我们读此诗时对于有关凤凰（亦即女王）的种种描述或赞美不妨径自看作官样文章，甚至陈词滥调，不予理会。而在撇开了凤凰（即女王）之后，那些话便主要落到斑鸠（即爱塞克斯）身上，于是诗的内涵水清石现：赫然一首对忠贞至死的爱塞克斯的挽歌。

八、此诗读解

凤凰与斑鸠相爱以至一起自焚的情节本身就颇有点耸人听闻,因为那简直是最高贵者与最卑贱者的相爱和殉情。

凤凰至善至美,自不待言。而斑鸠却既无美色又无勇力,借乔叟《众鸟大会》(*The Parlement of Foules*)的说法,他是吃虫子的鸟,而吃虫子的鸟是微贱的。而这样微贱的鸟竟然能赢得高贵的凤凰的青睐,靠的是什么?是他那过人的忠贞。

在英国传说中,斑鸠也是以他对爱情的忠贞受到称道的。

在莎剧《特洛伊罗斯和克瑞西达》里特洛伊罗斯说过:"忠贞得如钢似铁,如草木之于月亮,太阳之于白昼,斑鸠之于其配偶,铁屑之于磁石,地表之于地心。"(第三幕第二场,第185行起)斑鸠的忠贞不贰堪与铁屑对磁石、地表对地心的忠贞等量齐观,正是因为有了这样的忠贞他才赢得了凤凰的爱。

其次,从来的传说都是凤凰自焚,从烈火中再生,而此处却加上了一个斑鸠,因为忠于爱情竟跟她一起自焚了。双双自焚和斑鸠的忠贞成为故事的特色。若当作政治隐喻读,它们又意味着什么呢?

女王处死爱塞克斯是自杀行为,如凤凰之自焚,是受到了枢密院和议会中反爱塞克斯势力的摆布。这是一。

爱塞克斯在爱尔兰擅自违命休战和在伦敦的铤而走险都是出自对女王的忠贞,为了女王的最终利益,虽明知可能被人抓住把柄直至害死也不回避,正如斑鸠之以身殉情。这是二。

现在我们不妨沿这个思路再读这首诗。

R.切斯脱的《殉情者》中有一段凤凰与斑鸠在搭香木堆、准备一起自焚时的对话。这首诗仿佛是接着这个情节写下去的。香木堆搭好，自焚即将开始，诗人高唱：一切准备就绪，凤凰高歌发丧，召唤众羽族到来，自焚开始！这就是第1节。

此后直到第5节结束许久，火化活动一直在进行。凤凰且飞且鸣，利用太阳之火点燃了香木堆，扇起冲天烈焰，斑鸠也追随她在烈焰上空盘旋飞鸣，直到双双被烧为灰烬。众贞禽则在火堆四周飞翔观看；而邪恶的猫头鹰和除了鹰以外的鸷鸟则被排斥在"观礼"的行列之外。

这5小节鲜明生动，带有民俗学情趣，是莎作常有的风格。除了第一、二行费解之外，其余并不晦涩。

火化的完成暗喻着女王自杀行为的完成，爱塞克斯因忠于女王而一起自焚殉情。如前所述，女王的自杀指她在爱塞克斯事件上的失策。爱塞克斯的自焚指他奋不顾身要清君侧，终致失败而死。

第6—13节是死亡礼赞。

第6节劈头一句便是："爱情与忠贞已经死去。"话来得很陡，引人注意。然后说明原因是："凤凰与斑鸠已经死去。"撇开对女王的描述不论，这句话的意思就是：爱塞克斯离开了人世，爱情与忠贞随之逝去。

这是激愤之语：像爱塞克斯这样忠心耿耿的人竟然饮恨刀下，朝廷里再也不会出现像他这样的忠荩之士了！

原文 "Phoenix and the turtle fled / In a mutual flame from hence" 中的 mutual 一词也耐人寻味。mutual 的一解是"彼此的"，则 mutual flame（彼此的火焰）便只能是爱情的火焰。但 mutual 还有一义，是"共同的"，按此义解，则出现了弦外之音：这把火是共同的，不仅烧死了爱塞克斯，也烧死了女王自己。

这里我们同意马切特的说法，女王此时虽然并没有死，就她的自杀行为的效果而言，她已经死了。

第7小节是按寻常思路很难理解的部分。"他们爱得深，如两份柔情／只共同具有一份精髓；／分明是二，却融为一，／连数也斩杀于一往情深。"这话若撇开了女王的一面不看，实际是说爱塞克斯为爱而死。他跟女王分明地位悬殊，却对她忠诚得忘掉了自己的身份，终于因此失却了生命。2、1跟数的关系正如爱情、忠贞跟生命的关系。1，2，3，4等种种计算的根据是数；爱情、忠贞、七情六欲的根据是生命。没了数便无法进行计算；失去了生命便谈不上爱情或忠贞。因此，数在这儿暗喻了生命。"连数也斩杀于一往情深"的意思是：连生命也因爱而失去。原文"Number there in love was slain"中的slain的意义在这里血淋淋地冒了出来。数被杀不好懂，人被杀却顺理成章。诗人在这里是故意用了一个别扭难解的字，似乎要在形而上学色彩的背后透露出一丝血腥，提醒读者他有弦外之音。

第8节是从爱塞克斯的角度写的，揭示了他悲剧的根源。"斑鸠和他的女王之间／虽有距离却视而不见，／若不在他俩这便是奇迹。"爱塞克斯的心跟女王的心之间分明有很大的距离（原文"距离"是remote，辽远），他却视而不见。这样的情况若在别人便是奇迹，在他身上却不稀奇。为什么？答案在下面。

第9节从句法看是从斑鸠（爱塞克斯）写的。"爱情如此光照他俩之间，／斑鸠从凤凰目光闪耀，／看出她属于他，在燃烧。／他俩彼此相属互作奉献。"写出了爱塞克斯对女王的理解错误。他从女王的目光看出她在为他燃烧，她属于他，他俩彼此相属。因此他看不见他跟女王的心之间有很大的距离，却还有恃无恐，以为有女王的理解与支持，所以对形势做了主观片面的估计，初则"将在外君命有所不受"，搞停战；

继而敢于铤而走险，搞政变。

第10节写爱塞克斯的盲目乐观所造成的后果。"这一来本性便淡化隐去，/自己跟自己已不相同，/同一本质的两个名称，/既不叫二，也不称一。"爱塞克斯出自挚爱忠贞的行为使他和女王都发生了变化。女王杀了爱塞克斯，说她反复无常、背信弃义未必准确，说她贤明清醒却也不对。爱塞克斯怀着一腔忠荩之忱死去，说他还是忠臣未必服人，说他是叛逆却也远非事实。这也许就是"同一本质的两个名称，/既不叫二，也不称一"的潜在实义。

第11节写出了这种现实给理智带来的惶惑。"二合为一，双方不见"的复杂现实使人百思不得其解，连衡量人间是非曲直的理智也始则瞠目结舌，继而根本动摇了，发出了感喟。

第12节是理智的感喟：可他俩过去是多么意见一致，多么默契呀！"理智高叫'这忠诚的一对／看去多么像和谐的一'"的原文是："That it cried, How true a twain / Seemeth this concordant one!"其中的 seemeth 值得咀嚼。它看似是现在时，其实是过去时，因为"How true…"一句是直接引语（注意原文 How 是行中大写），而主句的动词是过去时的 cried。所以此话有弦外之音："这忠诚的一对"当初"多么像和谐的一"呀！（可现在却一个杀人，一个被杀，跟"和谐的一"相去甚远！）司管逻辑思维的理智迷惘困惑之余不禁叫道，如若分离的总是2合为1，1又不见，连数也斩杀于一往情深，如若爱的这种变化有理，理智怕是再也无法推理，再也无法解决问题了！

于是理智写下了挽歌。

挽歌共5小节，除第3节是暗示童贞女王身份之外都是为斑鸠（爱塞克斯）写的。

第1节说他"美、忠贞、罕有",说他"最质朴处见风流"。这是对他的品质的概括与赞颂。

第2节句法耐人寻味。诗人悼念凤凰与斑鸠却不是两方同时写,而是分别写。写凤凰是"凤凰巢化作死亡"(Death is now the phoenix's nest),这话跟上述马切特的话一样:凤凰现在的归宿之地是死亡。而写斑鸠却用了"不朽"的话:"斑鸠忠贞的胸膛/与不朽长相偎傍。"(And the turtle's loyal breast / To eternity doth rest)诗人的爱恶隐约可见。

第4小节刻画了爱塞克斯之死的影响。"似真者,真不见,/炫美者无美可炫,/真与美长埋九泉。"爱塞克斯死了,真诚与美质随之埋葬,宫廷里怕是再也不会有真诚与美了。今后的真诚与美都是冒牌的,表面的了。

本节最后一行的原文"Truth and beauty buried be"的句法也值得咀嚼。这话并非陈述语态而是虚拟语态,含有"Be truth and beauty buried"或"Let truth and beauty be buried"的意思,口气近似诅咒,意思是:愿真与美从此埋葬!表现了相当强烈的绝望情绪。

然后诗人回头对芸芸众生说,你们心里是有真诚与美的,望你们常来为这横死者祈祷,也为他叹息!(用这种讲法,"众过客真诚或美丽"与"真与美长埋九泉"就丝毫也不矛盾了。)并以此结束了全诗。

这首诗借斑鸠跟凤凰一起自焚的情节歌颂了一个枉死的勇士,为他发出了一声低咽隐晦的哀叹,同时抨击了宫廷政治的黑暗和伊丽莎白女王的反复无常,出尔反尔。深知社会险恶的诗人以歌颂柏拉图式的精神恋爱为伪装,以对凤凰的颂扬巧妙地抒发了心中的积郁。

据说,伊丽莎白女王1603年去世时举国追悼,许多诗人都为她写了悼诗,莎士比亚却没有动笔;也许他觉得自己早已写过了!

《凤凰与斑鸠》中的多重悖论与情感张力[1]

方　芳　刘迺银

莎士比亚的哲理诗《凤凰与斑鸠》出版于1601年，收录于诗集《爱之祭坛》[2]中，献给当时的一位文学保护人（patron）约翰·桑丝勃利爵士。该诗集出版时还有一个副标题：以凤凰与斑鸠之永恒命运寓示爱之真谛（Allegorically Shadowing the Truth of Love in the Constant Fate of the Phoenix and Turtle）。标题揭示了诗集的本意，即对爱情本质的探询与阐释，但是诗中又出现了葬礼及相关悲剧情节的描写，似乎与主题相矛盾。事实上，这是一个似非而是的悖论。因为莎翁理解的爱之真谛早就超越了应景之作这一初衷，而延伸到更深远的主题上，即真善美的永恒。莎士比亚独辟蹊径，在诗中通过各种对立元素的设置，给读者带来了陌生化体验，令"凤凰之歌"获得了特殊的情感张力，使其成为赞颂爱情诗篇中的经典之作。

1　原载于《江淮论坛》2013年第3期。
2　莎士比亚:《莎士比亚全集（传奇剧·诗歌卷）》，朱生豪等译，南京：译林出版社，2005年。

一、悖论——诗歌张力的直接动力

悖论（paradox）一词来自希腊语"paradokein"，意思是"多想一想"。新批评派的克林斯·布鲁克斯认为，悖论是将矛盾的，甚至是对立的表述模糊含混"即此亦彼"地结合在一起，悖论语言几乎可以等同于诗歌语言。[1]布鲁克斯把悖论上升到了诗歌语言本体的高度，尽管有些言过其实，但不可否认悖论确实是诗歌的一种重要表达手段，而"张力"一词原指物体受到两个相反方向的拉力作用时所产生于其内部而垂直于两个部分接触面上的互相牵引力。新批评派的艾伦·退特创造性地利用这一术语来解释诗歌文本，"诗的意义就是指它的张力，即我们在诗中所能发现的全部外延和内涵的有机整体"[2]，并认为张力最后获得平衡或调和，诗篇才算成功。悖论和张力的概念相辅相成，体现了诗歌中的矛盾冲突因素和对立统一规律，文本中构成悖论的对立因素是文学张力得以产生的直接动力。

诗歌采用的往往是悖论语言，而悖论语言的核心是矛盾性、冲突性。孙书文在《文学张力论纲》中提出文学张力具有四个特征：其一，多义性。即力求在有限的文字空间容纳多种意义。其二，情感的饱绽。情感的结构愈是多层次的，密度愈大，文本的情感承载愈丰厚，张力效果也愈加突出。其三，对矛盾冲突的包孕。共处一体的矛盾冲突因素，可以说是文学张力得以产生的直接的动力。其四，弯弓待发的运动感。必须能把多义与情感的饱绽这种"大"容纳进文学意象的"小"之中。[3]

---

[1] 克林斯·布鲁克斯：《悖论语言》，赵毅衡编选：《"新批评"文集》，北京：中国社会科学出版社，1988年，第314页。

[2] 艾伦·退特：《论诗的张力》，赵毅衡编选：《"新批评"文集》，第117页。

[3] 孙书文：《文学张力论纲》，《山东师范大学学报（人文社会科学版）》2007年第6期。

文似看山不喜平，一首好的诗歌往往存在着看似矛盾或冲突的元素，在对这些元素进行整合统一和阐释时，诗歌的意义就凸显出来，产生打动人心的情感张力。如果诗是由原本已知统一的元素构成，平铺直叙，则会降低其意义的立体感，失去最可宝贵的张力。

比喻也是表达悖论的有效手段。维姆萨特在《象征与隐喻》中提出了关于隐喻的精辟见解："在理解想象的隐喻的时候，常要求我们考虑的不是B如何说明A，而是当两者被放在一起并相互对照、相互说明时能产生什么意义。强调之点，可能在相似之处，也可能在相反之处，在于某种对比或矛盾。"[1]可见悖论是比喻的一个特征，比喻也是表达悖论的有效手段。诗歌通过拉大比喻两者之间的距离，可以延宕和抑制情感的宣泄，不断压缩情感，为情感爆发反复蓄势，从而造成一触即发的强大的情感张力。

悖论对于诗歌的意义，不单单作为一种修辞手段，而且也在引发"陌生化"效果，从而带给读者新颖的审美感受。俄国形式主义的理论代表人物什克洛夫斯基认为，日常消息性语言，只是单纯以传达和交换实用性信息为目的，而"陌生化"则要求"扭曲"语言一般性"标准"，使普通语言超常性组合、变形、颠倒、拉长、缩短，营造出迥异于普通语言的"陌生化"效果，从而形成读者的"审美延留"，使作品充满艺术张力。[2]

莎翁的《凤凰与斑鸠》一诗为凤凰与斑鸠之间的忠贞爱情唱响了一曲至美的赞歌，让人在追求细节之美的同时，又能从整体上去重新体

---

[1] 威廉·K.维姆萨特:《象征与隐喻》，赵毅衡编选:《"新批评"文集》，第351页。
[2] 杨向荣:《陌生化》，《外国文学》2005年第1期。

会爱情和真善美的真谛。这其中的奥妙就在于它的内部充满着使人能够感觉到却又不容易察觉的"悖论"式结构,通过比喻等手段为读者营造出"陌生化"的效果,使该诗充满了强大的情感张力,显出其独特的审美韵味和艺术魅力。

二、凤凰与斑鸠——爱的礼赞

《凤凰与斑鸠》一诗共分18小节,前面的13小节为四行诗,韵脚为"abba",后面的5小节是三行诗,为抑扬格四音步。诗歌大意是讲述了凤凰与斑鸠这对恋人的葬礼。它们在烈火中焚烧了自己,但它们之间的爱情超越了生命,取得了永恒。从内容看,诗歌明显分为三个部分,第一部分是召集众鸟来参加葬礼;第二部分为颂词(anthem),歌颂了凤凰和斑鸠的爱与美;最后一部分的哀歌(threnos)是对死者的哀悼。莎翁在诗中运用了大量的悖论式表达和隐喻营造出独特的情感张力,耐人寻味,引人深思。文中大致可以概括出三对悖论元素:死亡与永生,婚礼与葬礼,二和一。

1. 死亡与永生

凤凰英文名为"Phoenix",原指埃及神话中的不死火鸟,相传这种生长于阿拉伯沙漠中的美丽而孤独的鸟每500年自焚为烬,再从灰烬中重生,循环不已,成为永生。还有另一种说法,当凤凰接受烈焰的洗礼后,可能会,也可能不会从灰烬中重生,一旦重生失败则永远消失。

《凤凰与斑鸠》一诗的开头部分即揭示了死亡的话题,"让歌声最亮的鸟儿栖上,那株孤独的阿拉伯树梢,放开嗓子,把丧事宣告"[1]。阿拉伯之树无疑是和凤凰的传说联系在一起,而"把丧事宣告"则是预示了葬礼的一幕即将开始。凤凰将死,众鸟都被召集来参加葬礼,可是葬礼的队伍要经过严格挑选,不是什么狂徒都可以来参加神圣的葬礼。"尖声鸣叫的信使"(shrieking harbinger)象征着魔鬼的前驱和仆从,首先被撵出了葬礼的队伍,"一切霸道的翅膀"(every foul of tyrant wing),也被禁止加入葬礼的队伍,因为"高声叫嚣"和"狂妄霸道"绝不应是葬礼上出现的场景,这是对死亡的不敬,也是对凤凰与斑鸠之间纯洁爱情的亵渎,可见葬礼之庄重和不同寻常之处。随后,身着白色法衣的牧师(the priest in surplice white)——天鹅也被请来主持葬礼和安魂仪式,一切都已就绪。在此诗人把葬礼之前的总体气氛烘托得庄严而沉重,似乎是为凤凰与斑鸠的命运敲响了不祥的钟声,凤凰与斑鸠之死即将上演。全诗笼罩在悲剧的气氛中。

可是诗人之意似乎又不尽如此,虽然凤凰并没有从火焰中重生,但死亡并不代表一切都已结束,诗中仍处处留下了死后的印迹。首先,诗中正面提及的鸟儿如凤凰、斑鸠、天鹅无一不是坚贞爱情的守护和象征,喻示着爱之永恒。尤其耐人寻味的是,在诗歌的第四节里,乌鸦也被邀请来参加葬礼,这似乎与诗中的主旨有所背离。因为在很多中西方文本里,乌鸦都是黑暗和死亡的化身。为何莎翁要在这神圣的葬礼上安排乌鸦出席呢?其实,乌鸦的形象在此本身就构成了一组悖论。莎翁是将乌鸦作为一种隐喻,来说明死亡与永生的联系。因为乌鸦是食腐动物,自然就与死亡联系在了一起,被看成是人与鬼(灵魂)之间维系的

---

[1] 莎士比亚等:《外国诗歌经典100篇》,屠岸等译,北京:人民文学出版社,2003年,第16页。

桥梁，它既象征黑暗，也预示光明，它是鬼魂的邮差，也是天神的使者。事实上，乌鸦作为神的使者的传统在西方也由来已久。《圣经》中《列王记上》篇曾提到上帝派乌鸦去给受迫害的先知以利亚送食物，"你离开这里往东去，藏在约旦河东边的基立溪旁，你要喝那溪里的水，我已吩咐乌鸦在那里供养你"。以利亚借此度过了艰难的时日。在此乌鸦的出现不但不是凶兆，反而预示着吉祥，甚至代表着神谕，是联系人神之间的纽带，是重生的象征。乌鸦的特殊代表意义由此指向了"人—鬼—神"的意义构架，加强了诗的情感张力。在诗中乌鸦一方面作为灵魂的接引者，象征了凤凰与斑鸠之死；另一方面，其充当了神的使者，象征了两者爱情的忠贞与永恒。凤凰与斑鸠的肉体已死，但死亡并不是一切的终结，它们的爱情和忠诚已超越了死亡，灵魂获得了永生。其次，乌鸦虽然形象不佳，但和天鹅一样，乌鸦终生一夫一妻制，当两只乌鸦结合之后，它们就会永远在一起，决不会分离，其对伴侣的忠诚可见一斑。诗人在文中将天鹅和乌鸦均放在葬礼的队伍当中，无疑是喻示了凤凰与斑鸠之间的忠贞爱情。再次，乌鸦生活在野外，以杂食为生，本身拥有坚强的生命力。传说中它的寿命是人类的三倍，是长寿的象征。而且乌鸦后裔众多，常结群营巢，集体活动。诗人选择了长寿的乌鸦来参加葬礼，不仅象征了凤凰与斑鸠之间的忠贞爱情，更是揭示了其爱情和灵魂的永生。

　　诗歌第一部分出现的"乌鸦"一词存在着多义性，既和死亡相联系，又指向永生。在这一合逻辑与反逻辑、合情理与反情理的悖论中，产生了动态平衡的张力效果。该部分一方面为即将来临的葬礼烘托了浓厚的悲伤气氛，另一方面又多次提到了"天鹅"和"乌鸦"这些带有隐喻性、暗示性的形象。"意象作为审美范畴是在理论上对存在于作者和欣赏者大脑中的意识形态的艺术世界的概括，是凝聚了外在审美客体的审美表现性和作家、艺术家内在的全部人格力量（主要是审美情感、审美理想）的文学模型、文学蓝图。"[1] 莎士比亚通过多种象征性的意象有意识地给作品留下了广阔的"空白"，为读者留下丰富的想象空间，引人思索、回味和感悟，喻示了希望的延续，达到了情感多样组合的张力效果。

2. 婚礼与葬礼

诗歌的第二部分是"葬词"部分，描绘了凤凰与斑鸠殉情的场景。莎翁在这一部分开头即说明，"Here the anthem doth commence"。很多译者把都anthem译为"送丧的哀辞"，如王佐良先生的译文为"现在来诵葬词"，但美国传统词典中对"anthem"的解释为"A hymn of praise or loyalty"，即颂歌或赞歌的意思。既然是凤凰与斑鸠殉情的场景，为何莎翁要用anthem而不用通常用来表达葬礼的"elegy"一词呢？笔者认为这里其实蕴含了两层意思，明为描写二鸟双双离别人世，其实，还隐含了对它们爱情之忠贞的歌颂，对它们爱情合体的由衷赞美，是葬词，也是颂歌。婚礼与葬礼在这里合而为一。

诗中第26—28行写到凤凰与斑鸠烈火中死亡的情景，"爱情和坚贞都已经死亡，凤凰与斑鸠在火中翱翔，融为一体而飞离尘世"[2]，凤凰与斑鸠尽管是不同的存在，却在火光中合二为一，形成了"共同的火焰"（mutual flame）。凤凰与斑鸠之间的爱情在烈火中永生，二者从此双双

---

[1] 何晓晔：《文学意象的动态流变论——以人物意象为例》，《江淮论坛》2011年第6期。
[2] 莎士比亚等：《外国诗歌经典100篇》，屠岸等译，第17页。

飞离尘世，追寻极乐的爱情。莎士比亚在此对"火"的意象的展示存在一些明显的柏拉图主义的痕迹。柏拉图在借蒂迈欧之口说明世界存在时，认为世界包含：神、鸟、鱼和陆地上的动物等四类动物。构成神的主要元素是火，火元素居于支配地位。[1]可见古代哲学观认为火并不是一种简单的物质，它蕴含着神秘的力量，有着神一般的威力，可以毁坏一切，也可以创造一切。此外，更重要的是，火可以投射情感，起着净化纯洁的功能，从而和不朽的灵魂联系到了一起。莎士比亚在其第45首十四行诗中这样提到了火元素，"其余两种，清清的风，净化的火，一个是我的思想，一个是欲望，都是和你一起，无论我居何所"。诗人把思想比喻成风，把欲望比喻成火，证实了火和情感的天然联系。正是在情感的烈焰中凤凰和斑鸠离开了尘世，它们的肉体已朽，但它们的灵魂得到了净化和升华，它们在精神上已经合二为一，结为一体，从此永不分离。

与世俗的婚姻不同的是，诗人更强调二者之间的精神之爱，而非肉体的结合。柏拉图认为，当心灵摒绝肉体而向往着真理的时候，这时的思想才是最好的。而当灵魂被肉体的需求所蒙蔽时，就无法追求精神上的满足。莎士比亚在本诗中描述的凤凰与斑鸠之爱无疑也是体现了对更高层次的精神之爱的追求。诗歌随后在第16节哀歌部分提到，"也没有留下后裔，并非他们有什么痼疾，只因他们是童贞的结缡"[2]，诗人在此提到凤凰和斑鸠没有留下后代，若没有结婚，何来后裔一说。由此可见，凤凰与斑鸠的葬礼也是婚礼，二者的爱情经火焰而净化和升华，进

---

[1] 虞又铭：《中西"火"意象的差异及其分析》，《乐山师范学院学报》2003年第3期。
[2] 莎士比亚等：《外国诗歌经典100篇》，屠岸等译，第19页。

入了新的境界。但这场特殊的婚礼并没有给二者带来子孙,诗人将之解释为,"并非他们有什么痼疾,只因他们是童贞的结缡",更足以证明其在诗中描绘的并非世俗之爱、肉体之爱,而是精神之爱、神圣之爱。

《凤凰与斑鸠》的第二部分对葬礼过程的描写。最初使人不禁为凤凰与斑鸠之死悲恸叹息,读者的情感受到压抑,同时也强化了读者对诗人本意的阅读期待。紧接着诗人用了种种与悖论相关的语言喻示了凤凰与斑鸠之爱的永生。读者在感到"惊讶"的同时,压抑的情感得到了宣泄,文本的张力得以体现。情感张力就是这样紧紧地牵制读者的心,使它经历了历史时空仍然会在我们心中产生回响。

3. 二和一

诗歌第6—13节,莎士比亚描写了凤凰和斑鸠爱情合体的状态。二者虽然是不同的存在,却最终在火光中结合在一起,在众鸟的见证中举行了超脱人世的婚礼。那么这种新缔结的婚姻关系如何呢?莎翁将之形容为,"各有特质却出自一体,两种品格不分彼此"[1]。莎翁在这里给读者留下了难解之谜。同时代的多恩在其名作《封圣》中也提到过类似的表述,"凤凰之谜因我们更加奇异:我们俩合二为一就是凤凰一只;所以,对于一个中性事物两性都合适。"在此,多恩把爱人的结合体形容为"中性"。莎翁在诗中的表述虽然不同,但暗含的意义似与多恩的意义相合。尽管凤凰与斑鸠的名号不同,但经过烈火的锻炼之后,双方的特质似乎全部融合在一起,形成了一种合金般调和的中立特征,已形成了相同的内核,本质相同。这新缔结的关系既不是二者单独的个体,也

---

[1] 莎士比亚等:《外国诗歌经典100篇》,屠岸等译,第17页。

不是完全相同的单一体,而是构成了一种中性体,形成了你中有我、我中有你的胶着状态。

柏拉图在《会饮篇》中也曾借类似的说法阐释了爱情,假托神话之名形容人们陷入爱情的状态。传说人类出现之初身体是圆形的,精力充沛,行动快捷,甚至想飞到天庭造反。为了防范人类,宙斯把人全部切成了两半,结果那些被劈成两半的人都非常想念自己的另一半,他们奔跑着搂到一起,不愿分开。在此,柏拉图把每个人都形容成是半个人,都一直在寻求自己的另一半。莎士比亚在《凤凰与斑鸠》一诗中描述二者爱情合体的状态与柏拉图对爱情的阐释有异曲同工之妙。"本性就这样受到了挑战,自身可以不再是自身,唯一的本源有双重名分,是一还是二难以分辨。"[1] 凤凰与斑鸠的个体并不完整,只有经过烈火的燃烧与锻炼,合二为一之后才构成了完满的爱情。看到凤凰与斑鸠两情相洽,不分彼此,理智也只有叹服,"要是这情形长期如此,爱情就会把理智吞噬"[2]。在莎翁的笔下,理智甚至也服膺了爱情,从而把精神之爱提到了最高的境界。

莎士比亚在以往的诗歌中常常直抒胸臆地表达爱情的主题,无论是爱之礼赞,如"一想起你的爱使我那么富有,和帝王换位我也不屑于屈就"(第29首),"你如此深深地扎根在我心底,我想,除了你,全世界都已死去"(第112首);还是爱之殇,如"啊,狡诈的爱,你用泪水遮住我的视线,只怕亮眼会把你丑陋的真相看穿"(第148首)。语言多数情况下明白晓畅,有着直达人心的力量和奔放细腻的情感特征。但与此不同的是,莎翁在烘托凤凰与斑鸠之间爱情时,并没有平铺直叙地赞

---

[1] 莎士比亚等:《外国诗歌经典100篇》,屠岸等译,第17—18页。

[2] 同上,第18页。

美二者爱的融合和升华,而是借用了二和一的对立统一关系向读者暗示了其主题。"各有特质却出自一体","是一还是二",这些陌生化的语言和意象渗透于诗行当中,使语言意义由单一变为复杂,并由此产生一种神秘的氛围,从而造成了"意在言外"的美学效果和情感张力。为读者指引了无限和开放的想象空间。

文艺复兴时期的诗人们大多希望爱情是不朽的,他们相信真正的爱情和诗歌能够超越时空,得到永恒。虽然美好的青春会随岁月而衰减,但美好的爱情不会随着肉体的消失而死亡,其灵魂与精神永存,而且诗人可以借助他们手中的笔,通过经久不衰的诗歌,让美好的爱情与日月争辉,与岁月同在。

三、古瓮之谜——真善美的延续

对真、善、美的追求是文学的永恒主题。正如莎士比亚在第105首十四行诗中提到的那样,把"美、善和真"称之为"我全部的题材"("Fair, kind and true" is all my argument)。莎士比亚所处的文艺复兴时期提倡学习文化和追求知识,全面地发展个人才智,强调艺术的真善美,其思想深受古希腊和古罗马文化的影响,在文学上尤其受到亚里士多德《诗学》的影响。亚里士多德认为,艺术可以真实地再现模仿对象,人们可以从模仿中得到快感,得到美的享受,从而肯定了艺术的审美功能。莎士比亚在其作品中同时也强调"举镜于自然",力求能够真实地反映现实生活,将真实与美巧妙地结合起来。

《凤凰与斑鸠》一诗中两只鸟虽已双双赴死,诗人仍在第二部分"颂歌"中满怀激情地赞颂了二者之间爱情之坚贞和永恒,契合了他一贯对真与美的看法。但到了文中最后一部分,气氛急转而下,诗人似乎是满怀无奈地接受了二者的死亡,美和真只留下了灰烬,已被埋葬。"真,有表象没有真相,美,靠炫耀,本色消亡,真,美,双双被埋葬。"[1]这一态度反映了莎士比亚晚期的人文主义思想的一些特点。《凤凰与斑鸠》创作于1606年,当时的英国詹姆斯一世继位,开始了斯图亚特王朝统治,继续推行封建专制统治,国内社会经济凋敝,各方面矛盾加深。诗歌反映了在动荡世态中怀疑与信念交替的复杂心。晚年的莎士比亚看到了英国社会的深刻问题,感觉到人文主义思想在现实中不可能实现,有可能会走向消亡。莎士比亚在其第60首十四行诗中就曾采用"时间镰刀"这一意象来表达时间对美的破坏力。他写道:"时间会刺破青春表面的彩饰,会在美人的额上掘深沟浅槽;会吃掉稀世之珍:天生丽质,什么都逃不过他那横扫的镰刀。"一切美好东西都难逃时间镰刀的割除,生命在时间面前显得极其渺小和不堪一击。尽管真善美是莎士比亚毕生追求的目标,但面对现实的残酷,诗人也不得不哀叹美德的凋零。当人们无法凭借自身单薄的力量来抵御死亡时,当死亡的阴影时刻笼罩着人们的心灵而无法摆脱时,诗人们希望通过美和艺术等达到生命的持久和永恒。

所以,莎士比亚在诗歌的最后仍邀请那些"还剩真或美的人,走近这骨灰瓶","为死鸟把祷词轻吟"。这里提到的所谓骨灰瓶的原词urn小可翻译成"瓮",通常被用来盛放死者的骨灰,寄托亲人的哀思。但它与骨灰盒不尽相同,设计上非常精巧和个性化,有的瓮甚至可以放在室内,供亲人时时追忆,还有的瓮经过特别设计可以盛放两个人的骨

---

[1] 莎士比亚等:《外国诗歌经典100篇》,屠岸等译,第19页。

灰，由此可见瓮不仅仅是盛放骨灰的容器，而且变成了艺术和美的象征，其意象十分丰富。这一复杂的形象在同时代的玄学派诗人的著作中也多有反映。如多恩在其著名的诗歌《封圣》中就曾提到"精致的骨灰盒"（a well-wrought urn），"我们就在十四行诗中建立美好的住地：一只精致的骨灰盒也同样适宜，最伟大的骨灰，不亚于半亩墓地，通过这些赞美诗，所有人都会同意追认我们为爱的圣徒"。urn在多恩的诗中被比喻成诗歌，主人公之间的爱情在诗歌中被永恒保存了下来。同样在《凤凰与斑鸠》一诗中urn的形象也构成了一组悖论关系，它既象征着肉体的死亡，又印证了真善美的永存，包蕴着珍贵的情感和永恒的纪念。

莎士比亚终其一生都反复吟诵着真、善、美的统一主题，这不仅是对人生的感悟，同时也是诗人艺术创作的观点，体现了其真诚的人生观和艺术观。屠岸先生曾如是评价莎士比亚诗歌："……总是离不开时间、友谊或爱情、艺术（诗）。但是……它们决不是千篇一律的东西。它们所包含的，除了强烈的感情外，还有深邃的思想。那思想，同莎士比亚剧作的思想一起，形成一股巨流，汇入了人文主义思潮汇集的海洋，同当时最进步的思想一起，形成了欧洲文艺复兴时期人文主义民主思想的最高水位。"[1]

四、结语

纵观古今中外的文学作品，总是能发现多维度的冲突：理智与情

---

[1] 莎士比亚著，屠岸编选：《莎士比亚诗选》，屠岸、章燕译，吉林：时代文艺出版社，2012年，第9—10页。

感的冲突、个体与群体的冲突、金钱与欲望的冲突以及善与恶的冲突等等。文学作品里富有矛盾的形象刻画、富有悖论的人性冲突、富有张力的情感刻画，是文学永久魅力的源泉。莎士比亚在描写凤凰与斑鸠之死的过程中，运用比喻象征的手法、精巧奇妙的构思、看似矛盾的语言笔触来描写复杂热烈的情感变化，赋予了这首诗歌神秘的色彩，成为历代人们谈论不休的话题。但正是诗歌表面上这些看似不和谐的元素组成了和谐的新秩序，在相反的力量中寻求和而不同，喻示和象征了凤凰与斑鸠之间不朽的爱情。诗中气氛庄严肃穆，虽然死亡的话题不时被暗示和指明，然而字里行间更透露出凤凰与斑鸠爱情的结合和灵魂的永生。莎翁在诗的结尾部分更是跳脱了凤凰和斑鸠的个体命运，指向了整个人类对真善美价值的追寻，在激发读者想象力的过程中营造出独特的情感张力，引导读者重新审视自身的价值，生命的价值，进而实现审美超越，超越人自身的局限，奔向生命的自由境界。

  莎士比亚的诗歌创作包含着对人类之爱的肯定和赞颂，对真、善、美的向往，传达了诗歌艺术能够战胜时间和死亡的永恒理想，折射出了丰富的人文主义色彩。其诗歌主题既有对伟大爱情的礼赞，也有对黑暗社会现实的批判、对个人命运的拷问，以及对时间和生命的深入思考，这不仅体现了其深邃的哲学思想，更体现了一个时代人文主义的风貌，具有超越时代的普遍价值和开放性意义。

莎士比亚诗歌翻译研究

谈莎士比亚十四行诗的翻译[1]

周启付

莎士比亚的十四行诗被誉为抒情诗的艺术宝库,是研究莎士比亚思想、艺术、生活的重要文献,他那一百多首优美的抒情诗,永远给读者以美的享受。它经历了时间的考验,至今仍是我们的精神财富,正如莎士比亚所坚信的:

没有云石或王公们金的墓碑,
能够和我这些强劲的诗比寿。

(第55首)

莎士比亚的这些不朽诗篇,在其丰富的遗产中占有特殊的位置,一直为各国的莎士比亚专家所重视,在新中国成立前即有介绍,其中以诗人朱湘所译的几首较为著名(见《番石榴集》),如第54首:

---

[1] 原载于《外语学刊》1983年第1期。

> 唉，美丽如有真理来点缀，
> 它美丽的程度更将加增！
> 蔷薇花诚然可爱，但香味
> 更令她的形影没入人心……
>
> O, how much more doth beauty beauteous seem
> By that sweet ornament which truth doth give!
> The rose looks fair, but fairer we it deem
> For that sweet odour which doth in it live...

也能在一定程度上传达出原诗的韵味来。莎士比亚十四行诗中文全译本有梁宗岱和屠岸翻译的两种。这和莎士比亚剧本译家之多情况相差很远。

鲁迅早就指出过："翻译和创作，应该一同提倡，决不可压抑了一面，使创作成为一时的骄子，反因容纵而脆弱起来。"（《南腔北调集·关于翻译》）目前的状况是，重视翻译以至和创作一同提倡还很不够。而在现有的翻译作品中，对外国诗歌很少有系统、完整的介绍，其实在外国的古典作家和现代作家中，著名诗人为数不少。这种落后状况亟待改变，探讨一下现有诗集译本的得失，当不无裨益。

一

梁宗岱是老诗人，新中国成立前早已将莎诗译出，在行数、段数、韵式以至句式上全同于莎士比亚原诗，只有音数改为十二音（莎氏原作为十音），如第18首第一段：

我怎么能够把你来比作夏天？

你不独比她可爱也比她温婉：

狂风把五月宠爱的嫩蕊作践，

夏天出赁的期限又未免太短。

Shall I compare thee to a summer's day?

Thou art more lovely and more temperate:

Rough winds do shake the darling buds of May,

And summer's lease hath all too short a date:

梁译的优点是译文忠实，格律严谨，缺点是用语陈旧，缺乏原作的清新风格。试和屠译比较：

能不能让我来把你比拟作夏日？

你可是更加温和，更加可爱，

狂风会吹落五月里开的好花儿，

夏季的生命又未免结束得太快：

这里就给人以清新感觉。其节奏仍是五音步（"音步"相当于旧诗的"顿"），但音数第2行为十一，第1、3、4行为十三，不如原诗整齐（全为十音数），也不如梁译统一。且第1行末一字应与第3行的末一字押韵，现"日"与"花儿"不叶。

再如梁译第32首：

倘你活过我踌躇满志的大限，

当鄙夫"死神"用黄土把我掩埋,

偶然重翻这拙劣可怜的诗卷,

你情人生前写来献给你的爱。

If thou survive my well-contented day,

When that churl Death my bones with dust shall covey,

And shalt by fortune once more re-survey

These poor rude lines of thy deceased lover,

第3、4行缺译主语,为与原译对应,有生凑迹象。这儿屠译较准确、通顺:

如果我已经满足,让粗鄙的死

把黄土盖上我骨头,而你还健康,

并且,你偶尔又重新翻阅我的诗——

你已故爱友的粗糙潦草的诗行,

但不够精练,显得拖沓。

梁译有时为了生凑韵脚、字句,有的地方艰涩难解,如第30首第5、6行:

于是我可以淹没那枯涸的眼,

为了那些长埋在夜台的亲朋。

Then can I drown an eye, unused to flow,

For precious friends hid in death's dateless night.

第4行原意为"我不爱哭的眼睛又泪如泉涌",第5行译文用"夜台"表"长夜"亦不妥。同首第11行中"那许多呜咽过的呜咽的旧账"原文为:"fore-bemoaned moan"(叹息过的旧账)。

第32首第8行,"不是为那被幸运的天才凌驾的韵"译得也别扭,其中"天才"是硬加上的,原文为"Exceeded by the height of happier men"(不如更幸运的人们高明)。

第56首第5、6行中"你那双饿眼尽管今天已饱看到腻得直眨","眨"原为"眨眼"之省,为要和隔行"煞"字押韵而省。"wink with fullness"指眼因疲困而闭上,"眨"意亦不确。

第60首第2行,"So do our minutes hasten to their end",梁译为,"我们的光阴息息奔赴着终点","息息相关",乃一成语,"息息奔赴着"成何说法?第7行中"Crooked eclipses"(不祥的日食)译为"凶冥的日食"也难解。

第65首第5、6行:

哦,夏天温馨的呼息怎能支持
残暴的日子刻刻猛烈的轰炸。

O, how shall summer's honey breath hold out
Against the wrackful siege of battering days,

"siege"(围攻)译成"轰炸"远离原意;且"刻刻"是加出的,"轰炸""夏天的……呼息",意义不明。

第80首第2行中"更大的天才"原为"a better spirit"(更精明的

人),并不是褒义。第85首第6行中"不识字的牧师"原为"unletter'd clerk"(蹩脚的书记或无能的牧师)。

第99首第7行中花名"茉沃兰"会使人疑为兰花之一,实乃原文"marjoram"的译音,应为"薄荷"。末二行:

> 我还看见许多花,但没有一朵
>
> 不从你那里偷取芬芳和婀娜。

"婀娜"乃为与"一朵"押韵而凑上的,"婀娜"乃形容姿态,与原诗所述不合,原词为"colour"(色彩)。

第116首第3、4行梁译为:

> 因为她对我的生活别无赡养,
>
> 除了养成我粗鄙的众人衣饭。

> That did not better for my life provide
>
> Than public means which public manners breeds.

原意为:"命运不给我的生活以更好出路,除了由公众风习养育须投合公众意愿的演员生活外。"梁译得不确切,第二句又很别扭,"粗鄙的"乃外加的。同诗第5行附注梁释名上的"烙印"为"耻辱",似诗人以职业演员为耻,也不确切。原意指名字上有烙印正如染工的手指有颜色一样。莎士比亚是重视演员的,他指出:"他们是不可怠慢的,因为他们是这一个时代的缩影。"(《哈姆莱特》第二幕第二场)

第112首第10行梁译有"我简直象聋蛇一般",很难解。原文是"my adder's sense"(我的蝮蛇似的感官),第10、11行诗意为:我的蝮蛇似的灵敏感官对毁誉全都闭塞不知。屠译作"象聋子般"仍无原意的婉转。

第133首第13行"你还会发狠的",原文为"And yet thou Wilt"(你不会太凶的),乃紧接第12行"你不会在狱中对我太凶狠"而来,梁译文意正相反,而且改原文第12行末标点":"为"。"。

第148首第1行中"爱把什么眼睛装在我脑里",而眼睛并不是装在脑子里的,译得很费解。原文是"Put in my head",屠译为"放在我头上",也别扭,不如译为"爱给了我一双什么样的眼睛"较妥。

这些问题,虽近于屑碎,但对正确、深入地理解、翻译莎士比亚的十四行诗,是有重要意义的。

二

屠岸的译文明白流畅,表达了莎士比亚十四行诗清新、强劲的风格,并且每首诗都有译解,书后还有长篇译后记,这都是值得称道的。但也有一些值得商榷之处,比如第1首第5、6行:

> 但是你跟你那明亮的眼睛订了婚,
> 把自身当柴烧,烧出了眼睛的光彩。

> But thou, contracted to thine own bright eyes,
> Feed'st thy light's flame with self-substantial fuel,

可说是逐字直译,原诗这二行写得本是生涩,直译过来,更难以理解,不如意译成"洁身自好，浪费了自身的美质"为好。

第9首第7行中"一切个人的寡妇"，原文为"every private widow"（每个士兵的寡妇）。

第45首第3行中"出席的缺席者"译得很费解，原文为"These present-absent"，指不停地来来去去的风和火二元素，梁译为"又在又不在"较好。

第86首中"在精灵传授下""帮他执笔的鬼怪""殷勤的幽灵"，其实都是指一个东西，现译成三个，意味上有差别，梁统统译为"幽灵"，不如译为"精灵"（spirit）。

第110首第5、6行："我曾经冷冷地斜着眼睛去看忠贞"，"忠贞"原文为"Truth"，译"真情"较好。诗中"我的无底爱""我的爱之神""你最亲最纯的怀抱"，文白相间，终是别扭。

第114首第6行中"美丽的天孩"原文为"cherubins"，通译"小天使"（梁作"天婴"）。第8行"改得跟物体聚到眼光下一样快"（As fast as objects to his beams assemble），乃形容改造之快犹如一瞥，属是直译，较难理解；梁译为"只要事物在它的柔辉下现形"又改变了原诗的意象。

第129首第2行中"是情欲在行动"，原文是"is lust in action"（是色欲在行动）。"情欲"含义较广，不确切。同行译文"情欲还未成行动"，原文为"till action, lust"（色欲在行动前），此时已有过种种活动（赌假咒，嗜血，好杀等）。

第133首第9行译文为"请把我的心在你的钢胸里押下"，原文为"Prison my heart in thy steel bosom's ward"，"钢胸"乃直译，通常作"铁石心肠"。

他如"悦乐"（第91首）、"甜爱"（第95首）、"甜脸"（第100首）、"看得巧"（第148首）等用法都有生凑之嫌。

三

　　莎士比亚的十四行诗，朱湘、方平也译过几首。他们都是用中国新诗体，极力模仿原诗音步、韵律，但人们读了之后，并不能产生"十四行诗是有严整格律的西方流行的抒情诗"的感觉。早期中国新诗人，如戴望舒、卞之琳、冯至、梁宗岱等，都有过十四行诗的创作，但不大成功，因而这一诗体未能流行，大约是生搬硬套欧化诗律的结果。从梁、屠译文看，用韵太多，音步不齐实是大患，它们妨碍了抒情诗音节上的和谐、统一、完整，这是应该注意的。

　　据传统的说法，莎士比亚十四行诗体的韵式是：1212 3434 5656 77，需用韵七个，前三段用交韵（交叉押韵），短短的十四行诗，使读者读时觉得几乎每行都要转韵。抒情短诗用韵多，并不是优点。其实意大利古典十四行诗前八行韵式为：1221 1221。两个抱韵，总共只有两个韵脚：第1、4、5、8行和第2、3、6、7行互相押韵。后六行有种种变化，总共也不过五个韵。

　　莎士比亚十四行诗体本是变体，它用韵并不严格，仔细检查一下，他的十四行诗多数并未用七个韵，反而有尽量少用转韵多用相近韵的情况。如第66首，现将押韵字尾排列如下：

　　　　-y, -orn, -y, -orn, -ed, -ed, -ed, -ed, -y, -ill, -y, -ill, -ne, -ne.

其中除第2、4行外，其余12行末一字最后音节元音皆是 i，通押一韵，其中第5—8行每行末字最后字母皆同为 -ed，且 -orn 发音 ɔːn 与 i 很相近。而梁译此首每行末字如下：

呼，子，楚，弃，上，辱，让，缺，能，口，笨，候，寰，单。

与原诗韵脚组织不同，全照前述韵式；且"子—弃""辱—缺"并不叶韵，其余押韵也很勉强，远不如原诗音韵协调。

第21首押韵字母排列如下：

-se, -se, -se, -se, -e, -ems, -e, -ems, -e, -ight, -ir, -ell, -ell.

这十四行每行末字最后元音发音皆相近或相同，可以认为同押一韵，并未死套"莎士比亚体韵式"，而这却是莎士比亚本人的作品。

第146首押韵字母排列如下：

-arth, -y, -arth, -y, -ase, -end, -cess, -end, -oss, -ore, -ross, -ore, -en, -en.

第5行末一字母"e"为哑音，"lease"发音为"liːs"与第四行"y"（i）同韵。第10、12行末字母"e"也不发音，第三个四行同押母音"ɔ"，所以韵式可排列为：1212 2323 4444 33。这也远比1212 3434 5656 77韵式简单，且韵脚可前后照应，造成一种回环往复的声韵效果。

因此，在十四行诗中运用七个不同韵脚，这在莎士比亚本人诗中也很少见；且与中国传统律诗一韵到底大不相同，翻译时必须注意，否则形同无韵诗，失去原诗韵律之美。如果整首十四行诗如同莎士比亚原作那样只用一两个韵或三四个韵，那么译文的韵律将会和谐得多。

中国古典词里也有如西洋交韵的韵式，如毛文锡《纱窗恨》上阕：

双双|蝶翅|涂金粉，咂花心。绮窗|绣户|飞来稳，画堂阴。

此四行韵式为：1212。温庭筠《定西番》下阕亦是：

千里|玉关|春雪，雁来|人不来。羌笛|一声|愁绝，月徘徊。

虽句子长短不一，但因每句字数大多一样，音步也相同，所以读起来音乐性很强。

再读梁译莎士比亚十四行诗第7首第1—4行：

看，|当|普照万物的|太阳|从东方
抬起了|火红的|头，下界的|眼睛
都对他|初升的|景象|表示|敬仰，
用目光|来恭候|他|神圣的|驾临。

音数同为12个，韵式为1212。头行为六音步，其余五音步，并模仿了原诗的转行。但读起来完全像散文，因为不合中国传统习惯，音步也不整齐。而闻一多《死水》第一至四行：

这是|一沟|绝望的|死水，
清风|吹不起|半点|漪沦。
不如|多扔些|破铜|烂铁，
爽性|泼你的|剩菜|残羹。

就有强烈的节奏感。作者自称为"这首诗是我第一次在音节上最满意的试验"（闻一多《诗的格律》）。

再如第107首第1—4行屠译如下：

梦想着|未来|事物的|这|大千|世界的
预言的|灵魂，|或者|我自己的|惶恐，
都不能|为我的|真爱|定|任何|限期，
它不会|在预先|确定的|日子里|送终。

音律并不谐和，第1行有六音步，其余五音步；而且音数也不整齐，第1、4行14个，第2、3行13个，各行音步的音数多少无定，缺乏节奏感（在汉语中一个字即是一个音数），这和原诗五音步抑扬格的诗行节奏实在相差太远。如果每行各音步所含音数相等或大致相等，且行与行间有对应、相似的音步，这样就会形成有规律的节奏。如上举闻一多的诗，其轻重音也大致是有规则的。这是可以做到的，比如第91首1—4行梁译为：

有人夸耀门第，有人夸耀技巧，
有人夸耀财富，有人夸耀体力；
有人夸耀新妆，丑怪尽管时髦；
有人夸耀鹰犬，有人夸耀骏骥。

音数、音步、节奏都很整齐，而屠译同一篇，就参差不齐。当然，在每首十四行诗的译文中，都做到这点，是困难很多的。新中国成立前孙大雨在译莎士比亚无韵诗体剧诗时，就有意做过五音步译诗的试验。下面所引是他自己所划分的音步：

听啊，|造化，|亲爱|的女神，|请你听！
要是你|原想|叫这|东西|有子息，
请拨转|念头，|使她|永不能|生产，
毁坏她|孕育|的器官，|别让这|逆天
背理|的贱身|生一个|孩儿|增光彩！

(《黎琊王》上册:《序言》)

这乃是原作音步、诗句形式的机械模仿，特别是转行，不符中国人阅读习惯。而且音步划分很生硬，"亲爱|的女神"中"的"字和"女神"这一音步的划法很奇怪；"原想|叫这|东西"划为三个音步也不符合一般习惯，且和紧连下句的"别让这"划法有矛盾。当然，这和用不讲音步的自由体新诗译它比较，更接近莎士比亚原作。翻译有严格格律的十四行诗，应该努力做到节奏分明、音律和谐才好。

译诗本是难事，诗歌翻译上的直译与意译之争由来已久。直译又称硬译、死译，意译又称"自由翻译""表现的翻译""解说式译法"。总之两者各有利弊，趋于极端即与原作相差甚远；但用诗的形式准确地表达原作精神的译法是大家都赞同的。过去曾孟朴曾提出译诗有五个任务：理解要确，音节要合，神韵要得，体裁要称，字眼要切。(黄嘉德编:《翻译论集·读张凤用各体诗译外国诗的实验》)其一、三、五项即准确性要求，二、四两项即形式上要求，可作参考。苏联早期文艺理论家卢那察尔斯基早就指出："可惜费·切尔文斯基的俄译（指莎氏十四行诗第66首）太注重流利。但我还是要在这里引证它，然后再同我自己从英文试译的一首加以对照，我的译文不像他那么流利，可是准确得多……"(《卢那察尔斯基论文学》）特别指出莎士比亚十四行诗的翻译不能为了流利而损害准确。

现有的中文十四行诗译文，虽然也有一些不够准确之处，大体仍忠于原作，对将莎士比亚优美的抒情诗介绍给中国人民做出了很大贡献，但在诗歌形式、诗的韵律上还需下很大工夫才能接近莎士比亚原作的完美，又因中国新诗格律问题正在探索试验阶段，上述意见不当之处敬请指正。

附：所引原文、译文版本：

The Complete Works of William Shakespeare, Oxford University Press, 1955.

梁宗岱译文:《莎士比亚全集》第十一卷，北京：人民文学出版社，1978年。

屠岸译文:《十四行诗集》，上海：上海译文出版社，1981年，新一版。

从一首莎诗重译看翻译的语境对话[1]

孙建成　温秀颖

一、引言

莎士比亚被很多西方学者称为文学史上最伟大的诗人和戏剧家，而他的十四行诗集则被很多评论家称为西方诗歌经典中一颗最为璀璨的明珠。然而，这部诗集引起的争议也非常大。莎氏十四行诗专家罗斯在其《莎士比亚十四行诗集》（以下简称《莎诗》）第三版简介中将这部诗集称为"最大的文学疑案"[2]。长期以来，莎学家们对这部诗集的争议伴随着对它的兴趣和研究从来没有中断过，这部诗集在莎士比亚作品中的重要地位由此可见一斑。值得一提的是，莎氏十四行诗在中国文学翻译界也很受欢迎，从事这方面研究的学者很多，不仅诞生了一批高质量的中文全译本和其他很多的散译作品，而且也引起了文学翻译批评界的极大兴趣，产生了不少富有启发性的评论文章。尽管评论见仁见智，众说纷纭，但这些译作本身却从社会、历史、文化、艺术等方面为莎氏十四行

---

[1] 原载于《外语与外语教学》2007年第3期。
[2] "A. L. Rowse ed.", *Shakespeare's Sonnets*, 3rd edition, London: The Macmillan Press Ltd, 1984, p.ix.

诗爱好者和研究者提供了丰富的精神食粮，也给翻译的理论与实践带来了十分重要的启示。本文将选取梁宗岱、屠岸和辜正坤翻译的《莎诗》第5首的译文为语料（以下将分别简称梁译、屠译和辜译），集中探讨文本再现与翻译语境对话的关系，并采用巴赫金语境对话理论和赫尔曼社会叙事学理论的建构方法，提出一种基于"叠重语境化"概念之上的整合型"惠存翻译"观。

需要说明的是，我们选择这三位译者的译文作为分析语料，并决定从语境对话的角度来展开我们的研究，主要是出于以下几个方面的考虑：（1）三位译者本身都是诗人，同时又都是具有影响力的翻译家，他们的译作是具有"诗"性的译作；（2）三个译文产生于"文革"前后不同的年代，因而具有共时和历时的双重代表性；（3）我们赞同这样的观点，即任何文学创作，包括诗歌，都不是纯语言的艺术结构，而都以这样或那样的方式刻有时代的烙印，是自律性和他律性共同作用的结果。文学/诗歌翻译当然也不例外。

下面我们就从对三篇译文的比较描述入手展开我们的讨论。

二、风格及韵式再现的比较描述

原诗通过隐喻、转喻等修辞手段描述了时间与人和自然的关系，感悟了时间的善与恶、人生的青春与衰老、自然的美丽与丑陋，刻画了人和物面对时间流逝所经历的生命历程及对岁月催人老而无可奈何的自然状态，暗示了人要像自然植物那样，珍惜时光，爱惜生命，在盛夏花繁叶茂的青春季节经受风吹雨打，提炼生命精华，以此告诫读者：青春虽短，只要拼搏，就会战胜困难，永葆生命之青春。从而揭示了精神胜于肉体、内在美胜于外在美的人生哲学,展现出一幅鼓人斗志,催人奋进的人生画面。其格律严谨,修辞丰富,意象瑰丽,气势雄伟,措辞典雅华丽。

将这样一首哲理深刻、感情丰沛、风格奇谲的诗译成中文殊非易事,三位译者的译文也充分说明了这一点:三篇译文除了在诗行结构以及诗人"说了什么"上的基本一致外,在诗人是"如何说"上则表现出巨大差异,这种差异体现在小到字词,大到风格韵式的各个层面。

具体而言,梁译整体上忠实、严谨,但略显呆滞,譬如:"那些时辰"(Those hours)、"去把它结果"(confounds him there)、"绿叶又全下"(lusty leaves quite gone)、"锁在玻璃瓶里"(pent in walls of glass)、"满目是赤裸裸"(and bareness everywhere)等;屠译整体上轻盈、流畅,但略显浅白,如:"一刻刻时辰"(Those hours)、"就随手把他倾覆"(confounds him there)、"青枝绿叶,萎黄枯槁"(lusty leaves quite gone)、"关在玻璃墙中的"(pent in walls of glass)、"到处是一片荒芜"(and bareness everywhere);辜译雄浑、华丽,但更像创作,如:"时光老人"(Those hours)、"带到……里摧残"(confounds him there)、"霜凝树枝,茂叶枯卷"(lusty leaves quite gone)、"提炼成玻璃瓶中的"(pent in walls of glass)、"成万里荒原"(and bareness everywhere)等。

再来看一下韵式的差异。对于十四行诗这样格律谨严的文体,韵式本身就是它的显著风格之一。《莎诗》的韵式基本上是abab cdcd efef gg的形式,辜正坤称之为"多元韵式"。如果要严格地传达出原文的风格,译文势必也要采取这种间行押韵的格式。在这方面,梁译本和屠译本上保留了原诗的韵式,如他们分别采用了"工(gong)、眸(mou)、孔(kong)、丑(chou)、衡(heng)、芬(fen)"和"程(cheng)、目

(mu)、政(zheng)、出(chu)、天(tian)、鲜(xian)"来构成间行押韵。然而辜译则另辟蹊径，采取了深为中国读者熟悉的传统"一元韵式"，即偶数行押韵，且一韵到底，有时首行也入韵，如译例中的"艳(yan)、现(xian)、残(can)、原(yuan)、犯(fan)、烟(yan)、天(tian)、甜(tian)"。

表1

行数	原诗：Sonnet 5	梁译	屠译	辜译
1	Those hours that with gentle work did frame	那些时辰曾经用轻盈的细工	一刻刻时辰，先用温柔的工程	时光老人曾用精雕细刻
2	The lovely gaze where every eye does dwell	织就这众目共注的可爱明眸，	造成了凝盼的美目，叫众人注目，	刻出这众望所归的美艳，
3	Will play the tyrants to the very same,	终有天对它摆出魔王的面孔，	过后，会对这同一慧眼施暴政，	也会对它施暴虐于某一天，
4	And that unfair which fairly doth excel;	把绝代佳丽剁成龙钟的老丑：	是美的不再美，只让它一度杰出；	叫倾城之貌转眼丑态毕现。
5	For never-resting time leads summer on	因为不舍昼夜的时光把盛夏	永不歇脚的时间把夏天带到了	因为那周流不息的时光将夏季
6	To hideous winter, and confounds him there,	带到狰狞的冬天去把它结果；	可怕的冬天，就随手把他倾覆：	带到可憎的冬季里摧残，
7	Sap checked with frost, and lusty leaves quite gone,	生机被严霜窒息，绿叶又全下，	青枝绿叶在冰霜下萎黄枯槁了，	令霜凝树枝，叫茂叶枯卷，
8	Beauty o'er-snowed, and bareness everywhere.	白雪掩埋了美，满目是赤裸裸；	美披上白雪，到处是一片荒芜：	使雪掩美色，成万里荒原。

续表

行数	原诗：Sonnet 5	梁译	屠译	辜译
9	Then were not summer's distillation left	那时候如果夏天尚未经提炼，	那么，要是没留下夏天的花精，	那时若没有把夏季的香精
10	A liquid prisoner pent in walls of glass,	让它拧成霜露锁在玻璃瓶里，	那关在玻璃墙中的液体囚人，	提炼成玻璃瓶中的液体囚犯，
11	Beauty's effect with beauty were bereft,	美和美的流泽将一起被截断，	美的果实就得连同美一起扔，	美的果实亦将随美而消殒，
12	Nor it nor no remembrance what it was.	美，和美的记忆都无人再提起：	没有美，也不能纪念美的灵魂。	那时美和美的回忆都成过眼云烟。
13	But flowers distilled, though they with winter meet,	但提炼过的花，纵和冬天抗衡	花儿提出了花精，那就到冬天，	但如果花经提炼，纵使遇到冬天，
14	Lose but their show, their substance still lives sweet.	只失掉颜色，却永远吐着清芬。	也不过丢外表；本质可还是新鲜。	虽失掉外表，骨子里却仍然清甜。

这里我们不做任何价值上的褒贬判断，因为本文的研究宗旨不是进行翻译质量的评估，我们所关心的是这差异背后的原因，即为什么出自几位大家的译本对同一文本的再现在修辞、风格、语义等方面竟是如此不同？这些不同源于翻译理论的哪些因素？这些因素在译文生成过程中是如何支持和制约文本转换的？支持和制约的相互关系及其后果怎样？说明了哪些问题？

三、译诗的语境和对话

人类生存离不开语言，诗歌是一种特殊的语言表达方式，它来自生活，反映生活，也服务于生活，而"生活从根本上说就是对话"，"存在即交际"[1]。所以，生活的"语言只能存在于使用者之间的对话关系之中，对话交际才是语言生命的真正所在。语言的整个生命，无论是在哪个领域，无不渗透着对话关系"[2]，但对话交际的"任何言语事件都不能归功于言说主体个人，任何话语都是不同言说主体相互作用的产物，是话语产生的整个复杂的社会环境的产物"[3]。因而作为对话媒介的"词语以及各种表达方式在色彩厚重的社会现实语境中跌打滚爬，就要题为各种语境的滋味，同时被赋予丰富的意图：预警色彩（类属色彩、褒贬偏向、个人色彩，等等）在词汇身上时不可避免的"[4]。所以用于交际的"文本的每一个词语（每一个符号）都引导人走出文本的范围。任何的理解都要把该文本与其他文本联系起来……文本只是在与其他文本的相互关联中才有生命"[5]。如果我们将诗歌视为一种特殊叙事文本的言语事件，那么诗歌的"叙事只有在讲故事人与对话者协商的基础上，才能达到特定的交流目"[6]。因为"这种协商是在语境化标记，尤其是不同类型言语事件之间的边界标记的基础上进行的"[7]，所以叙事应"把注意的焦点置于讲故事人未能提供适当标记的话语环境以及那些标记未能就正在形成的

1　M. M. Bakhtin, *Problems of Dostoevsky's Poetics*, ed. and trans. Caryl Emerson, Minneapolis: University of Minnesota Press, 1984, pp. 287, 293.

2　Ibid., p. 244.

3　P. Morris, ed., *The Bakhtin Reader: Selected Writings of Bakhtin, Medvedev, Voloshinov*. London: Edward Arnold, 1994, p. 41.

4　M. M. Bakhtin, "Discourse in the Novel" in *The Dialogic Imagination: Four Essays*, ed. Michael Holquist, trans. Caryl Emerson and Michael Holquist, Austin: University of Texas Press, 1981, p. 293.

5　巴赫金：《文本、对话与人文》，白春仁等译，石家庄：河北教育出版社，1998年，第379—380页。

6　戴卫·赫尔曼：《新叙事学》，马海良译，北京：北京大学出版社，2002年，第169页。

7　同上。

言语事件作出恰当会话推断的环境"。而叙事"故事存在的基础是各种推断力量",所以"分析者不仅应该将这些推断的依据置于形式和认知的因素之中,还应该置于叙事被用作交际实践之一部分时的各种因素之中"。[1] 作为人类交流和国际交往最重要的手段之一,翻译所从事的行为是文本在不同语际间的转换,它所赖以生存的基础是要转化的文本,因而拥有原文本的一切属性,所不同的是,在交流过程中,它不仅要与原文本的语境对话,而且还要与译本所处的语境对话,又由于交流的层面往往基于不同时代与同一时代多重交织网络之上,因而构成了翻译的叠重语境,使翻译的语境更趋复杂化。这就要求译者(文本分析者)必须考虑交际中多重语境与自己和读者所处语境协商。因此可以说,译作的生成过程是叠重语境对话交际的过程,译作的生成是多重因素互动协商的结果。由此过程产生的结果至少体现出译作的三种特征:译者的个性受限于语境并反作用于译作,体现出翻译的主体间性;译者对原文本的理解是跨语境文本的理解,体现出翻译的互文性;译文的词语和各种表达方式呈现动态语境化,体现出翻译的文化间性。上面三位译者的译文基本上体现了这些差异特征:翻译叠重语境的主体间性、互文性和文化间性。

1. 译作生成的历史语境不同

梁译本1978年由人民文学出版社出版。当时中国正在经历一场空前的思想解放变革,"名著重印"开启了中国新时期"西学东渐"的起点,人道主义的话语实践在国内植入了新的话语生长点,为新时期的知识构

---

[1] 戴卫·赫尔曼:《新叙事学》,马海良译,第169页。

造提供了动力,促进了新时期最早的思想文化思潮。但从知识生产的角度看,文化惯性持续的一个重要原因是缺乏外来的刺激与参照,所以尽管"四人帮"已经垮台,但新的文化并未随之出现。[1] 由此推断,梁译本的生成过程应在此之前,其翻译实践所遵循的原则仍然是传统翻译标准的"信",所采用的策略是"异化",基本方法是字对字的"直译",追求对原诗结构形式的完全对等,甚至连"时态"和"冠词"也不放过,表现出了明显的超验主义或结构主义翻译观。如在原诗的前两行中,将"Those"译为"那些时辰"、"did"译为"曾经"、"The"译为"这";第9—10行译为"那时候如果夏天尚未经提炼,让它拧成霜露锁在玻璃瓶里"。

屠译1981年由上海译文出版社出版。届时译者是人民文学出版社的副总编辑并曾在上海译文出版社文艺部工作过。[2] 但更为重要的是,此时通过译介西方古典名著,中国新时期的思想界对人道主义的讨论正如日中天,普遍的"爱"与"人性"成了题中之义,反映到翻译上则体现为译者对主体能动性的探究和表现。译本出版的时间差、译者的工作环境和思想语境的变迁无疑为屠译本的生成和出版在翻译参照、翻译策略、翻译方法上提供了物质和精神资源。因而屠译本带有明显的现代主义气息,表现出了"意译"和"归化"的特征,突破了原诗的结构形式,如将"Those hours"译为了"一刻刻时辰"、"did"译为"先"、"The"译为"后",并将"Sap checked with frost, and lusty leaves quite gone"译为散文韵味很强的"青枝绿叶在冰霜下萎黄枯槁了"。

辜译本1998年由北京大学出版社出版,比梁译本和屠译本分别晚出

---

1 赵稀方:《翻译与新时期话语实践》,北京:中国社会科学出版社,2003年,第1—5页。
2 林煌天:《中国翻译词典》,武汉:湖北教育出版社,1997年,第669页。

了20年和17年。这期间中国译界经过"西学东渐"的洗礼在理论和实践上都发生了巨变,在西方各种哲学思潮和文艺理论的影响下,各种翻译理论应运而生。在这种社会语境下,辜译本的生成在理论和实践上都有着得天独厚的参照资源,带有鲜明的当代翻译理论气息,体现出了多元互补的翻译思想和翻译策略。比如,同是原诗的前二行,辜译是"时光老人曾用精雕细刻,刻出这众望所归的美艳",同是原诗的7—8行,辜译为"令霜凝树枝,叫茂叶枯卷,使雪掩美色,成万里荒原"。其中,"时光老人"感情色彩极其浓厚,是对"Those hours"修辞结构和概念的肢解和浅化;"精雕细刻"和"众望所归"四字结构上口押韵;"刻"的重复构成了头韵;尤其是"令、叫、使、成"四个使动词构成的四个五字顿结构,具有十分明显的中国传统诗歌韵律及现代修辞特征。

2. 译者的教育背景和个人经历不同

梁宗岱和屠岸都是中国现代著名翻译家和诗人,都做过长期的文学编辑工作。前者生于1903年,曾先后留学法国、德国和意大利并任北京大学教授,精通多种外语,20世纪20年代开始诗歌创作和翻译,秉性耿直,但酷爱文学;后者生于1923年,1946年加入中国共产党,20世纪40年代开始诗歌创作和翻译,常年担任出版社文学编辑领导工作。[1] 辜正坤生于1952年,北大博士和博士生导师,长期从事翻译教学和莎士比亚研究,研究翻译的文章颇多,尤以1988年发表的《翻译标准多元互补论》著称,在国内翻译界享有盛名,其主要观点是:翻译的多功能,人类审美趣味的多样化,读者和译者的多层次。[2] 由此可知,三位译者受

---

1 林煌天:《中国翻译词典》,第409、669页。
2 杨自俭、刘学云编:《翻译新论》,武汉:湖北教育出版社,1996年,第478页。

教育的年代和层次不同；所从事的职业性质同中有别；对诗歌翻译的关注视角各异。有的专搞创作；有的创作与行政管理并行；有的兼顾理论与实践。这些差异构成了他们独特的个性，也铸就了他们译作的独特风格。正如刘勰所言："诗言志，歌永言。""诗者，持也，持人情性"[1]，而"诗有恒裁，思无定位，随性适分，鲜能通圆"[2]。诗风与性情的关系在此可见一斑。

3. 译者的对话对象和方式不同

如前所述，三个译本出版的时间分属于不同的年代，而每一特定年代都有其独特的时代语境和特定的读者。读者的审美情趣是特定社会语境的反映，也是检验译作并决定对其取舍的标准。因而读者的价值取向也就构成了对译作的价值判断。换句话说，译者只有在与特定读者协商的基础上，才能达到特定的交流目的。因此，三位译者在与三种不同语境下的特定读者对话时，在翻译的策略、方法和手段上表现出了不同的话语方式。例如，同是"tyrants"，梁、屠、辜分别译为"魔王""暴政"和"暴虐"。之所以如此，绝非偶然，而是由译者当时各自所处的特定语境决定的。如上文所述，1978年是中国思想意识形态发生转变的分水岭，此前与此后的社会政治形态迥然不同。不同的意识形态对译者的翻译价值取向都有着一种无形的制约或鼓励。任何超越这种限制的翻译都难以取得认同的合法性，而符合这一限制的翻译就会得到认同和接受。因而译者在这样的语境中进行翻译的各项选择有时可以说是受到压抑的。所以梁译借用寓言的形式选用了"魔王"一词，并对

---

1 刘勰：《文心雕龙》，周振甫注，北京：中华书局，2005年，第55页。

2 同上，第62页。

"substance"采取了回避；相反，屠译用"暴政"和"本质"却是明目张胆，因其指涉恰好迎合了当时"四人帮"垮台的政治语境，需要探讨和揭示的正是人的本质；而辜译用的"暴虐"和"骨子里"则隐含着深刻的文化内涵。20世纪90年代的中国知识界由于受到苏俄文学的影响，围绕人文主义和理想主义的话语展开了前所未有的大讨论，并以小说，特别是诗歌的形式透视剖析"文革"期间知识文人的命运遭遇反思理想与人性的关系，追求人之所以为人的人格和追求真理的气节。在这样的历史情境中选用"暴虐"和"骨子里"不仅反映了当时的话语语境，而且也从一个侧面折射出了译者对"文革"的痛思和对人格骨气的赞赏。

以上分析表明，导致不同译者在转换同一文本时出现风格差异的主要因素是文本转换时译者所处的特定语境及其在此语境中的特定读者（包括译者本身）。这些因素构成了对话过程中的语境化标记和不同类型言语事件之间的边界标记并成为各因素间对话协商的基础。因此译作风格的形成就是叠重语境对话交际过程中多重因素互动协商的结果。分析并把握这些标记是译者、读者和作者相互对话并产生意义的关键。然而，在文学作品，尤其是诗歌作品中，这些表示话语环境或正在形成言语事件的标记往往是隐性的，甚至是难以捉摸的，因而正确理解和推断各种类型语境的方法就不能仅仅局限于文本的形式和认知因素上，还应考虑文本被用作交际实践之一部分时的各种因素。换句话说，在文学作品的转换上，特别是对诗的转换上，都应将文本的转换置于语言、语境和话语的星河之中。据吕俊对翻译研究范式的研究考证，中国现存三大翻译范式，20世纪80年代前是语文学范式；80年代后是西方结构主义语言学范式；90年代中期以来是解构主义的多元范式。[1]而本文研究的三

---

1 吕俊:《论学派与建构主义翻译学》,《中国翻译》2005年第4期。

个译文正是分属于这三个不同阶段的翻译范式,因而在翻译观念、翻译策略、翻译方法以及翻译结果方面就会自然体现出这些阶段的特点,其中后两个范式则是目前翻译理论研究相互碰撞和争辩的焦点,它们的哲学视角和理论取向截然不同,因而构成了"解构'忠实'——翻译神话的终结"[1]与"当'信'与'化境'被消解时——解构主义翻译观质疑"[2]等理论论辩。由此可见,译者所处语境的差别导致了他们所持翻译观的各异,因而他们对待同一个文本就会有不同的理解并做出不同的选择。然而这些理解和选择并非绝对相互排斥,而是同中有异,异中有同,同一文本译本间的共性与差异正是沿着交流、借鉴和发展的轨迹运作的结果。正如辜正坤所言:"一个翻译标准所具有的优点,正是别的翻译所具有的缺点。所以翻译标准的多元化本身就意味着翻译标准的互补性。各式各样的翻译标准代表了译作价值的各个方面,每个标准在各自发挥自己的功能的同时,其实就是在和所有的标准相辅相成,起着弥补其他标准缺陷的作用。它的存在是以别的标准的存在为依据的,反过来说,别的标准的存在之所以有意义,也在于存在着相关的各种标准。"[3]三个译文的差异也正是这一论述的真实写照。

四、结语

本文通过类比的方法,应用巴赫金语境对话理论和赫尔曼社会叙

---

1 王东风:《解构"忠实"——翻译神话的终结》,《中国翻译》2004年第6期。
2 刘全福:《当"信"与"化境"被消解时——解构主义翻译观质疑》,《中国翻译》2005年第4期。
3 辜正坤:《中西诗比较鉴赏与翻译理论》,第354页。

事学方法，对三位译者就同一文本表现出的三种译诗风格进行了实证性解剖和分析，从实践和理论上回答了本文所提出的问题，重点探讨了文本再现与翻译语境对话的关系，通过提出翻译的叠重语境化概念，透视了诗歌翻译的主体间性、文化间性和互文性。研究结果表明，各种翻译观之间，甚至是结构主义翻译观与解构主义翻译观之间，都不是黑白分明、水火不容的截然对立关系，而是相辅相成、互动交融的多元互补关系，在文本的转换生成过程中起着不可或缺的分立而互补的协作同构和互惠共存作用。当然，任何译论范式都是抽象的、适用于特定的目的，因而必然有其局限性，然而这并不妨碍它们在译文的转换生成过程中以各自不同的方式发挥独特的作用；同样，任何译者的头脑中也都隐藏着一些固有的假设、偏好以及偏见，因而也必然有其局限性，然而这也不妨碍他们在不同的社会语境中以各自的译作做出特有的贡献。那种试图为某一译论或某一翻译家谋求垄断地位或绝对话语权的思想和努力都是徒劳的。鉴于此，我们在这里提出一种整合型的"惠存翻译"观，即任何翻译从根本上讲都是一种对话，对任何文本翻译的考察都应置于语言、语境和对话的星河之中，而不应孤立、片面地进行主观随意的臆测和评判。这对翻译研究来说或许不失为一种有益的启示。

莎士比亚诗歌翻译中的文化取向
——屠岸和辜正坤比较研究[1]

李正栓　王　心

一、引言

  莎士比亚十四行诗创作于16世纪90年代，诗集最早、最完全的"第一四开本"出版于1609年。这是莎士比亚唯一用第一人称创作的作品，是距离我们最近的声音。虽然诗中的说话者"我"不一定是诗人自己，或者说"我"既是诗人也是与他同时代的人，但是较戏剧而言，十四行诗更为清晰地反映了诗人和那个时代的心声。莎士比亚十四行诗在中国的接受大致分为三个阶段：（1）起步阶段（1839—1978）；（2）发轫期（1979—2000）；（3）快速发展期（2001年至今）。[2]屠岸于1950年翻译出版中国第一部《莎士比亚十四行诗集》，开启了莎士比亚十四行诗全集汉译的时代。从屠岸1950年开始到2018年底近70年间，共有26部莎士比亚十四行诗全集的重译本出版，重译次数居莎士比亚全部作品之首。通过翻译，诗中所蕴含的文化被不断挖掘和传播。本文以莎士比亚十四行诗

1　原载于《外国语文研究》2019年第2期。
2　申玉革：《莎士比亚十四行诗在中国的译介史研究》，《外国语文》2018年第4期。

第12首为例进行研究，认为：译者所处时代影响翻译策略的选择，译者文化背景影响译作语言的使用，文化能力增强推动重译质量的提升。

二、译者所处时代影响翻译策略选择

翻译活动是在特定的社会历史、政治和文化环境中完成的。译者不是孤立的个体，受所在时代和其他客观因素的影响，译者会选用"异化"或"归化"的翻译策略，直译或意译的翻译方法，以满足当下读者的期待。"从根本意义上说，文学作品是注定为读者而创作的，读者是文学活动的能动主体。"[1]

异化策略"偏离本土主流价值观，保留原文的语言和文化差异"[2]。归化策略则"遵守目标语言文化目前的主流价值观，对原文采用保守的同化手段，使其迎合本土的准则、出版潮流和政治需要"[3]。对翻译策略的选择是强势文化与弱势文化的交锋，国家实力对译者翻译策略的选择也起决定作用。身处不同年代的译者屠岸和辜正坤就采用了不同的翻译策略和方法。

屠岸在1943年便开始翻译莎士比亚十四行诗，以歌颂友谊的诗歌纪念张志镳。1950年春，他译完154首莎士比亚十四行诗。在翻译过程中，屠岸把"客体感受力"创作原则运用于翻译实践，坚持"融入到原文中，拥抱原文，拥抱原作者，全身心地去体会原文的文字、思想和

1　马萧：《文学翻译的接受美学观》，《中国翻译》2000年第2期。

2　L. Venuti, "Strategies of translation", in *Routledge Encyclopedia of Translation Studies*, eds. Mona Baker and Gabriela Saldanha, London and New York: Routledge, 2001, p. 240.

3　Ibid.

意境，体会原作者的创作情绪"[1]。译者忠实于原作，还原原作风格，传递原作韵味，追求最大程度地与作者实现精神共鸣，表达作者真正的心声，把作者意图与读者期待融为一体。他还奉行"古典的抑制"（classic restraint）原则，"抑制自己的主观情感，去努力理解原作者的情感，体验原作者的创作情绪，把原作中的那种精神实质表现在译文里"[2]。这与"客体感受力"原则是一致的，都是主张最大限度地走近作者，使读者感受原作风貌，尽量减少译者介入或不去过多地发挥译者个人主体作用，把译者置于隐身地位。屠岸追求的是最大程度的与原作对等的理解，译谁就得像谁，抑制个人情感，避免过度翻译，竭力保留原作内容和风格。这是一个忠实于原作和尊重原作者的策略。

屠岸一贯主张"尽可能把原作的诗形式呈现在读者面前"[3]。他信奉"以顿代步、韵式依原诗"的翻译策略。他认为"译者虽然在'戴着镣铐跳舞'，但是非常合乎节拍，把原作的神韵都传达出来了，那个镣铐也就不翼而飞了"。"以顿代步"很难，但是"译者还是应该知难而上，尽最大努力做到形神兼备"[4]。无论是节奏还是韵脚安排，屠岸都追求忠实于原作，保留原作"风味"，采用"异化"策略，传真式地呈现原作真实文化。屠岸所用文字平实晓畅，摈弃中国式成语或套话，让读者看见的还是英国的莎士比亚，而不是中国化了的莎士比亚。

辜正坤的《莎士比亚十四行诗集》于1998年出版。此时，改革开

---

[1] 丁振琴：《英诗汉译的原则、策略及其他——诗人翻译家屠岸访谈录》，《中国翻译》2017年第3期。
[2] 同上。
[3] 莎士比亚：《十四行诗集》，屠岸译，第174页。
[4] 丁振琴：《英诗汉译的原则、策略及其他——诗人翻译家屠岸访谈录》，《中国翻译》2017年第3期。

放已过去20年，中国对外开放力度更大，综合国力逐渐提高，学者们从"文化自觉"向"文化自信"发展。辜正坤融通中西文化，发展了自己的翻译观。他熟谙中国文学，书画皆通，对中国古典诗和传统文化的研究也影响了他诗歌翻译的理念和原则。他将莎士比亚十四行诗进行了创造性翻译，辞藻华丽，采用一元韵式，与前人译本风格迥然不同。他认为"翻译行为和翻译理论的走向常常受制于翻译者或翻译理论创建者的个性或人格"[1]。他提出了翻译标准多元互补论，认为翻译的绝对标准是原作本身，永远不可企及，但最高标准（最佳近似度）可尽量靠近绝对标准，即译作尽可能近似原作。他还认为，"凡英诗中格律谨严，措辞典雅，短小而又多抒情意味的早期诗作以古体汉诗形式摹拟译出，效果自佳"[2]。

在莎士比亚十四行诗的翻译过程中，他选择"在讲明原诗韵式的情况下，用中国诗的韵式来创造一种音美，力求译诗音美效果的强烈程度能和原诗接近"[3]。他采用了符合传统中国诗中较通行的一韵到底的韵式，尊重中国诗歌传统，将莎士比亚十四行诗"中国化"，采用"归化"策略，使读者感受诗歌的音美效果，欣赏到具有中国特色的莎士比亚十四行诗，使中国读者"得意忘形"，陶醉于译文之中。

由于屠岸和辜正坤两位译者具有不同的文化取向，采用不同的翻译策略，译本呈现也大不相同。下面以莎士比亚十四行诗第12首为例，原文如下：

When I do count the clock that tells the time,

---

[1] 辜正坤：《中西诗比较鉴赏与翻译理论》（第二版），北京：清华大学出版社，2010年，第408页。
[2] 同上，第357页。
[3] 同上，第425页。

  And see the brave day sunk in hideous night;

  When I behold the violet past prime,

  And sable curls, all silvered o'er with white;

5 When lofty trees I see barren of leaves,

  Which erst from heat did canopy the herd,

  And summer's green all girded up in sheaves,

  Borne on the bier with white and bristly beard,

  Then of thy beauty do I question make,

10 That thou among the wastes of time must go,

  Since sweets and beauties do themselves forsake

  And die as fast as they see others grow;

  And nothing 'gainst Time's scythe can make defence

  Save breed, to brave him when he takes thee hence.[1]

屠岸译文（1950）：

  当我计算着时钟报出的时辰，

  见到可怕的夜吞掉刚勇的白天；

  当我看见紫罗兰失去了青春，

  貂黑的鬈发都成了雪白的银线；

5 当我见到那昔日曾经为牧人

  遮荫的高树只剩了一根秃柱子，

---

[1] 莎士比亚：《莎士比亚十四行诗集》，辜正坤译，北京：北京大学出版社，1998年，第24页。

夏季的葱茏都扎做一捆捆收成

载在尸架上，带着穗头像白胡子；

于是我就开始怀疑你的美丽，

10　想你必定也要走入时间的荒夜，

本来可爱与美丽终须放弃自己，

一见别人生长，自己就快凋谢；

没人敌得过时间的镰刀，但子孙

敌得过他，在他吞灭你的时辰。[1]

辜正坤译文（1998）：

当我细数报时的钟声敲响，

眼看可怖夜色吞噬白昼光芒；

当我看到紫罗兰香消玉殒，

黝黑的卷发渐渐披上银霜；

5　当我看见木叶脱尽的高树，

曾帐篷般为牧羊人带来阴凉，

一度清脆的夏苗现在被捆打成束，

载上灵车，连同白色坚脆的麦芒，

于是我不禁为你的美色担忧，

10　你也会迟早没入时间的荒凉，

既然甘美的事物总是会自暴自弃，

---

[1] 莎士比亚：《莎士比亚十四行诗集》，屠岸译，上海：文化工作社，1950年，第26—27页。

眼看后来者居上自己却快速地消亡，

所以没有什么能挡住时间的镰刀，

除非你谢世之后留下了儿郎。[1]

屠岸在1950年译本的代跋中写道，"要把原诗的抑扬格五步音诗'译'成中文是不可能的，因为两国语文的差别太大。于是我只能用一种含有比较不太刺耳的自由节奏的散文来代替'抑扬格'，和每行十三、四字（至多不超过十七字）中所包含的五或六个重读（一个重读可能是一个字，也可能是一个词）和轻读来代替'五步'（十缀音）"[2]。屠岸用一字顿、二字音组和三字音组来代替原文的音步，每行字数为12—14个，乐感和谐，节奏感强，译本整饬，又参差有致。韵脚方面，译本基本遵照原文，韵脚安排是 ababacaccdcdaa，尾韵结构接近 ababcdcdefefgg，尽管没完全移植，但这种移植也很不容易。

辜正坤认为"西诗的押韵格式趋于多元韵式"，"这与汉诗常见的一韵到底的一元韵式泾渭分明"[3]，由于英语单词多为多音节词，频频换韵是不得已的选择。而汉语单字有四声声调，所以汉诗在用韵方面有先天优势，能够用一元韵式的同时还表现抑扬顿挫。这样看来，音美的表现方式会随着语言的改变而改变，他指出"莎士比亚原诗的韵脚音美是根本无法翻译的"，"人们只可能在目标语（译语）中另创一种音美，但那绝不是原作的音美"。[4]他采用中国传统诗歌的一元韵式（双行必押韵，

---

[1] 莎士比亚:《莎士比亚十四行诗集》，辜正坤译，第25页。
[2] 莎士比亚:《莎士比亚十四行诗集》，屠岸译，第348—349页。
[3] 辜正坤:《中西诗比较鉴赏与翻译理论》（第二版），第21页。
[4] 莎士比亚:《莎士比亚十四行诗：英汉对照》，辜正坤译，北京：中国对外翻译出版公司，2007年，第8页。

且多为相同韵）来创造音美，使译诗音美效果的强烈程度尽量和原诗接近。本诗"光芒""银霜""阴凉""麦芒"等双行末尾均押"ang"韵。这种创造也非常艰难，非常人能为。屠岸和辜正坤译文的音韵安排各有千秋，都是佳译。

三、译者文化背景影响译作语言使用

译者的文化背景影响译作语言的使用。语言使用与风格传递对翻译来说也尤为重要，诗歌翻译之难，难在意象转换，更难在风格传递。译者不同的文化环境和文学背景决定了其风格传递也各具特色。屠岸从小习诗，大学时开始翻译诗歌。他一生写诗、译诗、编诗、论诗，将诗歌融入了自己的生命。

屠岸的诗歌创作"没有拼凑的痕迹，犹如一幅幅清淡的水彩画，其中也受到中国古诗的影响，有音韵、节奏感"[1]。他在翻译过程中或多或少地会掺杂本人的语言习惯，诗歌创作的语言风格也渗透到其诗歌翻译当中。他反对用文言文对应莎士比亚的文艺复兴时期英语，主张用当代白话文翻译。屠岸坚持"信、达、雅"的翻译原则，他认为"'雅'就是要在译文中体现原文风格"[2]。他"用既不陈腐又不俗滥、明白晓畅而又优美典雅的汉语来传达原著的语言风貌和丰富内涵"[3]。通读屠岸译本，可以发现他使用的语言通顺流畅，而又饱含诗味。

1　屠岸：《深秋有如初春：屠岸诗选》，北京：人民文学出版社，2003年，第401页。
2　丁振琴：《英诗汉译的原则、策略及其他——诗人翻译家屠岸访谈录》，《中国翻译》2017年第3期。
3　屠岸：《我译〈莎士比亚十四行诗集〉的缘起及方法》，《中国翻译》1989年第5期。

辜正坤"幼承家教，陶然于国学，十五可将《老子》'倒背如流'"[1]。读书是他最大的乐事，古今中外的文学作品他都涉猎。他说，"欧阳修好像说过他看书有三上：枕上、厕上、桌上。我看书则多了一上：那就是路上"[2]。广泛的阅读为辜正坤的翻译理论与实践奠定了坚实的基础。他师从杨周翰、李赋宁，研究莎士比亚，获得改革开放以来第一个以莎士比亚为研究对象的博士学位，为他翻译莎士比亚十四行诗打下扎实的基础。他提出翻译标准多元互补理论，认为文体风格有朴实、华丽、雄辩、晦涩和明快之分，主张以原作为具体标准，追求最佳近似度。他深知莎士比亚十四行诗"语汇丰富，用词洗练，比喻新颖，结构巧妙，音调铿锵悦耳"[3]，所以他主张译诗也须相应华丽，与原作辞气契合。他没有把莎士比亚十四行诗译成古体诗，但注重词汇用语雅致，与大白话保持适当的距离。他还提倡用元曲、散曲的风味翻译莎士比亚十四行诗，并善于使用四字格，文白结合，气息雅致，古风洋溢。

关于两位译者语言风格，且看几例。第2行"And see the brave day sunk in hideous night"[4]，屠岸译为"见到可怕的夜吞掉刚勇的白天"[5]，语言直白、晓畅，接近莎士比亚口气，忠实还原原作对白天的赞美之情，称其"刚勇"，并与"可怕的夜"形成对比，强调"夜"力量之大，表明时间无情，引出主旨：只有结婚并留下后代才能与时间这把镰刀抗衡。译文使我们看到一个英国的莎士比亚。辜正坤译为"眼看可怖夜色吞噬白

---

[1] 孟凡君：《中西学术汇通背景下的翻译理论研究——辜正坤先生译学研究理路略论》，《外语与外语教学》2005年第10期。

[2] 刘昊：《辜正坤教授访谈录》，《北京大学研究生学志》2003年第2期。

[3] 莎士比亚：《莎士比亚十四行诗：英汉对照》，辜正坤译，第3页。

[4] 莎士比亚：《莎士比亚十四行诗集》，辜正坤译，第24页。

[5] 莎士比亚：《莎士比亚十四行诗集》，屠岸译，第26页。

昼光芒"[1]，用词古雅，中国味道浓厚，文采飞扬，传递出很强的画面感，勾勒出夕阳西下之时白昼光芒被漆黑夜色吞噬的画面。译文使我们看到一个中国化的莎士比亚。第3行"When I behold the violet past prime"[2]，屠岸译为"当我看见紫罗兰失去了青春"[3]，采用平实的语言表达出花朵从尽情绽放走向衰败的过程，展现时间的无情。辜正坤译为"当我看到紫罗兰香消玉殒"[4]，将这一过程比作年轻貌美的女子告别人世，对花朵的凋谢深表惋惜。第4行"And sable curls, all silvered o'er with white"[5]，屠岸译为"貂黑的鬈发都成了雪白的银线"[6]，将人年轻时乌黑亮丽的秀发与年老时仿佛丝线一般干枯的头发进行对比，突出表现时间力量的强大，以及人的生命在时间面前的渺小和不堪一击，突出黑变白的颜色之变。辜正坤译为"黝黑的卷发渐渐披上银霜"[7]，通过更加唯美、富有中国文化传统特色的译文让读者体会时光的流逝，感慨岁月的蹉跎。最后两行"And nothing 'gainst Time's scythe can make defence / Save breed to brave him when he takes thee hence"[8]，屠岸译为"没人敌得过时间的镰刀，但子孙/敌得过他，在他吞灭你的时辰"[9]。从语法结构上看，他的译本采用了欧化的语言，依照原语序将状语放在了最后。辜正坤译为"所以没有什么能挡住时间的镰刀，/除非你谢世之后留下了儿郎"[10]。他采用了反译法，巧妙地将最后

---

[1] 莎士比亚：《莎士比亚十四行诗集》，辜正坤译，第25页。
[2] 同上，第24页。
[3] 莎士比亚：《莎士比亚十四行诗集》，屠岸译，第26页。
[4] 莎士比亚：《莎士比亚十四行诗集》，辜正坤译，第25页。
[5] 同上，第24页。
[6] 莎士比亚：《莎士比亚十四行诗集》，屠岸译，第26页。
[7] 莎士比亚：《莎士比亚十四行诗集》，辜正坤译，第25页。
[8] 同上，第24页。
[9] 莎士比亚：《莎士比亚十四行诗集》，屠岸译，第27页。
[10] 莎士比亚：《莎士比亚十四行诗集》，辜正坤译，第25页。

两行的翻译难题解决,且将"被时间吞噬生命"之义用汉语委婉语"谢世"一词传达出来,典雅至极,颇具中国特色。

通过对两译本语言风格的比较,可以看出译者翻译理念的不同。屠岸采用通俗平实的语言汉译莎士比亚十四行诗,是为了便于当时的读者接受西方文学作品。他更侧重于读者对原汁原味的接受。辜正坤采用具有古风的语言进行翻译,不仅是鉴于原诗语言的华丽,更是为了将汉语的语言特色和文化内涵一并呈现出来。两译本诞生于不同年代,呈现不同风格的语言,为读者提供了不同的文化体验。

四、文化能力增强推动重译质量提升

译者文化能力的增强推动重译质量的提升。文学翻译过程中,文化传递十分重要。"译者要了解原文的文化内涵,还要考虑在译文中如何体现这一文化信息,架好沟通的桥梁,帮助译文读者理解或接受。"[1]在英诗汉译时,不仅要了解作者的创作背景和风格特点,更要深入研究其所处的西方文化环境,并在译文中将原作所蕴含的文化因素传递出来。莎士比亚十四行诗的翻译亦是如此,诗歌通过对友谊、爱情、时间等主题的描写表达了莎士比亚进步的人生观和艺术观,洋溢着文艺复兴时期的人文主义思想,饱含对生活的赞美。在翻译时如何最大限度发挥中文的优势,如何使译本更适应当下汉语文化环境,为读者提供质量更佳的译本,是每位译者都在思考的问题和努力的方向。每位译者的重译都展示了其文化能力的不断增强。

屠岸翻译的莎士比亚十四行诗集"自1950年初版后,截至2017年,

---

[1] 李正栓:《忠实对等:汉诗英译的一条重要原则》,《外语与外语教学》2004年第8期。

共重印28次，居所有重印译者之首"[1]。他分别于1955、1981、1988、2008、2012年对莎士比亚十四行诗全集的译本进行过修订。每次修订，他必精益求精，使用简洁流畅风格的语言，体现时代文化，使译本为不同文化背景和时代的读者所接受。他在不断地与自己竞赛，与时代共呼吸，但对原文的忠诚从未改变。

辜正坤的译本自1998年来共被重印5次。[2] 重印次数仅次屠岸译本，说明也受读者认可和欢迎。在2017年的修订本中，他使绝大多数诗歌汉译本的行字数保持一致，从"建行形式视象美"[3]的角度让莎士比亚十四行诗更符合中国读者的审美期待，使译本的质量更上一层楼。

现以屠岸2012年译本和辜正坤2017年译本为例，分析两位译者依据其雄厚的文化实力在译文质量提升上所做的努力。

屠岸修订后的译本更精确地还原了原诗的音乐性。他恪守"以顿代步"原则，以一字顿和四字音组为破格，以二字音组和三字音组为合格。该译本破格现象明显减少，在节律上有明显的提升。内容方面，一些用词更加高雅、准确，例如，"tells the time"[4]改译为"算出的时辰"[5]，更准确地强调了时间无情这一主题，生动形象；"hideous night"[6]改译为"阴黑夜"[7]，画面感更强，更能体现出黑暗带给人的恐惧之感和时间力量的

---

[1] 谢桂霞：《莎士比亚十四行诗全集重译研究——重译主体、方法、频率》，《东方翻译》2018年第3期。
[2] 同上。
[3] 辜正坤：《中西诗比较鉴赏与翻译理论》（第二版），第14页。
[4] 莎士比亚：《莎士比亚十四行诗：英汉对照》，屠岸译，北京：外语教学与研究出版社，2012年，第24页。
[5] 同上，第25页。
[6] 同上，第24页。
[7] 同上，第25页。

强大；第7行 "green"[1] 几经改译，终用 "葱绿"[2]。最后两行，屠岸将其译文改为 "没人敌得过时间的镰刀啊，除非／生儿女，你身后留子孙跟他作对"[3]，更符合汉语的语序和表达习惯，将 "死了" 改为 "身后"，更委婉，更具文学性，将 "breed" 一词的译文改为 "儿女"，改变前译 "子孙" 重男轻女之嫌，避免了研究女性主义的学者提出异议。

辜正坤修订后的译文每行字数相等，均为11个汉字。韵式仍为一元韵式。但字数缩减，语言更为凝练。在内容方面，第8行的改动较大，译者将 "white and bristly beard"[4] 的译文改为 "白硬须芒"[5]，虽然译者仍未将 "beard" 一词直译，但在书末的注释部分，译者写道，"'束端露白硬须芒' 指禾物（例如小麦之类）被捆打成束后，禾物一端的须芒（例如麦芒）露在外边，暗喻白胡须老人死后的胡须之类"[6]。他认为屠岸译本语言通顺流畅，读起来颇具诗味，但原诗的华美风格稍有减弱，所以他 "另辟蹊径"[7]，采用华丽的语言翻译莎士比亚十四行诗，且精雕细琢，追求译诗 "语形视象美"[8]，为读者带来不同的审美体验。

通过比较，可以发现，随着译者对两种语言文化的认识和理解不断加深，他们采用重译的方式为译语读者提供质量更为上乘的译作。这是译者对个人严格要求的表现，更是作为跨文化交际使者的责任与担当。许渊冲曾经说过，"文学翻译，尤其是重译，要发挥译语的优势，

1　莎士比亚：《莎士比亚十四行诗：英汉对照》，屠岸译，第24页。
2　同上，第25页。
3　同上。
4　威廉·莎士比亚：《莎士比亚十四行诗：中英对照本》，辜正坤译，北京：外语教学与研究出版社，2017年，第27页。
5　同上，第26页。
6　同上，第316页。
7　莎士比亚：《莎士比亚十四行诗：英汉对照》，辜正坤译，第12页。
8　辜正坤：《中西诗比较鉴赏与翻译理论》（第二版），第11页。

也就是说，用译语最好的表达方式，再说具体一点，一个一流作家不会写出来的文句，不应该出现在世界文学名著的译本中"[1]。随着翻译研究的深入和全球化进程的加快，文化的传递在翻译中也变得越来越重要。译者不仅担有语言转换之责，更负有文化沟通之任。只有不断追求卓越的精神才能推动两种语言所在文化的交流和发展。

五、结语

由于译者身处不同的时代，其文化功底、语言能力、审美情趣、翻译目的和对原文的理解都不尽相同。翻译过程中，由于文化取向不同，不同译者对同一作品可以采取不同的翻译策略。屠岸坚持采用异化策略，用平实的语言将原文呈现，不断修改润色译本，力求与时俱进，使译文符合当下读者的品味。辜正坤始终采用归化策略，但仍保留原作意旨，将西方文化与中国古体诗风格语言相融合，做出用律诗和词曲体翻译莎士比亚十四行诗的积极创新和尝试。可见，只要忠实于原文本，不同策略皆可产生理想的效果。在当今全球文化多元化的背景下，"翻译早已经超越了其简单的语言文字上的转换功能"[2]，在文化之间起到协调沟通和桥梁纽带的作用。翻译不仅是语言层面的"编码"和"解码"，还决定了以何种方式将源语文化呈现在译语读者的面前。翻译家不仅是文字工作者，更是文化传播者。优秀的翻译必将推动文化间的交流，促进文化的传播与进步。

---

1 许渊冲：《谈重译——兼评许钧》，《外语与外语教学》（大连外国语学院学报）1996年第6期。
2 王宁：《翻译与文化的重新定位》，《中国翻译》2013年第2期。

莎士比亚戏剧翻译研究

莎士比亚的作品在中国
——翻译文学史话[1]

戈宝权

今年（1964）的4月23日，是文艺复兴时期英国伟大的剧作家和诗人威廉·莎士比亚诞生的400周年。当纪念这位被马克思推崇为"人类最伟大的戏剧天才"[2]和他所"热爱的诗人"[3]的时候，我们就回想起，莎士比亚的名字远在100多年以前就被介绍到中国来，他的戏剧作品在50多年以前也已开始被译成中文和搬上中国的舞台，多少年来从未间断过。莎士比亚不仅是中国人民热爱的外国古典作家之一，同时也是对中国的话剧运动有过相当影响的外国剧作家之一。现就借这个纪念的机会介绍一下他的戏剧作品和诗歌作品在中国翻译与流传的情形。

根据现已发现的各种史料来看，莎士比亚的名字最初是由外国教会人士介绍过来的。远在108年前，即清咸丰六年（1856），上海墨海书院刻印了英国传教士慕维廉译的《大英国志》[4]，其中在讲到伊丽莎白女

---

[1] 原载于《世界文学》1964年第5期。
[2] 转引自保尔·拉法格：《忆马克思》，参见保尔·拉法格等：《回忆马克思恩格斯》，马集译，北京：人民出版社，1973年，第70页。
[3] 转引自马克思在1865年写的《自白》，参见前书第304页。
[4] 此书系英国人托马士·米尔纳原著，光绪七年（1881）又有上海益智书会刻本。

王时代的英国文化盛况时曾说:"当伊丽莎白时,所著诗文,美善俱尽,至今无以过之也。儒林中如锡的尼、斯本色、拉勒、舌克斯毕、倍根、呼格等,皆知名士。"此处提到的舌克斯毕,即系今天通称的莎士比亚。光绪八年(1882)北通州公理会又刻印了美国牧师谢卫楼所著的《万国通鉴》,其中也提到莎士比亚:"英国骚客沙斯皮耳者,善作戏文,哀乐罔不尽致,自侯美尔(荷马)之后,无人几及也。"

莎士比亚的名字更频繁地被介绍过来,主要是清末民初的事。这正是"戊戌政变"(1898)前后的时期,当时崇尚西学和倡议译书的风气有如风起云涌,梁启超等人更主张翻译外国政治小说作为维新的武器。如光绪二十二年(1896)上海著易堂书局翻印了一套英国传教士艾约瑟在1885年编译的《西学启蒙十六种》,在《西学略述》一书的《近世词曲考》中就介绍过莎士比亚:"英国一最著声称之词人,名曰筛斯比耳。凡所作词曲,于其人之喜怒哀乐,无一不口吻逼肖。加以阅历功深,遇分谱诸善恶尊卑,尤能各尽其态,辞不费而情形毕露。"光绪二十九年(1903)上海广学会刊印了英国传教士李提摩太主编的《广学类编》(*Handy Cyclopedia*),在第一卷《泰西历代名人传》内也介绍过莎士比亚:"沙基思庇尔……世称为诗中之王,亦为戏文中之大名家。"同年上海又出了两种石印本的《东西洋尚友录》及《历代海国尚友录》,前一书中称,"索士比尔,英国第一诗人";后一书中称,"索士比尔,英吉利国优人。尝作诗以讽君相,固海外之优孟也。"光绪三十年(1904)上海广学会出版了英国传教士李思·伦白·约翰辑译的《万国通史》,在《英吉利志》卷中也提到伊丽莎白时代的作家,并举出莎士比亚的名字:"其最著名之诗人,如夏克思芷尔,环词异藻,声振金石,其集传诵至今,英人中鲜能出其右者。"同年10月出版的《大陆》杂志中印有《希哀苦皮阿传》。此外在名人传记中介绍莎士比亚的,如光绪三十三年(1907)世界社出版的《近世界六十名人画传》中有《叶斯壁传》,光绪三十四年(1908)山西大学堂译书院出版的《世界名人传略》中也有《沙克皮尔传》。

我国晚清思想界的几位代表人物——严复、梁启超以及稍后的鲁迅先生,也都在译著中提过莎士比亚的名字。如严复在光绪二十年(1894)译成出版的赫胥黎著《天演论》的《进微》篇中,提到"词人狭斯丕尔",并加了小注:"狭万历间英国词曲家,其传作大为各国所传译宝贵也。"他在光绪二十三年(1897)开始翻译的斯宾塞尔的《群学肄言》中,也曾数次提到莎士比亚的名字。梁启超在"戊戌政变"之后出走日本,主编《新民丛报》,曾在光绪二十八年(1902)5月号上发表《饮冰室诗话》,其中说:"近世诗家,如莎士比亚、弥儿敦、田尼逊等,其诗动亦数万言。伟哉勿论文藻,即其气魄固已夺人矣。"光绪三十三年(1907)鲁迅先生在日本用笔名令飞写成的《科学史教论》及《摩罗诗力说》两文中,都提到莎士比亚的名字,并指出介绍莎士比亚的重要性。

综观以上所述,远从1856年起,很多人用各种不同的译名介绍过莎士比亚,但都略而不详,直到民国五年(1916)孙毓修方在《欧美小说丛谈》(商务印书馆出版)一书中对莎士比亚的生平和戏剧作品做了较详尽的介绍。至于我们今天通用的"沙士比亚"这个译名,则系始自梁启超的《饮冰室诗话》,如以年代计算,也已是六十多年的事了。

莎士比亚的戏剧作品,最初是通过英国散文家查理士·兰姆和他的姊姊玛丽·兰姆改写的《莎士比亚故事集》(旧通称《莎氏乐府本事》),以复述的形式介绍到我国来的。光绪二十九年(1903)上海达文社首先用文言文翻译出版了这本书，题名为英国索士比亚著《澥外奇谭》，译者未署名。卷前的《叙例》中写道：

是书为英国索士比亚（Shakespeare，千五百六十四年生，千六百一十六年卒）所著。氏乃绝世名优，长于诗词。其所编戏本小说，风靡一世，推为英国空前大家。译者遍法、德、俄、意，几于无人不读。而吾国近今学界，言诗词小说者，亦辄啧啧称索氏。然其书向未得读，仆窃恨之，因亟译述是编，冀为小说界上，增一异彩。

图4

这本书共翻译了十个故事，各成一章，题目采用了章回体小说的形式。各章的题目是：第一章《蒲鲁萨贪色背良朋》（《维洛那二绅士》），第二章《燕敦里借债约割肉》（《威尼斯商人》），第三章《武厉维错爱孪生女》（《第十二夜》），第四章《毕楚里驯服恶癖娘》（《驯悍记》），第五章《错中错埃国出奇闻》（《错误的喜剧》），第六章《计上计情妻偷戒指》（《终成眷属》），第七章《冒险寻夫终谐伉俪》（《辛白林》），第八章《苦心救弟坚守贞操》（《一报还一报》），第九章《怀妒心李安德弃妻》（《冬天的故事》），第十章《报大仇韩利德杀叔》（《哈姆莱特》）。

就在这本书出版的第二年，商务印书馆又出了林纾和魏易用文言文合译的同一著作的全译本，题名为《英国诗人吟边燕语》（简称《吟边燕语》），列为《说部丛书》之一。林纾称这本书为"神怪"小说，而且为每篇故事都取了古雅的传奇式的题名，如《威尼斯商人》为《肉券》，《罗密欧与朱丽叶》为《铸情》，《哈姆莱特》为《鬼诏》，《李尔王》为《女变》，《奥瑟罗》为《黑瞀》，《暴风雨》为《飓引》等。这个译本也正像林译的其他小说一样，流传很广，影响很深，如汪笑侬当时曾写了《题〈英国诗人吟边燕语〉廿首》[1]。顾燮光在《译书经眼录》中评介道："《吟边燕语》一卷，英莎士比著，林纾魏易同译。书凡二十则，记泰西曩时各佚事。……作者莎氏为英之大瑰奇陆离之谭，译笔复雅驯隽畅，遂觉豁人心目。然则此书殆海外《搜神》，欧西述异之作也夫。"[2] 我国当时上演的莎士比亚戏剧作品，多取此书为蓝本，改编为台词。郭沫若后来在1928年写成的《我的童年》一书中，也曾回想起这本书给予他的深刻的印象："林琴南译的小说在当时是很流行的，那也是我所嗜好的一种读物。Lamb的 Tales from Shakespeare（兰姆的《莎士比亚故事集》），林琴南译为《英国诗人吟边燕语》，也使我感受着无上的兴趣。它无形之间给了我很大的影响。后来我虽然也读过 Tempest（《暴风雨》）、Hamlet（《哈姆莱特》）、Romeo and Juliet（《罗米欧与朱丽叶》）等莎氏的原作，但总觉得没有小时所读的那种童话式的译述更来得亲切了。"[3]

继此之后，林纾和陈家麟又用文言文复述了莎士比亚的五种剧本的本事，其中四种：《雷差德纪》（《理查二世》）、《亨利第四纪》、《凯彻遗事》（《裘力斯·西泽》）于1916年发表在《小说月报》第7卷第1—

---

[1] 原载《大陆》1905年第3年第1期，现收在中国戏剧出版社编：《汪笑侬戏曲集》，第298—302页，及阿英编：《晚清文学丛钞：小说戏曲研究卷》，第588—590页。

[2] 参见1935年杭州金佳石好楼印的顾著《译书经眼录》卷7，第11页，并见阿英编：《晚清文学丛钞：小说戏曲研究卷》，第539页。

[3] 参见《沫若文集》第6卷，第114页。

7期上；《亨利第六遗事》于当年4月印成单行本，列为《说部丛书》之一[1]；《亨利第五纪》则作为林氏的遗译，发表在1925年第12卷第9—10期的《小说世界》上。这几种译义，只保留了莎士比亚原著的故事梗概，而且又是采用小说的形式，当然就无法看出莎士比亚戏剧作品的真面貌了。

莎士比亚的戏剧作品，直到1919年"五四"运动以后，方被用白话文和完整的剧本形式介绍过来。首先是田汉在1921年译了《哈孟雷特》，发表在当年出版的《少年中国》杂志上，1922年作为《莎翁杰作集》第一种由中华书局出版。书后附有译者"以自己的好尚为标准"草拟的莎士比亚10种杰作集的选题。1924年他译的《罗密欧与朱丽叶》又作为《莎氏杰作集》第六种出版，可惜其他八种剧本均未能译成。

继田汉的译本之后，莎士比亚的几种代表的戏剧作品，均先后被译为中文。除发表在刊物上的不计外，仅就印成单行本的来说，有诚冠怡译的《陶冶奇方》（《驯悍记》，1923），曾广勋译的《威尼斯的商人》（1924）；邵挺译的《天仇记》（《哈姆莱特》，文言本，1924）；邵挺和许绍珊合译的《罗马大将该撒》（文言本，1925），张采真译的《如愿》（1927），邓以蛰译的《若邈久袅新弹词》（《罗密欧与朱丽叶》，1928）；缪览辉译的《恋爱神圣》（《温莎的风流娘儿们》，1929）。1930年是莎

图5

---

[1] 此书后有郭象升的订正本，题名为《红白玫瑰战争纪》，列为山西教育学院丛书之一，出版年代不详。

士比亚剧本翻译出版较多的一年,有戴望舒译的《麦克倍斯》、张文亮译的《墨克白丝与墨夫人》、顾仲彝译的《威尼斯商人》、彭兆良译的《第十二夜》。此后还先后出版了袁国维译的《周礼士凯撒》(1931),余楠秋和王淑瑛用文言诗体合译的《暴风雨》(1935)及曹未风译的《该撒大将》(1935)。

就在同一个时期,靠了庚子赔款建立的中华教育文化基金董事会也组成了"莎翁全集翻译会",翻译出版了八种莎士比亚的剧本:《威尼斯商人》、《奥赛罗》、《如愿》、《李尔王》、《麦克白》(1936)、《暴风雨》(1937)、《丹麦王子哈姆雷特之悲剧》(1938)、《第十二夜》(1939)。

莎士比亚的诗歌作品,在"五四"运动以后也被陆续译成中文。译者中有邱锽、梁遇春、丘瑞曲、张晋臣、朱湘等人。朱湘译得较多,共12首,收在1936年商务印书馆出版的《番石榴集》中。长诗《维纳斯与亚当尼》则有曹鸿昭的译本(1934)。这个期间也曾有人用诗体翻译了莎士比亚戏剧作品的片断,如朱维基译的《乌赛罗》发表在1929年的《金屋》月刊和1933年的《诗篇》月刊上;徐志摩译的《罗米欧与朱丽叶》发表在1932年的《诗刊》和《新月》上。

在这里应该指出的,就是随着莎士比亚的戏剧作品不断被译成中文,"新月派"的买办资产阶级文人学者如梁实秋等,"第三种人"如杜衡之流,都人译其莎士比亚的戏剧作品或大写其论莎士比亚的文章,他们不是用资产阶级的观点来介绍和评论莎士比亚,就是对莎士比亚的创作进行各种歪曲,这不能不引起鲁迅先生的愤慨。于是鲁迅先生在1934年用笔名苗挺先后写了《莎士比亚》及《又是〈莎士比亚〉》等文(见《花边文学》),对这些反动的资产阶级文人学者进行了驳斥。

1937年抗日战争爆发，尽管广大的国土沦陷，文艺工作者颠沛流离，但是翻译与介绍莎士比亚戏剧作品和诗歌作品的工作却未间断过。特别应该指出的，就是曹未风、朱生豪等人，在艰苦的条件下坚持着系统地翻译莎士比亚戏剧作品的工作。

曹未风（1911—1963）远从1931年起就开始翻译莎士比亚的戏剧作品，他是我国计划翻评莎士比亚全集的第一个人。他译的《微尼斯商人》等11种剧本，曾以《莎士比亚全集》的总名先后由贵阳文通书局在1942—1944年间出版。抗日战争胜利后，上海文化合作公司在1946年又用《曹译莎士比亚全集》的总名出版了其中的10种剧本。

在同一个时期内，朱生豪也开始了翻译《莎士比亚戏剧全集》的工作。朱生豪（1911—1944）是位年轻的翻译家，他从1935年起就开始搜集莎士比亚著作的各种版本，加以比较研究，并着手进行翻译。他先后译了《暴风雨》《威尼斯商人》《仲夏夜之梦》《第十二夜》等剧，到了1937年上半年把9部喜剧都已译完。这年抗日战争爆发，日寇侵占上海时，他在半夜里从寓所仓皇走出，就只带了一部原文的《莎士比亚全集》和一些稿子。此后由于辗转迁徙，生活不定，翻译工作也无法进行。1941年12月太平洋战事又起，日军侵入上海租界，他只得避居老家嘉兴，从此在贫病交迫和敌伪统治的恶劣环境下，闭门不出，按原定计划进行翻译，直到1944年12月病逝时为止。其间共用了10年的工夫完成了31种剧本，只剩下5种半未译完。朱生豪翻译莎士比亚的剧本的态度是既认真而又严肃的，因此他的译本在当时也是较好的。朱生豪将莎士比亚的作品，分为喜剧、悲剧、杂剧、史剧四大类，其已译成的27种剧本，于1947年由上海世界书局分为三辑出版（1949年再版）。

在抗战期间和抗战胜利后，莎士比亚的戏剧作品也被译成各种单行本出版。特别是1944年，重庆的几家出版社曾出了好几种译本：如曹禺译的《柔蜜欧与幽丽叶》、柳无忌译的《该撒大将》、杨晦译的《雅典人台满》等，1948年商务印书馆还出了《黎琊王》。此外，柳无忌、梁宗岱、戴镏龄等人都翻译过莎士比亚的诗歌作品，柳无忌的译文见1942年重庆大时代书局出版的《莎士比亚时代的抒情诗》，梁宗岱译的《莎士比亚的商籁》，散见上海及重庆的报刊。1943年重庆大时代书局还再印了曹鸿昭译的《维纳丝与亚当尼》。

1949年全国解放和中华人民共和国成立以后，在莎士比亚翻译者和研究者的前面展开了一片广阔的天地。曹未风继续他在抗日战争期间没有完成的工作，重新校阅了他所译的剧本。在1955—1962年间，上海新文艺出版社（后改为上海文艺出版社）先后出版了他译的12种莎士比亚的剧本。据他在《翻译莎士比亚札记》中说，他从1931年春天就开始翻译莎士比亚的作品，前后近30年。可惜他在1963年病逝，未能把这个工作完成。朱生豪翻译的莎士比亚的戏剧作品，也由北京作家出版社改编成《莎士比亚戏剧集》，分为十二卷，于1954年出版，除过去世界书局已出的27种之外，又增加了他的遗译4种，共31种。

与此同时，在剧本方面相继出版的还有：曹禺译的《柔蜜欧与幽丽叶》（1954），吕荧译的《仲夏夜之梦》（1954），张采真译的《如愿》（1955），卞之琳译的《哈姆雷特》（1956），吴兴华译的《亨利四世》（1957），方重译的《理查三世》（1959），方平译注的《捕风捉影》（《无事生非》，1953）、《威尼斯商人》（1954）和《亨利第五》（1955）。在诗歌作品方面，屠岸译了《莎士比亚十四行诗集》（1950），方平译了莎士比亚的长诗《维纳斯与阿童妮》（1952）。此外，近年来用马克思列宁主义的观点来研究和评介莎士比亚戏剧创作的论文也开始常见于报刊上。

为了纪念莎士比亚诞生400周年，人民文学出版社将朱生豪旧译的《莎士比亚戏剧全集》，请吴兴华、方重、方平等人进行校订增补，重排出版；并请方平重译了《亨利五世》，方重重译了《理查三世》，章益新译了《亨利六世》（上、中、下三编），杨周翰新译了《亨利八世》，使这套书合成全璧。全书共分为十卷，按牛津版《莎士比亚著作全集》的次序排列，并附有精印的插图40余幅。此外人民文学出版社还编印了一卷《莎士比亚诗集》，其中收有张谷若译的《维纳斯与阿都尼》、杨德豫译的《鲁克丽斯受辱记》、梁宗岱译的《十四行诗》（154首）、黄雨石译的《情女怨》等四首杂诗。这两种集子的出版，不仅标志着我国翻译与介绍莎士比亚戏剧作品和诗歌作品的工作进入了一个新的阶段，同时也是中国人民对莎士比亚诞生400周年所表示的最好的纪念。

莎剧的两种中译本：从一出戏看全集[1]

刘炳善

"余译此书之宗旨，第一在求于最大可能之范围内，保持原作之神韵，必不得已而求其次，亦必以明白晓畅之字句，忠实传达原文之意趣，而于逐字逐句对照式之硬译，则未敢赞同。"

——朱生豪：《〈莎士比亚戏剧全集〉译者自序》

"我翻译莎士比亚，旨在引起读者对原文的兴趣。"

"莎士比亚就是这个样子，需要存真。"

——梁实秋语，引自梁文蔷：《长相思——槐园北海忆双亲》

一

在我面前摆着海峡两岸所出的两种莎士比亚全集中文译本：一部是我们早已熟悉的人民文学出版社1978年出版的朱生豪翻译、多人校

---

[1] 原载于《中国翻译》1992年第4期。

补的《莎士比亚全集》；另一部是1967年就已出齐但直到最近才流传到大陆上来的台湾远东图书公司出版、梁实秋翻译的整套《莎士比亚丛书》。这是我国翻译界、出版界至今所贡献给中国和世界读者的两套莎集全译本。它们是我国两位老一代的翻译家按照各自的气质爱好、认识理解、翻译宗旨和翻译方法所创造出来的两部莎译大作，代表了我国莎剧翻译史上的两座里程碑。

笔者正在学习莎剧，一种想法油然而生：能不能一面攻读原文，一面对这两家译本比较一下，从他们的翻译经验中得到一些启发呢？眼前正在读的莎剧就是 *Love's Labour's Lost*，朱译本叫作《爱的徒劳》，梁译本叫作《空爱一场》。那么，就从眼前这一本戏下手吧。说到《爱的徒劳》，以往批评家们对它的评价可不怎么样。19世纪英国浪漫派作家赫兹里特把话说得最干脆：“如果我们要把作者的喜剧舍弃任何一出，那么就是这一出了。”(If we were to part with any of the author's comedies it would be this.)

的确，缺点很明显。新剑桥莎士比亚全集主编J. D. 威尔逊就说这出戏的情节在所有莎剧中是最简单的，五幕戏的活动全都发生在一个王宫的门前。剧情叙述：在法国、西班牙之间的小国那瓦尔的国王腓迪南为了一心向学，打算把自己的王宫办成一所"小小的学院"，跟他三位侍臣一同发了誓，要埋头书本，过禁欲的生活，三年之内严禁女人进宫。这颇有点"存天理，灭人欲"的味道。但他们这种违反正常人性的誓约很快被生活本身粉碎了。法国公主和她的三位侍女来访。那瓦尔国王不让她们入宫，只许她们住在宫墙之外的帐篷里。可是，过不了两天，这些自命禁欲的人都一一坠入情网，瞒不下去，只好打破誓言，戴着假面向各自的意中人求婚。法国公主和侍女们跟他们开了一通玩笑，对他们的矫情大大嘲笑了一番。此时，突然传来法国国王晏驾的消息。

公主等匆匆离去，并向这些求婚者提出，他们必须在一年之内谨守原来的誓言，过清苦的隐居生活，反思，做好事。然后，等他们恢复正常人的理性和感情，她们才能答应婚事。戏没有像其他莎翁喜剧那样以婚礼、大团圆结尾，只留下一个空希望，所以，叫"空爱一场"。

剧中的有些人物，据学者考证，是对于人物的影射，据说在莎士比亚时代的女王宫廷和贵族宅第里演出，曾引起过知情者会心的笑声，产生过喜剧的效果。但是，时过境迁，对于后世的读者和观众来说，这一切都隔膜了。因此，这些人物也就变成了有些古怪又相当淡漠的幻影。此外，剧本也写得有些冗长。

然而，这出戏毕竟又是莎士比亚的"真经"（canon）。就连对它提出严厉批评的约翰生博士也得补充一句："在全剧中散见许多天才的火花，任何一个剧本也不像它具有这么多的莎士比亚手笔的确切标记。"

标记之一是剧中浓郁的诗情画意。标记之二是闪耀在许多对话中的当时先进思想的光辉。譬如说，正像在我们的《红楼梦》里，一当那些小姑娘、小丫头出场，书就马上活了起来一样，在莎士比亚的喜剧里，一当那些女主角带着她们的女伴出场，"三个女人一台戏"，那就准有精彩的对话、热闹的场面。这时候，一群思想感情解放、有独立人格、有鲜明个性的"文艺复兴时代的女儿们"就从厚厚的莎士比亚全集里走了出来，站在我们面前。在《爱的徒劳》里，法国公主和她那些侍女也给我们带来同样的愉快。我们听着她们那不受封建礼教束缚、天不怕地不怕的谈吐，感到一种说不出的解脱和高兴。特别在第四幕第三场，伯龙批评国王的"闭户读书论"时那一大段台词，热情歌颂了妇女的智慧和作用。"女人的眼睛永远是照耀着真正的神火；那即是涵濡世界的书、艺术和学校；否则一切的东西一无足取。"这些精彩的台词闪耀着人道主义的尊重妇女的思想光辉。

对于有耐心把这部早期莎翁喜剧从头到尾读完的人，这些思想光辉和诗情画意就是最好的安慰。可惜就全剧而论，好像一个大馒头，有些地方面发得好，嚼起来就有味道，有些地方面没有发起来，嚼起来还有点生硬。譬如说，在莎士比亚的成熟的喜剧里，丑角个个活灵活现，令人难忘；但是，在《爱的徒劳》里的丑角，不管是王子或是考斯达，都好像"未尽其才"，仿佛相声演员碰上一个平庸的段子，劲儿施展不出来，怎么也无法使观众畅心大笑。

这么一部瑕瑜互见、毁誉参半的早期莎剧，对于翻译家是一个难题。如果依着自己的兴趣爱好，他大概不会选上这个戏来发挥自己的翻译才能。但是，立下雄心壮志要翻译大作家全集的人，都逃避不了上天降给他的这么一种"大任"；他既要译出作家的那些炉火纯青、登峰造极之作，也要译出作家在初学阶段的那些不甚成熟的作品；他既要译出作家在创作高潮时期灵思泉涌、逸兴遄飞的神来之笔，也要译出作家的天才"打瞌睡"的时候写下的那些平庸篇章甚至败笔，为的是给读者一个全貌。所以，莎翁全集的译者别无选择。他必须使出浑身解数，把《爱的徒劳》译出来；精彩片断固然要尽力译好，平平之处也得认真对待。这个戏对于任何译者一律公平，没有什么可以取巧、"藏掖"之处。所以，我们也就可以看一看两位翻译家各自究竟采用什么办法来"打开这个硬壳果"。

二

朱生豪精通中国古典诗词，又酷爱英国诗歌，是一位天分极高的青年诗人。在抗日战争中颠沛流离、贫病交加的条件下,他以身殉了自己热爱的译莎事业,为中国译出了31部莎剧。从前面所引的《译者自序》可以知道:他在翻译中所追求的是莎翁的"神韵"和"意趣"。而反对"逐字逐句对照式之硬译",用通常的说法,他采用的方法是"意译"。

梁实秋是著名的文学批评家和散文家。作为一位莎学家,他曾经搜集了大量图书资料,逐字逐句精研莎氏原文,经过36年的努力,终于在晚年完成了莎翁全集的翻译工程。他认为这是自己"所能做的最大的一项贡献"。从他亲友的记载中知道:梁先生译莎的宗旨在于"引起读者对原文的兴趣",他"需要存真"。所以,他采用的方法可以说是"直译"。

只要拿两种译本和*Love's Labour's Lost*原文对照一下,就可发现两位翻译家忠实贯彻了各自的翻译原则。

1. 先举一个例子。

第一幕第一场第162—169行(本文所引莎剧原文行数,除另有说明,均据新剑桥版),有一段那瓦尔国王的台词,介绍一个脾气古怪的西班牙贵族亚马多。开头八行原文是这样的:

>　　*King*　Ay that there is, our court you know is haunted
>　　With a refined traveller of Spain—
>　　A man in all the world's new fashion planted,
>　　That hath a mint of phrases in his brain:
>　　One who the music of his own vain tongue
>　　Doth ravish like enchanting harmony:

A man of complements, whom right and wrong

Have chose as umpire of their mutiny.

再看两种译文:

王　有的。你们知道官里来了一位客人,是来自西班牙的一位高雅的游客,
此人集全世界的时髦服装于一身,
古怪的词藻装满了他的一脑壳;
他爱听他自己的放言高论,
就好像是沉醉于迷人的音乐;
他是一个多才多艺的人,
是是非非都会凭他一言而决。

（梁译本）

国王　有,有。你们知道我们的宫廷里来了一个文雅的西班牙游客,他的身上包罗着全世界各地的奇腔异调,他的脑筋里收藏着取之不尽的古怪的辞句;从他自负不凡的舌头上吐出来的狂言,他自己听起来就像迷人的音乐一样使人沉醉,他是个富有才能、善于折衷是非的人。

（朱译本）

从整个效果看,两种译本都把原文的内容传达出来了,但两种译文的风格又截然不同。梁译本的翻译原则是把原文中的"无韵诗"律

译成散文，而"原文中之押韵处则悉译为韵语"。因此，他将这段原文为五步抑扬格、按ababcdcd押韵的台词，译成了格律相近的中文诗，译文严谨、质朴、细密，就韵文来说也流利可诵，舒徐而婉转地揭示了这个西班牙人的文雅而又古怪的性格。朱译本则更注意译文用语的艺术加工，以增强效果。例如，"他的脑筋里收藏着取之不尽的古怪的辞句"和"从他自负不凡的舌头上吐出来的狂言"这两行，"取之不尽的古怪的"和"狂言"都属于译者的"艺增"，而"自负不凡的舌头"一语也较梁译"放言高论"更为形象生动。另外，对于"A man in *all the world's new fashion* planted"一行的斜体部分，朱译本的"全世界各地的奇腔异调"较之梁译的"全世界的时髦服装"更能突出刻画这个"怪诞的西班牙人"的怪诞脾气。所以，这两小段的译文给人的印象是：朱译本的特点是不惜通过中文加工手段，以浓笔重彩强调人物性格，梁译本的特点则是尽量遵循原文，亦步亦趋，忠实而委婉地反映原文面貌，表达原文内容，效果更为细致。

2. 再举一个例子说明两种译本的语言特色。

第五幕第二场第823—824行，侍女凯瑟琳告诉求婚者要在一年之后才能答应他的婚事：

Katharine　Not so my lord, a twelvemonth and a day
I'll mark no words that smooth-faced wooers say.

喀撒琳　不，大人。在这十二个月零一天当中，任何春风满面的求婚者的话我都不听。

（梁译本）

凯瑟琳　不，我的大人。在这一年之内，无论哪一个小白脸来向我求婚，我都一概不理他们。

（朱译本）

对于"smooth-faced wooers"，梁译"春风满面的求婚者"一语已经很好地传达出原文的意思，但朱译"小白脸"更传神，简捷生动地突出了一个"文艺复兴时代的女儿"的泼辣性格。

3. 朱译本为了渲染效果，爱在译文中发挥中文之长，进行增饰，用得巧妙，效果很好。但有时使用过分，也有冗赘之处。

第五幕第二场第866—867行，那瓦尔侍臣伯龙向意中人罗萨兰表态：

　　Berowne　A twelvemonth? well; befall what will fall,
　　I'll jest a twelvemonth in an hospital.

　　伯龙　一年！好，管它结果如何，我到医院里讲一年笑话再说。

（梁译本）

　　俾隆　十二个月！好，不管命运怎样地把人玩弄，我要把一岁光阴，三寸妙舌，在病榻之前葬送。

（朱译本）

在这里，朱译虽然文词华美，但增饰过多，嫌拖沓，不如梁译准确明快。

4. 朱、梁二位都善于运用汉语常用成语来译出原文中无法直译的习语。这使得他们的译文读来有亲切之感。现举出两个例子，并稍加评议。

第五幕第二场第784—785行，那瓦尔国王在临别前一分钟急急求婚，法国公主对他说：

> Princess   A time methinks too short
> To make a *world-without-end* bargain in.

> 公主　我想在这短短的一段时间，无法完成一宗<u>百年好合</u>的交易。
>
> （梁译本）

> 公主　我想这是一个太短促的时间，缔结这一注<u>天长地久</u>的买卖。
>
> （朱译本）

两种译本各用一个为中国读者所喜见乐闻的成语来翻译 world-without-end，而朱译"天长地久"更好。但就全句而论，朱译语气稍嫌生硬，梁译更为流畅顺达。

另一个例子：第五幕第二场第870—872行，伯龙对于他们一场求婚落空，发议论说：

> Berowne   Our wooing doth not end like an old play:

Jack hath not Jill: these ladies' courtesy
Might well have made our sport a comedy.

> 伯龙　我们的求婚未能像旧戏那样结束；才子没有配上佳人；姑娘们若是客气，大可以使我们的节目成为一出喜剧。
>
> （梁译本）

> 俾隆　我们的求婚结束得不像一本旧式的戏剧；有情人未成眷属，好好的喜剧缺少一幕团圆的场面。
>
> （朱译本）

用来翻译"Jack hath not Jill"一句的两个汉语成语都很恰当。但梁译的全句意思更准确些。朱译"好好的喜剧缺少一幕团圆的场面"，用语绕了一个圈子，不够简练确切。

从这一类细节来看，两种译本的语言各有其长，各有其优势；朱译用语华美浓重，有时稍稍夸张，效果生动；梁译用语朴素，蕴藉，不离原文，亦步亦趋，能达到更妥帖细密的效果。

三

朱生豪以诗人译诗，自是好手。他那华美称丽的语言常能表达出浓郁的诗意。且读他译的第四幕第三场第24—40行那瓦尔国王情诗的译文：

旭日不曾以如此温馨的蜜吻

给予蔷薇上晶莹的黎明清露，
有如你的慧眼以其灵辉耀映
　　那淋下在我频上的深霄残雨；
皓月不曾以如此璀瑰的光箭
　　穿过深海里透明澄沏的波心，
有如你的秀颜照射我的泪点，
　　一滴滴荡漾着你冰雪的精神
每一颗泪珠是一辆小小的车，
　　载着你在我的悲哀之中驱驰；
那洋溢在我睫下的朵朵水花，
　　从忧愁里映现你胜利的荣姿；
请不要以我的泪作你的镜子，
你顾影自怜，我将要永远流泪。
啊，倾国倾城的仙女，你的颜容
使得我搜索枯肠也感觉词穷。

应该说：这是译诗中的上品——冰雪之文。

梁实秋的译诗别有风格：文词朴素，不施铅华，但也自有它明快流丽的优点。且读前诗的梁译：

　　太阳没有这样亲热的吻过
　　　玫瑰花上的晶莹的朝露，
　　像你的眼睛那样的光芒四射，
　　　射到我频上整夜流的泪珠；

月亮也没有一半那样亮的光

　　照穿那透明的海面，

像你的脸之照耀我的泪水汪汪；

　　你在我的每滴泪里映现：

每滴泪像一辆车，载着你游行，

　　你在我的悲哀之中昂然而去。

你只消看看我的泪如泉涌，

　　我的苦恼正可表示你的胜利。

但勿顾影自怜；你会要把我的泪珠

　　当作镜子，让我永不停止的去哭。

啊，后中之后！你超越别人好多，

　　无法揣想，亦非凡人所能言说。

限于篇幅，不能多引。倘能再比较一下第四幕第三场第99—118行那首有名的杜曼情诗（*On a day, alack the day!*）以及全剧之末猫头鹰和杜鹃鸟所唱的《春之歌》和《冬之歌》的两种译文，当会得到类似的印象，即：朱译诗语言优美、富于诗情；梁译诗调子明快、朗朗可诵，有时由于紧扣原文，译得更细致一些。

四

"说不尽的莎士比亚"，给翻译家留下了说不尽的难题。四百年间的一般语言隔阂不说，他还使用了大量当时的俗词俚语，融汇了大量当时的风俗人情。这些构成了后世理解他和翻译他的障碍。同音异义的双关语（puns）遍布在每出莎剧之中。这是当时人的一种说笑习惯，曾经使得伊丽莎白时代的舞台上妙趣横生，但今天要把这种英语用中文译出来可就太难了。另外，外国作家"临文不讳"，作品中常有"不雅驯之言"。文艺复兴时期的作家写文章似乎又特别泼辣恣肆，像薄伽丘和拉伯雷都是以此出名的。莎士比亚也有此特点。莎剧中猥亵语甚多，国外还有专书研究这一问题。J. D. 威尔逊曾不无幽默地说：伊丽莎白时代的人对于 cuckoldry（老婆偷汉子）开起玩笑来从来不知道疲倦。莎剧中也反映了当时这种市井习气。——不过，《金瓶梅》和《红楼梦》里也有"王八"长、"王八"短一类的话。可见这也是个世界性的话题，不能单怪莎士比亚。说到这里，还得补充一句：莎剧中的猥亵语，总的社会效果类似《红楼梦》，并不像《金瓶梅》。

对于上述种种问题，我们所谈的两种译本采取了两种截然不同的办法。

宋清如回忆朱生豪的译莎工作时，写道："原文中也偶有涉及诙谐类似插科打诨或不甚雅驯的语句，他就暂作简略处理，认为不甚影响原作宗旨。现在译文的缺漏纰谬，原因大致基于此。"（《朱生豪传》）

从朱译本看，确实如此：莎剧中许多双关语、猥亵语和其他难译之处，已被改写、回避或删去了。因此，朱译本在这些方面可以说是一个"洁本"。

梁译本反其道而行之。台版《莎士比亚丛书》例言中说："原文多'双关语'以及各种典故，无法逐译时则加注说明。"又说："原文多猥亵语，悉照译，以存真。"因此，梁实秋不回避莎剧中的大量难题。对于"拦路虎""马蜂窝"，他采取硬功夫对待，一一解决。只要是能译出来的，他都译出来，实在无法译的则给以注释，务必使读者能够看到莎士比亚的原貌。老作家这种存真、求全、负责的精神，是很令人敬佩的。

五

自从严复提到"狭斯丕尔",梁启超又为这位爱文河畔的戏剧诗人起了一个标准的中文名字"莎士比亚"以来,我国对于莎士比亚的翻译介绍经历了漫长的道路。如果说,在中国的莎剧翻译史上,朱生豪译本可算是第一个里程碑,那么,梁实秋译本就应该说是第二座里程碑。两位翻译家各有自己的追求,也都以毕生的努力实现了自己的目标。

朱生豪才气横溢,志在"神韵",善于以华美详赡的文笔描绘莎剧中的诗情画意。他的译本语言优美、诗意浓厚,吸引了广大读者喜爱、接近莎士比亚,从20世纪40年代末以来对于在中国普及推广莎剧做出了很大贡献,但限于他当时的工作条件,今天拿原文去检查,也会发现他的译本尚有不少遗漏欠妥之处。

大陆读者对于朱生豪译本知之甚稔,而知道台湾另有一部莎士比亚全集译本还是最近几年的事。所以,为了学术上的公正,对于梁实秋先生的莎译贡献应该给予充分肯定。梁实秋身为散文家、批评家和渊博的学者,对莎集长期精研,经过36年的工作,在暮年独力完成莎氏全集四十卷的译述事业,这种毅力是惊人的。梁译本不以文词华美为尚,而以"存真"为宗旨,紧扣原作,不轻易改动原文,不回避种种困难,尽最大努力传达莎翁原意。他的译文忠实、细致、委婉、明晰,能更多地保存莎剧的本来面貌。总的说,这是一部信实可靠的本子,语言也流利可诵。对于不懂英文而又渴望确切了解并欣赏莎剧的读者,从这个译本里可以窥见莎翁原作的更多的真实面目。

梁译本由于上述优点,还具有另外一种作用,它能引导具有英文基础的读者去钻研莎士比亚原著,帮助他们去准确了解莎剧原文。这后一种作用不可低估。因为，我们未来的莎学研究和莎剧翻译的基础在于我们今天的青年学者攻读莎士比亚原文的能力。缺乏这个根本基础，今后对于莎剧的欣赏、评论、翻译、研究都将落空。专家早就指出：直接阅读莎氏原著并非易事。在目前国内莎学参考工具书极端缺乏的条件下，梁氏的莎译加上其中的简明扼要的注释，对于初入门的中国学生在攻读莎剧原文时能起到一种"拐棍"的作用，有助于对于原文的准确理解和欣赏——因为这部译本包罗了一位严肃不苟的莎学家一生中对于莎翁全集一字一句、一事一典的辛勤研究的成果；后学者对它细细揣摩，将会学到不少有用的东西。这是梁译本所具有的特殊的学术价值。本来，梁氏译莎作的苦心，就"旨在引起读者对原文的兴趣"。

末了，回到文学翻译的话题上来。

我国目前文学翻译和莎剧翻译的发展概貌，使我对于"信、达、雅"的关系产生这么一种理解：如果把文学翻译作品比作一棵树，那么，"信"是根干，"达"是枝叶花果，而"雅"是花果自然而生的悠远芳香。根深叶茂，花果繁盛，方能飘香千里，甚至，垂诸久远。两部莎译全集，朱、梁各有千秋：朱译本以"达""雅"取胜，而"信"有不足；梁译本以"信""达"见长，而"雅"有不足。朱译本代表20世纪三四十年代中国莎译的结晶。梁译本虽然本身不尚繁华，但它基础深厚扎实，启示我们中国莎译事业还应有一个更远大的前景，即在更严谨的学术研究的基础上拿出中国的更高水平的莎士比亚全集的译本——"信、达、雅"三者更完美结合的莎译精品。这是我国莎学界、莎译界今后需要攀登的新的、光辉的峰顶。

新的认识和追求
——谈《新莎士比亚全集》的翻译思想[1]

方 平

文学翻译本是铺开稿纸，面对原著，伏在案头，斗室之内的一种无声作业。我译过小说，就是在进行一场无声操作。可是翻译莎士比亚的戏剧却不同了，耳边会产生"伴音"，如闻其声，以至眼前产生"伴像"，如见其人。正因为有声有色，犹如身历其境，这份临场感，使我对翻译莎剧情有独钟。你越是投入，越是能体会到虽苦犹甜，乐在其中。

莎士比亚笔下的蜜兰达（《暴风雨》中的女主人公），让人只觉得她当真是在那清风明月的大自然怀抱中成长的少女，她那颗晶莹皎洁的心灵是一块未经雕琢的美玉，几乎不曾感受到千百年来习惯势力所加于女性身上的束缚；耳边仿佛又同时响起了她那明净清脆的语音，不加掩饰地把内心深处最隐蔽的思想感情向她第一次遇见就为她所爱上了的异性吐露出来：

我从没见识过跟我是姐妹的女性，在我心灵中也从没印进

---

[1] 原载于《英美文学研究论丛》2001年第2辑。

过一个女人的脸蛋——除非在镜子中照见了我自己；我也从没见过哪一个，我能称他为男人——除了你，好朋友，和我那亲爸爸……除了你，我再不希望跟别人作伴，也无法想象，除了你，我还能喜欢另一个形象。

(第三幕第一场)

美国现代诗人弗罗斯特（R. Frost，1874—1963）曾把读者分为两种类型：视觉型读者（eye readers）和听觉型读者（ear readers）。对于语言的音乐性，他很敏感，也很强调，因此，他要表达的是现代人的思想感情，写而为诗，却常遵守着传统的格律。为他所看重的，自然是能充分欣赏诗歌的音乐性的"听觉型读者"[1]，而不是那一目十行的"视觉型读者"。现在我以诗体翻译莎士比亚的诗剧，同样期待着拙译能为更多的"听觉型读者"所接受，欣赏，并予以指点。

莎士比亚是当时独步艺坛，深受观众欢迎的剧作家。当浪漫主义思潮席卷19世纪英国文坛时，他的声誉达到了顶峰，笼罩在一团荣光中。他的形象完全改变了——原来专业剧作家的身份现在让位于一位超凡入圣的伟大诗人了。当初是台上之本的诗剧，现在成了案头清供的剧诗了。兰姆曾经断言莎翁杰作的精妙只能得之于书斋内的研读揣摩；舞台演出只能是令人痛心的糟蹋。

浪漫主义派莎评在我国很有些影响。前贤朱生豪以他可钦佩的才华和毅力，倾注十年心血于译莎的艰巨工程。在"译者自序"（1944）中，他一开始就称颂莎士比亚"卓然为诗坛之宗匠，诗人之冠冕"。读

---

[1] 转引自W. Pritchard, *Frost, A Literary Life Reconsidered*, New York: Oxford University Press, 1985, p. 36。

前辈诗人孙大雨以诗体精心翻译的《黎琊王》(1948)，从译文的遣词造句我们可以感觉到这部大悲剧在译者的心目中是"剧诗"，并非供舞台演出的"诗剧"。

大约在20世纪下半叶，英美莎学界开始提出了重新认识莎士比亚的号召；还莎士比亚以本来的面目——不管怎么说，莎士比亚首先是一位专业戏剧家，只有深入研究了当初伊丽莎白时代的剧场，它的裙形舞台，它的观众，和当初的演出方式，我们才能真正领会到莎士比亚戏剧艺术的精髓。

我们该怎样阅读莎剧，也不同于我们的祖辈了。英国莎学家布朗给予的建议是："人物性格的分析，内在主题思想的探讨，不妨慢一步，首先要使戏剧在读者的想象中有声有色地活跃起来。"[1] 这就是说，把莎剧当作文学作品来阅读是远远不够了。在阅读过程中需要想象力，仿佛戏剧就在眼前展现，而且就像台下观众似的做出反应。布朗甚至这样要求："我们阅读，研究莎剧，应该就像在排练莎剧。"对于译者，这些值得深思的意见同样用得到。

这样，今天译莎，打开原作，动笔之前，首先就得面对这样一个问题：这是来自舞台的诗剧，还是案头之作的剧诗？对这一问题的认识，直接关联到在翻译过程中，是按照常规，文字与文字打交道的无声作业呢，还是在译莎过程中，进入角色，进入境界，联想翩翩，"伴音""伴像"随之而来？及至拿出自己的成果时，也因而会有不同的期待：是"视觉型读者"呢，还是"听觉型读者"？

这里且从社会问题剧《自作自受》(朱译《一报还一报》) 第二幕

---

[1] 本段中关于布朗的两处引文，原文未标注出处，无从查考。——编者注

第二场挑几例作为对比,看一下由于对莎剧的不同认识,不同的翻译方法,不同的追求,所产生的艺术效果会有些什么差异。

女主人公的弟弟还未和未婚妻举行婚礼,就与之发生了肉体关系,因而以奸淫罪判处死刑。在死牢中的弟弟苦求姐姐去见摄政求情开恩。为姊的不能见死不救,但少女纯洁无瑕的心灵又不允许她为不正当的男女关系百般辩护。姐弟之情和一位见习修女的道德信条在她内心冲突得很厉害。一时之间,在摄政跟前,她不知怎么开口才好,于是有了这么一段局促不安,与其说是讨情,不如说是自表心态的开场白:

There is a vice that most I do abhor,

And most desire should meet the blow of justice,

For which I would not plead, but that I must,

For which I must not plead, but that I am, At war twist will and will not

(2.2.29—33)

我深恶痛疾的是那种下流的事儿,

受到法律的惩办才合我的心意,

我怎么反而来讨情?我没了主意:

不该来,却来了;不该求,却来求情了——

我来也不是,不来也不是,我好苦啊!

(方译)

有一件罪恶是我所深恶痛绝,切望法律把它惩治的,可是我却不能不违背我的素衷,要来请求你网开一面;我知道我不应当为它渎请,可是我的心里却徘徊莫决。

(朱译)

朱译虽说大意不错,但那种左右为难、方寸已乱、不知如何措辞的语气、声调却没有得到充分表达;而代之以理性成分较重的陈述。

女主人公将心比心,试图用感情去打动操生杀之权的摄政,于是有了以下一段委婉动听的话:

If he had been as you, and you as he,
You would have slipped like him; but he, like you,
Would not have been so stern.

(2. 2. 64-66)

如果换了他是你,换了你是他,
你也会像他那样迷失了方向;
可他不会像你那样不留一点情。

(方译)

倘使您和他易地相处,也许您会像他一样失足,可是他决不会像您这样铁面无私。

(朱译)

朱译似偏重评理,少几分婉转求情的语气:"如果换了他是你,换了你是他",原文本是两句,现在合并为"易地相处"一句,对于"视觉型读者"固然一目了然；但拿到舞台上由一位女演员念来，就无从发挥了。

> So you must be the first that gives this sentence,
> And he, that suffers.
>
> （2.2.106-107）

> 那么你一心作第一个判刑的法官，
> 他却是给拿来第一个开刀的人。
>
> （方译）

> 那么您一定要做第一个判罪的人，而他是第一个受到这样刑罚的人吗？
>
> （朱译）

朱译在这里显示了它为人所称道的优点：通晓流畅，以散文译本而言，也许已无可挑剔了。但是如果以诗剧来要求，为了语言的节奏感，第二句文字似还可以凝练些。

现在就谈到这样一个问题了：为什么有了以朱译为主体、深受欢迎的散文译本沙剧全集，还得另起炉灶，不惜花费那么大人力物力，又完成一套新的诗体全集译本呢？有必要吗？值得吗？首先，莎剧是诗剧，可以说，莎剧的艺术生命就在于有魔力般的诗的语言：优美，抒情，有时激越奔放，有时又简洁明净，把从生活中提炼出来的智慧和哲理结晶为清澈透明的形象。

莎士比亚不愧为一位语言艺术大师，肖伯纳（他成为剧作家之前曾经是位音乐评论者）称颂他为了不起的"语言音乐家"（word-musician），认为假使你缺少一双敏感的耳朵，那么即使你洞达世故，具有戏剧性天赋，也无从深切了解他的作品，或是演好他的戏剧。肖为此还说了这样一段话："用散文化的意译剥夺了他的诗剧的语言美，那么剩下的就只有平淡乏味了。"[1]他这番话也许言之过甚，但是注重通顺达意的散文译本和对于语言艺术有更高追求的诗体译本，这中间确实存在着艺术效果上的差异。

一套莎剧诗体译本有它的必要性，首先在于有必要从戏剧艺术来重新认识莎剧的本质；其次，同样重要的是，对于翻译界普遍接受的文学翻译准则有必要做新的思考。

半个多世纪前，朱生豪在《译者自序》中阐述了他译莎的"宗旨"："凡遇原文中与中国语法不合之处，往往再四咀嚼，不惜全部更易原文之结构，务使作者之命意豁然呈露，不为晦涩之字句所掩蔽。"这和傅雷后来在总结自己丰富的翻译经验时所提出的"舍形似而求神似"，多少有些相近，不过在内容和形式的关系上，更明显地把形式仅仅看作内容的一种载体，犹如瓶子之于酒。

这"不惜全部更易原文之结构"的主张，我们要看到它自有其历史上的要求。青年翻译家当时所处的那个时期，我国文学翻译还是在经历着起步、摸索、成长的过程，优秀、成熟的译文少见，或者说，有待出现；而当时的莎译，由于理解上、译文表达上，困难更大，要求更高，取得成果也就更难了；"自序"所说"拘泥生硬……艰深晦涩，有

---

[1] 转引自 Bernard Shaw, *Plays and Players*, London: Oxford University Press, 1955, p. 187。

若天书,令人不能卒读",当是有感而发。前贤有鉴于此,为自己的译文提出这样一个追求目标:"务使作者之命题豁然显露,不为晦涩之字句所掩蔽。"这也是一位热爱祖国文化事业的有志之士勉励自己要担负起的一个历史任务啊!今天我们常用"通晓流畅"来赞扬朱译的成就,这也就是充分肯定他处于十分艰苦的情况下,出色地完成了他的历史使命。虽然今天看来,朱译为了"通晓流畅"这优点,是付出了代价的。

我们不能以今天所达到的认识水平来向前人提出超越他所处的历史阶段的要求;但是今人力求超越前人,在文学翻译上提出进一步的要求,那是应该做到的。在多年译莎的过程中,我逐渐酝酿成熟的一个翻译思想是:越是经典名著,它的艺术形式越是应该受到尊重。尤其是戏剧,属于时间艺术,词序和句列,很有讲究,在翻译过程中不必要地给移位了(变动了艺术形式),原来的语气往往因之而变形了。这里试举例说明。

The handkerchief which I so loved and gave thee,
Thou gav'st to Cassio.

(*Othello*, 5. 2. 48-49)

那块手绢儿——我最珍爱的东西,
我给你,你去给了卡西奥。

(方译)

你把我给你的那条我心爱的手帕送给了凯西奥。

(朱译)

这是奥瑟罗听信谗言,下手杀害纯洁的女主人公之前对她的责问;原诗一行半,可读成四个短句,爆发性的语气,急促,激动。朱译改组为一长句(共20字),复述了原文的意义,而语言的强烈的节奏感和伴随着的戏剧性的紧张情绪,却没能顾及了。

but let us rear The higher our opinion, that out stirring Can from the lap of Egypt's widow pluck The ne'er lust wearied Antony.

(*Antony*, 2. 1. 35–38)

再一想,我们倒是更要看得起自己了:咱们一行动,居然从那埃及寡妇的怀抱里,拉走了那个搂住了女人不放的安东尼。

(方译)

要是我们这一次行动,居然能够把沉湎女色的安东尼从那埃及寡妇的怀中惊醒起来,那倒很可以抬高我们的身价。

(朱译)

在海上称霸的庞贝,趁大将安东尼远在埃及,向古罗马侵犯,却忽然得到情报:为了应急,安东尼已赶回罗马。他大吃一惊,但随即故作镇静,说了以上一段话,为自己、为部下鼓气。原文是倒装句,句式结构如以数字显示,为4—3—2—1。

散文译本着意于文字通顺、语意显豁,不惜打乱了原来的语序,重新组合为条理清晰、理性化了的陈述语,句式排列几乎完全颠倒过来:3—1—2—4;原来的感情色彩、思维活动却被过滤了。庞贝首先要从大吃一惊中振作起来，特别强调对方无非是酒色之徒，没什么了不起，因此一开口就是"更要看得起自己"，结尾的重音落在出之于讥嘲口气的"安东尼"。诗体译文尽可能不打乱原文的句式结构，亦步亦趋，对艺术形式的尊重，就是为了尽可能传达出原诗的语气神情。

悲剧《麦克贝斯》中原文有好些句型都追随着思维活动的自然形态走，所谓"言为心声"；可是从语文逻辑着眼，文中的倒装句过于复杂化了。朱译为求明白通顺，特意把语序扭转过来，理顺成一句有头有尾的完整的陈述语，但那种"如闻其声"的戏剧性效果不免失落了。这类情况不少，最值得注意的是一个最简短的例子，原文只有四个字。主人公赶回城堡向妻子报告一个天大的消息，国王今晚将光临他家做客。做妻子的问得别有用心："他几时走呢？"回答是：

To-morrow, as he purposes.

（1.5.60）

明天——他打算。

先给了一个明确的答复："明天"；却又意味深长地拖了一个尾巴："他打算"。本来很明确的语气，变得闪烁其词了，弦外之音是：他的打算是明天走，但是走得成走不成可难说呢。麦克贝斯夫人心领神会，针对着丈夫的含糊其词的"明天"，斩钉截铁地宣布道："嘿，休想再看到太阳在明天升起！"主意已经拿定，没有挽回的余地了。这对心照不宣的夫妇就此结为谋王篡位的死党了。

麦克贝斯简短的答话的句型是跨一步，缩半步："是这样——也许是吧。"朱译把语序扭转过来，成为一句一览无余的陈述语："他预备明天回去。"原来两句话、两种语气中透露出来的暧昧的内心活动,很难体会了。

20世纪初我国翻译事业起步伊始,先驱严复提出译事三准则:"信、达、雅"。长期以来,为文学翻译界津津乐道。但是在今天,我们对于文学翻译提高了认识,文学翻译相应地应该有更高的要求,更高的准则。上面所举的很简单的例句,在散文译本中,"明天"并没被译成"昨天"或"后天","他"也没译成"我","预备"没译成"决定";从字面表层的意义来说,这里没有漏译什么,误译什么,读来又通顺,"信"和"达"兼而有之;然而这样一句译文不能使今天的我们感到满足,因为语气"失真"了。

现在,我们更多地从媒介学的角度——民族与民族间的文化传播,文化交流,民族间彼此的了解、沟通——去考虑文学翻译了。这样,要求于文学翻译的是一种全方位的、全信息的文化传递。而半个多世纪前,前贤努力把译文从佶屈拗口的通病中解放出来,不可能想得那么远。他想到的可能是译文的"信",而这和我们所说的"忠实",理解上是有距离的。

朱译本凡遇到原文于国情不合之处,往往或者改动,或者代替作者另行发挥,或者干脆删除,务求读来顺眼。这里试从传奇剧《冬天的故事》中举出一例:

> Since my desires
> Run not before mine honour, nor my lusts
> Bum hotter than my faith.
>
> (4.4.33—35)

因为我是发乎情而止乎礼仪的。

（朱译）

情欲可不敢跟我的人格来抢先，青春之火不比我的忠诚更炽烈。

（方译）

　　这里是一位热恋中的王子向情人表白一片真诚。他背着父王和民间少女私订终身，为了爱情，敢于反抗父王的干涉，和情人双双私奔海外，这争取恋爱自由、婚姻自主、个性解放的行为无论如何是难以用我国儒家的礼教（止乎礼仪）来规范的。

　　莎剧（尤其是喜剧）逢到调笑、调情，或者戏谑时，牵扯到性或性爱等方面的内容并非罕见，有时甚至出之于大家闺秀之口；前贤每逢到这些场合，因与风化有关，尤其谨慎，往往做了或大或小的处理（以至删除），不胜列举，这里以悲剧《罗密欧与朱丽叶》中两行诗句为例。

　　一对苦命鸳鸯只能做一夜夫妻，奶妈拿来一盘绳索（软梯），让小姐晚上挂在楼台前，罗密欧在流亡之前，好爬进闺房，和她度过难分难解的一夜。朱丽叶瞧着绳索感叹道：

　　　　He made you for a highway to my bed;
　　　　But I, a maid, die maiden-widowed.

（3.3.134–135）

　　　　他本要借你做捷径，登上我的床；

可怜我这处女，活守寡，到死是处女。

（方译）

在我国才子佳人的古典戏曲里，也会出现男女幽会欢合的场面，可无论《西厢记》的"酬简"，《牡丹亭》的"惊梦"，羞羞答答的女主人公始终默无一词；以大家闺秀身份，只宜半推半就，身不由主，怎么能直截了当地说出"登上我的床"呢？于国情不合。前辈翻译家出于为贤者讳的美意，也为了便于读者接受（同时也流露出我国礼仪之邦固有的性忌讳、性压抑的民族心态），经过一番斟酌，把这行译成：

他要借着你〔软梯〕做牵引相思的桥梁，可是我却要做一个独守空闺的怨女而死去。

今天的读者不禁要问了：思想本可以自由飞翔，何须借软梯来做牵引的桥梁呢？原文下句表达了热恋中的西欧少女渴望和已秘密举行过婚礼的情人，在肉体上也和谐地结为一体，这是她最渴求的欢乐，她名分的权利；而最痛苦的是做一个挂名新娘（处女）。这灵和肉的爱，被朱译悄悄地转换成单纯的精神上的爱（怨女）了。

比起上半世纪，今天的译文有了普遍提高，字从句顺已是最基本的要求，应该另有更高的追求目标。从全方位信息传递要求于文学翻译，那么它的理想应该是音响发烧友所谓的"原汁原味"吧。昂贵的音响器材确实可以"复制"出几乎乱真的音响效果；可是对于文学翻译要做到原汁原味，进入丝丝入扣、纤毫毕露的境界，谈何容易！你越是强调给予艺术形式最大的尊重，越是力求把原文从表层到深层的意思、意识、意蕴都涵盖无遗，你越是无奈地感受到语言的障碍有时难以跨越，文学翻译毕竟有它的局限性，是"遗憾的艺术"。我不敢奢言音响学上的"真"，但翻译经典名著，确是怀有这样的苦心，力求把语际交换中所带来的"失真"减少到最低限度；当然，连这一点都未必能做到，但这就算我在译莎过程中所认定的追求目标了。

从林琴南《吟边燕语》（1904）开始，我国译介莎士比亚将近一个世纪的过程中，朱生豪的31种译本问世（1947，1954），可以看作一块里程碑；前文从几个层次，与朱译做一些比较，非敢与前贤较量才华功力的高下，主要是观察一下，后人的译本是否能在前人的基础上又往前跨出几步——从长远看，也不过是五十步与百步之差的几步而已。

附记　东邻日本介绍莎士比亚早于我国将近半个世纪。1928年坪内逍遥独立完成了他们第一套莎士比亚全集译本。1979年，又有了以现当代日语翻译的一套莎士比亚全集，同样是散文译本。日本人对于莎士比亚兴趣浓厚，可是他们还拿不出一套诗体的全集译本。我们今天能推出诗体的全集译本和爱好莎士比亚的读者见面，该是有意义的事。《新莎士比亚全集》（河北教育出版社）于2000年初问世后，即由台湾猫头鹰出版社引进，他们很重视这一套中文世界首次以诗译诗的新全集，视为他们文化界在世纪之交的一件大事，并于11月中旬为《新全集》的发行举行了隆重的新书发布会，余光中教授、彭镜禧教授等多位学术名流出席讲了话。第二天台北各大报纸都以较大篇幅做了报导。

诗体和散文的莎士比亚[1]

张 冲

中国读者所认识的莎士比亚，主要是以散文形式出现的。在大陆，集朱生豪先生译本之大成（除少数剧本及十四行诗以外）的《莎士比亚全集》，其经典地位半个多世纪以来不可动摇，而且将继续成为汉语读者认识莎士比亚的主要途径之一。其实，还有一部同样以散文体翻译的莎士比亚全集，那就是梁实秋先生译就的37个单行本，包括了除近年内才被接纳收入莎氏全集的《两个高贵的亲戚》（与弗莱彻合作）之外的全部莎士比亚戏剧。该全集在大陆流传尚不广泛，然其译文之优美传神，实与朱译全集不分仲伯。而莎氏的第38部戏剧《两个高贵的亲戚》，目前也已经有了散文汉语译本，译者是孙法理先生，译本受到翻译界很高的评价。[2]

然而，以诗体形式翻译莎士比亚的努力在我国文学翻译界也从未有过中断。曹禺先生在1944年、孙大雨先生在1948年分别以诗体译成出

---

[1] 原载于《外国语》1996年第6期。
[2] 参见刘文哲：《莎剧〈两个高贵的亲戚〉中译本评析》，《中国翻译》1993年第5期。

版了莎氏的《柔蜜欧与幽丽叶》和《黎琊王》，前者被认为是当时"比较接近理想的译作，是中国最好的译本之一"，而后者则"在诗句音组上颇费苦心"，力求在剧本中散文的地方还它以散文，是韵文的还它以韵文。[1] 其他著名的老一辈翻译家，如卞之琳、曹未风、方平等，都在以诗体翻译莎士比亚方面建树斐然，如卞之琳先生的《哈姆雷特》，曹未风先生的《仲夏夜之梦》，方平先生的《奥赛罗》《威尼斯商人》等，都堪称诗译莎剧的典范。近来，一部诗译莎士比亚全集正在孕育之中。

　　散文译本和诗体译本的莎士比亚并存，无论对文学翻译界还是对莎学界都是一件极有意义的事情。虽然莎氏剧本多以诗体写成，散文译本却自有其存在理由和价值。首先是因为，散文译本与以白话对话为主的话剧形式十分接近，读者易于接受，演员易于上口，观众易于明白。其次，从语言角度看，散文由于不受格式韵律等限制，可以较为自由地调节句子长度，用相对较多的文字将原文的文化、历史、语言内涵尽可能充分地表达出来。再者，汉语文学有着如汉魏六朝辞赋这样高度诗化的散文传统，将原作译成散文诗或极富诗意的散文，是完全可能的。就现有的两部散文本全集和一些单本散文译本来说，由于译者本人都是诗人或散文大家，对原作的诗之美心领神会，译笔之下，诗韵自见。仅以朱生豪译《哈姆雷特》第二幕第二场中的一段台词为例：

　　　　人类是一件多么了不起的杰作！多么高贵的理性！多么伟大的力量！多么优美的仪表！多么文雅的举动！在行为上多么像一个天使！在智慧上多么像一个天神！宇宙的精华！万物的灵长！[2]

1　参见孟宪强：《中国莎学简史》，长春：东北师范大学出版社，1994年，第102页。
2　《莎士比亚全集》(第9卷)，朱生豪译，人民文学出版社，1978年，第49页，以下作《全集》。

这样的译文，本身就充满诗意，在作为台词来抑扬顿挫地朗读时更是这样。既然如此，我们为什么还需要诗体译本呢？这是否也是当前文学翻译界（出版界）盛行的重译世界名著的"运动"的一部分呢？答案是否定的。

尝试以诗体重新翻译莎士比亚的作品，有一个目的是显而易见的：即根据老一辈翻译大家的实践，根据近几十年来国内外莎学研究的成果，对现有的莎剧译本中的一些错漏缺憾或修正，或增补，或润色，使我们的译本更完美，更适于准确地理解和深刻研究莎士比亚。但这并不是主要目的。以诗体形式重新翻译莎剧，其主要目的可以一言以蔽之曰："必也正名乎。"要"正"的"名"，就是莎士比亚是一位"戏剧诗人"（dramatic poet），他的作品是"诗体剧"（poetic drama）。当然，这不仅是要还莎氏以"戏剧诗人"的真实身份，更重要的是，一个好的，在语言、形式、风格诸方面都更为接近原作风貌的诗体译本能使读者和研究者更接近"真正的"莎士比亚，更全面地了解除剧情和台词内容以外的许多十分有意义的东西，而这却是散文译本无法做到的。例如：莎氏的不同形式的台词，经常有标示剧中人物不同的身份、教养、性格、社会地位、出身背景等等的功能。《威尼斯商人》中的朗斯洛特，《罗密欧与朱丽叶》中的奶妈，说话时自然与同剧中的鲍西娅和朱丽叶不一样，前者的台词主要是白话（散）文，后者则出口成"诗"，在散文译本中，大家都用白话，以语言形式指示人物身份特点的功能就很难体现出来。而在《威尼斯商人》第五幕第一场中，洛伦佐等人在月光下大谈音乐培育人性的功能的那段台词，朱生豪先生的散文固然把原文的意思译出来了，可原文本身的音乐美和意境，却在方平先生的诗体译本中得到了充分的体现。[1]

  莎氏剧中的"诗",虽主要为五步抑扬格的素体(无韵)诗,但在相当多的场合,仍然有一定格式的押韵出现,而且在很多情况下,这种押韵并不是随意的:在台词激昂、诗情澎湃之时,如《罗密欧与朱丽叶》第一幕第五场中罗密欧初见朱丽叶时的惊叹,这10行台词原文是每两行一韵,极具诗意,就连以散文为主的朱生豪译本也禁不住用同样的韵式译成了优美的诗体。[2] 另一个常用韵的地方是一幕或一场的结尾处,往往是1段4—6行、2行一韵的诗句,如《威尼斯商人》第一幕第三场由安东尼奥和巴萨尼奥分别说出的最后四行:

  Antonio: The Hebrew turns Chris tian, he growskind.

  Bassanio: I like not fair terms and a villain's mind。

  Antonio: Come on, in this there can be no dismay,

  My ships come home a month before the day.

  这里kind-mind和dismay-day的重复,很明显地预示了场景和人物组合的转换。这种情况在莎剧中极为普遍,它是伊丽莎白时期剧的一个特点:当时的剧本上并没有场幕之分,在戏台上演出时也没有幕起幕落的场次之别,这几行有韵的诗句,恰好起到了"提醒"的作用,它们标志着一个片段的终结和另一个片段的开始。对观众,它们提示应当注意

---

[1] 参见《全集》(第8卷),第27页。
[2] 分别参见《全集》(第3卷),90页和《莎士比亚戏剧集》,杭州:浙江文艺出版社,1991年,第247页。以下作《莎集》。

场面和情节的转换，对演员，它们提示下一个片段的演员应当准备上场，这同中国古代戏剧中的上下场诗有着异曲同工的妙用。从比较文学的角度看，这是中西早期戏剧众多的相似点之一，很有进行比较研究的价值。散文译本不能将这一点表现出来，实在是一大缺憾。试比较下面两段译文：

朱生豪译

安东尼奥：这个犹太人快要变作基督徒了，他的心肠变得好多啦。

巴萨尼奥：我不喜欢口蜜腹剑的人。

安东尼奥：好了好了，这又有什么要紧？再过两个月，我的船就要回来了。

（《全集》卷三，第21页）

方平译

安东尼：这犹太人想做基督徒，心肠都变善。

巴珊尼：我可不爱嘴面上甜，心里头奸。

安东尼：来吧，这个呢，你不用把心事儿担，

我的船，准是早一个月就回家转。[1]

---

1 《莎集》，第160页。相似的例子如《威尼斯商人》第二幕第五场的结尾杰西卡的两行：

Farewell, and if my fortune be not cross'd,
I have a father, you a daughter, lost.

朱译作：再会；要是我的命运不跟我作梗，那么我将要失去一个父亲，你也要失去一个女儿了。(《全集》[第3卷]，第35页)；方译作：再会吧，要是我的命运没有出岔，／那你将不见了女儿，我要失去了爸。(《莎集》，第117页)

方译明显优于朱译，因为它以"善""奸""担""转"四字译出了原文每行末尾所押的韵。

散文译本失去的还远不止这些。莎氏原作中诗体台词的形式本身，经历了从一行一意、行尽意完到跨行行文走意的发展，这一点，从散文译本中是无论如何也体会不到的，而这样，又使莎学研究少了一个重要的课题和参照点。另外，莎氏在写戏的同时，又是一位创作有154首十四行诗（及几首长诗）的诗人，在他的剧本中也为细心的读者和观众留下了十四行诗的踪迹：《罗密欧与朱丽叶》中就有几首[1]，而最著名的当数第一幕第五场中由两位悲剧主人公交替念完的"内嵌"十四行诗了，而本身就是诗人的朱生豪先生当然没有放过这个一展诗才的机会，于是读者就有了一首极为工整优美的汉语十四行诗，由于篇幅所限，在此不便赘录，读者可翻阅《全集》卷八，第29—30页。朱生豪先生的这段译文，虽不免有一些局部的不确切[2]，但从总体上说，无论是字数、行数、顿挫、抑扬、用韵，还是诗中的语言和意象之美，都传达淋漓尽致，是朱译佳作之一。倘若以散文译来，即使内容和诗意能尽量保存，然形式之浑然丧却，不能不说是一个遗憾。

诗体译文胜过散文的地方还在于，前者能以十分凝练的语言表达丰富的意象，以工整的节奏韵律传达自身的美，而散文行文不太受长短限制，为将文中意思表达彻底，译者往往采用长句，意思是尽了，可诗的凝练之美也随之消失。例如《罗密欧与朱丽叶》第一幕第一场的第

---

[1] 另外，该剧第一幕及第二幕的开场致辞均是十四行诗体，朱译亦以十四行对之，甚为工整。
[2] 如第8行，原意似为"掌心的密合就是信徒的亲吻"。第9行直译为："难道神明和信徒均无嘴唇？"又：朱译将原文第11行译成2行，省去了原文12行中"可别让他（信徒）失望"的意思。末两行，原文有"神明虽然恩准，但却不会（主）动/那你就别动，由我来吻（你）"的意思，朱译俱失。

134—136行，原文是：

> But all so soon as the all-cheering sun
>
> Should in the farthest east begin to draw
>
> The shady curtains from Aurora's bed, ...

朱生豪的散文译作：

> 可是一等到鼓舞众生的太阳在东方的天边开始揭起黎明女神床上灰黑色的帐幕的时候，……

（《全集》卷八，第11页）

句子似乎过于冗长，特别在演出时，很难顺当地一口气念完。而曹禺先生的诗体译文"当着快乐的阳光刚刚／撩起黑暗的幔帐，……"（《莎集》，第11页）虽然其中的省略还可以商量，其诗意在短短的两行及"刚刚"和"幔帐"的押韵中就已经显露无遗了。再比如《威尼斯商人》中鲍西娅那段关于"慈悲心"的台词，语言优美，形象生动，是莎剧中最为脍炙人口的段子之一，原文不便抄录，但仅看中文，就能感受到散文译文和诗体译文的差别了：

> 朱译：慈悲不是出于勉强，它是像甘霖一样从天上将下尘世；它不但给幸福于受施的人，也同样给幸福于施与的人，它有超乎一切的无上威力，比皇冠更足以显示出一个帝王的高贵；御杖不过象征着俗世的感权，使人民对于君上的尊严凛然生畏，慈悲的

力量却高出于权力之上,它深藏在帝王的内心,是一种属于上帝的德性,执法的人倘能把慈悲调剂着公道,人间的权力就和上帝的神力没有差别。

(《全集》卷三,第76页)

方译:慈悲,并不是硬逼强求的东西,
它,像甘霖一样,从天而降,
洒落到人间。它给人双重的祝福——
祝福那施主,也赐福给受施的人。
它,万王之王所奉行的王道,
它,比皇冠更适合帝王的身份,
帝王手里的节杖,无非是象征着
世俗的权势,叫人诚惶诚恐,
让君主笼罩在煊赫与威严的中央。
可是慈悲,却高出于王权的势焰;
它,供奉在帝王的内心深处,
是替天行道,象征了上帝的宏恩。
人间的权威跟上帝的天道最接近,
若是王法里渗透着慈悲的德性。

(《莎集》,第229—230页)

方译分行,每行有五个节奏组(即"顿",下文论及),加上对仗和少数的散韵(如末两行),显然要更接近原作的风格,上口性似乎比朱译的散文更强一些。

上文说到诗译莎剧的主要目的是还一个"更为真实的莎士比亚"，这应当意味着，无论是翻译还是评译，其准则都应当是：译文是否在形式、风格诸方面尽可能地贴近原作。"更接近莎士比亚"的译本，不仅应当在语言本身的正确性和风格上比现有译本更接近莎氏原作，而且在总体形式上更应向原作靠拢，具体说来就是，形式上的对等：原作是散文时译作也用散文，原作是诗体时译作亦为诗体，原作为无韵体时译作基本上不用系统的韵式，而原作押韵时译作则应尽量押韵。风格上的对等：原作温雅，则译作也应对之以温雅，原作鄙俗，则译作也需随之鄙俗。如此方显出莎氏本色。如果说以散文译莎剧，易将诗意译白，那么以诗体译莎，则往往会失之太"雅"。如《威尼斯商人》第一幕第二场中最后两行（鲍西娅的台词）：

Whiles we shut the gate upon one wooer, another knocks at the door.

朱生豪译作"垂翅狂蜂方出户，寻芳浪蝶又登门"（《全集》卷三，第15页）。诗是像诗了，然失之过分，特别以"狂蜂"与"浪蝶"来译原作的one wooer和another，似乎有悖鲍西娅的身份和态度：其实她对那两个求婚者并没有那么促狭。而且原文的语言也并没有那么的"诗意"。倒是方平先生的译文"一个求婚的刚打发走，一个又来把门叩"（《莎集》，第152页），似乎更准确地传达了原文语言和形式的特点，特别是补上了一场结尾处的下场韵文，因而更为可取。语言方面的准确和风格上的接近，是一个永远有话可说的话题，本文点到即止，暂不做深究。

应当指出，诗体和诗意是两回事：前者与形式有关，而后者因语言、风格而起。散文台词可以十分富有诗意，亦可以读来如白话一篇，诗体台词亦然。散文体不必因其为散文而丧失了诗意，诗体也不必因其为诗体而必具诗意。好的译人应当能根据原文的具体情况进行选择。《威尼斯商人》第三幕第二场中巴萨尼奥问起安东尼奥的近况（第234—235行），萨拉里诺支吾其词道：

Not sick, my lord, unless it be in mind,
Nor well, unless in mind. ...

译文一：他没有病，除非有点儿心病；
也并不轻松，除非打开了心结。

译文二：大爷，他没有病，除非是心病；也并不轻松，除非打开了那心结。

两译孰为诗体孰为散文？答案似乎很明显：一为诗体，二为散文。然而事实并非如此。这是笔者开的一个玩笑，当然也是一次试验：译文一其实出自朱生豪先生的散文译本（《全集》[第3卷]，第60页），只是笔者将它分行排成了诗的形式，而译文二却出自方平先生的诗体译本，笔者在此没有将它分成两行而已（《莎集》，第208页）。诗体与诗意并非等同之物，由此可见一斑。

在讨论形式问题时，笔者刻意用"诗体"与"散文体"的概念相对，而不用传统的"韵文"[1]，因为根据《辞海》，"韵文"是"泛指用韵的文体，同散文相对，如歌谣、辞赋、诗、词、曲……"。这样便容易产生误解：既容易误认为莎氏原作为有韵或基本有韵的诗作又容易因此向译者提出不切实际的要求，译文均需押韵。而笔者所谓"诗体"之"诗"，在《辞海》中的相关释义是："它……语言凝练而形象性强，具有节奏韵律，一般分行排列。"其英语对应可以是poetry，但更应当是verse对poetry，权威的OED释义是：with special reference to its form: composition in verse or metrical language, or in some equivalent patterned arrangement of language, usually also with choice of elevated words and figurative uses, and option of a syntactical order。而同一词典对verse的释义是a successive of words arranged according to natural or recognized rules of prosody and forming a complete metrical line。几个释义都提到了"分行"和"节奏"，而这恰好就是"诗体"莎士比亚的形式，即分行，每行五个音步，每两个音步构成一抑一扬的音节。至于是否用韵，完全要根据：第一，原作是否用韵；第二，译文中适度的需要。[2]因此，"诗体"的概念似乎比"韵文"更适用于翻译一个"更为真实的莎士比亚"的讨论。

既然莎士比亚的诗体原文是以"分行"和"每行五音步（节奏组）"为特征，汉译以何形式方能尽可能接近原作的问题应当十分明显

---

[1] 比如孙大雨先生在谈到他译的《黎琊王》(《李尔王》)时曾说："在体制上原作用散文处，译成散文，用韵文处，还它韵文。"但他同时又认为，韵文"不一定非押韵不可，韵文的先决条件是音组，音组的形成则为音步的有秩序、有计划的进行"。（参见孟宪强：《中国莎学简史》，第120页）

[2] 林同济先生在谈到他译的《丹麦王子哈姆雷的悲剧》时说，在翻译"素韵诗"时，他"使用等价的形式，把每行五步（包括阴尾式）的格律妥予保留，……同时顺随汉字的特性，运用韵脚散押法来机动表达那流动应机的段的波浪之起伏"。笔者对此颇具同感，认为汉译中随机的散韵在翻译莎氏的诗体台词时是应当允许使用的。限本文篇幅，此处不作细论。

了。其实译界前辈孙大雨、卞之琳、方平等先生一直在实践着，并在理论上进行了深入的探讨，这就是"以顿代步"的原则，即以汉语的由两个或略多的字数形成的一个词组或意群停顿相对于莎剧诗体台词中的一个音步，以五个这样的停顿组合构成汉语译文的一行，对应于莎氏五音步组成的一行，在原文不用韵的地方基本不用韵。孙大雨、卞之琳和方平诸先生均以自己成功的译本，屠岸先生以其154首汉译莎氏十四行诗，证明了这一原则不仅可行，而且应当是"最接近真实的莎士比亚"所必需的。它不仅在形式上尽可能地保存或反映了莎氏诗体的特征，而且由于汉语由五顿组成的诗行可以容纳较传统汉语五、七言诗更多的字数，有可能将原文的意象、内涵等较完整地表达出来，同时又因分行（虽然是较为宽松的）和字数限制，在视觉形象上便与散文体有了区别，语言也因此趋于凝练，更由于有了"顿"而起的节奏，在朗读和听觉上就更使译文具有了诗意，由此得以在神形两方面向莎氏原作靠拢。笔者以为，这应当是译莎的最高境界。

说说朱生豪的翻译[1]

苏福忠

朱生豪翻译的《莎士比亚戏剧集》（以下简称《莎剧集》）在中国近代英译汉的历史上，堪称划时代的翻译文献。他在20岁之前就选择了莎士比亚，会写诗放弃了写诗，会写文章放弃了写文章，潜心研读莎士比亚的作品，用他的话说："余笃嗜莎剧，尝首尾研诵全集至十余遍，于原作精神，自觉颇有会心。"想当初，莎士比亚在伦敦戏剧舞台上功成名就，带着钱财和名誉荣归故里，享度晚年，几十个剧本是生是灭根本没往心里去。在莎士比亚死后七年（1623），他的两位演员朋友约翰·赫明斯和亨利·康德尔，把他的36个剧本收集成册，加上颂辞补充完整，付梓出版，称为"第一对折本"。人们一点没有意识到，赫明斯和康德尔仅仅出于对朋友的敬意而采取的这一行动，是启动了一个多么巨大的文化工程。这个工程进入中国，认真准备接下来进行另一种文字施工的，直到21世纪伊始的今天，也仍只能算朱生豪一个人。除了他，别说把莎剧全部研诵十几遍，就是一个剧本读够十遍，恐怕也很少有几

---

[1] 原载于《读书》2004年第5期。

个人做得到，包括《哈姆雷特》诸多译本的译家们。

　　说是运气也好，巧合也罢，重大的文学事件往往令人难以捉摸却必然会发生。朱生豪在他血气方刚时选择了莎士比亚，是莎翁的运气，是中国读者的福气。朱生豪在世界书局出版的他的大译《莎士比亚全集》（以下简称《全集》）"译者自序"里说："中国读者耳莎翁大名已久，文坛知名之士，亦尝将其作品，译出多种，然历观坊间各译本，失之于粗疏草率者尚少，失之于拘泥生硬者实繁有徒。拘泥字句之结果，不仅原作神味，荡焉无存，甚且艰深晦涩，有若天书，令人不能卒读，此则译者之过，莎翁不能任其咎者也。"这番话有两层意思：其一，这是他调动了全部智慧与心血尝试翻译诗体莎剧后的严肃结论。读过朱译本《莎剧集》的人都知道，朱生豪在每个剧本中都尽量试着用诗体翻译莎剧里的诗；有些译作相当精彩，例如，《哈姆雷特》中的"戏中戏"，《罗密欧与朱丽叶》中的大量诗篇等等。其二，对莎剧在中国的翻译经过了解一些情况的人应该知道，大约在20世纪30年代，中英某些好事机构内定了包括徐志摩、梁实秋等人来翻译莎剧。这种行为恐怕深深刺激了默默无闻的朱生豪。朱生豪在32岁上就译出了莎剧31种，莎翁地下有灵知道后都会惊愕万分的。莎翁写出他的第一个剧本《亨利六世》时26岁（1590），而最后一个剧本《亨利八世》则是在他年近50岁时（1612）写出来的，创作时间跨度为22年。仅以这22年的人生体验计，要尽可能贴近真实地理解并翻译成另一种美丽的文字，只能说是朱生豪的悟性，或者就是他与莎翁的一种默契。

　　朱生豪英年早逝是不幸的。但从人生能有几多运道的角度看，他可算应运而生——应中国汉语发展的运道。中国白话文冠冕堂皇地登堂入室，始于五四新文化运动。生于1912年的朱生豪赶上汉语白话文从不成熟走向成熟的整个过程。他的家庭出身让他打下了扎实的古文功底，新文化运动又使他的白话文得到充分的发展。他写过诗，写过杂文，白话文的使用远远高出一般人。他翻译莎剧与其说选择了散文，不如说选择了极其口语化的白话文风格。这对翻译莎士比亚戏剧是极其重要的一个载体，是传统的典雅的文言文根本无法承载的。现在我们提及朱生豪的《莎剧集》译本，笼统地称之为"散文"译本，而实际上其中有大量非常经典的诗歌翻译。选其一首欣赏一下。

Song

Tell me where is fancy bred,

Or in the heart, or in the head?

How begot, how nourished?

Reply, reply,

It is engender'd in the eyes,

With gazing fed; and Fancy dies

In the cradle where it lies:

Let us all ring Fancy's knell ;

I'll begin it, —Ding, dong, bell,

—Ding, dong, bell.

这首诗从音步到音韵以及形式，都非常有特色。我们看看朱生豪如何翻译这样的诗歌。

歌

告诉我爱情生长在何方？

还是在脑海？还是在心房？

它怎样发生？它怎样成长？

回答我，回答我。

爱情的火在眼睛里点亮，

凝视是爱情生活的滋养，

它的摇篮便是它的坟堂。

让我们把爱的丧钟鸣响。

玎珰！玎珰！

玎珰！玎珰！

　　本诗摘自《威尼斯商人》第三幕第二场，是剧中角色唱的，最后一句"玎珰，玎珰"为合唱。以旧体诗翻译，本诗译得基本上照顾到了每句原文的meaning（意思），形势基本相同，尾韵也基本相同，而且一韵到底，上口，还翻译出了喜剧色彩。译者不仅中英文底子厚，对民间小曲也极熟，否则很难译出这样传神的小唱小吟。如前所述，这样的译诗在朱译莎剧里数量很大，由此我们看得出朱生豪对英诗汉译所持的原则：译诗应该有译诗的形式和规则，不可机械照搬原诗的形式。

　　莎士比亚的写作究竟是怎样的形式，不妨听听英国学者的声音。比如，英国当代著名莎学家罗勃·格拉汉姆在他的《莎士比亚》的《前言》里谈到莎士比亚的写作时，这样写道：

　　这种写作前无古人后无来者。他应有尽有：诗句、形象、情节、诗歌、幽默、韵律，深入细致的心理和哲学见解，所创造的隐喻，极尽思想和感情的优美和力量。然而，莎士比亚并非为后世写作；他不得不为取悦观众而写。正因如此，他的写作既有独白、洋洋洒洒的演说，又有插科打诨、出口伤人甚至不折不扣的胡说八道。他借用故事不分地点，不论国界（有些故事显然不值一借）。他笔下的人物可以俗不可耐，也可以口无遮拦，夸夸其谈，或者呼天抢地，狂泻怒斥。然而，他用心写，用才智写，用理智写，写得雄辩，写出风格。[1]

这段文字道出了莎士比亚的既博大与精深，也庞杂与通俗。目前不少人把莎剧当作典雅的译事来做，把莎士比亚的语言当作优美的文体，以为只有用诗体译才能接近莎士比亚，这显然是一种片面的看法。莎士比亚的戏剧写作用了近3万个单词的词汇量（一般作家充其量五六千），而且为了更富于表达力，他独创了一种属于自己的英语表达形式。用英国当代文艺批评家科里·贝尔的话说："介乎马洛与琼生两者之间，莎士比亚创造了英语的想象力，把这种语言发挥到了表达力的极致……他写出了无韵诗（亦称素体诗）——不加韵的短长格五音步诗行——一种具有无限潜力的媒质。"

面对这样一位富有创造精神的莎士比亚，任何所谓亦步亦趋的翻译实践，都会让他的剧作大打折扣，既存不了形，又求不了神。莎士比亚一生都在寻求突破，有些剧本全用散文体写作（如《温莎的风流娘儿们》），而有的剧本几乎全用无韵诗写就（如《朱利乌斯·恺撒》），而有的剧本段落又会使用古老的经典韵律诗，我们没有任何理由再用一个什么刻板的尺寸来翻译他的作品。这是违反莎士比亚精神的。朱生豪显

---

[1] 原文的几处引文均未标注出处页码。

然领悟到了这些，因此他在《全集》的《译者自序》里写了一段类似宣言的文字：

　　余译此书之宗旨，第一在求于最大可能之范围内，保持原作之神韵；必不得已而求其次，亦必以明白晓畅之字句，忠实传达原文之意趣；而于逐字逐句对照式之硬译，则未敢赞同。凡遇原文中与中国语法不合之处，往往再四咀嚼，不惜全部更易原文之结构，务使作者之命意豁然呈露，不为晦涩之字句所掩蔽。每译一段竟，必先自拟为读者，察阅译文中有无暧昧不明之处。又必自拟为舞台上之演员，审辨语调之是否顺口，音节之是否调和。一字一句之未惬，往往苦思累日。

显然，朱生豪在探寻一种最大程度上翻译出莎剧的汉语文体。中国的戏剧是唱，而外国戏剧是说。既然是说，那就万万不可脱离口语。因此，他译出了汉语版莎剧的风格，那便是口语化的文体。这是一种很了不起的文体，剧中角色不管身份如何，都能让他们声如其人；人物在喜怒哀乐的情绪支配下说出的十分极端的话，同样能表达得淋漓尽致。例如《哈姆莱特》第四幕第五场中，雷欧提斯因为父亲在宫中突然被哈姆莱特误杀，怒气冲冲地来找国王算账。他破门而入，对左右说：

　　Laer: I thank you; keep the door. O thou vile king,
　　Give me my father!
　　Queen:　　　　　Calmly, good laertes.
　　Laer: That drop of blood that's calm proclaims bastard,

> Cries cuckold to my father, brands the harlot
> Even here, between the chaste unsmireched brows
> Of my true mother,
> King:　　　　　What is the cause, Laertes,
> That thy rebellion looks so giant-like?

请留心这几句引文，读者会看出雷欧提斯的开场话是两行，但第2行只有半句，王后说的话虽低了一行，却是与上面半行接着的后边两个人对话，同样是雷欧提斯说了半句，国王接着说下去。这种看似怪怪的排行法，实质上都是为了服务于莎翁的五音步无韵诗。甲角色说了若干音步，乙角色还可以接着说完。这在汉语诗歌来说实在不可思议，但在英语诗歌里却是理所当然。这好比中国任何戏种，唱腔和道白总是分开的，而在西方歌剧里却是张口必唱曲子的。不管你对莎剧有多么不熟悉，但只要你学过英语，一看这种英语形式，一定会感觉到莎翁的无韵诗达到了多么高的口语化程度。朱生豪对此认识得显然更为深刻，于是为了让人物角色活起来，让人物角色的语言活起来，这样译道：

　　雷欧提斯：谢谢你们；把门看好了。啊，你这万恶的奸王！还我的父亲来！

　　王后：安静一点，好雷欧提斯。

　　雷欧提斯：我身上要是有一点血安静下来，我就是个野生的杂种，我的父亲是个王八，我的母亲的贞洁的额角上，也要雕上娼妓的恶名。

　　国王：雷欧提斯，你这样大张声势，兴兵犯上，究竟为了什么原因？

雷欧提斯的年轻气盛和怒火中烧、王后的息事宁人、国王的居心叵测和以退为进，从这些不长的对话中看得清清楚楚，甚至超出了原文表达的内涵。在继续进行的对话中，当国王问雷欧提斯是否不分敌友，见人就要报仇时，又出现了这样的对话：

    Laer: None but his enemies.

这半句话的意思是：只跟他的敌人报仇伸冤，但朱译道：

    雷欧提斯：冤有头，债有主，我只要找我父亲的敌人算账。

译文看似多出"冤有头，债有主"，但绝无半点发挥，只是把英语none充分调动到了极致，却又是百分之百的口语化。翻译莎士比亚的作品既要死扣meaning（意思），又必须注意information（信息），message（启示）和image（形象）的综合传达，否则别说翻译莎士比亚的作品，就是一般作家的作品，也很难说把翻译做到了位。

  由于工作关系，我比较仔细、系统地接触莎剧是在20世纪90年代中。我知道许多赞赏朱译莎剧的人都认为他的译文典雅优美，才气横溢，而我在研读他的译文时却每每被他译文的口语化程度深深折服。我至今想象不出那是50多年前的译文。要知道，能够熟练地富于创造性地驾驭口语，是运用语言的最高境界。朱译莎剧在新中国成立后没有被淘汰，在很大程度上是顺应了白话文更加大众化（即口语化）的趋势。

  我到文学出版社的时候，出版社已经印出一本洋洋大观的五年出书计划,差不多把英语文学作品所有有名气的都列在上面。莎士比亚当然是一个重点。当时编辑部已经决定抛弃朱生豪的译本,另外组织人翻译莎士比亚。我把朱生豪的本子仔细看看,觉得译得很不错,现在要赶上他可不是一件容易的事。编辑部抛弃朱译的一个很重要的理由是,朱译是散文体,想搞成一个诗体的新版本莎士比亚。那时候已经有一两个所谓"自由诗体"的版本印行了。我对比着一看,所谓的诗体也不过是将散文拆成许多行写出来而已,根本说不上有什么诗的味道,而且文字本来就不高明,加上要凑成诗体,就更显得别扭。我觉得总的讲来,新译本远远赶不上朱生豪的旧译。朱生豪的中文很有修养,文字十分生动,而且掌握了原剧中不同人的不同口气。我为了说服编辑部的同志,曾经不止一次在办公室里朗诵朱生豪的翻译和新译中的相同段落,我问他们到底哪个听起来舒服得多。最后终于让编辑部的同志同意我的意见,仍保留朱生豪的旧译,可以分别找人校订一下,补入文学出版社出版的莎士比亚全集。

这件事我做得很痛快,觉得做了一件有意义的事。实在说,我认为用自由诗体翻译莎士比亚是一件十分困难的事。因为所谓的 blank verse 有它的一套规律,对中国读者完全陌生。如果非要翻成诗体,不用说是十分困难的;如果当时没有这一改变,莎士比亚全集恐怕到今天也出不来,而且朱生豪的翻译从此埋没下去,实在是一件很可惜的事。

我在这里不惜篇幅引用这样两段文字,当然是因为它们十分珍贵。这是我的前辈编辑黄雨石先生的录音整理稿。黄雨石先生本打算写一本自传，说说这些历史陈迹，但可惜20世纪90年代初突然患了帕金森病，且病情每况愈下。后来，我力劝他用录音形式口述一些自己特别想说的话。他做了，虽片片断断，难成文章，但近2万字的自述材料仍是十分珍贵的。

我们差一点与朱生豪的汉译莎剧失之交臂！但是我们没有，除了应该感谢黄雨石以及其他有见地的编辑之外，自然还是因为朱生豪的译文是金子，货真价实，没有因为改朝换代而被淘汰。20世纪50年代在出版社甄别了一大批新中国成立前的译本，被淘汰的绝大部分是因文字不文不白，佶屈聱牙。能保证译文明白晓畅的最好保障是口语化：生动、活泼、诙谐、幽默和文采。口语本身就有高低之分。这全取决于译者对语言、生活和环境的领悟。朱生豪，据他的夫人宋清如在《全集》的《译者介绍》里所写："在学校时代，笃爱诗歌，对于新旧体，都有相当的成就，清丽，自然，别具作风。"又说："他在高中时期，就已经读过不少英国诸大诗人的作品，感到莫大的兴趣，所以他与他们的因缘，实在不浅。"

每读朱译莎剧，我都会想到朱生豪与莎士比亚的因缘"实在不浅"。他能把莎剧翻译得通俗易懂而文采四溢，实在是因为他完全理解、吃透并消化了莎剧的缘故。借工作之便，这些年比较系统地阅读朱译莎剧，我认为主要成就有以下几点特别之处：朱生豪提炼出来的口语化译文，是其最大特色，也与莎剧的文字风格最合拍，因为有口语化做基础，译文的表达力极强，剧中各类人物的语言都能体现出他们的身份；朱译本中大量的诗体译文，十分珍贵，是译者用改革的旧体诗翻译莎剧中的散诗的可贵尝试；译本对剧中部分人物用有含义的汉语名字，例如"试金石""快嘴桂嫂"等等，颇具文学味道；据我对其他译本的粗略统计，较之所有别的译本，朱译莎剧的词汇量是最大的，这与莎剧中独一无二的大词汇量十分吻合。最重要的是，他告诉后来者如何翻译莎士比亚的作品。

诚然，翻译作品历来总有遗憾之处，朱译莎剧也不能例外。朱译莎剧"谬误之处，自知不免"，益因"乡居僻陋，既无参考之书籍，又鲜质疑之师友"造成的。今天，我们所拥有的条件十分优越，应该珍惜朱译莎剧，纠正错误和不妥之处，使之更上一层楼。

朱译莎剧的划时代意义在于英汉两种文字互相"移植"中的空前吻合。尽管到目前为止出了几种不同译法的莎剧版本，但是仍然没有任何一种译本超过朱生豪的译本，这是不争的事实。至于理由，前面已经谈到很多，而我始终看重的另一个原因是：朱生豪在翻译莎士比亚戏剧的时候，消耗的是他22—32岁这样充满才情、诗意、热情、血气方刚而义无反顾的精华年龄段！这是任何译家比不了的。很难想象七老八十的头脑会把莎剧中的激情和厚重转达多少！诚如朱在完成莎剧大部分翻译时写给他弟弟朱文振的信中所说："不管几日可以出书，总之已替中国近百年来翻译界完成了一件最艰巨的工程。"

朱生豪翻译的"神韵说"与中国古代诗学[1]

朱安博

一、朱生豪翻译观念的核心：神韵说

朱生豪是位伟大的翻译家，他以生命译莎，成为中华文化史上的一大盛事，但其翻译思想却未引起研究界足够的关注和重视。今天我们能够直接了解朱生豪的翻译思想的文字只有《莎士比亚戏剧全集·译者自序》。尽管这篇自序篇幅短小，但却从翻译标准、翻译方法、翻译态度以及翻译批评等不同的层面阐述了朱生豪的文学翻译思想。

> 余译此书之宗旨，第一在求于最大可能之范围内，保持原作之神韵，必不得已而求其次，亦必以明白晓畅之字句，忠实传达原文之意趣；而于逐字逐句对照式之硬译，则未敢赞同。[2]

在这篇译者自序中，我们可以看出，朱生豪对于翻译思想的主要

---

[1] 原载于《江南大学学报（人文社会科学版）》2013年第4期。
[2] 吴洁敏、朱宏达：《朱生豪传》，第264页。

贡献就在于他的"神韵说"。朱生豪的翻译原则就是"志在神韵"。他的译文忠实于原作的意义和韵味，保留原作的精神和魅力。

1929年，朱生豪考入之江大学，主修中国文学系，并选英文系为辅系。在之江大学这样一个风景优美而藏书又很丰富的地方，他的阅读范围更加广泛，"他对各门课程，往往不满足于教材的概略介绍，而是在可能范围内，研读原著，统摄全豹，旁征博引，辨察精微"[1]。在之江，朱生豪得到了"一代词宗"夏承焘等名师的指点，学识和才能很快提高，被师友们公认为"之江才子"。而朱生豪对诗歌的特殊爱好，终于使他成为一个为他的师友们所公认的天才诗人。夏承焘曾如此评价朱生豪："之江办学数十年，恐无此未易才也。"[2]还说他的才华，在古人中也只有苏东坡一人可比。

朱生豪译莎的成功原因是多方面的。其中之一就是"之江才子"的诗人素质。之江大学的学习使朱生豪具备了深厚的中国古典文学修养和古典诗词创作实践，这为他翻译莎剧打下了坚实的基础。把世界著名的莎剧译成汉语而仍不失为精彩的文学作品，这是朱生豪的成功之处。因为朱生豪自己是诗人，又对中国古典诗学有着深厚修养和独立见解，所以他在译莎时，对诗体的选择，有着更大的自由和广阔的天地。他可以优游从容地选择古今诗体的不同风格、不同句式，作为翻译中的多项选择。从四言诗到楚辞体，从五言诗到六言七言，甚至长短句，他都运用自如，在译文中可以充分发挥他的诗学才能，并使中国诗体的各种形式，十分自然地熔化浇铸于汉译莎剧之中而不露痕迹。[3]

---

[1] 吴洁敏、朱宏达：《朱生豪传》，第39页。
[2] 同上，第39页。
[3] 朱宏达：《朱生豪的诗学研究和译莎实践》，《杭州大学学报（哲学社会科学版）》1993年第3期。

读过朱译本《莎士比亚全集》的人都有体会，朱生豪在每个剧本中都尽量用诗体翻译莎剧里的诗，而且译得相当精彩。其译本"求于最大可能之范围内，保持原作之神韵"，译文流畅，笔力雄健，文词华赡，译文质量和风格卓具特色，为国内外莎士比亚研究者所公认。作为译者，朱生豪真正理解了莎士比亚。在翻译实践中，朱生豪没有拘泥于形式，再现了莎剧的"神韵"，做到了雅俗共赏。比如在《无事生非》里面，有一段克劳狄奥到希罗墓前的挽歌：

歌

惟兰蕙之幽姿兮，
遽一朝而摧焚；
风云怫郁其变兮，
月姊掩脸而似嗔：
语月姊兮毋嗔，
听长歌兮当哭，
绕墓门而逡巡兮，
岂百身之可赎！
风瑟瑟兮云漫漫，
纷助予之悲叹；
安得起重泉之白骨兮，
及长夜之未旦！[1]

读到此处，若莎士比亚懂中文，也会为朱生豪的妙笔生花叫绝！

---

[1] 莎士比亚：《莎士比亚全集：第二卷》，朱生豪译，南京：译林出版社，1998年，第84—85页。

朱生豪凭借深厚的古典文学修养和对莎剧的深层领悟，巧妙移植了屈原作品中"兰"和"蕙"的意象，采用我国古代诗歌中的骚体来表现原文文体的优雅和感情的真挚，描绘出那种驰神遥望、祈之不来、盼而不见的惆怅和悲伤的心情，从形式到内容再现了莎士比亚作品的神采和韵味，读起来给人以美的无限享受。

总的来说，朱生豪既具有深厚的国学功底，又身处批判国学、通过大量翻译引进来建设新文学的特殊历史时期，是个典型的新旧参半的翻译家，这种新旧矛盾在译作中表现为既有白话口语的成分，而又并不违反自古以来的中国传统文学品位，别有一番独特的滋味。从这个意义上来说，莎士比亚能够在这个特殊的时代，由一位特殊的年轻翻译家来表达，可以称得上是原作的幸运。因为朱生豪的翻译是不可复制的，我们再也不会有这样一个新旧交接的时代，也再也不会有这样一位透着古词气息的新诗人。不可复制的是时代的诗人，风骨和才气。正如朱生豪写给宋清如的信中所写的那样："我实在喜欢你那一身的诗劲儿。我爱你像爱一首诗。……理想的人生，应当充满着神来之笔，那才酣畅有劲。"[1]这种脱胎于中国传统的古典文艺美学的风骨和才气，是"神韵"的核心与根本。

二、"神韵说"的溯源

我国传统的翻译话语看似简单，而实际上，各种话语大都有源本可溯，根植于传统文化，取源于传统诗学中的哲学和美学。"神韵"是

---

[1] 宋清如编：《寄在信封里的灵魂——朱生豪书信集》，第16页。

中国古代美学范畴,指一种理想的艺术境界,意思是指含蓄蕴藉、冲淡清远的艺术风格和境界。"神韵"之说在中国由来已久,最早是对于画的评论,南朝齐代谢赫《古画品录》中有"神韵气力"的说法。艺术和文学的近亲关系,尤其是"诗画相通",使得神韵论从艺术领域跨入文学领域成为必然。宋代严羽说:"诗之极致有一,曰入神。"而后明代胡应麟、王夫之等人诗评中多引用"神韵"的概念,至清代"神韵说"主要倡导是清代王士祯。王士祯的"神韵说"是清代"四大诗歌理论"之一,涉及诗歌的创作、评论诸多方面,包含的范围十分广泛。

神韵说作为诗论,核心在于意有余韵,意在言外。宋代范温《潜溪诗眼》:"韵者,美之极……凡事既尽其美,必有其韵;韵苟不胜,亦亡其美……有余意之谓韵。"[1]诗画同源,发展到宋元后,南宗画派强调绘画时意在笔外,形远神似。画讲究像似不像,要得神韵,先离形似。不是对于诸多元素的一一仿写,而是对于内在气度的统一把握。

在文学艺术中,"神韵"追求委曲含蓄、耐人寻味的境界,以此来抒写主体审美体验,使人能获得古人常说的言外之意、象外之象、意味无穷的美感。钱锺书说:"'气'者'生气','韵'者'远出'。赫草创为之先,图润色为之后,立说由粗而渐精也。曰'气'曰'神',所以示别于形体。曰'韵'所以示别于声响。'神'寓体中,非同形体之显实,'韵'袅声外,非同声响之亮澈,然而神必托体方见,韵必随声得聆,非一亦非异,不即而不离。"[2]这段话对"气""神"和"韵"的概念以及它们的关系,做了很好的说明。"神韵说"强调作家的悟性和创

---

[1] 郭绍虞:《宋诗话辑佚:上》,北京:中华书局,1980年,第372页。
[2] 钱锺书:《管锥编》,北京:中华书局,1979年,第1365页。

作灵感,强调作家的学识、学养、悟性、灵感结合后达到最高创作境界。"神韵说"强调创造与悟性的结合,这与对译者的要求是异曲同工的。从表面上看,"神韵"等这些中国古典文艺理论与翻译理论没有什么关系,实际上,传统译论认识论往往以"心"为认识主体,以"虚壹而静"为观念中介,以"得象忘言,得意忘象"为"语言中介",以诗学、佛学、书画等学术中的"韵外之致、味外之旨""彻悟言外、忘筌取鱼"以及"气韵生动"等命题为学缘中介,建立起了主客之间的关联。[1]中国传统译论如"文质说""信达雅说""信顺说""神似说""化境说"往往以哲学、美学等为其理论基础,中国传统译论的诞生和发展与古典文艺美学有着千丝万缕的联系,传统译论与美学一脉相传,译论从文艺美学中吸取了思想,借鉴了方法。因此,中国传统译论从某种程度而言就是古典文艺美学的一个分支。

在中国翻译理论中,神韵说最早是由茅盾引入翻译领域的。1921年,茅盾在其《译文学书方法的讨论》中指出:"直译的时候常常因为中西文字不同的缘故,发生最大的困难,就是原作的'形貌'与'神貌'不能同时保留。有时译者多加注意于原作的神韵,便往往不能和原作有一模一样的形貌;多注意了形貌的相似,便又往往减少原作的神韵。"[2]这里,茅盾提出了具有中国特色的文学翻译批评主张——"形貌"与"神貌"相结合的辩证统一批评理论。这是迄今所知中国译论史上最早又最明确的强调"神韵"这一重要观点的,可惜的是茅盾没有进一步结合中国传统译论来阐述神韵说。

---

[1] 张思洁:《中国传统译论范畴及其体系略论》,《外语与外语教学》2007年第5期。
[2] 沈雁冰:《译文学书方法的讨论》,《小说月报》1921年第4期。

最典型的代表是其以中国古典诗歌形式译成的韵文，即朱译莎剧中的中国古诗，是朱译本中文词最出彩、意境最悠远、表达最极致的部分，不仅以华美文笔、横溢才气、浓郁诗意，达到了出神入化的境界，实现了对原文的升华与再创造，而且充分调动起中国读者的审美共鸣感，深受读者喜爱，并因此被广为传诵。朱译莎剧中的诗，无论是形式之多样，还是艺术之完美，都称得上是首屈一指的。[1]

如《维洛那二绅士》第三幕第一场中凡伦丁绅士给恋人西尔维娅的一封情书：

相思夜夜飞，飞绕情人侧；
身无彩凤翼，无由见颜色。
灵犀虽可通，室迩人常远，
空有梦魂驰，漫漫怨长夜。[2]

My thoughts do harbour with my Silvia nightly,
And slaves they are to me, that send them flying.
O, could their master come and go as lightly,
Himself would lodge where senseless they are lying!
My herald thoughts in thy pure bosom rest them,
While I, their king, that thither them importune,
Do curse the grace that with such grace hath blest them,

---

[1] 吴洁敏、朱宏达：《朱生豪传》，第136页。
[2] 莎士比亚：《莎士比亚全集：第一卷》，朱生豪译，第128页。

Because myself do want my servants' fortune;

I curse myself, for they are sent by me,

That they should harbour where their lord would be.

朱生豪采用五言诗句式翻译这首诗，语言神韵悠远，情感缠绵悱恻。"身无彩凤翼""灵犀虽可通"显然是仿拟了李商隐《无题二首》"身无彩凤双飞翼，心有灵犀一点通"。"无由见颜色"引用了李商隐《离思》的"无由见颜色，还自托微波"。"室迩人常遐"所借用典故原型则出自《诗经·郑风·东门之墠》"其室则迩，其人甚远"。朱生豪并没有简单地模仿古人，而是在对原文正确理解的基础上，不完全受原文形式的束缚，在继承、借鉴的基础上进行再加工和再创造，同时又能紧扣莎剧原文，把原文的神韵准确充分地表达出来，不仅赋予了译文中国古典文学的气息以及浓郁的中国古诗韵味，更使译文优美灵动、自然流畅。

神韵说是朱生豪从翻译的角度以中国传统文论来阐发外国作品的较早尝试，应源于朱生豪深厚的中国古典文学的功底。他以准确简洁的语言高度概括了文学翻译中的文本语言、风格以及意蕴等深层的内涵。因为翻译（特别是文学翻译）的标准应该是追求译文与原文在"神韵"上的契合，译者不仅要努力将原文的意思和思想译出，还要尽最大可能保存原作的"意趣"和"神韵"。神韵是文艺美学上的意境与传神的问题。中国传统译论的研究方法也采用了文艺美学的重质感、经验的方法，强调"悟性"。这种深深扎根于中国传统文化的翻译观正是中国传统译论的特点。

三、朱生豪翻译诗学的传统

中国传统译论取源于文艺美学，是有着特定诗学基础的。中国文人的文学及翻译理论，其哲学基础主要有两个：儒或道。作为文人和翻译家的朱生豪也不例外。他的神韵说翻译思想与古典诗学的传统有着一脉相承、密不可分的关系。

古代诗歌理论中，主要有"诗言志"和"诗缘情"两种主张。这个"志"的含义侧重指思想、抱负、志向，"情"则是指人的思想、意愿和感情。体现在翻译理论上，中国传统译论重感性体悟，讲求综合，具有较强的主观性。比如"余译此书之总旨，第一在求于最大可能之范围内，保持原作之神韵"。至于何谓"神韵"，朱生豪并没有解释，这也和前后其他译家提出的翻译理念如出一辙。

朱生豪以其深厚的古典文学功底，在翻译莎剧时常常引出古诗文体的用语，可谓是匠心独具、妙笔生花，如《威尼斯商人》第一幕第二场的台词：

鲍西亚：正是——垂翅狂蜂方出户，寻芳浪蝶又登门。[1]

Whiles we shut the gate upon one wooer, another knocks at the door.

朱生豪并没有直接按照原意简单译为"追求者一个接一个"，而是仿拟了《初刻拍案惊奇》卷十一"紫燕黄莺，绿柳丛中寻对偶；狂蜂浪

---

[1] 莎士比亚：《莎士比亚全集：第二卷》，朱生豪译，第14页。

蝶，夭桃队里觅相知"，巧妙化用了原文的"狂蜂""浪蝶"惟妙惟肖地刻画了轻薄放荡的男子形象。不仅在修辞上使用对句与原文相一致，同时，意象优美，喻义丰富，非常契合原文"wooer"的形象和内涵，译出了原作的内涵与神韵。

以朱生豪为代表的翻译家深受那个时代特定的文化心理影响和传统诗学熏陶，因而"神韵说"明显带有传统诗学的印迹。"从文化心理的思维模式来看，中国传统译论美学呈现出不是对客体的反映，而是对客体的评价；不是给美和翻译艺术的属性以客观的美学解释，而是给以主观的美学规范，从而表现出重价值、轻事实，以价值判断统摄事实判断的特征。"[1]在读者与文本之间的关系上，中国的文艺传统一直以来都是让读者保持一种自由发挥的自我阐释活动，它反对明确的指义，最高境界则是"不着一字尽得风流"。

以"神韵说"为代表的中国传统译论吸收了"诗言志""文以载道"等诗学传统，并得益于"直觉""顿悟""境界"等诗性理性哲学思辨观，同时又深受古典文论学术形态和方法论的滋润和影响，因而整体上明显具有汉文化观察客观世界的哲学思辨和认知方法的影响的烙印，其发展脉络和呈现形态与我国古典文论如出一辙：有感而发，直寻妙悟，虽片言只语，却诗性灵动，思维深邃，高度凝练，抽象而又显现出强大的生命形态表征，因而能延绵千年，升华到了极高的哲学思辨和理论水平。的确，就文学作品超乎语符的非定量模糊人文性美学因子的传递而言，我国传统译论明显具有相当大的理论指导意义和思辨启迪，这充分体现了翻译（尤其是文学翻译）的本体特征，体现了人文主体的体

---

[1] 张柏然、张思洁:《中国传统译论的美学辨》,《现代外语》1997年第2期。

认作用之于重现原作美学意义的能动性。[1]

　　从文化角度来说，中国传统翻译思想儒学色彩浓厚，与中国古典美学范畴紧密相关。从整个翻译理论的历史可以看出，中国传统翻译理论主要指以中国传统哲学、美学、诗学、经学乃至书画等思想为其理论根基和基本方法而形成的一系列相互联系又有机结合的翻译研究内容。传统译论中的许多学说如"文质""信达雅""神似""化境"等范畴往往取诸传统哲学、美学乃至文艺学。翻译理论从最初的"案本"等的"重质朴，轻文采"，玄奘的"求真"和"喻俗"，到后来的"善译"，严复著名的"信、达、雅"，还有鲁迅等人的"忠实、通顺、美"以及糅合其他多种因素而形成的"神韵""神似""化境"等无不体现了上述特点。[2] 朱生豪的"神韵说"翻译思想也不例外，是在古典文论和传统美学的影响下产生的。从"神韵说"为代表的古典文艺美学理论来看，只有具备了超然物外的高尚修养，具备了诗人的才情，才能够译出风姿卓绝的神韵作品。在翻译中，朱生豪"充分显示了诗人的气质和诗人运用语言构炼诗句的天才灵气，他虽采用散文体，但却处处流露出诗情，以诗意美征服了莎翁戏剧那无韵诗体的独特美，完美地再现了莎翁原作的整体风貌和内在的神韵"[3]。范泉先生说过朱生豪曾将严复的"信、达、雅"与"神韵说"联系起来。"'信'是忠于原著，不随意增删。'达'是将原著完整地运用另外一种语言如实反映的意思。至于'雅'，则是翻译文学的灵魂，它的含义有两方面：一是文字上力求优美，能使读者在阅读时产生美感；二是思想内涵上要能掌握原著的灵魂——神韵，将

---

[1] 朱瑜:《中国传统译论的哲学思辨》,《中国翻译》2008年第1期。
[2] 罗新璋编:《翻译论集》,北京：商务印书馆,1984年,第18—19页。
[3] 王秉钦:《20世纪中国翻译思想史》,天津：南开大学出版社,2004年,第198页。

原著的精神风貌真切而艺术地反映出来。"[1]朱生豪利用自身深厚的文艺素养和翻译经验，将中国古典美学运用于翻译理论，借助绘画和诗文领域里的"形神论"来探讨文学翻译的艺术问题。朱生豪是较早地将形似神似的画论应用于自己的翻译实践中的一位探索者，他以"神韵说"来解读严复的"信、达、雅"，不仅从理论上找到了契合点，而且已成功地把他的翻译思想运用于实践。他的译文如行云流水，地道自然，明白通畅，无论是对原文的理解还是译文的表达，都达到了神韵的标准，真正做到了对原著者、读者和艺术三方面负责，达到了"传神"的境界。朱译本完全符合中国人即译语读者的审美观，这也是朱译本一直享有盛誉、历久不衰的原因。

四、"神韵"的话语翻译

所谓"话语"（discourse），简单地说就是人们说出来或写出来的语言。话语是在人与人的互动过程中呈现出现的。早期的"话语"主要是指各种形式的语言，后来逐渐转变成形式化或者专门化的言语行为。在当代文化研究的语境下，法国思想家福柯（Michel Foucault，1926—1984）认为"话语"不再是传统意义上的言谈行为，而是把语言看作与言语结合而成的更丰富和复杂的具体社会形态，因此具有社会性。

中国传统诗学话语的源生以及由此推衍生发的话语言说方式及意义生成方式，中西传统诗学话语也明显地异质于西方诗学话语。传统汉语诗学的曲折性、隐喻性言说是中国传统智慧的结晶。叶嘉莹认为，

---

[1] 范泉：《关于译莎及其他》，《文教资料》2001年第5期。

"中国文士们对于富于诗意的简洁优美之文字的偏爱,所以在文学批评中也往往不喜欢详尽的说理,而但愿以寥寥几个诗意的字来掌握住一个诗人或一篇作品的灵魂精华之所在"[1]。中国文士们喜欢隐喻性的话语方式。"传统汉语诗学强调隐喻、曲折、形象的言说方式,便有了所谓'微言大义',所谓'文本所说的恰好不是它所要说的',所谓言说符号的二次能指。同样,合乎逻辑的是,这给汉语思想界留下一个广阔的阐发话语意义的'解释学'的空间。"[2]在翻译研究中,翻译理论其实就是话语的一种应用,"因此,通过翻译的任何交流都涉及某种本土残余物的释放,尤其是文学的翻译。外语文本被以本土方言和话语重写,采纳本土的语域和风格,作为其结果的文本生产只在接受语言和文化的历史上具有意义"[3]。将话语分析的言语行为模式与翻译结合起来进行研究,话语所表达的言语行为往往因语境的不同而体现出不同的含义。

我国的传统译论几乎都有着哲学(美学)渊源。从古代道安的"案本",到近代严复的"信达雅",以及当代傅雷的"神似"、钱锺书的"化境"理论、朱生豪的"神韵"等等,皆与我国的传统诗、文、书、画论有着密切的联系。这些译论蕴含着丰富的美学思想,具有显著的文论色彩和美学特点,都把文艺美学中的美学思想移植到传统译论之中。"我们既需从这一历史文化的整体观照,又须从哲学—美学的特定视角来考察我国翻译史上的古哲时贤,才能真正理解他们为什么会提出这样的或是那样的译论主张,才能真正理解他们所提出的译论主张中潜

---

[1] 叶嘉莹:《王国维及其文学批评》,石家庄:河北教育出版社,1997年,第16页。
[2] 张小元:《"似":隐喻性话语——传统汉语诗学的基本言说方式》,《文学评论》2006年第3期。
[3] 劳伦斯·韦努蒂:《翻译、共同体、乌托邦》,大卫·达姆罗什:《新方向:比较文学与世界文学读本》,陈永国、尹星主编,北京:北京大学出版社,2010年,第190页。

在的哲学——美学的特色和内涵。"[1]

中国传统译论注重美学价值评价。"然历观坊间各译本,失之于粗疏草率者尚少,失之于拘泥生硬者实繁有徒。拘泥字句之结果,不仅原作神味,荡焉无存,甚且艰深晦涩,有若天书,令人不能卒读。"[2] "神味无存,艰深晦涩",这便是拘泥"形似"的弊病,这样的结果自然是"令人不能卒读"。这是朱生豪对当时坊间各译本的"诊断",而他的"处方"即是他的"神韵说",这便是他提出的"求于最大可能之范围内,保持原作之神韵"的翻译主张,也是他注重美学价值评价的内在主张和要求。朱生豪在翻译实践中也是践行了他的翻译理念。如:

> So sweet a kiss the golden sun gives not
> To those fresh morning drops upon the rose,
> As thy eye-beams, when their fresh rays have smote
> The night of dew that on my cheeks down flows...
>
> (*Love's Labour's Lost*, IV. i)

> 旭日不曾以如此温馨的蜜吻,
> 给予蔷薇上晶莹的黎明清露;
> 有如你的慧眼以其灵辉耀映,
> 那淋下在我颊上的深宵残雨;
>
> (《爱的徒劳》)[3]

---

[1] 张柏然、张思洁:《中国传统译论的美学辨》,《现代外语》1997年第2期。
[2] 吴洁敏、朱宏达:《朱生豪传》,第263页。
[3] 莎士比亚:《莎士比亚全集:第一卷》,朱生豪译,第589页。

这是剧中那瓦国王写的一首情辞并茂的情诗。译诗无论是在语气、节奏，还是句子的抑扬顿挫上都与原文吻合，主人公饱含的激情通过朱生豪不朽的笔调倾诉出来，达到了极高的美学境界。译文在形式上与原文保持严格一致，但严格的形式并没有妨碍译者发挥才华。整段译文风流蕴藉，音韵铿锵，诗情画意，美不胜收。"温馨的蜜吻"一语，尤其是神来之笔，译者赋予了太阳的光辉以极为丰富的情感。

"中国传统译论的思维模式在于从特定的价值定向去考察美和艺术，因而并不是对美和艺术的属性作事实判断，而是对美和艺术的价值作判断；不是对美和艺术的构成因素或实体的认识，而是对美和艺术的意义、功能或作用的评价。这才是传统论美学的中心或者主体工程，也才是东方译论的根本特色所在。在这种思维模式和美学批评价值定向的作用下，中国传统译论更倾向于从主观的、感性的、体验的和欣赏的角度来品评翻译和译品，从而与西方美学中倾向于从客观的、理性的、思辨的和分析的角度来品评翻译形成鲜明的对照。"[1] 相比之下，西方的诗学理论重论辩，带有较多的分析性、逻辑性；中国传统的诗学理论重领悟，带有较多的直观性、经验性。西方的诗学理论有较强的系统性；中国传统的诗学理论则较为零散。西方的诗学观念表现出较强的明晰性；中国传统的诗学观点则表现出较大的模糊性。

根植于传统哲学、美学沃土之中的传统译论，其认知方法论和表征形态亦呈现出与之相似的发展脉络和表述形态。佛经翻译中的"文质"之争、玄奘提出的"圆满调和"、严复的"信、达、雅"、周氏兄弟的"直译论"、茅盾的"形貌和神韵"、陈西滢的"形似、意似、神

---

[1] 张柏然、张思洁：《中国传统译论的美学辨》，《现代外语》1997年第2期。

似"、朱生豪的"神韵和意趣"、林语堂的"信、达、美"、金岳霖的"译意与译味"、傅雷的"神似说"、钱锺书的"化境说"等等，无一不本于传统哲学、美学的叙述方式，"折射出儒、道、释文化的直觉诗性理性，也即以己度物、主观心造、整体关照、综合体味内省的认知他者的思维模式和方法论"[1]。

中国传统哲学充满了"悟"性，其内涵博大精深，渗透于社会、文化、思维等各领域。我国传统译论深受传统哲学的影响，从东晋道安的"五失本、三不译"到唐朝玄奘的"五不翻"，从宋朝赞宁的"六例"到近代严复的"信、达、雅"，从傅雷的"神似"到钱锺书的"化境"，都可以寻找到"悟"性哲学的痕迹。然而，随着翻译理论的引进和发展，西方翻译理论话语几乎主宰了中国翻译学，而中国传统翻译理论却显得势单力薄。传统话语在西方话语强权的压力下纷纷倒戈。[2]我们需要对中西方翻译理论话语的不对称甚至中国翻译话语的"失语症"进行反思。

五、结语

我国翻译事业历史悠久，源远流长。在长达千年的翻译历史长河中，翻译家在大量实践的基础上，通过借用传统哲学、美学范畴，总结出了许多言简意赅的翻译话语，形成了与西方迥然不同的翻译话语。然而，"五四"以后兴起的新文化运动，使传统翻译话语从中心走向边缘，

---

1 朱瑜：《中国传统译论的哲学思辨》，《中国翻译》2008年第1期。
2 王占斌：《"言不尽意"与翻译本体的失落和译者的主体意识》，《广东外语外贸大学学报》2008年第2期。

"他者"话语在理论和实践层面占据了中心。朱生豪译笔流畅,能保持原作的神韵,传达莎剧的气派。"神韵说"思想凝聚了朱生豪丰富的翻译实践经验,是朱氏翻译思想的核心和精华,丰富了我国的翻译理论。在这个意义上,朱生豪对翻译理论话语的传承起了重要作用。20世纪后期以来,随着中国学术界的话语权意识逐渐加强,在翻译研究领域中西方学术对话的地位发生了变化,西方对中国的传统理论也越来越关注,传统学术话语拥有了新的活力。

从语言学视角看莎剧汉译中的"亦步亦趋"[1]

陈国华　段素萍

一、引言

　　莎士比亚时代的英语尽管与当代英语同属现代英语,基本句型和语序一致,但由于从中代英语脱胎不久,与今日英语相比,语序往往更加灵活,修饰或插入成分往往也更加复杂。[2]对待莎剧原文的语序,译者大体存在两种对立的做法。一派以朱生豪的翻译实践为代表,"凡遇原文中与中国语法不合之处,往往再四咀嚼,不惜全部更易原文之结构,务使作者之命意豁然呈露"[3];另一派以卞之琳翻译素体诗的原则为代

---

[1] 原载于《外语教学与研究》2016年第6期。

[2] C. Barber, *Early Modern English*, London: Andre Deutsch, 1976; M. Rissanen, "Syntax", in *The Cambridge History of the English Language Volume III 1476—1776*, ed. R. Lass, Beijing: Peking University Press, 1999, p. 187—331; S. Adamson, "The Grand Style", in *Reading Shakespeare's Dramatic Language: A Guide*, eds. S. Adamson, L. Hunter, L. Magnusson, A. Thompson and K. Wales, London: Thomson Learning, 2001, p. 31—50; M. Görlach, *Introduction to Early Modern English*, Cambridge: Cambridge University Press, 2001; N. Blake, *A Grammar of Shakespeare's Language*, New York: Palgrave Macmillan, 2002.

[3] 朱生豪:《译者自序》,朱生豪编:《莎士比亚戏剧全集》(第一辑),上海:世界书局,1944年,第2页。

表,"不仅行数相同(只有个别违例),而且亦步亦趋,尽可能行对行翻译"[1]。有关莎剧汉译的研究,如卞之琳[2]、孙大雨[3]、辜正坤[4],多以诗学视角为主,注意力主要放在如何以诗译诗上,对语序变异及其修辞和戏剧效果关注不多。语言学视角的研究,如陈国华[5]、王瑞[6]、谢世坚[7],也没有怎么涉及语序变异。

翻译的前提是对原文的理解。正确认识莎士比亚作品里的语序变异,对于正确理解这些作品来说至为重要。话语和篇章层次上的语序变异,由于一般不影响对原文命题意义的理解,容易被译者忽视,相关研究也不多。在这方面值得一提的是彭镜禧[8]和段素萍[9]两项。前者通过分析该剧中出现的掉尾句、插入句、倒装句、主旨句等句子,将译文的语序与原版莎剧的表演加以对照,结论是"字序可能关系到戏剧中人物性格的刻画、人物的互动、叙述技巧与戏剧张力、思维的连贯",翻译时"需要谨慎从事"。[10]他认为,与朱生豪和梁实秋的译文相比,卞之琳

---

1 卞之琳:《莎士比亚悲剧论痕》,北京:生活·读书·新知三联书店,1989年,第116页。
2 卞之琳:《莎士比亚悲剧论痕》。
3 孙大雨:《莎译琐谈》,孙近仁编:《孙大雨诗文集》,石家庄:河北教育出版社,1996年,第255—266页。
4 莎士比亚:《哈姆莱特》(莎士比亚全集·英汉双语本),J. Bate、E. Rasmussen、辜正坤主编,辜正坤译,北京:外语教学与研究出版社,2015年。
5 陈国华:《论莎剧重译(上)》,《外语教学与研究》1997年第2期;陈国华:《论莎剧重译(下)》,《外语教学与研究》1997年第3期。
6 王瑞:《莎剧中称谓的翻译》,北京:中国社会科学出版社,2008年。
7 谢世坚:《莎士比亚剧本中话语标记语的汉译》,北京:外语教学与研究出版社,2010年。
8 彭镜禧:《戏剧效果与译文的字序:〈哈姆雷〉的几个例子》,彭镜禧编:《摸象:文学翻译评论集》,台北:书林出版社,1997年,第171—190页。
9 段素萍:《莎士比亚戏剧中语序变异的汉译:以〈哈姆雷特〉译本为例》,北京外国语大学博士学位论文,2013年。
10 彭镜禧:《戏剧效果与译文的字序:〈哈姆雷〉的几个例子》,彭镜禧编:《摸象:文学翻译评论集》,第188页。

的译文之所以优越,"跟他对原文字序的尊重息息相关"[1]。但是该文没有进一步说明尊重原文字序应该遵循什么原则。后者采用功能语言学的视角,对《哈姆雷特》这一剧本里的5种非常规语序,即名词短语中定语的后置、定语和中心语的分隔、句元的前置、句元的后置、被动式的汉译进行研究,发现造成这些语序变异的因素主要是诗的格律、语篇因素和表达强烈情感的需要,提出对于语篇和情感因素引起的语序变异,译文在语序上应尽量"亦步亦趋"。

本文主要从段素萍[2]的研究中提取案例,从语法和修辞的视角出发,借助话语分析中的话题化、篇章语言学中的衔接与连贯、信息结构理论中的末尾焦点等概念,研究莎剧台词中的画龙点睛句、话题化、插入语及语序复合变异等非常规语序,分析莎士比亚通过这些类型的语序变异想要达到什么修辞效果或戏剧效果,探讨在汉语译文里如何亦步亦趋,取得与原文语序类似的效果。

二、英语句元的常规与非常规顺序

句元即构成语句的基本元素。英语的句元包括主语(subject,S)、谓语(verb,V)、宾语(object,O,包括直接和间接宾语)、补语(complement,C,包括主语补语和宾语补语)、状语(adverbial,A)。据夸克(R. S. Quirk)等[3],英语有七种核心句,其常规或默认语序是:

---

1 彭镜禧:《戏剧效果与译文的字序:〈哈姆雷〉的几个例子》,彭镜禧编:《摸象:文学翻译评论集》,第188页。

2 段素萍:《莎士比亚戏剧中语序变异的汉译:以〈哈姆雷特〉译本为例》,北京外国语大学博士学位论文,2013年。

3 R. Quirk, S. Greenbaum, G. Leech and J. Svartvik, *A Comprehensive Grammar of the English Language*, London: Longman, 1985, p. 721.

SV   The sun is shining.

SVO   That lecture bored me.

SVC   Your dinner seems ready.

SVA   My office is in the next building.

SVOO   I must send my parents an anniversary card.

SVOC   Most students have found her reasonably helpful.

SVOA   You can put the dish on the table.

夸克等[1]将 there 存现句视为 SV 句的一种转换句，认为这种句子谓语后面的名词短语是主语；其正常语序是 there VSA[2]，例如：(1) There sprang up a wild gale that night.

然而英语里有大量"光杆"（即不带任何状语）存现句[3]，例如：(2) There was a moment's silence.

鉴于这类句子无法在不改变意思的情况下转换成 SV 句式，本文将 there 存现句也视为英语核心句的一种，将谓语后面的名词短语称为存现语（existent）。

凡与上述八种核心句语序不一致的句子，都可视为非常规语序句。

三、莎剧中句元的非常规顺序及其汉译

在莎剧台词里出现的语序变异中，特别值得研究的是状语 A 全部提

1　R. Quirk, S. Greenbaum, G. Leech and J. Svartvik, *A Comprehensive Grammar of the English Language*, p. 721.

2　Ibid., p. 1408.

3　Ibid., p. 1406.

到SV之前的画龙点睛句、宾语O前置形式的话题化、S与V或SV与O之间的插入成分，以及话题化和插入语兼而有之的语序复合变异。本文认为，莎剧中出现的这几种非常规语序的句式，都是莎士比亚刻意所为，翻译时需要审慎对待，尽量亦步亦趋，才能取得与原文句式近似的效果。

1. 画龙点睛句的修辞效果与汉译

所谓掉尾句（periodic sentence），指一句话不直接说，而是绕圈子，直到最后才点明言者的意思。[1]王佐良、丁往道[2]译成"圆周句"，彭镜禧[3]译成"掉尾句"。笔者译成"画龙点睛句"，因为这可以更形象、更清楚地点明这种句式的形式特点和修辞效果。

莎剧《尤利乌斯·凯撒》第三幕第二场里，安东尼在凯撒遇刺身亡后的葬礼上说的下面这8行台词里的第5—7行，就是一个典型的画龙点睛句。

（3）This was the most unkindest cut of all;

　　For when the noble Caesar saw him stab,

　　Ingratitude, more strong than traitors' arms,

　　Quite vanquish'd him:[4] then burst his mighty heart;

1　C. Baldwin, *Composition, Oral and Written*, London: Longmans, Green, and Co, 1909, p. 122.
2　王佐良、丁往道主编：《英语文体学引论》，北京：外语教学与研究出版社，1987年，第102页。
3　彭镜禧：《戏剧效果与译文的字序:〈哈姆雷〉的几个例子》，彭镜禧编：《摸象：文学翻译评论集》，第175页。
4　这一行的标点，D. Daniell, *The Arden Shakespeare: Julius Caesar*, London: Routledge, 1998和J. Bate and E. Rasmussen, *The RSC Shakespeare: William Shakespeare Complete Works*, London: Macmillan, 2007

（转下页注）

And in his mantle muffling up his face,

Even at the base of Pompey's statue

(Which all the while ran blood) *great Caesar fell*.

O, what a fall was there, my countrymen!

(*JC*, 3. 2. 181–188[1])

在这段话之前，安东尼已发表了长篇大论，开篇先说自己是来埋葬凯撒而不是来颂扬他的，接下来一面反复说刺杀者布儒特斯（Brutus）是个正派人，一面却列举事实说明凯撒并不像布儒特斯说的那样是个野心家，然后借口要宣读凯撒的遗嘱，要求民众在凯撒的尸体周围站成一圈，先由他将这位立遗嘱之人展示给大家。安东尼从凯撒身上穿的那件让人联想到其赫赫战功的战袍讲起，然后逐一点评凯撒身上被刺杀者们刺中的部位，最后尤其浓墨重彩地渲染了布儒特斯所刺的那一刀。

从语义和功能角度分析，第5行句首的介补短语 in his mantle muffling up his face 是非限制性后置修饰语，修饰主语 great Caesar；接下来的介补短语 Even at the base of Pompey's statue 是状语，后面括号中的 Which all the

---

（接上页注）

一样，都遵循第一对开本。A. Humphreys, *The Oxford Shakespeare: Julius Caesar*, Oxford: Oxford University Press, 1984和 M. Spevack, *The New Cambridge Shakespeare: Julius Caesar*, Cambridge: Cambridge University Press, 1988都将中间的冒号改为句号，将之后的 then 大写。这样一来，burst 就成了不及物谓词，Then burst his mighty heart 也就成了主谓倒置句，意思是"他的伟大心脏迸裂了"。丹尼尔（D. Daniell）认为，安东尼脑子里想的是伤心（grief），凯撒的心是被布儒特斯刺碎或伤透的（by Brutus Caesar's heart was broken）。这样看来，burst 只能解读为及物谓词。既然是及物谓词，它只能与之前的 vanquish'd 形成并列关系，并与之一样，都是主语"忘恩负义"（Ingratitude）的谓语。根据这一解读，这里的冒号在现代版本中应替换成分号或逗号。

1　本文所引莎剧原文及其行号，除非特别标注，均出自阿登版莎士比亚 *Julius Caesar*（D. Daniell, *The Arden Shakespeare: Julius Caesar*, London: Routledge, 1998）和 *Hamlet*（A. Thompson and N. Taylor, *The Arden Shakespeare: Hamlet*, London: Bloomsbury, 2016）。

while ran blood是非限制性关系从句，描写庞培雕像的情况。最后一行的构造是"叹词+感叹句形式的存现句+呼语"，该存现句的陈述句形式是There was a fall，给存现语 a fall加上what之后，将之前移至句首，陈述句转换成了感叹句，为了满足抑扬格的要求，there was发生倒置，经过这些句法转换，句首的 what a fall 直接与上一行末的 fell 衔接。

除朱生豪[1]外，其他3个主要译本里great Caesar fell的位置都不在句末，无法与下面一行的 what a fall 直接对接：

（4）a. 他的脸给他的外套蒙着，他的血不停地流着，就在邦贝像座之下，伟大的该撒倒下了。啊！那是一个多么惊人的殒落，我的同胞们。[2]

b. 袍子蒙着脸，伟大的西撒倒下去了，就倒在庞沛像座下面，一直在那里流着血。啊，我的同胞们，那是多么严重的一个损失。[3]

c. 外套蒙住了脸，伟大的
恺撒倒在庞贝像座之下，像座上
立刻沾满了他的鲜血。哦，这是
怎样的一个殒落啊，我的同胞们！[4]

d. 披风扬起，蒙上他的脸面，
竟至在庞培雕像的底座旁边，

---

1 莎士比亚：《该撒遇弑记》，朱生豪译，上海：世界书局，1947年。
2 同上。
3 莎士比亚：《哈姆雷特》，梁实秋译，北京：中国广播电视出版社，1995年。
4 莎士比亚：《居里厄斯·恺撒》，汪义群译，莎士比亚：《新莎士比亚全集》（第六卷），方平主编，第151—302页。

伟大的凯撒倒下了，雕像也泣血。

啊，这一倒惊天动地，同胞们！[1]

闵托[2]认为，画龙点睛句的效果"是让心理处于始终如一或益发强烈的紧张状态，直到最后一刻"。哈蒙[3]则认为，使用这种句式是为了激发"听者或读者的兴趣和好奇心"。然而这两种观点都无法令人满意地解释画龙点睛句式在此处的作用。亚当逊[4]指出，"画龙点睛构造是通过将谓词拖延至最后来发挥其最大效应"；阿登版《凯撒》的编辑丹尼尔[5]点评说，此处的 great Caesar fell 有"一种强有力的言辞效果。……在具有异乎寻常拖延作用的短语 in...face（第185行），Even...statue（第186行）和 Which...blood（第187行）之后，对单音节 fell 的加重强调显得特别有力"。

笔者赞同亚当逊和丹尼尔的观点，但同时认为，具体而言，这一画龙点睛句让安东尼得以首先重提凯撒身上那件极富象征意义的战袍，行末的 his face 又可与前面两行行末的 traitors' arms 和 his mighty heart 形成语义上的平行关系，接下来 Even 引导的地点状语连同其非限制性关系从句前置后，可把全句末尾焦点留给关键的 great Caesar fell，而且下面紧接着与 fell 呼应的感叹句 O, what a fall was there，简直就像两记重锤，

---

[1] 莎士比亚：《尤力乌斯·凯撒》（莎士比亚全集·英汉双语本），J. Bate、E. Rasmussen、辜正坤主编，傅浩译。

[2] W. Minto, *A Manual of English Prose Literature*, London: Ginn, 1872, p. 5.

[3] W. Harmon, *A Handbook to Literature*, London: Pearson, 2006, p. 386.

[4] S. Adamson, "The Grand Style", in eds. S. Adamson, L. Hunter, L. Magnusson, A. Thompson and K. Wales, p. 39.

[5] D. Daniell, *The Arden Shakespeare: Julius Caesar*, p. 263.

一次又一次砸在广场群众的心头，让他们看清一个血淋淋的现实：一个为国家立下赫赫战功的英雄没有倒在疆场上，而是倒在自己国家的元老院里，不是死于与敌人的厮杀，而是死于同事的阴谋和朋友的背叛。为了取得与原文语序近似的效果，例（3）可译成：

> （5）这是那最丧尽天良的一刀；
> 　　凯撒见其爱将拔刀刺来，
> 　　顿感五内俱焚；忘恩负义
> 　　赛过利刃，刺破凯撒的心；
> 　　他放弃抵抗，袍子蒙着脸，
> 　　就在庞培大将的雕像旁，
> 　　雕像流着血，凯撒倒下了。
> 　　唉，倒得真惨啊，同胞们！

2. 话题化的话语效果与汉译

长期以来，许多研究者以为汉语是所谓"话题突出型"语言，其实英语里的话题化现象，即将主语之外的一个句元前移至句首位置作为话题，也很常见。[1] 莎剧里就有不少这类句子，话题以语句的逻辑宾语居多，其形式可以是名词短语、代名词、to不定式等。

据柏肯[2]，引发英语宾语前移的因素主要有衔接、强调、句末焦点等。尽管宾语前置的句子一般不难理解，译起来一般也不难，但是如果忽视了造成宾语前移的这些因素，翻译时就容易违背原文的语序。

1　陈国华、王建国：《汉语的无标记非主语话题》，《世界汉语教学》2010年第3期。

2　B. Baekken, *Word Order Patterns in Early Modern English*, Oslo: Novus Press, 1998, pp. 182–183.

例如在《哈慕雷》(*Hamlet*)[1]第二幕第二场里,哈慕雷的叔父克劳迭(Claudius)毒死其王兄老哈慕雷登基后,发现侄子哈慕雷的言谈举止有些乖张,心生疑惑,便派两名熟悉哈慕雷的大臣前去打探。这时资政大臣珀娄涅(Polonius)从女儿婀菲丽雅(Ophelia)处获悉,哈慕雷在她面前的表现更加癫狂,以为哈慕雷是因为陷入对婀菲丽雅狂热的爱才变得疯疯癫癫。于是在向国王禀报出使挪威的特使已经完成使命胜利归来的消息之际,趁机向国王报告:

(6) *Pol.* ...I have found
The very cause of Hamlet's lunacy.
King. O speak of that, *that* do I long to hear.

(*Ham.*, 2.2.48–50)

国王台词里的第2个that是后半句的话题。对照6个版本的译文,除了彭镜禧[2],没有一个译本保留国王后半句台词的语序,而且原文前半句和后半句的that都不见了:

(7) a. 普:……我想我已经发现了汉姆莱脱发疯的原因。
王:啊!你说吧,我急着要听呢。[3]

---

1 Hamlet的中文译名有多种,仅本文的参引文献里就有4种,即"汉姆莱脱"(朱生豪)、"哈姆莱特"(方平;辜正坤)、"哈姆雷特"(卞之琳;梁实秋)、"哈慕雷"(彭镜禧)。本文遵循陈国华、石春让(2014)提出的外国人名汉译的原则,将之译成"哈慕雷"。本文的其他译名也都遵循这些原则。
2 彭镜禧:《哈慕雷》,台北:联经出版事业公司,2001年。
3 莎士比亚:《汉姆莱脱》,朱生豪译,上海:世界书局,1947年。

b. 普：……我自信我已经探得哈姆雷特太子发疯的真缘故了，否则便是我的头脑没能像往常那样的百发百中。

王：啊，说出来，我很想听。[1]

c. 波：……我以为我已经发现了

哈姆雷特忽然变疯疯癫癫的原因。

王：噢，你就讲出来吧！我正想听听。[2]

d. 波洛纽斯：……我已经发现了是什么原因使哈姆莱特发了疯。

国王：噢，快说出来吧，我急于要知道呢。[3]

e. 波洛纽斯：微臣确信，微臣真的已经发现

王子之所以发疯的根本原因，

除非在国事筹划方面，

我这脑筋已大不如从前那样十拿九稳。

国王：啊！快讲，朕迫切与闻。[4]

f. 波龙尼：……我已经找到

哈姆雷疯癫的确切原因。

国王：啊快说那原因：那原因我很想听。[5]

---

1 莎士比亚：《哈姆雷特》，梁实秋译。

2 莎士比亚：《丹麦王子哈姆雷特悲剧》，《莎士比亚悲剧四种》，卞之琳译，北京：人民文学出版社，1988年，第1—187页。

3 莎士比亚：《哈姆莱特》，方平译，方平主编：《莎士比亚全集》（第四卷），石家庄：河北教育出版社，2000年，第199—428页。

4 莎士比亚：《哈姆莱特》（莎士比亚全集·英汉双语本），J. Bate、E. Rasmussen、辜正坤主编，辜正坤译。

5 彭镜禧：《哈姆雷》。

蒙前省略，也就是用零形式指代前面的先行语，是汉语的一个常见特征。国王台词中的两个 that，其先行语都是 The very cause of Hamlet's lunacy，汉语译文省略原文里的这两个 that，不能算错；相反，彭镜禧译文里的两个"那原因"，倒显得不太自然或有些啰唆。但是话题化也是汉语的一个常见特征，其效果之一是，将表达给定或已知信息的句元前置于句首加以凸显，同时增强前后话语的衔接。既然英语和汉语都可以将某个句元作为话题移至句首，翻译时最好以译文的话题对应原文的话题。鉴于此，国王的这句台词不妨译成："哦，说说这个原因；这我正想听听。"

3. 插入语的戏剧效果与汉译

含插入语的句子与画龙点睛句之间既有相同之处，也有不同之处。在结构上，二者的相同之处是，状语A都经历了前移；不同之处是，画龙点睛句的构造一般是 A...SV，插入句的构造一般是 SA...V 或 SVA...O。例（6）中珀娄涅向国王禀报他已发现哈慕雷疯癫原因之前的台词里就有一个插入语。下面是全文：

（8）Pol.　... And I do think, or else this brain of mine

　　　　　Hunts not the trail of policy so sure

　　　　　As it hath used to do, that I have found

　　　　　The very cause of Hamlet's lunacy.

　　King.　O speak of that, that do I long to hear.

（*Ham*., 2. 2. 40–52）

对比6个译本，只有方平[1]和彭镜禧[2]的译文完全保留了原文的语序：

(9) a. 我相信——除非我这老脑筋

不中用了，看问题，察言观色不比

以前那样有把握了——我已经发现了

是什么原因使哈姆莱特发了疯。[3]

b. 而且我相信——除非我这脑筋

在处理国家大事方面的把握

已经不如从前——我已经找到

哈姆雷疯癫的确切原因。[4]

其余4个译本都采用常规语序，其中朱生豪和卞之琳没有保留原文插入语的语序，但维持了原文宾语从句的句末位置：

c. 要是我的脑筋还没有出毛病，想到了岔路上去，那么我想我已经发现了汉姆莱脱发疯的原因。[5]

d. 除非我这副脑筋忽然不灵了，

不及往常那样的善观风色，

那样的有把握，我以为我已经发现了

1　莎士比亚:《哈姆莱特》，方平译，方平主编:《莎士比亚全集》(第四卷)。
2　彭镜禧:《哈姆雷》。
3　莎士比亚:《哈姆莱特》，方平译，方平主编:《莎士比亚全集》(第四卷)。
4　彭镜禧:《哈姆雷》。
5　莎士比亚:《汉姆莱脱》，朱生豪译。

哈姆雷特忽然变疯疯癫癫的原因。[1]

梁实秋和辜正坤的译文则像（4）那样，完全放弃了原文的语序：

e. 我自信我已经探得哈姆雷特太子发疯的真缘故了，否则便是我的头脑没能像往常那样的百发百中。[2]

f. 微臣确信，微臣真的已经发现
王子之所以发疯的根本原因，
除非在国事筹划方面，我这脑筋
已大不如从前那样十拿九稳。[3]

对于（8），彭镜禧[4]的分析和解读是：波罗纽斯知道国王对哈姆雷精神失常这件事的重视，所以他才会不惜打断话题 A（即特使归来的消息），急着表功，而在成功的引起国王重视之后，又把藏膏药的葫芦收起来，吊国王的胃口；从引文里他对国王说的话，很清楚看出波罗纽斯是个喜欢别人夸赞的人，而新登基的国王也的确对他多所仰赖。除此之外，他深谙修辞之道；越是紧要的，越要摆在后面；他用插入语把一句话拆了开来，以便凸显他的伟大发现。

的确如彭镜禧所说，珀娄涅急着表功的心理和吊国王的胃口的做

---

[1] 莎士比亚：《丹麦王子哈姆雷特悲剧》，《莎士比亚悲剧四种》，卞之琳译。
[2] 莎士比亚：《哈姆雷特》，梁实秋译。
[3] 莎士比亚：《哈姆莱特》（莎士比亚全集·英汉双语本），J. Bate、E. Rasmussen、辜正坤主编，辜正坤译。
[4] 彭镜禧：《戏剧效果与译文的字序:〈哈姆雷〉的几个例子》，彭镜禧编：《摸象：文学翻译评论集》，第178—179页。

法，通过这段话里的插入语表现得淋漓尽致。那些没有把"哈慕雷疯癫的确切原因"留在句末的译法，都不足以将珀娄涅的心思和卖关子的做法充分表现出来。

　　插入语是莎剧中一种常见的修辞手段，各种语言单位和语法范畴都可以充当插入语，其功能和效果也各有不同。如果说（3）这样的画龙点睛句通过先画龙头、龙身、龙脚、龙尾，为画龙睛做好铺垫，以便最后让听者感到震撼，那么（8）这样的插入语就是通过欲言又止（And I do think——）、自我标榜（or else this brain of mine / Hunts not the trail of policy so sure / As it hath I have us'd to do）、卖关子（I have found / The very cause of Hamlet's lunacy.... / Give first admittance to th'ambassadors. / My news shall be the fruit to that great feast.）的形式，达到向听者邀功的目的。需要指出的是，hunt the trail of policy是个隐喻，珀娄涅的意思是说，自己的脑子处理国事和政务一直十分灵敏，就像猎犬嗅出猎物的踪迹。如果把这段台词所含的这一隐喻也译出来，（8）的斜体部分可以译成：

（10）而且臣相信，除非臣脑子进了水
　　　不再能像从前一样万无一失地
　　　嗅出国事的蛛丝马迹，臣已经发现了哈慕雷疯癫的确切原因。

4. 语序复合变异的效果与汉译

　　同一句话中出现多个语序变异，本文称之为"语序复合变异"。莎剧里不乏这种情况。例如《哈慕雷》第一幕第二场，克劳迭在毒死王兄，篡夺王位后，与王后葛楚德（Gertrude）一起，第一次以国王的身份正式在群臣及哈慕雷面前亮相。下面是他的开场白：

（11）*King. Though* yet of Hamlet our dear brother's death

　　　　The memory be green, and that it us befitted

　　　　To bear our hearts in grief, and our whole kingdom

　　　　To be contracted in one brow of woe,

　　　　Yet so far hath discretion fought with nature

　　　　That we with wisest sorrow think on him,

　　　　Together with remembrance of ourselves.

　　　　Therefore our sometime sister, now our Queen,

　　　　Th'imperial jointress to this warlike state,

　　　　Have we, as 'twere with a defeated joy,

　　　　With an auspicious and a dropping eye,

　　　　With mirth in funeral and with dirge in marriage,

　　　　In equal scale weighing delight and dole,

　　　　Taken to woife.

　　　　　　　　　　　　　　（*Ham.*, 1.2.1–14）

　　分析（11）的结构和语序，首先我们注意到，Though，Yet，Therefore这三个连接词的使用表明，整个这段话的逻辑关系十分缜密。Though引导的句子，话题不是相关语句的主语 The memory of…，而是 Hamlet our dear brother's death；Yet引导的因果句里，原因句的主语 discretion 兼做整个句子的话题；Therefore引导的句子，话题不是相关句子的主语 we，而是前置的宾语 our sometime sister。如此精心谋篇布局所达到的效果就是告诉听众三件事：①王兄哈慕雷刚死不久，大家心里仍然悲痛；②然而朕一直以审慎的态度处理他的后事；③所以关于朕之前的王嫂，朕有要事宣布。尽管前两个连接词引导的句子里出现了一些非常规语序，如第一句里的 of Hamlet our dear brother's death / The memory 和 it us befitted；第二句里的 hath discretion fought 和插入语 with wisest sorrow，但除第一句开头的语序变异外，其他非常规语序的出现基本可以视为是为了满足素体诗格律的要求。唯有第三句的语序变异非同寻常，不仅宾语 Our sometime sister 前置变成了话题，由于格律的要求 We have 变成了 Have we，而且在 Have we 与最后的 Taken to wife 之间，插入了将近4行的状语。这其中的玄机是什么，汉语译文怎样应对这复合变异，值得深入探究。

让我们先看看现有各译本对第三句是怎样翻译的。梁实秋和辜正坤基本按照常规语序译出：

（12）a. 所以我从前的嫂子，如今的王后，这承继王位的女人，我现在把她娶做妻子，这实在不能算是一件十分完美的喜事，一只眼喜气洋洋，一只眼泪水汪汪，像是殡葬时享受欢乐，也像是结婚时奏唱悼歌，真是悲喜交集，难分轻重。[1]

  b. 故朕与兄嫂，当今王后，

   战云相逼之帝业继承人，

   今日共结连理，所谓悲中举乐事，一眼零泪一眼强欢

---

[1] 莎士比亚：《哈姆雷特》，梁实秋译。

> 丧葬杂喜色，婚娶夹哀吟，
> 悲喜交集，福祸平分。[1]

朱生豪和卞之琳将插入语全部前置，使这句话更像个画龙点睛句：

> c. 所以，在一种悲喜交集的情绪之下，让幸福和忧郁分据了我的两眼，殡葬的挽歌和结婚的笙乐同时并奏，用盛大的喜乐抵消沉重的不幸，我已经和我旧日的长嫂，当今的王后，这一个多事之国的共同的统治者，结为夫妇。[2]

> d. 因此，仿佛抱苦中作乐的心情，
> 仿佛一只眼含笑，一只眼流泪，
> 仿佛使殡丧同喜庆歌哭相和，
> 使悲喜成半斤八两，彼此相应，
> 我已同昔日的长嫂，当今的新后，
> 承袭我邦家大业的先王德配，
> 结为夫妇。[3]

方平译本的语序与原文比较近似，但话题变成了"我"：

> e. 因此我，跟当初的王嫂，如今的王后——

---

1 莎士比亚：《哈姆莱特》（莎士比亚全集·英汉双语本），J. Bate、E. Rasmussen、辜正坤主编，辜正坤译。
2 莎士比亚：《汉姆莱脱》，朱生豪译。
3 莎士比亚：《丹麦王子哈姆雷特悲剧》，《莎士比亚悲剧四种》，卞之琳译。

> 这称雄的王朝平起平坐的女君——
> 想我俩,好比得欢乐中拥抱心酸,
> 仿佛一只眼报喜,另一只垂泪,
> 含几丝笑意送葬,婚礼上唱挽歌,
> 悲和喜,是半斤八两,平分秋色——
> 我们俩已结为夫妇。[1]

只有彭镜禧对原文完全亦步亦趋:

> f. 朕昔日之嫂,今日之后,
> 吾国邦家大业的继承者,
> 朕已经——仿佛以受挫的快乐,
> 一只眼睛高兴,一只眼睛落泪,
> 丧葬中有欢乐,婚庆中有伤恸,
> 欣然与黯然不分轩轾的情况下——娶为妻子。[2]

彭镜禧[3]认为,"翻译这一段话,除了应该尽量保持倒装句法,让 Taken to wife 出现在最后,也宜保留原文的种种插入语,才能恰当地表现出柯劳狄内心的惭赧和外表的威仪"。在彭镜禧看来,莎士比亚之所以让这个人物选择这样一种句式,是因为:从一方面说来,如此匆匆地跟自己的兄嫂结婚似乎令他难以启齿,他要费很大的工夫来遮掩,特别

---

[1] 莎士比亚:《哈姆莱特》,方平译,方平主编:《莎士比亚全集》(第四卷)。
[2] 彭镜禧:《哈姆雷》。
[3] 彭镜禧:《戏剧效果与译文的字序:〈哈姆雷〉的几个例子》,彭镜禧编:《摸象:文学翻译评论集》,第175—176页。

是娶嫂为妻的事实必须尽量拖延到最后才讲出口；从另一方面说来，这样倒装的掉尾句以及整段话四平八稳的修辞与逻辑，也颇能配合并彰显柯劳狄现在的国王身份：语调庄严而有气势。[1]

彭镜禧的译文可以说取得了与原文最为近似的修辞效果，他认为克劳迪娶嫂为妻这件事令他难以启齿，也是对的，但他对这段台词语序变异动机的解释值得商榷。我们认为，这段话采用种种非常规语序并不是为了"表现出柯劳狄内心的惭赧"，因为没有任何迹象表明克劳迪为自己的行为感到惭愧；他最后才说Taken to wife，也不是为了遮掩他娶嫂为妻这一事实，因为第一行的 now our queen 实际上已经若明若暗地将此事点破，更重要的是，他说这段话的目的就是要向众人公布而不是遮掩这件事。

克劳迪作为新国王出场时，如何向众人解释他在兄长死后如此迅速地娶嫂为妻这一行为，令克劳迪颇费脑筋。为了对自己的所作所为进行辩解，其策略是，先以王后作为话题，以同位语的形式给她戴上一顶高帽子（Th'imperial jointress to this warlike state），接着欲言又止（Have we），让大家对自己做的事有个心理准备，然后用长达近4行的插入语和5个介补短语；反复说明自己做此事时如何欢喜与悲伤兼而有之，最后才宣布他所做之事就是"娶为妻子"。通篇下来，克劳迪通过先将"朕之前的嫂子"话题化，又通过大段插入语不厌其烦地说明自己如何喜悲交集，目的就是呼应前面两句话的中心意思，告诉众人，他既没有忘记死去的王兄，也没有一味寻欢作乐，他的所作所为是审慎的、有节制的、得体的，因此是合理的。

---

[1] 彭镜禧:《戏剧效果与译文的字序:〈哈姆雷〉的几个例子》，彭镜禧编:《摸象：文学翻译评论集》，第174—175页。

基于以上这种分析,(11)里 Therefore 引导的第三句话可以译成:

(13)因此朕的兄嫂,如今你我的王后,
　　我强大威武之国的后宫之主,
　　朕已经,仿佛欢喜之中有悲伤,
　　一只眼喜洋洋,一只眼泪汪汪,
　　葬礼上唱着欢歌,婚礼上奏着哀乐,
　　喜庆与悲哀平衡于天平两旁,
　　将她娶为王后。

5. 小结

总结各译本在处理《哈姆雷》原文非常规语序方面的表现(见表2),我们吃惊地发现,在翻译原则上持截然不同立场的朱生豪和卞之琳,在翻译实践上居然没有任何差别!不仅如此,他们两位与梁实秋、辜正坤的做法也没有什么区别。严格遵守"亦步亦趋"原则的只有彭镜禧,其次是方平。

表2

案例	朱生豪	梁实秋	卞之琳	彭镜禧	方平	辜正坤
(6)话题化	×	×	×	√	×	×
(8)插入语	×	×	×	√	√	×
(8)句末宾语	√	×	√	√	√	×
(11)话题化	×	√	×	×	×	×
(11)插入语	×	×	×	√	×	×
(11)句末谓语	√	×	√	√	√	×

当然，我们不能仅根据是否对原文"亦步亦趋"来衡量译作的好坏。例如，同样没有"亦步亦趋"，朱生豪译本的可读性公认一般要比梁实秋的译本好一些，最没有"亦步亦趋"的辜正坤，其译本语言典雅优美，颇有元曲和昆曲的味道。但是就话语的衔接、语篇的连贯、修辞及戏剧效果而言，彭镜禧的译本无疑独占鳌头。

四、结论

本文研究莎剧的汉译，采用的是语言学视角。福塞特[1]相信"翻译中有许多东西只能通过语言学加以描写和解释。进一步说，译者如果对语言学缺乏基本了解，就等于工匠干活却没有带全工具箱里的工具"。对于这一点，陈国华[2]曾表示不完全赞同，认为尽管就翻译研究的许多方面而言，语言学知识都绝非可有可无；但是"有些著名翻译家似乎并不懂什么语言学，仅凭自身出众的双语素养和悟性，翻译实践也很成功，就像有些人说不出什么语法规则却说得一口漂亮外语一样。对这些人而言，语言学似乎没有太大用处"[3]。今天看来，这种观点有失偏颇。在莎剧翻译中，面对原文里不同文体、语体、常规语序和非常规语序的频繁交替使用，具有良好双语和文学素养的译者如果再用语言学知识将自己武装起来，便可以更透彻地分析、理解和欣赏原文，明白作者的用意，使译文更加出色。

---

1 P. Fawcett, *Translation and Language: Linguistic Theories Explained*, Beijing: Foreign Language Teaching and Research Press, 1997/2007, p. xxxii.

2 陈国华:《语言学对翻译有什么用》，P. Fawcett, *Translation and Language: Linguistic Theories Explained*, pp. vi-xxvii.

3 Ibid., p. viii。

通过分析莎剧里的非常规语序及其翻译,结论是:在原文语言里常规和非常规语序两可的情况下,作者如果在文中使用了非常规语序,那一定是为了取得某一特定效果;在译文语言同样是常规和非常规语序两可的情况下,译者只有对原文语序亦步亦趋,才能在译文中取得与原文近似的效果。

莎士比亚作品中的中国人形象
——莎剧中"Cataian"汉译的文化考察[1]

张之燕

提及莎士比亚作品中的中国人形象,很多学者或许会感到很诧异,因为其作品中从来就没出现过 Chinese 一词。China 倒是出现过一次,但是并不指涉中国,而是意指瓷器。可是如果我们翻看方平主编的《第十二夜》译本,就会看到"伯爵小姐是个中国人"这句话,而朱生豪的译本中却又找不到"中国人"三个字。那么,莎士比亚的作品中究竟有没有提到过中国人?本人在认真阅读其原著及英文注解并比较中文译本的不同翻译后,又对当时中西交流史做了梳理,最终发现:莎士比亚在《第十二夜》与《温莎的风流娘儿们》中均提到过"中国人",只是用的单词不是我们现在所熟知的"Chinese",而是相对陌生的"Cataian",另外,他在《无事生非》中也提到过"蒙古大可汗"及其他和中国人相关的人物。

---

[1] 原载于《戏剧》2017年第5期。

一、Cataian释义

Cataian准确来说，指的是契丹人，蒙古语中的契丹人，那么，为何方平版的《第十二夜》会把"Cataian"译成"中国人"？这至少有三方面的原因。首先，这跟《马可·波罗游记》中对中国的描述有关。马可·波罗来到中国的时候正是元代，即所谓Cathay，而《马可·波罗游记》在接下来的几个世纪里是西方了解中国的最重要文献之一。其次，各国语言在转述和翻译关于中国的知识时语言混乱，导致认知混乱。譬如，在早期英语文本中，仅Cathay一词就有十多种拼法，包括"Cathaie""Cathaye""Cathaio""Cathai""Cataya""Catay""Catai""Kythay""Katay"和"Kithai"。不仅不同的作者会使用不同的拼法，即便同一作者也会在同一本书里采用不同的拼法。[1] 再次，中国与欧洲之间相隔千山万水，"道阻且长"，真正来到中国的西方人很少，对中国的地理和朝代更替等知识知之甚少。所以，尽管莎士比亚所处的时代，中国已经改朝换代为明朝，可是包括英国在内的西方国家对中国的认知大多还停留在几个世纪之前。有的人认为Cathay和China是比邻的两个国家，China和Cathay在不同的文献里被描述成城市、省、国家和王国。所以，方平将"Cataian"译作"中国人"是很正常的。笔者在此文中亦将Cataian与Chinese等同。

那么，朱生豪又是怎么翻译的呢？原来，朱生豪竟将"Cataian"译

---

[1] 在EEBO（Early English Books Online）上，Cataian在各个文本中有不同的变体，很多早期英文书译自包括西班牙语、意大利语在内的不同语言，这种情况更加导致Cataian一词拼写的混乱。即便Cataian一词只在莎士比亚的作品中出现过两次，在有的版本中，Cataian的拼写也有差异。参见Zhiyan Zhang, "'My Lady's a Cataian': Cataian in *Twelfth Night*", *Notes and Queries*, No. 3 (2013)。

成了"骗人虫"。无独有偶，朱生豪在《温莎的风流娘儿们》中也将"Cataian"译成了贬义色彩浓厚的"狗东西"。"Cataian"究竟哪里得罪了朱生豪，而招致了一身臭名？其实，问题不在朱生豪身上，而在西方的某些莎士比亚专家身上，这也与当时特定的时代背景有关。

18世纪编撰莎士比亚剧作的知名专家斯蒂文斯（George Steevens）曾把Cataian释义为"中国人"，并不无讽刺地说中国人"据说是手指灵巧的族裔里最手巧的，时至今日他们还是这副德行"[1]，甚至将其指涉为"小偷""骗子"乃至"恶棍"[2]。他把中国人和偷窃联系在一起是立不住脚的。首先，在18世纪之前的一些文本里，中国人的主导形象是心灵手巧和机智聪慧，因而是被羡慕和崇尚的对象，绝非"小偷"等负面形象。譬如，海顿（Frère Hayton）曾记载，中国人"在艺术和手工艺方面匠心独造，心思缜密"[3]。艾略特（Thomas Elyot）也提到中国人手艺精湛的一面，不过他用的词是"cunning artificer"，而"cunning"既是褒义词又是贬义词，因为它既有"巧妙的"和"可爱的"之意，也有"狡猾的"意思。虽然根据语境，不难推测出是"巧妙的"之解，但这为日后一些学者断章取义留下了可能性。其次，斯蒂文斯所谓的"时至今日他们还是这副德行"之语实际上是一种显而易见的时代倒错——即以其所处的18世纪的中国人形象来解读莎士比亚时代的中国人形象。再次，斯蒂文斯不但有时代倒错之嫌，而且断章取义。比如，他从 The Pedler's Prophecy 中引用了一段话，"在印度的东部，他们借助大海和洪水来行窃"，并

---

[1] 原文是：The Chinese (anciently called Cataians) are said to be the most dexterous of all the nimble-finger'd tribe; and to this hour they deserve the same character. 参见 William Shakespeare, *The Plays of William Shakespeare*, the Johnson-Steevens edition, London: Routledge / Thoemmes Press, 1995, p. 265。

[2] William Shakespeare, *The Plays of William Shakespeare*, the Johnson Steevens edition, p. 265.

[3] Frère Hayton, *Here Begynneth a Lytell Cronycle*, London, 1520, p. 1.

将"他们"视为中国人,以此将中国人和偷盗的行为联系起来,实际上,他只是断章取义式地引用了一部分内容,而把主语"旅行者"省掉了,完整的句子应该是,"这些旅行者在印度的东部,他们借助大海和洪水来行窃"。所以真正被指摘的偷盗者是旅行在印度东部的游客,而这些游客其实多数来自西方。毕另斯(Timothy Billings)指出,他其实是在"脱离语境地引用只言片语并将之当作又一份证据呈示给信任他的读者"[1]。

斯蒂文斯对 Cataian 的负面解读影响了后来的很多莎士比亚作品的编注者,包括纳瑞斯(Robert Nares)。如果说斯蒂文斯有时候还只是用"手指灵巧"来暗指中国人偷窃[2],那么纳瑞斯则是直接指明"手指灵巧的偷窃"[3]。纳瑞斯的标注已被牛津大辞典收录,可见对后世的学者影响多么深远,无怪乎朱生豪将 Cataian 直接翻译成"骗人虫"和"狗东西"。

那么,莎士比亚作品中的中国人到底是什么样的形象?跟"骗子"和"小偷"有何关系?其实,在《第十二夜》中,中国人的形象是极为正面的,是集"美德""美貌"与"财富"于一体的,可以说与"骗子"和"小偷"风马牛不相及。在《温莎的风流娘儿们》中,中国人的形象不是那么明朗,但也不至于与"骗子"和"小偷"画等号。笔者采用格林布拉特所主张的新历史主义理论视角,认为莎士比亚作品中的中国人形象不是孤立的,而是特定时代和历史的产物,它也似一种社会能量,在同一时期的文本中流动,彼此有相关性并互相影响。对于莎士比亚的文本和其他早期现代英语文本,此处采用的都是文本细读法,希望在不

---

[1] Timothy Billings, "Caterwauling Cataians", *Shakespeare Quarterly*, Vol. 54, No. 1.

[2] William Shakespeare, *The Plays of William Shakespeare*, the Johnson Steevens edition, p. 265.

[3] Robert Nares, *A Glossary; Or, Collection of Words, Phrases, Names, and Allusions to Customs, Proverbs, etc*, London: R. Triphook, 1822, p. 77.

同文本的映照下更为全面深刻地解读莎士比亚作品中的中国人形象。接下来笔者对相关文本进行一一解读。

二、"伯爵小姐是个中国人"

在《第十二夜》中,托比对玛丽说,"My lady's a Cataian",方平将之译为"伯爵小姐是个中国人",而朱生豪则译之为"小姐是个骗人虫"。朱生豪把Cataian译作"骗人虫",很显然是受到斯蒂文斯和纳瑞斯等西方莎士比亚编注者的影响。那么,究竟是应该像朱生豪一样将Cataian译作"骗人虫",还是像方平一样翻译成"中国人"呢?我们先看一下原文以及译文的语境。

英文版

Mar. What a caterwauling do you keep here!
If my lady have not called up her steward Malvolio
And bid him turn you out of doors, never trust me.
Sir To. My lady's a Cataian, we are politicians,
Malvolio's a Peg-a-Ramsey, and 'Three
merry men be we.' Am not I consanguineous?
am I not of her blood? Tillyvally. Lady!
There dwelt a man in Babylon, lady, lady![1]

---

[1] William Shakespeare, *The Complete Works of William Shakespeare*, ed. W. J. Craig, London: Oxford University Press, 1935, p. 351.

方平版

玛丽亚：你们在这闹什么呀，猫儿叫春似的！我家小姐要是不把她的管家马伏里奥叫去，让他把你们赶出门外去，以后不用相信我的话好了。

托比：伯爵小姐是个中国人，只当她说话是假的；我们一帮子可是机灵的政客呢，马伏里奥算的上什么东西！（唱）
咱们是三个快乐人——
我不是嫡系的叔父吗？我跟她不是有血缘关系吗？
叽里咕噜什么呀，姑娘！（唱）
巴比伦住着一个男儿汉，姑娘，姑娘。[1]

朱生豪版

玛丽娅：你们在这里猫儿叫春似的闹些什么呀！要是小姐没有叫她的管家马伏里奥来把你们赶出门外去，再不用相信我的话好了。

托比：小姐是个骗人虫；我们是些阴谋家；马伏里奥是拉姆西的佩格姑娘；
我们是三个快活的人。
我不是同宗吗？我不是她的族人吗？胡说八道，姑娘！
巴比伦有一个人，姑娘，姑娘！
小丑：要命，这位骑士真会开玩笑。[2]

朱生豪的"骗人虫"和方平的"中国人"，究竟哪种翻译更准确？

---

[1] 方平主编：《莎士比亚全集》（第二卷），第422—423页。
[2] 莎士比亚：《莎士比亚全集：第二卷》，朱生豪译，第212页。

周骏章认为，"中译本把Cataian一字译为'狗东西'、'骗子'，译得很好，如果直译为'中国人'，那就会引起误会了"[1]。其实，将Cataian译作"中国人"是最好不过的。只是方平在"中国人"之后，又加上了"只当她说话是假的"，可见，此处的中国人还是与欺骗脱不了干系。所以，其实方平的翻译也是受到斯蒂文斯等人的影响，即便不是直接影响，那也少不了间接影响，因为前面已经指出，纳瑞斯的注释已经被牛津大词典等收录，而牛津大词典是编译莎士比亚作品不可或缺的查阅资料。朱生豪和方平都受到了斯蒂文斯等人的影响，将Cataian与欺骗行为相提并论，似乎"Cataian"是一个谴责性的词语已成为不争的事实。

其实，如果将奥丽维雅的品质特点，托比在《第十二夜》中提及中国人的具体语境，以及在莎士比亚之前的时代中国的光明形象综合起来看，我们都会质疑："Cataian"怎么会被标签为一个具有谴责性和耻辱性的词？这种解释根本就与文本相悖。

首先，中国在早期英语文本中的主导形象是积极光明的。笔者细读了EEBO上与中国和中国人相关的几百部著作，发现大多文本中流通的中国和中国人形象都是极其美好的。比如，曼德维尔（John Mandeville）在 *Here Begynneth a lytell Treatyse* 中提到"Cathay是一个美好且富有"的国度[2]；海顿视其为"世界上最高贵而又富有的王国"[3]；其他的描绘还包括昂希拉（Pietro Martie d'Anghiera）的"伟大富有的帝国"以及"文明且无法言喻的富裕"[4]。Cathay也与秩序、美德、优秀的管理以及让陌生人难以企及相联系。正如毕另斯所言，在伊丽莎白时代的人

---

1 周骏章：《莎士比亚与中国人》，《陕西师大学报（哲学社会科学版）》1994年第2期。
2 John Mandeville, *Here Begynneth a Lytell Treatyse*, Westminster, 1499, p. 79.
3 Frère Hayton, *Here Begynneth a Lytell Cronycle*, p. 1.
4 张之燕：《莎士比亚作品中的印度人与中国人形象》，《华东理工大学学报》2016年第3期。

们的想象中，中国的主要形象几近一个物产丰富且充满能工巧匠的文明的乌托邦王国。中国的光明形象无疑也映射居住于此的人们，即中国人。在勒罗伊（Louis Leroy）的笔下，中国人是智慧与勤奋的化身。[1] 海顿不但在其著述中对中国极尽倾慕之情，而且对中国人也大加赞誉："居住在中国的人叫作中国人，他们中间有很多貌美容俊的男人和女人。"[2]

"My lady's a Cataian"中所指的女子是奥丽维雅，她是美貌、富有与美德的化身，其形象与当时的中国人形象极为匹配，从这个意义上讲，托比爵士的言语"小姐是个中国人"完全说得通。换言之，托比怎会把他的侄女奥丽维雅与"小偷、恶棍和流氓"或者"骗子"相比呢？这是不可能的，可是却有那么多学者都是如此注解。也有学者认为，托比当时醉酒，所以才会说出这种贬损他侄女的话。但这只是一种站不住脚的猜测，没有说服力。[3]

托比的唱词"巴比伦住着一个男儿汉，姑娘，姑娘"很可能取自考威尔（T. Colwell）的"The Constancy of Susanna"（1562）："巴比伦住着一个男儿汉，声名远扬，他娶美好的女子苏珊娜为妻；一个美貌与美德并具的女子。"另外，毕另斯以及其他学者也指出，出现在阿里奥斯托的《疯狂的奥兰多》以及博亚尔多的《恋爱中的奥兰多》中的美好的异教徒公主安杰莉卡也是中国人。无论是"美貌与美德并具"的苏珊娜，还是"美好的异教徒公主安杰莉卡"，她们都和奥丽维雅一样，是正面美好的形象，与"小偷""骗子"等反面形象截然相反。

---

1 Louis Leroy, *Of the Interchangeable Course, or Variety of Things in the Whole World*, trans. Robert Ashley, London, 1594, p. 49.

2 Frère Hayton, *Here Begynneth a Lytell Cronycle*, p. 1.

3 Zhang, Zhiyan, "My Lady's a Cataian: Cataian in Twelfth Night", *Notes and Queries*, No. 3 (2013).

此外，托比说话的语境影射秩序、美德以及陌生人，这会让处于早期现代社会的英国人联想起那个遥远的异邦，即中国。一方面，中国在多数的早期现代英语文本中，以讲究秩序和美德著称，另一方面，很多文本记载，陌生人不能随意进入中国。玛丽亚警告托比，不要在那儿喝酒吵闹，如果继续这样的话，他会因自己不当的行为像陌生人一样被驱逐出去，对此，托比回复："我不是嫡系的叔父吗？我跟她不是有血缘关系吗？"他试图强调他与小姐的亲属关系，进而证明自己不会受到陌生人般的对待。诸多英语文献记载，找到通往中国的路线是很困难的，即便能找到，也会因为竞争对手设置的重重障碍而难以通行，即便到达中国了，也会因为中国皇帝禁止陌生人入境而被拒之门外。艾伯特（George Abbot）就曾在其著作 *A Briefe Description of the Whole World*（1599）中记述英国人企图到达中国所遭遇的重重挫败。[1]英国上到王公贵族，下到普通商人，都对发现中国和与中国通商倍感兴趣，伊丽莎白女王甚至还写过一封信让使者到达中国后交给皇帝，表示建立外交关系以互惠互利的热切愿望。可是，正如曼多萨（de Mendoza）和昂希拉等所指出的，没有皇帝的许可，没有陌生人能进入中国。[2]奥丽维雅对待陌生人的方式也容易让人想起中国的皇帝。当薇奥拉乔装为信使来见她时，她像明朝的皇帝一样[3]，隔帘而见，不露真容。她与薇奥拉的对话也以一种外交的而非浪漫的调子展开，如同一位中国皇帝正在接受外使的贡品。

1　George Abbot, *A Briefe Description of the Whole World*, London, 1599, p. 94.
2　D'Anghiera and Pietro Martie, *The History of Trauayle in the West and East Indies*, trans. Richard Eden and revised by Richard Willes, London, 1577, p. 232.
3　昂希拉和耶稣会士利玛窦等都对此有过记录。

当然，将中国人与骗子联系在一起也不是空穴来风。这至少有四个原因。第一，一些西方游客和商人到达中国边境后，并未能成功进入中国，他们没有机会与真正的中国人接触和交流，他们的见识都是从传教士那儿辗转而来，所记载的内容也就不足信，更有甚者，有的作家从未出过国门，只在自己的想象和其他人的文本中凭空构建中国形象，这样的文本更让人觉得不可信。第二，正如 The Pedler's Prophecy 中所记载的，"这些旅行者在印度的东部，他们借助大海和洪水来行窃"[1]，其中，西方旅行者居多。其实这两点都和中国人自身毫无关系。第三，如前所述，中国人在很多早期英语文本中以"精明能干"和"能工巧匠"著称，但 dexterous 和 cunning 等词是多义词，一旦脱离语境，就很容易被解读为"奸诈""眼明手快"，进而与"小偷"和"骗子"挂钩。第四，西方人对中国人的概念模糊，以致很多人不相信中国以及中国人的存在。这种不相信在《温莎的风流娘儿们》里面就有所体现，培琪对尼姆的偏见"我就不相信这种狗东西的话"即是佐证。

三、"我就不相信这种狗东西的话"

原版

Page. [Aside.] 'The humour of it,' quoth'a!

Here's a fellow frights humour out of his wits.

Ford. I will seek out Falstaff.

Page. I never heard such a drawling, affecting rogue.

1　Y. Z. Chang, "Who and What Were the Cathayans?", *Studies in Philosophy*, Vol. 2 (1936).

Ford. If I do find it: well.

Page. I will not believe such a Cataian,

though the Priest o'the Towne commended him

for a true man.

Ford. 'Twas a good sensible fellow: well.[1]

方平版

裴琪：(自语)"我有自己的胃口"，听他说的！这家伙满口怪话，叫英国人都听不懂英国话了。

……

裴琪：(自语)我还从没碰见过这么个说话拿腔拿调、装腔作势的流氓。

……

裴琪：(自语)我可不能相信这种"卡瑞人"，尽管城里的牧师还说他是个好人。[2]

朱生豪版

培琪：(旁白)"面包干酪"？这家伙缠七夹八的，不知在讲些什么！

……

培琪：我从来没有听见过这样一个啰里啰唆莫名其妙的家伙。

1　William Shakespeare, *The Complete Works of William Shakespeare*, ed. W. J. Craig, p. 58.
2　方平主编：《莎士比亚全集》(第一卷)，上海：上海译文出版社，2014年，第278页。

......

　　培琪：尽管城里的牧师称赞他是真正的男子汉，我就不相信这种狗东西的话。[1]

在这段对话里，培琪和福德看似在对话，实则都在自言自语，培琪在自言自语对尼姆的看法。朱生豪将Cataian译为"狗东西"，方平则将之音译为"卡瑞人"，"卡瑞人"何所指，无人知晓，不过，根据上下文可以看出，在培琪的眼中，他就是一个"说话拿腔拿调、装腔作势"的流氓，但是，我们也间接地知道，牧师称赞他为真正的男子汉；另外，在此剧中，尼姆所言确是实话，所以他并不是骗子。培琪选择相信自己的妻子而非"说话拿腔拿调、装腔作势"的尼姆，这也是情理之中的事。[2]

不相信中国人，也不一定是指中国人是骗子或小偷，或许真的只是对尼姆说话拿腔拿调的怀疑。众所周知，注重腔调是中国语言的一个显著特征。古汉语讲究平上去入，每个汉字即自成一个音节，这样的语言在外国人看来觉得"拿腔拿调"实属正常。

另外，前面也提到过，英国包括女王在内的皇室成员和达官贵人都曾出巨资资助过探险家和商人来中国，可是他们多数人都葬身鱼腹或无功而返，真正能顺利到达中国的实为少数，这就致使很多人对中国这个在文本中流动的国度是否真实存在心存质疑，而这种质疑自然而然也

1　莎士比亚：《莎士比亚全集：第一卷》，朱生豪译，第503—504页。
2　张之燕：《莎士比亚作品中的印度人与中国人形象》，《华东理工大学学报（社会科学版）》2016年第3期。

就迁移到了中国人身上。由一开始将China与Cathay视为两个国家，到利玛窦意识到China实质就是Cathay，它们其实是一个国家，中间有几百年的时间。即使利玛窦在书信和著作中指出了这一点，还是有很多人接触不到他的著述，从而继续着错误的认知，包括弥尔顿。《失乐园》中有语：

His Eye might there command wherever stood / City of old or modern Fame, the Seat / Of mightiest Empire, from the destind Walls / Of Cambalu, seat of Cathaian Can / And Samarchand by Oxus, Temirs Throne, / To Paquin of Sinean Kings.

从那儿，可以收在眼底的是古今各国 / 名都所在地，最大帝国首府的 / 所在，从契丹可汗所居大都的 / 长城，从奥撒斯河边撒马尔汗，/ 帖木儿的宫廷，到中国皇帝的北京。

契丹的大都其实就是中国的北京，可见，弥尔顿在利玛窦去世近七十载后创作的《失乐园》中还是分不清Cathay与China的区别。另外，也不乏一些"眼见为实"者的不相信，除非他们自己亲自到达中国并亲眼所见，否则再美好富有的中国也只是乌托邦。"I will not believe such a Cataian"既可以理解为，"我才不相信有什么中国人存在，这家伙说的话根本就是无中生有，天方夜谭，跟虚构的中国人一样不可信"，也可以理解为"这家伙说话拿腔拿调，外国腔调，根本不可信"。

除了《第十二夜》和《温莎的风流娘儿们》中涉及中国人，《无事生非》中培尼狄克也提到了大可汗。

Will your grace command me any

service to the world's end? I will go on

the slightest errand now to the Antipodes that you

can devise to send me on; I will fetch you a

tooth-picker now from the furthest inch of Asia;

bring you the length of Prester John's foot;

fetch you a hair off the great Cham's beard;

do you any embassage to the Pigmies, rather

than hold three words' conference with this

harpy. You have no employment for me? [1]

殿下有没有什么事情要派我到世界的尽头去？我现在愿意到地球的那一边去，给您干无论哪一件您所能想得到的最琐细的差使；我愿意给您从亚洲最远的边界上拿一根牙签回来；我愿意给您到埃塞俄比亚去量一量护法王约翰的脚有多长；我愿意给您去从蒙古大可汗的脸上拔下一根胡须，或者到侏儒国里去办些无论什么事情；可是我不愿意跟这妖精谈三句话儿。您没有什么事可以给我做吗？[2]

早期英语文本中多处出现过"the great Cham"，并且经常与"Cathay"一起出现，基本上指代契丹的大可汗。譬如，昂希拉多处提

---

[1] William Shakespeare, *The Complete Works of William Shakespeare*, ed. W. J. Craig, p. 143.
[2] 莎士比亚：《莎士比亚全集：第二卷》，朱生豪译，第26页。

到"the great Cham of Cathay","the great Cham or Cane of Cathay"也经常出现在库珀(Thomas Cooper)的著作中。大可汗的骁勇善战已在西方文本中广为传播。不过,既然有些西方人对中国是否存在心存质疑,那么中国的可汗自然也就是一个遥远的比较虚幻的形象。还有一个形象比大可汗更遥远虚幻,那就是"护法王约翰"。这是个传说式人物,有人说他是埃塞俄比亚国王,有人认为他是契丹大可汗,他的名字经常与大可汗并列出现,莎士比亚此处提及二者自不必多说,勒罗伊也曾提及"the *Ethiopian* Prester John, & the *Cataian* the great *Caan*"。连利玛窦都一直试图寻找他的踪迹。

可见,培琪对尼姆所说的"我就不相信这种狗东西的话"既指尼姆其人不可信,更是掺杂着培琪对陌生人的不信任,或者说不愿意信任。谁愿意信任一个说话模糊且拿腔拿调的陌生人而去怀疑自己妻子的不忠呢?从某种程度上也可以看出,培琪对尼姆说英语时的言语不清带有一种歧视。这和英国当时在欧洲乃至世界格局中所处的中心地位有很大关系。英国成立了东印度公司并自打败西班牙无敌舰队后建立了海上霸权,殖民心理日渐膨胀,这从莎士比亚的《暴风雨》可见一斑。《无事生非》中处于世界尽头的中国的大可汗和传说中的埃塞俄比亚(或者中国)护法王的遥远虚幻的形象也加深了中国的不真实感和不可信感。从主客体的角度来看,尼姆和大可汗等形象是被审视和想象的客体,客体的可信不可信,一方面取决于客体本身,另一方面则取决于主体,主体的偏见也会产生错误的想象和判断。

总而言之,本文探讨了莎士比亚《第十二夜》和《温莎的风流娘儿们》等作品中的中国人形象,并对中国人形象被负面解读进行了分析,指出这种将维多利亚时期的观念强加到几百年前的伊丽莎白时期的莎士比亚作品中,进而将中国人与小偷和骗子等形象等同起来是荒谬的不符合史实的。爱德华·W. 萨义德在《东方学》序言中曾说道:"运用于世界文学的语文学并不是要去疏远和敌视另一个时代和其他不同的文化,而是要纳入深沉的人文主义精神,投入慷慨之情,甚至可以说献以殷勤之意。"[1]我们应该具有诸如此类的开放的视野与博大的胸襟。唯有客观地平等地看待各个民族及其文化,才能真正地欣赏莎士比亚作品以及其他早期英语文本,才能真正地实现东西方民族的交流与对话,实现世界共同繁荣与和谐发展。

1　爱德华·W. 萨义德:《东方学》,王宇根译,北京:生活·读书·新知三联书店,2007年,第12页。

论曹译莎剧的演出适应性[1]

刘云雁

戏剧翻译的中心问题之一是怎样把戏剧翻译成适于舞台演出的戏剧，而不是读本或者诗歌，因为莎士比亚戏剧本身就是为舞台演出而作；以舞台演出为导向的戏剧翻译可以称为演出本翻译（theatre translation），从而与强调书面文本和阅读体验的剧本翻译区别开来。中文莎剧译本数量众多，但适宜演出的译本屈指可数，其中曹禺的《柔蜜欧与幽丽叶》译本是完全为舞台演出而译，方平认为学术界对它严重低估[2]。曹禺在本剧译本的1979年出版序言中首次提出了戏剧翻译中"演出本"的中文概念。

曹禺翻译的莎剧《柔蜜欧与幽丽叶》是为演出而作的演出本翻译。他在1979年再版序言中指出：

> 约在一九四二年，张骏祥同志要在四川的一个剧团演出《柔

---

[1] 原载于《外国语言与文化》2019年第3期。
[2] 方平:《戏剧大师翻译的戏剧——谈曹禺译〈柔蜜欧与幽丽叶〉》，《中国翻译》1984年第8期。

蜜欧与幽丽叶》，但是没有适当的演出本。因为读莎士比亚是一回事，演出他的脚本，使观众比较听得懂，看得明白，又是一回事了。我斗胆应张骏祥同志这个要求，在匆忙的时间里译出《柔蜜欧与幽丽叶》。我的用意是为演出的，力求读起来上口。[1]

在序言中，曹禺明确地指出这个版本是"演出本"，并强调"我的用意是为演出的"。也许是出于这个翻译目的，剧本名称没有采用《罗密欧与朱丽叶》的通常译法，而是按照英文发音将男女主人公的名字完全拟声翻译成柔蜜欧与幽丽叶，便于演员模拟发音，而不考虑剧名在阅读体验中产生的意义联想。

根据曹禺剧本编排的这部戏1944年在成都首次演出，之后1960年在人民文学出版社首次出版时，没有对剧名和脚本进行改动。1979年人民文学出版社对剧本再次印刷出版，仅添加了译者的前言，没有对译本内容做更改。李健吾在1951年评述莎剧译本的文章中说："我经常只选曹禺译的那本《柔蜜欧与幽丽叶》，因为他的语言里头有戏。"[2] 与充满诗性的志摩遗稿和朱生豪译文相比，曹译中台词的动作性、对话性和对其他戏剧手段的调动，都使这个译本更加适应舞台演出。

一、演出本台词翻译中的动作性

曹译《柔蜜欧与幽丽叶》作为演出本，最明显的特征就是台词翻

---

[1] 莎士比亚：《柔蜜欧与幽丽叶》，曹禺译，北京：人民文学出版社，1979年，第1页。
[2] 李健吾：《翻译笔谈》，罗新璋、陈应年编：《翻译论集》，北京：商务印书馆，2009年，第620页。

译对动作性的强调。动作性是西方戏剧的根本属性，亚里士多德在《诗学》中把戏剧定义为"对人的行动的模仿"。因此，演出本翻译必须考虑到舞台演出的动作和台词中的动作。英若诚认为，戏剧翻译首先应该考虑"语言的动作性［……］剧本中的台词不能只是发议论、抒感情，它往往掩盖着行动的要求或冲动，有的甚至本身就是行动"[1]。剧本中的动作主要来自潜台词和舞台提示，用来描述心理动作、动作暗示和实际舞台动作。

心理动作主要是指与演员形体动作、表情、声调和手势等相呼应的心理活动和思想感情。以阳台会[2]为例，原文中蕴含着明显的心理动作提示。当罗密欧突然从窗下出声，打断了朱丽叶的自言自语时，朱丽叶说道：

What man art thou, that thus bescreen'd in night

So stumblest on my counsel?

(2.2.848–849)[3]

曹禺译文：是谁？在黑夜里藏着，偷听了我的话。[4]

1　莎士比亚等：《英若诚译名剧五种》，英若诚译，沈阳：辽宁教育出版社，2001年，第3页。
2　阳台会的说法循英文莎评旧例。事实上，莎剧中罗密欧与朱丽叶相会的地方并没有阳台，只有窗户。然而多年来以讹传讹，在英语和意大利语中产生了Balcony Scene（阳台会）的说法，这里暂且沿用，代指本剧第二幕第二场男女主人公在窗台下相见的一场。
3　如无特殊说明，本文引用的莎剧原文皆来自1623年第一对开本影印稿，保留原拼写，添加标点。参见William Shakespeare, *Mr. William Shakespeare's Comedies, Histories, and Tragedies*, ed. John Heminge and Henry Condell, London: Isaac Jaggard and Ed. Blount, 1623。
4　莎士比亚：《柔蜜欧与幽丽叶》，曹禺译，第50页。

朱生豪译文：你是什么人，在黑夜里躲躲闪闪地偷听人家的话？[1]

原文中的"What man art thou"带有强烈的斥责情绪。莎士比亚写戏的时候，人称you基本上是中性，而thou则一般含有贬义。朱丽叶这句话的意思，并不是简单地询问"你是谁"，而相当于中国戏曲中的"大胆狂徒"，具有鲜明的情感倾向，为后文听出罗密欧的声音而态度突变奠定基础。朱生豪将这句问话翻译为"你是什么人"，这个翻译较为中性，不带有动作趋势和心理活动暗示。相比之下，虽然曹译不一定确切地还原了英文中的舞台动作，但却体现他独特的解读。一句简短的"是谁"，不再是正义凛然的怒斥，而表现出朱丽叶内心的惊恐和退缩，这不仅仅是内心的动作，而且要求演员添加符合台词的舞台动作、声调和表情，来配合朱丽叶表现沉思被打断时的惊讶和戒备。

除了心理动作之外，最容易被忽略的台词动作是动作暗示，也就是已经发生过的动作所产生的印迹和即将发生的动作所带来的行为冲动。莎剧的台词中充满了动作暗示，与实际动作和情节发展交织辉映，既互相推动又相互矛盾，产生了奇妙的艺术效果。例如阳台会面中，朱丽叶得知罗密欧冒着极大的风险来到自己楼下后，说道：

The Orchard walls are high, and hard to climbe

（2.2.861）

有译者将这句话翻译成"果园的墙又高又滑"，以便和下文押

---

[1] 莎士比亚：《朱译莎士比亚戏剧31种》，朱生豪译，陈才宇校订，杭州：浙江工商大学出版社，2011年，第628页。

韵。皇莎导演霍斯利（Owen Horsley）在排演中提醒译者不应该将"难爬"这个动作词模糊处理，因为朱丽叶很有可能曾经爬过墙。原文中的"hard to climbe"，不仅仅表现了墙高而难爬，同时也很有可能暗示着朱丽叶曾经试图爬墙离家而没有成功所留下的心理印迹。曹禺保留断句，直接翻译成"花园的墙高，不容易过"，事实上强调了后半句"hard to climbe"，给演员留出空间来表现朱丽叶曾经爬墙而不得的动作暗示。

　　三种主要的戏剧动作中最明显的是实际舞台动作，而这也是传统翻译中译者干预最少的部分。然而，随着当代翻译理论不再严格区分翻译与改编，同时翻译工作坊流程日渐成熟，强调将导演、译者和主要演员共同纳入翻译团队，以舞台演出为目的的演出本翻译具有了更大的改编性。莎剧翻译比一般的戏剧翻译更需要改编性增译，主要原因在于作为源文本的莎剧本身戏剧舞台提示非常少，我们如今看到的莎剧中的舞台提示，大多是当代西方现代莎剧编者添加，而不是莎剧本身固有的。这些缺失的内容或者后人补充的舞台提示非常重要，因为当代话剧中的实际舞台动作，包括肢体的大动作、精细动作、表情和声调等诸多动作形式，大部分都是通过舞台提示来表现的。因此，译者在翻译中必须对后来的编者所添加的舞台提示有所取舍，例如阳台会的开场部分：

> Romeo: He jeasts at Scarres that never felt a wound,
> 　　　　But soft, what light though yonder window breaks?
> 　　　　It is the East, and Juliet is the Sunne,
> 　　　　Arise faire Sun and kill the envious Moone,
> 　　　　Who is already sicke and pale with griefe,
> 　　　　That thou her Maid art far more faire then she:

> Be not her Maid since she is envious,
> Her Vestal livery is but sicke and greene,
> And none but fooles do weare it, cast it off:
> It is my Lady, O it is my Love, O that she knew she were,
> She speakes, yet she says nothing, what of that?

（2.2.795-805）

这一段台词，1623年对开本及其后的几个四开本都没有任何舞台提示。徐志摩的译文也没有提示，当然并不是出于尊重原文的目的，而是对文本的去戏剧化处理，这一点将在后面举例说明。然而，早期的英国湖畔版和牛津版莎剧全集，都在本剧第795、796行之间添加了一行表示动作的舞台提示，表明此时朱丽叶从上方的窗户现身。曹禺、梁实秋和朱生豪的译文，按照他们翻译时采用的编辑版原文，也把朱丽叶出场的舞台提示放到这里。当代牛津版（2000）与诺顿版（2016）莎士比亚全集，却将朱丽叶出现的舞台提示挪到了第803、804行之间，此时朱丽叶姗姗来迟，罗密欧随之发出了"这是我的姑娘，哦，这是我的爱人"的呼喊。朱丽叶何时从窗台上出现，莎士比亚真正的原文并没有规定，需要译者做出猜测，同时对这个动作发生时机的猜测又会极大地影响后面台词的翻译。大部分译者都按照翻译时所选择的莎剧现代编辑版本（edited version）来翻，但是曹禺大胆地添加了许多舞台提示，比西方当代莎剧新编版本加得更多。上文这一段，曹禺是这样翻译的：

（柔蜜欧走进）

柔蜜欧　（听见墙外墨故求的话）

没有受过创伤的，

就会嘲笑别人的伤痕。

（幽丽叶出现在楼上的窗口）

但是静静，是甚么光从那边的窗户透出来？

那是东方，幽丽叶就是太阳。

起来吧，美丽的阳光，射倒那嫉妒的月亮；

惨白的月亮都焦虑得病了，

她气你原是她的侍女，为甚么比她还美？

别再陪伴着她吧，因为她嫉妒你。

她那修道的衣服都发了惨绿，

那是小丑们穿的，你就丢了吧。

（月光照见幽丽叶的脸）

这就是我的她，哦，是我的爱！——

哦，要她知道了多好！——

（幽丽叶仿佛颤了一颤）

她开口了，可她没有说甚么。

这有甚么？[1]

短短11行台词，曹禺增加了5行舞台提示，其中只有第1、3行的提示来自翻译所用的英文版本所做的添加，其他3行提示，都是译者的决定，但也不全来自译者本人的选择，有可能受到了导演的指示。导演的

---

[1] 莎士比亚：《柔蜜欧与幽丽叶》，曹禺译，第47—48页。

莎剧解读对于译者的取舍有着决定性的影响。2016年皇莎排演的时候，导演霍斯利的观点就与西方学术界莎剧全集编辑们的理解完全不同，他把朱丽叶出现的时机改到第797、798行之间，他认为罗密欧台词中的"arise"不仅仅是指太阳上升，而且暗示了朱丽叶的出场，因此将朱丽叶出场的动作定在这句话前后。

曹禺在译文中所加舞台提示包括大动作（肢体动作）、小动作（含表情）和布景，上文中，"柔蜜欧走进"是大动作；"听见墨故求的话"，饰演罗密欧的演员通过表情和细微动作，表现了罗密欧听到墨故求的话之后的心理状态，属于小动作；"幽丽叶出现在楼上的窗口"是朱丽叶的大动作，同时也构成了罗密欧大段台词的背景；"月光照见幽丽叶的脸"，主要是灯光和布景的变化；"幽丽叶仿佛颤了一颤"是典型的小动作。曹禺译文对大动作和小动作的区分，以及大量添加的小动作，都具有个体戏剧风格。莎士比亚戏剧第一对开本原文，只有少许大动作和大背景有所提示，基本上不到当代添加的舞台提示数量的十分之一；现当代英文编辑本，增加了大动作，而几乎没有增加小动作和布景提示，主要是为了尊重原作风格；同时莎士比亚没有细致描绘动作和背景，这给了演员和导演极大的空间。哈根（Uta Hagen）和弗兰克尔（Haskel Frankel）指出："莎士比亚从来不给演员任何形容词。"[1]在这个基础之上，曹禺译文增加了250多处舞台提示，不仅增加了很多小动作，而且增加了心理描写，如"惊恐""简简单单""兴奋"等，其中得失依然有待时间检验。除此之外，曹译中还增加了"对奶妈""转对悌

---

1 乌塔·哈根、哈斯克尔·弗兰克尔：《尊重表演艺术》（修订版），胡因梦译，北京：世界图书出版公司北京公司，2014年，第135页。

暴"等表示语言和动作对象的舞台提示，体现了译者本人对台词对象及其戏剧冲突的解读。许多学者认为这不算翻译，但是译者按照导演的要求在演出本翻译中添加表示大动作的舞台提示，已经成了当代戏剧翻译的现实要求，也是演出本译本的重要特征之一，与其简单地将其摈除于戏剧翻译之外，不如进一步思考其对于戏剧翻译理论和戏剧语言发展的意义。

二、台词的话语对象

对话性是读本和演出本翻译的根本区别。对于戏剧翻译对话性的研究，许多学者都拘泥于语用学中的会话理论，然而会话理论以日常对话为主要研究对象，忽略了戏剧中非常重要的话语对象问题。戏剧表演中，观众是对话之外的第三方，如果他们误解台词的话语对象，往往不仅影响信息传递质量，更重要的是影响戏剧冲突和审美精神的实现，因此讨论戏剧翻译的对话性，首要任务是确定台词的话语对象。不同于抒情诗长于表达自我，戏剧的台词往往明示或者暗含着话语对象，许多戏剧的冲突依赖于语言的交锋，确定对话的对象至关重要。曹禺的译文中添加了超过五十条指示对话对象的舞台提示，这些都是有着明显话语对象的部分；然而除此之外，台词中还有大量有争议的话语对象。译者需要大胆地猜测，或者结合导演的阐释，做出非此即彼的艰难取舍。例如阳台会中的第796句：

But soft, what light though yonder window breaks?

（2.2.796）

其中，"but soft"是什么意思？罗密欧是对谁这样说话？一般有三种猜测：其一，罗密欧自言自语，对着心目中朱丽叶的倩影，抒发内心的情感。例如徐志摩翻译的："啊，轻些！什么光在那边窗前透亮。"[1] 他把but翻译成"啊"，消解了这句话的对象转换，具有强烈的个人抒情气质；而"轻些"则抹去了原文中的实际意思，变成了一种复合的心理感觉。其二，早期的英文莎士比亚全集编者，考虑到这句话与上句之间的对象转换，而添加了朱丽叶出现在窗前的舞台提示，从上句话以墨故求为对象转化成此句中因为朱丽叶的出现而启发的隐喻。曹禺和朱生豪据以翻译的就是这样的编辑本：

朱生豪译文：轻声，那边窗户里亮起来的是什么光？[2]

曹禺译文：但是静静，是甚么光从那边窗户透出来？[3]

"轻声"和"静静"都含有降低音量的意思，那么罗密欧是在叫谁轻点声呢？古英语中，soft一般表示"稍等"的意思，那么罗密欧又是在叫谁稍等呢？这里需要译者来猜测话语对象。朱生豪的翻译似乎是在对周围的环境发声，烘托出太阳初升、万籁俱寂的诗意。在朱译排演的舞台上，罗密欧眼光望着窗台上倩影，说出了后面的台词。其三，也有

---

[1] 译本首次发表在诗歌杂志《新月》，可见徐志摩是把莎士比亚戏剧片段当作诗歌来翻的，作为诗歌当然不需要关于动作和布景的提示，同时也就可以把提示言语对象转换的词翻译成抒情诗的感叹词。参见莎士比亚：《罗米欧与朱丽叶》，徐志摩译，《新月》1932年第4卷第1期。
[2] 莎士比亚：《朱译莎士比亚戏剧31种》，朱生豪译，陈才宇校订，第627页。
[3] 莎士比亚：《柔蜜欧与幽丽叶》，曹禺译，第48页。

人认为，这句话的前半句接着上面那一行，是对墨故求的内心回应，而后半句才将目光转上窗台上的朱丽叶。此外，还有第四种可能，那就是与现场观众的对话。也许在某一次演出之中，饰演罗密欧的演员突然看着观众席，要求大家屏息静待，然后目光转向窗台上的灯光，咏叹出华彩的篇章。与此类似的事情不久前发生于伦敦的环球剧场。2016年某一场上演《哈姆雷特》时，观众席十分嘈杂，国王突然将目光转向观众席，严厉地说出了他的台词"坐下"，一时剧场肃静。演员在不改变台词的情况下，通过转换话语对象，事实上构成了与观众的直接互动，成为舞台演绎中的精彩环节。从这个意义上来说，朱生豪和曹禺的译文，固然与原文有较大的出入，但都保留了话语对象的模糊性和多义性，给了演员和导演更多的演绎诠释空间。尤其是曹禺的"静静"，很有可能就是罗密欧转向观众而说的，提示观众演员即将开始咏诵华彩篇章。

在猜测中确定台词的话语对象，是戏剧翻译中的独特现象。与读本翻译不同，演出本译者面临着更多的责任对象。翻译小说也许只需要对原作和读者负责，而演出本翻译，除了尊重原作之外，还需要对观众、导演和演员共同负责。英国皇莎的艺术总监道兰（Greg Doran）对第一对开本演出本翻译提出的基本原则是："适合戏剧化呈现，便于演员演绎，普及观众欣赏。"[1] 这就扩大了戏剧翻译中需要考虑的对象范畴，译者不仅需要理解原作和原作者，还需要理解戏剧导演、演员和观众，而戏中有许多对话，也许本来就是直接说给观众听的。

---

[1] 道兰的演出本翻译原则，来自2016年皇莎中译项目负责人翁世卉发给笔者的函件。原文为：Theatrically-viable, actors-friendly, and audience-accessible。

确立合适的话语对象不仅仅直接影响观看体验，而且对话对象突然变化，还有可能引发戏剧冲突中的逻辑断层。不同于诗歌内部源于主题转换和搭配错位产生的诗歌跳跃性，戏剧冲突中的断层往往来自对话中主题、对象、性格和态度的突然变化，如果处理得不好，就会损伤戏剧叙事的连贯性，降低戏剧冲突的审美体验。同时，逻辑断层也是译者最难以处理的问题之一，无论理解还是表达，都有着巨大的障碍。

三、逻辑断层中的增译与留白

戏剧冲突并非线性发展，戏剧的节奏有松有紧，有时节奏会突然加快，对话中主题、对象、性格和态度发生突变，使前后叙事逻辑显得不够连贯，这就是逻辑断层。莎剧中的逻辑断层非常多，给译者的理解和翻译造成了巨大困难。曹禺作为戏剧家，为了避免突变伤害剧情的流畅，采取了两种不同的策略来弥补逻辑断层。

其一，对于主题和话语对象发生的改变，曹禺一般会添加表示对象或者动作转向的舞台提示。这是编辑和译者们共同的工作。莎剧全集的现代编辑本所添加的舞台提示，都是来自出现这种转换的地方。例如前文提到，本剧第795—805行中朱丽叶在舞台上出现的时机，不同版本的莎剧现代编辑本有两种不同的选择，原因就在于第796行之前发生了话语对象的转变，而第798行之前发生了台词主题和语言风格的转换，这些突变给了当代编辑添加动作提示的线索。曹禺在原文编辑修改的基础上，进一步厘清逻辑承接关系模糊的地方，增加了诸如"自语""对柔蜜欧""手一举""幽丽叶又匆忙走出凉台上"等各种舞台提示。原文固有的大量逻辑断层，作为特殊的开放空间，成为曹禺添加舞台提示进一步阐释的基础。

其二，对于态度和性格上的突变，曹禺倾向于从周围的舞台空间寻找突变的原因，而在译文中留白。例如，朱丽叶从对罗密欧有好感的"I joy in thee"（第919行）到"My Love as deepe"（第937行），并将罗密欧称为"My Love"，短短18行诗成就了朱丽叶的态度变化，从矜持的欢喜到深沉的爱情。曹禺虽然非常准确地将前者翻译成"欢喜"，后者翻译成"爱"，从而做出了前后态度的区分，但是罕见地没有添加任何舞台提示来解释这种突变，因为这是导演的工作，而译本只能留白。一般情况下，导演处理这个情况，不能依赖朱丽叶的台词，而要调动舞台上的所有其他因素，包括另一个人物罗密欧，通过他的动作和表情，来解释朱丽叶发生变化的原因。换句话说，当一个人物进行大段陈述的时候，同一空间中另一个人物的在场，对戏剧情节的推动意义重大。罗密欧存在于舞台上，即使不发一言，对于戏剧舞台来说也完全不一样。在这种情况下，戏剧译者可以对超出职责范围的逻辑断层做留白处理，将解释权交给舞台空间，尤其是空间中沉默的人物。必须承认，演出本作为戏剧脚本，其文字部分只能解释情节发展的部分原因，而语言之外还有更多需要表现的内容，其中舞台空间就是台词译者可以猜测，却难以掌控的部分。动作、对话与空间共同推动着舞台上的人物追随戏剧冲突的节奏往前推进。在戏剧冲突节奏的主导下，情绪、情感和情势迅速发生着变化。这些变化，一部分通过台词的内容和韵律体现出来；而当一个人物说台词的同时，更多的变化在整个舞台空间中铺陈，音乐、布景、其他演员的表演共同立体呈现出戏剧冲突的方方面面。不同于其他文体的翻译，戏剧译者需要在适当的地方保持沉默，将解释的权力让渡给导演和演员。

四、基于戏剧冲突的翻译质量评估

演出本翻译的评价标准,主要是看译本是否能够保持戏剧冲突的强度和感染力。过于强调诗性和阅读体验的莎剧翻译,有时可能会消解台词的动作性,或者误解对话中的话语对象,甚至会对逻辑断层做出过度补偿,以至于削弱剧本中戏剧冲突的强度;而演出本翻译却始终需要思考能否激发原剧本中的戏剧冲突。戏剧冲突是什么?广义来说,戏剧冲突是戏剧动作的冲突,既包括人与人之间矛盾关系,也包括人的内心矛盾;既反映剧情的冲突,也反映性格的冲突。戏剧冲突大多来自动作的对撞、意志的压抑、观念和文化的差别、信息不对称以及性格的反差等。合格的演出本翻译特别强调对戏剧动作、性格和观念差异的表达,才能适应舞台演出的需要。

传统读本翻译不适合舞台演出的主要问题,就在于戏剧动作和差异的平均化导致戏剧冲突弱化。过去,许多中国莎评对莎剧中的戏剧冲突有所误解,甚至影响了话剧的理论体系,很有可能就在于他们讨论的莎剧脚本是非演出本翻译。例如,有的学者否认《罗密欧与朱丽叶》中的男女主人公之间具有性格反差,甚至进一步认为这部戏剧违反了一般的戏剧冲突原则,没有出现真正意义上的意志对抗。谭霈生认为《罗密欧与朱丽叶》中"没有冲突[……]在男女主人公之间,既没有意志的争斗,也不存在性格的撞击"[1]。这种观点影响了董健等其他学者,甚至衍生出关于戏剧冲突是否可以不依赖于性格冲突而存在的当代戏剧大讨论。然而,事实上从原文来看,男女主人公之间性格冲突非常显著,其

---

1 谭霈生:《论戏剧性》,北京:北京大学出版社,1981年,第88页。

心理动作和形式对抗也特别鲜明。很多莎评家之所以做出了错误的判断，就是因为他们看的是非演出本的译文，而不是原文。例如罗密欧与朱丽叶直接对话的这一段：

> Juliet: What man art thou…?
>
> Romeo: By a name,
>
>   I know not how to tell thee who I am…
>
> Juliet: …Are thou not Romeo, and a Montague?
>
> Romeo: Neither faire Maid, If either thee dislike.
>
> Juliet: How cam'st thou hither…
>
> Romeo: With Loves light wings…
>
> Juliet: By whose direction found'st thou out this place?
>
> Romeo: By Love that first did promp me to enquire…
>
> （2.2.848-883）

  这是阳台会中戏剧冲突非常激烈的一段对话，朱丽叶理性地询问了一系列实际问题，包括对方是谁，怎么来到这里。然而罗密欧却用非常诗意的方式曲解了朱丽叶的问题，并借机抒发了对爱情的向往。对话中的男女仿佛处于截然不同的世界。对话的错层，性格的强烈反差，足以使观众怀疑他们之间难以产生真正的爱情。直到930行之后，朱丽叶开始以抒情的方式表达对罗密欧的接受，而罗密欧也通过实际行动，打算去找神父为他们主持婚礼。此时，有着不同性格的这两人才从初见时的好感，上升为了爱情，接受了对方关于爱情的表达方式，实现了意志的融合。从这个意义上来说，阿契尔（William Archer）认为《罗密欧与朱丽叶》表现了"意志的融合"[1]，这种说法并没有错，但不能因此否认二人的性格差异，正是巨大的性格和处世态度的反差，激起了充沛的戏剧力量，铺垫了后文中的爱情奇迹。

　　这段对话对翻译提出了很高的要求，理性和感性、现实与抒情的一问一答，要求译文中产生同样的分裂。然而实际情况是，大部分译者不是将朱丽叶的提问抒情化（例如朱生豪），就是将罗密欧的回答去抒情化（例如梁实秋），强调剧本阅读理解和诗性体验的结果，就是有意无意地将罗密欧与朱丽叶的语言风格进行了统一和平均。到目前为止的所有译本中，只有曹禺的译文特意区分了二人的语言风格，将朱丽叶的问话世俗化、口语化，并将罗密欧的回答表现得非常优美而不落实处，甚至一改原文无韵诗不抒情的特征，在罗密欧的答话中大量增添尾韵、对仗和修辞性重复。例如曹禺的译文如下：

　　　　幽丽叶：是谁？在黑夜里藏着，偷听了我的话。
　　　　柔蜜欧：[……]这名字，我的神！我自己都恨。

　　　　幽丽叶：告诉我你怎么来的？你为甚么？
　　　　[……]
　　　　柔蜜欧：插上爱的轻轻的翅膀我就跳过了墙，
　　　　　　　　石头的围栏怎么阻碍了情爱？
　　　　　　　　爱能做的，爱就敢做，
　　　　　　　　你的亲族也拦不住我。

---

[1] 威廉·阿契尔：《剧作法》，吴钧燮、聂文杞译，北京：中国戏剧出版社，1964年，第28页。

>　　幽丽叶：谁指点你找到了这个地方？
>
>　　柔蜜欧：是"爱"，他先促动我去问；
>
>　　他教给我主意，我借给他眼。
>
>　　我不是领海的，并不认得路线，
>
>　　不过你即使远，远在天外的海边，
>
>　　为着这样的珍宝，我还怕什么危险。[1]

这三段一问一答之中可以看出，罗密欧和朱丽叶的语言风格与内容都大异其趣，主要表现在三个方面。其一，语言风格差异。曹禺在译作出版前言中指出，他"加了一些'韵文'，以为这样做增加一点'诗意'"[2]。然而细读却不难发现，只有罗密欧的答话添加了韵律，而朱丽叶的问话并非如此，始终和原文一样直接而平实，因为那是不适合过于抒情的。其二，戏剧动作差异。二人的心理动作差别明显，朱丽叶关心的是对方是谁，怎么来的，是否安全等具体问题；而罗密欧却只顾诗意地表白，这不仅反映了二者完全不同的心理期待，从而导致舞台呈现的身体语言也迥然相异。其三，对话错位。即使从会话合作原则的角度来看，二人的语言无论数量、质量和相关性都难以体现合作，而是自说自话，构成了隐性的话语对抗，不仅深化了戏剧冲突，而且从观众视角产生了喜剧效果。翻译剧本中对戏剧冲突的表达甚至强化，是演出本翻译的主要特征。

曹禺翻译的《柔蜜欧与幽丽叶》开演出本翻译之先河，重现了罗

---

[1] 莎士比亚：《柔蜜欧与幽丽叶》，曹禺译，第50—51页。

[2] 同上，第1页。

密欧与朱丽叶强烈的性格反差所带来的激烈戏剧冲突,在动作性、对话性、逻辑断层的翻译策略等方面都做出了大胆的尝试,无论增译还是留白,断句还是合句,乃至字词的取舍,都不仅仅是从语言连贯、意义传递或者富有诗意等角度来考虑,而更需要思考如何运用动作、对话及其他戏剧手段,来重现戏剧冲突的节奏与强度,为新的莎剧演出本翻译,以及中国话剧如何从剧本翻译中汲取营养,提供了许多重要的经验和启示。

从历史的角度来看,莎士比亚戏剧的中国化过程与中国话剧这一舞台艺术的形成和发展过程交相辉映。各种莎剧译本以各自不同的方式解读莎剧,不仅构成了中国人对莎剧内涵的开放性理解,而且也影响了戏剧界对于戏剧动作、戏剧空间、戏剧冲突等关键词的看法。曹禺的莎剧翻译及其后的舞台演出实践,为偏于强调诗性表达的话剧舞台,提供了另一种选择,在中国话剧与西方戏剧越走越远的历史时期,不啻对戏剧本质的个体反思。曹禺的莎剧翻译研究,不仅对于研究曹禺戏剧思想及其影响具有重要的意义,而且反映了莎剧翻译在中国话剧发展历程中独特的作用与介入方式。